三晋百部长篇小说文库

科学遴选　权威论证
高峰展示山西长篇小说创作实绩
久经考验　再度锤炼
全面囊括中国当代小说山西经典

江山无恙

信应亮 ／ 著

山西出版传媒集团

北岳文艺出版社
BEIYUE LITERATURE & ART PUBLISHING HOUSE

图书在版编目（CIP）数据

江山无恙 / 信应亮著. —太原：北岳文艺出版社，2017.1
ISBN 978-7-5378-4944-9

Ⅰ.①江… Ⅱ.①信… Ⅲ.①长篇小说－中国－当代
Ⅳ.①I247.5

中国版本图书馆CIP数据核字（2016）第256263号

书　　名	江山无恙
著　　者	信应亮
责任编辑	陈学清
装帧设计	张永文

出版发行　山西出版传媒集团·北岳文艺出版社
地　　址　山西省太原市并州南路57号
邮　　编　030012
电　　话　0351-5628696（发行部）
　　　　　0351-5628688（总编办）
传　　真　0351-5628680
网　　址　http://www.bywy.com
E - mail　bywycbs@163.com
经 销 商　新华书店
印刷装订　山西人民印刷有限责任公司

开　　本　787×1092　1/16
字　　数　373千字
印　　张　26
版　　次　2017年1月第1版
印　　次　2017年1月山西第1次印刷
书　　号　ISBN 978-7-5378-4944-9
定　　价　56.00元

《三晋百部长篇小说文库》组织机构

策划

杜学文　张明旺　王宇鸿　梁宝印

专家审读小组

主任:杨占平

副主任:续小强

成员:吕新　晋原平　张石山　王西兰
毛守仁　王春林　孟绍勇　王保忠

编辑出版办公室

主任:杨占平

副主任:续小强

成　员:古卫红　陈学清　闫珊珊　王保忠　潘培江

序：现代化进程中的山西文学

杜学文

　　从传统社会向现代社会的转化是人类发展进程中的重大课题。每一个国家、每一个民族都将面对，难以回避。个人，作为社会的组成细胞，也同样如此。这并不以我们自己的意志来转移。综观世界各国，在这种转化的进程中，都有了不同的选择，并表现出各异的特色。但总的来说，还是目前我们称之为"发达国家"的率先实现了现代化。其成功的转化有诸多原因，但从文化的角度来看，与其自然环境的特殊性、农耕文明的不发达，以及突出的个人奋斗精神、重利思想、实用主义等有极大的关系。而目前世界上的欠发达国家或发展中国家，则在向现代化转化的历史进程中，又表现出各自不同的特色。就中国而言，在其漫长的历史进程中，农耕文明得到了充分发展，并达到了最为繁荣的境界。现在的发达国家在转型早期的生存压力等表现得并不明显，从而一种自给自足、自得其乐的生活方式逐渐固化。向现代化转型的原生性动力并不强大。从某种意义来看，中国实际上进入了一种人类最美好的发展境界，那就是，依靠劳动来创造财富，与大自然和谐共处，有剩余的时间来体验人生的乐趣等等。中国从传统社会向现代社会的转化主要靠外部的强力推动。就是说，因为先发国家对财富、权力、欲望的强烈追求，在吸纳了东方文化，其中非常重要的是中国文化之后，骤然表现出突飞猛进的发展状态。其商业首先得到了快速的发展。特别是依靠对海外市场的分割，使过去形成的传统的世界市场在大航海时代变得更加活跃。同时，工业技术得到了快速的进步。人类的新发明成几何级数增长。新技术的出现使社会生产力得到了空前的解放，物质生产表现出前所未有的丰富。而与之相应的是社会制度的进一步变革。一种能够服务新的生产力发展的社会管理系统逐渐建立，并在血与火之中不断完善。在这样的变革转型中，东方古老的中国受到了西方先发国家的强烈冲击。传统的农耕文明与新发的工业文明之间出现了严重了错位，并引发了控制、占有与反控制、反占有的残酷斗争。中国从农耕文明的辉煌顶峰跌落，中国人开始睁开眼睛看世界，并反思自身文明存在的问题。在外力的冲击下，中国不自觉地开始了向现代化转化的历史进程。一代又一代的中国人筚路蓝缕、奉献牺牲，前赴后继、求索奋斗，就是要重新找到国家独立、发展、进步的正确道路，实现民族的复兴。在不同的历史时期，他们承担了不同的历史使命。不同的人们从自己所从事的事业中为这样一个艰难而宏伟的目标做出了自己的贡献。而中国的文学，同样没有疏离民族的历史追求，甚至在许多关键的历史时刻，承担了开启民智、传播思想、激发斗志、重塑文明的历史重任。在这样一个艰难的充满了探索的转型进程中，中国人民表现出了自己最大的智慧与韧性。一直到新中国的建立，才基本形成了主权统一、独立自主的现代国家形态，并以超人的勇气与奋斗精神、惊人的创造力与发展速度迈向现代化。在这样一个伟大的转化进程中，中国虽然经历了失败、屈辱、挫折，但终于创造了他人所没有的成就。而我们的文学，正是这一历史的亲历者、推动者、表现者。就山西文学来说，是中国文学的重要方阵，当然也是这一历史的组成部分。其努力与贡献非常突出。

首先是推动了现代汉语的大众化，为现代汉语从知识阶层走向普通民众，并使二者有机结合做出了积极的贡献。在中国追求现代化的进程中，经历了一个从"器"到"道"的转变。所谓"器"，就是中国人在最初以为是西方发达国家的技术、器物先进，因而倡导"洋务运动"，开办现代工厂，引进西方设施，等等。这些努力从历史发展的必然来看，当然是非常重要的。但是，事实很快证明，仅仅引进西方的先进技术并不能解决问题。之后发生了制度层面的改革，包括推翻清王朝，建立立宪政权，仿效欧美三权分立及选举制度等等。但是，这种形式上的制度变革没有使中国强大起来，反而使中国成了一盘散沙，四分五裂。于是，更多的人开始反思中国的文化。一方面，对中国传统文化中的落后部分进行批判；一方面引进国外的思想如无政府主义、新村主义，包括马克思主义等等。新文化运动成为当时风生水起的社会思潮。从今天来看，其对中国传统文化的批判有许多过激之言。但是如果我们回到具体的历史场景，就会感到这些批判背后所表露的急切心情及历史合理性。在新文化运动中，一个最为突出的问题，也是最为重要的成果就是把中国人使用了数千年的文言文转化为白话文。从文化发展传承的角度来说，以文言文为代表的中国书面语言具有其重要的历史价值、文化价值、文明意义。可以说，文言文的简洁、精炼、典雅，以及其表情达意的丰富性，是世界上任何语言都难以企及的。这也正是其生命力之所在。但是，从历史发展的现实来看，文言文也具有非常严重的局限性，难以适应现代社会的发展要求。首先是缺乏精确性。由于中国传统文化中思维追求整体感、人文感、艺术感，中国的语言缺少对事物的准确表述。这种特点虽然具有非常强烈的人文色彩，以及超越了具体现象的整体感，但是与现代工业技术发展中对事物精确性表达的要求有很大的距离。语言的背后体现的是思维方式。如果语言难以体现精确性要求，人们的思维同样将不能适应时代发展的要求。其次是书面语言与口头语言的分离。虽然任何语言都会表现出书面与口头的差别，也就是说，人们不可能把口头语言照搬为书面语言。但这种差别在汉语中表现得尤为突出。这就是作为书面语言的文言文与口头语言的"白话"之间的区别。这种区别使更多的普通民众与书面书写脱离，对开启民智、提升大众的文化素养产生了障碍。而现代化的实现并不仅仅是少数"文化人"的事，而是全民族的事。因此，语言的变革，使之更能够适应现代化的需要就成为一种时代的必然。20世纪的新文化运动，除了其在价值观方面的追求如"科学""民主"等之外，对语言的解放也是一种非常强烈的期待。一些有识之士率先放弃了对古代汉语的使用，积极采用白话文来构建现代汉语。这其中，出现了许多具有代表性的人物，如鲁迅、胡适等。今天我们仍然能够感受到鲁迅的语言中存留有古代汉语的元素。这是中国语文从古代汉语向现代汉语过渡的典型表现。而胡适等人则努力使自己的书面语言更加通俗化、口语化，也显示出某种过分倾向于白话的特点。另外一些具有欧美留学背景的人则企望借鉴外来语言对中国的语言进行改造，因而出现了许多非常欧化的表达方式。就中国现代汉语的成熟完善来说，这些努力都是非常珍贵的。但是，真正使新生的现代汉语从古代汉语中出走，并吸纳了民间语言的丰富、生动的特质，使之成为一种既有古代汉语的节制、典雅，又有民间口头语言的生动、活泼，从而使现代汉语能够成为一种具有完整的语法体系、鲜活的表现力，以及体现民族语言特色的"现代汉语"形态，则是以赵树理为代表的作家们做出了重要的不可忽略的贡献。

　　就赵树理个人的创作而言，其早期也是走欧美语法特色浓重的路线。但是当他发现这条路难以被普通民众接受后，其语言表达发生了转化，开始更加注重民族语言与现代性的融合。他的语言生根于中国古代汉语与民间语言的丰厚土壤。在保持语言典雅品格的同时，至少从这样两个方面进行了努力。一是更多地吸收了民间语言的表达方式，使普通民众能够走进这样的语言，使用这样的语言。也正因此，他的语言表现出非常鲜活、生动的状态，使语言的活力大大增强，表现力得到了拓展甚至突破。二是他的语言在规范性方面进行了重大的努力。一方面剔除了民间语言、方言中粗俗的、生僻的元素，使之更加典雅、庄重，另一方面，他保持并强化了以北方方言为主的结构形式，使之在语法形态方面更加完善严谨。所以，今天我们读赵树理的作品，其语言的流畅、生动、鲜活仍然非常突出。可以说，在中国现代汉语出现、发展、完善的进程中，赵树理做出了不可跨越的贡献。当然，这种贡献不可能是他一个人完成的，而是在特定历史条件下，由包括他在内的一大批作家共同努力，并在一代又一代作家的接力中实现的。赵树理丰富了现代汉语的表现力，并使这种获得新生的语言成为广大民众自己的语言。这后一方面的贡献更为重要。因为如果一种新生的语言难以得到民众的认可，其生命力是非常值得怀疑的。可以这样说，如果没有这些作家的努力，中国的现代汉语很可能成为一种"精英"的语言。也就是说，很可能成为一种少数有"文化"的知识分子的语言。这不仅将使语言的普及受到阻碍，也将因为得不到大众的认可而导致中国现代化的迟滞。

山西的作家受赵树理的影响甚深。除了创作理念、题材选择等方面外，在语言的运用上也同样如此。这也就是说，从赵树理以来的几代山西作家不仅坚持了赵树理的创作方向，也共同为中国现代汉语的进一步完善、发展做出了努力。尽管今天我们可以说，这些作家个人的成就不同，在语言表达方面风格各异，但是他们有一个共同的特点，即在坚持语言的民族化方面都进行了非常积极的实践。进入新时期，随着改革开放的不断深化，各种创作观念竞相显现。山西作家虽然与全国的创作相比更多地表现出固守的姿态。但是新的创作手法、元素等也在自觉不自觉地借鉴当中。其中就语言表达的追求而言，大体表现出两种特点。一种是仍然坚持语言表达的民族风格，并随着时代的发展变化使之更加丰富生动起来。他们的语言，不仅缘于题材选择的民间性、地域性，以及人物、故事的原生性，更缘于吸纳了民间语言的鲜活元素，在叙述、描写等诸多方面更多地体现了植根于本土的语言活力。另一种虽然也注重题材的地域性选择，但在语言表达中更多地呈现出一种开放的意识，比较侧重吸纳外来语言中的合理成分。如修辞的繁复，语句的长结构，象征意象的频繁使用等等。虽然这两种追求表现出各自不同的倾向，但他们随着时代的发展而推动现代汉语不断进步的努力是一致的。

需要我们重视的是，山西作家在自己的创作中表现了中国文化的原生态及其变化。这种原生态不是指文化最初形成的形态，而是指数千年来一直呈现出来的未经现代化浸染、改变的文化。从某种意义来看，它已经成为生活在这样的历史环境中每一个人不自觉的潜在意识，并支配着人们的思想与行为。文学的表达虽然是语言与形象的表达。但是隐藏在语言与形象背后的却是生成这种语言与形象的文化。如果一种文学性的描写没有隐晦地展示出某种文化及其价值观，我以为就是一种表面性的甚或肤浅的描写。山西作家在自己的创作中表现出一个非常突出的特点，即对自己生活的土地、家园有一种执着的关注。而就山西这一地域来说，其文化又具有某种典型性。这就是生根于黄土高原的农耕文化。在中国现代化的进程中，一个非常艰难的任务就是要改变这种文化，使之蜕变为一种新的文化：现代化。这一过程是非常艰难的，也是非常痛苦的。数千年的农耕劳作，已经形成了一种自足的完善的文明体系。但是，就在这种文明体系达到顶峰的时刻，我们突然发现她已经不能适应现代化的要求。于是，开始不自觉地改变自己。这一过程伴随着战争、灾难、屈辱、失去国土与家园等等。在经受这种外在考验的同时，还有我们内在的情感、思想、精神等诸多方面的考验。一方面，救亡与重生成为一种时代的必然使命。另一方面，精神与文化的重建、新生也面临着更大的挑战。就前者而言，山西作家的创作并不是真正的重点。而后者却是其在描写社会变革进步中隐藏的中心。山西是中国最早开始工业化、现代化建设的地区。但是我们很少能够看到山西作家所描写的这方面的作品。而曾经作为抗日战争敌后根据地中心的山西，实际上也没有太多的文学作品来表现。反倒是有许多作品在这样的社会背景下来描写当时的人们如何生活，并参与了这一影响世界文明进程的历史。可以说，这些作家们表面上看起来对社会变革更关心。但是一到拿起笔的时候，就情不自禁地流露出他们对于特定文化及其价值观的不自觉的关注。这实际上成就了他们，也局限了他们。如果就当代文学而言，最早的表达在于农民群体的觉醒。他们感受到了时代的变化，并参与、推动了这样的变化。比如小二黑，虽然具有了杀敌英雄的身份，但作家所要说的却是旧的文化观念，以及由此形成的生活方式对人性的伤害——当然是从爱情的角度切入的。作家的贡献不仅在于表现了时代变化中人性尊严的重新确立，更重要的是，作家生动地再现了这种旧的文化制约在人们劳动、生产、生活、情感，以及社会关系诸多方面的表现。也就是说，作家不是把一个关于追求自由恋爱、自主婚姻的故事作为一种孤立的现象展示出来，而是生动地表现了这种文化观念在旧的生活方式中的普遍性，以及其荒谬性。也就是表达了必须改变这种文化观念的必然要求。这当然是非常符合时代需要的，也是中国在现代化进程中必须跨越的。在山西作家的创作中，相当多地表现了劳动者——当然主要是农民，以及农民出身的、具有农耕文化背景的其他身份的人们对劳动的热爱，对土地的执着，对家庭的重视等等。从历史的层面来看，这些内容都构成了农耕文明的重要组成部分，也是这一文明能够发展、生长的原动力。但是从时代的要求来看，这种文化又成为那些最终必然要离开土地，不再是农民的人们内心世界与精神领域的时代痛苦。比如在改革开放之后，工业化的浪潮漫卷一切。在最具现代化特点的大型露天煤矿当工人的吴福却难以适应这种快节奏的标准化的生活方式。他无限怀恋地回到了自己的家乡。但是家乡已经不再是曾经的家乡，吴福也不再是过去的吴福。他身跨两界，无所归依，内心充满了痛苦。这是一种时代转换、文明更替的痛苦，是一种具有重大典型意义的内心再现。而在现代化程度日益加深的历史时期，农村也已不再是传统意义的农村。农民也不再是仅仅从事农业生产的农民。更大的市场与财富吸引了更多的农民，城市成为新的生活中心。虽然从某种意义来看，城市化可以作为现代化程度的一种标志。但是城市化也同时带来了传统文化的消失、传统生活方式的改变，以及传统人际关系的新建。老甘，这个仍然坚守在内心世界的"过去的农村"中的农民，痛苦地怀恋着昔日活色生香的农村及农村的生活。但是，过去的一切似乎已经义无反顾地过去了。他的农村已然不再。如果说这样的农村随着市场化程度的提高有新生的希望的话，也与过去的农村大不一样。老甘的痛苦同样是一种时代的痛苦，是我们在走向现代化进程中不可回避的痛苦。当然，山西的作家也描写了这种进程中人们的希望、新生，以及由此而来的快乐、自信。宋老大进城送公粮时那种发自内心的自豪感、主人感，那种终于直起了腰板的幸福感将永远感动我们。而在首都打工并学会说普通话的小雪也动人地透露出新一代农民美好的未来。

山西的作家们也企图从比较宏大的层面来揭示中国文化的品格，以及由此而反映出来的中国精神。这些描写不在意于对现实生活具体人事的再现，而是企图通过某种具象化的人事具有隐喻意味地表达作家对民族性的理解。他们营造的人物生活环境不太具体，而是具有某种概括性，超越了具体的、实指的时间、空间。其中人物的行为，以及由这种行为所表现出来的文化内涵、价值选择体现出一种超越了具象的恒久性。由此可以使我们领略一种民族的生存状态与价值操守。其中的一部分作品甚至具有进行人生意义、价值意义探求的哲学性努力。这时，作家关注的不再是现实生活中具体的人事，以及其中透露出的社会文化内涵，而是超越其上的价值追寻。在临危受命的戴夫人身上，作者赋予她民族人格最为优秀的内涵。她不仅具有一般人所可能具有的大局观，以及人性的智慧，而且作为生命个体，她具有了一种古人所言的"浩然之气"。她在漫长艰难的商旅途中，没有感受到生命的渺小，而是站在太行山顶吟诵前人的诗篇。她感受到的是生命的博大、伟岸，以及大自然的神奇、浩渺，是一种天人合一、物我两忘的至高境界。这不仅是她个体生命的壮美华章，也是民族文化中价值体系的完美内化。张马丁的遭遇则从另一种角度表现了不同文化短兵相接所引发的一系列事件，以一种宏阔的视野描写了文化境遇背后各异的价值体系之间的交锋、错位、融合。还有许多作品通过对具体人物生命境遇的描写，表现了具有历史意味的在潜意识中特定价值观支配下的民族精神世界。

读山西作家的作品，事实上也可以看到中国从农耕文明的顶峰跌落到重新崛起，实现现代化的历史进程。在当代文学中为数不多的抗日战争题材的作品中，我们可以看到以中国北方农民为主的人们如何从屈辱中觉醒、抗争，并取得了历史性意义的胜利。抗日战争的胜利，不仅仅是军事的胜利，而且是中华民族在经历了无数的失败、屈辱之后终于走向独立、自主，重新以一个文明民族的形象自立于世界民族之林的标志；也是中国在经历了种种探索，尝试了不同发展道路之后，终于表现出走向正确发展道路，迈出实质性转型步伐的标志。

尽管一直以来我们都有这方面的创作，但是具有宏观性、历史深刻性的作品还不多。新中国的建立是中华民族终于在百余年的努力之后有了自己独立政权的大事，也是中国开始以超人预料的成就向现代化迈进的起点。山西的作家以自己敏锐的笔触描写了这一关键时刻中国普通人内心世界的喜悦、自豪，以及对未来的憧憬。还是在 1949 年 10 月 1 日，诗人高沐鸿就创作了诗歌《这是我们人民自己的胎生》，为新中国的建立而欢歌。之后的一系列文学作品生动地表现了站起来的普通民众内心世界的巨大变化，特别是其人格世界的变化。他们实实在在地感受到了新社会的进步，以及当家做主的自豪。他们不仅在经济上得到了解放，在政治上得到了翻身，而且在精神世界上发生了积极的蜕变。一个新的时代带来了新的发展与进步。也正是这些作品成就了这个新文学史上一个最具典型意义、产生重大影响的文学流派——"山药蛋派"。他们有共同的创作追求，有共同的题材选择，有以赵树理为代表的领军人物。这个流派出现的意义，不仅仅是属于文学的，更是属于中国文化的。他们在尊重并表现中国优秀传统文化价值观的前提下，呈现在这种价值体系影响下中国民众，主要是农民如何生活、生产、思考、发展。读这些作家的作品，不仅使我们能够了解到特定历史时期中国发生的事情，而且将使我们了解中国人是怎样的一种生活方式，中国人在新的历史时期发生了怎样的变化。在 20 世纪 70 年代末、80 年代初，山西的作家们非常敏锐地感受到时代将要发生的巨变。这种感受不是源于理性的分析研究，而是源于他们对现实生活的关注与热爱，是他们从具体的生活中感受、发现了时代变革的动力。其中有他们对极"左"路线的批判，以及对中国变革发自内心世界的呼唤。这首先是已经成名的一批被称为"老作家"的人们走上了历史的舞台。而另一批将在中国文学园地表现出勃勃生机的作家以自己的敏锐发现了生活的变化。至 20 世纪 80 年代中期，以《当代》发表一组山西作家的作品为标志，文学"晋军崛起"成为中国文坛的一个重要事件，引起了广泛关注。这批作家一进入文坛即表现出不俗的活力，显得生龙活虎，风生水起。他们首先成为对极"左"路线的批判者。通过一系列生动的、充满生活意蕴的人物形象来揭示中国曾经走过的弯路，以及即将出现的变革。而后，出现了一系列呼唤改革的优秀作品。一些小说被改编为影视作品，在当时传媒欠发达的条件下产生了极大的轰动效应，甚至有万人空巷之叹。其中的朱克实、李向南、李高成等成为新的历史条件下拨乱反正、推进改革的典型人物。这些作品既是文学的，更是时代的、历史的。它们表达了中国人内心深处希望变革的期待，也呼唤着一个新的历史时期的到来！

中国的改革是中国从传统的农耕文明出走，迈向现代化的重大事件。随着改革开放的不断深化，中国表现出强劲的发展态势。同时，也遇到到了许多需要解决的问题。一方面是现代化程度的不断提高，另一方面是这一进程的艰难演进。一个时期，那种充满浪漫主义色彩的乐观情调被现实生活中的艰难前行所生发的复杂性代替。改革并非一帆风顺，充满了困惑、曲折，有许多困难需要智慧与勇气来克服。这一时期，山西的文学创作沿两条主线展开。一方面是直面现实，表现新的发展时期人民的智慧力量，及时代的进步，如农村改革，国企改革，全球化背景下的商业博弈，以及反腐倡廉、环境保护、民主选举、基层生活、重大事件等等。总的来说，山西文学表现出社会的艰难进步，这种进步首先是积极的、正义的、人民的力量战胜了消极的、不义的、损害人民利益的力量。同时也表现出了中国传统社会在时代的发展进步历程中逐渐变化：如传统农村的式微与新盛；农村人口向城镇的转移；土地的工业化、商业化等等；商品经济的蔓延，城镇化的发展；以及身处其间人们内心世界的彷徨、痛苦、选择；人对土地以及建立其上的生产生活方式的依恋；对改革进程中传统国有企业的情感等等。从这些作品中，我们可以观察、感受到中国正在发生的翻天覆地的变化。另一方面，许多作家企图从超越现实的具有形而上意味的层面来探求中国的民族精神。一些作品甚至具有了某种哲学性品味。他们可能借助于某一历史事件，或者设计一个与现实生活隔离的故事来表现自己理解的民族精神。这一类作品可能表面上与现实生活没有直接的关联，但是对我们认识民族文化、民族品格具有积极的意义。事实上这些作品为我们提供了一种思想文化资源，是对现实生活中剧烈变革引发人的价值观的迷茫进行的某种文化性指引。它不涉及现实问题，不为我们思考感受现实生活提供具体的形象。但是，为我们提供观照现实、解决现实问题的精神力量、价值选择和思想资源。这其中也有一个如何认识人生、如何认识民族、如何面对个人价值的问题。

总之，不论是对现实生活的直接表现，还是以隐晦的笔法对现实生活提供精神资源，都可以看到山西作家对社会生活、人生价值的一种积极的态度。他们试图以自己的描写来表达某种具有积极意义的思想内涵，为今天的人们提供精神力量，以推动中国社会的发展、进步，以及在历史蜕变中人的完善。这些努力也可以视为是在现代化进程中对民族精神的一种回顾与追寻。读山西作家的作品，可以使我们从一个侧面感受到中国走向现代化的历史进程。

山西作家在艺术创造上也进行了积极的努力。就山西文学的当代面貌来看，表现出一种从一元向多样的发展态势。当代山西文学受以赵树理为代表的"山药蛋派"影响甚重。一代一代的作家不仅受到这一流派作家关注现实生活、关注社会民生的创作理念的影响，而且在表现手法上也多承续这一流派。因此，直至改革开放前，山西文学基本呈现出一种"山药蛋派"式的一元状态。但是，进入改革开放的新时期后，这种局面开始发生变化。一些人更注重语言描写、心理表达等等。不同于"山药蛋派"风格的作品开始大量出现。首先是题材选择表现得更加多样，其次是表现手法更加多样，再次是创作观念也呈现出多样化的格局。山西文学终于形成了从一元走向多样的创作态势。那些坚持以农村为主要创作题材的作家们也积极地吸纳了其他的表现手法，使农村生活的表现领域大大拓展。另一方面，山西也出现了典型的所谓"现代派"小说。心理结构、借鉴侦探小说手法的"悬念"结构、无情节结构、意象结构、寓言式结构等等次第登场，宏大叙事与个人化叙事并存一体。这些作品有的已经产生了比较大的影响。无论如何，他们都是山西作家对文学自身进步的积极探索。

从某种角度来看，山西文学似乎为我们呈现出了中国走向现代化的百年变迁史。这不仅表现在人们广为关注的小说创作之中，同时也更加丰富地表现在文学的其他领域，如诗歌、散文、戏剧，以及逐渐从散文文体中独立出来的报告文学及传记文学之中。当我们追寻这种变迁的历史时，不能割断由山西而表现出来的中国五千年文明史。山西是华夏文明的主要发祥地，从远古以来，这一文明代代相传，承续不绝，其中涌现出众多的仁人贤士。作为个人，他们有自己所处的具体的历史环境、成长条件，对人类文明的进步做出了自己的贡献。但是，作为一种文化现象，他们似乎勾勒出中国文明发展进程的历史脉络。在他们身上体现了中华文明的历史贡献、价值选择，以及思维模式。对他们进行研究，并用传记的方式表现出来，使今天的人们了解并感受他们所具有的闪光的人文价值，不仅对今天的改革发展具有积极的意义，对我们现代化进程中的文明重建同样具有非常重要的意义。这将首先使我们看到历史发展进程中文化的影响力，进而使我们能够进一步确立文化的自信心与自觉性。在这些如星光一般闪烁的先人身上，我们将体会到中华文化的魅力、价值和绵延不绝的生命力。承续山西文学的精神品格，创作出新的能够表现时代精神的优秀作品，是我们这一代人的使命。而对五千年文明发展进程中那些曾经做出突出贡献的英杰才俊进行文学式的描述，也将是我们传承民族精神的一种努力。因此，组织编辑出版山西文学"双百工程"，有着非常积极的现实意义。

这一"工程"包含两个序列三个方面的内容。一是"百部长篇小说"，其中一部分是已经发表出版并产生了较大影响的现当代小说。通过集中编辑出版，可以使我们比较全面地回顾审视山西文学某一方面的成就与贡献。另一部分是新创作的长篇小说。其目的是推动山西长篇小说的不断繁荣。把它们列入这一工程，即是对文学发展的新推动，也可以延续已有的成果，使人们看到山西文学创作的最新成就及更加生动的面貌。二是"百部山西历史文化名人传记"。山西的报告文学近些年来表现出非常活跃的态势。不仅参与创作的作家比较多，出现的作品比较多，而且产生的影响也比较大。其中一些作家应该说是中国报告文学领域的领军人物。同时山西也是华夏文明的重要发祥地，在五千年的文明发展历程中涌现出许许多多的对中华文化发展进步做出重大贡献的英杰先贤。以传记的方式把这些先人在中华文化发展进程中的贡献表现出来，有助于我们重新认识中华文明对人类的重大贡献，有助于我们进一步追寻中华文化的精神、操守、品格，并使我们从先人的风采中找到自己前行的楷模和动力，激励我们推动中国的改革发展进步。所以，这也就成为我们的一种责任。相信通过这一努力，既将促进山西文学的进一步繁荣，也将进一步增强我们的文化责任，重塑我们的文化形象，展示中华民族在漫长发展历程中表现出来的精神力量与智慧，为实现民族复兴的中国梦做出积极的贡献。

三晋百部长篇小说文库

晋阳王武子,中都孙子荆各言其土地、人物之美,王云:其地坦而平,其水淡而清,其人廉且贞。

刘义庆《世说新语》

引子　庚子飞鹰

1

一九〇〇年的广东,刘醒身站立在黄浦码头的石坝上,看来势汹汹的潮头宛如银色城郭,狂徒赴死般前仆后继地在脚下轰然炸裂,飞溅的水波悲壮得仿佛以血泼墨。他四十多岁,宽骨架上袍带飞扬,黑色玳瑁眼镜下面有一个蒜头鼻子和两撇都鲁机(土耳其)式的大胡子。八月的溽热肆虐着百越之地的岭南,虽然有亲随在身后为他打着遮阳伞,但衣服还是被汗水湿透了。

头顶上,数行蟒蛇一样的风信旗、蜈蚣灯"扑啦啦"地舞动,像戏子在不知疲倦地表演水袖功。刘醒身心情沉重,听说大清国的整个西北部半壁山河已经是尸山血海。昨天刚刚传来消息,北京城失守,军机大臣裕禄用手枪自杀,各国统帅下令特许军队公开劫掠三天,太后及皇帝陛下不知所踪,极有可能已崩殂于乱军之中。和这些可怕的消息行成强烈反差的是广东一派和平繁荣景象，这是因为六月份，当那个气昏了头的老寡妇以傀儡皇帝之名，向英、美、法、德、意、日、俄、西、比、荷、奥十一国同时宣战，并诏令各督抚率兵勤王的时候，身为两广总督的傅相①表示断然拒绝，复电朝廷："此乱命也，粤不奉诏。"这份石破天惊的电文给东南各行省的督抚壮了胆子，随后，两江总督刘坤一、湖广总督张之洞、闽浙总督许应骙、四川总督奎俊、山东巡抚袁世凯、浙江巡抚刘树棠、安徽巡抚王之春纷纷响应。张之洞话说得最狠，在给朝廷的电文中称自己"坐拥东南，死不奉诏"。听起来就像公开谋反的宣言。邮传大臣盛宣怀又从中牵线策划，委托上海道余联沅与各国驻沪领事商定了"保护东南章程九款"。

如果不是傅相挺身而出，甘冒粉身碎骨，祸灭九族之险，领头反抗朝廷，那么八国联军在进犯北京的同时，德国远征军三万和日本的三个精锐师团将在上海登岸；而另一支德军会从胶州湾攻打广东；米利坚（美国）驻菲律宾的两师登陆福建；英军一路从香港北上广东与美军会师，另一路则会从印度攻入西藏；法兰西从印度支那插向广西和云南；意大利直取三门湾，报去年的一箭之仇②；奥地利亦将说服国主增兵与英法军队配合；西、葡等国会不会趁火打劫也很难说……分崩离析，亡国灭种之惨剧可能已经发生。

李准一身戎装，宝蓝色袖口上绣着红珠和金色飞蟒，腰挎龙头指挥剑，面容坚毅，挺拔地站在那位广东的无冕之王旁边，用长筒望远镜眺望洋面说："来了。"

如山似岳的镇海号巡洋舰劈开大清帝国的万里海疆，吃水线深达舷腰，蒸汽锅炉上两根大烟囱吐着滚滚黑烟，船体两侧及船头船尾布满旋转式炮塔，大口径炮管指向四面八方。军舰难得地悬挂满旗，舰首的旗杆上黄底的五爪青龙随风舒卷，猎猎飘扬。此舰为光绪十五年（1889）马尾造船

---

①李鸿章有大学士、太子太傅衔，被尊称为傅相。

②1899年，意大利强索浙江三门湾，叶祖珪带舰队严阵以待，清政府也据理力争，绝不退让，最终逼退了意大利。

厂制造,排水量6523吨,列装时仅次于北洋舰队的定远和镇远两舰,1894年参加过南北洋大会操,甲午海战中归北洋海军指挥,现在它是清国唯一一艘巡洋舰。在两侧为它护航的是广元、广亨、广利、广贞四艘炮艇。早已分列于岸边的楚泰、楚同、楚豫、楚观四舰点火升锚,一字排开迎上前去,在海面上犁出四条白色的水线,中途同时鸣放礼炮,一群觅食的海鸥惊飞起来。巡洋舰和护航的炮艇也鸣炮回应,朵朵乳白色的烟圈儿反射着阳光,在蓝天大海之间优雅地绽放。主舰和客舰在海面上会合,船阵整齐变化,雁行鱼贯,调转自如,蔚为壮观……

李准心中感叹:堂堂广东水师也就只剩下这点家底儿了!当此国难之秋,两宫蒙尘之际,这排场摆得未免太大了,巡洋舰挂着满旗到香港接人,广东水师精锐尽出。他不禁十分好奇,难道来者是位极人臣的亲王?泰西(泛指西方国家)列国的爵爷?或者竟是皇帝陛下辗转脱困?多年混迹官场的经验告诉他,上面不愿让你知道的事情还是少打听为妙。令他困惑的还有身边这位刘先生,此公虽然是两榜进士出身,却并没有任何品阶和职衔,何以指挥起自己这三品武将以及广东的文武官员竟能如臂使指,令出法随?就因为他是傅相的心腹幕僚,傅相称赞他能一计定乾坤,奉旨北上前又当众以广东诸事相托。用私人关系代替文武制度,大清国的纲纪已经崩坏到了如此地步……

此时的李准二十九岁,和日暮途穷的清帝国恰好相反,他的征途才刚刚起锚。一个月前他因办事干练,从广东海防善后局提调升任巡防统领(兼巡各江水师)。两年以后,又因剿灭江西、高丽沿海巨盗,升任总兵官,颁赐"果勇巴图鲁"称号。五年以后,由慈禧皇太后亲点接掌大都督印信,成为大清国最后一任水师提督。他治军有方,锐意改革,抱定清国虽弱但绝不示弱的决心。长行伏波,收复西沙,抵定东沙,巡阅南海,在墨西哥排华惨案发生后,亲赴加勒比海越洋护侨,与日、葡、英、法等列强斗智斗勇。1911年他率师起义,倒向革命阵营,使广东全境兵不血刃而宣告独立,被国民政府授予上将军衔。

造访军港的神秘客人终于在西洋乐队的聒噪声中走下舷梯,他看上去很年轻,只有二十多岁,把辫子盘在一顶帽檐微翘的白色巴拿马草帽里,浅绿色的亚麻西服搭配斜纹领带和沈氏鞋店①的胶底磨砂皮鞋,使他看上去像一个轻佻的南洋客。刘醒身疾步迎上前去,握手的同时互通名姓:"在下刘醒身。""在下甘雨轩。"除此之外没有多说一句话,他们分别代表两股强大的政治势力,曾经是不共戴天的仇敌,因此两个人的笑容都像刀光反射出来的,微妙复杂,恍若隔世。

刘醒身只说了声:"请。"然后两人就换乘画舫匆匆离开军港,沿珠江入海口溯流而上进入内河,直奔鸡翅城(广州府的城垣)。一路上炮舰开道,鱼雷艇殿后。这艘画舫经过英国技师的改造,船尾加装了冷凝器和铜锅炉,膨胀作功驱动蒸汽机轮,专供傅相检阅水师时使用,沿途炮台远远望见都向船队行点旗礼,并鸣炮致敬。

2

索菲亚旅馆是一栋北欧风格的两层洋楼,绛红色坡顶,四方烟囱,在阳光下格外醒目。连续不断的拱门和柱廊在明亮的绿色砖墙上制造出深邃的阴影。该旅馆属于丹麦人白朗宁夫妇名下所有,建在当地人称为银滩的十三行②旧址上。咸丰六年(1856),这座东方财富的象征被英法联军的炮火引燃,熊熊大火燃烧了七昼夜,火光缤纷迷眩,五颜六色,像北极光一样璀璨而冷艳,据说那是堆积的珠宝烧裂所至,融化的番银明晃晃地流淌到两里以外。

今天索菲亚旅馆迎来了一位贵客,七天前官府就为他把二楼整整一层六套客房全部包了下来。

甘雨轩环视雍容华贵的客厅,其中最显眼的是房门对面的壁炉,雕刻精美的大理石炉架两边安装着灯饰,因为长期不使用,铸铁的炉门关闭以后,炉膛就成了一个便捷的储藏窖。丹麦是个寒冷的国家,壁炉对于他们不仅是生活必须,而且已经成为了传统文化的一部分。墙上挂着咕咕钟

---

①沈柄根1876年筹资在上海永安街开设了我国第一家现代皮鞋工厂。
②广州十三行是清代专做对外贸易的牙行,政府指定专营对外贸易的垄断机构。

（布谷鸟钟）及一幅油画，描绘的是罗马教皇和上帝之鞭——匈奴王阿提拉会面的场景。桌面上摆放着墨水瓶和天鹅羽毛制成的蘸笔，银烛台，以及色块明厚，勾着绚丽金边的广彩瓷，这是一种依据西洋人的审美生产的外销瓷器，中国彩绘师根据外商提供的图样，在景德镇运来的素胎上，烧制出欧洲式样和题材的作品。盘子里罗列当地时鲜：荔枝、龙眼、柑橘、杨桃……

一名个子很高的番妇端进来两杯现磨咖啡，刘醒身坐在对面的欧式宫廷椅上和客人进行了简短的交谈。

"前几日听闻逸仙南来，我等无不欢欣鼓舞，日夜盼望畅聆大教，共谋进行之法，不知因何中途改道？"水汽袅袅，一股苦香苦香的味道在他们之间弥漫。

"孙先生接到信函即乘坐山城丸从神户来粤，行至香港时忽然长兄（指孙眉）家书至，说老太太病重，所以立即去了檀香山。"甘雨轩解释道，一边用小勺搅拌着咖啡，然后反诘，"本以为此番来能谒见傅相，岂料竟缘吝一面。"

刘醒身脸上浮现出抱歉的笑容："七月份，天津被联军攻占后乱局已经无可收拾，太后悔意大起，急命傅相为全权大臣，赴京城与各国协商，先行停战。傅相立即乘船从广州出发经香港北上，行至上海时听说北京已经城破，就在公共租界静安寺路小做盘桓，静观变化。"

甘雨轩端起咖啡抿了一口，轻轻"哦"了一声。

"甘先生是哪里人士？"刘醒身随口问。

"在下世居南洋，贩茶叶为生。家父是一名领航员，终年往来于马尼拉和澳门之间。"

"我以前认识一个暹罗人，是个降头师。"刘醒身喝干杯中的咖啡，起身说："甘先生一路车马劳顿，应该先好好休息，待养足精神后我们再商谈正事不迟。"

甘雨轩并不挽留，只淡淡地说了声："恭敬不如从命。"

刘醒身辞出，两名亲随以及旅馆经理班先生正在走廊等候。下了楼梯,走出前厅大门的时候,一个十四五岁的男孩儿和他擦身而过,孩子赤着上身,只穿一件大裤头,四肢细如麻秆,手脸和身上都很肮脏,几乎看不出皮肤的本色。脊背上生着烂疮。头发乱糟糟的,像鸟窝,瘦得每一根骨头都能看得清清楚楚。孩子奔向前台的同时扭回头来向他瞟了一眼,清澈的眸子里闪过冰凌般的寒光。

刘醒身掩住口鼻问班先生:"这个孩子是你们的店员吗?"

"哦,不是。他是个小乞丐,而且是个哑巴,靠给客人搬运行李讨点糊口的小钱。"班先生毛发浓密,牙齿洁白,脑袋四四方方,是个中葡混血儿。

"把这里的闲杂人等统统赶走,甘先生住宿期间绝不允许有人靠近二层。"刘醒身走出庭院,一辆白马拉的四轮轿车和二十名乡勇组成的洋枪队正在路边待命。

班先生抢步拉开玻璃马车的车门,躬身说:"放心吧大人,连只苍蝇也飞不进去。"

甘雨轩漫步到白漆木框的凸窗前,只见楼门口和庭院里游荡着几名彪悍的便衣,在进入庭院的时候,他发现在大门两侧摆摊的小贩样子都很可疑。很明显自己被软禁了。他抬升目光,眺望这座东方的伦敦。广州城花团锦簇,水道纵横,那都是从珠江分泌出的乳汁。索菲亚旅馆所处的位置正好是老街区和洋商区的分界,向西看洋楼一座紧挨一座,各种国旗迎风招展。领事馆,邮政局,电报局,俱乐部,太古洋行,美孚洋行,三菱洋行……石室圣心大教堂的身躯最高大,玫瑰花窗五彩缤纷,尖顶双塔直刺苍穹。向东看,都是潮汕和客家风格的围屋、骑楼,四马拖车①,间阎扑地。祠堂、书塾、官衙、神社在其中散发着安祥的古意。小蟠龙岗上的镇海楼鹤立鸡群,红色砂岩的外墙鲜艳夺目。六容寺花塔斑斓的九层宝盘托起塔项的火焰宝珠。1911年(当然,那是十年以后的事了),中国航空业的先驱,广东恩平人冯如,驾驶着自己设计制造的飞机——冯如二号从六容寺花塔旁

---

①也叫驷马拖车,当地的一种建筑风格,整个建筑格局就像一驾由四匹马拉着的车子,故名。

边掠过的场景曾轰动世界,登上了法国巴黎《小新闻报》插画副刊的头条。

半个月前孙先生正在神户筹备惠州起义,面临的最大困难是经费不足,忽然接到同乡刘醒身的书信,其中说:"傅相因北方拳乱,欲以粤省独立,思得足下为助,请速来粤协同进行,共议匡救天下之策。"先生即携党徒若干以及日本浪人宫崎寅藏、内田良平等从日赴港。而当时甘雨轩正在湖南老家——妻子,青梅竹马的蓉表妹即将临盆,这是他们的第一个孩子。得到消息的他大惊失色,汤药碗脱手摔成了碎片,片刻都没有拖延,出门前他没有做任何解释,只是俯身亲吻了一下满含幽怨的妻子。他的心中充满了难过和歉疚,郎中说产妇胎位不正,可能会难产。他风雨兼程,披星戴月地南下香港,他知道消息时已经太迟了,只能暗暗祈祷一切还来得及。他要学赵子龙截江夺斗,但拦劫的不是储君,而是一头可能正在自投罗网的狮子。是的,他怀疑这是一次诱捕,李合肥这方面的历史并不清白,同治二年(1863)他率领淮军并携手常胜军①,攻打太平天国在江南的重要根据地——苏州,在诱降了苏州守军之后,他设摆鸿门宴,于酒席宴前一举诛杀了八名降将。

甘雨轩留下了遗书,做好了一登岸即遭毒手的准备,可让他始料不及的是欢迎场面如此盛大,这似乎是表明了傅相的诚意和做大事的决绝,但是从另一个方面想,也可以解释为傅相立志要生擒乱党向朝廷献功,所以并不惧怕事情传扬开去。广州城迷雾重重,杀机四伏,只有一点可以肯定,这是场一掷千金,人头做注的豪赌。庄家既然敢于大张旗鼓地开局,就不会让它无声无息地终结。

光斑在对面的墙壁上连续晃动了三下,引起了甘雨轩的注意。他从餐桌上拿起一个锡制牙签盒,向着光源也摇摆了三下。他觉得安心多了,那是同伙发出的联络信号。是啊,他很庆幸,自己不是孤军奋战,不是单枪匹马,城里还潜伏着自己的伙伴。

---

①指为对抗太平天国运动,清朝官商出资高薪聘请的外国雇佣兵。

索菲亚旅馆的服务和饮食都是一流的,头一天午饭吃的是番菜:曲奇饼,三明治,烟熏牛肉卷,抹了厚厚鹅油的面包片……第二天的正餐又换成了马来西亚风味:惹娘糕,骨肉茶,椰浆饭,沙爹……下午三点刘醒身来访,和上次一样他把大批随从留在外面,只身进屋,装束上唯一的不同是外罩了一件黑色披肩式短斗篷。

这是他们的首轮正式会谈。刘醒身态度还是那么亲切,切入话题开门见山:"临行时逸仙可有什么嘱托?任何要求甘先生都可以开诚布公地提出来。"

甘雨轩倒不客气:"孙先生这些年羁旅漂泊,四海为家,手头一直很拮据,希望贵方能给予贷款十万两作为安家费。"

好昂贵的安家费呀,简直是狮子大张口,而且所谓的贷款当然是刘备借荆州——有借无还。刘醒身心里想着嘴上却说:"小事一桩,应该不成问题,待我请示傅相之后即做答复。"

"傅相对目前的时局怎么看?"甘雨轩转守为攻。

刘醒身没有正面回答,缓缓地说:"此番傅相奉旨北上,途经香港时曾与港督卜力洽谈,卜力代表私人并转达殖民大臣张伯伦之建议,希望两广合并,实行宪政,由傅相就任大统领,逸仙出任顾问,使两广成为英联邦的一部分,由大英帝国提供保护。"

"英吉利国这是在落井下石,趁火取栗,伺机宰割中国。可惜他们有心无力,盎格鲁–撒克逊人的四十五万大军正在非洲泥足深陷,为了争夺那里的黄金和布尔人兵连阵结,打得水深火热,万死千伤。俄法德趁机在他的后院里放火都顾不上管了。"甘雨轩轻蔑地说,显得对提案不屑一顾。

刘醒身并不反驳,接着说:"前几日俄国公使格尔思代表沙皇尼古拉二世拍电报给傅相,称希望重新选择一个强有力者取代清室,做中国的新皇帝。"

"不知俄皇所指的强有力者为谁?"这才是他们的底牌,而刚才所谓两广合并云云只不过是一个幌子,一次试探,他们的真实打算是想让李鸿章称帝。

"甘先生何必明知故问?"刘醒身露出一个尽在不言中的微笑,"德国表示的更加明确,瓦德西元帅委托红颜知己,京师名妓赛金花传话给傅相:各国军舰百余艘拥公为帝可乎?"

"帝制必须被推翻,这是原则问题,无须讨论。"甘雨轩回答得斩钉截铁。

"驱逐鞑虏,恢复汉统不正是兴中会的创建宗旨吗? 如果做成了,逸仙就是徐达、刘伯温式的开国人物,名垂史册,也算不枉此生了。"

"共和为最良国体,世界公认。兴中会的宗旨除了上述两条,还有一项——创立合众政府,也就是共和国体。"甘雨轩寸步不让。

"梁任公(梁启超号任公)近日来函,表示全力支持帝制。如果诸君固执己见,傅相一旦转而去和保皇会合作,逸仙岂不坐失一次成就千古大业的良机?"刘醒身露出了要挟的尖牙,他在反击。

甘雨轩突然仰天大笑,讥讽的笑声酣畅淋漓,夹风带雨。刘醒身一动不动地缩坐在自己的黑斗篷里,阴冷的目光隔着眼镜片死死盯住对方,板结的表情中带着一丝愠怒。

"今年年初傅相刚刚奉旨铲平了康梁的祖坟,保皇会一怒之下声言将派遣刺客暗杀傅相。虽然后来双方表示相互谅解,但焉知不是在虚与委蛇,欲擒故纵? 康梁效忠的是光绪皇帝,衣带诏事件天下人尽知。自北京发生拳乱以来,保皇会更是不遗余力地联络豪杰,筹饷购械,以求武力勤王。而他们武力勤王的第一步就是要拿下广东作为大清国的复兴基地,然后迎奉天子号令诸侯。如果把保皇会引进两广,和大阿哥党引义和拳进京异曲同工,正所谓倒持干戈,授人以柄。"

"那依甘先生之见呢?"挫折感使刘醒身更加阴郁,在客厅明快的色调里,他简直就是一团黑云。

"今世足以定天下者,无过傅相。傅相应该听从张香帅(张之洞字香涛)的建议,结束帝制,开创共和,绝伪诏,全半壁,就任非常大总统。只要傅相顺天应人,登高一呼,则无论是东南各督抚,淮军旧部还是兴中会必然云集响应,天下豪杰,有识之士披坚执锐,生死相从,中国的面貌将从此改观。"

长时间的沉默,刘醒身在权衡,终于他站起身来:"好吧,我立刻把你的想法拟成电文,请示傅相。"甘雨轩把他送到门口时轻声说:"我有一件私人的事想请刘兄帮忙。"

"甘先生见外了。"刘醒身停下脚步,转回身来。

"在下此番来粤事出匆忙,临行时忘带了一剂丸药。"

"怎么,贤弟身体欠安吗?要不要请个医生过来?"刘醒身越发郑重,关切之情溢于言表。

甘雨轩摆手说:"大可不必,一盒忌酸丸足矣。"

刘醒身神色又一变,诧异中带着些许古怪,即使甘雨轩索要的是安胎丸估计他的反应也不过如此。忌酸丸是一种以洋参、白术、当归等多种药材掺杂大烟灰制成的戒毒丸,为林则徐做两广总督时亲自研发。甘雨轩张口向自己讨要忌酸丸,说明他有严重的鸦片瘾,而且正在戒断期间。作为孙文党徒,暗中却吸食鸦片,这本身就是一件丑闻,本应极力隐瞒,现在不顾脸面地说出来,表明这位甘先生正在忍受着戒断反应的痛苦煎熬。刘醒身也是个老江湖,脸上瞬间恢复了平静,说:"下午我就让人到陈李记去抓药。"

4

刘醒身如约而至,落座后说:"傅相已经回电,电文只有四个字:舍我其谁。"他显得很兴奋,不住口地赞叹"不愧是傅相,只有他老人家才有如此高瞻远瞩的胸襟,重整乾坤的气魄!"

"傅相能在这样重大的历史关头,做出顺应时代,合乎潮流的抉择,国家幸甚,民众幸甚!我们应该为此喝一杯。"甘雨轩打开酒柜,拎出一瓶洋酒,启封后倒进两只玻璃盏里借花献佛。

"明天我们就动身,坐轮船去上海和傅相面商。"刘醒身豪迈地和对方干杯,然后变戏法般从斗篷里掏出一个五寸金盒,上面有錾刻的海水云纹,四周镶嵌着红玛瑙、绿松石和珐琅彩。中间镌有篆书:火兼文武调元手,药辨君臣济世心。他轻轻一按机关，盒盖响亮地弹开，里面红绒子底衬上整齐排列着六枚蜡壳丸药，递给甘雨轩说：“这是陈李济特制的忌酸丸，选材精细，用料考究，工序繁复，有别于普通药丸，并不公开出售，专门孝敬那些想要戒烟的王公大臣们。”

“多谢兄台。”甘雨轩把玩着金盒，爱不释手，这让刘醒身想起了买椟还珠的典故，这样的场景完全颠覆了他心目中革命党人的形象，试探着问：“甘先生如果有什么特殊嗜好，比如女人，都可以提出来。这家店提供各种混血儿，肤色不同，都是天足。我可以为你安排，真的别有一番风味。”

甘雨轩收起金盒，微微一笑说：“弱水三千，我只取一瓢饮。”

吃过晚饭，等到自鸣钟指向九点一刻，甘雨轩将五个火头的银烛台摆在壁炉前面的地板上，把铸铁炉门的销子抽出来，加厚门扇敞开，里面的杂物清空，然后双手伸进去击了三下掌。回音未落烟道中就传出了动静，过了一会儿，一双赤脚和两条细细的小腿从炉膛的上方垂挂下来。

男孩儿钻出烟道，四肢并用从炉膛爬进客厅，在地板上擦出两溜黑色的烟迹，站起身后个头齐到甘雨轩的胸口。砖砌的烟道只有一尺见方，如果是个成年人一定会被卡住。孩子本来就肮脏的身体裹了一层煤灰后，黑得像非洲土著，腆脸对着甘雨轩一笑，银白的眼球和浅黄的切齿突兀得仿佛独立的存在。

甘雨轩把孩子领进浴室，椭圆形的木头浴桶里已经加满了热水，充斥其中的水蒸气朦胧了视线，旁边的搁板上摆满了五颜六色的磨砂瓶子。甘雨轩从头到脚帮孩子香汤沐浴，虽然他知道一会儿他还得从烟道爬出去，这干净保持不了多久。他端过来一个搪瓷盆，把孩子的裤头泡在滚开的沸水里，烫里面的虱子和虱卵，又从壁橱里找到一瓶紫药水，涂抹孩子红肿溃烂的脊背，这是扛大号行李箱造成的。

之后他们重新返回客厅，孩子围着一条白浴巾坐在桌旁，很享受地吃甘雨轩给他留的椰汁西米糕。

甘雨轩坐在对面望着他说：“放心吧，你的宝贝我一直替你收着呢。”这个孩子是他在广州城唯一的同伙，唯一的依靠。

"那破玩意儿我才不稀罕,送给你了。"孩子豪爽地挥挥手,他不是个哑巴,只不过他听不懂粤方言,而他讲的山西土话在这里也没人能明白,所以就干脆什么都不说,只用手势同人交流。

甘雨轩微微一笑,问:"这两天觉得身上怎么样?"

"白天还好,过了二更难受得最厉害,头疼、胸闷、恶心,浑身好像蚂蚁在咬,不过翻几个跟头,竖一会儿蜻蜓,到天快亮的时候就睡着了。"孩子回答得漫不经心,开始他对甘雨轩递给他的刀叉很感兴趣,但尝试着摆弄了半天后还是直接下了手。

"还记得这些症状是从什么时候开始的吗?"

"自从离开杂耍班子就难受上了,我觉得是肖老大在使妖术,有人说他会在仇家身上放蛊,他想逼我回去。"

"要是回到杂耍班子身上就不那么难受了,你愿意回去吗?"

孩子抬起头来,目光锐利而威严,仿佛在捕捉对方话里的真实意图,在这一刻他就像一位高高在上评判臣子忠诚度的帝王。

"你晚上住在哪里?"甘雨轩毫不回避地迎着那双漆黑的眼眸,孩子不经意间展现出的高贵气质让他着迷。

"小北门,贡院旁边的石桥下面。"孩子愉快地说,收回目光,安心地返回到食物上。

甘雨轩内心一阵酸楚,他很想留孩子在旅馆里过一夜,但他不敢冒险,这个秘密一旦被人发现,那他的全部计划就会前功尽弃。他从抽屉里拿出金药盒放在孩子面前,抚摸着他的头发柔声说:"走的时候把这个拿上,早晚各吃一丸,你的病慢慢就好了。"

孩子眼睛一亮,把金盒托在手里说:"真漂亮!"

"记住,这几天千万别吃酸东西。"甘雨轩说,"一会儿我把药丸装在一个纸盒里,这个金盒另有用处。"

男孩儿是上个月他回山西太平县南高村祭祖时,从一个杂耍班子里解救出来的,班主以摧残身体的方式逼迫他卖艺赚钱。可是几天以后他发现孩子一到晚上就哈欠连天,鼻涕眼泪齐流,脸色苍白地说自己身上很难受。问其缘由,他自己也搞不清楚,说这种状况以前从来没有过。甘雨轩反复询问仔细推敲之后终于弄明白,他以前的班主有抽鸦片的嗜好,而且每次吸食的时候,都让孩子在旁边替自己烧烟泡,久而久之使他在不知不觉中沾染了毒瘾。

5

刘醒身爽约了,在他们约定动身的那一天他没有出现,第二天又是整整一天没有他的任何消息。甘雨轩不动声色。时间到了第三天,甘雨轩依然早起,平静地在院子里打太极拳,在客厅里读报、喝茶,但他心里有层不祥的阴影。自鸣钟里的布谷鸟飞出笼子,清脆地鸣叫了八声,外面,一队车马辚辚而来,永远都闪闪发光,纤尘不染的班先生快步迎接出去。

甘雨轩听见走廊上响起的脚步声比以往的节奏要快,显示出来人今天心烦意乱。终于门推开,刘醒身走了进来,手里拎着一只棕色的小皮箱。

"发生了意想不到的变故,两宫有消息了,母子无恙,銮驾临幸于西安金花路八仙庵。皇帝已经下了罪己诏,并且任命傅相为直隶总督兼北洋大臣,央求他老人家即日进京,会商各使,迅速开议。傅相思量再三,已决意奉诏入京。"刘醒身急急如风,语速飞快。

"在目前的形势下,就算抛开国家大义不谈,仅从傅相的个人前途考量也无非有三种选择:拥两广自立,终结帝制,开创共和,上也;督兵北伐,勤王剿拳,以谢万国,中也;奉诏入京,投身虎口,为腐朽没落的清王朝殉葬,下也。"甘雨轩静若悬剑,语气平静而缓慢。

"现在说什么都晚了,木已成舟,傅相的轮船估计都已经点火升锚了。"刘醒身神情沮丧,"为了甘先生的安全起见,我会亲自用马车送你去罗湖,再从那里乘商船返回香港。逸仙所求十万两一时难以筹措,现有三万两奉上,略表心意。"他打开皮箱盖又迅速合上,铜搭扣重新锁紧,使对方看清里面满满当当都是墨西哥鹰洋。

"事不宜迟,我们立刻动身。"他站起来,用目光催促对方。

甘雨轩深思般坐在明亮的阳光里,左腿跷在右腿上,手里翻来覆去地把玩着锡制牙签盒说:"设身处地的想一想,如果是我处在刘兄的位置上,似乎杀人灭口才是最佳选择。"

刘醒身长叹一声，把椅子向后拖动了两尺重新坐下，用钦佩的语气说："甘先生真是明察秋毫，洞若观火。本来我是想在罗湖口岸找个僻静无人的地方送你上路，但既然先生不肯赏光，那我们就只好在这儿动手了。"

"你在门外埋伏了多少杀手？十个还是二十个？"

"虽然从洋人的旅馆里搬走一具尸体，善后工作比较麻烦，但我的手下应付得来。"

"这我相信，缺德事你们长干，已经积累了丰富的经验。"

"现在让我来掀开你的真面目吧，你根本不叫甘雨轩。你的真名叫范开圆，字守徜，你的老家也不在南洋。你去过日本，去年刚刚中举，而且是名动乡里的解元公（乡试举人第一名），甚至你还有朝廷赏赐的品阶，虽然是个班次①靠后的虚衔——湖南候补道，正五品皇堂。"

甘雨轩，或者叫范开圆把手伸进衣襟里。刘醒身目光警惕地一闪，斗篷中间陡然鼓起一个尖锐的形状。范开圆忽然明白了这么闷热的天气，刘醒身为什么要在袍服外面再罩一件斗篷，那是为了遮挡手里的武器，换句话说，这些天来每一次会谈的每时每刻，在这件斗篷后面都有一支上了膛的手枪指向自己。

"别动，别想歪点子。我知道你是个武术家，在东京击败过黑龙会的二刀流高手。康梁曾以协商合作为名把孙逸仙骗到其住处，然后突然祭出光绪的衣带诏强迫他叩拜。当时逸仙身边只有你一人保驾，你上前一脚踹翻香案，抬手扇了梁任公一记耳光，打掉他一颗后槽牙，然后在十余名康党的环伺下从容脱身。"

"废话少说，你打算让我怎么死？"范开圆冷冷地问。

"枪的动静太大，刀剑又不很卫生，所以我们给你准备了这个。"刘醒身枪口依然坚定地竖着，左手从斗篷里取出一个玻璃瓶，小心翼翼地探着身子一甩腕，使瓶子顺着桌面滚向范开圆。

"是镇江香醋。"范开圆拧开瓶盖闻了闻说，"林则徐在给道光帝的奏折

---

①补授或提升官职的先后次序。

中声称:臣十余年目击鸦片烟流毒无穷,心焉如捣,久经采访各种医方,配制药料。不曰戒烟丸而曰忌酸丸者,以既用烟灰,吞服之后,若与味酸之物同食,则令人肠断而死,故以忌酸名方,欲服之者顾名知忌耳。"他举起醋瓶一饮而尽。

"壮哉!"刘醒身用力拍击扶手,"像范先生这样的侠义之士,在下打心眼儿里希望结交,可惜,可惜了,世上又少了一个英雄……"

"没什么可惜的,子曰:道不同不相为谋。不过要是我今天真的死了,那么明天租界的各大报纸就会把我们的会谈内容公诸于世。"范开圆掏出一张白色纯棉纸沿着桌面推送给刘醒身。

纸上有浅红色的防伪图案,分天头和地格两部分。上面用毛笔写满了花哨潦草的异体字。天头里写着"元隆当"和地址。地格内竖书一行字"陈李记金镶八宝忌酸丸一盒,银币大洋陆拾元"。结尾填写日期处盖着骑缝章。

这,这怎么可能!刘醒身目瞪口呆。这些天来自己的人一直对索菲亚旅馆实行二十四小时严密监控。东西既然能神不知鬼不觉地带出去,那就意味着里面的消息也散布出去了。

"如果刘兄不信,可以拿着这张当票去元隆当铺把东西赎出来,亲自核对一下是不是原物。"范开圆说,"另外,刘兄如果把当票翻过来,还会有新的发现。"

刘醒身把当票翻过来,冷汗瞬间渗出了额头,纸上钤着一枚清晰的戳记。

他一直习惯于把私人印章制作成玉佩悬挂在腰带上,但是五天前——也就是范开圆入住旅馆的那一天,这块玉佩却突然丢失了。假设印章是落入了范开圆之手,那将会成为他接触乱党最直接的证据,朝廷一旦追究,傅相决不会承认事先知情,而是会毅然丢车保帅。就道义而论,所谓幕僚等同于家臣,替主人承担罪责也是他应尽的义务和本分。当然,他还可以辩称印章系乱党伪造,但问题是真的假不了,假的也真不了,朝廷只需收集他以往盖过私章的所有信函和文牍,与检举者呈交的样品进行比对,谎言就会不攻自破。

范开圆悠然自得地品着现磨咖啡,成竹在胸,气定神闲,脸上毫无中毒后的痛苦迹象。刘醒身突然领悟,像这样的人根本不可能是瘾君子,他向自己索要忌酸丸,只是为了面前这张出入自由的凭证。"你走吧,我们买卖不成仁义在。"他既泄气又疲惫,以手托额,话头明显软了下来。

他对面的那个人岿然不动,面容冷峻,一字一顿地说:"我范开圆乃是堂堂的革命党人,并非贩夫走卒,岂能被达官显要呼之即来,挥之即去?"

"你想怎么样?!"刘醒身猛地抬起头来,表情色厉内荏。

"我是代表孙先生,接受傅相的正式邀请乘坐军舰而来,断无像梁上君子一样蹑足潜踪,铩羽而归的道理。明天这个时间我将在沙面(广州英租界)的英国领事馆举行中外记者招待会,向全世界公布此次会谈的详细经过。"

"你疯了?! 你不但要毁了我,还要毁了傅相! 你不要逼我,不要欺人太甚,大不了鱼死网破!!"刘醒身此时已毫无名士风度,面容扭曲,咬牙切齿,唾液从嘴巴里飞溅出来。

"你见过革命党有贪生怕死的吗?"范开圆用冰冷的声音嘲讽道。

刘醒身额头上的血管剧烈跳动,双耳像过火车一样隆隆作响,脑子里蹦出一句话:请神容易送神难。没错,此人是陆皓东、史坚如的同案犯,他们压根就是一群不知死活的亡命徒!

"你到底想怎么样?!"

"十万大洋,二十支洋枪,一百发子弹,概不赊欠,立即付清。"

"这是无耻的讹诈,如果我把你囚禁在广州城作为人质呢?"刘醒身攥紧拳头。

"广州城内目前有七个小组,一共三十六名同志在配合策应我。按照预先制定的应急方案已经在城中不同位置安装了七枚炸弹,刘兄的一举一动都在我们的严密监视之中。目前我已经发出撤离信号,如果半个时辰内我没有走出索菲亚旅馆,这些爆炸点就会被依次引爆。"

"我—不—相—信——"刘醒身冲上前来双手按着桌面,拱起脊背低沉地咆哮,像只准备决斗的野猫。

范开圆手指着墙上的挂钟:"从信号发出到第一颗炸弹引爆还剩下五分钟,让我们拭目以待。"

指针在錾着罗马字的珐琅表盘上跳跃,时间一格一格地过去,客厅里四目相对,剑拔弩张,空气紧张得擦一根洋火就能点燃。自鸣钟上方的小门再次打开,木头鸟被弹簧推出来,一声巨响铺天盖地,挂钟表的钉子被震脱,钟表落地,小鸟断翅,木壳裂开,发条、游丝、齿轮、摆锤……滚得到处都是。火光印红了窗户,昂贵的西洋玻璃一阵碎裂般的颤动。

刘醒身绕过桌子,踉跄着扑向凸窗,玻璃板随即印出一张疯狂绝望的脸,如同一个把最后本钱输光了的赌徒。

两刻钟以后,范开圆提着皮箱大摇大摆地出了归德门,向海关码头走去,经过潮音街第三个叉道口的时候,他站住吹了一声口哨,一个瘦小的身影从旁边的窄巷里闪出来。范开圆亲昵地搂住孩子的肩膀说:"我们出发了。"

"还给你。"走着,孩子从裤兜里摸出一块金壳怀表。

"也还给你。"范开圆从上衣口袋里掏出一个小布包。

"我干得好吗?"孩子仰起脸问。

"棒极了!"范开圆竖起拇指。

第一章　发生在地球两端的故事

1

做完祷告，罗沙第从幽暗深邃的西敏寺大教堂走出来。令人目眩的阳光伴着汹涌的热浪扑面而来，他的瞳孔变小，皮肤一阵刺痛，下意识地用手掌在眼前遮挡了一下，肺叶深深地收缩和扩张。上风头飘来的阵阵恶臭和二氧化硫的味道使他顿感从天国的云端重新降落到了恼人的凡尘。整理了一下领结，扶正高顶礼帽，把那根榉木银柄手杖夹在腋下，他步履平稳，心事重重地沿着碎石马路向与教堂毗邻的国会大厦走去，随手将一先令抛给穿花呢方格裙，吹奏苏格兰风笛的街头艺人。

这是一个难得的没有起雾的晴朗天气。

视野清晰，宽阔的泰晤士河波光粼粼。在儿时记忆里，这条母亲河纯净得像融化的蓝水晶，清澈得可以看到水底成群的大褐虾、胖头鱼、鳟鱼和鲑鱼。可是现在，如果谁不小心掉进河里呛了口水，那就一定得到医院去洗胃。沿岸新建起无数根大烟囱，有砖砌的也有钢筋水泥的，远望好像巨人的枪阵，滚滚浓烟让人联想起《一千零一夜》中渔夫从瓶子里放出的魔鬼。皮革厂，制药厂，煤气厂，肥皂厂……它们排污的废水榨干了河中的所有氧气，把河流渲染得五颜六色，泛着一层难闻而厚腻的泡沫，到了炎炎盛夏,据说议会大厦的窗户即使挂着用莱姆树汁浸泡过的窗帘,从河面传来的恶臭还是让议员们不得不休会。

虽然后来他加入了意大利国籍,但那也改变不了他是一个老伦敦的事实。几只红嘴鸥贴着河面奋勇盘旋,在泡沫里拣食垃圾,就像这座城市里的那些普通市民。吐着黑烟,锈迹斑斑,外壳上挂满救生圈的商船来来往往,高亢的汽笛声把这个囚禁在燕尾服里的中年男人从梦游状态中唤醒。他像只盲目而敏锐寻找猎物的饥饿蝙蝠,络腮胡子包围着的嘴唇嚅动了一下,抬起焦灼的蓝眼睛,仰望面前用天然板岩砌成的,气势雄伟的哥特式建筑。国会大厦内有一千个房间,包括上院下院和大量的附属机构:办公楼、餐厅、图书馆、休息室……自十三世纪,巴雷爵士父子把它带到人间,这座占地三万平方米的庞然大物,便成为全世界倍受瞩目的政治中心之一,本世纪的许多场风暴都在它的腹腔里珠胎暗结,孕育成形。包括理查德二世被废除,查理一世被宣判死刑,克伦威尔就任护国主,以及对中国的两次贸易战争。在1512年那场大火之前,它一直是大英帝国的王宫,直到1547年,英皇爱德华六世才把它拨给了议会。

高入云端的大笨钟发出沉重的轰鸣,震荡得好像塔尖都在摇晃,三百一十二块乳白色玻璃拼接而成的巨大钟盘上,三米长的雕花黑铁时针在承重轴上缓慢地转动,终于指向十二点。他认识一个在钟室给机器上油的少年,他出一点零钱,那孩子就欢天喜地给他跑腿,两个月前那孩子被蒸汽机活活烫死了。

镶嵌着铜饰的橡木大门从里向外推开,议员们神情高贵,从容地交谈着,走下高高的石头台阶。

罗沙第越过在门口执勤的那位穿高领制服,头盔上装饰银色顶花和八芒星的老警官,快步迎上前去,拦住一位议员:“史密斯先生,有结果了吗?”深深的不安从他握紧的双手表现出来。

史密斯不慌不忙地扬起中间有道沟槽的下巴,他的眼睑松弛,两个眼角下垂得很厉害,冷灰色的眼珠只有中间很小的部分露出来。微微上翘的嘴角好像永远带着漫不经心的笑容,这一切组合起来就是一张老奸巨猾的政客面孔。"恭喜你了罗沙第先生,经过激烈的辩论,国会已经通过了你关于开发中国豫、晋两省煤铁矿藏的动议案。决定由你组建一家跨国公司,由国会拨款五万英镑,作为该公司的国有股份和起动资金,不足的部分可以用你个人的名义筹集。"

喜悦,就像突然接通的水泵一样从罗沙第脸上毫无保留地喷溅出来。"太好了,太好了,我毕生的理想就要实现了! 我保证,事成之后绝忘不了议员先生的鼎力支持和慷慨捐助。"

史密斯拍拍对方的肩,说起话来咬文嚼字,滔滔不绝,不停变换着手势。"好好干吧罗沙第先生,幸运女神已经把眷顾的目光投向了你,你会前程无量的。扬帆破浪,跨过浩瀚的太平洋,到异国他乡去探险。让古老东方的宝藏在大英帝国的版图上释放能量,就像希腊神话中夺取金羊毛的勇士一样。那将是多么浪漫的旅程,又是多么激动人心的远航。到那个时候,你不仅会成为整个欧洲最富有的人之一,甚至国王陛下也会亲手把一枚爵士勋章挂在你的礼服上。"

2

与泰晤士河相隔万里之遥的地球另一端,镶嵌在晋省黄土高坡的一条驿道上,两匹马并辔而来。在他们左侧是纵横交错的土梁土峁,而右侧一脉倾斜的石头丘陵遮挡住了黄河的浩浩波涛,杂草、荆棘、树木只延伸到灰白干燥的山腰,像山的一条绿色花围裙。水汽凝成的大块云朵正沉甸甸地移出山口。

其中的年轻人松开膝盖的力量,放慢了马的速度,扭回头对同伴兴高采烈地说:"范大人,马上就要到我的家乡了!"

那位被称作大人的行者三十来岁,方面高额,眉弓下的双眸神采奕奕,行脚商人的打扮,油亮亮一条剪子股辫子盘在头上,半新不旧的青色长衫随风抖动。他拢住嚼环,举目四望说:"李兴,我们下来走走吧,看看景,让马也喘口气。"

李兴先跳下鞍子,跑过来搀扶范开圆下马。

两个人手挽缰绳,四只懒汉鞋拍打着用米汤和沙石浇铸硬化出来的官道。范开圆感叹："常听人说山西是西接黄河,北连大漠的白银之谷,煤海之乡。关山险固,因势乘便,王业所基,国之根本。上一次来得匆忙,今日重游更觉气势不凡。"

"以前我们班子里有个说唱莲花落的李快嘴,太平歌词那是一绝。没事的时候最爱给大伙讲山西的英雄,卫青、霍去病、薛仁贵、关云长……"李兴接过话头。

"山西还是个出诗人的地方,像'落霞与孤鹜齐飞,秋水共长天一色'的王勃,'白日依山尽,黄河入海流'的王之涣,'秦时明月汉时关,万里长征人未还'的王昌龄,'醉卧沙场君莫笑,古来征战几人回'的王翰,都生长在这块土地上……"范开圆说。

远处来了一支驼队,足足二十匹褐色的卷毛大骆驼首尾相连,细长有力的腿不断把厚实的四足提起来又放下,撩起股股黄尘。驼峰之间驮架、驮筐、驮搭子。每头牲灵的脖子上都挂着比茶杯还大一号的铜铃铛,铜舌发出悠长的"叮咚"声。

主仆二人让到路边。范开圆问:"这是我们一路上遇到的第几支驼队了?"

李兴会心一笑,露出两排整齐结实的黄板牙,晋南的水硬啊。"大人,山西是个出煤大省,可就是道路险要,交通不便。煤这东西又质重价贱,转运艰难。所以在山西,凡是开窑厂的矿主都养着自己的驼帮。自己采煤,再自己运往尊化、包头、四川一带贩卖。"

范开圆大发感慨:"南来烟酒糖布茶,北来牛羊骆驼马,真是一方水土养一方人啊!将来我们也要像欧美一样,修筑自己的铁路,让南北客商畅通无阻,把货物源源不断地直达四面八方,让物尽其用,让天下寒士俱欢颜。"

沟底煤矿的大掌柜周全德头戴六块瓦的瓜皮,中间缀着红玛瑙的帽正,靛蓝色绸子大褂光芒闪闪,二钮绊儿挂着十八子的手串,握缰绳的大拇指上套着金镶玉的板指,腰悬佩刀,风尘仆仆,胯下高头大马,铁鎏银镫,鞍鞯鲜明,威武地走在驼队前面。

一个身条纤细，白皙秀气的伙计拍马赶上来和他并辔。“德叔，我非得回去不可吗?”声音里透出哀求。

“我会让三货护送你。”周全德面朝大道，只用眼角余光把来人收入视线。几年前胖乎乎的圆脸已经变成了瓜子脸、翘下巴。前额高而光滑，这个特征几乎和东家是从一个模子里刻出来的。玉柱般的脖子从立领中伸出来，上面很平整，没有喉结。虽然包裹在宽大的男装里，但任谁都能一眼瞧出来她是个女娃。岁月不饶人啊！孩子们都长大了，自己怎么能不老呢？他在心里感叹。

“德叔——”周若兰柔软的嘴唇噘起来，把叔字拉得很长，充满了撒娇的味道。

“像你这样连个招呼都不打，冒冒失失地跟着驼帮混出来，东家和奶奶们该有多着急。”周全德用责备的口吻说。

“他们心里根本不在乎我……”一阵风吹过来，把巨大的云块推到了头顶，也把忽然涌出的泪水刮向身后。

“净说孩子话，我知道你还在为婚事跟家里怄气。”周全德慢悠悠地说，云的阴影笼罩住了他，“王家少爷有什么不好？不愁吃不愁穿，不缺胳膊不缺腿。”

周若兰被当头浇了一盆冷水，她突然意识到面前这个人已经不再是那个把自己架在脖子上，大手攥住自己的小脚踝，扭着伞头秧歌逗自己发笑的德叔了。年幼的她骑在德叔宽厚的肩膀上，俯视着人山人海，以及浩浩荡荡的抬阁背棍，高跷旱船，舞狮龙灯……左手替德叔举着花伞，右手替德叔摇着虎衬(一种伴奏用的响环)，听着德叔粗犷的九腔十八调：风神爷爷显显灵，行雨离不开你铺云，你家掩住半扇扇门，千万不要叫起黄尘……岁月拉开了他们之间的距离。此时虽然她胸中汹涌着澎湃的潮水，但是对面这个人并非自己倾吐的对象。

周全德始终眯缝着眼睛，但目光中有一种刺穿人心的锐利。“你呀，就是小脑袋瓜里想得太多了……”

周若兰倔强地抬起手背抹去了眼角的泪水。

下面还有一篇很长的训教,他得替东家说道说道这个被惯坏的小丫头,如果是巧莲做出这种事来,那他劳动的肯定是巴掌而不是嘴巴。但就在这时,周三货尖厉的有点失真的声音打断了他。"爹,有胡子!"

周全德甩脸仰望,只见离他们最近的山口扬起一片沸腾的黄尘,像正在扩张的龙卷风,风壁里充满了急骤杂乱的马蹄声。从第一蹄音和第二蹄音的间隔,你可以知道它们俯冲的速度,从速度又可以推测出它们挟带了多大的冲量。然后它们的轮廓出现了,大张的鼻孔喷射着粗壮的白烟,肌肉和骨骼运动起来就像西洋人的机器,让人觉得它们的心脏已经变成了鲜红的炭块,热得就要把毛皮引着了。马背上摇摆着一群挥舞铡刀、钉耙、三叉粪叉、红缨扎枪的汉子,打扮怪模怪样,呼啸着冲下山梁。

两匹坐骑仰天嘶鸣,不安地嗒嗒后退。李兴急拉缰绳把马稳住,脸上的表情甚至比马还要紧张。"不好了大人,这些是专门抢劫过往驼帮的土匪!"

驼队已经乱作一团,每匹骆驼都在弹蹄子,喷响鼻儿。周全德"唰"地从珍珠鱼皮鞘中抽出腰刀,微蓝的钢刃镜子般反射着刺眼的阳光,旋着马打雷一样吼:"不要乱,人在货在,货丢人亡!"之后又补了一句,"三货,保护好小姐!"自己提缰踹镫,如离弦之箭突入敌阵,两马交错间,一个旋风斩直取脖颈。中刀的汉子头颅奇怪地歪向一侧,从颈动脉喷射出的血柱足有两尺高,尸首在马背上停留了十秒钟才翻滚到地面。周全德以腕为轴,把染血的大刀片左抡右抡,正撩反撩,缠头裹脑,耍得刀花滚滚,震得空气嗡嗡轰鸣,威猛的形象如同顶盔贯甲的将军。他不停地兜着圈子奔驰,忽然把长刀当成马槊,用速度带起的冲击力把刀笔直地推进另一个汉子的胸腔,刀尖从后背穿出。

在一边观战的范开圆挑起大拇指,称赞道:"好汉子! 好身手! 好快的刀!!"

土匪们与煤场伙计已经打乱了套,混战中驼峰上捆货的草绳被砍断数股,黑煤"哗"地散落满地。周三货横着一柄柳叶刀,拉开刀架,威风凛凛地将周若兰挡在身后。他等这一刻已经很久了,从八岁和爹学习刀法开始,他就在心里一遍又一遍地想象大显身手,行侠仗义,降妖伏魔的畅快淋漓。要杀他们个来得去不得,让他们认识三货爷爷! 但不知道为什么,腿肚子有点抽筋。

一匹大黑马沉重地奔驰过来,像一段压紧的弹簧射向空中,又像陨石坠落般兜头砸下来。他听到了悬在头顶上的呼啸声,他仰起脸盘,看见马撑开的四蹄和扣紧的肚带,以及肚皮下面一团巨大的生殖器。蹄铁交替反光又变暗。这是匹健壮的公马,也许是种马。他急促地呼吸。马的阴影浓厚地笼罩住他,使他觉得自己是在深深的谷底,然后一个男子从马的轮廓后面露出阴险的局部——一张丑陋的疤脸,像寻找猎物的鹰隼般凶残地向下俯视。阳光从对手的刀锋边缘直刺进瞳孔,让周三货的眼前金花四溅。汗突然变得流量丰富起来,黏糊糊地淌进了他张大的嘴巴和眼睛。在一瞬间,他突然失掉了所有的勇气,提前知道自己完蛋了。周若兰用恐惧的尖叫告诉他灾难正在降临。他只是凭借本能,像个盲人似的向上挥刀格挡了一下。他感觉自己受到了重击,虎口震裂,刀片卷刃脱手,仰身飞出去的时候,并没有意识到裤裆是湿的。

和周若兰面对面,汉子的眼球从疤脸上弹射了出来,用淫邪的腔调欢叫:"嘿,这儿有个娘们!"

周全德圈转马头想去救援,冷不防一柄砍刀斜刺里杀出。他仰面半躺在鞍子上横刀接架,两匹马就地转磨,八个马蹄烦躁地踩踏着。又一匹马奔驰过来,红缨长枪白蛇吐信,扎进周全德的肩窝。周全德痛苦地闷哼了一声,塔一般魁梧的身躯晃了晃,仍然咬牙角力,两柄搭在一起的兵刃发出"咯楞咯楞"野兽磨牙般的响动。使枪的汉子拔出纺锤形的白钢枪头,得意地冷笑道:"爷们,你就闭眼吧,明年的今天就是你的周年!"向着周全德凝枪便刺……

范开圆看得兴起,翻身上马说:"该咱们出场了!"膝盖一夹,吆喝了声:"得驾,发威马齐①——"打闪般加入战团。

---

①当年淮军练洋操时,口令也照搬洋文,"前进"(forward march)被音译为"发威马齐"。

李兴急得大喊:"大人危险!"从后腰拔出一支俄式喇叭口扳机火枪,骑上马在后面追赶。他护主心切,竖起锤头,填上药丸,"轰轰"两枪,一枪射向疤脸,另一枪射向使红缨扎枪的汉子。

众匪见驼帮人人拼命,本已气虚色挠,现在又见对方来了援兵,西洋火器如此厉害,更加无心恋战,头目发了一声喊:"点子太硬,兄弟们扯乎!"顿时如风吹云散,日出雪消般散落开来不见了踪影。

3

伙计们七手八脚地收拾残局。孙先生连跑带颠地奔到面前,看见周全德半条身子都被鲜血染红了,惊恐地说:"大掌柜,您受伤了!"向伙计伸手:"快,拿药包来!"

周全德硬朗地把账房先生推搡了一下。"区区小伤,有甚值得大惊小怪的?!"但尖利的疼痛和虚脱感在纠正他,这次受的不是小伤,弄不好半边膀子就废了。所以当周若兰抢过孙账房手里的纱布来给他包扎的时候,他没有较劲,沉默地配合了。经过范开圆的诊断,周三货只受了点轻伤,但是他脸如死灰,失魂落魄,周身不住地打战,好像发疟子一样。周全德在心里叹息:老虎咋养下个病羊羔。很快他又宽慰自己,孩子可能只是缺少历练。

周全德吊着一条胳膊走近范开圆和李兴,一躬到地说:"今天多亏两位仗义援手,请问尊姓大名?"

"在下范开圆。路见不平,拔刀相助,是天经地义的事,掌柜的不必客气。"范开圆的回答很江湖气。

"在下李兴。"李兴心不在焉,用衣襟把被火药熏黑的枪口擦抹了两三遍,重新别到腰眼儿上。

周全德和两个人攀谈了几句,看看天色说:"有道是大恩不言谢,山水有相逢,援手之恩容当后报!无论什么时候,两位要是在山西遇上了难为,使银子也好用人也罢,只要言语一声,哪怕捎张两指宽的纸条,周某绝无二话。"

范开圆笑道:"大掌柜言重了。"

"在下还有要务在身,我们后会有期。"周全德被伙计搀扶着重新上马,又在鞍子上转回身来，"我刚才说的别当客气话听，姓周的从来吐唾沫是个钉！"

驼队在燥哄哄的尘土和热汗中继续行进，周全德眉头紧锁，怏怏不乐。孙先生凑过来，扶了扶金丝眼镜说："刚才的事好在有惊无险，大掌柜真是吉人天相。"

"我们这次出发的时间和行经的路线都十分保密，而这帮劫匪显然是提前埋伏，有备而来……你想过没有，世上的事怎么会这么凑巧呢？"周全德语调低沉，满脸疑虑。

孙先生倒吸了口冷气，一股寒意顺着脊梁迅速上升，拂动着他的发根。"你是说沟底矿有内鬼，要置我们于死地？！"

"入川之路风险重重，危机四伏，小姐得赶紧送走。有人觊觎我这个大掌柜的位子也不是一天两天了，最近更是上蹿下跳，煽风点火，急于抢班夺权。"

"那个忘恩负义，蹬鼻子上脸的东西，全不念大掌柜当年是怎么拉巴他的！"孙先生愤慨地说。

周全德冷笑一声，嘴脸变得凶如恶鬼。"子系中山狼，得志便猖狂。当务之急是把西北这条销路打通，稳定住四川的市场，其他还无暇顾及。且让他们蹦跶几天吧，等翻回手来，看我怎么把这群跳梁小丑一脚踩进砖缝里！"

第二章　三人行

1

"李兴,唱一首家乡的酸曲儿吧。"

李兴搔搔后脑勺,不好意思地"嘿嘿"傻笑。

范开圆嗔怪:"你又不是十七八的大姑娘,扭捏个啥?"

李兴"哎"了一声,清清嗓子,双手抱住裤腰向上提了提,引吭高歌:"头一回俺昹你来呀,十里路呀,过了一道河呀,钻了一条沟呀,累了一头汗。走到你家大门口呀,轻飘飘呀,脸蛋蛋烧呀,停又不能停,退又不想退,作了难呀,亲亲……"

阳光明媚,天空湛蓝,云朵雪白,排成人字形的雁阵乘着歌声振翅飞翔。一辆双马驾辕的蓝呢子金顶轩车从后面辚辚驶来,木头轮毂上嵌满了闪亮的铜钉。有八名手持长筒洋枪,戴红缨大帽的家丁骑马护卫。绒子轿帘揭开一条边缝,一个十六七岁,圆圆脸的少女伸出头颈,寻着歌声张望,忍俊不禁地笑道:"爹,你快看,那个后生傻不傻?"

马车从主仆二人身边驶过,扬起一溜烟尘,转眼跑到前面去了。

轿帘被一只大手卷起,手指上套着一红一绿两枚宝石戒指。紧接着一位四十多岁,顶着近视眼镜,皮袍貂领,气度不俗的绅士探出半截身子向后回望了一眼,吩咐车夫:"赶紧停车!"

绅士等不及仆人放脚踏,拉着少女跳下车来站在道边,待范开圆主仆走近,便迎上去扬手招呼:"守徜兄!"

范开圆把缰绳抛给李兴,疾步上前喜形于色地欢呼:"渠楚南!"

四只大手紧紧地握在一起。

渠本翘扭头说:"快来见过你范叔叔。"

少女上前行礼:"范叔叔好。"

范开圆说:"呀,这不是五月吗?几年不见都长成个大姑娘了,要不是跟你爹在一起我还真的不敢认了。站着讲话不方便,前面有个凉亭,我们何不坐下来叙谈叙谈。"

几个人在亭子里坐定,范开圆先开口:"现在全国上下都嚷嚷遍了,说你渠楚南单刀赴会,在上海的租界法庭一个人告倒了十二家外国银行,大长了中国人的志气。传得是神乎其神,有鼻子有眼。"

渠本翘稳重地笑笑,"哪有传得那么邪乎。五口通商之后,随着丝茶改道和洋商的涌入,中国的金融中心也由京师和两广逐渐转移到了上海。在上海开埠时,已有本地商人开设的大小钱庄一百多家。这一开埠,英法德日美俄等各国银行也纷纷抢着来上海设立分行。像什么东方银行、渣打银行、麦加利银行、汇丰银行、花旗银行……本来早在几十年前就已经有西帮票号在上海等口岸设立了分支机构,但是后来由于闹长毛(指太平军)又不得不忍痛收撤了。近十年来国内政局逐渐平稳,而上海商埠也日益繁荣,西帮看准了这个时机,迅速挥师上海。现在,已经有二十多家分号了,在文运街成立了山西汇业公所。"

"不用问,这些票号里肯定也有渠家的三晋源和百川通。"范开圆插嘴道。

"这样在上海的金融市场上就形成了三股势力,即当地钱庄、洋人银行和票商。开始,大家各司其职,泾渭分明。洋商之事,主要是国际货币清算,洋人银行任之;本埠之事,钱庄任之;国内各个城市、码头之间的汇兑则一律由票号承当,倒也相安无事。但很快这种界限就被打破了,各方开始相互挤对,抢夺生意,甚至到了不择手段的地步。随着竞争日趋激烈,首先是上海本地的钱庄被挤垮了,有的宣告倒闭,有的则充当起了洋人银行的买办,靠仰人鼻息勉强维持。这样就由三足鼎立变成了洋人银行和西帮票号的两军对垒。

"由于票号的信誉度极高,所以各地签发的汇票抵沪后,往往不用兑付,即可直接购买货物,抵划银钱,比白花花的银子还要好使。但是久而久之却滋生出一种弊病。汇票毕竟是一张纸,在流通过程中遗失在所难免。可每当汇票挂失,票号停付之时,偏有一种见利忘义的小人拾得汇票,为了换取一点小钱而辗转交于洋人银行,然后再由洋人出面,凭借势利到号强行支领,使票号多年来蒙受了巨大的损失,几乎每一家都吃过这个亏,只是敢怒而不敢言。

"这次渠某从日本告假回乡,途经上海,听人谈起此事,便在同行中广为奔走联络,想跟洋人斗一斗。可没想到各家票号都心存惧怕,不敢出头。万般无奈之下我这才一纸诉状,把各国银行告上了租界法庭。本来是豁出破头撞金钟,没想到最终竟然打赢了。"

范开圆情不自禁地拍着石案道:"好啊!洗雪数十年暗中之亏,以为日后百年之基。渠兄不仅为同行,也为全国同胞做了一件大快人心,功德无量的事。这回渠兄驻横滨领事的任期已满,不知下一步做何打算?是外放个肥缺,还是在京城谋个差事?"

"创办山西大学堂的传教士李提摩太先生从伦敦给我捎来一封书信,希望我能接任学堂监督(即校长),我已经应承下来了。"

范开圆叹息:"一场庚子之变,山西被杀的传教士和洋人最多,形状最惨。而李提摩太先生却能以德报怨,不计前嫌,不遗余力地创办山西大学堂,开启民智,倡导文明,山西人民是永远不会忘记他的!"

"别光说我,又是哪阵香风把守徜吹到我们这黄土坡坡上来了?"渠本翘隔着眼镜片投以询问的目光。

"我本已无意于仕途,早想离开这摊子污泥浊水,落个一身清净。可没想到在京的几个湖南同乡联名保荐我来山西做商务总办。"

"商务局是新设立的机构,统管矿务、铁器、机器厂局之建设,与各方利益牵连甚大,是块难啃的骨头啊!"渠本翘用手指敲打着膝盖说:"人都说晋官难当……不过也好,以后你我兄弟同在太原任职,可以常常促膝谈心,把酒言欢了。"

2

又一辆马车突兀地在亭子前面的古道边站住,先有小童放下脚踏,紧接着一位身穿对襟描金马褂的绅士一掀轿帘走下车来,手里握着把象牙折扇,健步走上台阶时姿态很儒雅,朗声笑道:"山不在高,有仙则名;水不在深,有龙则灵。岂料这旷野荒郊,区区一石亭,今日竟成了群贤聚会,高谈阔论的儒雅之所。"

范开圆愕然起立,"这位仁兄是?"

绅士一抱拳,扇子竖在脸前面,"在下丹徒——鸿都百炼生①。"

范开圆上前拉住对方的手腕,喜出望外地说:"幸会幸会,你我虽然素未谋面,但却可以说是神交已久。铁云兄的诗文,以及金石研究的大作,我都一一拜读过,受教匪浅。"

"过奖过奖。"刘铁云谦逊的笑容里有一丝掩饰不住的得意,"范守徜、渠楚南,如雷贯耳的南北两位大儒今日同时得见,真乃大快平生之事!可惜没有酒,否则一定要浮一大白②。"

重新落座。范开圆问:"前几日还听说兄台在京城公干,不知此次到山西所为何事?"他闻到一股从那把没有打开的扇子上发出的暗香。

"甲午之乱,庚子之变给我四万万国人敲响了警钟,大清国就像是一条千疮百孔的大船,在风浪急流中航行,眼看就要沉没了,可是船里的人都在酣睡。长此以往如何了得?!恐怕我们只有做亡国奴,任人宰割的份了。铁云看在眼中急在心上,无奈职卑官小,人微言轻,请缨无路,报国无门。想来想去唯有投身实业,以经济救国,借重洋人的资金和技术,开矿办厂,

①刘铁云的笔名。
②"满饮一大杯酒"的意思。

修铁路建桥梁,造福一方百姓,才是我辈唯一的出路。"刘铁云闪亮的眸子微呈仰角,把目光投向远方。

渠本翘频频点头,"铁云兄的胸怀和抱负令人感佩,想法也很好,不知有什么具体打算?"

刘铁云收回目光,仿佛刚刚从理想的云端返回现实,吐字缓慢:"兄弟不才,蒙英商福公司大班罗沙第先生看重,现已出任大英帝国福公司买办,全权处理福公司的对华投资事宜。山西是个天然的大煤仓,地下的煤铁含量举世罕见,几乎每个县都有煤田分布。兄弟此来就是想说服抚台大人,由政府牵头,向福公司举债,开发山西的煤铁,以利国利民。"

范开圆的眉头皱了起来,"恕我直言,铁云兄身为候补知府,头上大小也有个五品顶戴,是堂堂的朝廷命官,去做洋商买办已然有失国体,至于借洋债开矿就更加荒谬了,这岂不等于把我中华的矿产拱手典卖于洋人? 引狼入室,必要伤人;饮鸩止渴,后患无穷啊! 这与实业救国完全是南辕北辙,背道而驰,风马牛不相及。"

渠本翘也附和道:"守徜所言极是,渠某久在东瀛,看到日本之所以强盛就是因为他们自明治以来,一方面学习西方的先进经验和技术,兴办实业,甚至鼓励国民吃番菜,盖洋楼,穿洋服,留西洋人的发型。另一方面又能自强自尊,训练新式军队,拒签日美条约,逐欧洲列强于卧榻之侧,御西方势力于国门之外,把命运完全掌握在自己的手里,从而成为亚洲第一强国。"

亭子里温度骤降,刚才热烈的气氛冷却下来。

刘铁云冷静地对抗着周围的强大气压。"两位仁兄所言在下不敢苟同,依靠国人自己的力量兴办实业,走独立自主的发展道路,当然是固本之策。可有道是远水解不了近渴,更救不了燃眉之急。国际国内形势逼人,已不容我等安步当车,吟啸徐行。而借重洋人的力量则可以事半功倍,一蹴而就。此正所谓他山之石可以攻玉。"

一直旁听的五月插嘴道:"晚辈有一事好奇,想斗胆请教刘先生。此事如果办成了,福公司付给先生的佣金也非常可观吧?"

渠本翘瞪了女儿一眼,斥责:"休得无理!"

刘铁云略显尴尬,站起身仰天长叹:"道之所在,虽千万人吾往矣;义之所当,何患世人笑我痴狂。刘某已认准了举债开矿是一条利在当代,功在社稷的千秋伟业,光明大道,不管遭受多少非难和困厄,此生不灭,此志不渝。至于功罪,就留给后人评说吧!告辞了。"

3

渠本翘望着刘铁云悻悻的背影隐没在车厢里,叹息道:"真是话不投机半句多呀!"

范开圆神情黯然:"这刘鹗也算是江南名士,数得着的当今学者。自从读过《治河五说》和《勾股天元草》后,范某一直好生仰慕。今日一见,没想到竟是这样一个言词虚妄,浑身充满了铜臭气的势利之徒。令人扫兴。"

渠本翘摸着胡子说:"这个刘鹗本是个落第秀才,光绪十三年河南郑州黄河决口的时候,此公茅遂自荐参与治河,受到河督和河南巡抚倪文蔚的赏识提携,被朝廷委认为郑工善后局提调,后补知府。在金石学方面,尤其是对甲骨文和青铜器的研究上颇有建树。"

"苍蝇不叮没缝的蛋,没有家贼引不来外鬼。这个刘鹗说不定真会给山西捅出什么娄子来。算了,不提他了……楚南兄从京城来,京里现在情形如何?"

"这次的变乱(指庚子之变)对太后好像刺激很大,回銮后她下旨要求各军机大臣、六部九卿、各省督抚及出使各国大臣,取外国之长,补中国之短,对有关朝章国故、吏治民生、学校科举、军政财政向朝廷提出有关变法改革陈旧布新的建议。于是张之洞和刘坤一联名上了《遵旨筹议变法谨拟整顿中法十二条折》,主张裁撤绿营、改革科举、奖励游学、停止捐纳、改善刑狱、筹旗人生计等主张,百官的反响十分热烈,一时间仿佛又回到了戊戌年,百日维新之剧又重新上演,只不过戏中的主角由皇帝变成了太后而已。其实只要稍有头脑的人都知道,中国要想不亡国灭种,只有变法图存这一条出路。如果太后真能痛定思痛,幡然醒悟,矢志变法,也是国家之幸,百姓之福啊!"

一抹令人不快的,嘲讽的笑容浮现在范开圆的脸上,"楚南兄的想法恐怕只是一厢情愿,太乐观也太天真了。我看咱这大清国已经是病入膏肓,积重难返,任凭是什么灵丹妙药,都无法使他身轻体健,复原如初了。"

渠本翘反驳道:"荒谬! 依你之见莫非我泱泱中华只有沉沦堕落下去,亿万兆民只能坐以待毙?!"

"我记得欧洲有一位名医,叫希波克拉底的曾经说过:药不能治者,以铁治之;铁不能治者,以火治之。真是药石之言,大者医国!"

渠本翘倒吸一口凉气,望向对方的眼神掺杂了一丝警觉。"这可是要杀头掉脑袋的话呀! 自甲午交战,海禁大开以来,群言庞杂,邪说横行,更有一群无父无君的亡命乱党举兵作乱,鼓吹共和,妄图推翻朝廷,改弦更张。守徜莫非是受了他们的蛊惑?!"

阳光很好,但是风萧萧,攒尖式亭顶上的孔隙发出鸣镝般的哨音。有一个短暂的冷场,谈话停顿了片刻,范开圆岔开话题。"我这次到英国考察,有一位久慕楚南兄大名的海外朋友托我向兄台致意。"

"谁?"发问的同时他的心脏猛然抖动了一下,渠本翘的身体僵硬了,一缕细细的寒意像封闭在玻璃管中的水银柱,沿着脊椎飞快地钻进脑海里。他觉得仿佛面对着一支上了膛的黑洞洞的枪口,几乎忍不住要大喝:"别说出来!"

范开圆倾过身子,把神秘莫测的微笑贴向对方,轻轻吐出两个字:"孙文。"这两个字在钻进渠本翘的耳朵里以后,化作了两粒子弹,使他的身体不由自主地摇晃了一下。

第三章　秘密使命

1

穿过巍峨的振武门——太原城八大门楼中最古老的一座,唯一的宋代建筑——走上水西门大街,这是城中最宽阔的一条街道,可以并行四辆马车。向东直行到东米市然后北拐,经过柴市巷的两座牌坊就到了繁华的帽儿巷。晋生票号、隆记纸烟庄、长春楼珠宝店、文宝斋书社、永顺帽庄……市列珠玑,户盈罗绮,红墙绿瓦,商幌市声,浮华之气扑面而来。范开圆和李兴随意顾盼,信马由缰。左侧出现一座硬山式坡顶,筒瓦闪亮的二层小楼,门首立着一丈六尺高的望杆,杏黄酒帘随风舒展,招牌上写着"知味园"三个字。

范开圆加快脚步说:"走,先进去填饱了肚子再说。"

李兴牵马跟上。"大人好眼力,这'知味园'在本地也算小有名气,因为它不仅饭菜地道,价钱合理,而且开店的老板还是一位大美人。"他压低声音半真半假,"可也有人说这是家黑店,酒里兑着蒙汗药,地窖子里挂着腊人腿,炒菜炝锅用的是人油,肉包子里都能吃出指甲盖儿来……"

进了店,两个人拣了张方桌坐下,李兴向范开圆耳语:"那个在柜台后面站着的就是沈老板。"范开圆拿眼望去,果然看见柜台后面斜靠着个窈窕婀娜的侧影,双臂环抱在胸脯下面。皮肤白细光滑。脑后的发髻盘得整整齐齐,绾着一根摇穗儿的银钗。上身一件月白色圆领舒袖的褂子,外边罩着淡绿色金绸子镶边的紧身儿,也叫坎肩,在南方吴语中叫马甲。衣裳本来十分宽大,但腰里偏恰到好处地扎了一条撒花围裙,立时把人衬托得细腰楚楚,峰峦乍起。身段肤色真有几分江南女子的婉约和韵味,行动做派又透出北方女子的豪爽与泼辣。

见伙计脱不开身,沈红绫走上前来亲自抹桌子,一边搭讪:"这位爷眼生得很,以前没见过,听口音也不像是本地人,大概是从口外来的客商吧?"声音珠圆玉润。

范开圆道:"老板娘好眼力,我不仅是做买卖的,而且还是做大买卖的,不过我可不是从口外来的。"

沈红绫眉梢斜挑,试探道:"那客官是从……"

"我来的那个地方路途遥远,隔着万水重洋,名字也挺怪,叫大不列颠及北爱尔兰联合王国。"

沈红绫说:"哟,世上居然还有这样的地名,跟绕口令一样。那咱们太原也别叫太原了,叫吃葡萄不吐葡萄皮。这么说这位爷是做洋生意的,这年头只要沾了一个'洋'字,没有不发达的。"

"那不一定,庚子年的时候因为沾'洋'字掉了脑袋也不少。"范开圆摸着自己的头调侃。

沈红绫笑靥如花,"瞧您说的,那是哪一年的老皇历了? 那会儿是那会儿,如今是如今,不一样了。再说老客天庭饱满,地阁方圆,印堂发亮,红光满面,一看就是大富大贵,妻荣子禄的前程,今年一定早发利市,财源滚滚。"

"借老板娘吉言。"范开圆抱拳致谢。

沈红绫自来熟,顾盼生辉,明眸善睐,一张八哥巧嘴能说会道:"以后您发了大财可要常常照顾小店的生意,不知客爷想吃点什么?"

范开圆张口就来:"别的不要,来一个油辣冬笋尖,一个老姜鸡块,一盘爆炒鸭血,再来两份炒米粉。"

看到沈红绫神情迷惑，一脸茫然，李兴小声提醒："这是山西，可不是在湖南。"

范开圆恍然，敲打着自己的额头说："对对对，我一时糊涂了，还是你来点。"

李兴说："来一盘过油肉，一盘清炒鸡毛菜，拌个凉粉，两碗刀削面，再烫上一壶竹叶青。"

伙计把酒菜端上来，沈红绫给范开圆和李兴斟了满杯，"两位客爷慢用，有事招呼柜上一声。"

邻桌一个脑满肠肥，大腹便便的中年食客扭过头来道："我说沈老板，你对新来的客人就这么莺声燕语，知冷知热的会疼人，可对我们这些老主顾反倒洋洋不睬，爱答不理的，这么喜新厌旧未免有点不厚道。"

同桌的食客也大声帮腔："沈老板是挂着新相好，忘记老相好了！"引来一阵轻薄的笑声。

沈红绫没好气地说："孟掌柜，你这是说话还是放屁哩？你的老相好，茶院后的银粉堂里有的是，我看你今天是走错了地方，进错房门了！"

"那些个庸脂俗粉，残花败柳，哪如咱们沈老板有味道？就沈老板这脸蛋，这腰条，这腚沟，要是能娶回家去给我做个姨太太，就是倾产荡产，减寿十年，孟某也心甘情愿！"孟掌柜嬉皮笑脸，用手掌在虚空中勾画着女人的曲线。

沈红绫睨视孟掌柜说："把我娶回去，你就不怕家里那个醋坛子半夜把你掐死？"

李兴饶有兴致地听着身后的斗嘴声，露出傻乐的恍惚表情。

范开圆探身在他头上拍了一掌说："好好吃你的饭！非礼勿视，非礼勿听，非礼勿言，非礼勿动。"

李兴一吐舌头，拿过醋壶，倒了一股子醋在面里。范开圆也端过醋壶，打开盖儿闻了闻，捏着鼻子说："这不是醋吗？倒这么多也不怕倒了牙？"舀了两勺辣椒面，扒了几口说："嗯，味道还不错，就是稍微欠点火，好像没煮熟。"

李兴笑道:"这您就外行了,吃的就是这个筋道和爽利劲,这才有嚼头。"

范开圆夹起一根形似柳叶的面条,好奇地问:"这面真是用刀削出来的?"

"用的是专门的削刀,其实就是个薄铁片。传说元朝的时候,为防备汉人造反,鞑子将家家户户的金属全部没收,规定十户用厨刀一把,切菜做饭轮流使用,用完了还得交回鞑子保管。有这么一天,一位大嫂子和好了面,让当家的去取刀。结果不巧,刀已经被别人取走了,男人只好往回走,在出大门的时候,脚被一块薄铁皮碰了一下,他顺手捡起来揣在怀里。回家后,锅开得直响,全家人等刀切面条,急得团团转。这时男人忽然想起怀里的铁皮,取出来说:就用它切吧!大嫂子一看,铁皮又薄又软,说:这么软的东西哪能切面条。男人赌气说:切不动就砍!'砍'字提醒了大嫂子,她把面团放在一块木板上,左手端起,右手拿铁片,站在开水锅边'砍'面,一片片面片落入锅中,煮熟后捞到碗里,浇上调和,这么一尝,嘿……"

几个健壮的后生手把铜环,抬着两只沉甸甸的木箱走进饭庄,为首的抱拳说:"沈老板,这是您要的竹叶青。"

沈红绫从算盘上抬起目光,不动声色地说:"各位辛苦了,抬到后院酒窖里去吧,完了事每人到柜上领份赏钱。"

2

从外面又涌进来一伙人,七名身穿新式制服的军人裹挟着一位老先生。为首的军官肤色白皙,细眉细眼,目光阴鸷,领章上镶着蓝珠子和一道金辫儿。

伙计迎上前揖让:"几位军爷请这边坐。"

当先的军人把他推搡到旁边,一行人大步流星直奔柜台。

沈红绫站在柜台后面吃惊地问:"熊管带这是唱的哪一出?"

军官翘着兰花指,从怀里掏出一张文契缓缓展开,在沈红绫眼前优雅地晃了一圈,交到老者手里说:"李秀才,念给她听。"

李秀才正了正老银框子的花镜,抑扬顿挫地念道:"古人云:不孝有三,无后为大。今有八十五标三营管带熊国斌,虽娶妻六载,始终腹内空虚。屠户史德亮因手中空乏,难以度日,情愿将结发之妻沈红绫典于熊家借肚传宗,上承先祖,下继万世。三造说允,同更言明,作身价大洋五百块,当面交足,并不短少,定期六年为满。如要到期,将自己妻子领回。倘若六年以里,天灾病业,各安天命。如有逃走,两家同找,如找不着,一家失人一家失钱。恐后无凭,立字为证。立字人:史德亮。中保人:李文忠。借字人:熊国斌。"

李兴压低声音说:"这个熊国斌是太原知府方孝杰的小舅子。"

范开圆撇着嘴说:"就这号娘炮,满族人讲话呵呵了库①,他媳妇要是能怀上那就奇了怪了。"

李兴暗笑说:"就算怀上八成也是邻居家的。要不是这身军装,我还以为他是从宫里出来的。"

"沈老板听明白了吧? 这是你丈夫的签名,这是他摁的手印。"李秀才指指点点。

"冤孽!"沈红绫身体震颤了一下,脸色微微发白,回身吩咐伙计:"灯笼,拿五百块大洋。"

熊国斌抬手制止说:"慢着,我五百块买来的东西再五百块卖出去,我脑子有毛病啊? 我吃多了消食呢?"

沈红绫说:"要加多少利息,你说个数出来。"

"敞亮!"熊国斌一拍大腿,"沈老板果然豪气干云! 我看这知味园就不错。这张身契沈老板拿去,这家店从此归我名下,不知沈老板意下如何?"

沈红绫"呵"的一声冷笑:"熊管带不要欺人太甚!"

熊国斌抬手扇了自己一个耳光,故作懊悔说:"熊某一时糊涂。沈老板这是在考验我呀! 看我这颗爱慕之心诚恳不诚恳,坚定不坚定。刚才的话我收回了,别说是小小的知味园,这张身契就是给座金山我都不能换。"向手下变脸发威,"带走!"

"不要动粗,不要动粗。"李秀才拦住众人,转而劝解沈红绫,"沈老板还

①呵呵了库:满语,娘娘腔的意思。满语中呵呵是女人,哈哈是男人。

是想开点吧,老话说兴啥啥不丑,识时务者乃为俊杰,租肚皮总比拉帮套强①。沈老板已经被本夫卖过六户人家了,莫非还指望官府给你立一座贞节牌坊吗?"

沈红绫抄起账本挥在李秀才左颊上,骂:"呸! 老骚狗!!"

"打得好! 这个为老不尊的斯文败类!!"范开圆问李兴,"卖过六户人家又是怎么回事?"

"据说沈老板的男人是个不着调的大烟鬼,沈老板一气之下就离家出走和他分开过了。后来那个男人把家底败光了,亲娘也让他气死了,为了抽大烟一年之内把沈老板卖了六次,分别卖给六户人家,每次买主找上门来,都是沈老板自己拿银子把卖身契赎回来的。"李兴唏嘘不已。

李秀才一边撅着腚满地摸眼镜一边尖叫:"成何世界,成何体统! 驯烈马就得用皮鞭和锥子,此等不知好歹的悍妇管带还跟她客气什么?!"

从范开圆的角度可以看到,分散在酒馆各处的伙计开始慢慢聚拢,两名胖大的厨子正从楼梯上缓步走下来,其中一个把手揣在怀里,另一个倒拖着火柱。那名外号叫灯笼的伙计眼睛里燃烧着明亮的杀机,藏在柜台后面的手无声地从隔板下抽出一把宽阔的厨刀,沈红绫把他的腕子死死攥住,说:"熊管带就算不看我沈红绫的面子,难道也不看刘五爷的面子?"

熊国斌打哈哈说:"沈老板要是不提我倒忘了,刘五爷他老人家那……在山西势力大呀! 前一段我和潘大炮合伙做了桩生意,镖车经过永兴县的时候,愣是被刘五爷的大弟子赵占彪打劫去了。赵占彪不过是五爷的一条看门狗,都敢欺负到我熊国斌头上来!"

沈红绫从话里话外听出了一些端倪,见缝插针说:"如果熊管带和五爷之间有误会,我可以从中说和。"

"这话够江湖!"熊国斌竖起大拇指,"那么说沈老板要一手托两家? 怎么我听着还像是拉帮套! 我跟他刘有福不是误会,是梁子,这是老爷们之间的事。你现在是我的女人,我是你的典夫,按照山西的规矩,妇女典雇期

---

①也叫招养夫,为了钱财让自己的妻子和别的男人搭伙生活,是旧中国一种畸形丑恶的婚姻现象。

间,不得探家,不得给亲生儿子哺乳,不得与丈夫同房,何况是刘有福那个老东西。"

沈红绫怒视熊国斌,从牙缝里挤出一句:"我看你是满嘴喷粪!"

旁边有人轻轻捅了捅熊国斌,熊国斌警惕地向周围扫视了一圈儿,目光落在视线之外的那把厨刀投射到天花板的光团上,掏出手枪"啪"地拍在柜台上说:"你们想干什么?! 沈红绫,我知道你开的是黑店,背后有人撑腰,床上养着面首。我手下有几百号扛枪的弟兄,文的武的软的硬的你只管来。我先把话撂到这儿,今天晚上我就要和你洞房花烛,行周公之礼!"

沈红绫拼命的样子像头母狼:"姓熊的,老娘面首三千,你管得着吗?! 你敢来混的,把我往死胡同里逼,我就放把火烧了这知味园,再一头碰死在这儿,让你人财两空!"

熊国斌一屁股坐到椅子上,跷起二郎腿说:"有种! 又一出《杜十娘怒沉百宝箱》! 我熊国斌一辈子就喜欢看戏,谁也别拦着,让她烧店,让她撞头,让她撒泼,让她寻死,谁要是敢拦着就是跟我姓熊的过不去!"

3

范开圆猛地一拍桌子,震得盘盘盏盏、面碗醋壶叮叮当当一通乱跳,说:"大胆! 朗朗乾坤,清平世界,竟敢轻薄良家妇女,你们眼里还有没有王法?!"

众人齐刷刷地转移目光,一时间酒馆里鸦雀无声,倒好像是京剧舞台上的集体亮相。半晌,熊国斌指着问沈红绫:"这也是你的面首?"

李兴豁地站起来,瞪圆眼珠子呵斥:"嘴巴放干净点,别瞎了你的狗眼,这位是受朝廷委派,新上任的商务总办范大人!"

熊国斌的气焰顿时收敛了许多,站起身来抱拳说:"恕卑职有眼不识泰山……"

范开圆故意找碴儿说:"你小子再敢占我的便宜,我大嘴巴抽你,你信不信? 谁是你老丈人?!"

熊国斌再扇自己一个嘴巴,改口说:"恕卑职有眼不识金镶玉。不过就算您是包龙图微服私访,可我手里有文契,身边有保人,这是公平买卖,现钱交易,她男人摁手印的时候,对我千恩万谢,感激涕零,绝无半点勉强。"

范开圆说:"他愿意顶个屁用,《大清律》明文规定:凡将妻妾受财典雇与人为妻妾者,杖八十。知情而典娶者,各与同罪。财礼入官。被典雇妇女不坐①。"

熊国斌脸上的表情一下凌乱了,茫然地问旁边的李秀才:"《大清律》里有这一条吗?"他绝想不到范开圆刚才背的其实是《大明律》。

李秀才尴尬地说:"老朽孤陋寡闻,才疏学浅,听松楼朱墨套印的《大清律例》刻本家里倒是收藏了一函,不过里面有三十几卷,近千条律文,老朽并不能条条都背出来。不过嘛……这个这个……典妻卖女乃吴越之风,成俗已久,法不能禁,义不能止……"

范开圆打断他的絮叨,冷冷地问:"你身上是什么功名啊?"

李秀才答:"生员是咸丰八年的秀才。"

范开圆又问:"参加过多少回乡试?"

李秀才摇头晃脑:"生员十八岁进学,如今须发斑白,春秋虚度,寒来暑往,六十有五。屡战屡败,然屡败屡战,从未放弃过一次鱼跃龙门的机会,如果把正科和恩科统统算上,十几回总是有的。"

范开圆挖苦道:"年纪是不小了,无奈老友从不与小友序齿②,这是士林的规矩。知道自己为什么屡试不第吗?我大清国朝选拔人才的标准是身言书判。台上一分钟,台下十年功,吃得苦中苦,方为人上人。你连一函《大清律例》都背不下来,还想金榜题名,人前显圣?哪凉快哪歇着吧。"

李秀才满面羞惭说:"是是是,老父台教训的是……"

范开圆转向熊国斌:"就算《大清律》你不清楚,可你是个军人,新军军规第二十一条:不得容留他人妻女。这你总知道吧? 再者说潘大炮是个鸦片走私贩子,现在官府正在满世界通缉他,你一个堂堂陆军管带跟他做的哪门生意,是不是应该到军法司讲讲清楚?"

①清代初年沿用了《明律》,但清代对典雇妻妾的量刑,比明代宽松得多。《大清律例便览·户婚》载:"必立契受财,典雇与人为妻妾者,方坐此律:今之贫民将妻女典雇于人服役者甚多,不在此限。"等于变相承认了典妻行为的合法性。

②学位高的人不同学位低的人按年龄长幼排定先后次序。

熊国斌出了一身冷汗，只想脚底抹油，说："大人，卑职今天还有事，少陪了。沈老板，咱俩的账改日再算。"他已经走到了门口，忽听身后一声断喝："第四十三协八十五标三营管带熊国斌，啊探什（Attention 立正的英文音译）——"

熊国斌条件反射般笔直地站住，耳边惊雷滚滚，好像是从遥远的天上传过来的："朝廷不惜重金购买西式武器，聘用西洋教官，是想培养出一支可以抵御外侮，守卫疆土的威武之师，精兵强将。可看看你刚才的所作所为，和那些腐朽的绿营、巡防营有什么区别?! 姚鸿法、谭振德难道就是这样带兵的吗?! 下次我要当面问一问他们，是怎么给朝廷办的差?! 自古慈不掌兵，不砍下几个脑袋杀一做百，又怎能带出一支纪律严明、素质过硬的军队!"

酒馆里的这位老爷虽然有点来历不明，但那股泰山压顶般沉甸甸的官威依然让熊国斌感觉到自己无比渺小，他的膝盖渐渐支撑不住了。他诺诺转身，看见那位敢于直呼姚总办名讳的大人，正像巍然耸立的花岗岩雕像一样，直视着他的眼睛目光凛凛，即使坐着，也显得无比高大。刚才那个跟班说他是什么品阶来着? 没听清楚，不过瞧这副底气是位红带子（即觉罗）或者贝勒爷也说不定。此刻在他的眼里，那简直就是神圣不可侵犯的朝廷的化身。

好汉不吃眼前亏。熊国斌堆起笑脸，迈着小碎步蹭到范开圆面前，未曾开言先是一阵扭捏。李兴狠狠打了个寒战，感觉鸡皮疙瘩掉了一地。范开圆惊奇地问熊国斌："你是不是内急?"

"消消气大人，气大了伤身。"熊国斌眼角眉梢都透着机灵和妩媚，伸出手掌抚范开圆的胸脯，要给他顺气。范开圆紧往后闪，瞪眼说："你别碰我，把手拿开! 你是腊月生的? 动手动脚的!"

熊国斌趴在范开圆的耳朵上说："其实我姐夫跟您同殿称臣……他是太原知府……"

范开圆问："那么说你姐夫是方孝杰?"

熊国斌连连点头。范开圆嗔怪道："既然是自己人怎么不早说? 这事闹的,大水冲了龙王庙。我跟你姐夫……我们是同年。好得穿一条裤子,用过一把夜壶。两肋插刀,多头之厚,穿房过屋,托妻献子。你不就是看上沈老板了吗?那是她前世修来的福气。"

熊国斌受宠若惊,眉飞色舞地说:"大人英明!"

范开圆一伸手:"你把那张身契给我,这件事由我做主,还反了她了。"熊国斌掏出身契双手呈上。范开圆接过来几把撕了个碎粉,顺手一扬,纸屑化作漫天纷飞的蝴蝶。

4

挤对走了熊国斌,沈红绫感激地对范开圆道:"还以为您是做生意的,闹了半天是位微服私访的大人。多谢大人为民女解围。"她用细长的手指把一绺乱发别在耳朵后面,气息平静,从刚才的事件中恢复常态的速度让人吃惊。

范开圆摆摆手说:"什么微服私访,什么大人,区区小事,何必言谢。你还是叫我客官,听着入耳。"这时有人吵嚷着要结账,范开圆温言道:"你忙去吧,我们这儿不用招呼。"回头又问李兴:"你吃好了吗?"

"回大人,小的已经吃好了。"李兴抹了抹油嘴。

"我这儿有封书信,你去把它亲手交给臬台衙门的李巡检。我再坐一会儿,喝杯茶,下午我们在商务局会合。"

目送李兴出了店门,范开圆站起身来,倒背双手溜达到灶间。灶间里热气蒸腾,充满呛人的烟雾,盘着两眼炉灶,伙计们往来穿梭。左边一名厨子正在掂瓢,油花迸溅,火苗子在热油上蹿起一尺高。右边一名赤着上身的胖大面案站在沸水锅前,把和好的面团儿顶在锃亮的光头上,双手各持一把弧形削刀,对着汤锅左右开弓,嚓、嚓、嚓,一刀赶一刀,手法干净利落。削出的面叶恰似流星赶月,鱼跃龙门,在空中划出两道弧形白线,落入锅中,汤滚面翻,煞是好看。范开圆不觉动了诗兴,吟道:"一叶落锅一叶飘,一叶离面又一刀;银鱼落水翻白浪,柳叶乘风下树梢。"

他穿过厨房,信步踱出后门。后院的面积不小,却一个人都没有,显得十分空旷。中间有一株龙爪槐和一盘石磨。东面用篱笆围起来的豆角架,西红柿、茄子和黄瓜已经挂果。西南两侧是牲口棚和低矮的土坯房,石头的墙角,灰色瓦顶上长满喇叭花和狗尾巴草。范开圆推开一扇木门,门轴在窠臼里缓缓转动,发出惊心动魄的吱呀声。迎面一排通到地基下面去的台阶,阴沉得仿佛囚室的入口。范开圆手提袍襟下到窖底,光线变得很灰暗,气息潮湿憋闷,地上堆满了杂物,一只闪着荧光的耗子从对面的木箱上跳下来,触须抖动,沿着墙根飞快地钻进一盘草绳里。

范开圆在狭窄拥挤的地面上踟蹰,伸手掀起一个箱盖,一团尘土腾起,使他不由自主地捂住了口鼻,里面整齐地码放着黄泥密封的酒坛。他把箱盖重新扣好,左移两步,再掀开另一个,一箱土制手雷惊现眼前。就在这时,头顶上传来了巨鸟振动翅膀般的响动,一个后生从房梁上鹞子翻身一跃而下,手里的雁翎钢刀寒光一闪,当头砍落。范开圆左躲右闪,缩颈藏头,连连后退,嘴里说:"别忙着动手,听我解释。"

后生哪里肯听,一刀快似一刀。范开圆只觉周身布满了明亮的闪电,眼见躲闪不开,顺手抄起一条长板凳,双臂舞起来迎着刀锋一格,只听"咔嚓"一声,刀刃深深地吃进枣木里。范开圆惊出一身冷汗,想象这一刀若是落在自己的颅骨上。他不敢再掉以轻心,使出空手入白刃,七十二路小擒拿的功夫,先向后生的面门虚晃了一招太公摆旗,紧接着金丝缠腕,怀中抱月,罗汉折枝,双手拿住对方擒刀的腕子,在膝盖上用力猛磕,顺势蹬出一脚。后生"哎呀"了一声,向后摔倒,正想往起爬,却被范开圆当胸踏住,刀尖点住嗓子,笑道:"刀为百兵之帅,大刀可以马战,腰刀可以步战,雁翎刀则可以马步战。讲究的是手似流星眼似电,身似游龙腿似箭。俗话说单刀看手,双刀看走,大刀看口。也就是说单手持刀,另一只手的配合至关重要,甚至重于持刀手。像你这样乱砍乱杀,心浮气躁,劲儿全使在刀上,岂有不败之理……"

范开圆正洋洋得意,冷不防一支火枪从背后伸过来指住了他的后脑勺。沈红绫一手端枪,身形微侧,森然道:"别动!识相点把刀扔了!"

范开圆听话地扔了刀,缓缓举起双手说:"没动。西洋火器可不是闹着玩的,当心走火。"

沈红绫冷笑道："谁跟你闹着玩？没想到你一个当大老爷的,样子斯斯文文,还有这么硬的身手。"

范开圆也笑："我也没想到你一个老板娘,外表柔柔弱弱,酒窖里却私藏着这么多军火,不知意欲何为?"

"你这只清廷的走狗,朝廷的鹰犬。天堂有路你不走,地狱无门自来投!"她用食指感觉着扳机粗犷的棱角,心里有一丝隐隐的失落和仇恨。

范开圆问："你怎么知道我是清廷的走狗,朝廷的鹰犬？这个定语怕是下得太早了。"

沈红绫用枪口在他头上轻轻戳了一下,"别再狡辩了,本来我看你还有点做人的良知,并不想伤害你,可是现在……我只好送你上路了!"

"杀了我,你得后悔一辈子。"范开圆的语气推心置腹。

"死到临头,还油腔滑调,大清国有这样的官真的气数已尽了。"

被范开圆摞倒的后生从地上爬起来,上前夺沈红绫的火枪说："沈老板,别跟他废话,也别脏了你的手,让我毙了他!"

范开圆并未回头,举着手镇定地吟道："杀人如戏,满怀心事;平不平尔,胡为踌躇——"

沈红绫战栗了一下,仿佛被一束划破云层的电流意外击中。范开圆念的是一首藏头诗,每句的头一个字若连在一起念就是"杀满平胡",正是同盟会的联络暗语。她推开后生的手腕说："等等!"倒退两步,双手比作"六",交叉在胸前。"秘露死决,交接宁缺。"

范开圆转身,右手大拇指抵左肩,切口对答如流："分途并进,破坏建设。"

沈红绫惊喜地问："你是同盟会的人?!"

范开圆抱拳当胸,爽朗地说："受孙先生的嘱托,来和北方的同志们一起撼一撼山西——这座清王朝的不周山。"

第四章　票商的壮志

1

夜色拥抱着庭院深深的渠宅。

"五月呢?"渠本翘一边收拾行李一边随口问。

"疯了一天,累了,已经睡下了。"渠夫人抱着儿子坐在素烛的光晕里。

"小宝,看爹给你捎回什么来了。"渠本翘从手提箱中取出一个洋铁皮的玩具火车,拧紧发条,放在地上。小火车的金属机芯发出咔咔声,一扭一扭地向前奔跑。小宝挣脱母亲的怀抱,拍着胖胖的小手欢呼了一回,蹲到地上玩火车去了。

渠本翘疼爱地望着一年多没见的儿子,他正用积木给自己的玩具火车搭建一座有尖顶的站台。"对了,我给儿子请的那个叫保罗的洋先生教得如何?"

渠夫人说:"虽然听不明白他们整日在叽里咕噜些啥,不过看样子倒还尽心尽责。"

渠本翘向小宝招了招手:"儿子,把你平时学的洋文讲几句给爹听听。"

小宝手边堆满了五颜六色的木块,扬起小脸说:"苹果叫apple,老虎叫tiger,火车叫train,还有拥抱叫cuddle,接吻叫kiss……"

渠夫人大惊失色说:"要死了,这个保罗怎么教孩子这些乌七八糟的!"

渠本翘放声大笑说:"Very good!"又从皮箱里取出一包和风布料,"这是给夫人买的。"

"你要是能在家里安安生生地多住几日,比给我买甚都强。"

"我已经应承了李提摩太先生,不日将接任山西大学堂监督,这回你就是往外撵,我也不走了。"

"这件事我已经知道了,是五月说的。她说她要去大学堂读书,而且你已经答应了。"这么大的事居然不跟自己商量就轻易做主了,渠夫人心中有一丝愠恼。她停顿下来,等着丈夫做出解释,但是丈夫埋着头什么也没说,她就只好继续讲下去:"你看她那个疯疯癫癫的样,哪里还像个未出阁的大家闺秀?当初本来是要缠脚的,因为你不同意,所以就作罢了……"

渠本翘几乎没有听到妻子的唠叨,一团烦恼的阴云包裹着他,把他和现实隔开了。有一个名字在他的心里颠来倒去,范守徜,范守徜,这个范守徜到底中了什么邪?长期以来在渠本翘的心中,这位范贤弟除了有点话痨以外,从各个方面讲都不愧是清流的典范,读书人的楷模。他怎么会突然和那个恶魔搅和在了一起呢?难道是受了什么引诱?是啊,恶魔!劫数的制造者。他的狰狞可怖甚至超过了当年的洪秀全。虽然洪秀全发动了人类历史上最大的一场叛乱,但至少还没有像他那样,可耻地躲藏在洋人的羽翼下,每天口沫飞溅,跳着脚咒骂自己的父母之邦。洪秀全也没有像他那样巧舌如簧,把无数受其蛊惑的小孩子当成炮灰,拿着外国人的大笔捐款"徒骗人于死,己则安享高楼华屋,不过远距离革命家而已①。"虚伪奸诈,汉奸洋奴,里通外国,没有骨头的家伙……

守徜看问题有时候一针见血,可有的时候就像孩子一样天真。他的世界太理想化了。殊不知人心险恶,说一套想一套做一套的人太多。正像《地藏经》里说的:南阎浮提众生,起心动念,无不是业,无不是罪。善与恶,

①反对暴力革命的梁启超在《新民丛报》上撰文批评革命党领袖们,唆使别人送死而为自己谋取名利的作法,一时在海外华人中引起了很大的反响,掀起了一股批评革命党领袖的风潮。

好与坏,都是相比较而言。柏拉图笔下的《理想国》不可能存在于这个现世。大清王朝纵有无穷家丑,千般不是,但依然是这个泱泱大国、亿兆生魂唯一的屋顶和靠山。如果一旦人们听信邪说,自己把自己的屋子拆除了……他仿佛看到:

王座倾覆,天塌地陷。

满门抄斩,血流成河。

分崩离析,四夷交攻。

神州无主,风云变色。

他看见三十二天罡和七十二地煞逃出了封印的地穴……

他看见一个万劫不复的深渊……炽烈的岩浆从地表涌出,大地变成了鲜红的火河……

守徜是仅仅跟孙氏匪首有所接触,还是已经投效在刑天麾下,成了魔殿里的一员黑暗武士。他把如此性命攸关的秘密透露给自己是在打什么主意?难道想拉拢自己也加入乱党?渠氏一门会不会因此受到株连?然后他的脑子里跳出一个词:大义灭亲……

他打了个寒战,极力把这个念头从脑海里推出去。

"……淹死。"渠夫人说。

"什么?谁淹死了?!"渠本翘问,同时意识到自己走神儿了。

气恼和委屈在这一刻顶到了夫人的脑门,好像要在那里凿开一个天窗。这个男人已经有一年多没回这个家,没见自己了。现在夫妻刚刚团聚,又是在讨论如此重大的问题,可他居然心不在焉。渠夫人不愧是名门闺秀,她将火气强压下去,把刚才的话又重复了一遍:"这是在山西,不是在横滨。如今晋省风气未开,民风还很守旧。五月一个女娃娃,要是进了大学堂,还不得让唾沫星子淹死?"

渠本翘悬着的一颗心瞬间落地,原来只是比喻,不是什么人真的淹死了。"山西大学堂乃我中国当今最先进之高等学府。我身为一校之监督,办教育就是要启发民智,要敢于开风气之先。将来我们还要开设女子学堂,让普天下所有女娃和男娃一样有上学受教育的权利。"

"即使要男女平等,要开设女子学堂,要让女子有受教育的权利,也得慢慢来,一口吃不成个胖子,冰冻三尺非一日之寒。"

"我才不怕什么世俗偏见,什么流言蜚语。总要有第一个吃螃蟹的人。总要有人拿出实际行动来,为全国,为山西做个表率! 你是不是怕她叫哪家公子拐跑了?"渠本翘希望用一个轻松的笑话结束这场不愉快的争论。

"当爹的没个爹样,当儿女的没有儿女样,五月生生是让你给宠坏了。像她这样刁蛮任性,为所欲为,看将来谁敢娶她做婆姨!"现在她不仅是在谈论女儿的未来,也是在捍卫自己做母亲的权利。

渠本翘提高了腔调:"要是没有点过人的胆识,庸庸碌碌,因循守旧之辈,也不配做我渠本翘的女婿!"

正在这时,管家走进来说:"老爷,蔚丰厚京号老帮李宏龄求见。"

渠本翘长吁一口气,起身说:"快请到客厅里。"

2

渠映璜有两个儿子,一个叫渠长赢,一个叫渠长发。

渠长赢二十多岁就得了天花,一命呜呼。又给渠家留下两个儿子,渠源潮和渠源祯。其中渠源祯自幼聪明,深得爷爷的喜爱。在他十八岁那年,出于家族利益和生意的需要,由渠映璜做主,娶了祁县首户乔家的二小姐为妻。对于这场政治联姻,渠源祯极不情愿,但是又不敢违拗爷爷的旨意,委委屈屈地做了乔家的女婿。在渠映璜临终时,将平生积攒下的一百二十万两银子,分作两份,两个门头各得六十万两。又因长赢早逝,长房的六十万两就由他的两个儿子继承,源潮和源祯各分得三十万两。

渠源祯就用这笔银子于同治初年开设了三晋源票号,在顺天、上海、广东、伊犁等地设立分号十一处。同时他还与源潮、源淦、源洛合开了百川通票号,投资哥哥源潮的存义公票号。不仅在各省设立茶盐、钱铺、当铺、绸缎、药材等庄号,同时还把贸易的触角延伸到了遥远的大阪、长崎、加尔各答和莫斯科。一时间财源滚滚,日进斗金,使渠家成了在祁县可以跟乔家分庭抗礼,富甲一方的大豪强,人送外号"渠半城"。渠源祯虽然在生意场上如鱼得水,但是在感情生活上却很不顺心,由于不满意早年祖父包办的婚姻,所以整日花天酒地,对原配则十分冷淡,即使是在乔氏生了儿子之后,也没有丝毫改变。这下乔氏用儿子来打动丈夫,使他回心转意的希望彻底破灭了,一气之下带着只有五岁的渠本翘回了娘家。

渠本翘的姥爷乔致庸恼恨女婿薄情寡义,发誓要给渠源祯一点颜色瞧瞧,他暗中买通旗人将一笔三千万两的巨款存在平遥南大街的百川通票号,只保存现银,不要利息,让渠家吃了一些甜头,然后突然要求将款项全部提走。旗人有权有势,渠家得罪不起,但这么大一笔款项又一时周转不开,再加上乔家趁势四处放风,造成了挤兑风潮,致使百川通险些倒闭。渠源祯自涉足商界以来,头一次吃了大亏,岂肯善罢甘休。重整旗鼓后他以牙还牙,用茶叶生意为诱饵,设下圈套,使乔家一次亏损了二十多万两银子。由此渠乔两家就由亲家变成了仇家。

渠本翘在外祖父以及舅舅们的呵护下长大成人。乔致庸对子弟要求很严,订有家规十条,包括不准吸食鸦片,不准纳妾,不准赌博,不准虐仆,不准酗酒等等,尤其重视读书,把金榜题名、蟾宫折桂看成一条光宗耀祖、封妻荫子的金光大道。乔家光书斋就有十几间,聘请的西席也都是名扬一方的当世大儒,不但束脩丰厚,而且礼遇特隆。

环境的熏陶加上天资聪明,使渠本翘很快就成了乔家子侄中的翘楚。在他十六岁那年,母亲去世了,乔家的当家人也换成了舅舅乔景俨。也是在这一年,渠源祯托人给他捎来一封书信,希望他能认祖归宗,回渠家帮自己打理生意。当时渠本翘的学业正处在关键时刻,而渠源祯自从早年宦海失意后,对官场的黑暗,官吏的腐败便深恶痛绝,立下规矩——渠氏子弟只准经商,不准涉足官场。渠本翘若此时回到父亲身边,所学必然半途而废,十年寒窗将付之东流,权衡再三,终于婉言拒绝。

光绪十四年(1888),也就是渠本翘二十六岁那年,以全省第一的成绩高中举人,衣锦还乡。这次他一到祁县,没有回乔家,而是先到渠家祭祖,打算和父亲言归于好。可是万万没有料到,当他的马车停在渠家大门前的时候,看见父亲率领全族跪在大门口,以白丁接待朝廷官员的礼仪迎接自己。渠源祯用这种惊世骇俗的方式,在渠本翘和近在咫尺的渠家大门之间划出了一道不可逾越的鸿沟。在那一刻渠本翘如坠冰窟，泪如泉涌，连车都没敢下就吩咐调头。他又马不停蹄地赶到乔家，希望把满腹委屈向舅舅倾诉，但更出乎意料的是乔家也大门紧闭，将他拒之门外。乔景俨认为渠本翘在乔家的养育和教导下长大，如今功成名就却先回渠家，实数忘恩负义。他让人捎出话来，乔家不敢高攀举人老爷。

<h2 style="text-align:center">3</h2>

"我正好歇班期满，要赶回京师去，路过太原，听说你回来了，特来拜望。"按照西帮的规矩，票号员工每三年一个班期，到期有一个月的休假，可以回乡省亲。

"有劳子寿挂念。"渠本翘随口应承，他很清楚李宏龄深夜造访，绝不会仅仅为了拉家常。

"不知渠家的三晋源近来经营得如何？"

"你呀，真是三句话不离老本行！"

"有道是拳不离手，曲不离口。我们这些驻外的老帮，不像你老弟是红顶商人，漂洋过海，手眼通天，见多识广，除了谈谈生意经，还真没有什么可以拿来解闷儿就茶的。"

"咱们山西不是有句顺口溜吗？家有万两银，不如茶票庄上有个人。当官入了阁，不如茶票庄上当了客。不过这些年我常驻海外，生意上的事不太清楚。"渠本翘神色黯淡，言辞闪烁。

李宏龄凑过去，压低声音问："怎么，老爷子心里的疙瘩还是解不开？"见对方默然无语，接着说："老哥哥不才，愿意顺道去一趟祁县，凭我这三寸不烂之舌，到老爷子面前说项说项，就是不知道楚南你究竟是个啥想法。"

渠本翘叹息一声："胡马依北风，越鸟朝南枝，人哪有不想叶落归根的？我虽很少接触生意，对票业更是知之甚少，不过据我观察票号生意已经不像几年前那么好做了。表面似乎还很繁荣，内部其实却隐藏着极大的危机。"

"此话怎讲？"李宏龄的神经拉紧了。

"票号生意，视商务为盛衰，与国家乃一体。商务盛则票号盛，商务衰则票号亦衰,绝无商务衰而票号能独存之理。最近几年洋货倾销,国体不保,市面萧条,银根奇紧。商务已衰,票号生意会因之而不能久持。再者说,十几年以前,国内金融乃我山西票号的一统天下。看如今,中外银行林立、汇丰、道胜、正金等相继而起,来与我竞争,而新旧赔款每年四五千万均入外国银行之手,若中国商人无大银行与之匹敌,又怎能斗得过人家。况且中国商务未入过商学,商智不开,而洋人素习商战,更非我所能敌,这也是我投身教育的初衷之一。至于官办银行,中国有句老话,叫民不与官斗。自光绪三十年(1904)户部银行①设立以后,无论是京饷、协饷、赔款、借款的调拨,还是国库生息款,就再也没有票号的份了,仅此一项,就使票商业务损失了十之四五。不仅如此,官办银行还凭借权势有恃无恐,处处压票号一头。就说去年,营口东盛和榨油厂倒账,共欠下银行、票号债款五百多万两。按理应该按实有资产平均分偿各家,但是正金、道胜和户部等银行却凭借势力,如数收回了它们的借款,而票号却连一半也没有收回来。"

李宏龄一拍大腿说:"老弟盛世危言,真知灼见,你我真是所见略同啊!"

渠本翘打趣道:"那么说天下英雄者,唯子寿与楚南耳?"

李宏龄大发感慨:"对于票号危机,我们这些常驻京师的老帮感触最深。外部的大形势是风雨欲来,黑云压城。而票号内部却是日渐腐朽,形同昏梦。票号的规章制度向称严谨,可如今却奢风日甚,荒惰日生。各庄尽心竭力秉公办理的固然不乏其人,而敷衍迁就者也不少,甚至有堂堂接班人,或上下蒙蔽,或独自鲸吞,其行为与监守自盗无异。每遇结账分红,往往只贪红利,而不积累。号服务求华贵,车轿务求气派,以致各号相互攀比,虚耗银钱。窃取利息者有之,吸食鸦片者有之,借庄宴为名公然聚赌者有之,在外窃取女人者有之……就拿楚南刚才所说的营口东盛和榨油厂倒账一事来讲,我听说丢账各号,竟有自家人与倒账之家串通舞弊,坑害自家

---

①户部银行1905年设立,是我国最早的国家银行。总行设北京西交民巷27号院,到光绪末年所设分行有天津、上海、汉口、济南、张家口、奉天、营口、库伦、重庆九处。1908年,改称大清银行。民国成立后,改称中国银行。

票号的事,真是骇人听闻!"

"形势如此严峻,可是各号的大掌柜却还自以为是,毫无进取之心。把祖宗定下的规矩当成是金科玉律,不敢稍越雷池半步。电汇方便快捷,乃是时代潮流,但大掌柜们却只相信民信局,坚持用人工传递,费时费力不说,成本也要高出电汇一半以上。户部银行成立时他们不入股,说是不愿与官共事,表面上看来很清高,实则是不懂求生图存之道。结果坐失了一次借船出海,借鸡生蛋的良机,反而为自己树立了一个强敌。近年来,金融市场瞬息万变,各种势力角逐异常激烈,驻外老帮们不断建议本号的大掌柜到各商埠走走,进行一番实地考察,做到知己知彼。可大掌柜们却置若罔闻,对于时事之变迁,商务之消长,皆似隔靴搔痒,与己无关。说什么以不变应万变,真是一派胡言!"

渠本翘道:"听你这么一说,我倒想起来《左传》中的一篇文章,叫《晏婴论季世》。你这番话如果被大掌柜们听了去,一定会说你是危言耸听,动摇军心,不打你的板子才怪。天道十年一小变,二十年一大变,我看一二十年后,必有一个人站出来,振作一番,支撑半壁,此即所谓天道循环。"

李宏龄说:"然天命所归者,安知非公?"

渠本翘一愣,随即摇手:"子寿不要取笑了。"

李宏龄正色道:"我不是在开玩笑。人无远虑,必有近忧。凡事预者立,变则通。于其徘徊歧路,眷恋穷城,心存侥幸,倒不如趁此时我西帮票号名声尚好,誉满天下之际,联合所有晋商票号,创办一家大银行,以外抗强敌,内保利权,则票号幸甚! 晋民幸甚! 不瞒楚南,这件事我已经计划了很长时间,所有京号老帮都同意,只是还没有跟东家和大掌柜们通气。"

渠本翘激动地想:这是一项多么宏伟的划时代的工程啊!

李宏龄接着说:"现在掌权的大掌柜们暮气已深,苟且图安,保位揽权者众多。晋商各号向来又是一盘散沙,甚至于钩心斗角,互相拆台,要想让他们和衷共济,联为一气,难度可想而知。所以……老帮们托我来请求楚南,为了山西票号的前途和将来,请老弟务必出马,为变革而呐喊,为改组而挂帅,我们这些驻外老帮都甘愿唯马首是瞻,在你老弟的帐下听令。"

第五章　河边密谋

1

夜,深一脚浅一脚的足步伴随着沉重的呼吸,浓雾四处弥漫像蜘蛛在布网。

潞安州城北,石子河和黑水河交汇构成的杂草丛生的三角形地块上,有人沿着石子河南岸快步走来。迎着来人,一个深沉的轮廓一动不动地在河汊边缘站立着,举头看天说:"今晚的月亮可真大呀!"

来人不由自主随着他的目光仰望。鬼话。天上铺满了厚如棉被的乌云,连一颗小星星也没有。除了北大关的更楼里那一簇疲倦的灯火,世界漆黑得像煤窑深处的掌子面,河水微弱的反光如同西洋糖果的透明包装纸一样淡薄。

"哈,骗到你了!"早来的人欢快地说,在地上跳跃了一下。

四十来岁的人了,还这么疯疯癫癫。这家伙自以为很幽默,其实……哼,简直是心智不健全的表现。来人冷冷地说:"万大把头好雅兴,不过今天我们可不是来赏月的。"

"要说赏月应该上汾河堤的凌云阁,教坊司今天在那开花案,佳丽如云,屏开雀选,那场面不知道有多香艳。压轴戏是晾甲(赛脚),脚布招展,弓鞋行酒,足趾敬烟,莲中翘楚五十金可以一握。听说连孙知府都到场了。雅,大雅! 两个大男人赏月,我可没有那么好的胃口。"万潮安手舞足蹈,吐字不清,口腔里填充着一根粗大的舌头。

"大把头又喝高了吧?"来人的语气中透出一丝厌烦,"我们长话短说,老北风把差事办砸了。"

"我就知道⋯⋯这些成事不足败事有余的东西!"万潮安尖着嗓子叫道,好像比刚才清醒了些许,"为什么想从何总管嘴里听一条好消息总是那么难?"

"我是扫把星,丧门神,行了吧。"老何自嘲地说,"他们派来一个人,要求我们把许诺的银子如数兑现。"

"脸皮比脚后跟都厚! 我还以为是来退订金的。事没办成,这帮混账王八羔子凭什么要钱?!"

"他们死了四个弟兄。"老何淡淡地说。

"没有金刚钻就别揽这个瓷器活。没有弯弯肚子,别吃那镰刀头子。呸,死了活该!"

"小不忍则乱大谋。"老何耐心地说服对方,"万一他们出去乱讲一气⋯⋯大掌柜可不是好惹的,闹不好你我都得身败名裂,人头落地。"

"我的何大总管,你这是站着说话不腰疼。敢情银子不是从你口袋里往外掏,可我万潮安的钱也不是大风刮来的。"

"矿井里的那些猫腻别人不知道,我老何还能不知道?"

"这是讹诈!"万潮安的语调里带着破音,听起来异常悲愤。

"钱是王八蛋,没了再去赚。再说那点钱对大把头不过是九牛一毛。我看还是破财消灾吧。"对方的情绪就像越飞越高的风筝,老何得匀着劲儿往下拉。

谈话停顿下来,只能听见哗哗的流水声。穿城而过的石子河和黑水河是同卵双胞胎,都是从浊漳河这位母亲宽阔的腹部里孕育出来的。"来一根尝尝,南洋烟草公司的新牌子,飞马牌的。比以前的白鹤牌有劲,比英美公司的三炮台便宜。"万潮安掏出一盒纸烟。

"我只吸鼻烟。"老何语气平淡地拒绝了。

"只能付他们一半!"万潮安划着一根洋火,随着爆燃声一股硫黄味飘逸开来,火光勾勒出一张纵欲过度的脸,附着在宽宽的骨架上,眼眶深陷,眼袋明显,颧骨潮红。

"好吧,我再去和他们说说。"何管家叹了口气,"老弟,听哥哥一句劝:酒是断肠的毒药,色是刮骨的钢刀。"

万潮安晃灭火柴,吐出一口烟雾。"放心,你兄弟我最善于采阴补阳,取坎填离,还精补脑,以毒攻毒,哈哈哈……"

2

和老何分手后,万潮安沿着黑水河的东岸穿过了一片杂乱无章的民房,走上府后街宽阔的大道。酒的后劲翻涌上来,万潮安醉得更深了。脚步踉踉跄跄,好像踩着棉花;思维断断续续,仿佛灌满泥浆。平白地损失了一大笔银子,这个月得多发放几块黑工牌,再多虚报点产量,把它找补回来。羊毛还是得出在羊身上……

喂,你这是要去哪?你这个不守信用的家伙。你发过誓,那是最后一次。一个声音在脑子里大叫。他看见右侧是知府衙门高大稳固的后墙。

女人是祸水,特别是像三奶奶那种天生尤物……

可是等等。他脸上的表情很吃力很笨重,他得让被酒精锈蚀了的心智重新运转起来。三奶奶是什么意思?是谁?为什么这个词那么妖媚,那么鲜嫩,但又似乎隐藏着巨大的危险,像一颗吱吱冒火花的炸弹。然后他想起来了,三奶奶是东家周鼎承的第三个婆姨。周鼎承,一阵夜风吹来,这个名字让他感到一阵彻骨的寒意。一种既难以理解也无法形容的恐惧像条又冷又湿的百足虫,晃着毒腭顺着胸腔爬向面门。在他的心里,即使坐在北京龙椅里的皇帝老子,也并不比这个名字更威严,更有震慑力。

啊呀且住,你闯下大祸了,你犯了天条!他严肃地对自己说。

如果这件事被他知道了,天哪,死是太轻的惩罚。

他会把你的老二切下来,喂狗,让你变成没卵蛋的太监。

他也可能把你的眼珠剜出来,当响炮摔,让你变成个瞎子。

别看他平时老虎挂念珠——假装善人。其实他干得出来,他跟大掌柜根本就是一路货色。他又想起自己,为了讨口饭吃,十五岁那年穿着一身破破烂烂,把鲜红的手印摁在了签有自己名字的身券上,也就是"生死状"。当时他还不识字,别人告诉他,这押一画,从今往后无论是生压活埋,气熏煤砸,尸骨无存,缺胳膊断腿,一切责任自负,与矿上无关。大掌柜因为他年纪小,人又机灵,就没让他下窑,跟在自己身边当学徒,从小伙计一步一步做到今天这个位置,寒来暑往整整二十三年了。他至今还记得伙计背诵的守则:黎明即起,侍奉掌柜;五壶四把,终日伴随;一丝不苟,谨小慎微;顾客上门,礼貌相待;不分童叟,不看衣服;察言观色,唯恐得罪;精于业务,体会精髓;算盘口诀,必须熟练;有客实践,无客默诵;学以致用,口无怨言;每岁终了,经得考验;最所担心,铺盖之卷;一旦学成,身股入柜;已有奔头,双亲得慰……

打完小锣打大锣,多年的媳妇熬成婆。现在,他在沟底矿的万金账上已经有了八厘顶身股,都保存在柜上做了花红。在一个丁字路口他停下来,现在出城去凌云阁是已经来不及了,但是他另外还有两个选择:转过府衙的东北角向南拐弯,穿过普通街(因街北口的普通寺而得名),就可以很容易地找到德华胡同——潞安第一风月场所,到双素班找堂子里的姑娘乐和乐和。虽然她们使用过于频繁,接口磨损严重,都不如三奶奶饱满风骚,水分充足,但总的来说表面光滑,安全耐用,质量可靠,价格公平。他试图说服自己,可是转瞬间又沮丧起来……双素班的头牌花旦如烟姑娘,从上个月开始就不再接客,听说她是被协同庆票号的财东王义堂那个老棺材瓢子包养了。好白菜都叫猪拱了!他悲愤地想。

当然他也可以沿着府后街一直往东走,直到过了县衙,再寻小径向南穿插,在那里有个叫甜水巷的地方正强烈地诱惑着他。三奶奶那个浪劲儿……他看见红润的嘴唇微微张开,吐出的气流擦过蚌肉般的舌面和贝壳似的牙齿化作撩人的呻吟。她的身体就像一条变色龙,太阳下是牙黄的,月亮下是浅蓝的,掌上灯是雪白的,摸着摸着就变成粉红的了……

然后,他的双腿又开动了。他觉得自己的身体有如一块精心烤制,刚刚出炉的宫廷桃酥,每个毛孔都张开了,像风吹过的西洋口琴。他被脑子里那些不干净的画面胁迫着,身不由己,脆弱不堪。他是被自己的情欲绑架的肉票。

3

眼前,两段花墙夹着一扇黑漆漆的大门。门板上铆着沉甸甸的兽面铜环。门前一株弯柳。胡同很细,细得像三奶奶的楚腰。胡同也很深,深得像三奶奶的眼睛。

哎呀,他吃了一惊。难道我是骑着马来的吗?要不就是长上了飞毛腿。还没怎么走,就已经到了。

他登上青石台阶,转过油漆立柱和粉红屏门,置身在幽静的小院。一个模糊的人影,挑着一盏莲花形状的玻璃罩子灯飘移过来。"哟,好我的大把头,你怎么才来?少奶奶都等急了。"老妇人笑着嗔怪。灯光照出一张布满皱纹的核桃色的脸,表壳蒙着一层岁月打磨出来的沉静的包浆。她引领万潮安沿着鹅卵石砌成的圪溜把弯的羊肠小径,走向一扇通往后面去的月亮门。万潮安注意到靠近院门有口八角水井,井上架着辘轳。这就是那眼有名的甜水井,据说三奶奶所以皮肤细滑白嫩,就是因为常用井水泡澡的缘故。以前这口井属于胡同里所有的居民,可是现在,它专供三奶奶一个人享用了。他还注意到周围的所有建筑,包括地砖和院墙都是新的。她的娘家以前很穷,养母是个老娘婆,靠给产妇接生求得微薄衣食。自从她傍上了周二爷之后,这个家才迅速红火起来。

在一间居室前,老妇人站住了,向里面努努嘴。

万潮安掏出一个银角子,放到老妇人粗糙的掌心里,说:"没错,钱是王八蛋,可长得真好看。你说呢?"

老妇人脸上挂着老于世故的笑容回答:"好看好看,我就从来没见过天底下有这么好看的东西。不过话又说回来了,我们少奶奶长得更好看,您说呢?"把银子吞进袖口,随手揭起门楣上的夹毡软帘。

万潮安像做梦一样转过堂屋,飘进里间。看见对面是一张楠木大床,藕荷色的帐子从雕花顶盖上垂落下来,使它看上去像还没有打开幕布的微型戏台。床左边的桌子上点着青花瓷的油灯,灯光是戏台的重要组成部分。床沿下的矮凳上摆放着一双香牛皮的小蛮靴。床右边是个红木抽屉镶玻璃水银镜的梳妆台。当间的砖地上蹲着个铜狻猊暖炉,老妇人把炉盖拿掉,用一柄钩子挑起隔火的银叶,换了香饼和炭条,退出去的时候重新把门关严。

万潮安进前一步,先把那双小靴子捧到脸上闻了闻,然后将帐子收到两侧的如意钩里。

他突然觉得很热,心在胸腔里扑通扑通地折跟头,像四击头的吊钹想勾搭出碰头彩。暖炉在他身后迸出了烈烈红光。

三奶奶只裹着凤穿牡丹的花肚兜和葱绿的底裤,侧卧在锦绣斑斓的铺垫上。左手托着桃腮,一只青玉镯在她纤细的腕子上流转着幽光。右手放在雪白的大腿上。一缕青丝垂在银耳钉前面,眯缝着眼睛,忽闪着长长的睫毛,对他勾了勾手指头,用甜得发腻的声音说:"来呀。"

万潮安的下巴掉到了脚面上,两个眼球在眶子里风轮一样不停地翻滚。又浓又厚的蒸汽从他的耳朵眼儿里吱吱尖叫着冒出来,好像他的内部有一台失控的蒸汽机,阀门已经打开,汽缸已经充满,活塞发了疯一样运动,再急促的喘息也不能降低飞速上升的颅压。

一瞬间,他把一切恐惧、愧疚、烦恼、担忧……都抛到九霄云外去了。

第六章　南响北应

1

挂牌接印,点卯盘库,还需要一番手续,匆忙间府第也一时难以安排,所以范开圆就临时住在了知味园。

有一天,沈红绫到范开圆的房间去送消夜,只见窗子支着,清风阅卷,明月朗朗,范开圆正在窗前伏案疾书。沈红绫放下茶点说:"早晨练拳,晚上写字,闻鸡起舞,半夜熬油,一日也没见你消停。"

范开圆把狼豪放回笔山,鼓起两腮对着墨迹吹气,视线并没有离开纸张说:"我上学堂的时候,先生曾经教导:一天不练手脚慢,两天不练丢一半,三天不练门外汉,四天不练瞪眼看。沈老板瞧我刚写的这幅中堂如何?"

沈红绫接过那张金花螺纹的熟宣端详,没干透的墨迹闪着水光,鼻子里闻到了淡淡的明矾和麝香味道。范开圆轻声提醒:"拿倒了。"

沈红绫的脸庞包括白皙的脖子瞬间就变成了鲜艳的桃红色。把纸小心翼翼地放回案上,目光闪烁,沮丧而羞愧地说:"范大人高抬我了,我看也是白看,它认得我,我不认得它。"

范开圆吃惊地问:"怎么……"

沈红绫从胸膛里发出一声悲叹："小时候跟着母亲死里逃生,东躲西藏,连饭都吃不饱,哪有闲钱买笔墨纸砚,更别说请先生了。这就是命,看来我这辈子只能当个睁眼瞎了。"

范开圆听出来里面有故事,但是没有把话题引向深入,而是巧妙地转身退出了这个不祥的洞穴,因为那个故事一定很辛酸,再说敞露彼此的心灵还为时过早。他一个字一个字地指着念:"要从荆天棘地起,自由花开好提壶。我们要革命,要推翻清廷,建设新国家,不认字可不行。如果沈老板不嫌弃,我来教你读书识字如何?"

沈红绫的瞳仁变得很明亮,就像心被点燃了,把茶盏重新端起来说:"如果范大人不嫌咱笨,肯收下这个学生,那才求之不得。这盏茶就算是学生的拜师茶。"

范开圆跷着腿,把自己微仰在椅背上,大马金刀,派头十足地接过茶碗,故意板起脸说:"我这个先生厉害得很,眼里从来不揉沙子,到时候你可别哭鼻子。"

沈红绫认真地说:"要是学不好时,先生只管打手板。"

范开圆绷不住,把刚含到嘴里的茶水又喷了出去,笑着连连摆手:"那我可不敢,要是把沈老板的这双巧手打肿了,谁还给我做香喷喷的饭菜?"

"你先教我写个'沈'字。"沈红绫伸出纹路细密的左掌,"就写到手上。"

2

那天晚上,沈红绫几乎一夜没睡,照着范开圆的字样不停地写不停地琢磨。当她写累的时候,就光着脚板在寝室里徘徊。她把所有的窗子都打开,让午夜的寒流带着潮湿的气息拥抱自己,使自己赤裸的双肩和两臂鼓起密密麻麻的鸡皮疙瘩,她需要这种瑟瑟发抖的感觉来给自己持续高烧的头脑降温。

她吹熄灯烛,把握成拳头的左手端到眼前,纤细修长的手指像花苞一样慢慢张开,黑暗中她看见自己的手心里攥着一团虚幻的光,萤火虫般的金色光点不断从光源中心散出。她欣喜而又惊奇地瞪大双眸。但是突然间她的体积缩小了,赤着的脚面不再白净,上面多出了皲裂和冻疮,包围着她的屋子在扩张的同时变得破烂不堪,百孔千疮。那是她囚徒般的童年,一双黑煤球一样的大眼睛躲藏在走风漏气的窗户后面,看着同龄的孩子在院里快乐地打地牛,拍画片,滚铁环,翻羊拐……她想起来那个比自己大了足足十一岁的丈夫,以屠夫为职业的大块头,赌鬼加料子鬼的史姓男人。他身上永远有股难闻的血腥味,双手和脸膛总是油腻腻的,即使刚刚用皂角洗过。村里最凶猛的狼狗见了他也夹着尾巴绕道走,别人都说那是因为他身上有煞气。就是这个男人,不止一次因为没有钱吸鸦片而发疯一样地打她踩踏她。他摇摇晃晃地进屋,像一头没毛的棕熊,用肩膀撞门的时候四壁乱颤,门板差点飞出去。他嘴巴里喷着酒气,牙缝镶着菜叶,眼中冒出野兽般的电光,一张向下俯视的脸死气沉沉,冲她低沉地咆哮:"都是你这个白虎星,臭女人,克得老子又输了钱。现在,自己把衣服脱光了趴到炕上去,我得给你一顿结结实实的。"他从墙上摘下那根打牲口的鞭子,提在手里用力一抖,浸过鸡油的牛皮鞭条发出可怕的爆破音。虽然这样的场面已经不是头一回发生,但她还是恐惧得浑身瘫软,冷汗淋淋。她双唇颤抖着,极力用镇定的声音说:"小灿他爹,求求你了,先让孩子到她奶奶的屋里去。"当他折磨她的时候,她咬紧牙关,为的是不让女儿听到自己母亲的惨叫。

小灿——妈的亲亲!她在胸膛里无声地呼唤,感觉心被一双手拧毛巾一样绞来绞去。自己十月怀胎的血肉!常常紧缩在墙角里,用恐惧的眼神注视着这个世界,缺少欢笑的可怜的女儿。"小灿——""小灿——""你见到我家的小灿了吗?"她到处走到处问,惶急如丧家之犬。终于有一位婶子告诉她:"哦,我看见孩子被她爹抱走了。"一种不祥的预感压顶而来,使她眼前一黑,几乎站立不稳。她像行尸走肉一样回家,找到一把锋利的剔骨尖刀藏在衣襟底下,在拿刀的过程中胫骨在灶台上狠狠磕了一下,瘀青几天都没散,但她当时几乎毫无知觉。

大街小巷烟馆林立,每一家的生意都那么火爆,横陈其间者曾无虚榻,等不及排队而躺在地上抽的也有,进了里面你就会知道什么叫丑态百出。她找到他常去的烟馆,并很快就在一张肮脏的床上找到了他。烟馆里散发着鸦片燃烧后尿碱般的焦臭味。他身边摆着烟盘、烟灯和烟枪,把自己四仰八叉地平摊在床板上,瞳孔缩小,鼻孔大张,向她露出满足而痴呆的傻乐表情,呢喃:"放心吧孩子她娘,我把咱们的小灿卖给一户好人家了……"最后一丝希望破灭了,她的脸白得像蜡,血冷却成了冰,说:"好,她爹,那你就睡吧。"同时把手伸进怀里,紧紧攥住刀把,汗水一点点渗进木头纹里……

她本以为那些不幸的回忆,近十年的独身生活,以及与形形色色人物周旋的江湖历练,已经把自己的情愫变成了一潭波澜不惊的水,把柔软的心变成了坚硬的石头。但是现在这种自信正在松动,她分明感觉到有一股隐秘的暗流,带着清凉的音乐,也带着死亡的诱惑,带着旋涡和阴影,冲击着她的心扉,贯穿缠绕,要把她席卷而去,使她彻底迷失方向。水漫过了头顶,她平静的心也随之变得温柔而又焦躁。就像一间暗室突然打开了条窄缝,使已经习惯于黑暗的瞳孔本能地想见到又怕见到久违的光线,因为突如其来的光明,也可能会变成一柄刺向她的无情钢锥,使她在疼痛和兴奋过后变成一个可怜的瞎子。

远处,传来了打更的木梆子声……

窗外,一轮浮肿的大月亮不怀好意地窥伺着她,颜色青白得就像……料子鬼的脸。浩荡的风钻进支窗,先是风头然后是风腔和风尾,它来自无比遥远的天界,现在却被困在这方城之内。风的身躯磨擦过她的面颊,粗糙得就像长满了鳞甲。凡尘是个机关陷阱啊,人人胸腔里都暗藏着西洋八宝转心螺丝。沈红绫闻到了风曾误入过的歧途:骒马的臊气、娼寮的放浪、宁化府的醋坯、烧锅头的酒糟、煤末子的呛味、拍花子的迷药……同时风里还夹带着时高时低的呼唤,像梦呓像卖唱像诅咒像哀号……不对,真的有人在喊叫,不过并非来自窗外,而是从门的那边发出的,沈红绫警惕起来……

她再竖起耳朵听了听,点着油灯,推开了卧室的门。她一只手端灯,用另一只手护着火苗子,走过黑暗狭长的走廊。又是一串含混不清的呻吟,这回听得很真切,压抑而窒息,就像一个被扼住的喉咙发出来的,在这夜静更深的时刻,让人不寒而栗。是他。

"范大人,范大人……你怎么了……"她停住脚步,用手拍打门板。

没人回答,微弱的光辉摇曳不定,范围小得就像她的一件亮橘色外套。他可能突发了某种急病,甚至……是遭人暗算了……她全身的汗毛都竖起来,眼前出现了一幅可怕的图画:下摆搭住桌子的窗帘鼓起来,像吃饱了风的帆篷,但是凶手已经趁着夜色遁逃了,只在窗台和桌面上留下了鞋底的泥印。范开圆鲜红地躺在黑暗里,像灰烬中的余火,大瞪着绝望的双眼,发出垂死的吟唤……

她后悔当初没给自己留一把房门钥匙,也许应该到楼下喊一个仆人上来帮忙。时间过着。她已经决定要撞门了,她必须进去看个究竟,就在这时从房间里传来了人语:"我很好,就是被梦魇着了,现在没事了……你去睡吧……"可他的声音听起来一点都不好,虚弱和恍惚得就像刚刚从坟墓里爬出来。沈红绫愣愣地站了一会儿,忽然怀疑自己是在梦游,其实范大人一直在酣睡,既没有呓语更没有跟自己搭腔。又也许世界上根本就没有什么范大人,门的那边是一间空屋子……那么"知味园"呢?她幻想出世界上有一座叫"知味园"的庇护所……拖沓的脚步声在身后响起,一只大手从后面放在她的肩头上,史屠户用快乐的声音说:你这个懒婆娘,我刚才熜猪毛的时候你死到哪去了?总有一天我会把你身上的毛也熜了。你喜欢怎么熜?用松香?用沥青?用火筷子?用修脚刀?还是用开水……呵呵呵……一阵粗野放肆的大笑……

3

第二天晚上,沈红绫再次走进范开圆的房间,把自己挑选出来的,最中意的字拿给他看。然后就像孩子渴望糖果一样,怀着紧张的心情,期待着他的夸奖。

他一页页认真地看,昨天夜里的事没有在他脸上留下任何痕迹。时间变得很缓慢,沈红绫好奇地想:这个男人心里究竟隐藏着什么?什么样的噩梦能魇住像他这样的人?"噢,这一笔有问题。"他说着铺开一张马粪纸,打开铜墨盒,把笔蘸饱,又慢慢抹出尖来才递给她。

她有些失望,端着笔,等着他来讲解。但是范开圆却没有再开腔,而是向她靠近,她感觉一股阳刚之气朝背后袭来,锋芒渗入了肌肤。对方温暖的鼻息吹着她的脖梗和碎发,使她两颊潮热,目眩神迷。然后他的右臂从她的肩膀上搭过来,握住了她抓笔杆的手。她的心不是在胸腔里,而是在喉咙里跳动,不由自主回过头去望了身边这个男人一眼。她看见范开圆神情专注,目光一丝不散地随着笔尖,挺直的鼻梁和棱角分明的嘴唇像石雕一样收紧。"把式、把式,全在架势——"他说,然后手上加了力,她身不由己地随着他的步调和旋律在马粪纸上起舞,像被风推着水拥着,勾勒出一个个妙不可言的收和顿,撇和捺,拐角和转折……渐渐他的手和自己的手,不再彼此矛盾,也不再分主动和被动,变得心领神会,合而为一了……

忽然,窗外蹿起七彩焰火,金蛇狂舞般你追我赶地飞向月亮。啸叫着直入云霄,纷纷炸裂,绽放出十数枝海棠,片刻后盛极而零,再闪耀成无数纷飞的彩蝶和花雨。新来者铺天盖地,把窗外的一切都映照得五颜六色,如同灿烂湘绣,新成蜀锦。

范开圆松开了手,抬起头愕然问:"今天是什么节庆吗?"

沈红绫回答:"节庆倒不是,那是汾河堤上的凌云阁,听说今天晚上十分热闹,由协同庆票号的王老爷做东,召集了太原、潞州两城的名士和各教坊开花案,要选什么十大名旦,头牌女状元。"

范开圆撂下笔,愤愤地说:"商女不知亡国恨,隔江犹唱后庭花。"俯身隔着桌子关上了支窗。

4

阎锡山走进知味园,和沈红绫打过招呼,就直接穿厅而过踏上楼板。他今天情绪不高,有点心烦意乱。他有个小九九,以自己在同盟会的资格和军队里的人脉,这山西革命党的头把交椅日后非己莫属,每每想到此他都颇有点"提刀独立顾八荒"的豪迈。可是如今却突然冒出个什么孙文特使(听起来像钦差大臣),正五品商务总办,可谓大有来头,风光八面。这真是半道杀出个程咬金。在二楼的走廊上,迎面碰见晋阳中学斋务长赵戴文端着个搪瓷缸子到茶房打水,阎锡山就站了站,压低声音问:"次陇兄,这个范开圆你以前认识?"

赵戴文笑道："老熟人了，在日本的时候就常打交道。"

阎锡山阴沉着脸说："待会儿开会的时候，咱们把缺经费的事跟他唠一唠，看他有甚主张。"

赵戴文皱起眉说："经费的事不是已经解决了吗？再说老范初来乍到，人生地不熟，咱们给他出这样的难题，是不是太过分了？"

阎锡山袖起手说："咱们打闹下经费的事先别四处声张，我就是要考一考这位范总办。不挑担子不知重，不走长路不觉远。山西这盘棋不是好下的，这个家也不是好当的。"

赵戴文心里虽然不以为然，但还是点了点头。赵戴文比阎锡山年长十几岁，也是五台县人，和阎锡山既是同乡又是同学，另外阎锡山还是他加入同盟会的介绍人。1905年，两个人遵照孙先生的指示，借回国探亲之机，各携一颗炸弹返回家乡组织革命力量。他们乘坐的火轮船在上海靠岸时，只见码头上站满了佩戴红袖箍、铜胸章的警员和外国巡捕，对出入海关的乘客检查极严。赵戴文一时不知所措，阎锡山把赵戴文所携的炸弹要过来，藏在自己怀里，镇定地说："我站前列，你站后列。如果被检查出来，由我一人承担，你不可承认是与我同行之友。"赵戴文既感激又困惑，问："我站前列，你站后列如何？"阎锡山答："站后列有畏惧检查之嫌，易被注视，仍以我站前列为宜。"果然，海关的巡警放过了前面的阎锡山，只检查了赵戴文。

5

这间位于顶层拐角的密室带有某种日式风格，靠墙一面大屏风，遮挡住了暗阁和通向天窗的梯子，必要时后面还可以埋伏杀手。左侧是双层武士刀架，木格上陈列着黑鞘红鞘两柄太刀。等到主要负责人能来的都来齐了，主持会议的赵戴文站起来说："我先给大家介绍一下，这位就是孙先生派来的特使，老同盟会员，现任山西商务总办的范守徇同志。"

屋里响起一片稀稀拉拉的掌声。

赵戴文指着阎锡山向范开圆介绍："这位是阎百川同志，五台县人，现任新编第四十三协第八十六标教练员。"

范开圆见对方二十出头的年纪，方正的国字脸上，立眉好像要飞起来一样,眼睛不大但双眼皮很宽。领子上绣着两道金辫,金色飞蟒抱珠领章和军帽的正中各嵌一颗蓝珠子,说明他和那位熊管带级别一样都是中等军佐,与之热情握手说:"知道,铁血丈夫团的干将,怀揣着一颗炸弹回山西发动革命,程潜和李烈钧多次在我面前提起过。"

赵戴文继续说:"这位是乔义生同志,临汾人,现任山西大学堂英文教习。"

范开圆握手说:"久仰大名,天下谁人不知义生兄是孙先生的救命恩人。"

1896 年 10 月 11 日,孙中山在伦敦被清政府驻英公使馆设计绑架,准备押解回国,秘密处死。当时正在伦敦开诊所行医的乔义生得知消息后,与孙中山的老师、英国人康德黎共商迎救之策。为防止公使馆将孙中山秘密转移,他们雇用侦探,由乔义生带领,在公使馆外日夜巡逻,同时又在《地球报》上公开揭露公使馆的非法行径,从而迫使英政府出面干涉,孙中山终于获释。此即所谓孙中山伦敦蒙难。

余者一一介绍,分别是黄国梁、张瑜、乔煦、温寿泉、王用宾等。

范开圆说:"大家都是自己同志,客气话我就不多说了。去年我在英国和孙先生共同分析和研究了咱们山西的斗争形势,认为山西的革命基础是扎实的,山西的组织工作是稳固的,山西的同志们是有战斗力的,山西的革命事业大有可为!临行前孙先生托我向山西的所有同志问好。

"自同盟会成立以来,革命党人前仆后继,先后发动了六次武装起义,这些起义虽然因为种种原因最后都失败了,但它毕竟撼动了腐朽的清王朝,极大地鼓舞了海内外革命者的士气,使清廷惶惶不可终日。

"现在仍有一些省份的武装暴动在酝酿之中,孙先生的意思是由南方先发动,一旦成功,则山陕的同志即起兵呼应。山西自古就是兵家必争之地,中原心腹,南北要充。退可以扼守娘子关,宣布独立,与清廷分庭抗礼;进可以截断京汉铁路,卡住清廷的交通命脉,继而挥师北向,直捣京城!此即所谓南响北应。"

阎锡山依然袖着手,慢吞吞地说:"孙先生计划周密,决策英明。再加上范大人亲临山西,坐镇指挥,运筹帷幄,必能决胜千里,我对山西的前途充满了信心。只是目前山西无论是新军还是绿营、巡防营,掌握实权的带兵将领还都是清廷走狗,枪杆子不在咱们手里。南方的吃雁,北方的吃蛋,中间的仰着脖子干瞪着眼看。我们这些从日本留学回来的同志,或者是同情革命,有进步思想的士官生无不被投闲掷散,不但得不到提拔和重用,反而处处遭到怀疑和猜忌,受人排挤,日子艰难得很。"

山西的水深啊。范开圆想起了临行前,一位同盟会员对自己的提醒。在会场平静祥和的水面下,他分明能感觉到一股不信任的充满阻力的暗流。他不动声色地说:"湖南有句谚语:山是一步一步登上来的,船是一橹一橹摇出去的。我们要干革命,当然会有困难。不怕路长,只怕志短。不怕山高,就怕脚软。另外,走军事路线,从军队里夺权,抓枪杆子固然重要,但是唤醒民众,团结和动员方方面面的力量,扩大在社会上的影响,也同样是我们工作的重点,不能有丝毫松懈。积土成山,风雨兴焉;积水成渊,蛟龙生焉。江河之所以浩浩荡荡,是因为不弃涓流!"

赵戴文从衣袖里掏出一张折叠起来的四开纸。"王用宾同志正计划创办一份叫《晋阳导报》的刊物,作为山西同盟会的机关报,向广大民众宣传革命真理,启发民智。这是第一期的校样。"

范开圆接过来展读:"如今中国愈益危,军国大事日日非;安南台湾原我有,不见黄龙上国旗。还有租借地日宽,胶州威海大连湾,香港澳门旅顺口,暗射图中齐变颜。黄河流域德人据,长江流域英人盘,唯有山西称最僻,尚在俄人势力圈……写得好,可谓是入木三分。我们就是要和这帮清廷走狗打笔墨官司。有时候一张报纸,一篇文章的力量并不亚于一次武装暴动。"

乔义生说:"前几天我跟永兴县的三合会会首刘有福有过一两次接触。他现在手下有一百多号人,而且对清廷恨之入骨,我看可以把他拉过来。"

乔煦不以为然地晃着二郎腿,脚尖在空中画圆圈说:"三合会我知道,就跟我们老家的'白花'差不多。凭他们也能干革命?况且那些秘密帮会的首领往往见利忘义,处事鲁莽,多不可靠。"

范开圆说:"闾巷之侠,也不可小瞧!北京的大刀王五也是草莽出身,就很有正义感,戊戌年间曾经计划围园杀后。当然,军队的转化工作,尤其是掌握新军,也至关重要,实为成事之根本。关于这方面的情况,在军队工作的同志最有发言权。"说着拿眼睛看阎锡山。

阎锡山还是一副不紧不慢的样子,耷拉着眼皮说:"目前驻扎在太原的新军只有一个第四十三协,与巡防营和绿营鼎足而三,掌握军权的是督练公所总办姚鸿法和协统谭振德。我已经逐渐取得了他们的好感,但这都是些贪得无厌的家伙,胃口大得很,向来是不见兔子不撒鹰。要想打通关节,还需要一笔数目不小的活动经费,也就是官场上所说的孝敬钱。"

范开圆沉吟了片刻说:"姚鸿法我知道,他爹姚锡光是兵部侍郎。兹事体大,值得下注,应该不惜一切代价牢牢地抓住这条线索。至于经费,请百川放心,我可以代为筹措。"

正好沈红绫拎着茶壶走进来,一边挨桌续水一边爽快地说:"我这个小店多了没有,千八百两还拿得出来,只要是革命需要,都拿去就是了。"

范开圆站起来给沈红绫鞠了个躬说:"我代表同盟会的全体同志感谢沈老板慷慨解囊。"

反倒把沈红绫闹得不好意思了,红着脸说:"范大人这是干啥?咱们一家人不说两家话,只要能推翻清政府,重建汉人的天下,别说是几个钱,就是这条命,我沈红绫也豁得出去。"等她出去之后,范开圆说:"这位沈老板不简单,是位女中豪杰呀!"

赵戴文说:"沈老板也是老同盟会员了,跟清廷有血海深仇。自从山西分部一成立,她的这间酒楼就成了咱们的秘密联络站。"

第七章　三寸金莲

1

潞安州城郊村落如织,水环似带。城南二十里的甲树村位于老顶山脚下,是石子河出山后流经的第一座村庄,相传唐玄宗曾在此歇驾。甲树村的周家是一座青砖高墙的城堡式深宅,门前有冲天柱式汉白玉牌坊一座,当中一块石匾,上镌四字隶书:孝廉方正。表明这家主人曾经中过举。其中由六个套院,二十个小院,五百多间房屋组成。瓦缝参差,直栏横槛,天井藏风聚气,门楼接天通地。严谨方正的布局和青灰的色调在晋东南黄土筑成的基座上显得雄浑厚重,几乎带有某种象征意义。对于一个初来乍到的客人,如果没有向导引领,很容易在其中迷路。周家的窗户全部都是时兴的大格玻璃,配以西洋装饰,起脊飞檐下,斗拱、雀替、额坊、山花,极尽华美,到处可见精制的木雕、石雕、砖雕和镏金彩绘。

浆好的细洋布、盛着温水的铜盆以及针线、棉花、剪刀、明矾、药粉等各种物件,林林总总摆满桌案。二奶奶云雾昭昭地坐在高凳上,搬着一条腿,守着火炉和药锅,熬一种叫"妙莲散"的汤剂。里面有荞麦秆一大宗,外加猴骨五钱,紫铜末子二两。心想:敢私自放脚,她还反了天了!

周若兰仰面朝天,被几个丫头抓住手脚死死按在炕上,样子好像在受刑又好像要生养。吴妈不慌不忙地坐在炕沿,粗糙的老手攥住若兰的光脚丫摩挲,赞叹:"多好的秧子①呀!"一边把四个小脚趾向脚心抈,一边抓起明矾和药粉麻利地向脚趾缝间撒。周若兰大声尖叫,脖子上鼓起道道血管,挣扎得汗光闪闪,骂:"哎哟,死老太婆,你把我的脚趾头弄断了!看我过后怎么收拾你!!"

吴妈手上不停,嘴里轻声慢语地解劝:"小姐就想开点吧,别让我们这些当下人的为难。可不是我们非给你缠,这是老爷的命令,二奶奶的吩咐。老爷的命令谁敢违抗?亲妈还能坑害自己的闺女?三寸金莲有甚不好?"

"好个屁!我不要,就是不要!"周若兰又蹬又踹地撒泼,但力量已经比刚才弱了。她索性停止了挣扎,在心里盘算着脱身的计谋。

"这脚,是女人最金贵的地方,讲究的是小、瘦、尖、弯、香、软、正……南翘北屈,西窄东圆,取三美屏四恶。湖南人缠出来的小脚像粽子,云贵那边的小脚像驴蹄,安徽人的小脚像猪手,扬州人的小脚像黄鱼,山东人的小脚像龟背,至于满族人的刀条儿②那就是个笑话,只有山西人缠出来的小脚像玉笋。咱们这样的大户人家,一日三开箱,多好啊!早晨起来,穿上绸面梅花底的弓鞋,绣着含苞待放的福贵牡丹;到中午又换上布面莲花底的鸳鸯履,鞋面上绣着喜鹊蹬枝;到了晚上睡觉前再换上软底,石榴花的睡鞋。下雨的时候有刷了桐油的油布面水鞋。到小姐出阁那天,咱们换上天津法租界金钢桥胡同劝业商场金九霄大鞋店定做的龙凤呈祥的绣花鞋,鞋根里有夹层,秘藏小抽屉,里面装着香粉,鞋底精雕细刻,安着金铃。一走路风摆杨柳似的叮当叮当直响,那叫好听,那叫迷人,那叫一个倾国倾城!可要是个大脚片子,三寸金莲横着算,鞋跟船似的,就是脸蛋儿长得再水灵,也白瞎了……你没听人说吗,裹小脚,嫁秀才,吃馍馍,就肉菜;大脚片,嫁花子,吃窝窝,就咸菜……"吴妈拿起洋布搭到脚背上,先缚紧四个小趾,然后裹

①指女子脚的自身条件。
②盛行于光绪中叶,八旗女子向往缠足,而朝廷谕旨又不准,而发明的一种新的缠足样式。

尖两层,拦腰两层,懒跟和骨拐上又绕了两层,用力一抽,猛然收紧,就像掌刑的打手拉紧拶子上的麻绳。

2

邻院,周学仁正蹲在自己卧室的砖地上,挑挑拣拣地往一只皮箱里装书,四周零乱地堆放着十来本册子和七八个书奁。有一刻他停住手,长脖子拔起来,眼睛闪动着说:"巧莲,我怎么听见好像有人在惨叫?"

巧莲是个十七八岁的俊俏女子,鲜艳的小衣长裤,一条又粗又黑的辫子从她白生生的后颈绕过来,羊毫大楷般的辫碎正好盖在丰满的胸脯上。她斜身坐在炕边的狼皮褥子上,对着窗户射进来的光亮往针眼里穿线,侧耳听了听说:"少爷听差了吧,那是外面的野猫打架呢。"咬断线头,系好疙瘩,把针尖在头发上抹了抹,开始飞针走线地缝包袱皮。"少爷只身在外,身边没个人照应,真让人不放心。私塾不就挺好的吗? 常言说金银元宝堆上天,不如养儿中状元。敢到考场放个屁,也为祖宗争口气。干嘛非得上洋学堂?"

"《四洲志》《海图国志》《盛世危言》……"周少爷白白净净,有一张圆圆的娃娃脸,继续埋头挑书说:"你呀,雀头蚂蚱眼,吃不多瞭不远。朝廷的《奏定学堂章程》前年就颁布了,改八股为策论,励实学而拔真才,递减科举,注重学堂。过个两三年科举兴许就废除了也说不定。"

"话虽这么说,可长这么大,少爷多会儿不是衣来伸手,饭来张口,冷不丁身边没个支使的,能自在?"

"不是有周福他们跟着吗? 再说我又不是光腚的奶娃娃。"周学仁心不在焉,有一句没一句地随口应付。

"你的麒麟呢? 大奶奶吩咐时刻不能离身的。"

周学仁从领口捹出一块墨玉雕的麒麟,对着巧莲晃了晃,又塞回去了。他从地上拿起一本英国化学家托马斯·亨利·赫胥黎的《天演论》,严复翻译,他的好朋友静乐县峰岭底村的高尚德①送给他的,说这本书很好,让

---

① 原名高尚德,字锡山,号君宇。是山西最早的共产党员,山西党组织的创建者,李大钊同志的亲密助手。1925年3月5日因突发性盲肠炎逝世于北京协和医院。

他抽空看看,可他一直没顾上。他拂去书上的灰尘,掀起有点开胶的硬裱封皮,天边最后一缕淡红色的晚霞从窗玻璃透射进来,无声地跌落在扉页上,映出上面两行整齐的小楷:我是宝剑,我是火花,我愿生如闪电之耀亮,我愿死如彗星之迅忽。

巧莲撇撇嘴角不屑地说:"那帮野小子抓家雀捅毛蛋溜着呢,不把少爷拐带坏了就不错了,哪有一个成事的,还能指望他们?"说到这她突然面红过耳,心房很奇怪地跳动了几下。吴妈那个没正经的老骚货,昨天一脸坏笑的形象浮现在眼前,说:"你要是那么放心不下少爷,要不让少爷带着你,做个贴身儿的,晚上也睡一个屋里,就像那《红楼梦》里的袭人和宝玉一样,说不定将来还能收了房。"

门"咣"的一声被撞开,周巧莲的哥哥周三货跟踩着风火轮一样冲进来,把砖地磨出一溜火线,嚷嚷:"少爷不好了! 你快瞅瞅去吧!!"

周学仁跳起来问:"这又咋了? 跟火烧了屁股似的!"

"二奶奶和小姐,娘们俩掐巴起来了,谁都拉不开!"周三货双手胡乱比画,身体保持着冲锋的姿态。

3

里面已经乱成了一锅粥。三奶奶把自己紧贴在隔扇门的裙板上,双手扶着门框,胸和半张脸压得扁扁的,样子就像只长着吸盘的花壁虎。报应啊报应。在这个世界上她最痛恨两个女人,一个是自己的养母,因为她一心只想把女儿卖个好价钱,而完全不顾及老爷和自己悬殊的年龄差距。不过还好,对于一个年过五旬的男人来说,老爷的床上功夫相当了得,但麻烦的是他笃信道家的养生术,把从身体里流出来的那点汤水看得比金子还贵重,每个月只肯对自己降两次甘霖,剩余的据说都还精补脑了(那种东西怎么能补脑,她一点也想不明白)。另一个就是二太太。那个干巴巴的,没有一点水分,表情呆板的女人,依仗着跟大太太的亲密关系,处处想压自己一头。可能是太专注太兴奋了,她居然没有听到身后越来越近的脚步,直到来人的声音响起来:"三娘,你这是干吗? 听戏? 瞧热闹? 明知道里面打起来了,也不进去劝劝!"

从腔调她就知道来的是这个院子里的"太子爷",听说跟自己同岁。开始她有一种正在行窃时被人抓住手腕的羞愧和慌张,不过调整得很快,仅仅几秒钟后,她就转过来一脸璀璨而娇羞的笑容,大眼睛里流溢着喜悦的秋波,配上白瓷一样的牙齿和两行酒窝,使她的面容看起来就像头上抖动的银饰一样光芒闪烁,嗲声嗲气地叫:"学仁——"听语气仿佛他们不是名义上的母子,而是久别重逢的发小。

周学仁在意识层面中倒退了一步。哦,这个妖精在勾引我。这样的念头从脑海里一闪而过,快得连他自己都没有看清楚那是什么。

"学仁给三娘请安。"他垂下目光,隔着一口黑釉大水缸,中规中矩地行了个礼。

三奶奶好像是被他迂腐的动作逗乐了,捂着嘴笑出了韵律,先抑后扬,声如银铃,花枝颤抖。周学仁在这笑声里越发不自在。

三奶奶擦掉笑出的眼泪,表情忽然变得很严肃,脸上蒙着一层淡淡的忧郁,眼睛里透出半真半假的谴责,玩着自己的手指甲说:"你刚才说谁听戏?三娘在你眼里就是这号人?话又说回来了,就若兰那个油盐不进的倔脾气谁敢劝?亲娘俩都闹翻了。我可不去找那个煤灰……"

"学仁一时失言,三娘大人有大量,别往心里去。"

"听说你念的那个洋鬼子的学堂快开张了?"梨窝浅笑又重新回到了那张粉面上。

周学仁皱眉说:"甚叫洋鬼子的学堂,那叫山西大学堂。"

三奶奶说:"甭管它是糖也好蜜也罢,反正是洋鬼子开的。老爷也是,让你上哪不好,偏去那种鬼地方。我听说,洋鬼子净教人一些妖术邪法。"

周学仁一时不解,挠着头皮问:"妖术邪法?"

"人家都说洋鬼子能让车子不用马拉,还跑得飞快。能让磨不用人推,自己就转起来。还有什么千里传声,还能把人的影子装到一个小铁匣子里,你说这不是妖术是啥?"

周学仁又好气又好笑,鞠了一躬说:"您嘴下积德吧,那可不是什么妖术,那叫科学,科学你懂吗?我也不跟您磨牙了,说了您一时半会儿也不明白。"

三奶奶下巴一抬,用鼻孔轻轻"哼"了一声,湿润的嘴唇嘟起来,娇嗔佯怒地丢下一个媚眼,扭着胯部下了踏跺,走向垂花院门。她的裙子收得窄,两瓣屁股的形状十分清晰,闪缎布料上的暗花在夕阳下神秘的时深时浅,时有时无。

4

屋里好像刚刚经过了地震。锅翻汤洒,中药的味道直呛鼻子。水盆、明矾、药面、白洋布……散落满地。椅子、板凳、花盆架东倒西歪,横躺竖卧。

吴妈和几个丫头木桩子般杵着不知所措。二奶奶举着根鸡毛掸子满屋追赶周若兰,娘俩一前一后像走马灯一样转圈儿。眼看撵上了,若兰一个高蹦到炕上。周学仁进门拦住二奶奶说:"瞧瞧你们娘俩,这是转台步呢? 跟脚底下踩着锣鼓点似的,要是再插上雉鸡翎和护背旗那就更像唱戏了!"

二奶奶呼呼气喘,她脚小腿长身量高,已经快被刚才那场赛跑累瘫了,隔着周学仁的肩膀指住女儿骂:"你长大了,翅膀硬了? 想上房揭瓦了是不是?!"

周学仁扶住她说:"您消消气,全看我的面子。若兰还小,不懂事。要不……你们先回去,我跟她好好谈谈?"

周若兰光着脚板站在炕褥子上,双手扒着眼皮,向母亲的背影吐舌头,扮鬼脸儿,说:"哟——"

周学仁吊下脸子来呵斥:"行了! 你也是,这么大的姑娘,快出嫁的人了,怎么疯疯癫癫的?!"

周若兰身子慢慢矮下去,双手抱腿蜷坐在炕角,像火车鸣笛一样拉起了哭腔。

周学仁坐过去摇着妹妹的肩膀头说:"刚才还跟穆桂英似的,打都不服,怎么我才说了两句就号上了?"

周若兰下巴放在膝盖上,只顾"呜呜"地哭。

周学仁劝解："哥知道你是咋想的,其实景龙人挺好,实在,厚道。又是协同庆票号的少东家,唯一的缺点就是长得胖了点。"

"我不想一辈子跟一陀二百斤重的黄油一块生活……"周若兰抽抽搭搭的,话也说不利索。

"夸张,刻薄,人家景龙连行头带骨头都算上也不到二百斤!"周学仁说,"这可就不好办了,王老爷和咱家是世交,两家大人讲定的事,按咱爹那个脾气一定不肯食言。再说景龙对你一往情深,就算你真的放了脚,他也未必反悔。"

"哥,下辈子我说啥也托生成个男子。"周若兰抬起花猫脸,"你说小脚真有那么好吗?天下的男子真的都喜欢小脚女人?"

周学仁说："小脚到底有什么好,我也说不明白,不过我记得李渔曾经赞美:瘦欲无形,越看越怜惜,此用之在日者也;柔若无骨,愈亲愈耐抚摸,此用之在夜者也。"

周若兰做了个呕吐的动作。"恶心死了!这些酸文假醋的男人最不是东西,把自己的快乐建立在女人的痛苦之上。他们就不说说女人缠脚有多遭罪,缠了脚的女人又有多不方便。自古以来哪个女人不是小脚一双,眼泪一缸?就应该把他们也缠成三寸金莲,让他们也尝尝其中的滋味,就像《镜花缘》里的林之洋,看他们以后还作不作这样的狗屁文章?!"

"其实有这种想法的也不只你一个,袁枚的《随园诗话》中就提到杭州赵钧台买妾苏州,有个李姓女子才貌俱佳,就是有一双大脚……媒婆说:这个女子能诗善文,公子可以当面一试。赵钧台便想借机羞辱戏耍这女子一番,即以"弓鞋"命题。那女子不假思索,开口便吟:三寸金莲自古无,观音大士赤双跌;不知裹足何时起?起自人间贱丈夫。"

"骂得痛快!不过听她这么一问,我倒真想知道缠足到底是从哪朝哪代起的头,是哪个背锅倒灶的想出来的馊主意。"

"据说南唐后主李煜喜欢看歌舞,一日突发奇想,令舞女以帛缠足,成新月之状,起舞时'回旋有凌云之态',不免龙心大悦,于是陋习传之后世千年之久。"

周若兰咬牙切齿，"怪不得是个亡国之君，短命皇上，真是恶有恶报！"

周学仁接着说："本朝顺治元年孝庄皇太后谕：有以缠足女子入宫者斩。顺治二年皇帝又亲下制书：若女子违法缠足，其父为官者要撤职查办，百姓之家杖责四十，流放充军。保甲连坐，若有缠足而十，家长不能稽查，也要打四十大板，外带枷号一月。甚至该管督抚以下各级文官有疏忽失察者，也要交吏兵二部议处。康熙元年再次下诏禁止，违反者对其父母治罪。可是缠足之风反而在民间越演越烈，后来影响到八旗女子也纷纷起而效仿。到乾隆帝的时候，又多次降旨严禁，也只刹住了满族女子的裹足风气，汉族女子则依然我行我素。再后来的太平天国和当今的太后老佛爷都是反对缠足的，政府也有不许缠足的明令，可就是屡禁不止……"

5

周鼎承幻想自己是座耸立的山峰，岩石为表，放射着威严神圣的光芒。云雾恰巧在他的腰部盘旋，江河只能在脚下奔涌，日月星辰正好在眼睛的高度照明，周围的一切都在他的俯视和掌控之中。这样的感觉让他很满足。周鼎承举人及第时只有二十一岁，第二年他进京参加了礼部的会试，但连续三次春闱都名落孙山。会试是每三年举行一次，转眼间他已经到了而立之年。这时候他有两个选择，一是锲而不舍地考下去，直到白发苍苍。二是向吏部申请"大挑"，充任低级官吏。然而这两条路他都没有走，而是独辟蹊径，做了一名实业家。他从来没有后悔过当初的抉择。在这个自己营造的世界里，他是一位至高无上的帝王。他有三宫六院，也是文臣武将。他的每一个眼神都是一道圣旨，他的话语带着隆隆的回音，可以给人富贵，也可以让人遭殃。

何管家侍立在侧，弓着腰说："协同庆票号的王财东传过话来，我们汇往京师的银两，已经交到了户部，封典的事估计一两个月内就能有回音了。"

周鼎承把自己仰靠在太师椅上，眼睛半闭说："好啊，这是光宗耀祖的大事，到时候仪式和宴会一定要隆重、气派。客人的名单我已经拟好了，你要提前操办，不怕多花银子。"

"王财东的意思是咱们若兰小姐和景龙少爷的婚期,也希望能尽快敲定。"

周鼎承用指头击打着红木扶手,"女大不中留啊!若兰和景龙定的是娃娃亲,现在也都老大不小了,是到了该张罗的时候……"

"另外……大掌柜从四川捎来口信,说那边的生意不太顺利,牙商们联手作局,把咱们的煤价一压再压。"

"哦!"周鼎承的眼睛猛然睁开,里面火花一闪,但很快又沉淀下去,"那大掌柜的意思呢?"

"大掌柜的意思是暂不出手,和他们僵持一两个月,可我觉得……"

"照直讲,不要吞吞吐吐。"

"我觉得……这是一着险棋。"老何小心翼翼地说,"老爷请想,从山西到四川路途遥远,煤都是我们费尽了千辛万苦才运过去的,这一路上别的不说,光是人吃马喂得花掉多少银子!如果卖不出去,再原封不动地驮回来,可就血本无归了。那些川耗子之所以敢明目张胆地跟咱们叫板,给咱们吊脸子,也正是瞧准了这一点。如果这样久拖下去,那么多的人员、马匹、货物囤积在客栈里,无以周转,开支浩大且不说,要是万一川商们转而进购京煤,或者是陕西的煤,那我们岂不从此失去了川中这么一个广阔的市场。"

周鼎承从椅子里站起身,向前踱了几步,"我问你一个问题,大掌柜自接手周家的生意以来,可曾失过手?"

老何亦步亦趋地跟上,"回东家,大掌柜纵横商界二十载,杀伐决断,大笔如椽,奇谋庙算,人所难及。虽不敢说百战百胜,可还从来没有出过大漏子。不过古语说得好:善水者溺,善骑者堕。淹死的都是会水的。"

周鼎承点点头:"同心若金,攻错若石,相期不负平生。我看还是应该信任大掌柜对局势的判断。让人传我的话给他,就三个字:沉住气。至于煤价,不但不能让,反而要长。不妨放出风去,我们的人马在川中每驻扎一个月,煤价就抬高一成。换句话说,我们在川中所耽搁的这些时日的一切开销,不能自掏腰包,而要转嫁到那些牙商身上。让羊毛出在羊身上。只有这样,他们才会觉得痛。因为他们才是引发这次争端的始作俑者,必须为自己的愚蠢和贪婪付出代价!"

"这……老爷就不怕这张弓绷得太紧? 万一要是把弓弦拉断了……"

周鼎承轻蔑地一笑,"不担三分险,难练一身胆! 告诉大掌柜,要是真闹到那一步,不必把货原路驮回,全部倾倒在嘉陵江里,我晋煤从此将永不入川!!"

老何面露惶恐,"这岂不是两败俱伤? 恕老何大胆,我们是生意人,做生意讲的是心平气和,和气才能生财,此举恐怕过于意气用事了吧?!"

周鼎承的无声冷笑变成了纵声大笑,"哈哈哈哈,你这个老何呀,你以为我是在和他们怄气吗? 大掌柜是在和他们怄气? 这不是小孩子过家家,二爷没那个闲工夫。你要知道,四川是中国最大的井盐产区,岁产之数约七万万斤,行销包括西藏在内的全国各地,支撑着盐业的半壁江山。川中一代的自贡号称盐都,托井灶为生者,不下百余万众。非战而群声贯耳,不雨而黑云遮天。但是要煮盐仅靠柴薪是不行的,产盐就离不开煤炭,所以才有炭为盐之母,无煤不成盐之说。四川虽然也产煤,但远远无法满足用量上的需求。京煤、陕煤无论是质量还是数量都不足以与晋煤抗衡,无法引为后盾。如果为了京陕之煤而弃山西之炭,无异于丢了西瓜捡芝麻,舍易而就难,舍长而就短,是自决生计!"

"老何愚钝,东家的话让我茅塞顿开。"其实老何并不认为自己愚钝,反而觉得东家的想法太一厢情愿了。只不过话说到这个份上,自己该提醒的已经提醒过,能尽的责任已经尽到了。"淹死的都是会水的。"下面还有一句叫:"打死的都是犟嘴的。"

报事的走进来说:"启禀老爷,少爷来了。"

周鼎承重新归座,恢复了神像般的造型,说:"叫他进来。"

周学仁跨进门槛鞠了一躬,叫了声:"爹。"

周鼎承问:"都准备好了吗?"

周学仁回答:"都准备好了。"

周鼎承谆谆教导:"有道是读万卷书行万里路,你已经十八岁,算是个成年男子了。去省城之前,有些道理必需铭刻肺腑。西洋是有一些奇巧之技,值得我们模仿,正是因为这样,爹才把你送到新式学堂。但是你要知道,夷技再神妙,也不过是一种手段而已,而非根本。那么什么才是作人的根本呢? 是四书五经,是孔孟之道! 中学为体,西学为用。形而上者中国也,以道胜;形而下者西人也,以器胜。师夷长技,正是为了以夷之技卫道、自强、制夷。这体用之别你要务必牢记,且不可本末倒置,数典忘祖啊。”

“爹的教训,孩儿谨记。”

“那你去吧,向你母亲道个别。自从十五年前你大哥学志被拍花子的拐带之后,她的心就没有一日舒展过。这件事我也一直觉得对她有所亏欠。”见儿子磨磨叽叽地不肯挪窝,他问:“还有什么事吗?”

“还有一件小事,想向爹求个人情。”

周鼎承投之以询问的目光。

“就是若兰放脚的事……”

周鼎承打断儿子:“这件事我已经知道了,死妮子胆子真是越来越大,一定要严加管束! 洋教堂也是,那些洋和尚不好好念他们的洋经,却在女人的脚上大做文章,挑唆大姑娘小媳妇不守妇道,我看都是些心术不正的花和尚!”

“此事其实另有隐情,若兰不愿意和王家的亲事。”

周鼎承把刚端起来的茶碗重重蹾在桌面上,怒道:“岂有此理! 婚姻大事从来都是媒妁之言,父母之命,哪能由着她的性子胡来?! 再说她跟景龙是指腹为婚,哪能说变就变? 要是那样,我周鼎承岂不成了一个不讲信义的反复小人?”

周学仁不甘心地说:“就算婚事已无法改变,可缠足毕竟是陈规陋习,不但被世界各国引为笑柄,也是朝廷明令禁止的。何况现如今维新之风日盛,女权之说渐起。既然若兰愿意放脚,孩儿求爹就随了她的心思吧,何必非让她受这份痛苦呢?”

“糊涂!”周鼎承疾言厉色,“什么女权,什么维新? 不过都是些异端邪说,洋夷的牙慧。有道是士为知己者死,女为悦己者容。身为女子就应该以男子眼中的美丑为美丑,好恶为好恶。如果连这么点小小的痛苦都忍受不了,三从四德又从何谈起? 圣人的教诲将置于何地?! 我周家乃诗礼旺族,决不能容忍此等败坏门风的行径!"

"想当年满人入关之后,曾因两件事和汉人激烈冲突。一件是剃发,另一件就是放脚,并禁止缠足。当时也是立下了严刑峻法,以死相逼。可是结果呢? 剃发虽然勉强推行开了,但是禁止缠足,我中原女子却誓死不从。最后不但禁缠令成了废纸一张,而且就连满族女子也开始东施效颦。这叫什么? 这就叫世道人心! 这就叫男降女不降! 所以不要小瞧了这三寸金莲,在这三寸金莲里有的不仅仅是情趣,也不仅仅是巧思和习俗。这里面还有汉人的骨气,祖宗的遗风!"

周学仁咕哝:"真是自欺欺人。"

周鼎承眉毛竖起来,喝问:"你说什么?!"

老何急忙打圆场:"噢,少爷说真是十分感人。"

第八章　有朋自远方来

1

在山西教案①的血雨腥风,以八国联军的联袂入侵,以马克沁机枪的疯狂扫射,以太后老佛爷和皇帝陛下的仓皇出逃,以山西北境教区的正副主教艾士杰和富格辣被罗马教廷册封为"真福品",以东南互保和《辛丑条约》的出台,以那位自比岳武穆的山西抚巡毓贤身首异处而黯然收场之后,洋务运动的脚步开始变得势不可挡。光绪二十八年(1902),英国传教士李提摩太利用庚子赔款创建了山西大学堂。光绪三十二年(1906),太原设置了电话局,正太铁路也从石家庄修到了阳泉,这是山西历史上的第一条铁路,由山西政府向帝俄道胜银行借资修建。光绪三十年(1904)五月动工,光绪三十三年(1907)八月竣工,全长480里,有隧洞19个,铁石桥904座。它的轨距仅有一米,开创了山西窄轨铁路的先例,与全国铁路不能联运,通常只能牵引七八节小车厢,因而运量也不大。

---

①1899年,毓贤任山东巡抚,认为民心可用,将义和拳招抚为合法组织义和团,并授"毓"字旗。纵容拳民烧教堂,杀教士;教士请求保护,毓贤置之不理。后清廷受外国压力将毓贤撤职,随即起用为山西巡抚。毓贤任山西巡抚时,排外更加激烈,唆使义和团焚烧教堂,屠杀教民。1900年7月9日,在巡抚衙门西辕门前,毓贤杀死了传教士及家属共46人,包括15男20女和11名儿童。事后统计,此次教案山西全省共杀传教士191人,杀死中国教民及其家属子女1万多人,焚毁教堂、医院225所,烧拆房屋两万余间,是全国杀人最多的一个省。山西从此被外国传教士视为畏途。

铁道路基两边,拖着长辫子,抄着乡音哩语,荷锄肩担,挥鞭牧羊的老西儿们,惊异而又畏惧地望着眼前这个风驰电策,喷云吐雾,"嗷嗷"怪叫,"隆隆"滚动的钢铁怪物,感觉到大地正在他们的脚下震颤。

在这列火车的头等包厢里,傲慢地坐着几个衣冠楚楚,深目鹰鼻的洋人。他们分别是福公司大班罗沙第和随行的全权代办哲美森,测量师萧密德,代办员萨斐理等现在他们坐着、颠动着,一边细心地用手扶着装在箱子里的各种奇形怪状的测量仪器,一边透过玻璃窗侧目向外观看,觉得好像是在做梦。仅在三天以前,他们还坐在顺天府路矿大臣盛宣怀华丽的宴会厅里,系着雪白的餐巾,津津有味地品尝一道道可口的中国大菜;三个月前,他们正站在圣玛丽亚号邮轮的甲板上,一边凭栏眺望地中海的旖旎风光,一边怅然地回味着与妻子、恋人的吻别。回头看,只有成群的白鸥舞蹈翱翔,日不落帝国已不见踪影,而浩瀚的印度洋就在前方;八个月以前,他们还正把双手插在裤兜里,拖着燕尾服,在伦敦,浓雾笼罩的泰晤士河畔,风度翩翩地散步和交谈……在那个时候,中国对于他们不过是绘制在地图上的海棠叶子的图形,一个可以造成时差和睡眠混乱的地理位置,一个来自东方的古老而神秘的传说。而山西则仅仅是一个点,一个东经110度,北纬35度的小点……

一路上山峦起伏,河谷纵横,被黄土广泛覆盖。火车在夕阳西沉的时候驶过了雄伟的娘子关。越过韩侯岭。山地、丘陵、平川开始呈阶梯状分布。快速闪动的晋中盆地复杂多变而又难以形容的地貌就像一幅幅粗犷豪放的抽象画一样,不断冲击着洋人们拥挤着机器、高楼和蔚蓝色海水般的视线,使他们产生出种种奇特的幻觉,仿佛他们正在和这辆呼啸的火车一起,划开一个黄肤色巨人结实坚韧的肌肉,把他深邃无边的沉思搅扰,千年万年的酣梦斩断……

"他不会无动于衷的。"罗沙第嘴唇嚅动,轻声自言自语。

2

几天以后,一头毛色斑驳,眼大牙长的瘦驴,脖铃叮当地从甲树村中间河滩石铺就的小道上走过。驴背上垫着条花褥子,身材长大的罗沙第佝偻着身躯,以一种可笑的姿势坐在褥子上,头戴一顶卡其布遮阳软帽,绿色矶布双肩背包像个笨重的乌龟壳。向导牵着缰绳在前面步行。

拖着清鼻涕的尕娃们排起长队,拍着手,唱着跳着闹着,跟在驴腚后面一路尾随。远远近近的农田里,村民手拄锄镐,伸长脖子驻足观看。农舍前的大闺女小媳妇也越聚越多,向罗沙第指指画画。那场面简直比杂耍班子进村还要热闹。

罗沙第毫不介意,不住向两旁的人们挥手致意,操着生硬的汉语打招呼:"你好,你好!"

回应他的是一片哄笑。驴子最后在汉白玉牌坊后面的敞亮大门前收住蹄步,罗沙第由向导挽扶着滑下驴背,在台阶前的青砖上跺了跺脚,态度谦恭地向看门人双手递上一个牛皮纸的封套。

周鼎承从推光漆木盒里拿出老花镜,在阅读了封套里的信函和盖有紫花大印的州府开具的证明之后,他虽然不太明白上面诸如"地质学家""实地考察"等新名词的准确含意,但还是很高兴,说:"子曰:有朋自远方来,不亦乐乎。我华夏乃礼仪之邦,人家大老远的不辞辛苦,舟车劳顿,漂洋过海而来,不能让人家笑话我们缺了礼数。老何去安排一下住处,先设一桌便宴款待,明天下午套车,我亲自陪他到矿上去转转。"

3

万潮安已经提前接到通知,早早吃罢午饭,带领把头、管事、账房在路口迎候。远远地先看见两名伙计骑着顶马开道,接着十来辆轿车浩浩荡荡卷着滚滚烟尘驶进了矿区。

没等周鼎承的鞋底沾地,万潮安就小跑到轿车前,鞠了一个九十度的躬说:"问东家安。"

周鼎承说:"罢了,大伙都辛苦了。我今天不是来视察的,不过是陪同罗沙第先生随便走一走,大伙也都随便一点,不必拘于礼数。"扭头对罗沙第说:"请。"

前呼后拥地向前走了不到两百米,便见几座连绵起伏的煤丘耸立在眼前,朝阳锥面闪烁着奇特的烂银般的光泽,黑色粉尘随风飘荡。几十名或持锹镐或抬柳条筐的汉子面如非洲人,正挥汗如雨地忙碌着。车马来来往往,有的卸有的装,地面上布满了纵横交错的辙印。周鼎承昂首挺胸,十分自负地用手指画了个半圆说:"这就是我们的煤场。从矿坑里挖出的原煤,都直接用马车拉到这里卸货,然后又从这里源源不断地运往各个货栈,各个码头,销往全国各地。"

"太好了,很壮观!"罗沙第走到一块整煤跟前,卷起袖子,叉开长腿,俯身想把煤块端起来,但连撼了几下,煤块却纹丝不动。他有点上喘,退开两步,拍拍手上的煤渣,长条脸兴奋地涨红了。"足有十五立方英尺,如此巨大的煤块,即使是在美国的宾夕法尼亚州也难得一见!"

周鼎承说:"本朝乾隆年间,陕西有一位道台,一次微服私访,当走到同官县陈家河的时候,正好遇上抓二工……"

"什么叫抓二工?"罗沙第面露迷茫。

周鼎承解释说:"所谓的抓二工是一些不法窑主,勾结地痞无赖,恶霸豪强,将煤窑附近的农民诓骗,或者强行绑架到窑里,派人看管起来,使他们失去人身自由,俗称关门窑。道台急切要走,就向窑主亮明了身份,可是窑主一听,自知闯下了塌天大祸,反而更不敢放他走了。道台没有法子,只好天天下窑挖煤,吃的是猪狗食,出的是牛马力。后来他想了个主意,就在井下咬破食指,把自己的官衔,姓名和遭遇写在大块煤上,希望见到的人能来营救。又过了三年,有一天同官知县在炉旁烤火,偶然认出了煤块上的血书,于是调派营兵包围了煤窑,救出了道台,惩治了不法奸商。二年积案,至此乃破,这岂非大块煤之功?"

"请问周先生,山西人是从什么时候开始开采并使用煤炭的?"罗沙第讲话缓慢,微微有些吃力。

"这我倒是没有认真考证过,不过我们中国有个传说,上古之时,天破了一个窟窿,这下可了不得,一时间是四极废,九州裂;天不兼覆,地不周载;火熊熊而不灭,水浩荡而不息,狼虫虎豹到处吞食百姓。在这危急时刻,多亏了一位叫女娲的大神,她炼出一种五色彩石,废了九牛二虎之力,到底是把天给补住了。女娲娘娘炼五彩石的时候,所用的燃料就是煤炭。

女娲炼石的遗址就在山西,而且就在晋东南。传说毕竟是传说,不足采信。子不语怪力乱神。可无论是秦砖汉瓦,还是石灰川盐,都离不开山西的煤炭,这却是不争的事实。"周鼎承口若悬河,好像柳敬亭说书。

罗沙第说:"太神奇了,看来煤对中国人的生活的确很重要。不过如果把这些煤运到欧洲,我保证它们可以为现代工业和世界文明发挥更大更深远的作用,我们可以利用先进的科技手段,把它们加工成上百种工业产品……"

周鼎承打断他的话:"罗沙第先生,煤在中国的用途同样也很广泛,绝不仅仅是取代柴薪。比如我们的祖先很早以前就把煤蘸水磨成汁,用于书写。中国有文房四宝,即笔、墨、纸、砚,而最早的墨其实就是煤。一斤煤二斤胶三钱麝香是上等供墨的黄金配比。在中国煤的别名又叫画眉石,还叫黛石,是可以拿来为美人描眉的。另外煤还可以入药,早在秦汉时期的药书《神农本草经》中就有记载,认为石涅可以治疗妇女血脏虚冷,崩中漏下及月事频繁等症。"

罗沙第挑选了两块煤,从背包里取出一柄地质锤,用楔形的鹤嘴端击打出需要的大小形状。又从口袋里掏出放大镜,把三组透镜滑出钢护套。左手握住标本,右手的拇指和食指夹持住放大镜,中指轻轻压在煤块表面,把眼球贴上去。调整放大倍数和观察角度。"简直不可思议!同一座煤田里出产的煤,地质年代竟相差几百万年。"他把标本递给周鼎承,"周先生请看,这块是形成于距今三亿年前石炭二叠纪的无烟煤,而这一块则要年轻得多,是恐龙时期的产物。"

周鼎承大感不解,"年轻?难道煤也分长幼秩序?"

罗沙第郑重其事,"是的,山西的煤层前后有三次成煤期,分别是二叠纪、侏罗纪和新生纪。关于这一点,早在1860年,德国人李希霍芬的《考察报告》里就曾经明确指出过。"

周鼎承露出童心未泯的顽皮笑容,"那么说这块煤是这块煤的爷爷,而这块煤则是这块煤的孙子喽?"

"也可以这么说。"罗沙第回答得严肃认真。

"这我就不明白了,这孙子的块头似乎要比爷爷还大一些,长相嘛……一个是张飞一个是李逵,实在看不出有甚不同。煤既没有长嘴,也没有家谱,那你又凭什么说它必定是爷爷,而它一定就是孙子呢?"

"要回答这个问题,我必须先反问您一句,您认为煤是什么? 又是如何形成的呢?"

周鼎承略微沉吟,"这个……我认为煤是一种石头,但它却并不是普通的石头,而是上天的赐予,神灵的恩泽,是老君爷留给人间的宝藏。好的煤,就像粮食一样美好,金子一样贵重,取之不尽,用之不竭。而要想得到它,就必须付出艰苦的劳动,也只有大家齐心协力,众志成城,才能使这黑色的宝石变成温暖千家万户的光和热。"

罗沙第做了一个否定的动作,"不不不,和周先生的理解大相径庭,其实煤是古老植物的遗体。"

周鼎承惊奇地眨动着眼睛,"你是说煤是植物,就像地里的庄稼和山上的树木一样?"

"千真万确。"罗沙第的口吻不容置疑,"如果你仔细观察的话,从一些煤炭的表面,甚至还可以用肉眼看出木质纤维的纹理。"

"这绝不可能,你一定是搞错了。"周鼎承摆着手,觉得终于找到了洋鬼子的破绽,"所有的植物都是长在地上的,而煤却深埋在地下。虽说花生、萝卜和地瓜也长在地下,但毕竟它们的枝叶和花朵要长在地上,因为只有这样,才可以吸收阳光和雨露,有了阳光和雨露它们才能够生长。难道你们西洋人认为有不需要阳光和雨露就能生长的植物吗?"

罗沙第舔了一下嘴唇,继续耐心解释:"大约在两三亿年前,山西所处的大陆板块雨量丰富,气候炎热,到处都长满了茂密的热带森林。后来海平面上升了,大片树木倒在水中,被越来越厚的沉积物覆盖在地层里,又在不断升高的地温作用下逐渐形成了今天的煤……"

周鼎承再次打断他:"等等,你的意思是说,我们脚下站着的这块地方以前是一片森林,再后来又化为汪洋大海,最后才变成了现在的黄土高坡。"

罗沙第十分肯定地点了一下头："Yes, of course。"

周鼎承捧腹大笑："哈哈哈哈,你们西洋人的脑袋里装的总是些奇奇怪怪的东西。那我且问你,假如真像你说的那样,山西以前是森林和大海,那我们的五台山、中条山、太行山、吕梁山等等,所有这些高山大岭那时又在哪呢? 它们不会也躲在海底吧?"

"不不不,那时造山运动还没有开始,它们还没有诞生,这些高山都是在大约六千万年以前的燕山期和喜山期拔地而起的。"

周鼎承注视着手中的煤,感慨道："唐朝诗人刘希夷的《白头吟》中曾经有过'已见松柏摧为薪,更闻桑田变成海'的诗句。没想到这小小的煤也经过了如此漫长的岁月。看起来沧海桑田,物换星移也不过是弹指一挥,更何况人生在世,区区百年。"甩开大步向前走说："罗沙第先生,我们接着参观。"

落在后面的万潮安拾起被东家丢掉的两块煤,自言自语："这块是爷爷,这块是孙子。这煤也分爷爷和孙子? 该不会还分公母吧?"

第九章　地下迷宫

1

一座矿坑出现在山的斜面,从这只大嘴的喉咙深处不断发出各种尖锐或低沉的吼叫,好像它是魔鬼藏身的洞穴,好像正有血腥杀戮在下面发生。"这就是我们的一号坑口,罗沙第先生要不要下去看看?"周鼎承发出了邀请。

罗沙第愉快地说:"那当然,这正是我此行的主要目的。"

周鼎承其实只是随口问问,没想到反被洋鬼子将了一军,环顾手下说:"大丈夫一言既出,驷马难追,那咱们就舍命陪君子吧。"

老何拦住说:"东家,这万万使不得。您是万金之躯,怎么能去那种地方?!"

万潮安硬着头皮说:"老何说得对,罗沙第先生由我陪同就是了,东家还是在井上比较安全。"

周鼎承反驳:"什么万金之躯?我又不是当今的万岁爷,没你们说的那么娇贵。打铁的要自己把钳,种地的要自己下田。我自己的窑,窑工敢下,把头敢下,连西洋人都敢下,自己反而要当缩头乌龟,那岂不成了天大的笑话?"

两名伙计各提矿灯在前面引路，众人穿着胶皮靴走过一段长长的黑暗走廊，煤层上绷板，划木，斜撑，梯子密密麻麻，每隔约十米，肋柱上就昏黄地亮起一盏铁皮罩子煤油灯。其间有两挂棕绳和布满血泡的肩膀牵引的铁溜子板（一种运输车），哗啦哗啦呻吟着和他们擦肩而过。经过五条弯道，上山下山，终于来到一个高阔的洞穴。无论白天还是黑夜，这里永远灯火通明，人来人往，展现出一派繁忙而壮观的景象。岩壁上四通八达的无数条入口，拱卫着一个伸向大地腹腔的竖坑，直径足有三丈。老蚌经过十二个月的孕育，可以把砂粒化作晶莹剔透的珍珠。而地壳怀胎百万年，才化腐朽为神奇。在坑口上竖立起一组木桩，罩着横梁、纵梁、斜撑组成的桁架，架子上安装了滑轮、绞车、铁葫芦，缠绕着无数根磨绳，十几名精壮后生漆黑的身体一丝不挂，只有眼睛和牙齿闪耀着银白的光，喊着惊天动地的号子，一齐推动巨大的木制轮盘，把一车车煤从井底吊上来。

　　后来，罗沙第用饱蘸墨汁的鹅毛笔在日记本上写道：恍惚中我感觉自己好像走进了一座钟楼的内部，走进了大笨钟永不疲倦的表芯里。一时间，震惊使我失去了语言能力，我这一路的奔波辛劳都在那一刻得到了补偿。如果不是亲眼所见，谁能相信会在我们认为的蛮荒国度里，在不见天日的地层深处见到这样巨大、精密而复杂的机械。我们来到的是一处综采工作面（我不知道中国人叫它什么），巨型车架以及大大小小密密麻麻的齿轮、飞盘、摇杠、摆臂……组成的提升机和回绳装置纵横交错，设计巧妙，足有两层楼高（别忘了这是在地下）。在无数组大灯的照耀下，带着一种梦幻般的沉浸气质。我不得不说，如果有谁认为在中国没有现代科学，那他就是井底之蛙。

2

　　周鼎承面带骄傲，"十年前，我们是用箩筐和辘轳往上吊煤，运送则全靠人背肩扛，遇到狭窄的巷道，工友们就得头顶或者用嘴叼着煤油灯，拖着煤筐往外爬。而现在呢？井口提升已经改用了滑轮和绞车，运煤也主要改用骡马了，畜力部分代替了人力。走，上车！"

　　一行人钻进厚木板和洋铁皮组成的罐笼，把手们浑身的腱子肉高高隆起,绞动轮盘,磨绳缓缓放下,罐笼坠入了井筒……轰隆一声,光明就消失了,周围是一片漆黑。耳畔只能听到绞车的咔咔声,岩壁的滴水声,以及紧张的喘息和心跳。罗沙第听见就在他身边有个人呕吐起来,呕吐物的味道令人恶心,但他不知道那是谁。

随着"咔嚓"一响,罐笼下沉到了新的工作面。

老何面如金钱纸,眼睛里蒙着一层水雾,步伐跌跌撞撞。所有的人都看见了,却假装没看见。

周围的岔道多如迷宫,这让罗沙第想起了希腊神话中那只被困在克里特岛上的牛头怪——米诺陶洛斯。他的父亲因为违背和神的约定而遭到了无情的惩罚,母亲和公牛交配而孕育了他。雅典每年进贡若干少男少女供他享用。有那么一刻,他甚至把自己想象成了正走向与牛怪的决斗场的血气方刚忧国忧民的雅典王子,只可惜他的手中没有多情公主赠予的宝剑和线团……

周鼎承竖起一根手指,话语带着"嗡嗡"的回音。"我们现在已经在一百多米深的井下了!你看这四通八达的地下宫殿,像不像蜂房蚁穴?像不像唐人笔记里的大槐安国?"

万潮安说:"东家,这地方可不是好玩的,如果不熟悉路径,又没有向导领着,这些岔道可能走进去就再也出不来了。"

罗沙第一阵咳嗽,捂住嘴说:"好大的煤粉味!"

他们踩着泥浆,沿着简陋的巷道一路前行,有些地方水深及膝。周鼎承一个趔趄,万潮安伸手扶住说:"东家,您慢着点,留神脚底下,从这儿走到掌子面还得一阵子呢。"说话间拐进一条更加细小的巷道,人在里面只能弯着腰行走。终于,前面闪出星星点点的灯光,也听到了锹镐如利齿般啃咬煤层的铿锵。

火工司上午刚刚放过头茬炮,掌子面弥漫着一股硝烟味。

"闪闪,闪闪,东家来了!"万潮安在前面开道。

只见一颗颗沉重的眼球,在虚空中惊奇而疲惫地消失又重现,眼白中密布着血丝,上下左右地缓缓飘移。仿佛这是一个精灵的王国。仔细看才会发现，它们是镶嵌在因为和背景融为一体，而虚无缥缈如魂灵的身体上。绝大部分人都生着烂疮。他们沉默着，停下手里的活儿向两旁让开。班头迎上来请安。周鼎承此时已经汗流浃背，抱拳致意说："弟兄们好，弟兄们辛苦了！"这几句话是混合着急促沙哑的喘息从喉咙里发出来的，同时他感到心脏搏动的频率异于平常。

窑工们表情木然地呆望着他。

是的，虽然这里是他的领地，是周家日进斗金的聚宝盆，但是看起来并不赏心悦目。在他的内心，这里并不符合他的身份，进窑等于屈尊降贵。孟老夫子说的好：有大人之事，有小人之事。劳心者治人，劳力者治于人。自从光绪十六年（1890），也就是山西后所营村的刘秉权进士及第那一年，自己弃文从商，开办了这座煤窑以后，他仅仅下来过两次，而且都是在停工改造，增添设备期间。

罗沙第野猫般的蓝眼睛闪着磷光，环视四周说："太好了，不过我还有一事不明，想请教周先生，在如此之深的井下，又没有大型鼓风机连续向井底送风，为什么这里并不觉得特别憋闷？"

周鼎承说："看来罗沙第先生对于采煤开矿是行家里手，一下就问到点子上了。在深井下空气难以流通，而一旦缺少了空气，不仅人会窒息，而且深井中伸手不见五指，咫尺不辨方位，所以在井下作业必须点灯，没了空气这矿灯也着不了。我们的办法是，凿井必两，开洞成双，二井相通，使气息能够循环往复，自然流通。"

"那地下水呢？你们没有大功率抽水机，又是怎么把水排到井外的呢？"

"你有张良计，我有上墙梯。小鸡不撒尿，各有各的道。虽然我们没有像你们西洋那么多古怪的机器，但活人总不会让尿憋死。以前我们用绞车，装上辘轳把，人力上起或畜力牵引，用绳子吊上牛皮囊往上汲水。现在我们在后山修了十二条泄水明沟，一劳永逸，再也不用担心回水的问题了。"

罗沙第竖起大拇指，发出由衷的赞叹："中国人的智慧，真是太了不起了!"

周鼎承随手拍拍身旁的一根支柱:"罗沙第先生二目如电,火眼金睛,能够看出来煤是树变的,那么你能认出来这是一根什么木头吗?"

罗沙第仔细辨认这根漆黑的撑子,摇头说:"No。"

万潮安说:"这是根上好的桃木,这里的支撑都是桃木,沟底矿就是一座地下的桃花源。"

罗沙第虚怀若谷,问:"这是为什么? 难道中国人认为桃木的质地特别坚硬吗?"

万潮安说:"罗沙第先生误会了。既然开煤矿,就难免常有窑工由于各种矿难事故葬身井下,他们的冤魂在这地穴中经久不散,四处游荡,难以超生,俗称撞克①。而按照中国的习俗桃弓柳箭可以避邪驱鬼,所以用桃木是为了避邪。"

周鼎承接过来说:"这桃木支撑也不是随便立在这儿的,里面大有讲究。首先要请风水先生查看方位和地气,预言祸福,判断吉凶。打桩的时候要本下而末上,也就是树根在下,树梢在上,本末倒置则不吉。此外,掌面的第一根柱子,也就是'一顶',立起来之后,要举行一个谢土仪式,在柱子上贴上符箓,涂上公鸡血。只有这样,所开的窑才能逢凶化吉,万年不倒。"

罗沙第拿出硬皮本和一支木杆铅笔,准备做记录说:"都说沟底矿是山西第一大矿,请问周先生,矿上有窑工多少人? 开采方式有哪些? 日出煤量又是多少?"

周鼎承说:"这个问小安子,他门清儿。"

万潮安说:"我们井下作业的工人,加上把手、镢手、筐手、车夫、掌秤、火工司,全矿上下总共有九百八十六人。"

周鼎承扳着手指头,如数家珍,"周家一共有两座煤窑,六口矿井,十二家货栈。主管销售的有大掌柜,主管生产的有大把头。大把头以下有三十六柜,每个柜上都设有小把头。另外还有管事、账房。井下有班头,井上有

---

①北京方言,源自满语,意为撞上邪祟。

筐头。开掘主要靠锹镐斧凿和火药爆破。日出煤五到八百筐，按每筐六十斤计，日产量约合四千斤左右……"他突然住了口，一只手抚向心窝，皱起眉头小声说："我们还是上去谈吧，我觉得有点胸闷……"

3

罗沙第在周家又住了一宿，和周二爷秉烛夜谈，聊得甚是投缘。第二天周鼎承挽留他多住几日，但罗沙第说身有要事，执意要返回太原。周鼎承一直把他送到村口，繁密的柳枝下匍匐着扫帚苗和野菊花，两个人都有点依依不舍。

罗沙第动情时鼻头微微发红，"由衷感谢周先生的盛情款待，这里不仅有丰富的矿产，淳朴的民风也同样给我留下了深刻而美好的印象。"

周鼎承拱手说："罗沙第先生太客气了，我不过是略尽了一点地主之谊而已。希望罗沙第先生还能再来我们潞州作客。祝你一路顺风。"

罗沙第从灰马甲里掏出一块怀表，银壳上有涡纹和精美的轧花图案。前后表盖都能打开，白色点金瓷盘上蘸着罗马字。通过凸透镜表门能看到机芯的运转，暴露在表盘下方的小摆轮，走时有力，鎏金带钻。"这块挂表是家父留给我的，产自钟表王国瑞士，江诗丹顿牌，是限量生产的，送给周先生做个纪念吧。"

周鼎承双手接过来说："我也给罗沙第先生预备了件小礼物。"老何捧过一个四方锦盒，周鼎承转递给罗沙第。"这是我们沟底矿使用的一盏普通矿灯，俗称'鸡灯'。不成敬意，我用它来预祝罗沙第先生前程似锦，一片光明。"

罗沙第打开盒盖，饶有兴致地把"鸡灯"拿在手中细细把玩，这盏矿灯是黑釉的，上面有可挂可别的铜钩，灯芯从前面伸出来。可以手提，可以挂在墙上，可以嘴叼，也可以戴在头项。样子像女子的小鞋，也像一只鸡雏。罗沙第不胜欢喜，感谢再三，上了向导的毛驴，才走出几步，周鼎承又从后面追上去："等等！"解下自己的披风，双手给罗沙第搭在身上，"有道是二四八月乱穿衣。初秋的天气中午热，早晚凉，就像猴子的脸，说变就变。罗沙第先生初来北方，未服水土，应当防患于未然。"

往回走的路上，两边的玉米和谷子金黄碧绿，一望无边。老何不解地问:"东家为何对一个萍水相逢一面之交的西洋人如此看重?"

周鼎承扩张开鼻孔,深深地吸气,和矿坑里相比,庄稼的气息非常宜人,散发着清甜的味道。"有两点,一来这个罗沙第谦恭有礼,不像有些洋鬼子在我们中国人面前飞扬跋扈,自以为是。二来罗沙第先生是个有学问的人。他的学问是真学问,不是上帝保佑,也不是子曰诗云。"

正说着话,一个蓬头垢面的落魄男子从庄稼地里钻出来,把去路拦住,退步打横,单腿扎千,行了个旗礼,油滑地说:"二爷一向可好,小的给二爷请安。"

周鼎承见他身上的布袍油渍麻花,长长的指甲盖里糊满了黑泥,双手虚虚地一扶,说:"不敢,恕周某眼拙。"

男子就势站起来说:"二爷真是贵人多忘事,十八年前沟底煤矿动土的时候,就是叫小人打的卦。"

周鼎承说:"想起来了,这不是杨铁嘴吗?你小子是打地缝里冒出来的?"

"小的已经来了一阵儿,看见二爷有正事,不敢冒昧打扰,刚刚到地里解了个手。二爷刚才是送谁哩,那么恋恋不舍的?"

周鼎承漫不经心地说:"一个西洋朋友,这跟你没什么关系。你不在县城摆卦摊,怎么跑到甲树村来了?"

"唉,一言难尽。"杨铁嘴叹了口气。"二爷,您今天气色不错,我给您算一卦如何?"

周鼎承摆手说:"免了。倒霉鬼不离卦摊子。你要是手头缺钱,那就照直说,三吊两吊二爷还拿得出来。"

周鼎承大步流星头里走,杨铁嘴像根甩不掉的尾巴,屁颠屁颠地后头跟,说:"二爷,您这是寒碜我。就冲您刚才那句话,我杨铁嘴分文不取,白送您一卦。"

周鼎承说:"谢谢杨老弟的好心。这样吧,你也不用给我算,二爷今天破个例,送你一卦咋样?"

杨铁嘴惊奇地说:"二爷也会算卦?!"

"瞧不起你二爷？学了《诗经》会说话；学了《易经》会算卦。你二爷四岁念唐诗，五岁读子曰，四书五经早背得滚瓜烂熟了，怎么就不能算卦？江湖八字流口定场歌，二爷比你念得熟：兄弟我把这张纸铺在地下写几个字，是个招牌，抛砖引玉，聚众招贤。我想言不暗点，非明人所谈，谈话不明，似钝剑伤人。昆山产良玉，非卞和而不识，世上多少英雄客，若无推算也难明。公侯宰相人人所愿，贫贱寿夭人人所憎。时运造化人人一转，但迟早不同。当年韩信时运不至，受辱于胯下，乞食于漂母。后遇萧何荐到汉高祖驾下，扶车推轮，拜为六国丞相。招讨征杀，破大楚之师，身受三齐王之职，后来以千金相赠漂母，一呼百诺，何等幸运。这是时也运也命也。再如明朝朱洪武王命蹇时之际，在那黄觉寺做和尚，衣不能遮其身，食不能饱其腹。后遇浙江一位先生，名叫刘伯温，相他龙眼虎眉，是个盖世英雄。佐之起兵即位金陵，传位二百七十余年。这也是时也运也命也。时气来了门板也挡不住，是非来了腾云也难清闲。平时有几文钱，舍不得算命，一朝有了祸事，保不齐倾家荡产。

　　"说我命相看得高，乡亲们未必肯信，都是前头人吓怕了的。姓张的自称张神仙，姓李的自称李神仙。卖瓜的只说瓜好，卖酒的只说酒甜，叫作般般会，件件低。我今日初到贵地，不晓得讲神仙二字，只晓得讲命理。人要眼见，口要尝，是骡子是马拉出来遛遛。人家算命有三不要钱，九不起利，那都是骗人上当的话头。我却有七八个不要钱，口说不为凭，待我写到纸上做个证据。哪七八个不要钱？老年人无子，中年人丧妻，幼儿丧父，守寡孤独贫穷寿夭，小儿犯关煞，这是不要钱的。那位说先生你这也不要钱，那也不要钱，出来喝凉水，穿树皮，坐到那井边喝西北风不成。诸位有所不知，要钱是我的本分，不要钱是我的人情。出来长见识，赔本赚吆喝。就算是为利，也要取得干净，取得公道。我要取那曹头上有骏马，架子上有罗衣，怀中有幼子，脚下有娇妻，河下有船，岸上有田。取他三十不为多，五十不为少。只当那九牛拔一毛，大树飘一叶，不足为难。假如那食不充口，衣不遮身，鳏寡孤独，贫穷寿夭，取他三五文钱，就像针尖上削铁，佛面上刮金，这样的钱断乎不取……"

杨铁嘴一揖到地说:"服了。二爷的定场辞比我说得溜。"

周鼎承洋洋得意,"我还告诉你,二爷算卦不用掐手指头,也不用摇钱盒子,不用报生辰八字,更不看面相手相骨相。脚巴丫子摇一摇,就已经了然于心。你小子是吸鸦片成了瘾,把挣来的钱都冒了烟,填到大烟馆那个黑窟窿里了。为了吸烟又到处举债,坑蒙拐骗,被债主逼得走投无路,东躲西藏,是也不是?"

杨铁嘴飞快地连续眨眼睛,眼眶泛着泪花,说:"二爷,您圣明啊!我那点破事,瞒谁也瞒不了您老人家。"

周鼎承脚步不停,"常言说听人劝,吃饱饭。你要是听二爷的,赶紧把大烟戒了。咱们乡里乡亲,你有个马高镫短,二爷绝不会袖手旁观。可你要不听我良言相劝,死路一条!到头来只能是个路倒,死了也得喂狗,没人给你收尸。二爷就是有钱,钱多得没地方搁,捐到庙里修来世,扔得水里听响声也不给你一个大子。这叫宁扶竹竿,不扶井绳。"

杨铁嘴大虾米弯腰,连声说:"我懂我懂,我知道二爷说这些都是为我好。这烟我也想戒,可就是断不了根。现在只要一天不抽我就浑身火烧火燎,像千万只蚂蚁咬,那种滋味真比死还难受。"

周鼎承不屑地撇撇嘴,"你这个尿样也算是老爷们?人要是连这点狠劲都没有,还活个甚劲儿?要真戒不了,二爷再给你支个着。你到那集市之上,铁匠铺子里,买把一尺多长两寸来宽,吹毛利刃,削铁如泥的环首钢刀,上太原府的保局去跳宝案子,咬紧牙,豁出去一条腿,二斤肉,要是做成了,天天拿挂钱。拿了挂钱,你就上烟馆抽烟,反正抽死拉到,死了臭块地。"

杨铁嘴擤了一把清鼻涕,随手在树干上一抹,低声下气地说:"我知道二爷是个硬邦邦的棍儿,挺天立地的英雄好汉,您就别拿我开涮了。我听二爷的,大烟我一定戒。"

周鼎承说:"可就怕狗改不了吃屎。老何,掏两吊钱出来。"

杨铁嘴接过钱,感激涕零,"让我说什么好呢二爷,您就是我的重生父母,再造爹娘……"

周鼎承竖掌当胸,向后大跳了一步说:"赶紧打住,咒你二爷是不是?我要是真有你这样的儿,那不是倒了八辈子血霉了?!"

杨铁嘴用袖子擦擦眼泪说:"二爷呀,来世我当牛做马,结草衔环,报答您的恩情。可这辈子除了算卦我也不会旁的,您还是让我算一卦吧,就算杨铁嘴孝敬您。"

周鼎承站住说:"有完没完?为了两吊钱你还讹上我了?好,算二爷怕了你,今天就成全了你这份孝心!你就算一算我丢了的大儿子还在不在阳间,我们爷俩今生今世还能不能相见。"

杨铁嘴摇钱盒,看卦相,掐着手指节叽咕了半天,眼睛一亮说:"恭喜二爷,贺喜二爷!从卦象上看,大少爷不但尚在人世,而且和二爷的重逢之日已经指日可待,为期不远了。"

周鼎承十分倒有七分不信。"那他到底在哪?这东西南北,四面八方,总有个大致方位。你说出来,我也好派人去查访。"

"用不着查访,到时他自会找上门来和二爷相见。至于他所在的方位嘛……远在天边,近在眼前。"

周鼎承仰面大笑。"怪不得人家都说你能把死人说活了,蝎拉虎子掀门帘——全凭一张巧嘴。"

"不过……二爷可要把招子擦亮了,就怕到时候对面相逢不认识。"

"父子天性,只要遇到一定能认出来。再说我们学志身上有记号。如果真像你说的那样,我一家还能骨肉团聚,我周鼎承必当重金酬谢,保你这一生穿绫裹绸缎,吃香的喝辣的。"

"谢二爷,还有一句话杨某不知当讲不当讲。"

"有话就说,有屁快放,二爷最讨厌的就是婆婆妈妈。"

"从这卦象上看,白虎戌土冲犯太岁,是小人作乱,君子破财之兆。如不加提防,恐有牢狱之灾,杀身之祸。"

周鼎承一怔:"哦,有这么严重?!那依你看,谁是我身边的小人呢?"

杨铁嘴再掐算,说:"小人岁岁有,唯独今年多。二爷今年是火命,西方壬鬼水,水能克火,小人来自西方……"

第十章　巡抚大人

1

在经过中门的时候,刘铁云又回望了一眼这座北宋时期潘美大帅修建的元帅府。时间的力量让他感到震撼。

门丁收下名帖,很客气地把他们引到西花厅落座,然后出去知会茶房,不一会儿下人端上来两盏香茗。方孝杰常来常往,熟门熟路,而刘铁云则是第一次来抚署拜会,从进门起他就以一个知识雄厚的、专业鉴赏家的眼光四处打量。和胡巡抚的身份相比,这间花厅堪称简朴,多宝格上虽有几件摆设,但大部分是仿品,西洋舶来品(包括一个地球仪),和雍正、道光年间的粉彩,没有一件价值连城的古董。粉壁上没有名人山水。墙角的花架子上摆放着一盆绿油油的大叶万年青。更令他惊奇的是他们面前的几案居然是榆木的,即使是山西的一个土财主,家具陈设也不好意思用楠木以下的材料。盖碗和茶碟到是件正经东西,好像是景德镇的哥釉青花,不过显然被磕碰过,从碗口延伸到碗底有一道细细的裂纹。但这并不代表这位大人手头缺钱,风闻胡大帅刚来山西做布政使的时候,的确是两袖清风,身无丈物,而且背了一屁股外债。但是七年以后的今天,据说大帅已经富可敌国了。当然,这也许是谣言……胡大帅是洋务运动的得力干将,深受皇帝和太后赏识。自主政山西以来,兴利除弊,大刀阔斧。与张之洞、盛宣怀桴鼓相应,为了山西的经济建设呕心沥血,使晋省在短短数年间有了自己的电报局、铁路、纺织厂、军装局、机器局……

不过也闹过笑话,那还是他刚到山西做布政使的时候,急于强晋富民,有所建树。经过一番实地考察,认为降州土地肥沃,既是棉粮产区,又是水旱码头,河道内船橹交错,航运可直达陕豫两省。于是决定在那里建一座纺纱厂。他先奏请太后恩准,采用"官办招商集股"的办法集资白银二十二万两,厂址就选在汾河东畔的城西三林镇,然后差人去英国购买全套纺纱设备。但是由于缺乏经验,筹划不足,刚盖好四十米高的八角形大烟囱和部分厂房,建厂款项就已耗费一空。所定机器由外洋运至津门口岸时,才发现其中的双汽包自动锅炉过于笨重,陆路无法解决运输问题,只能重新计划改走水路去道口,再由铁路运回降州。然而此时民工的膳食费用和设备运费已无从开支,结果是锅炉被扔在津门的堆场日晒雨淋,慢慢锈蚀,再也无人问津。纺纱设备则被运输车遗弃在河南汲县、新乡一带。二十二万两银子的巨款就这么打了水漂。

门外的台阶上响起缓慢的脚步声,有人和站在厅外持帖等候的门丁低声交谈了几句,随即竹帘子一挑,走进来一位官人。刘铁云随着方知府起身行礼,知道这必是大帅无疑。

胡守中还不到五十岁,体型富态,但是胖得很匀称。一身便服,八块瓦的帽头正中缀着翡翠帽花,这也是他身上唯一一件饰品,除此之外,腰带上没有玉佩,手上没有戒指。高级哈喇呢二蓝长衫,外罩一件紫色洋金花马褂,镶着黑缎子绲边,马鞍形的领子,偏襟右衽盘纽,脚穿云头洒鞋。脸上有一种超乎寻常的平静。好像和隐藏在他身后,难为常人所知的,巨大而复杂的政治图景相比,面前的一切都是渺小琐碎,微不足道的。这种平静赋予了他某种威严,以及高深莫测的气象。他摆摆手说:"罢了,都坐吧。"然后径直将自己分量沉重的身体安顿在椅子里。

"听说大帅曲酒流觞,雅歌投壶,颇有魏晋遗风,古之儒将名士莫过于此。刘提检近日得了一把西汉时的投壶,特意拿来孝敬。"方孝杰把脚下一个蓝布包裹轻轻提到案头,双手解开布扣。胡守中捧起来仔细端详,见此壶为青铜铸造,敞口高颈,布满锈绿的壶腹雕有云纹和兽面纹,壶体悬空,左右各有一个奴隶造型的跪像托举着壶颈。放回几上,表情平淡地说:"有什么事就直截了当地说,用不着这么客套。"

刘铁云心中一块石头落地,他注意到胡巡抚盯着投壶的时候眼睛明亮了一下,然后瞬间又恢复成了一双深潭。看来方孝杰这家伙揣摩上意的本领还是老到的,这份礼品已经搔到了大帅的痒处。

2

胡守中出生在湖南湘乡一个贫寒之家。秋风万里芙蓉国,湖湘子弟满天山。在他十岁那一年,两个湘乡人刘锦棠和蒋凝学率领老湘营长驱万里,横扫中亚屠夫阿古柏诸部,为收复新疆建立了赫赫战功。胡家兄弟姐妹一大堆,读书是他唯一的乐趣,也是唯一的希望。他上不起私塾,给不起束脩,八岁那年进了官办的义学,成了一名童生。多年以后,他眼前总是出现这样一个孩子,衣衫破烂而单薄,打着赤脚,坐在简陋破败的教室里,摇头晃脑地背诵:"天子重英豪,文章教尔曹。万般皆下品,唯有读书高。""朝为田舍郎,暮蹬天子堂。将相本无种,男儿当自强。"每当他读宋濂的《送东阳马生序》的时候,都会觉得辛酸而又骄傲,他觉得文章里的那个男孩儿正是自己少年时代的写照。

十六岁那年经过三场严格的考试,他进学成为一名生员。当时他的同乡,曾经是岳麓书院生员的曾国藩,已经因为办团练,建湘军,剿灭长毛而名满天下,出将入相,但是他没有进过岳麓书院。岳麓书院成了他心目中的一方圣地。他的生员生涯是在县学里度过的,学习的是《四书》《五经》,兼习书法,此外他还在众多的选修科目中选择了《二十四史》。经过月考、季考和年考,由附生、增生递补成廪生,终于每年可以得到四两廪饩银(助学金)了。他舍不得花,把其中的三两托熟人捎给双亲。他第一次进省城是参加乡试,在长沙城东南角的贡院,大门正中墨字匾额高悬,东西还有两座辕门。东门写"明经取试",西门写"为国求贤"。进了大门后是仪门,进了仪门是龙门,进了龙门又是一座座门楼,一池池碧波,一座座飞虹桥,高高低低数不清的建筑。

考试期间,贡院四周由绿营和巡防营分段驻守,甲士林立,刀矛映日,旌旗飘扬,犹如战时。角楼和望楼上布满岗哨。他经历了屈辱的搜身,听见考监威严地大声宣布:"为防止夹带,士子必须穿拆缝衣服,单层鞋袜,皮衣不得有面,毡毯不得有里;禁止携带木柜木盒、双层板凳、装棉被褥;砚台不许过厚,笔管必须镂空,蜡台需空心通底,糕饼饽饽要切开晾着……"

九月寅日亥时,书墨铺差人提着糨糊桶,把红录喜报,也叫"龙虎榜"张贴在了贡院大门外的高墙上。本省高中三百六十八名,但是其中没有他。他站在看榜的人群里,听着周围的欢呼和哀叹,反反复复核对了七遍,脑子里一片空白,感觉周身的血液都冻结成了冰。就在这时,一位官员喜气洋洋地走出来,用毛笔把五魁的名字由下向上,一一填写到喜报预留的空白处。直到这时他才知道,红录是由第六名开始填写的,而他正好是第五名,也就是"五经魁"之一。

你能想象这样的情景吗?时已入夜,贡院的聚奎堂上燃起巨红花烛。正副总裁南向端坐,十八房考官左右列坐。提调官和内外监视官在下面忙碌地阅卷。经魁出于哪一房官,即有书吏将红烛一对用大铁钉子钉在木托盘上,先绕场一周,最后置于该房官案前,以表荣誉。这对蜡烛据说可以催生,又说如果让孩子点着读书,可以增长智力,带出去包好了送人是拿得出手的礼物。经魁唱名声特别高亢,其他人随之欢呼,这叫闹五魁。

而一名瘦削的青年——五经魁之一,却站在湘江北岸,紧贴滔滔逝水,双手捂着脸,像个女人一样掩面痛哭。

第二年他和来自各省的举子,国子监,八旗官学和觉罗院的官宦及宗室子弟云集京师。四月三十一日在保和殿,他参加了殿试。他并未高中头甲,只名列二甲之末,没有取得由午门正中出的荣耀(由于丹陛中石只有皇帝可以踩践,所以午门的中路除非皇帝出行从不开启,殿试传胪后准许一甲进士由此门出,这是连亲王宰相也不能享有的隆遇),但他已经很满足了,面圣以及夸官游街的过程就像做梦一样。

少年得志,他开始做更远大的梦,发誓要当一个爱民如子的好官。

毕竟他不是玩世不恭,百无聊赖的八旗子弟;也不是从吏员的位置一路摸爬滚打上来的官油子。相反,他是靠三更灯火五更鸡,寒毡坐透,铁砚磨穿出仕的清流。他的理想之花被"修齐治平""取义成仁"的圣人教诲浸染过,浇灌过。他是一个士,"士不可不弘毅,任重而道远"。

但他还是低估了官场,那里比他想象中更黑暗,根本不是评书、戏剧中正义与邪恶搏杀的疆场,而是个死气沉沉,深不可测的泥潭。因为不肯向上峰行贿,他被投闲置散,在翰林院这个清水衙门中雪藏了十六年。好像所有的人都把他遗忘了。他就那么无所事事,庸庸碌碌地过了他的而立之年,又过了不惑之年,当无情岁月带着身不由己的他,奔向自己的知天命之年的时候,他的内心终于屈服了。

当他听说山西布政使出缺,就开始上下打典。为了填满吏部官员的饕餮之胃,他只得四处举债,甚至孤注一掷地借了大宗印子钱。他知道,这个巨大的黑窟窿除了贪墨之外,他不可能把它填平。如今在他众多的常随中,凡充任要职的差不多都是他当初的债主,这在官场上叫"带驮子"。

3

方孝杰说:"大帅,我们这次来还是为了开矿的事。"

"你们的想法本抚已经知道了。年轻人嘛,敢想敢干,这是好事。只是第一,向洋人举债开矿,事关国家利权,非同儿戏。这跟向国内的富商集股办洋务不一样,说不定会背上一个汉奸卖国贼的骂名,落个身败名裂的下场,这可是个烫手的山芋呀!第二,金额往来巨大,难免会有人眼红,招人猜忌,就是无私也有弊。有道是人言可畏,闹不好会成为众矢之的,得不偿失。再说这开矿的事,上有各国事务总理衙门,下有山西商务局,也不是老夫所能包办的。"一个深思般的停顿,"这山西的首抚不好当啊,站着进来,横着出去的又何止一二。雍正年间不就腰斩过一个诺敏吗?就说本抚的前任——毓贤,不也落了个身首异处,死无全尸的下场?兔死狐悲,物伤其类。前车之覆,后车之鉴。本官自到任以来也是如履薄冰,不敢有丝毫逾矩。生怕一时疏忽,自己丢了乌纱是小,辜负了朝廷和太后的恩典是大。

所以各位还是收敛锋芒,小心办差,瓜田李下,各避嫌疑吧。"

刘铁云说:"大帅,毓贤之死是因为妄信拳匪邪术,戕害无辜教士、教民,以致刀兵四起,京畿震动,是死有余辜。而举外债办矿,目的则是借洋人之财力物力,为我所用,发掘山西地下的宝藏,以富国强省。这是功在千秋,利在社稷的好事,可收到与李中堂、张香帅、盛杏荪所办之洋务异曲同工之效。大帅自到任以来,潜心治晋,重教育,兴农桑,振票号,办工厂,造机器,筑铁路……礼贤下士,因地制宜,开改革旧制之先河,山西人有口皆碑,无不感戴。然而自古凡成大事者,总会遭到一些无聊之徒的忌妒和谤议,只要大帅心胸坦荡,始终以利国利民为宗旨,以造福一方为己任,似乎也不必把流言蜚语放在心上。"说着从袖筒里取出一个红封套递过去。

胡守中并不接,只用眼角的余光飞快地扫视了一下,问:"这又是什么?"

刘铁云把封套放在桌案上,"这是福公司大班罗沙第先生托我孝敬大帅的一点小意思——福公司发行的股票三千股。现在每股大约折合白银四十两,而一旦山西与福公司签下矿务合同,那么每股就会至少上涨十几倍,甚至几十倍。罗沙第先生说,到那个时候福公司将另有一笔车马费奉上。"

胡守中轻轻哼了一声:"他们的花样倒真多。我们不妨打开天窗说亮话,跟外国人开矿也不是绝对不可行,不过晋省要和福公司签订矿务合同,那就属于办外交,而办外交则是总理各国事务衙门的职权范围,必须经过总署的批准,得惊动庆王爷。总理衙门主办外交,平时跟外国人打交道,总是低声下气的时候多,挺胸抬头的时候少。既不像军机处可以授官筹饷,也不像六部手中握有实权,是个清水衙门。馋得半夜磨牙,饿得走路打晃。他们一旦插进手来,那事情就变得复杂了。那帮人旁的本事没有,胃口却大得很,向来是吃独食的。正所谓三年不开张,开张吃三年。就算最后批下来了,也会把锅里的肉捞得干干净净,地方官员担惊受怕,操劳一场,到头来有口汤喝也就不错了,区区所得连塞牙缝都不够!"

方孝杰说:"这一点属下也想过了,并且已和刘提检拟定了一个应对之策,既可以绕过总理衙门,而又让别人找不到我们的错处。"

胡守中坚定地沉默着,沉默使他成为神一样的存在。

"可以由下官和刘提检虚设一家公司,我们不妨就起名叫它晋丰公司。先由晋丰公司和地方签订一份矿务承包合同,然后再由该公司与福公司签一份转包合同。这样一来,抚署等于把矿产开发工程包给了本地商人,这跟办外交毫不相干。而晋丰公司和福公司之间的交易,又属于民间性质,跟外交部当然也风马牛不相及。"

胡守中用多年官场中的历练衡量着,像端着硬度钳或者游标卡尺一样,在脑子里迅速把两位客人提供的模型三十六度地检测了一遍。可操作性,实用性,存在的漏洞和风险……他还是犹豫不决,端起茶碗说:"这件事容我再掂量掂量。"

第十一章　情天恨海

1

条件已经形成,事情正在发酵。

有一些重大的变故即将发生,注定要发生,它将深刻影响和改变生活在这片土地上的每位个体生命的命运。但是此刻故事的主人公们还浑然不觉,他们还都沉浸在各自的迷梦中。

潞安洲西城门外,临时搭起一座过街彩楼,彩楼上的五色绸缎偶尔被热风鼓动得飘扬几下。彩楼四周刀矛节钺、洋枪火铳排得密密匝匝,停满了车马大轿、云牌、锣鼓、执事、仪仗……潞州的大小官员、士绅都抻长了脖子焦急地向官道尽头张望。这其中既有孙明祖也有王义堂和周鼎承。

孙知府手搭凉棚,仰视了一下天空。他的脸呈古铜色,好像被太阳晒干巴的老茄子,表情愁苦,布满渔网似的皱纹。薄薄的羽片状白云组成的浩荡阵列快速西行,用阴影在大地上标出风的走向,阳光在云隙间不停地斑斓闪动,像天空在眨眼。啊,可恶的秋老虎,幸亏有这些云,否则今天会被晒化的。他掏出手帕来擦了擦汗。不过这肯定是今年炎热天气的最后一次反扑,山西这个地方总的来说四季分明。

它们只是过境,它们还在试探,把自己伪装得很好。

当它们在大西洋上空,凭借着海水的力量,吸饱了充足的水分,聚集了足够的势能,再随着风向折回头来的时候,人们将会看见一个气势汹汹的魔王,带着妖气,带着千军万马,铺天盖地,排山倒海,把楼船撕成木屑,把长堤化作废墟,把白昼变为黑夜。问题是到那个时候,你是否还能认出它,是否知道它就是今天这个高远飘逸、和蔼可亲、淡雅悦人的过客呢?

一名属员凑近,"怎么还不来,是不是报信的把时辰闹差了?"

"就算报信的闹差了,难道邸报也会差? 我们还是再等等吧。"孙明祖觉得双腿已经麻木了,有旧伤的膝盖隐隐作痛(清国官员又有几双健康的膝盖呢),耳边传来尖锐的蝉鸣,带着对死亡的无奈和恐惧。

"大人的补服都湿透了,要是中了暑如何是好,还是坐到轿子里等吧。"

孙明祖摇手说:"大家都热,我怎么能一个人去躲清凉? 再说那样也显得对来视察的总办大人太不恭敬了。"

属员愤愤不平地说:"那个姓范的商务总办不过跟大人平级,却姗姗来迟,让大人顶着毒日头苦等,摆什么臭架子嘛! 真是可恶至极!"

孙明祖脸色一沉,"不许胡说! 范总办虽说跟本官都是正五品的官衔,一样的水晶顶子,一样的单眼花翎,拿着一样的支俸。但范总办是从省城来的上差,对地方负有考察督导之责,和我们这些小地方的官员自然不可同日而语。再者说范大人身为商务总办,这商务总办是干什么的? 是主管一省之机器、矿务、厂局之建设的,可以说是实权在握呀。拿咱们潞州来说,到处盐碱,十年九旱,所依赖者煤矿而已。开煤矿是什么? 开煤矿就是办商务,开煤矿就得跟商务局打交道。如果开罪了这位大人,今后哪会有我们的好果子吃?"还有一句话已经到了喉咙,他又咽回肚子里去了。身在官场要多栽花,少栽刺。

孙明祖并不知道,此时他苦苦等待的范总办已经混到城圈子里面了。

2

范开圆微服简从,提前三天出发,没有走省城太原和潞洲之间的那条驿路,而是绕道壶关,经清流、定流、南天河、苏店,由南门进城。走在卫前路上,李兴不停地抱怨:"有开锣喝道,四人抬的蓝呢子大轿不坐,偏要搭又脏又破的煤车。人家都说煤炭之'煤'和倒霉之'霉'谐音,你就不怕沾上一身晦气?"但马上他又得意起来,"孙知府带着潞州的大小官员现在还在官道上候着您哩,这会儿肯定急得跟热锅上的蚂蚁似的,心都冒烟儿了,他做梦也想不到我们已经进了城。"

"潞洲古称上党,意思是居于太行之巅,地势最高,与天为党。因其险要,素有得上党可望得中原之说。李兴,你说说潞州有什么历史人物、地方土产?"

"有啊!"李兴来了兴致,"像什么后赵皇帝石勒、东晋高僧法显、南宋的抗金名将王彦、明朝的潞安双忠暴昭暴尚书和监察御史连楹……太多了,数不过来。"

范开圆接口道:"你这么一说我也想起来了,在《隋唐演义》这部评书里,有一位南七北六,十三省总瓢把子,赤发灵官单通单雄信,就住在山西潞州天堂县八里二贤庄,秦叔宝落魄之时曾到他的庄上去当锏卖马。五代的时候这里发生过著名的潞州之战。李隆基没当皇帝以前,也在山西做过潞王。"

"要说特产,那就更多了。潞州的酒就很有名,可以跟汾酒齐名,度数比汾酒还要高。再比如'万镒堂'的名药大凤丸。潞州的名吃有腊驴肉、肚肺汤、吊炉烧饼。此外潞州还出产人参,潞州出产的人参有个名字叫'紫团参',头面手足皆俱,是参中极品。"李兴继续卖弄。

范开圆点头:"有,唐代诗人段成式就曾经写过一句诗叫:人形上品传方志,我得真英自紫团。不过依我看,潞州最有名最贵重的特产其实不是人参。"

"那是啥?"

"是煤。我之所以绕这么远的路,并不是有意要拆孙知府的台,也不仅仅是因为厌恶官场上那套虚礼,而是为了顺路考察一下潞洲的煤矿开采情况。据西洋人估算,潞州煤炭的总埋藏量在九百亿吨以上,足够全中国人烧上几百年的,真是一座名副其实的聚宝盆啊!煤可是个宝贝,明朝的于谦有诗云:凿开混沌得乌金,藏蓄阳和意最深。爝火燃回春浩浩,洪炉照破夜沉沉。鼎彝元赖生成力,铁石犹存死后心。但愿苍生俱饱暖,不辞辛苦出山林。"

由卫前路拐入西大街,这里离府衙的正门——上党门已经很近了。范开圆的肠胃一阵咕噜咕噜的响动。"我肚子饿了,你能不能去附近的集市买点吃的?"他对李兴说。

大约一刻钟之后,李兴双手抱着一个纸袋返回来,纸袋里一沓芝麻烧饼还冒着热气。"我刚才在集市上看见沈老板了。"他神色迷茫,额头挂着一片阴云。

"你不会看花眼了吧? 大老远的她到潞洲来干什么?"范开圆抓起烧饼,在上面咬出一个月牙。

"我可以对天发誓,绝对没有。她来干什么我不知道,不过我看见沈老板的样子很慌张。"

"慌张? 像沈老板那样的人会慌张?!"

"'慌张'这个词也许用得有点不恰当,应该说她……跟丢了魂似的,好像被人施了妖术,放了蛊。"

"你说的我汗毛都竖起来了。"范开圆一个烧饼已经下了肚。

"当时我拿了烧饼,正要付钱,一转脸就看见沈老板在街那边低着头走。我扬起手隔着许多行人向她打了声招呼。她好像听见了,放慢了脚步,脖子扭过来拿眼睛冲着我,可是又好像什么也没听见,什么也没瞅见,眼神很恍惚很迟钝,就那么木着一张脸走过去了。说句实话,她的样子把我吓着了。"

"糟糕,肯定是出事了。走,我们得赶紧去找找她。"范开圆用手背抹掉嘴角的几粒芝麻,双腿立刻就行动起来了。

3

山脚下闪出一条羊肠小径,一半镀着锃亮的阳光一半沉在深深的黑暗里。沈红绫沿着一阶阶石磴往上走。

这是耸立在黑水河畔的一座假山,高度大约六丈,全是用太湖石堆叠起来的,水陆运输曾大费周章。在明朝的时候据说这里曾经有过一座王爷府,假山位于王府的后花园,李自成途经潞洲的时候,王府被烧毁,但山石安然无恙。

一个石亭坐落在假山顶端的悬崖边,横额镌着"虎亭"。

沈红绫在亭中的石墩子上坐下来。假山西侧临水,嶙峋的怪石像围困住她的兽群。隔着黑水河可以看到对岸的一排垂柳,柳树背后的民房,以及更远处西城门上望楼的明柱和翘角。

向东看,茂密的绿荫遮蔽住了营口大街,但没有挡住清真古寺那三个浑圆饱满的深绿色穹顶,顶端高高竖立在铁钎子上的银白色星月在阳光下放射出夺目的光芒。三道营从明代永乐时期就是著名的回民聚居区。由清真寺再往北,坐北朝南的潞安府衙雄踞在高高的台基上,是占地面积足有数十顷的建筑群。它修建于唐开元十七年,潞洲当时为全国五大都督府之一,是按照大都督府的规制开工建设的,所以今天的潞洲府衙甚至比巡抚衙门还要气派。从沈红绫的角度望过去,可以看见华丽的脊兽、鸱吻、瓦当,错落有致的琉璃顶子,主从有别的砖木混合墙。开阔的门楼和钟鼓楼并列而三。钟楼在左侧,青砖砌筑的城垛、踏道、券洞上立一飞阁,四根红油立柱撑起的重檐悬山式鎏金宝顶下悬挂着一口黄灿灿的巨钟,浦牢的兽钮,菊花形撞座。虽然看不见牌匾,但是潞洲人都知道,这个钟楼名叫风驰。右边的鼓楼被府衙的门楼挡住了,只露出一个小角。它的名字叫云动。而南面相邻的参军府相比之下就像一只趴伏在斑斓猛虎旁边的病猫。

这时,她等的人出现了。

先是一颗硕大的头伸进亭子里,然后露出身体,最后才把更加硕大的屁股安放在对面的石墩上。他用草纸抓着一个盾牌似的甜油饼,大口大口往嘴巴里填,人的嘴巴是个永远也填不满的洞。"我没吃早饭。"他一边咀嚼一边口齿不清地说,脸上挂着冥顽不灵的笑容,但眼睛里却透出残忍。吃东西吧唧嘴的动静就像骒马反刍。

"灿儿在哪儿?"她表情冰冷,但语气热切。

他没有立刻回答,而是开始东拉西扯。"你还真守约,应该说鱼饵真不错。那么说你接到我给你带的口信了。你是不是很失望?你以为我死了对不对？我知道你在五爷面前告了老子一刁状。你以为自己已经变成了可以随便让人骑的小寡妇，可其实还是个有夫之妇。五爷不能把我怎么样，毕竟我也是捻子的后代。"他打了一个奇臭无比的响咯。

那种曾经非常熟悉的，洋葱腐烂般的臭味，把她尘封在记忆深处的一本画册重新打开了。一个粗鲁的声音在她的脑子里咆哮："现在，自己把衣服脱光了，趴到炕上去，我得给你一顿结结实实的！"肮脏的床，肮脏的夜晚，鞭子在呼啸，庞大的黑影压下来，淋漓的臭汗浇着她，就像浸泡在粪汤里……

她一刻都不想待在这个男人身边，恨不得马上逃走，就算逃进地缝。

但是，灿儿，一簇温暖的灯火闪烁在她暗无天日的过去。

他在口信里说知道灿儿的下落。她已经长高了吧？她过得好吗？她要给灿儿梳头，煮饭，要给她做最可爱的布娃娃和最漂亮的新衣裳，要送她去上学……只要能重新找回她的小灿，她愿意付出任何代价，忍受任何痛苦……

"听说这些年你发财了，使奴唤婢，骑骡压马，还开了间挺阔气的酒馆。"他意味深长地望着她。

她也打量着面前这个人，迎着对方的目光，眼神丝毫不退缩。

幸运的是他还不知道自己的秘密身份，否则一定会以此来要挟，或者直接跑到官府去告密。

他的额头倾斜而狭促，几乎只有正常人的一半，上面布满了密集的皱纹。这皱纹不是因为操劳，不是因为衰老，自从她在新婚之夜第一次见到他时就是那样了，甚至可能当他还是一个婴儿的时候，就已经是那样了。也许他并不智力低下，在那些皱纹遮盖的骨板后面，并不缺乏动物的狡诈和阴谋诡计。但是他们生活在一起的八年里，他满脑子只有鸦片、烧酒、猪下水和女人……唯一会哼哼的爬山调是《小寡妇闹五更》。当然，和从前相比变化还是有的。在这副巨大的骨架上，他的皮肤就像死人一样惨白，并且泛着淡淡的青光。两个褐色的眼圈很明显。形状模糊的厚嘴唇夹杂着血丝，沾着早晨的食物。紫色的牙龈萎缩和肿胀交替出现，裸露着长长的黑牙根,附着着结石和牙垢的疏松牙齿只剩下了六到七颗。这说明他还在吸那玩意儿,他的这副下贱尊容表明了一切,就像贴在一瓶毒药上的标签,让人连阅读的兴趣都没有,只想远远躲开。

有那么一刻,他望向她的眼睛直勾勾的,嘴巴张开像一个黑洞洞湿漉漉的巢穴,脸上包裹着一层傻乎乎黏腻腻的笑。然后,他的眼珠子又转动起来,灵活得像抹了层猪油,目光沿着她从上到下,再从下往上,从起伏的峰峦到幽暗的沟壑。沈红绫全身暴起一层鸡皮疙瘩,她觉得羞耻,对面这个男人正在侵犯她,他在回忆和想象中把自己剥光了。

为了女儿,她忍耐着,摸了一下怀里的火枪。如果有必要,她可以毫不手软地再杀死他一回。沈红绫的眼睛向左边望去,用余光丈量着他们坐的位置与水面的距离。山体临水的一侧光滑笔直,上半截呈肉色,下半截生满了深绿的苔藓。

"开个价吧,你要多少钱?"她态度生硬地说。

他已经把油饼吃完了,草纸丢进水里,一双油手在裤子上胡乱抹了抹。"啧啧啧,夫妻之间谈钱就太生分了。以前是我脾气不好,是我不对,常言说浪子回头金不换,床头打架床尾和。我要搬进你现在的住处,帮你打理生意。"

"这绝对不行,你死了这条心吧。"

"我劝你别把事情做绝了。"

"你在白日做梦。"

从对面伸过来一只骨节棱棱的大手,包裹着茧层和油脂的手指爬上了她的脸蛋。"等我们上了床你就不这么想了。"他用猥亵的语气说。

她推开他的手,"别碰我,你这条——蛆。"生理和心理的双重厌恶使她的胃一阵抽动,感觉想要呕吐。

"你敢这么和我说话!"他毫无血色的脸罩上了一层青紫,"看来你已经忘记了,自己的主人是谁,我得帮你好好回忆一下。"他手扶着石桌站起身来,威胁地向前跨出一步。

她也跟着站起来了,拔出火枪指住对方的胸膛,"你敢乱来,我就一枪打死你!"

他愣了一下,低头盯着黑漆漆的枪管,"你真是长了不少本事,居然还在身上装了把西洋火器。"

"你认得就好。手巧不如家什妙,神仙难躲一溜烟!"

"我还知道现在有很多男人像大头苍蝇一样围着你打转。一个女人只要能豁得出去身子,就不愁找不到男人供自己使唤。这些年你这个骚货到底跟多少野汉子睡过觉?"

沈红绫握住枪柄的手在颤抖,她能感觉到两个枪管都沉甸甸的,里面填满了钢珠和黑火药,同时用余光看见一只小鸟飞掠过了水面。

"你可以直接一枪打死我,也可以让哪个相好从背后捅老子一刀。你这个婊子干得出来,而且已经这么干过一回了。现在你发达了,今非昔比,有钱有势力,即使杀了人也能摆平。不过,这回你可要想清楚,如果你今天杀了老子,那就永远不会知道小灿的下落了,我是你们母女团圆的最后希望……"他的唾沫四处喷溅。

她感觉自己的心就像那根赭红色的浸过燃水(石油)的麻绳,一头插进火药池里,另一头正在无声地闷燃。越缩越短,越缩越短。她在想象中开了一枪,击铁落下时"咔嗒"一响,透过接缝,她的眼睛可以清楚地看到火药池里的闪光,黑火药挥发释放出的白烟和硫黄味包裹住了一切。在这些浓烟散开以后,对面那张邪恶的脸熏得峻黑,嘴巴吃惊地大张着,全身至少有十处嵌入了钢珠,有的没入了躯体,有的卡在表层闪闪发亮,额头上有一颗,左眼眶里也有一颗,十几个枪眼儿同时涌出血浆。

"我看你舍不得杀我,你只是跟我闹着玩,换着花样打情骂俏……"他试探着又迈出一小步,现在他的胸口离枪口不足两尺了,对面的女人显然已经失掉了自信,雕塑般木然地站立着,神情像今天的鬼天气一样变幻不定,不知道在胡思乱想些啥。

接下来他只猛挥了一下手臂,火枪就掉落在亭子的石基上,"轰"的一声走了火。枪见了鬼似的自己跳起来,他也跟着跳起来,好像他们在比赛谁跳得更高。一溜明亮的火线从脚下穿过,只要慢一步他的脚踝就被轰碎了。

她扑上去抢地上的火枪,那把枪是双管的,还有一发藏在机芯里。他抢先飞起一脚把枪踢到亭子外面,然后像头发情的豺狗一样掐住她的脖子,把她仰面按在石桌上。在短暂的搏斗过程中,她的指甲在他的面颊和胸膛上挖出几条浅浅的血槽。他只用一只大手就攥住了她两个纤细的腕子,使她无法动弹。开始她摆着头想咬他,但他伸出另一只手从脑后扯住了她的头发,把她完全控制住了。

她愤怒地喘息着,鼻翼不停地翕动。

一张丑陋狂迷的脸悬在她的上面——那是她的噩梦,缺齿的嘴大张,喉咙眼儿看得很清楚,鹅口疮从硬腭一直漫延到腭垂上,发酸的臭气屁一样大团大团地喷着她。他正在缓慢地变形,从人兽化成野生动物。他比以前更臭了,因为那些被虫子吃掉的龋齿,都残留着一个颜色黑黄的牙根。暴露于外的髓腔和根管时刻被各种食物残渣和自己的污血填充着,而他却总也想不起来应该去清理一下。要是一个人的口腔里藏着十几个獾洞,那他的气味就可想而知了。"够泼辣的,比以前更有味道了。正巧我也有把枪,而且我从来不虚张声势……"他的声音很兴奋。

她对准他的面门啐了一口。

阴沉的怒火爬上他的额头,使他的整张脸都扭曲了,血管呈网格状鼓胀起来。她毫不怀疑接下来这个男人会把自己撕得粉碎,而且这时候她真的害怕了,恐惧化成声音高亢地钻出了她的喉咙。

4

猛然间,他的左肋结结实实地挨了一脚,他从自己的猎物身上翻滚了下去,额头正好磕在坚硬的石棱上。他忍不住呻吟起来,头上的伤痛还能忍受,但肋骨却疼得钻心入肺,他怀疑那有一根骨头断了。他双臂支撑着,艰难地从地上坐起来,正好看见一个中年男子把那个小婊子从石桌上搀扶起来,嘘寒问暖,一脸关切。她居然还带来了保镖,面首,鸭子……他气馁地想。但当看清对方也只有一个人的时候,他把心放回了肚皮里。这家伙看起来像个练家子,不过史屠户的手段也不是浪得虚名。只要是放对他还是有把握的。

"奸夫淫妇!"他扶着栏杆站起来,断喝一声打破了他们的缠绵。

中年男子猛然甩脸盯住他,两道眉毛陡立起来,寒冷的目光像出鞘的龙泉宝剑。这家伙想用眼神杀了我。他本来还想再骂一句更狠更难听的:比如含鸟狒狒,或者扁毛畜生!但居然被那眼神硬生生地塞回去了,他先向后畏缩了半步,然后像一段受到压缩的弹簧般扑上前去,向对方的太阳穴打出一记凶狠的直拳。要先下手为强。

对方好像提前预测到了他的动作,只轻轻摆了一下头,他的拳头就走空了,失控的身体向前一个踉跄。然后那家伙用肩头撞向他的胸口,同时狡诈地绊他的脚脖子……怎么回事……他庞大的身体居然向后飞了出去,双腿以坐姿在空中平叉开。在身不由己的运动中他远远看见,一列扛着洋枪、腰里系着火药葫芦的红顶子巡丁正从东南侧的杨树丛中走出来,于是他扯开嗓子大叫:"杀人了,救命,救命啊!"然后他坠落到了河里,大屁股"嗵"地砸起一朵水花。

他会两下狗刨,在水里手刨脚蹬地乱扑腾,但糟糕的是腿肚子突然抽筋了,所以很快就没了顶。他喝了不少,视线比水还混浊,耳朵眼儿比鼓还沉闷,意识都开始变得模糊了,终于有两个巡丁拽着胳膊和头发合力把他拖上岸。他先趴着,然后跪在地上吐出几口脏水,里面掺杂着鱼卵和没有来得及消化的油饼,透过泪花看见另外几个巡丁把沈红绫和打自己的那名汉子从假山顶上押下来。远远近近聚拢了不少瞧热闹的人。他跪爬到巡长面前,抱住他的粗大腿呼天抢地:"我的青天大老爷,我的展昭昭南侠,小人史屠户有冤情啊!这个娘们是小人明媒正娶的婆姨,可是她不守妇道,和野汉子勾搭成奸。今天又把小人诓骗到此地,合谋推下水去,想谋杀亲夫。求青天大老爷给小人做主……"

沈红绫用鄙夷的眼神望着那个满脸鼻涕眼泪的男人。一个卑劣的怪胎,对弱小他是残暴的化身,极尽欺凌之能事。而一旦发觉对方比自己强大,就变得奴颜媚骨,比女人还会撒泼打滚。

马巡长高大魁梧,虎背熊腰,目光锐利。他身上的制服除了尺码大和其他人没什么区别,也是锥形的红缨大帽,镶蓝边的皂衣,中间的白月亮圈里印着一个"巡"字,也是抓地虎的薄底快靴。所不同的是,他没有扛长杆洋枪,而是在腰带上别着一支黄铜警号和一把五响手枪(俗称五虎将)。另外胸口还挂着一枚金灿灿的团龙徽章。他用力荡腿甩开那条落汤鸡似的胳膊,厌恶地向后退开一步。妈妈的,他把老子新洗的裤子弄脏了。此刻,他正一肚子火气,满腹牢骚。他端差役这碗饭已经有十年了,整个潞安西城区有谁不认得三道营铜锅巷的马回回?这个世界这几年好像突然抽了羊角风,新鲜的玩意儿,新鲜的名词,新鲜的说法,万花筒一样让人眼花缭乱,目不暇接。他吃饭关饷的地方以前叫巡捕房,现在叫保甲局,听说很快又要改叫法了,叫什么……警察局。多没劲,多拗口的名字!以前他叫马捕头,而现在改叫马巡长了。他们给他换了器械,收走了他的腰刀、腰牌。给了他现在的徽章和手枪。辫子盘头上,腰佩五虎将。说什么一律操习枪炮,以成劲旅……这样国家才能文明才能进步。鬼才知道啥叫个文明进步。他憎恨火器,哪怕是一个小脚娘们只要纤纤玉手里攥着把上了顶门子的小枪,也敢和大老爷们一决雌雄,就能瞬间把一匹奔马撂翻。打仗从此不再看谁更勇敢,更有气力,武艺更高强。看看,这还成什么世界!这个世界已经叫他们糟蹋成了什么吊样!他喜欢他的腰刀,手工研磨,精钢打造,雕铜黑檀木鞘,花纹灿烂,金钩银锷。挂到身上走路时来回晃荡,叮当乱响,要多牛逼有多牛逼。可是现在……在他看来,过去的他有多么威风凛凛,现在的他就有多么不伦不类,简直就像耍猴唱戏的一样。听说以后还要给他们换装。妈的,至于换什么样的装,鬼晓得,天知道!把祖宗立下的规矩不当回事,总有一天会捅出娄子来的。自己一个小听差,烂泥一坨,贱命一条,认了。可那些喜欢变花样的大人物呢?哼哼,到那时候才要他们的好瞧……

他很快凭经验做出了自己的判断:这个漂亮的少妇不守妇道,给自己的男人戴了顶绿帽子。不过……从面貌不难看出来她爷们是个鸦片鬼。这种人自己见多了,不但吸鸦片还嗜赌,游手好闲,撩猫逗狗,心情不好或者手气欠佳的时候就插上门拴打老婆,踹孩子……打开门是无赖,关起门是霸王。他马回回最瞧不起这种男人,也最痛恨这种男人。活该,自作自受,愿万能的真主早点把他收回去。至于偷腥的那个男子,样子很斯文,眉眼端正,像个读书人,跟那个娘倒是挺般配,可惜造化弄人……老情况就用老办法,从占便宜的男人身上诈点钱花,然后让他们统统滚蛋……

"当街打架斗殴,扰乱社会治安,你可知罪?"马巡长在避重就轻。

"我不过是教训了一条乱咬人的疯狗。"范开圆活动着手腕。

"现在,朝廷号召大清子民都要做文明人,文明你懂不懂? 打了人就是不文明,至少应该先给人家道个歉。"马巡长循循善诱。

"谨遵大人的吩咐。"范开圆在史屠户面前蹲下身,双手按住他的肩膀,脸对脸露出亲切的笑,"对不起,我把你给打了,这样做不够文明。不过文明是对文明人讲的,对你这样的货色只能讲拳头。下回别再让我在潞州街面上看见你,否则老子见一次打你一次,你信不信?"

史屠户眨巴着斗鸡眼,艰难地吞咽着口水,露出隐忍的苦相。

"当着官差的面,就敢恐吓苦主,胆子不小啊!"男子的嚣张气焰终于让马巡长有点看不下去了,"说说吧,案由是什么?"

沈红绫似乎想说什么,但范开圆用手势制止了她,站起来坚决地说:"没有案由。案由就是他欠揍,我手痒。"

怎么引都不上道,今天遇上个吃生米的。"你占了人家女人的便宜,总得破费破费吧? 这种事从来都是民不举官不究。"马巡长不得不把话挑明。

范开圆眉毛一挑,袖起双手。"钱不是问题,本来我想请哥几个喝酒。可是你刚才的话我不爱听,所以这顿酒也就免了。"

马巡长本来就冒火的心情又被这个男人浇了一瓢热油。"那就只好请你跟我们走一趟了。"他摆出一副公事公办的样子,冷冷地说。

第十二章　沈红绫的身世

1

天主教是明朝由耶稣会教士利玛窦传入中国的,进士出身的礼部侍郎、文渊阁大学士徐光启成为中国的第一位天主教徒。康熙年间,天主教由运城传入了潞州北郊的马厂,并逐渐向周边拓展,形成了以马厂为中心的潞安教区。这是晋省历史上与太原教区并存的两大教区之一,统辖晋南和晋东南五十四县教务。最早的拓荒教士葛德瑞、法友德、林国瑞等,以及继任的五位主教都是荷兰人,直接听命于梵蒂冈。在后来的山西教案中,他们两人死在山西,两人回国,一人葬于马厂。

位于潞州县衙东边安古巷的潞安主教堂,又称尼格老堂,是天主教由乡村进入城区的一个标志。在教案风波中烧毁又重建。该堂为哥特式建筑,附属房屋五百间,花费白银八万两。大彩绘玻璃十分抢眼,顶上高高的十字架和塔式天窗几里外就能望见。有无数野鸽子在钟楼里栖身,没有人知道为什么它们那么喜欢教堂的钟楼。府衙的钟楼里就从没有入住过一窝鸽子。十几吨重的大铜钟,声音洪亮得惊人,不但全城都能听到,就是郊外也隐约可闻。铜钟表面精美的雕花图案上总是布满了白色的鸟粪,但是每当日间弥撒、钟声在空中回旋的时候,看着上千只白鸽同时飞出教堂,一种别样的圣洁感就会从教徒们的心头油然而生。一百多年的岁月如同弹指，今天在晋东南就只有尼格老堂、马厂教堂和晋城的圣母玫瑰堂被保存了下来。

安古巷靠近尼格老堂的路牙子上支起几根长竹竿，竹竿上悬挂着"讲天理脚之道，请众人来听""放的是文明，缠的是野蛮"等大字横幅。横幅下摆设条案，唱诗班的歌童们在条案前站成整齐的一排，正在唱《号筒吹响歌》，纯真无邪的柔软表情和天使般的歌声上帝听了也会喜悦。有位年轻的修女在旁边操纵着一台脚踏板式风琴伴奏。神职人员和信众不停地向路人发放宣传品，周若兰也夹杂在义工里。歌声拖着一个华丽的尾音渐渐止歇。楚神甫的卷发和胡须金黄，白色祭袍外面搭着紫红的法披，怀抱一本又厚又重的羊皮封面《圣经》，脖子上挂着银十字架，用带尼德兰味的生硬汉语发表了简短的演讲："上帝的子民们，迷途的羔羊，缠足是一种愚昧野蛮的陋习。一百磅左右的体重，集中在一双小脚上，这完全违背了生理学。它有三大害处：一是伤害身体，二是使人行动不便，三是妨碍女子参加社会活动，限制了她们的自由权。希望大家都能行动起来，移风易俗，身体力行，打消顾虑，更新观念。女子要放脚自救，男子也要动员自己的妻子、女儿、姐妹放脚，以助生理之发育，促文明之进步。阿门——"楚神甫虔诚地闭目低头，在胸前画了个十字。

接下来信众开始演讲，但是周若兰走神了，没有听见那个人在说什么，她坠入虚幻的世界里。一张恶魔般的半人半兽的脸，突出的颧骨好像随时会刺穿皮肤，变成弯曲的犄角，淫邪贪婪的目光蛮横地直视着自己。其可鄙凶暴的程度，在她变形的记忆里有所夸张。上帝如果是万能的，为什么会允许恶魔存在？她在心里问。楚神甫慈祥的声音回答：这正是上帝的智慧，利用魔鬼试验人心，信心经过冶炼，比金子更加宝贵。

"嘿，这儿有个娘们！"恶魔号叫一声张牙舞爪地扑来，而她就像见到毒蛇的兔子一样，全身僵直，不能动弹，唯有默默向上帝祈祷。然后，仿佛万能的父听到了她的哀哀恳求，从天上降下了一道着火的雷电。"轰"的一声巨响，血肉脑浆横飞，那个魔鬼——化成人形的撒旦拉斯蒙蒂斯三分之一的头颅不见了。烧焦的尸体跌落马下，一只脚还卡在马镫里，被受惊的坐骑在地上倒拖着，奔向了漆黑的地狱。在那个恶人倒下之后，她看见了自己的救命恩人——上帝的使者，一个二十来岁的少年，不算太漂亮，但眉毛漆黑，棱角分明，充满英武之气，高高骑在马上，左手拉着偏缰，右手举着火枪。象牙的枪把，白银的托盖，白银的护板。黄铜枪管下面插着一根铁通条。不是火绳枪，不是鸟铳，不是暴雨梨花，而是有着灵巧的弹簧扳机的隧发枪。枪口正冒出白烟，沾染着黑褐色的火药残渣。一绺阳光斜印在他的脸颊和壮实的膝头上……

"……周小姐，周小姐。"

"什么？"她一下子回到现实中，回到了安古巷，脸上带着错愕的表情，迷惑得就像醒来时发现自己倒换了房间。

"轮到你了，周小姐。"面前的修女脸颊笼罩着白纱，深眼窝里满含着温柔的笑意。

周若兰站上演说台，掏出讲稿，努力稳定住心神，看见楚神甫向自己投来了鼓励的目光。"金莲小，最苦恼，从小苦难受到老。不作孽，不作恶，暗里一世上脚镣。自宋代以来，中国女子惨遭缠足之痛。为了缠成一双'三寸金莲'，博得男子的欢心，不知遭受了多少折磨，痉挛骨折，扭曲变形，然而缠成的'金莲'无非是令人毛骨悚然的畸形怪物，与残疾人无异。就是这样的'金莲'令女子举步维艰，气血不和，体弱多病。恶习流传，历千百岁，害家凶国，莫此为甚。最是两般堪恨事，文人八股女双翘。诸君应该痛自猛省，革千年之毒，复本来之天，以绝恶俗，以陪国本。百人传千，千人传万，让所有的姐妹未缠者全其真，已缠者弛其缚，把普中国的小女子一朝提出苦海……"

随后参加活动的女子站成一排齐声念："文明足儿顶呱呱，细能绣花粗能打杂，妈妈呀，女娃赛过男娃……"

越来越多的人向尼格教堂聚拢过来，没有人愿意放弃这个看西洋景的机会，人群中充斥着各式各样的表情：愤怒的，傻笑的，兴奋的，麻木的……他们议论纷纷："岂有此理，真是伤风败俗！"

"世风日下,人心不古啊!"

"奇谈怪论,有失国体!"

"这天理脚哪比莲足好,光嘴上说不顶用,不妨晾出来瞧瞧!"

……

2

沿着安古巷路东缓缓走来两位绅士,他们一个是协同庆票号的财东王义堂,另一个是志诚信票号的大掌柜孔庆林。孔大掌柜左手拎着包酱牛肉和一个玛露酒瓶子,说:"最近蔚丰厚京号老帮李宏龄好像很活跃呀,四处串联游说,嚷嚷着要举全山西之力合办一家大银行,不知王财东对这件事掂量过没有,是个什么看法?"

王义堂反问:"想当年十八路诸侯讨董卓,结果咋样?"

孔大掌柜说:"那当然是董卓还活得好好的,诸侯们耗子动刀窝里反,自己人到先干起来了。"

王义堂继续启发:"再往前数,春秋的时候,秦国强大了,今天欺负这个,明天呲诈那个,于是诸侯用苏秦之策,会盟而谋弱秦。这就跟今天咱们各票号合办大银行,联手对付洋行和大清银行是一个道道。当时是齐有孟尝,赵有平原,楚有春申,魏有信陵。猛士如云,兵强马壮,以十倍之地,百万之众,叩关而攻秦。厉害吧? 可结果又如何,只让秦军杀得伏尸百万,血流漂杵,强国请服,弱国入朝。为啥会这样? 其实道理很简单:人心难齐。都想让别人去打头阵,自己拥兵壁上观,坐收渔人之利。所以合反而不如不合。经商之人在商言商,商场就是战场,那白花花的银子就是你手里的兵将。前车之覆,后车之鉴,历史就是今天的一面镜子。再者说一旦联合了,这总经理的位位应该由谁来当啊?"

孔大掌柜茅塞顿开,醍醐灌顶,连连点头说:"就是就是,我也觉得李老帮是想出风头,夺帅印,篡大位,挑大梁,拉上咱们这些人给他垫背哩。"

王义堂说:"李老帮那也是人中的俊杰,鸟中的鸾凤哩,长了毛比猴子都精! 在天子脚下韬光养晦十几年,自然得风气之先。无论比见识,比能耐;还是比学问,比关系,咱们这些人就算绑到一块也吃不倒人家。联合以后还不是人家说啥咱听啥,让人家牵着鼻子走? 做人还有啥滋味嘛。"

在教堂前两个人不约而同地收住脚步,孔大掌柜摇头叹息:"一些未出阁的女子,站在人前品评小脚,简直是不知羞耻!"

王义堂冷眼旁观,捻髯吟道:"事事惟将欧美夸,便从扎脚鄙中华;富强只是弹高调,女足何能系国家。"

孔大掌柜像忽然发现了特大新闻似的指着说:"哎,王财东,这女娃娃不是周举人家的大小姐吗? 你们老王家未来的儿媳妇啊!"

王义堂的脑袋"嗡"的一声大了六圈儿半,顿时头似麦斗,眼赛铜铃,脸臊得像六必居酱园的豆腐乳一样,捶胸顿足后,一边快步逃离一边咬牙切齿地指天发誓:"我要退婚!!"

周若兰站在队列里,她没有看到未来的公爹,却看到三道营的马巡长一只手握着牛角号,就像以前握着腰刀的刀柄,率领一列巡丁,押解着两男一女,趾高气扬地从对过的街面上走过去。她觉得其中一个男子很面熟,于是努力回想在哪见过。当巡警们的背影快要走出巷口的时候,周三货带着几名家丁从另一个方向出现了,支起脚尖,向着教堂探头缩脑地张望。

周若兰悄悄退出队列,先警惕地倒行了几步,然后转身快速走向一个胡同。但她还是慢了一步,有一个眼尖的家丁已经看到了她,用手指着大叫:"在那!"周三货带头冲了过来,不断用双手推开挡住去路的行人,喊:"闪开闪开,好狗不挡道!"

他们冲散了演讲的队列,碰翻了一根竹竿,使横幅坠地,撞上了一个修女,修女怀中的一摞子宣传品顺风飞扬,洒落满街。楚神甫上前干涉,用手拦住说:"光天化日,教堂圣地,你们为什么要追赶我们的姐妹?"

周三货向地上啐了一口,态度强硬地说:"姐妹个屁,跟女人套近乎,我看你是没安好心。这是本宅家事,与洋教堂无关。你们念你们的洋经,我们找我们的人,咱们井水不犯河水,大路朝天,各走一边!"

3

装了铁篦子的气窗很小而且很高,屋子里光线暗淡,如同灰尘的颜色,另一侧的门窗位置倒是正常,望出去是一个更加阴沉的走廊。

"这是什么地方?"沈红绫抱着双腿缩坐在土坯炕上。进来时她看见门板上钉着块铝牌,她学习刻苦,认字的速度很快,但上面的三个字中还是只认得两个,头一个字"迁"和末尾的"所"。

"这叫押馆,也就是老百姓所说的班房,有别于正规的牢房。"范开圆背靠着砖墙,跷腿坐在一条长板凳上。

"吓了我一跳,每天都听说要改良要改良,我还以为现在的监牢改良成男女混押了。"史屠户在隔壁房子里做笔录的声音隐隐传过来,但听不清他们在说什么。

"要是能和沈老板混押,就算多判几年我也认了。"范开圆闭着眼睛,双手环抱在胸前,好像在打盹又好像在养神。"班房、班房,顾名思义,就是差役们值班或者休息的地方,后来就慢慢演变成了羁押质讯未决人犯和干连佐证的场所。再后来,又变成了私刑拷打,捏造情节,颠倒黑白,陷害无辜,见不得光的地方。凡是到了这儿,罪无轻重必械手足。木笼、大镣、重枷交相使用,一是为了给犯人一个下马威,二是为了索贿。稍有不从就'扣攒盘''湿布衫''上高楼'……三江叫自新所,四川叫卡房,广东叫羁候所,咱们这儿叫迁善所。"

"让你说的我脊背直发凉,那么说那个马巡长对我们算是客气的了。"沈红绫看见左侧整整一堵墙面挂满了拶子、夹棍、脑箍、皮鞭、铁索链、铁钩子、失魂牌……而范开圆所坐的长板凳其实也是一件刑具,其中一头连着木桩和绳索。

"那倒不是。这是因为随着立宪呼声日高,朝野一致认为我们的狱制较之西方,仁暴悬如霄壤。要求参酌东西洋办法加以改革,以示文明于诸国。因此去年法部,也就是从前的刑部,议准了法律大臣伍廷芳《实行改良监狱折》的条陈,经皇帝钦定后具有法律效力。据说朝廷还准备聘请日本监狱学家小河滋次郎来中国担任狱务顾问,起草具体的监狱法规,为改革狱制绘制蓝图。"

"想必未来是个美好的中国。"沈红绫眼里闪动着憧憬的光泽。

"上有政策,下有对策。这些狱吏吃拿卡要,敲打磕捶,作威作福已经习惯了。虽然现在风声紧,不敢再像从前那样明目张胆地肆意施暴,但是依然会变相勒索。比如,把我们扔在这里不闻不问,也不给饭吃,饿个两三顿是极有可能的。"

"你别吓唬我。"

"这是事实。"

"都是我连累了你。"

"既来之,则安之。"

沈红绫镇定的表情不见了,嘴唇在扭动,双手捂住脸,泪水从指缝间掉落到膝头。绝望的洪水无情地冲刷着她,使她痛哭失声。这绝望和当下的处境无关,而是来自于一种突然的醒悟,他欺骗了自己,他根本没有小灿的消息,这一切只是卑鄙可耻的花招伎俩,他只是想讹诈她。而她,再也见不到亲爱的女儿了……

"想哭就哭出来吧,藏在心里会憋屈出病来的。"

她终于哭累了,不好意思地擦了把眼泪和鼻涕,努力露出一个苍白惨淡的微笑。"为什么我每次最倒霉最狼狈的丑样子偏偏都会被你看到?"狂风暴雨已经过去,只是天空还很晦暗。她已经被迫接受了现实,虽然这就像囫囵吞掉一块生铁一样堵心,也像小产一样艰难。

"这也许就是人们所说的缘分。"范开圆半真半假。

一缕阳光撕开云缝,几根光柱支撑住了她灾难深重摇摇欲坠残垣断壁似的心房。

4

这条纤细的小径叫门框胡同,两侧都是民居的院墙,一株英武的向日葵把硕大金黄的花盘从砖墙背后探出来。

"李兴——"李兴停下脚步,扭回头去,怔怔地望着那个正快步走来的美丽姑娘。她久别重逢的笑颜让李兴感觉像做梦一样。他一点也不记得这位姑娘叫什么,也不记得曾经在哪里见过她。

姑娘在和对方近在咫尺的地方站住,说:"怎么,你不认得我了?我们在……"就在这时,胡同口传来了纷乱的脚步声,并出现了一群人。姑娘就住了口,喜悦从她脸上瞬间蒸发,向后回望的眼睛流露出惊慌。

"他们是在追你吗?他们是干什么的?"李兴皱起眉头,注视着靠近过来的那些男人,把姑娘挡在身后。

"我也不知道他们为什么要追我。他们的样子让人害怕,不像有什么好事,所以我就拼命地逃。"现在他的肩膀成了姑娘的城堞。

来的一共有五个人,李兴把目光锁定在引头的那个后生脸上,他认出来了,这就是那个当初在黑风口被土匪吓得丢盔弃甲屁滚尿流的家伙。就凭这种屄包软蛋居然也干起了抢男霸女调戏姑娘的勾当。

几乎同时,周三货也认出了对方。李兴很幸运,如果这次带队的是周府新聘的武术教习林教师,那他可能就真的遇上麻烦了。可是今天林教师正好请假,带着他的形意八卦三晃膀回了老家洪洞。

李兴的眉梢立了起来,从后腰抽出火枪,指住周三货的脑袋,"我数三个数,你们要是还不滚蛋,爷爷就送你去见阎王!"

天哪,怎么在这儿遇上了这货。直到现在周三货还记得,被火枪击中后,碎裂在地上的两具死尸有多么让人恶心。前一刻他们还在马上耀武扬威,喊打喊杀,后一刻他们就被苍蝇整整覆盖了一层。他犹豫着,眼睛死死盯着枪上两根竖立的机锤,火枪的可怕程度在想象中被无限放大。最终他放弃了尊严,带上自己的人恨恨地离开了。他心想这并不是因为自己胆怯,而是因为他手里有把万恶的洋枪,常言说好汉不吃眼前亏。可他根本没去想,这回枪膛里根本连钢珠和火药都没装。

"谢谢,你又救了我一次。"姑娘眼里闪着崇拜的光,"难道是万能的上帝让你来到这里的吗?"

"啥万能的上帝?"李兴得意地收起他的空枪,明朗的表情中掺杂了一丝惆怅,"我在找范大人。开始我们一起找一个女人,可是怎么也找不到。范大人就说:潞州城这么大,我们还是分头去找吧,你往南边,我往北边。无论结果如何,一个时辰以后,我们在府署正门前面的西斜巷巷口会合。可是结果我不但没找到那个女子,现在就连范大人也找不着了。"他不好意思地抓了抓头皮,"我说得太乱,把你都搞糊涂了吧?"

姑娘把手指和手掌弯成直角悬在头顶上,"你要找的那个范大人是不是高高的个子,穿件蓝大褂,走路迈着四方步,眉眼很排场。"

"对对对,一点不错。你见到他了? 你知道他在哪儿?!"李兴抓住姑娘的胳膊用力摇晃,直到对方疼得叫起来。"对不起,我就是太着急了。"他松开手,涨红了脸。

"我刚才看见你说的那个范大人和另外一男一女被许多官差押着,往县衙的方向去了。"

"坏了,肯定是出事了,我得赶紧找到孙知府。"李兴转身朝巷口走,姑娘从后面追上来,"孙知府现在不在府衙,也不在公馆,我知道他在哪儿,我给你带路。"她很高兴自己也能帮对方一回忙。

5

从气窗投射进来的光线懒洋洋慢吞吞地斜向北方,又缓缓从地面爬上对面的墙壁,像某种生长极快的爬藤类植物,时间应该已经是下午了。史屠夫回来过,但是很快他的大烟瘾犯了,先是流鼻涕和眼泪,哈欠连天,然后就四肢抖动地跪在地上,翻着白眼用头撞墙,不停地大声吼叫。他们就只好又把他带走了。

"范大人为什么不把家眷接来太原?"

"我内人五年前在湖南老家因为难产离世了。"

"以后就没有动过续弦的念?"

"这些年东奔西走,漂洋过海,就没个站脚的时候。再说咱们端的这碗饭,别人不清楚沈老板还不清楚吗? 也不知道什么时候就会落个满门抄斩,我怕把人家连累了。"范开圆的声音里透出苦涩,五年来对蓉表妹的愧疚时时折磨着他。

一段长时间的沉默。

"我其实不姓沈,我父亲叫张皮绠①。"鲜红的回忆裹在一层凝固的血

———————————

①同治四年四月,曹州大战,张宗禹诱僧格林沁入伏,分割包围。僧格林沁突围时受伤落马,潜伏麦田。年仅十六岁的捻童张皮绠持刀搜索残敌,发现一穿黄马褂清军军官,杀之,脱其帽、珠、红顶和花翎,穿戴至军中,经辨认,被杀者即僧格林沁。

126

浆里。

"沈老板原来是将门虎女。我记得有一首爬山调是这么唱的:张皮绠,真正强,麦稞地里杀僧王!"

"捻军起义失败以后,父亲带着我母亲九死一生地逃到涡阳的新兴集躲藏起来,改名沈凌云,开了家酿酒推油的烧锅头,日子还算过得去。同治十二年(1873),山东巡抚丁宝桢派遣多名暗探,化装成商贩,四处追捕缉拿藏匿民间的捻军将领。不幸我父亲的行踪被一名探子侦得,随即官军从我家搜出了僧格林沁的朝珠。我父亲被押往济南,万剐凌迟。他的一位旧部把我和母亲解救出来,连夜逃离虎口,流落到了山西。十七岁的时候由那位救过我们的叔叔做主,把我嫁给了同是捻军遗孤的屠户史德亮……"

沈红绫突然停顿住了,那个男人施加给她的种种暴行历历在目,可是她说不出口。

范开圆理解她,他从她的眼睛里看出来了,那里面不但有恐惧还有羞耻。他缓缓地打破僵局:"康南海先生曾写过一本《大同书》,痛批大清国朝对妇女抑之、制之、愚之、闭之、囚之、系之,使她们婚姻不得自主。认为男女既得为人,应一切同之。严复先生在翻译《孟德斯鸠法意》时,加按语指出中国婚姻既非自择,女子就没有必要以他人之制,为终身之偿。去年我在英国考察,发现西人男女夫妻感情失和者,法律可以判决离婚。"

"离……婚……"沈红绫觉得这个词很陌生,但又仿佛和自己有重大的关切。

"说白了就是,如果夫妻双方琴瑟不和,不但男人可以休女人,女人也可以休男人。"

世界真是大得难以想象,沈红绫的心交织着感慨与向往,而自己就是那只井底之蛙。"所有的事情我都忍了,可是有一次他竟然为了吸鸦片,卖掉了我们的女儿……我彻底绝望了,一刀插进了他的胸腔。他没有死,被我捅成了重伤。按照《大清律例》,妻妾背夫逃走杖一百。妻子殴夫杖一百,不问有无伤害。妻子杀夫,皆处斩,不问是否得逞。已杀者属罪大恶极,凌迟处死。"

范开圆接过来,"这种不平等在中国由来已久,根深蒂固,《白虎通·嫁娶篇》中说:夫有恶行,妻不得去。班昭的《女诫》进一步解释:夫有再娶之义,妇无二适之文,故曰夫者天也。天固不可逃,夫固不可离也。民间流传的谚语'好马不配双鞍,好女不嫁二男'就是受了这种思想的毒害。岂止民间女子,明清律例规定:七品以上官员之妻夫亡再嫁者,杖一百,追夺诰封。"

"又是我父亲的那位部将出手相救,上下打典,又给了史德亮一笔息事银子,使得大事化小,小事化了。"

"如果我没有猜错的话,那位两次三番帮助你的老捻子就是三合会会首,如今住在永兴县城关镇的振威武馆馆主刘有福,对吗?"

沈红绫没有回答,只惊异看了对方一眼。天色已晚,囚室里变得更加暗淡,两人对望都只是个模糊的影儿。外面那道带轮子的铁门轰隆隆地碾过地面,随即走廊上响起一片急促的脚步,有一个慌张中不失威严的声音吩咐:"值班的牢头在哪儿? 快,打开牢门!"

范开圆笑着说:"咱们的救星来了。"

"应该是孙知府吧?"沈红绫整了整衣服,拢了拢鬓发。

范开圆压低声音说:"这是官场有名的老油子,老江湖,老狐狸。"

开锁的声音,牢门被推开,先涌进来四盏明亮的大灯笼,接着孙知府脚步踉跄地走进来(不过范开圆觉得他的踉跄是有意装出来的,为了表明自己有多么不安,多么心焦)。李兴,马巡长,还有七八个属员乱纷纷地跟在后面。"让范总办受苦了,居然在潞州地面发生这样的事情,真是死都赎不了我的罪!"孙知府撩着衣角作势要跪,不过他向下屈膝的动作很慢很轻飘。

范开圆双手扶住,说:"孙大人客气。事是我自己惹出来的,与府台何干?"

孙知府扭回头严厉地说:"马巡长,还不过来向范总办请罪? 范总办只要伸出一根小手指头就能砸了你的饭碗,要了你的小命。"

马巡长下跪的动作要沉重坚决得多,这个大汉苍白的脸上凝结着密密麻麻的汗珠,矮下去的时候就像一座牌楼的柱子折断了。范开圆肩肘一起用力都没能托住他。"马巡长只是在执行公务,并没有对我不敬,不过……"他想调节一下气氛,"各位大人来的可真不是时候。"

孙知府一愣,从这句话里品出了别样的味道,目光随即转向沈红绫。他想顺着对方的口风开句玩笑,比如:我可不是来棒打鸳鸯的。但又觉得有点拿捏不准。不过有一点可以肯定,范总办和这个女人关系非同寻常。也许应该趁此机会给他们创造一些方便,这倒是个不错的顺水人情。

第十三章　学堂风波

1

农历八月初七,早晨七点一刻,万里彤云组成了横扫过苍穹的几条火线。霞光氤氲中,从四面八方云集而来的二人抬软轿、骡车、二驴轿车、四飞檐马车、席棚大车,一乘接一乘穿过瓜菜地,把太原东郊的侯家巷子堵得水泄不通。

周学仁和周三货坐在其中一辆马车的车厢里,周三货掀开青布帘只顾看外面的西洋景,一惊一乍地叫唤:"快看,那铁家伙是个什么怪物?!"

周学仁伸长脖子,屁股离开座位,从周三货的头顶上望出去,只见一名生员斜背着书包,蹬一辆英国产"铁锚"牌脚踏车,燕式把,短手闸,在大车的缝隙间绕着S形一路穿插,时而消失时而重现,闪亮的钢圈和辐丝转起来晃人的眼睛,一路走一路按铃铛。早晨的阳光把他的袍服和俊俏的侧脸勾出一抹绚丽的金边。

周学仁在周三货的后脑勺上敲了个爆栗,说:"山汉! 连这都不认识。这叫自行车,也叫脚踏车,还叫西夫拉克木马轮,是个时兴的洋玩意儿。"

"我看应该叫不吃草的铁毛驴。你骑过?"

周学仁脸颊一红,"在书里见过,以前有个驻奥国的领事叫张德彝,写文章说:见游人有骑两轮自行车者,长三尺余,造以钢铁,前轮大,后轮小,上横一梁。人坐梁上,两手扶舵,足踏轴端,机动以弛行,疾于奔马。"

自行车擦着周家的轿子一闪而过,差点把牲口惊着,车厢为之一震,周学仁和周三货顿时叠成了罗汉。在他嚣张的背影不管不顾地消失在视野里之后,周学仁还能听见车夫老曹"吁吁——唔唔——"用口令拢马的声音。

"看把这个夯贷兴的,骑着个洋毛驴不知道自己姓啥了,吓着咱们的牲口连个响屁也不放,我下去教训教训他!"周三货卷起袖子要下车。

周学仁把他拉住说:"大学重地,咱们又初来乍到,别惹事!"

几分钟后,周学仁从车厢里跳下来,由周三货手中接过自己的皮箱子。才走到巷口,隔着行道树枝蔓出的绿荫,远远就看到大学堂的砖石建筑披上了一层绮艳的红霞,大礼堂主楼顶层平台上的钟塔,牛眼圆窗反射着朝阳,婀娜多姿,缤纷万状,四个犄角都有砖饰。两侧翼楼也暴露出一部分,都是两坡水的顶子,山墙上有三角形镶板浮雕,方形窗洞装饰着西洋倚柱。

中斋的乔先生和西斋的谷先生今天当值,披挂着他们未入流的顶子和补服,一边一个把住巷口,闪闪发光的镂花金雀顶看起来比生员的素银顶更显威严高贵。检查并记录四项:乘车骑马的生员到此必须下来,步行入巷。再重的行李也得自己提,不得让仆人代劳。是否穿戴了制服。有无旷课和迟到。

生员们在乔谷两位先生冷峻的注视下,秩序井然地排成两溜往巷子里走,都是雀顶蓝袍,其中也夹杂着几件青衣和紫衣。当周学仁经过巷口的时候,那个骑脚踏车的生员突然打他身边冒出来,从车梁上一跃而下。他和刚才见到时有点不同,车头灯打碎了,额头左侧戗破一块。哈哈哈,周学仁胸膛里涌起幸灾乐祸的笑声。他推着车向前走了几步,双手扶把弯了弯腰说:"乔先生早安。"乔先生先愣了一下,随即脸上就荡漾开了和煦的笑容,笑容里还隐藏着某种知晓和领悟的成分,关切地问:"车子怎么了?"

生员的脸羞红了,低垂下睫毛轻声说:"跟人撞了。"

谷先生从对面横穿过来,大惊小怪地问:"跟人撞了?! 这孩子,伤到哪了？要紧不？"

生员摇了摇头。

"要小心。"乔先生只说了这三个字,然后挥手放行。生员重新跨上车座,贴着路牙石向校门溜边骑行过去。

周学仁暗想,这个生员又不知是哪路神仙。乔先生居然也会笑,这倒是头一回见,而且还笑得那么灿烂。他清楚记得刚才乔先生看到孙知府的公子孙成典时,脸绷得就跟麻将牌一样严丝合缝。

2

第一堂课是英语测验,监考的乔先生在讲台上正襟危坐,一手握裁纸刀一手端着毛边书①,边看边裁。怀里的挂表掏出来,打开表门放在三尺讲案上,表针的走时声连最后一排同学都听得真真切切。

在这间鸦雀无声的教室里,来来往往着各种情绪,各种念头。有来由的和没来由的,有逻辑的和毫无逻辑的。它们无中生有,天马行空,千变万化又突然消失。像透明的,游离于肉身之外的意识体,可以彼此穿过而互不干扰。如果这些游走飞翔的杂念突然变成实体,那将会是怎样一副奇景啊,教室又会变得多么嘈杂和拥挤。在考场上做白日梦的学生大概分为两种,对试题驾轻就熟,成竹在胸的和一塌糊涂,想也白想的。

我们试着把几位生员的胡思乱想呈现出来。

孙成典,孙知府的五公子。他们家多子多福,一共兄弟六个,孙成龙、孙成虎、孙成武、孙成功、孙成典、孙成韵。其中成功和成韵不幸早夭。一个因为出痘疮(即天花),一个夏天在海子里玩水,让河底的水草(也许是水鬼)缠住了脚踝。

天知道他怎么会来到这个地方,孙成典只记得有一次隔着屏门听见钱师爷对爹说:"学制改革未必不是一件好事,以前朝廷对科举这一块卡得很严,稍有逾矩,动辄砍头,百般株连。现在新学刚刚开端,千头万绪,难免挂

①起源于欧洲国家,只裁地角(下切口),不裁天头(上切口)和翻口(外切口)。需要裁一页看一页,送人或购买时往往赠送一把裁纸刀。传入中国后影响巨大,鲁迅等都自称"毛边党"。

一漏万,公子的机会就来了……"

这他妈也叫机会?这么个鬼地方,这些小屁孩儿,身上还带着奶味和尿臊气,他们知道什么……如果不是念在学堂的伙食不错,有哥们一起玩,而且生员每个月还有四两廪饩银子可供花销,他早就猪八戒撂耙子——不伺候(猴)了!

天哪,这都是些什么曲里拐弯的东西,比蝌蚪文还要难认。

头疼,头疼死了。自己是堂堂的中国人,为什么要每天崩洋屁呢?以夷变夏,斯文将丧。孔门弟子,鬼谷先生①。

可是在乔先生的课堂上他不敢太放肆,乔先生不是教《明史》的田先生,也不是讲《禹贡》的贾先生,讲地理的胡先生,讲算术的成先生,可以胡乱起外号,变着法儿捉弄。这个临汾佬据说当过黎元洪的军医官,拿钢锯锯过活人的大腿。平时虽不苟言笑,但也从来没见他冲谁发过脾气,可他身上就是有一股让人敬畏的无形之气,使你不敢在他面前轻慢无礼。

有同学说他的皮箱里藏着一把短剑,黑檀木素铜装古龙钢烧刃,圆柱形的剑柄,圆柱形的剑鞘,剑身上刻着蟠螭纹。据说是一个漂亮女人送给他的。有个同学曾亲眼看见他把剑抽出鞘外,在手里紧紧攥着,也不耍,只是拿眼球瞪视剑身,好像和剑有不共戴天的仇恨。咬牙切齿,颊肉痉挛,直到剑在手里微微颤抖,像音叉一样发出"嗡嗡"声。因此他怀疑这位乔先生其实有疯病,只不过不时常发作而已。也有人传说送他剑的那个女人,已经因为谋反大罪被官家斩首了。

大哥成龙已经成了家,脑子里只有钱和自己的小日子,把媳妇的话当作圣旨。三哥成武最讨爹的欢心,他醉心功名,每天除了吃饭就是吃书。他更喜欢二哥成虎,因为二哥更真实也更风趣,成虎是德华胡同的常客,闭着眼睛来回都不会崴脚撞墙。他不明白二哥为什么喜欢去那种肮脏的地方,见那些下贱的女人。有一天他从二哥屋里找到一本醒龙居士的《八段锦》,出于好奇就把书藏进口袋里。这本书一夜之间就彻底改造了他,头一

———————————

①咸丰十年,我国第一所外语学校——京师同文馆开办后,前门大街贴出此对联,以讽刺抵制这一新生事物。

回天不怕地不怕的他被文字惊着了，以前的种种顽劣取乐突然都变成了小儿科，一片陌生而原始的潮水在他的小腹骚动，奇怪而强烈的欲望开始在他的胸膛里打鼓。他盯上了母亲的丫头小翠，当他把小翠单薄的身子压在下面的时候，这个十五岁的小浪蹄子又蹬又踹又咬，又哭又闹又是求饶，他就喜欢拧劲儿的，这让他更兴奋，于是使出了蛮力霸王硬上弓。到了晚上他得意扬扬地把这件事讲给二哥听，二哥"嘿嘿"一笑，说："其实男人和男人之间也可以做那种事。龙阳之兴，抱背之欢，断袖分桃，古人所好也。"他瞬间就傻掉了，脑子比第一次看《八段锦》的时候还要混乱还要迟钝。这个世界太疯狂，太他妈疯狂了。他好不容易才从一个耗子洞里爬出来，却被成虎轻轻一句话就推进了另一个更深更臭的鼠洞。

周学仁的思绪返回到了三天前，他奉父命去向母亲辞行。娘盯住他的眼神恍惚而神秘，就像有两个他，就像在努力从他身上看出另外一个形状，说："要是志儿还在，也该有你这么高了。他小时候饭量比你还大，哭起来嗓门也比你响，说不定现在长得比你还高还壮。"

"娘，你又在想我哥哥了。"

"都是从娘身上掉下来的肉，不思量，自难忘啊！"两行泪水涓涓而下，"要是有一天爹娘都不在了，你一定要接着找，不能轻言放弃，更不能把你这个哥给忘到脑后。"

"看娘说的，你能见到咱们全家团圆的那一天，肯定能。"

"你大哥丢的时候，脖子里挂着周家祖传的玉麒麟，跟你现在挂的正好是一对，都是和田产的白底墨玉。另外他胎里带的，肩膀头有铜钱大的一块红痣。算命的说这个痣长得好，可以给全家带来福气，所以他的小名就叫痣儿。起大号的时候，你爹嫌'痣'字不够雅，改成了志气的志。痣儿丢了以后，我觉得天都塌下来了，如果不是为了你，真恨不得一死了之！我想如果这是我前世的罪孽，今生报应的话，那就惩罚我一个人吧，不要连累我的孩子受苦。从那以后，我远离了一切俗务，吃斋礼佛，就是希望能赎自己的罪，希望菩萨能保佑我的痣儿平平安安，保佑周家能破镜重圆。"

从母亲的院套里出来，他遇上了万潮安，行了个礼说："万叔好。"

万把头亲热地把他的肩膀搂住,说:"我这次来向东家交账,顺便给少爷带了一堆好玩的。可是巧莲说你出去了,我正四处寻你呢。"

"谢谢万叔,不过……我已经不是小孩子了,万叔以后就别再为我破费了。"

"咦?你就是长到八十岁,在你万叔眼里还是个孩子。"

万潮安这时才注意到他情绪低落,面有泪痕,摇晃着他说:"这是谁把我们的太子爷惹得不高兴了,胆子不小啊,告诉我老万,看老万怎么给你出气。"

他就把母亲的苦恼讲述了一遍。

万把头收敛起笑容,表情变得严肃起来,语气带着几分凝重:"大奶奶的心情可以理解,可怜天下父母心嘛,不过这也许就是天意。"

"天意?!"

"有道是天无二日,国无二君。沟底矿只能容得下一位太子。不是老万在这儿离间骨肉,沟底矿就好比一座小朝廷,老万是沟底矿的老臣,自有老臣的一片忠心。少爷想过没有,如果老大找到了,那周家的矿山和田产,这万贯家财将来该由谁来继承?"

万把头的话让他厌恶,他周学仁才不是那样的小人。可是……在回来的路上,他惊慌地发现自己不再像以前那么急切地想找到学志了,甚至在他的内心深处隐隐有点暗自窃喜,还有点愤愤不平,因为他的一部分怀疑父母真正爱的是学志,而自己不过是一个可悲的替代品。就好像有人把一颗黑暗的种子埋入了他的心田,也许它现在还在休眠,但只要遇到足够的水分,邪恶的胚质就会将种皮膨胀软化,在不经意间悄悄地抽出一丝细芽,他担心自己有一天会干出该隐杀兄的恶行。

这些题太简单太容易了,简直是在浪费时间。

做完题之后,渠五月没有急着交卷,她想趁这段安静的时光,把自己的计划做得更加周密。她打算背着父亲去一趟祁县的渠家大院。几天前,李宏龄和父亲在客厅里密谈了很久,李伯伯走后,父亲的情绪十分低落,长吁短叹,连晚饭也没吃。后来她从母亲那里得知了其中的缘由,李伯伯为父亲去和爷爷说项,希望父子重归于好,结果遭到了严词拒绝。那天半夜,五月从梦中醒来,发现父亲房间的灯一直亮着,窗格上印出他时远时近,徘徊不定的身影。就在那个时候,五月决定去会一会那个素未谋面,固执又不讲理的老头。

该减肥了,少吃一口难道你会死吗? 王景龙不停地绞着手指,自己跟自己怄气。看看你的肚子,摸摸你的脸蛋,再拍拍你的屁股,就因为这些多余的肉,若兰死也不肯嫁给你。虽然谁也没明说,但他知道就是这个原因。他因为这事去咨询过乔先生,听说乔先生以前是个医生,一个在英国留过学的洋大夫。乔先生说肥胖是一种慢性代谢疾病,可能跟家族遗传有关系。当摄入的热量低于消耗的热量,脂肪细胞就会不断积累。建议他多做运动,少吃甜食和油炸食品。他也去向爹倾诉过苦恼,爹拿牛眼瞪着他说:那个疯疯癫癫的丫头啊,有什么好? 我还看不上她呢! 她要是真的不愿意,就干脆退婚,大丈夫何患无妻? 我儿要当个有志气的顶天立地的男人。哦! 可是他不想当有志气的男人,也不想顶天立地,他只想和若兰小姐结婚……

乔先生好像发现了什么异样,把裁纸刀当成书签夹在书页里,轻轻合上书本,从讲台上走下来,在座位间来回踱步。教室的气氛变得紧张起来。他在周学仁身边停住,弯腰伸手,从黑暗的桌斗里把一本书掏了出来。"你难道不想解释一下吗?"乔先生只用两根手指夹着书角,把它拎到周学仁的鼻子尖上,厌恶的表情就好像他拎着的是一只硕大的死老鼠。

"这,这,这根本不是我的……"周学仁露出迷茫委屈的表情。

"我希望听到更好的借口。按照《大清律例》,考场作弊者戴枷三月示众,刑杖一百,发往边疆充军。"乔先生像个刑名师爷,话从他嘴里说出来都是那么铿锵有力,带着凛冽的杀伐之气。

周学仁的样子已经快要哭出来了,虽然他心里很清楚《大清律例》和眼前这件事根本不挨边,风马牛不相及。

王景龙坐在周学仁后面,更纷乱地绞着手指,额头上的血管鼓起来,像注入了蓝墨水一样紧张地搏动。他正在做着激烈的思想斗争:要不要说,要不要说出来。他看见了，是孙公子作弊，当乔先生从讲台上走下来的时候，他就像个狡猾的窃贼一样，把赃物偷偷放进了旁边的桌斗。可是……可是孙公子不是好惹的，要是得罪了他，别说在大学堂混，就是回到潞洲也会遇上意想不到的麻烦。

"报告乔先生，我看见了，作弊的是孙同学，是孙同学把书悄悄放到周同学桌斗里的。"王景龙吓了一跳，下意识地用手捂住嘴巴，担心是自己的声音未经主人允许就从喉咙里冒出来了。他终于看清楚，站起来揭发这件事的是坐自己左边，那位个头不高，相貌清秀的生员。早晨就是他用叫不出名字的铁毛驴将自己撞了个跟头，把自己好好一块砚台摔成了两半，胳膊肘现在还隐隐作痛。在短暂的安心过后，王景龙被随之而来的羞愧和悔恨包围了。

乔先生叹了口气说："孙成典，你到我的公事房来一趟吧。"探过周学仁的桌子，撤去作弊者试卷的时候，把孙成典蹭了一胳膊油墨。

3

午饭的时候孙成典来晚了，他被乔先生罚站四个小时，两条腿都失去了知觉，尿泡都快憋炸了，走路有点一瘸一拐。当他进门的时候，饮膳房里的空气变得很凝重，好像今天的大气压力偏低，让所有人都感觉呼吸困难，心肺不适。有的同学假装埋头吃饭，却用眼角偷偷地瞄他。罗同学和杜同学从 B 餐区站起来，小跑步迎上前去，一左一右哼哈二将一样跟定他，抢着告诉他们的老大已经给他占好座位了。

生员的饮膳房很大，几乎占据了一座楼盘的整整一层。中间正对着大门，有一条宽阔的主通道把大厅分割成了 AB 两个膳食区。对面墙上右侧挂着一块小黑板，上面用粉笔写着：今日午膳。主食：猪肉茴香包子，素包子，糖三角，面条。炒菜：木樨肉，雪菜肉丝，麻婆豆腐，醋熘白菜。汤：西红柿鸡蛋汤。左侧则挂着毛笔誊写的《饮膳正要》摘抄。

和黑板并排，一共有五个取饭口。隔着大玻璃可以看到，干净狭长的备餐间里雾气腾腾，身着白工作衣的校工肩着一板子一板子的碗面，抬着一桶一桶的汤，从操作间走出来。

孙成典一语不发地走向东墙的一排水磨石洗手池。

罗同学和杜同学交换了一下眼光，神色紧张地寸步不离他们的头儿，等着他下达命令。他们知道老大肯定咽不下这口气，今天的乱子出定了。罗同学和杜同学的父亲都是孙知府手下的属员，一个是通判，一个是知事。

拧开镀铬龙头，银白色的水柱哗哗地流出来，在池底翻涌着浪花。孙成典不慌不忙地洗手，往手上打了两遍香喷喷的洋肥皂。他用眼角的余光看见，那个多管闲事，触他霉头的小子也在 B 膳区就座，而且和他的座位距离不远。

好，太好了，这个位置不错。大爷喜欢。

水哗哗地还在流，让他联想起四个小时不能小便是件多么痛苦的事，说不定能让他断子绝孙。科学这玩意儿可真是神奇啊，这叫自来水，现在连接的还是深井，听说以后还要修建蓄水塔、泵站和水处理设备，到那时候只地表水就够全城人享用了。还听说校务部从德国订购的一套42千瓦直流发电机组正在路上，专供东西两斋照明。

可是且慢，这小子为什么胆敢如此张狂，为什么胆敢跟大名鼎鼎，威震一方的孙公子过不去？难道他有什么特殊的背景？毕竟大学堂是个藏龙卧虎的地方。他在关掉水龙头的同时，极力把这个念头也关掉。管他呢，天王老子也不行，哪怕他姓爱新觉罗，哪怕他是张之洞的孙子，今天孙爷爷也非要把他人脑子打出狗脑子来。

在餐椅上坐定之后，罗同学问他吃什么？孙成典面无表情，轻轻地报菜名，最后添了一句："肉包子要五斤。"罗同学投之以探询的目光，他们三个人三顿也吃不了那么多包子。孙成典回敬了一个凶狠的瞪视，这场对话就结束了。罗杜好像拧紧发条的西洋八宝一样飞快地来去，把他的描述变成了热气腾腾的实物，端上餐桌满满一大盆。

慢慢来，别着急，既然准备大干一场，那就更要沉住气。

他以飞快的速度先吃了一个肉包子，喝了两口蛋汤，又吃了一个肉包子。咬包子的劲头就好像是在试验牙齿是否足够锋利，以及上下颌骨的应力。包子里的热气煸着他的脸，濡湿了他的眉毛。要先饱餐战饭才有力气开兵见仗,要不一会儿打起来就顾不上管肚子了。

他抓起来第三个包子,先在手里掂了掂分量,像握着一发炮弹。左后方,那个小子正低头用餐,对近在咫尺的危险一无所知。他扬起手,对准敌人的太阳穴,用力投掷出去。

他发射得很准,但那小子太狡猾了,迟钝全是假装出来的。他根本没有用眼睛看,就敏捷地一闪。包子擦着那小子的耳朵飞了过去,在他身后那个姓王的胖子的后脑勺上开了花,肉馅香油糊了一头发,包子皮掉进领子里。

孙成典飞快地抓取下一枚弹药,同时向罗杜下达了战斗命令:"打——"

但他的手还没举起来,一个包子就从左侧凌空飞来,在他的脸颊上炸开了。他大叫一声,扭回头去,看见周学仁正对他怒目而视。

第二发炮弹从另一个角度飞过来,击中了他的额头,是个咬开口的滚烫的糖三角。黏稠的红糖馅缓慢地流到他的鼻梁上,像血浆,里面还掺和着死胖子的口水。整个上午王景龙都情绪低落,陷入了深深的自责之中:你怎么是这种患得患失的小人,贪生怕死,畏刀避剑的孬种。若兰看不上你是正确的,因为你不但胖而且还屄。周学仁是你兄弟,未来的大舅哥,可是你看到他被人诬陷都不敢开口伸张主义,你的圣贤书都念到狗肚子里去了吗? 现在,孙衙内居然又来挑衅了,他准备狠狠地还击。

"小心了!"罗杜异口同声地大叫。

第三发炮弹是一颗没去壳的咸鸭蛋,是那个揭发他的生员站到餐桌上,居高临下掷出的。咸鸭蛋沉重地打击了他的下巴,使他几乎仰倒在椅子上,嘴唇下面鼓起一个肿块。嘴里甜丝丝的全是牙血。整个餐厅沸腾了,所有的眼睛都在盯着他,连配菜的校工都把脑袋从送饭口探出来。孙成典觉得一阵阵晕眩。天哪,这是怎么回事? 这样的事怎么可能发生在他孙公子身上? 难道太阳打西边出来了吗? 难道天和地颠倒过来了吗? 难道公鸡下蛋母鸡打鸣了吗?

三个奋起反击的生员相互对望了一眼,不用说话,彼此眼神的交流已经让他们结成了新的同盟。

孙成典跳起来,包子包子包子,抓取炮弹的同时他对发呆的罗杜怒吼:"还等什么,你们这两头蠢驴!!"饮膳房里顿时一场混战。

第十四章　赴约路上

1

李兴在黄土路上走着,把一枚姜石当鸡毛毽子来回踢,左尖右尖,左拐右拐,盘踢磕踢,里接外落。他的脚法娴熟,姜石如同长在脚上一样,但他脸上的表情很遥远,思绪像浓厚的雾包围住他,曾经的过往变成一些不太连贯的画面和声音逆涌回来。

他是个孤儿。从记事起就跟着一群打地圪圈的艺人走村窜庄,一辆四面漏风漂泊不定的席篷大车就是他的家。他饥一顿饱一顿,抱着一堆木片上贴锡箔的刀枪剑戟跑来跑去,肩膀长年红肿,脖子上总有勒痕,背上布满永远也掉不了痂的累累伤疤。

班主肖老大是个四十多岁的中年人,骨架宽大,背弓如熊,微微打卷儿的头发和胡子花白浓密,腰带上总拴着烟枪和油润的酒葫芦。左手少两根手指头,自己说是年轻时翻跟头折断的。每到一处,他们就在地上用白石灰画个大圆圈,敲锣打鼓后,先倒立蝎子爬,腾空翻跟头,把周围的大人孩子吸引过来,然后才正式表演。表演完毕就用锣盘收钱,或者兜售跌打药、大力丸和虎骨。

李兴的表演项目主要是大御胳膊、铁条绕头筋、赤身滚炉渣。

轮到李兴上场的时候,得两个壮汉帮忙,一人抓一条手臂,用力向上抬起,迫使他九十度的弯腰低头,再加上大拇指的力量,才能让他的肱骨头摆脱层层纫带的缠缚,从关节盂里挣脱出来;然后同伴把他两条失去作用的软绵绵的胳膊做不可思议的三百六十度旋转,向周围的观众炫耀这个人间奇迹。每次骨头分离和复位,他的耳朵都能清晰地听到身体里"咔嚓"一声,随之滚滚而来的疼痛撕心裂肺,并不像肖老大承诺给他的:只是头一两次会疼,以后习惯就好了。你是个男子汉,得坚强一点。要知道我们养家糊口并不容易。李兴咬牙挺着,挺着,但越来越锐利的疼痛一点一点地把他击溃了,最后他还是大声惨叫,并且哭起来。

肖老大要的就是这个效果,他不失时机地跳上前台,声音不像开始时那么快乐,眼泪在他的眼眶里转圈儿,满满的两泡,但就是恰到好处地不掉下来,富有磁性的沧州口音带着马尾琴弓般的颤抖,就像一位慈祥的老父亲在为生病的儿子哀哀恳求:

"各位好心的乡亲们,可怜可怜这孩子,大发慈悲施舍一点吧……两个铜钱,两个铜钱就能救他。这可比吃斋念佛,或者到庙里放生的功德大多了。结个善缘吧诸位,好心会有好报的。"

如果遇到这一伙观众很吝啬,就是不肯出血,肖老大就会换一副嘴脸来对付。"好吧好吧,现在我们就来比一比谁的心肠更硬,这孩子的小命就在你们的手里。"肖老大铁青色的脸孔恶狠狠地发光,就像绑匪在索要赎金。"我肖老大从来说到做到。七个孩子,以前有七个孩子都死在我的把式场上了。"他捏起拇指、食指和中指。"下面让他给大家表演铁条绕头筋,如果那个场面还不过瘾,我们有更刺激更血淋淋的,我们拿菜刀砍孩子的脑袋,让白花花的脑浆子一直流到下巴上。"泪水已经烧干了,肖老大的眼窝里放射着赤裸裸的炽烈的凶残。

有一回肖老大就真这么干了。他手里端着刚用手摇砂轮戗过,砥石磨过的切菜刀,把一块肮脏的黑绒布盖在李兴头上。李兴什么也看不到,只听见班主对观众发出最后通牒"一——二——三——",听见刀举起来,在他头顶上挂着金风呼啸。然后……一个老太太当场晕倒了。当然,那是后来的事。

指头粗的铁条紧紧缠绕在了李兴的细脖子上。"施舍吧,你们都看到了,这孩子的嘴唇都发青了,脸色都变紫了。"肖老大眼睛里闪着疯癫的光,"再绕一圈!"

他眼前一阵阵发黑,呼吸变得很困难,肺泡好像要炸裂了,脖子上道道血管可怕地鼓起来。

"我肖老大天不怕地不怕,不怕吃官司也不怕下地狱。既然你们喜欢造孽,那我就舍得埋人。再绕一圈!"

这回他昏过去了……

2

天色阴沉下来,连风都湿漉漉的,好像要下雨了。

现在居然有个大户人家的小姐相中了他,偷偷地要和他约会,一种新奇又兴奋的感觉包围着他。要是亲生父母还在世,他们会为他开心,为他骄傲吧?在这个时刻,他又一次回望自己黯淡的童年和少年时光,一股莫名的酸楚冲击着他的眼球,连带了鼻腔。那时候他没少挨打,有时候是为了学艺,有时候风暴来得莫明其妙。要是赚了钱,他们就赏给他一碗杂碎汤或者两根鸡爪子。要是没挣到钱,那就饿他一顿,以示惩罚。如果班主正好又喝了酒,那包着老茧的大巴掌就呼啸着扇过来了。他像条狗一样活着,有时候哀鸣有时候撒欢儿,因为不知道世上还有另外的更好的生活,所以也就不觉得苦闷。

肖老大不但酗酒而且还吸鸦片,自己经常站在床边给他烧烟,他就乜斜着眼睛讲疯话:"哎呀,你这条小狗眉眼长得挺好,烧烟泡的手艺也不赖。你要是个女娃娃就好了,女大十八变,用不了几年就能出条成个小妖精了。人家都说要想学得会,先跟师傅睡,哈哈,哈哈哈……"

肖老大也对他难得地展露过温情,就那么一次,是个数九寒天,大雪把他们的车困在了半路上,前不着村后不着店,积雪没过了车轴。然后夜幕降临了。他们在一个破庙里栖身,找不到干燥的柴火,生不着篝火。

"穿上吧,不然你这个小杂种活不到天明,贵贱也是条性命。"肖老大把身上那件翻毛老皮袄脱下来,裹住了他瑟瑟发抖的身躯。被虫子蠹过的皮袄充满难闻的汗味和羊膻味。

"你会冻死的!"李兴惊恐地瞪大眼睛,虽然心里憎恨对方,但却不能想象一个没有肖老大的世界。

"不会,肖老大有九条命,再说我还有这个。"他摘下腰葫芦,拔开软木塞,把酒大口大口地灌下喉咙,拍着他的脸颊说,"而且我早就活够了,这个世界有什么可留恋的,除了你们这些小杂种。"

他冻坏一只脚,从此拄上了拐棍,成了残疾人。

这件事没有激起他太多的感恩之情,因为肖老大并不给他这个机会,他喝酒更凶了,几乎很少有清醒的时候,更频繁地变本加厉地打他,巴掌劈头盖脸,中间还夹杂上了拐杖头。"你欠老子一条腿,所以只要你还有一口气,就得像骡子一样干活,挣钱养活老子!"

在他十五岁那一年,他们的大车来到了太平县南高村。村长给了肖老大一笔订金,让他们去给贵客表演。

南高村的祠堂前面鸣鞭放炮,张灯结彩,人潮涌动,充满喜庆气氛。空场上打着绳围,把看热闹的乡民挡在外面,也分出了尊卑上下。有端着红缨枪和鸟铳的庄丁维持秩序。

庄头首先致辞:"新科解元范老爷回乡寻根祭祖,这是我们南高村的骄傲,也是整个太平县的骄傲……"他口中的范老爷随即从主桌后面站起来。范老爷面前摆满了时鲜和茶点。这是李兴第一次见到范大人。当时范大人还很年轻,顶多二十五六岁,狐毫貂髯,衣冠楚楚,气宇轩昂,在一群士绅耆老的衬托下,宛若天神临凡。范解元什么也没说,只是含笑向三个方向拱手致意,然后重新归座。

在他们上场前李兴听见庄头说:"下面是我们本地的一点小把戏,望能博举人老爷一笑。"

接下来是李兴的大卸胳膊,他表演得很卖力,周围不断传来叫好声,因为肖老大提前支会过他,今天是笔好买卖,八成可以多得点赏钱,不能吊猴。

可是突然间,当啷一声,范解元摔了茶杯。

"肖老大,你可知罪?"他冷冷地质问。

"小人实不知哪里冲撞了解元老爷。"班主一瘸一拐地上前施礼。

"你拐带无辜少年,用摧残他人身体的残忍把戏为自己牟利,实属罪大恶极。"范解元的脸颊结着一层寒霜,目光却像两支燃烧的火炬。

庄头、乡绅、村长和保甲们都神情尴尬,张口结舌。

李兴以为肖老大会不屑地向地上吐一口浓痰,但是他双膝跪下了。"老爷开恩吧,咱们乡下吃这碗饭的班子海了,从来没有这个说法。"

"按情节本应把你送官法办,可念你身有残疾,本举人可以既往不咎,还三倍予你赏钱,不过这个男孩儿从此归我了。"

"多赏两个吧大老爷,这个小杂种……不,这孩子,他欠着小人一条腿,他的命是用小人的后半生换回来的。"肖老大眼里含着两大颗沉甸甸的泪珠,而且这一回真的滚下来了,可怜巴巴地哀告,拼命向上磕头。

李兴当时失落在一片懵懂之中,心里很害怕,完全不知道发生了什么。一束金色的阳光穿透乌云洒落在他身上,像上苍垂下的眷顾的目光,标示出这是他命运的转折点。远处隐隐传来救赎和凯旋的钟声……

不,当时没有钟声。钟声来自现实,来自被他甩在身后的尼格老堂。他只是把现实和回忆搞混了。他站住,发现天真的晴开了,乌云正在向四周飞散。他回望了一眼潞州城威严俊俏的南大门,想到自己不能用两条腿走到二十里外的甲树村去,得拦一辆过路的车捎脚。他的运气很好,正在这时,他看见从南边来了一辆白马拉套的松木大车,握着缰绳的是个戴红缨大帽,穿黑绲边蓝号衣,斜背一杆洋枪的老兵,飞檐下挂着盏玻璃罩子灯,车厢侧面铆着一块铜板,上面写着:大清邮局。

3

那是李兴在班子里度过的最后一个晚上。肖老大掀起帐篷的油布软门,外面很黑,隐藏着可怕的妖怪。寒冷的夜风灌进来,像尢数钢蓝色的刀刃,其中还夹杂着酒的辛辣味,老羊皮袄的膻味和一股说不清楚的伤心绝望的味道。他喝了很多酒,前摇后晃,站立不稳,手杖的胶皮头嗒嗒地乱着地。总有一天他会把自己醉死的。他逼近过来,眼神空洞无物,面目狰狞扭曲,扬起沉重的巴掌。李兴本能地闭起眼睛,蜷缩成一团,不止一次他在脑子里产生这样的想法,肖老大是个慈祥的好人,只不过被外面邪恶的东西——人们传说的脏东西控制住了。巴掌落下时却变成了抚摸。"你这个小杂种,忘恩负义的白眼狼,想丢下我,丢下我们所有人,一个人去过荣华富贵的逍遥日子。"肖老大含混不清地咕哝,像被人踢了一脚的狗发出的哀鸣。

李兴沉默着,不敢应声。

肖老大想在李兴身边坐下,但是却摔了一跤,笨拙而吃力地爬起来。"你这个小东西交上狗屎运了,能看出来他是个好人。你跟着他将来会有出息。也许,再过那么十来年,我们在街上遇见你的时候,你就已经是个大人物了,有头有脸,人五人六,识文断字。到那个时候,你会向我吐唾沫,也许还会让手下的恶奴打断我的这条好腿。"

"不,不会,我发誓!"

"不管你说的是真话还是假话,都没关系了。这些年你一定恨死我了。恨我是应该的。我当然不是什么好鸟,不过其实我的心还没有黑到那个程度。都是这世道逼的……总得活命对不对?拿着吧,它对你很重要。这是我唯一能为你做的了。"他把一个用布包裹着的小物件塞到他手里,布满皱纹的脸衰老得可怕,表情凄凉,脆弱,孤单,这是肖老大留给他的最后印象。

肖老大,我的班主,你在哪?还活着吗?他坐在邮车上,五味杂陈,无声地向着苍茫世界提问。

第十五章　周学仁的抉择

1

周学仁快步走过中斋的走廊时,看见墙上醒目位置,就在用黄绸子裱着的《钦定学堂章程》旁边新贴了两张告示,左边是一张通知:明晚七点半将于西楼小礼堂放映电光影戏,美国缪托斯柯普公司拍摄《李鸿章在格兰特墓前》。右边一张的内容是:兹有本学堂生员孙成典,考场舞弊于前,不思悔过,搅闹饮膳房于后,参照六等黜陟法,降禀生为增生,降蓝衣为青衣。罗某某、杜某某,胁从党虐,皆青衣发社,以观后效①。

周学仁轻快地奔下中斋的台阶,走向校门,在经过那条牌坊式长廊的时候,他看看左右并无先生,没有绕到梅花形门洞,而是单手一撑,就跳过了红油漆的矮栏。从大门出来,向左一拐,便看见王景龙正按照事先约定的位置坐在院墙的基石上,怀里抱着他的书箧。在他身后是一长溜短罗马柱和浅雕石材组成的通透而韵律感十足的围墙。

听见脚步声,王景龙抬起头,眼睛沿着仰角望上来,圆润丰满的脸壳笼

---

①蓝衫为生员(也就是秀才)身份的象征,"青衣"处分即是被惩生员改着青衫。"发社"即由县学降入乡社学;最严重的处分是革黜为民。禀生每年由国家发给禀饩银(即助学金)四两,增生(增广学员)和附生(附学生员)无此待遇。遇禀生出缺后方可递补。

罩着一层虚幻迷离的光晕,说:"嘿,你都看见了?"一副不能确定,寻找佐证的神情。

"那是他们咎由自取!"周学仁肯定地点点头,用一字千钧的回答及时填补了朋友表情中的空洞。虽然他和王景龙是世交,但他们之间真正的友谊是从上个星期才开始的。

王景龙脸上的那层迷雾被驱散了,唇角荡开孩子气的笑容,晃了下拳头说:"咱们干得可真痛快!"样子就好像他们刚刚在淝水之战中以少胜多,打败了强大的苻坚,保住了东晋的半壁江山。

周学仁一点也不觉得好笑,他用眼角看见周三货正在巷口袖着手,探头缩脑地向学堂大门眊,伸出一只手,把王景龙沉重的身体从石基上拉起来,搂住他的肩头说:"现在我们走,去犒赏三军。"

两个伙伴用胳膊相互摽在一起,拔直胸膛,抖擞着腿,晃着膀子朝马车走去。五月推着脚踏车从后面撵上来,喊:"等等我——"

他们站住,当三个人并排在一起的时候,周学仁问:"你的脚踏车这是怎么了?"

五月神情沮丧。"气门芯让人拔了。"其实只要稍微望上一眼就会知道,不只是轮胎被放了气,这辆脚踏车看起来刚刚经历了严重的打击和摧残,链盒被揣了好几脚,明显瘪了进去,后车圈扭成了麻花,辐条断了几根,歪七八扭地支棱着。

王景龙好像被噎着了,用巴掌拍了自己的脸一下说:"呃,这些卑鄙小人,只敢躲在背后射冷箭的家伙!"

走着,他们每个人心里都很清楚,处分告示和车胎放气,这两件事之间存在着某种关联,都是上星期那场"战争"的延续。这件事还没完,不会就这么轻易结束。这句警告语像一条无形的绳索,巩固了三个人之间的同盟。

"我想去趟祁县,你能不能捎我一段?"快到巷口的时候,渠五月问周学仁。

"没问题,可是你不回家上祁县干啥?"周学仁反问。

五月抬手掠了一下鬓发,笑而不答,周学仁也就没再深究。

马车是周三货亲自赶来的,而且是辆拉货的敞篷车。不用问也知道,这些天周家迎来送往太多,人手和车辆都不够用了。

几个人七手八脚地把脚踏车横担在辕板后面,用草绳捆扎了几道。

长鞭甩开,木轮铁瓦转动,马车向西拐了个调头弯,摇晃着驶上了大道。

2

"嘿,看看我带了什么?"王景龙变戏法似的从书箧底层,书本和文具的下面摸出一个双耳瓷瓶,"我家酒窖里的老白汾,比我的岁数都大,我觉得咱们应该喝一杯,为今天庆祝一下。"

他用小刀撬开瓶塞,三个人嘴对着瓶子轮流喝了一口,包括五月。他们都是第一次喝酒,觉得从来没有品尝过这么难喝的饮料,同时感觉也从来没这么良好过。这东西烧心辣嗓子,可是让肚子里热烘烘的很舒服,好像能带给他们一种隐秘的激动和豪情,还有生死与共的肝胆和义气。

"我也有件事想求你。"周学仁坐在车帮子上,脸正对着另一个帮子上的五月。

"有话就说,兄弟之间有什么求不求的。"五月第一次用了兄弟这个词。

"你能不能教我骑脚踏车?"他们开始喝第三圈儿了,瓶子的分量明显减轻,每个人都感觉头发晕,身体轻飘飘的。

"只要你想学,一句话的事。"

"能不能让我也骑骑?"周三货用后脑勺插嘴。

五月爽快地回答:"能。"

周学仁瞪了周三货的背影一眼。"哪都有你,脚踏车可不是闹着玩的,掌握不好很危险。不信你问建川,开学的头一天,他就在校门口把景龙撞了个大马趴。"

五月捂着嘴笑:"我们那叫不打不相识,再说虽然是我撞了他,可我自己也摔倒了,还把车前灯打了个粉碎,就算是扯平了。"

"其实我也想学。"王景龙闷着头。

五月说:"那不行,要是把车胎压爆了咋办?"

王景龙听出来这是句玩笑,满面不屑地"切"了一声,扭向周学仁说:"那么做真的行吗?"

"你行,要对自己有信心!"周学仁把手按在王景龙左肩上。

"If you think you can,you can!"五月弯下腰,伸手搭在王景龙右肩上,"加油!等学会了怎么骑脚踏车,我把车子借给你,你可以带着她满世界去兜风。"

有兄弟可真好啊!王景龙又灌下一口烧酒,他忘了这是第几圈儿,心被前所未有的勇气充满着。今天,对,就在今天,按照预定方案,他要像个堂堂男子汉那样跟若兰谈一谈。

天高云淡,大雁南飞,明晃晃的阳光穿过刚刚开始发黄的树木将斑驳的影子洒在他们身上。王景龙扬起手,把已经空了的酒瓶扔向远处的草丛,感觉状态好极了。酒瓶子消失前,在空中非常明亮地闪烁了一下。马车穿行在花草茂盛的原野,以山为界的菜园,水渠切割的良田,向着缤纷浓郁的季节深处驶去,在串铃和马蹄声的伴奏下,扬起一溜轻尘。一座座农舍、水车、谷仓散布其中,就像用积木搭建起来的一样清新可爱……

脚踏车的钢架和车圈随着车盘的颠簸,发出嘎啷嘎啷的声响,悬空的轮胎犯瞌睡似的时而左转时而右转。周三货在百无聊赖中修理着马鞭,把外面松了的狗皮条拆开,重新均匀地绕编在坚硬的牛皮芯上。周学仁和渠五月在讨论一道化学题。王景龙则一语不发地在心里背诵着事先编好的台词,想象着即将发生的场面。

忽然五月一抬手说:"停下!"

周三货鼓起腰腹之力,猛勒缰绳说:"吁——"马用原地踏步消耗掉奔跑的惯性,甩头喷唾沫,抖落鬃毛上的热汗。

周学仁问:"咋了?"

五月一跃下车说:"我要方便。"

王景龙喜滋滋地站起来,"正好我也内急,咱们一起去。"

五月说:"你往东边,我往西边,分头解决。"

王景龙的热情没有得到回应,撇起嘴,嘟嘟囔囔向五月相反的方向去了。

周三货大声抗议:"你们这些公子哥可真啰唆,快着点吧,时候已经不早了!"

周学仁双手卷成个喇叭,对着五月的背影喊:"走那么远干甚?都是大老爷们,在那棵树底下解决了不就完了?"

五月好像没听见一样,脚步不停地继续前行,直到身影被野花和草丛彻底淹没。鸟在枝头叫着。

"你这个同学怪怪的,怎么看都像个娘们。"周三货说。

周学仁不满地剜了他一眼:"你才娘娘腔呢!再鬼嚼我大嘴巴子扇你,建川可是我最铁的哥们。别看模样长得斯文,可连孙公子都不尿,是响当当的一条好汉!"

时间过着。一只野兔灰色的脊背从草丛中一闪而过,云脚低垂一隅,蓝格茵茵的天空下,原野多姿多彩,显示出一种内容丰富的空阔。王景龙先回来,一边笨拙地系裤带。终于,五月的身影又从花草丛中浮现出来,轻松地哼着小调,手中捧着一束野花草,姿态优雅,不慌不忙,不时地弯腰采撷一朵。

她返回到马车边,手背在后面,用愉快而又有点犯迷糊的声音说:"大家一齐往这儿看!"然后突然拿出一捧蒲公英,探颈鼓腮向众人脸上吹过去,上万颗伞状的雪白冠毛携带着微黄的种子,在眼前刮过一场毛茸茸的风暴。王景龙对花粉过敏,在五月的笑声中连打了十八个大喷嚏,眼泪鼻涕一起流下来,在此后的二十多天里,他的脸都肿得跟猪头一样,起满了刺痒的湿疹。

又走了一程,马车按照渠同学的指示在三岔口停下。五月再次跳下车来,抱拳说:"有劳几位仁兄相送,咱们就此别过,后会有期。"她已经推着受伤的车子走出了一截儿,两位热情的同窗又追上去,学仁拉住单车的后座说:"等等,过路车不好拦。再说都中午了,你肚子肯定也咕咕叫了,不如先到舍下打尖,下午我让周福套车把你送过去。"

五月手按在肚子上,犹豫道:"这……只怕不太合适吧……"

王景龙慷慨地说:"有甚不合适?周家今天摆流水席,四个碟子八个碗整猪整羊往上端,光那报房、漆匠、棚匠、彩画匠、大厨、炮手、乐工就雇了两百多号,这还不算从矿上和货栈抽调的人手,还请了戏班子,大红金帖送出去上千张,全潞州有头有脸的乡绅和官员都要到场,这热闹你要是不去看,得后悔一辈子。"

五月说:"也罢,那我就厚着这张老脸上贵府蹭一顿?"

王景龙带着开心的笑容帮五月推着车子。周学仁上前搭住五月的肩膀说:"哎,听人劝吃饱饭,这才是我的好兄弟!"

他觉得这位好兄弟的身体顿时就僵硬了,酒精在她脸上笼罩的云霞变得颜色更深。周学仁心里飘过一丝疑云,但还没来得及看清那是什么,已经被原野上的风吹散了。包着铁皮的榆木轮子重新转动起来。五月问:"又不逢年不过节的,府上到底办什么喜事?搞得这么隆重,不会是给周兄定亲吧?份子钱我可没带。"五月还没有完全恢复自然,玩笑里带着某种掩饰的成分。

"渠兄弟真是能掐会算,料事如神,一猜一个准儿。"王景龙憋住笑猛拍大腿。

"别听胖子鬼扯,是朝廷封典的批文下来了。"周学仁急忙辟谣。

"小弟孤陋寡闻,啥叫封典?"五月好奇地问。

"咱们大清国的官无非是两种出身。"周学仁解释,"一种是参加科举考出来的,像什么翰林、进士、举人……名为正途。另一种叫捐纳,也就是掏银子买,名为异途。除了举人、进士不能捐以外,监生的资格是任何人都可以用钱买来的。有了监生的资格,就能再捐各种实职或者虚衔。大清朝捐纳的官职,京官最高做到郎中,外官最高做到道员。"

五月神情恍然:"哦,怪不得连东洋人都知道咱们大清国到处悬秤卖官。"

"虚衔则是为那些不准备做官,仅为了光宗耀祖的人而设的。除虚衔以外还有封典,得了封典,则祖父母、父母,无论在世或已下世,都可以穿品官的服色。三个月前家父就托他的旧日同窗,换帖兄弟,协同庆票号的王世伯——也就是景龙的父亲,将三千两银票汇往京师,代交吏部,请求封典,现在批文终于下达了。"

五月感叹:"这叫空手套白狼啊。咱们这个朝廷可真会骗钱,让人不佩服都不行。什么喜事,我看你们家是当了回冤大头!"

周三货插嘴:"周瑜打黄盖——一个愿打一个愿挨。我要是有那白花花的三千两银子,就把双影堂的小桃红包下来,天天让她给我捶腿捏脚……"

周学仁再翻他一眼说:"狗嘴里吐不出象牙来,这么有辱斯文的话也能说得出口?要是让德叔知道你偷偷去过那种地方,不把你中间的腿拧断了才怪!"

3

渠同学惬意地坐在扶手椅上,很有派头地喝着香片,先吃了一块闻喜煮饼,又吃了一块萨其马,那种放松劲儿让王景龙忌妒。浓浓的喜庆气氛像刚熬好的热糖稀一样包裹着周家宅院。嘈杂的客厅里充斥着形形色色的人物和形形色色的话题。

王景龙用眼睛四处搜索,目光在人缝里钻来钻去。他又开始不停地绞手指,觉得嘴巴发干,喉咙发紧,小肚子下坠。当周学仁突然从后面拍他肩膀的时候,他悚然一惊,差点把茶盘打翻,就像有一块烧红的热烙铁落在身上。

"别那么紧张。"周学仁换了一套新行头,连辫子也重新梳过,辫梢处用丝带打了个漂亮的结,一看就知道是巧莲的手艺。"她可能还在内宅打扮,不过就快出来了,客人都差不多到齐了。"

王景龙用厚厚的手掌揩去热汗,一缕白色的蒸汽在头顶盘旋,他想对周学仁挤出点笑,但脸部肌肉僵硬得像板结了。他的信心正在一点点崩溃。那些事先准备好的台词,好像河车大转一样,在他脑子里重复了一遍又一遍,想停都停不下来,这样下去迟早会走火入魔。

他眨巴着眼睛,喉头滚动,艰难地吞咽下一口唾沫,说:"学仁,我……

又想撒尿。"

周学仁叹了口气说："我带你去。"

他们走出客厅经过门廊时，迎面看见周三货疾步而来。

"出大事了少爷！"周三货装出来得沉重表情没能掩饰住心里的亢奋。

"什么事？"周学仁的脸皱起来了。

周三货不吭声，斜着眼睛看王景龙。

周学仁心里起了一阵恼火，呵斥："景龙是我最要好的哥们，你用不着背着他，讲！"

"是……若兰小姐在后花园私会情郎，被逮了个正着。"周三货压低声音，用一只手挡着声波。

变故来得如此突然，周学仁竟一时之间没有反应过来对方话里的意思，用有点跑调的声音问："啊，什么？会什么情郎？！"

"就是……野汉子。"周三货一本正经地解释，"有点来头。是商务局范总办的一个常随，名字叫李兴。有名的泼皮无赖，生冷不忌，能打能杀，揣着枪来的。勾引小姐非止一次，这回还想跟咱们玩横的，多亏林教师把他降住了。"

哦，你不应该叫三货，应该叫二货，或者直接叫蠢货！周学仁在心里沮丧地大叫，他几乎不忍心扭回头看王景龙的脸，但还是看了。

王景龙脸上的色阶不断加深，就像有一支看不见的B5铅笔，不停地在一幅西洋素描上添加灰调子。是啊，学仁想，谁能受得了自己心爱的未婚妻跟别的男人幽会。最后他好像承受不住这个消息的重压，冲出门廊，对着花池弯下了身子，双手扶着膝盖呕吐起来。

"这件事跟谁也不要说，尤其是老爷和各位奶奶。"周学仁吩咐。

"我懂，毕竟家丑不可外扬。"周三货摇尾巴抖机灵。

周学仁心里说：你懂个屁！脑袋里兑水，心里进土的夯货！！隔着花窗向厅里大喊："建川，你照看一下景龙，我去去就来！"

4

花园假山前面，李兴在东头五花大绑，若兰被吴妈和几个女佣堵在西头,林教师站在中间气定神闲地倒背着双手,周福和另外几个家人拿刀拿杖。

周学仁带着周三货从假山左侧绕出来。

"哥哥——"周若兰的眼睛一亮。

"住嘴!"她射出的亲情之箭被一面坚固的盾牌无情地挡回来,周学仁的脸色阴沉得可怕,"把她带回自己的房间去,严加看管,再跑了拿你们是问!"在这一刻,若兰伤心而惊恐地看到以前那个温文尔雅的兄长不见了,替代品是一个机械刻板,了无趣味的封建大家长。一个高举权杖的暴君。胸膛里转动着一颗由齿轮、压簧、游丝、摆锤和发条构成的,按照设计图纸一丝不苟组装起来的心脏。从某些方面来说,他几乎和父亲就是从一条流水线上装配出来的。所谓新思想不过是这只长满铜绿的旧钟表上的时髦饰品,用胶水粘上去的,轻轻磕碰一下就会脱落。

"这是他的喷子。这是商务局的进门执照。"林教师把赃证交到少爷手里。

周学仁喷火的眼睛锁定李兴。是他无耻地勾引了纯洁的,不谙世事的若兰。一粒老鼠屎坏了一锅汤,好好的喜宴都叫这小子搞砸了,自己现在都不知道该如何收场。"你,仗着谁的势,敢在周家胡作非为? 还不从实招来?!"

李兴摆出一副满不在乎的样子。"你们想怎么样? 要杀要剐随便!"他不能说是主动跑来的,因为那就等于承认自己是一个无耻的采花淫贼,也不能说受到了甜蜜的邀请,因为怕给若兰带来更多的麻烦。

"都到了这个份上,还敢嘴硬,真当周家好欺负了!"周三货没等少主放开链子,已经扑上前去,双手提住李兴的衣领。被反剪二臂的李兴猛抬左腿,膝盖狠狠顶进周三货的两腿之间。周三货长号一声,脸色立刻就紫了,眼球鼓出来,双手捂着裤裆,蹦跳着倒退开去。

李兴的衣衫在这场短兵相接中扯开一道裂口,左肩窝处一块朱红的胎记落在周学仁的眼睛里触目惊心。

他疾步上前,抓住李兴脖子上那根醒目的红绒绳一揪,一块墨玉麒麟像钟摆一样在他面前摇动,和自己贴胸的那块一模一样。

他感觉被一道从玉佩上传来的,强大无比的电流击中了,眼前是夺目的白弧,大脑里天雷滚滚,灵魂在轰击下腾空而起,破布一样翻滚出去,跌落在假山下的草丛里。一只云斑灰针棺材头的大蛐蛐,后腿上长满锉一样的短刺,蹦跳着穿过他的灵魂。有那么一瞬,他生出一种自信,觉得自己能掌握住这只小虫,就像蒲松龄在《促织》中描写的那样,但是他没敢去尝试,害怕反而被对方囚禁。他无比艰难地爬起来,既站立不稳,也飞不上去。他太轻了,平时只能拂动汗毛和发根的微风,现在变成了排山倒海的势能,让他不停地贴着地皮打滚,四肢像驴皮影儿一样舞动。他只能慢慢地慢慢地和风对抗,匍匐着爬回到木然呆立的肉身中去。他试着调整再调整,弥合上那些错位的缝隙,还不错,他又能移动了,又有了坚固的实体,又能在六尘缘影中安立和显形了。他甚至下意识地低头,看看自己的手掌上有没有留下被烫焦的灼痕。

他发现刚刚寻找回来的大脑一片混乱,里面同时回响着许多声音。"自从十五年前在邢台,你大哥学志被拍花子的拐带了之后,她的心就没有一日舒展过。这件事我也一直觉得对她有所亏欠。"这是爹的声音。

"都是从娘身上掉下来的肉,不思量,自难忘啊!要是有一天爹娘都不在了,你一定要接着找,不能轻言放弃,更不能把你这个哥给忘了。"这是娘的声音。

"天无二日,国无二君。沟底矿只能容得下一位太子。不是老万在这儿离间骨肉,沟底矿就好比一座小朝廷,老万是沟底矿的老臣,自有老臣的一片忠心。少爷想过没有,如果老大找到了,那周家的矿山和田产,这万贯家财将来该由谁继承?"这是万潮安的声音。

这许多人的言语撮合起来,把他的脑袋变成了一个纷乱嘈杂,无法交谈,只能隔着袖口捏码子的骡马集市。

最后,他听见一个陌生人在通过自己的嘴发话,压盖过了所有的窃窃私语。"你走吧,从此以后再也不准到周家,不准见若兰。周福,松开绑绳,把火枪和执照还给他。"

接下来,他的时间被切割掉一块,那小子好像会土遁一样,眨眼间就变没了。蒸发了。好,只要他存在于周家就是个威胁。他能生根,能变大,能抽枝,能发芽,能繁殖细胞,能把属于自己的养分掠夺过去。

"为什么放他走?!"周三货气急败坏,声似破锣。

"他是商务局范总办的常随,常言说宰相门前七品官,打狗还需看主人,商务局我们周家得罪不起。"陌生人再次发出充满权威,不容置疑的声音。"听着,这件事到此为止,谁也不许再提了。"

周三货眨巴着眼睛,觉得有点不适应,他面前这位周少爷,以前是个哥们,此刻却突然变成了主子。他讲话的语气和神态就像换了个人(就像老爷附体了),周身发散出一股无形的场力,使他不得不俯首帖耳。

李兴跟跟跄跄地走出花园,过月亮门的时候,正好和周鼎承碰了个对脸。有一刻两个人都站住了,四目相对,一双惊讶,一双惊恐。这是一个无比漫长的瞬间,周举人耳闻自己胸膛怦然,像热锅上炸开一朵油花,冥冥中似乎有根神秘的手指拨弄了一下他的心弦,使他似有明悟,同时又如坠五里雾中。然后李兴绕开前面挡路的老头,因为空间是如此促狭,如此难以周旋,他几乎听到了自己的衣服和对方袍子的摩擦声。

周鼎承回望李兴的背影,心中怅然若失,他很想把他叫住,攀谈两三句,随便说点什么都行,而完全没有意识到对方极其失礼的动作,越狱般仓皇的表情。他迟疑地绕过假山,中间又回了两次头,有点愕然地问:"前面那么忙,你们都聚在这儿干什么?"

周三货反应最快,说:"少爷正在给我们布置今天的任务。"

周鼎承满意地点点头,把目光转向儿子:"刚才出去的那个后生是谁?怎么还没开宴就提前逃席了?"

"啊,那是景龙的跟班。景龙让他回家……取件东西。"周学仁敷衍道。

"王家跟周家是世交,王世侄的跟班也不可简慢。"

"是,儿子记住了,请爹放心。"周学仁回答得中规中矩。

"你的脸色不太好,生病了吗?"周鼎承难得地透露出被家长威严封藏起来的舐犊之情。直到这时周学仁才发现自己的手一直在抖,而且浑身发

157

冷。"哦,没什么,就是有点偏头疼,估计是着凉了。"他把两只手交握在一起,让它们相互施加力量。在一个谎言的背后,需要无数谎言来维持。

"无大碍就好,我正有件事要交给你去办。"周鼎承转入正题,"封典是周家的大事,可是你母亲说什么也不肯出来见客人。你再去请一次,好好劝劝她。"

5

卧房里有一股很重的香灰味。桌子上贡奉着观世音菩萨的玉塑,是在五台山开过光的,前面摆放净水、香炉和贡果。大奶奶闭目盘坐在炕褥子上,手里数着小叶紫檀的佛珠,用金刚持默念经文。长年累月,坚持不懈地持戒和修行,使她逐渐有了一些不足为外人道的殊胜体验,几天前她给自己制造了一次近乎完美的念佛三昧,在神秘的定境中她感到无与伦比的正确和安心,时间之河温润如玉,波澜不惊。然后眼前出现一景,她看到一面大鼓竖立在鼓架上,蒙着淡黄色的水牛皮,鼓侧的木框上镶嵌两个兽口铜环,二尺多高的桦木鼓架木质已经开裂,像巨型洋火柴一样的鼓槌插在鼓架的方格里,头上的红包布已经褪色。出定回想,她觉得那面鼓样子很熟悉,应该在哪见过,但就是记不起来了,也不知此兆是吉是凶。

一缕秋阳像只温柔的白猫,轻脚轻爪地从窗子里钻进来,摇身一变,盛开成满室花朵。周学仁挨着母亲坐下说:"娘,你有白头发了,我给您拔了吧。"

母亲睁开眼睛。"傻孩子,白发也是自己的头发,况且拔了还会再长,你总不能把娘的头发全都拔光吧。"

周学仁不敢看母亲的眼睛,就像五岁那年失手打破了母亲娘家陪送的明代花瓶,然后把碎片藏在被阁里。那次母亲原谅了他,但这次不同,这次他把母亲的希望打破了,藏在了自己阴暗的心跳异常的胸腔里。冥冥中有个声音在对他说:没关系,慌乱只是因为秘密埋藏得不够深,时间不够久,总有一天它会腐烂成尘。

两个人坐在阳光里,他对盘膝打坐的母亲说明了来意。

大奶奶又把眼帘合上了,说:"来得快时去得快,富贵荣华,金玉满堂……不过是过眼云烟，梦幻泡影。还是让老爷收敛些吧，有道是物极必反，乐极是要生悲的。"然后就掐着数珠继续诵经。

周学仁默默地站起来，在想象中说："娘，我把学志哥哥给您找回来了！"

然后……天翻地覆，喜极而泣，东海扬尘……

他和自己的舌头搏斗。有那么一刻，这句话已经在冲动中打开了他的嘴唇，可是他又强迫自己吞咽了回去。他想：如果母亲问，学志在哪？你为什么不把他留住？他不知道该怎么回答。退出时，他深深地鞠了一躬。

第十六章　乐极生悲

1

面阔五间的祠堂焕然一新,到处擦抹得闪闪发光,匾额楹联,包括房梁都扎着鲜艳的红绸子。周福踩上高凳,把供桌前的绣像小心翼翼地取下。周家祖先身着官服品绶的新画像,从一个个锦盒里请出来,贴在莲花底座的神龛里。热气腾腾的大供鱼贯而入,依次摆满供桌。周鼎承率领各房头的当家人,捧香肃立,在他们身后是周姓男丁组成的浩浩军阵,跪倒祝曰:"当今朝廷皇恩浩荡,广施仁政,泽被四方。我周家仰承甘露,倍受荣宠。且隆且盛,载欣载奔。望列祖列宗在天之灵护佑周家光耀门楣,财源滚滚,人丁兴旺,福泽绵长。第十六世孙周鼎承携子侄后辈衔香跪拜,伏唯尚飨!"

司仪长声吆喝:"一叩首——二叩首——再叩首——"

宴会设在戏台院里。台前高朋满座,山珍海味,推杯换盏。台上花团锦簇,梆子马锣,高腔短板。请的是黎城三义班,演的是上党落子《三关排宴》。

老何哈下腰对周鼎承说:"今日是双喜临门。"

周鼎承大辫子油亮,马褂簇新,从太师椅里注视着戏台,神情显得很专注。他当然知道老何所指是什么，前天大掌柜发来电报，川商的联盟已经被彻底瓦解，煤价不但没降，反而比从前上长了两成。

"这回他们赔了夫人又折兵，咱们应该给大掌柜庆功，只是不知道大掌柜什么时候能回来。"老何试探道。

"恐怕要等些时日，全德打算挟川盐入陕，再从潼关取道返晋。"

"看来大掌柜已经在构想新的进取之策了。"

"居安思危，未雨绸缪，不求近效，铢积寸累，全德心里永远装着一盘大棋。"

"规划精严，气宏而凝，内安外攘，旷世难逢。我觉得……大掌柜就像楚汉相争时的大将韩信。"

周鼎承并没有听出老何话里的弦外之音，他想：韩信，很好。正是王中王知人善任，慧眼识珠，才把他从一介卑微的执戟郎，变成了功不世出，略不再见，威执项羽，灭国无数的三军统帅。他微微侧了一下脸说："这个演桃花公主的坤角不错，待会儿多给她包十两赏银。"

老何附在东家耳边悄声说："老爷要是瞧得上眼，我来安排，晚上留她在家里过一夜。"

2

"怎么不见景龙？"渠五月问周学仁，他对看戏没有兴趣。

"他醉了，我给他找了个房间，让他睡一会儿，醒醒酒。"

"只怕是酒不醉人人自醉。"她换了个轻松的话题，"令尊的面子真不小，来了这么多有头有脸的，你们家到底是做什么营生的？"

"家父年轻时中过举，后来弃文从商，现在潞州最大的窑厂就是周家开的。"周学仁气色依然不正，反问："别光说我，咱们同窗了这么久，我还不知道贤弟是什么家世，什么根底。"

"说来惭愧，我们家世代都是种田的。面朝黄土背朝天，吃饭靠牛收靠镰。夏练三伏冬练寒，一年四季几日闲。就是到了我爹这一辈，才在城里某了个芝麻绿豆的差事，勉强维持生计。这次为了供我上学，又落了一身饥荒。唉，不提也罢！"

周学仁不信,说:"蒙谁?拿你兄弟当傻子?我又不跟你借钱,你跟我哭什么穷?再说我眼又不瞎,贤弟那个澄泥砚,那支华脱门的水笔,还有那辆自行车,小门小户拿得出来?"

五月赌咒发誓:"都是借的,打肿脸充胖子。人都是这样,越穷越怕别人说他穷。哎,周兄不会因为小弟家境贫寒嫌弃我吧?"

周学仁白了她一眼,"说什么屁话?!十年修得同船渡,百年修得共枕眠。再说宁欺白头翁,莫欺少年贫。你哥哥是那种嫌贫爱富,看人下菜的势利小人吗?"

五月指女眷一桌问:"那个打扮得妖里妖气的女人是谁?"

"是我爹的三姨太,我得喊她三娘。在她旁边嗑瓜子的是二娘。"

五月一脸坏笑。"令尊真够风流的,娶那么多婆姨,也不嫌闹得慌。你将来青出于蓝而胜于蓝,也娶他七八个,就像当今的万岁爷一样,睡觉前先翻牌子。"

周学仁正想挖苦回去,只听迎宾司长声传唤:"知府孙大人到——"

众人纷纷起立,周鼎承容光焕发地迎上前去。"知府大人公务如此繁忙,还亲自驾临寒舍,让周家上下何以克当。"

孙知府笑容可掬,亲切地说:"周家身受皇封,这不仅是一门一户的荣耀,也是一县之荣耀,一州之荣耀,下官岂有不来道贺之理?抬上来!"两名差役抬进沉甸甸一块大匾,孙明祖亲手将蒙在匾上的红绸子揭去,露出祥云纹托底,"天恩祖德"四个闪闪金字。

"大人抬爱,草民只有愧领了。"周鼎承让何管家和周三货将匾接过去,张着手边让边说:"哪能让父母官站着讲话,请大人入席。"

孙明祖从离自己最近的桌上端起杯盏说:"喜酒是要讨扰一杯的,但入席就免了。本府衙中还有些公务,急需处理,恐怕得先走一步。"略一沉吟,又把盅子放下,提高声音:"我看今天潞州的大小矿主全都在座,有一道上谕正好要支会各位,今天说了,也省得来日再专程召集。本府已接到巡抚衙门的特札,潞州一切私营矿窑,无论大小,从即日起一律关停!"

孙知府的话就像九级大风,将现场的喜庆气氛横扫一空。满厅堂的人都呆若木鸡,晕头转向。周鼎承愕然道:"大人,这话是从何说起?!"

"晋省由胡大帅主持,已与晋丰公司签订了包办合同,拟将平定、盂县、潞安、泽州四处之矿产交由该公司开采。而晋丰公司又将开采权转包给了英商福公司,租期——六十年。"

"万望大人代为禀求巡抚,矿产乃我潞州百姓衣食所系,命脉所依,性命攸关。若一旦关停,不知会有多少人走投无路,讨要无门,以致家破人亡。这绝不是危言耸听,请大人明鉴!"周鼎承的表情和语气好似在恳求刽子手刀下留人。

孙明祖哀怨地叹了口气,重新端起酒泼洒在地上:"就好比这杯酒,已经泼出去了,还能收得回来吗? 总之是我当婊子,他们数钱。下官告辞。"

孙明祖前脚刚走,万潮安就跟头把式地进来奔丧。"东家,大事不好了,不知从哪来了一群洋鬼子和二毛子,硬说地下的煤都是他们的,不许我们开采,还说要封井炸矿!"

3

十来丈高的井架上挂吊着滑轮、磨车和纵横交错的磨绳。下午斜射的阳光把它的影子投向东边的慢坡,看起来像一条躺在黄土卯上的黑蟒,它的蠕动很缓慢,好像在痛苦地分娩,艰难地蜕皮。坑口前面宽宽的浅沟里铺着一层煤末子,福公司的雇员趾高气扬,旁若无人,正指挥几个二毛子埋设炸药,布置引线,把导火索连接到一个带木头压把的金属装置上。几百名漆黑的窑工在两侧的坡梁上高高低低,像沉默的煤层一样壁立着,一双双蕴涵着火的眼睛,仿佛干燥的黄磷,风一吹就会燃烧起来。看见周鼎承和众矿主赶到,张管事迎上前,撇着哭腔说:"东家,你可算来了——"

周鼎承跳进浅沟,逼视英国雇员,大声质问:"你们是哪来的山猫野兽,不通教化的蛮夷,竟敢跑到潞州撒野!"

洋雇员名叫詹姆斯,全名是詹姆斯·罗德里克。这是一个北欧海盗的姓氏。他面容粗鲁,目光不屑,棕红色的胡须在太阳下闪烁着铜的光泽。这些过于浓密的胡子就像疯狂的野草,很令主人困扰,虽然他只是略微处理一下这些虬髯的边缘地带,但还是每三天就会用钝一张易普生牌刀片。

临来中国前,将要在利物浦港口登船的时候,他从商店里购买了一沓这种刀片,认为足够使用了,但看来还是出了计算错误。他所设想的"够用",前提是福公司在晋省的工作不会受到任何阻碍和干扰。如果三个月后,他的工作还像现在一样原地踏步,那他就得一根一根往下薅这些柔韧的角质蛋白了,否则它们就会一直长到颧骨上,使他看起来像一只滑稽可笑的猴子或者猩猩。他的翻译给他出了个主意,说可以找一个街边的剃头匠来解决这个生理问题,可是他完全不信任那些不讲卫生的中国人,特别是那把在肮脏的荡刀布上蹭出来的可疑的小折刀。

詹姆斯·罗德里克先生出身草莽,在他童年的时候《物谷法》还没有废除,威斯敏特大街前面的广场上刚刚亮起了全世界第一盏白炽灯,地球上的第一条地铁把他家门前挖得像战壕一样。泰晤士河上臭气熏天,味道令人作呕。他的两个哥哥都死于霍乱,唯一的姐姐肚子里盛着和一个花花公子制造出的私生子远走高飞,既没有留下地址,也没有留下一个先令。在鞋油厂工作的父亲因欠债获刑,母亲靠洗衣和捡破烂维持家庭生计,他的哥们大都是伦敦东区怀特查珀尔贫民窟贼窝里的一员,1888 年 8 月到 11 月,开膛手杰克曾在那里一鼓作气剖开了至少六名妓女的胸腔和腹腔(还不包括其中一名妓女肚子里的女婴)。他学历不高,履历表也并不干净,曾经因为走私大麻两次被关进萨瑟克区臭名昭著的马歇尔监狱。像他这样一个人渣,之所以能被伦敦堪农街 110 号(福公司总部地址)里的老爷们录用,完全是因为他曾经在苏格兰第 79 高地步兵团效力(他的理想本来是当一个骠骑兵,穿眼花缭乱的制服,过放荡不羁的生活,但是出身害了他),熟悉火药配比和链式反应,是作为一名爆破专家被雇用来华的。

当周鼎承向他开口说话的时候,詹姆斯的口腔里正填满烟草,把一大坨辛辣味道用牙齿嚼来嚼去,用舌头搅来搅去。为了能回答对方的问话,他向地上用力吐出一口夹着烟丝的绿汁,让周鼎承联想起银环蛇捕食时从毒腺里喷出的液体。他用毛茸茸的大手扬起一份《请办晋省矿务合同》的副本,叽里咕噜了一串洋文。翻译是个清瘦的中国人,西服洋装,没有辫子,本地口音。"你们的政府已经和福公司签订了矿务合同,从今往后,潞州的所有煤铁及一切矿藏都是属于福公司的财产,他人一律不得染指。"

周鼎承自语:"福公司?"他在脑子里消化着这个很新鲜的词语,它在那么遥远的地方,不知道为什么竟能和自己的矿扯上关系。

洋雇员用翻译的嘴说:"英商福公司大班罗沙第先生托我向他的老朋友周鼎承先生致意。"詹姆斯的宽脸上泛起薄如刀锋的冷酷笑容。

周鼎承如梦初醒。"哦,罗沙第……我想起来了。"

"想起来就好,你们在属于福公司的矿区,私采属于福公司的原煤,这是完全违法的。就好比没有经过主人的同意,就随意打开别人的箱子,拿走别人的珠宝一样,是极端可耻的窃贼行为。"开赛的钟声已经响过了,詹姆斯站上了拳击台,开始挥动他的组合拳。上一秒钟我们客客气气地敲门,说:打扰了先生,能允许到您家里喝杯茶吗?下一秒,我们就掏出一把上了膛的手枪,说:对不起先生,这是一次入室抢劫。文明的英国绅士即使打劫也这么彬彬有礼。

周鼎承仰天大笑:"强盗逻辑,奇文共赏,颠倒黑白,无耻之尤! 既然是你们的箱子,那为什么它会在中国的土地上? 为什么不在你们那个叫什么英吉利的小岛? 我周家世世代代居住在这里,这片土地撒过我的血汗,埋着我的先人! 你们不在你们的蛮夷之帮,却漂洋过海,跑到山西来做甚?! 难道说烧了圆明园,占了天津卫,你们还没闹腾够?! 还要把我山西的矿藏一口吞掉?! 有道是人心不足蛇吞象,你们好大的胃口,也不怕被大象撑死!!"

詹姆斯漠然地耸耸肩。"对于火烧圆明园,我们认为那样做是非常愚蠢的,不明智的行为,是对人类文化遗产的野蛮破坏和粗暴践踏,我们对此也深表遗憾。干这种事的人,完全是一群发疯的猴子。但那是军方和政府的事,和福公司毫不相干。我们是商人,只看重利润,只凭合同和法律讲话。"

"法律? 你们也懂得中国的法律?! 那好,你们要开矿,手里有朝廷发给的凭单吗? 你们要封窑,手里有抚署转发给地方的批文吗? 一无凭单,二无批文。只凭一纸合同就要封窑禁矿炸井,真是痴人说梦,荒唐可笑之极!"

詹姆斯皱起浓眉毛,他现在代表的可是日不落的大英帝国,他甚至觉得只要自己向西边招招手,维多利亚女王亲手缔造的,无敌于天下的联合舰队就会挂着猎猎作响的米字旗点火升锚,绕过半个地球,来讨伐这个野蛮落后的国度。他慢慢卷起衬衫的袖子,露出粗胳膊上的船锚文身,艰难地吐出一句汉语,就像从枪膛里退出一粒卡壳的子弹:"这个老头很麻烦,不要再跟他啰唆!"

几个二毛子向引爆器围拢过来,周鼎承跨前一步挡在引爆器前面,厉声说:"我看谁敢!!"

詹姆斯把手伸进上装里,端出来一支大号洋枪,依然用翻译的口说话,就像异种生物用超自然的精神力量控制了一个人类灵媒:"现在,讨论时间已经结束了,接下来是娱乐时间。我数到三,你往后退,一直退到不影响我们工作的地方,也就是这只枪的射程以外。"他当着所有人的面拉开枪机,填装铅丸和火药,不慌不忙,动作迟缓。

"列祖列宗在上,各位窑工弟兄作证,今天我的双脚要是后退一寸,就不配做周氏子孙!"周鼎承庄严的神情像在宣誓。

"我也向上帝保证,这不是在开玩笑。"詹姆斯用拇指扳起保险栓,很清晰的咔嚓一声响。

"我倒是头一回听说,你们的上帝还保佑你杀人?"周鼎承注视着黑洞洞的枪口,从容的态度反衬出随从们的紧张表情。

时间流逝,双方僵持着,突然而至的大风扬起了煤粉……

詹姆斯略带嘲讽的冰冷脸孔保持得很好,但是他的手……他低头看了一眼自己持枪的右手,发现它在微微颤动,这让他起了一丝恼火和难堪。他用这支枪杀过人,虽然现在它已经落伍了,但他一直舍不得换一把新枪。他曾在伯明翰的街头与情敌决斗,并最终把那家伙送上了天堂;也曾参加过镇压阿拉伯人叛乱的马赫迪战争,并带着一道伤疤和一枚铁十字勋章返回了家乡。而现在,这个东方乡巴佬居然敢藐视自己……

他的大脑开始升温,变热,温度上升的过程也是智力下降的过程,然后食指扣下了扳机,后坐力把粗壮多毛的胳膊弹得一阵发麻。这把老枪的密闭性能很差,浓烟不仅从枪口,而是从每个金属接缝里冒出来,遮挡住了他的视线。在这短暂的失明中,他听见衔接在枪械的巨响后面,是许多人的尖叫,其中一个中国男人大喊了句什么。

那个喊出"东家小心"的是万潮安,他的身体抢先弹丸一步,横在了周鼎承前面。

周鼎承在呛人的烟气中看见万把头的背影踉跄着向后倒下来,就像被人当胸踹了一脚。他伸出双手撑在万潮安的腋下,万潮安就在他的臂弯里垮下去了,血把周鼎承的双手和衣袖都浸湿了。万潮安脖子断了似的歪斜后仰,惨白的脸望向自己的东家,眼神里有一丝歉疚。他耳边仿佛听到三奶奶在唱:"红绣鞋儿三寸大,天大的人情送与冤家。送与你莫嫌丑来休嫌大,在人前千万别说送鞋的话。你可秘密地收藏,瞒着你家的她。她若知道了,你受嘟噜奴挨骂,到那时方知说的知心话。"又听见学徒时东家考问的声音:"所谓'五壶四把'是指哪些物件?"他双唇张开想回答:"是茶壶、酒壶、水烟壶、喷壶、夜壶和笤帚、掸子、毛巾、抹布。"他想让东家夸奖他,却只从喉咙里挤出一串气泡音,然后掺着口水的血沫就顺着嘴巴涌了出来。

"娘了个脚的给我打,打这些混蛋驴球球!!"

周鼎承声嘶力竭的呐喊立刻引发了一场滑坡和山崩,两旁的窑工和家丁像得了军令一样,以决堤垮坝之势从慢坡上蜂拥而下,将洋鬼子、二毛子瞬间淹没了。

但愿这不是又一处帝国坟场。詹姆斯一边重新装填他的手枪一边在心里叨念,觉得好像又回到了战火纷飞的苏丹,白尼罗河边的喀土穆成了讨伐队和起义者对决的疆场。一根亮铮铮的长矛穿透了戈登①总督的胸膛,他翻身躺倒在阿特巴拉大街那条能把银子熔化掉的酷热的石板路上,瞪圆的眼睛眨也不眨地注视着七月的天空。当时他手里也握着一支洋枪,军服里还穿着中国皇帝赏赐的团龙马褂。詹姆斯瞄准一个握着镐把扑过

---

①维多利亚时代英国工兵上将,第二次鸦片战争中,带领火枪队烧了圆明园,后协助李鸿章镇压太平天国运动,被同治皇帝授以提督称号。20世纪70年代在苏丹进行野蛮征服,被埃及国王任命为苏丹总督,在马赫迪起义中被义军杀死。

来的煤黑子想开第二枪,但是他的手腕被人攥住,举在了空中,一溜硝烟乘着火舌蹿入蓝天。木头镐把就在这个时候呼啸着落下来,他眼前一黑,在惨叫跑出喉咙之前,耳朵听见自己的前臂骨断裂发出的可怕声响。

王义堂在一旁急得跺脚说:"不能冲动啊二哥,洋人有外交豁免权,咱们得罪不起! 万一打伤了是要吃不了兜着走的!!"

周鼎承把肋条拍得啪啪山响,双眼闪着癫狂的光芒,疯魔了一样满嘴跑大车:"打都打了,怕顶个屁用。舍得一身剐,敢把皇帝拉下马。扯了龙袍是个死,打死太子也是死。脑袋掉了碗大的疤瘌! 天大的祸事,二爷一个人扛着!!"

4

这是一个无眠之夜,一个鸡飞驴咬狗撒欢儿的晚上,数不清有多少根油松和葵花杆,在背着洋枪的兵勇和巡丁手中烈烈燃烧,烟絮带着松禾香味在橘红的火浪之上盘旋。詹姆斯上了夹板的右臂吊在脖子里,气势汹汹地跟在差官后面到处指认,"哇啦哇啦"地不知道在说什么。官府不敢大意,洋人的蹊田夺牛手段他们是见识过的,天津教案留给大清国的惨痛记忆挥之不去,一等毅勇侯曾文正公竟因处置此案死于清议。

火把组成的龙蛇穿街走巷,时而分身,时而合体,时而变牛,时而变马,张牙舞爪地在村里游弋一周后,开始向村东聚拢,火鳞之躯收缩盘整,将周宅紧紧缠绕在其中。

纷乱的脚步和官衣枪影穿厅过院,沿着雕梁画栋一路奔涌。

周家的家丁和仆人站满了天井和游廊,但是没有进行任何对抗,看见官兵冲向哪扇门,他们就提前把门扇打开,如果桌椅柜子掀翻了,花瓶打碎了,他们就跟上前去复位清扫。领头执法的是从太原赶来的捕盗营统领杨凤亭和潞洲本地的马巡长。

一个当地营兵指着一扇凹字形雕花屏门说:"就是这儿!"

门两侧的石框上镌刻着古朴的字迹:外素内华,以退为进。

门首站着个肤色棕黄,瘦小干枯的老头。一身洗得发白的青衣,腰里系着根绦子,白袜子黑布鞋,从打扮看是个老家人。但是当马巡长注视对方眼睛的时候,不由倒吸了口冷气,立刻转移开目光,用手悄悄解开了枪套上的搭扣。心想此人不同。如果说他在其他仆人的眼睛里看到的是憎恨,那么在这双闪烁精芒的眼睛里看到的就是浓重的杀气。在这个老头从视野里消失之前,马巡长的手一刻也没有离开他的佩枪。

林教师握住门上的雕花铜柄,向里推开,轻蔑地想:如若不是二爷事先吩咐不准动武,即使他们手里有火器,自己也能不费吹灰之力地撂展他七个八个。

室内安静雅致,自成天地,和外面的混乱形成了奇异的反差。周鼎承气定神闲地仰靠在太师椅上,就着一盏纱灯品茗读书,对蜂拥而入的官兵视而不见。那块孙知府亲书的金匾就悬在他的头顶上,罗沙第赠送的江诗丹顿牌怀表银表门打开,静静地摆在台面一角,指针嘀嗒嘀嗒地走着。老何在旁边垂手侍立。

一时间官兵反被对方的镇定所惑,催眠了一样怔怔地不知所措,好像一群背着铺盖卷却走错了房门的麦客。这个过程极其短暂,杨统领首先醒过神来,麻子脸上怒气如潮,他为自己的怯场而羞愧,鼓起巨大的共鸣腔,用夸张的高音呼喝:"给我把人犯绑了!"

周鼎承啪地将书卷摔打在案头,目光如炬地注视着对方:"谁敢?!我周某人乃是同治十一年第八科举人,按照大清律,除非是上报学台衙门革除了我的功名,否则法绳刑枷本老爷一概不受!!"

杨统领再一次被此人的气概震慑,直到这时他才注意到周二爷奇特的装束,他戴着一顶镂花银座的官帽,上衔金雀。镶黑边的蓝袍上,石青色金缘边绣蟒披领如昆虫退化的翅膀般支棱着。但这件袍子上没有补子,这是让杨统领最感苦恼的,因为这样一来他就搞不清楚对方的品级,分不清和自己金线堆绣的海马补子比,谁的风头能盖过谁。在他二次发愣的时候,马巡长开口了,抱拳说:"我们也都佩服二爷是条铁骨铮铮的汉子,洋人挨了打,弟兄们心里都觉得过瘾,畅快。不过我们是吃官饭的,上支下派,奉命行事,还望二爷不要难为我们这些当差跑腿的。"

"这还像句人话。不就是打伤了个洋毛子吗?我还真没把这点事搁在

心上,大不了就是出趟红差。"周鼎承缓缓站起来,顺手将那块限量生产的
世界名表扫落在地,一脚踏了个稀巴烂。

第十七章　紧锣密鼓

1

在周家上上下下乱作一团的当口，大奶奶，一个平日病病歪歪，好像只知道吃斋念佛的妇道人显示出了惊人的刚强和应变能力，从而稳定住了人心，并使得全村全族都不得不对她刮目相看。二爷神色自若，大摇大摆地被押出村口的时候，看热闹的人堆满了两厢，堵塞了街面，压塌了房顶，连树杈上都骑着半大孩子。一家人——包括丫鬟、婆子、伙计都跟在后面，哭得鼻涕一把泪一把。

此时大奶奶还在敲着木鱼诵经，巧莲惊慌失措地奔进来说："大事不好了，家里来了许多营兵，把老爷抓去了！"大奶奶不为所动，甚至连眼皮都没有撩开，平静如水地说："该来的总会来。是福不是祸，是祸躲不过。老爷这一去怕是日子短不了，把那件水貂皮的大氅和这本经书给他捎上。"接着就继续自己的功课。但是第二天她就走出了卧室和佛堂，毫不张扬却又坚决果断地把自己摆在了一家之主的位置上。事无巨细，也不分内外，她都亲自过问，把大事小情都安排得滴水不漏，井井有条，让下面的人心悦诚服，让相与(生意伙伴)们重新建立起了对周家的信心。她亲切慰问了身受枪伤的万大把头，亲自给他煎汤熬药并认真听取他的意见。万潮安很幸运,詹姆斯的弹丸距离他的心脏只差一韭菜叶。"大奶奶……"他玻璃弹子似的眼睛鼓出了青灰色的面门,苍白的嘴唇微微张开,努力分担着鼻子的工作,断断续续地说:"只有把大掌柜请回来,主持大局……才能让周家转危为安……"中流砥柱,众望所归。大奶奶把目光投向阴沉沉的窗外。是啊,至少我们还有大掌柜——周家的无双国士,镇宅宝刀。但愿这场危难能让龙虎斗变成将相和。

在向下人交代事情,或是听他们汇报账目的时候,她总是显得懒洋洋的,好像心不在焉,但哪怕是一点小的纰漏也休想逃过她的耳朵和眼睛。到了事发的第三天,当她觉得家里的局面已经稳住了,就重金聘请铁齿铜牙、连环穿心、久战不疲、手摇白扇的著名讼师,万荣县的李太昌代为书状。让周三货赶上两匹牲口拉的双套飞车,亲自前往潞州城,到府衙前鸣冤递状。从里面出来一个书吏,大奶奶让周福暗暗随状纸递上三十两纹银。之后,他们在太阳地里足足等了两个时辰,仍然不见传唤,猜想是大老爷惧怕洋人,有意避嫌,不愿为此事出头。

大奶奶走下马车,耸立在衙门左侧的那面巨大的堂鼓突然从画面中凸显出来,占据了她的全部视野。鼓的每个细节都和她在定境中看到的一模一样,清晰得惊人,这使得她在踏上台阶的时候,产生出一种奇异而虚幻的感觉,好像她正在走向自己的天命。

大奶奶抽出鼓槌,沉甸甸的鼓槌在她纤细的双臂里像虎贲羽林使用的铜锤金瓜一样沉重。

差役上前阻拦说:"大人有令,不准击堂鼓!"

大奶奶口齿伶俐,辩才无碍,冷笑道:"既然不准击鼓,朝廷设鼓何用?!身为一州知府,百姓的父母官,既不升堂,又不断案,不受理民词,不为民申冤,徒食国家俸禄,百姓的供养,于庙里的泥胎土偶何异?!我今天偏要把潞州府的大堂变成戏台,热热闹闹地唱一出《击鼓骂曹》!"

她扬起鼓槌在鼓面上雨点般乱敲,一团浩然正气笼罩住她,奇妙而无法言传的天人感应由内而外,她瘦弱的身体突然获得了神奇的力量。大鼓发出深沉雄厚,如雷似炮的吼声,浩浩风云随着鼓的节奏往来驰突,激荡奔腾,仿佛云层深处藏着一条应卯而来的狂龙。大奶奶在催阵鼓的伴奏下扯开嗓子发表檄文:"孙明祖你听着,你平日吃了周家多少好处? 拿了周家多少白花花的银子? 我周家哪点亏待了你? 你养在太原的外室;老家购置的田地,豪宅;摆在花厅里的古董,玉器……哪一件不是用周家的银子堆起来的? 岂料你竟勾结洋人,甘当汉奸,坑害周家。你这个过河拆桥,翻脸无情,口蜜腹剑,见利忘义的赃官,当面是人,背后是鬼的小人! 你的良心都让狗吃了……"

大堂外观者如堵,看热闹的百姓围得里三层外三层。

变颜变色的差役强行夺下了她的鼓槌。

直到这时,大娘内心的波澜才石破天惊地爆发出来,失去鼓槌的她一边破口大骂一边以头撞鼓,两个年轻力壮的伙计都拉不住,一直撞到血流得满面满鼓,昏晕在地。伙计们手忙脚乱地把她背进客栈,请来郎中止血包扎。

当夜,有一个青衣小帽的人来到客栈,自称公门中人,将状子及银两奉还,并另赠云南白药一瓶,二杠花鹿茸两盒。问其姓氏,缄口不言。只透话说知府大人非常赞许夫人的节烈,但所告之事爱莫能助。上次抓人,虽然出动了潞州府的巡丁,但却是奉胡大帅将令差遣,有道是官大一级压死人,孙知府也是不得已而为之。"夫人想过没有,咱们潞州本是个干旱缺水的贫苦之地,所仰仗者煤铁而已。有道是靠山吃山,靠水吃水。以前每逢年节,本地的矿主们少不了送点孝敬。孙大人难道会捣自家的锅灶? 拆自家的院套? 断自己的利源? 明显是上面出了奸臣巨贪,典矿产,搂银子,吃回扣,内外勾结……好处全让他们得了,却把这抓人捕人,压制民声,遭人唾骂的事推给了下面。"

回到甲树村,大奶奶好不甘心,她把家里安排了一番,叫伙计再准备车马和口粮,说要到太原找三法司评理,如果再不行就进京城告御状,只要能打赢这场官司,就是倾家荡产也在所不惜。

2

永兴县城关镇锣鼓巷58号大院,对外挂牌并官府注册振威武馆,实为三合会总舵，以它为中心，控制着晋东南一个错综复杂，冷酷血腥的隐秘世界。

头道院里支着一辆卸了套的镖车，三角形虎龙图腾的狗牙边镖旗插在辕板上。院当中竖立兵刃架，吊着沙袋，摆放着石磴、石锁、石筐，以及皮条和木人桩……院角一株古槐盘根错节，老皮新枝，绿意盎然，浓荫巨伞下横着张枣木桌子，上有大茶壶和六只粗瓷大碗。几名赤着上身的精壮汉子正在大师兄赵占彪的指导下操练器械，打熬筋骨。赵占彪江湖诨号玉面修罗，四臂大将，是三合会六十四堂正印总先锋，每回分疆划界总是他挥舞双刀冲锋陷阵。身上蹲裆滚裤，大带煞腰，五官精致，瓜子脸和魁梧的躯干颇不相称，两道边角整齐的剑眉非常压阵，身板就像沿着墨线锯出来的一样笔直宽阔，浑身伤疤累累，刺青纷繁缭乱，前有过肩龙，后有下山虎。

二道院里的气氛则完全不同，二十名黑衣男子分作两列持刀肃立，刀环上缠着鲜艳的大红绸子。北头一溜五间磨砖对缝的大瓦房，房门紧闭，台阶上又有八名白衣汉子，面朝院门背手站着，给人一种非同寻常的森严印象。

密室里，两排紫檀木靠背椅分为左右，坐满了三合会的元老级人物，会首刘有福正在和那位贵客举行一场隆重的江湖仪式。

贵客长袍马褂，表链闪光，清瘦斯文，他是蛰伏于山西乃至全国的某种庞大势力的总代言人，先前的数次考验证明，此公不但有学问有韬略有见识，而且颇具侠士风骨，顶天立地，肝胆照人。

在仪式正式开始前，贵客先奉上礼物，礼物被盛在一个四方木盒里，是一支用油纸包着的崭新的卢格P08式手枪。刘有福神情庄严地接过来，转交给随从，再取过白绸托底的一本册子双手捧给对方，说："乔先生，这是我们三合会的上百条性命。"

客人——山西大学堂英文教习乔义生，拿起这本麻绳装订的羊皮面册子，只见上面盖着刘有福的名章和三角形印信，分别代表天时，地利，人和。打开是一份花名册，从总会首刘有福开始，以下等级森严，分别是各个分舵的舵主、先锋、揸数、坐馆、白纸扇、红棍、草鞋、直到最基层的蓝灯笼。

交出花名册就等于交出了自己的身家性命,也就等于承认了自己的从属身份。乔义生又打量了一遍这个龙潭虎穴,正面的神台上是开山祖师的塑像,大汉永王张洛行身高丈二,金盔金甲,顶着一尺长的盔枪和盔缨,双手拄宝剑于地,面容刚毅,须发飞扬。神台前设摆香案,罗列鼎炉、红烛、酒坛酒碗,各种供品,寒光闪闪的短刀,地上还放着个鸡笼。左边的墙上是一幅气势磅礴的水墨壁画,表现的是捻军十八铺大聚义的辉煌历史。右边墙上则悬挂木质联排,铭刻着十禁十刑,十大帮规,三十六誓……从内容上可以看出,三合会对于违反帮规者手段十分残忍,依照情节轻重有打法棍、剁手指、三刀六洞、种荷花(即活埋或者投水)、开膛摘心、钉活门神(用大铁钉把人钉死在门板上)等各种酷刑。

三合会的组织结构效仿捻军当年黄、白、蓝、黑、红五旗军制,设立有内八堂和外八堂,内八堂为京官,外八堂为散将,分别以忠、孝、杰、义、智、信、仁、勇冠名。其庞大的根须已经渗透到了晋东南的各个行会,妓院赌场,水旱码头,如果不受到遏制,进入太原、大同等重镇只是迟早的事。

此次乔义生和三合会接触,是沈红绫牵的线。之后他先后经过了三次考验,每次都是只有豁出性命,置生死于度外才能过关的。然后仪式正式开始,碎莲花,斩鸡头,换生辰贴,饮红花酒,相对八拜,众人祝贺……表面上看这是两个男人之间的结义,实质却是两股政治势力的合流。

3

仪式结束,两个人转入一间茶舍促膝谈心,乔义生看到这个冷漠阴沉,狡诈多变的男子第一次表现出了炽热和诚恳。"我本是个捻子,曾跟随赖文光大盟主参加过菏泽高楼寨阵毙僧妖头(指僧格林沁)的那场大战。捻军失败以后,我九死一生在此地隐居下来。如今三合会各个分舵的当家人都是当年捻军的老弟兄。乔先生是个读过大书,喝过洋墨水,有大学问的人。你能看得起我们这些江湖草莽,愿意跟我们这些粗人交朋友,单是这份胸怀,就足以成就大事。先生讲的那些道理我虽然并不完全明白,但只要是能杀清妖,报我捻军弟兄的血海深仇,到你们起事的那一天,只要招呼一声,我刘某必定是水里水里去,火里火里来。"

乔义生说:"还有一件事是关于红绫的,她跟史德亮之间应该做个了断了。只要这个姓史的祸害不除,红绫就不能开始新的生活,无法从过去的阴影里走出来。如果大哥碍于情面不愿意掺和此事,只要你点一下头,屠猪杀狗的活儿由我们来做。"由于史屠户死缠烂打,紧紧盯住沈红绫不放,已经严重威胁到了组织的安全。

"是我害了红绫啊!"刘有福声音颤抖,内疚之情化作满眶泪水,但他还是摇了摇头,"德亮这孩子再不着调,也是捻子的后代,他父亲是和我一起出生入死的弟兄,对我有过救命之恩……"

刘有福没有食言。到了1911年,武昌起义爆发以后,离永兴县不远的崞县西社村拉出来一支革命武装,报号自称"忻代宁公团",团长叫个续西峰,也就是日后大名鼎鼎的续范亭将军的族兄(当时的续范亭在忻代宁公团团部任卫队长)。该团本来是打算北上,到包头和阎锡山的队伍会合,只因在路过永兴县时县主无端挑衅,从墙头上放冷枪打伤两名同志,欺人太甚,所以临时决定先拿下永兴县城。

太原成立了军政府以后,刘有福就欲有所行动,曾派人向阎锡山请示,奈何永兴县的巡防队人枪多出他几倍,因此未敢轻举妄动。当忻代宁公团在城外扎下营盘后,他觉得时机到了,于是派人秘密出城与续西峰取得了联系,约定当夜三更双方同时发难,里应外合,一举拿下县城。这是上午决定的事,可是到了下午续西峰就收到了大同镇都督李国华的秘信,信中说刚刚宣布独立的大同于今晨遭到了大队清军的疯狂反扑,危在旦夕,请求火速增援。所以到了傍晚,忻代宁公团已偃旗息鼓,悄无声息地撤离了永兴县,仓促之间竟没有顾上通知刘有福。

从傍晚开始,三合会的会众就聚在一起,大碗喝酒,大块吃肉,趁夜半哗啦一下打出了"反清扶汉"的大旗,百十多号人枪猛扑北门,和把守城门的清兵激烈驳火。三合会平时帮规森严,帮众之间义气为先,所以打起仗来都很勇敢。刘有福手持两把德国镜面匣子,身先士卒,力战不退。城楼变成了烈焰熊熊的大火堆,火舌烧烤着星空,不断有中弹的清军从上面掉落下来。在损失了大约一半人枪之后,他们终于顶着热浪打到了城楼前,城门刚刚被推开一条窄缝,帮众就齐声欢呼,以为已经胜利了。可是向外一看,只见四野茫茫,明月朗照,城外空无一人。刚一愣怔,闻讯赶来的巡防营就把他们团团包围住了,四面同时开火。四个人抬的格林炮(一种重机枪)固定在三角铁架上,铜弹壳在气浪硝烟中飞舞,十根枪管围绕轴心疯狂转动,全都打得像烙铁一样通红。

当鲜艳的朝阳升起来的时候,吵闹了一夜的北门静悄悄的,尸体压着尸体,好像半座永兴县都是红色的。血流得水溜子里也是,河沟子里也是,毛渠里也是,踩在脚下黏黏腻腻地打滑。县主亲自指挥,挨个验尸,把凡是还有一口气的,包括刘有福在内,一共二十来人,拖到城外的乱石滩枭首示众。看热闹的人挤得过也过不去。从那天以后,永兴县开始清查三合会,巡防营到处抓人,只要和三合会有一点瓜葛,或是被怀疑为三合会成员的,抓住就杀,连堂也不过。乱石滩上摆开三口大铡刀,闪亮的钢刃上永远蒙着一层血污,成群的乌鸦在天空盘旋,这些老罕王的神鸟,抛弃了索罗杆子①上的木斗,奔向新鲜的血食。头颅和尸身就图省事顺势往水渠里一扔,最后把渠道都阻塞了,下游的农民浇地时,流量小的时候引不出水来,勉强引出来的水都是红色的。刘有福的婆姨和六个儿子就是被铡刀铡断的,连甲树村也抓走了三个人。这种恐怖的气氛一直持续到了清帝逊位,共和告成,县主吞金自杀才结束。

两个人正在议事,突然外面一阵骚乱,只听有人吵嚷:"求求你了,让我进去吧,我有紧要事求见五爷!"

把门的六子厉声说:"五爷正招待重要的客人,已经吩咐过了,其他人一概不见。"

"不行,我非进去不可,我还得赶到学堂去。"显然来人要夺门而入,接着是双方的撕扯声和赵占彪威严的断喝:"怎么回事?!"

"大师兄,这个人非要见师傅不可。"

---

①满族人崇拜乌鸦,有乌鸦救主的传说。索罗杆也叫妈妈杆、得胜杆、神杆……在房前左侧靠近大门处设的祭祀杆子:长六七尺,顶端有一个木斗,内盛五谷及其他食物,以飨乌鸦,是老罕王努尔哈赤留传下来的习俗。

"你现在不能进去,天大的事也得在这儿等着。"这是赵占彪不容置疑的声音。

刘有福示意乔义生不要出声,站起身推门走出来,惊讶地说:"这不是学仁大侄子吗?!"

周学仁挣脱开抓住他的汉子,上前几步,双膝跪倒在台阶下。"刘世伯,是家母让我来的。周家遭难了,求您老救救我爹吧!"双手把一个长条形的锦盒高举过顶。

刘有福接过锦盒,打开盖子,只见黄罗缎的软衬上躺着一支锋利的柳叶镖。他拿起这枚有点坠手的钢镖,用拇指肚轻轻试着刃口,它的形状像个扎枪头,两寸来长,是自己亲自设计和打造,它的另外一个名字叫三棱透甲锥。锦盒显然是周家后来定做的,而从前这支镖一直插在他后腰的鹿皮套里,跟随他出生入死,走南闯北。他在心里感叹:这一天还是到了!十几年前,当他刚刚逃到山西的时候,举目无亲,走投无路,隐姓埋名,毛遂自荐在周家当了一名看家护院的教师。但不久,过去的仇家就尾随而至,危难时刻,是周二爷仗义出手帮他解围,在问清他的身世缘由后,和他解除了主仆关系,资助了他一大笔银子和永兴县的这处房产,从此才有了这座振威武馆。他曾问周二爷:周家这天大的人情,叫我怎么偿还?二爷回答:急公好义是做人的本分,周家压根就没指望你还。刘有福从皮囊里抽出飞镖说:我一生从不欠债,凭这支柳叶镖,你将来可以要求我做一件事。他当时说得轻描淡写,但其实那是江湖上最重的誓约,他知道当钢镖重新回到自己手中的时候,就意味着一笔巨额债务已经到期,意味着天大的担当。自己的身家,甚至整个三合会的人命都早已列在了抵押单上。

4

离开永兴县,周学仁的马车奔赴太原,在纯阳宫旁的水渠边他把马车打发了回去,之后心事重重地步行,任机械的脚步慢慢把自己带往侯家巷。起风了,天色随之暗淡下来,他竟然没有注意到。一道道横贯天际的青灰色云条变幻组合,快速向西北方向推进,光明带着血色在云隙间反复消失又重现,好像隔着栅栏的疯狂囚徒。

身后传来丁零丁零的声音，一辆脚踏车从后面绕过来，用前轮轻轻别了他一下。五月随即跳下车座，脸上荡漾开关切的笑容。她不知道使用了什么魔法，上次饱受蹂躏的脚踏车又变成光芒闪闪，像新的一样了。

"好几天没瞧见你，正担心呢，只说抽空到潞州去一趟，功课又紧。快说说，你爹的案子咋样了？"

"只是收押，还没判。"周学仁情绪低沉。

"你爹真是一条好汉！洋人该打。最可气的就是那些助纣为虐的官员，见了洋人腿就发软，跟见了自己亲爹一样，可对付同胞倒是心狠手辣。"她拍拍周学仁的肩："你的事就是我的事，兄弟有难，渠某绝不会袖手旁观。"

周学仁露出心不在焉地笑。"我知道你仗义，贤弟的情我心领了。那么多有头有脸的士绅全一点辙都没有，你一个学生娃能有甚高招？不帮还好，越帮越乱。"

"牛皮不是吹的，火车不是推的，我今天就搬救兵去！"

风更大了，天地间飞沙走石，云来雾往。空气中充满了湿润的土腥味。在他们左侧，铁锈色的渠水起了一阵不安的骚动，石坝两边林木的树冠抽风一样翻滚。一个被丢弃的纸袋从两个人的脸前飞过去。云隙完全弥合，大地一片昏黑，天界的造山运动已经开始，在他们的头顶上耸峙着一座座积雨云形成的崇山峻岭，这些云山直插霄汉，排列出的雨带跨省连疆，把至少两千五百里方圆纳入了自己的势力范围。

"要下雨了。"五月双手扶住车把，仰起脸盘，衣袂飘动地注视着风起云涌的天空。

"屁是屎头，风是雨头，这场雨看阵势小不了。"

"上车吧。"五月拍了拍后座。

两个年轻人开始乘着轮子在低矮的乌云下狂奔，好像被吃人的怪物追赶着，希望在暴雨来临前躲进大学堂恢宏的欧式屋顶下藏身。空气摩擦出的静电让他们的发丝飘舞起来，两个人的衣料之间闪过一串噼噼啪啪的火星。但是事实上，早在一个月前湿气团就已经开始调兵遣将了。天虽然越阴越厚,但密云不雨的天象却又持续了足足三天,三天来它一直在汲取能量,然后突然暴发,倾盆大雨整整下了十几天,造成江河泛滥,大堤决口,黄河改道,汾水西移二十里。当时一位英国领事估计:中国中部发生了一次强烈的拉尼娜现象,其引发的降水反常与此次洪灾很可能有着密切关系。至少有一百万人被溺毙,也许是好几百万。

第十八章　归心似箭

1

先是来自孟加拉湾的充沛水汽源源不断,适合的风向和风力把这些湿热气团沿着一条切变线输送到了黄河中下游。在这里太行山用它雄伟的身体试图阻挡住这些图谋不轨,妩媚多变,若有若无,似乎软弱无力的,鬼魂一样的破坏者。但是狡猾的湿气团却借着迎风坡快速抬升,把平行位移变成了垂直运动,在天空中形成了积雨云。太行山以西晴空万里,太行山以东却阴云密布。云躯像阵痛和宫缩一般不停地扭动翻滚。云内水滴细胞繁殖,如腹中的胎儿不断增大,当上升气流再也托不住它们的时候,它们就终于冲破重重阻力,呱呱坠地。一块块积雨云的体积相当庞大,海拔甚至超过了珠峰。越往高空温度越低,云山顶端的水滴完全结冰,人们在地面用肉眼就可以看到云顶的丝缕状白带,那正是高空的冰晶,以及雪花飞舞所致。也就是说在地面大雨倾盆的秋日,高空却是白雪纷飞的严冬。

随着雨量的增加,黄河——这条用深颜色标注出来的大地最粗壮的神经亢奋起来了。它的情绪立刻感染了无定河、汾河、渭河、洛河、沁河……所有次级神经和末梢神经。水位没过了水识桩。官道上汛马接力,羽檄纷纷,一昼夜奔驰六百里,累死的马匹被记入损耗上报。路上行人远远望见背着黄包袱，插着红旗的跨马疾驰者就纷纷躲避，因为朝廷规定，塘马①踩死人概不偿命。羊报的皮筏子顺流而下，提心吊胆的水兵趴在涂满青麻油的充气羊舟上，怀揣着水位刻度标签，向下游的河官掷签示警。黄河大堤及其支干处处张旗挂灯。险工险段堆满物料，搭建起一个接一个的工棚、观察哨和指挥所，布满了浑身透湿的守堤军民。大坝内侧新筑起了加宽加固堤埝用的大戗台，小独轮和大抬筐往来穿梭，拆卸征用附近人家门板、棉被无数。几天以后，又开始铺设路轨，埋设电线杆，从南肖墙的电灯房(发电厂)冒雨扯出来两根电线，电灯泡的光辉穿透雨夜，照耀着西洋铁路土车满载着苇席、木料、油毡、片石、汛粮，以及一袋袋进口的塞门得土(即水泥)开进工段，这种价格不菲的神奇的土据说拌沙黏合后不患水浸，坚如钢铁，在晋省只有修建大学堂的时候曾经使用过。

抚衙连续召开紧急会议，布置防汛度汛。官员们都脱去了行服，换上了雨服。头戴平顶敞檐，毡子做面，月白缎子做里的雨冠。身披青布钮绊，圆领对襟的雨衣。下面系着只有前面一幅的油布雨裳。围在一幅用十五张滩羊皮缝制起来的巨大水图周围献计献策，争论不休。

范开圆的声音在风雨中回荡："由于清淤不利，汾河长期河道淤积，河床逐年增高，有些地方堤坝居然高达三丈有余，已经成了一条名副其实的奔腾在太原人头顶上的悬河。悬河，悬河，把人的心都悬到嗓子眼儿了。太原城是黄土高原上的一个盆地，地势低洼，四周围都是高山峻岭，大水聚集容易散开困难，一旦决口后果将不堪设想。再者，鼠穴獾洞蚁窝，应沿堤仔细排查一遍，严防堤身走漏。"

太原知府方孝杰反驳："我看范大人是在杞人忧天！河床的不断增高，是因为河水中所含泥沙量巨大，所谓一石水七斗沙，跟清淤没有多大关系。沿岸堤埝有无孔隙，我已经派人拉网式排查了数遍。现在是八月，桃汛和伏汛已经过去了，秋汛和凌汛还没有来到，别看这场雨来得气势汹汹，但它是客水而非信水，虎头蛇尾，后继乏力，不足为惧。"他心说此人怪不得

---

①传递塘报的快马。塘报是军事情报。清代自京至省，驿站设有塘兵和塘马，沿途接替递送情报。在防汛期间，汛情即为军情，塘马即为汛马。

叫范守徜,这手也伸得太长了。

范开圆叫板:"墨守成规是要吃大亏的,敢不敢打二十两银子的赌?"

方孝杰不甘示弱:"赌就赌,有何不敢?"

与会者瞠目结舌,胡守中厉声呵斥:"成何体统! 这是抚衙,不是保局!!"

河官接着发言:"大堤上我们每三里设一铺,每铺配堤夫三十人,平均每人守堤十八丈。另外在度汛期间,我们还组织了一支机动的防汛队伍,以应对不测。又让三镇总兵以及太原城巡防营和捕盗营的统领兼任治河靳辅,以利军民联防。只要我们认真贯彻大帅四防二守(即昼防、夜防、风防、雨防;官守和民守)的精神,安全度汛应无大碍。"

所有人的目光都投向胡巡抚,胡守中轻声问旁边的咨议长梁善济:"丁番台今天怎么没来?"

梁善济也是两榜进士出身,祖籍崞县北社村,谁都知道他是丁宝铨的人。他回答:"丁番台昨天冒雨到金刚堰巡察,趟着泥水,用竹竿探路而行,结果受了风寒,托我向大帅告个假。"

胡守中心想:丁宝铨这厮果然奸猾得跟条泥鳅一样,他这个承宣布政使是主管一省民生和财政的主官,想必算准了今天这个会上必须表个态,生怕左右不落好,所以干脆躲起来了。看来这个骂名只能由自己背了。顿了顿他吟道:"汤汤洪水方割,浩浩怀山襄陵,鲧何所营,禹何所成。我看范总办说得对,事关重大,我们这些地方官员唯有坚筑堤防,誓死保槽,防患于未然,万不可有丝毫懈怠、麻痹和侥幸。饬令大堤各段守官,无论文武,都要立下生死牌。"

范开圆大受鼓舞说:"现在时间紧迫,全面加固恐怕已经来不及了,为今之计只有集中人力物力强化东南侧大堤。"

胡巡抚说:"范总办的建议很好,只不过方向正好弄反了,所谓南辕北辙,背道而驰,我们应该加强的恰恰是西北大堤。"

范开圆面露困惑,"恕下官愚钝,大堤以东,太原城及各县人口稠密,良田蔽野,黍稷盈畴,万一不保,数万户的生命财产将付之东流。"

胡守中用白蜡杆敲打着河图说："范总办此论眼光狭促,缺乏全局和大局观念。这也情有可原,毕竟范总办的本工不是治河。诸位请看,洪水如果从北侧破堤,势必冲击运河,万一影响了国家的漕运大计,使得朝廷震怒,我们在座的有一个算一个都得丢官罢职,人头落地。"

八月二十五日,上游宁武县的管涔山山洪暴发,洪水沿着冲积扇化作数十条大小瀑布注入汾河,激荡出无数漩涡。洪峰过境,到处都是告急的铜锣声。冲决汾河大堤,以及金刚堰长、堤、永、固、汾、泽、安、澜八道顺水防洪坝中的两道,崩裂进洪闸一座。乱石蹲云,水波山立之际,十几名守堤的汛兵后撤不及,以身殉职。数万吨溢出河槽的浩渺大水如脱缰野马,匈奴大军般横冲直撞,扑向城墙西北角,旱西门因军民用命守备严密,大水未能由此破关,于是绕着城圈子,一路奔腾向南冲开大溜漫壕,由地势低洼的水西门和大南门倒灌入城。所有人畜都争先恐后往地势较高的北边逃生,坝陵桥、报恩寺一带人满为患,拥挤不动,太原城半壁汪洋,沉入洪流巨浸之中,从大南关到文庙一片泽国,位于柳巷的满城被彻底摧毁,水面只露出一片得胜杆上的食斗,田庐人口漂没无算。

这一天,方知府乘坐一条木船巡视灾情,船当间摆了把椅子,有差人给他举着旗牌,张着伞盖。水面上东一片西一片露出房脊和树冠,垮塌的桥梁、涵洞随处可见,各种东西由北向南顺流漂浮,络绎不绝。桌椅门窗,盆盆罐罐,车轮屋架,死猪死羊死孩子,甚至有一只被大水从山上冲下来的雄鹿。满城里的东西也有,子孙椽子,祖先板,烟笸箩,幔杆子,悠车子……恍惚间让人觉得好像到了鱼米之乡的绍兴。青石城墙倒映在粼粼水光中,看起来比以往矮了半截,城堞后面宽阔的步道上临时搭建起一座接一座的救灾篷。

师爷捧着个册子在他耳边报账："全城107条街道已有95条被淹,最深处达1丈6尺。城郊受灾的良田超过1000万亩。倒塌的房屋和死亡人数目前还没有统计出来……"

一条木舟划开云天的倒影,漂漂荡荡地迎面驶过来,忽然打横把方知府的船头截住。范开圆站立梢头,身上脸上泥一道水一道,不似方知府衣帽光鲜,李兴给他划着桨。范开圆扯开嗓子向对面喊话:"方大人,把二十两打赌银子还我!"

方孝杰颇觉好笑,装糊涂说:"什么二十两银子? 可有保人? 可有凭单? 一无保人二无凭单,空口白牙,这场官司就算打到天子脚下怕你也告不赢。"

范开圆眼眉立起来说:"好啊,你小子要赖账。李兴撞他。大不了大家一起掉到水里!"

方孝杰看见对面调船头摆姿势,瞄准了自己的船帮,心里一阵发毛,赶紧改口:"范总办少安毋躁,有话好说好商量,区区二十两银子给你便是。"

2

西安,巍然屹立在八百里秦川之上的文武盛地,十三朝古都阅尽了人间兴替。

长安老街骆驼西巷的晋商会馆占地五亩,是耸立在石基高台上的庭院式建筑。主体面南背北,东西两侧是稍矮的附属建筑,临街富丽堂皇的山门戴着两层飞檐。戏楼望楼,晒台游廊装点其中。正房面阔三间,砖木混合,黄绿相间的琉璃瓦覆顶,脊顶上还有一座精制小庙,内供神上神。脊中间插着穿天戟三根,脊两端龙形大吻气宇轩昂。

周全德坐在官帽椅里,眼望着窗外发愣。

屋内的灯光将他的脸浅浅地印在从法兰西进口的贵重的大格玻璃上,玻璃板的另一端是被大雨猛浇着的浓稠夜色,一盏石头庭灯在风雨中显得气息微弱,反而衬出了夜色无以复加的强横。屋檐下的十几个兽口,和对面大门上方的三脚蟾蜍哗哗地向外吐出雨水,它们落地后在方砖上四溢开,流进了两侧的地沟暗渠里。

雨好大,放晴的日子看起来遥遥无期。自河南兰考决口,铜瓦厢黄河改道以来,还是头一次见到这么大的雨。那场大雨……那场大雨……他突然觉得很寒冷,也很孤独,他看见雨巷中蜷缩着一个湿淋淋的小男孩,样子就像一条遭人遗弃的小狗,煤一样漆黑的大眼睛镶嵌在菜色的小脸上,赤着双脚,披着麻袋,脖子和四肢像麻竿一样细弱。他想躲到房檐下面避一避,可却被溜口浇得更惨。这孩子就是三十年前的自己……

"老爷,你在磨蹭什么?"拉着锦帐的檀香木架子床上传来女子半嗔半嗲的声音。

"好,这就来。"他随口答道,并不知道对方在说什么,自己又应承了什么。

床左侧的粉壁墙上悬挂着他的七星宝刀,下面横一张乌木条案,摆满了各种稀奇古怪的玩意儿:金发美女的发条八音盒;小鸟报时的西洋自鸣钟;显微镜;六分仪;牛顿摆;魔王之轮——英国人威廉·霍纳尔于1834年发明,旋转这个酒杯状的圆桶,可以从桶壁的缝隙里看到里面有一只活泼的老鼠在跳舞……这些都是西安商界的朋友送给他的礼物,而他已经把它们转送给了床上的女人。

在这样一个乌云围城,暴雨成灾,黑暗阴森的恐怖日子里,自己能栖身在这样一间结实、温暖、明亮的华屋中,搂着漂亮的光屁股女人睡觉,是多么幸运啊。想起此时那些在洪水中挣扎迁徙,流离失所的灾民,他甚至有点惶恐了。也许明天应该设个粥棚。

这次挂印西征可谓连战连捷,声东击西,敲山震虎,志得意满。本来大局初定,事情已经办妥了,他之所以寻找借口,虚耗时日,不仅是因为床上的相好水草一样缠住了他,还是因为他想让自己冷静冷静,盘算盘算。在西安的这些日子,他习惯了听秦腔,泡茶社,喜欢上了吃凉皮,羊肉泡馍和油泼辣子面。当他本人静止下来的时候,他的手下却在四处活动。现在已经查明,自己上次遇险是何管家和万把头所为,是他们借刀杀人,清除异己的一场赌局。他已经制定了复仇方案,而且他不是那两个尿货(既然已经打草惊蛇,就只能鱼死网破,怎么又能突然收手),他采取行动时会提前布阵,击出的都是密不透风的组合拳,因此他从来不放空枪。

静如处子,动如脱兔。这是二爷教给他的,而他在实践中把这两句话运用到了极致。万潮安是他一手调教出来的徒弟,也曾经是他的最倚重的亲信。十年前这个小安子出其不意地在他背后捅了一刀,把他私设小金库的秘密账本献给了东家,这既是小安子给东家的投名状也是叛出师门的宣言书。东家连夜派何管家和正在周家做武术教师的刘有福查抄了他的金库,封存了所有账目和底簿,但却出人意料地并未继续深究,而是摆了一桌和事酒,命令他和万潮安握手言和。随即,东家把万潮安从他身边调离,到矿上做了一名把头,三年以后升为把总。虽然沟底矿仍以大掌柜为尊,是名义上的总负责人,但现在的小安子毕竟今非昔比,几乎可以和他平起平坐了。有一阵子他从心底里原谅了万潮安,因为他知道如果小安子不叛出师门,那他一辈子就只能当自己的跟屁虫,东家绝不会让他独当一面,无论他有多能干。东家不能容忍大掌柜和大把头,两个如此吃重的权柄掌握在一条线上。他们这位主子虽然不是皇帝,但却深谙帝王心术。他需要权力制衡,需要臣子之间彼此拆台,互相监督,又斗而不破。

但是这一回万潮安玩得出格了,一个人野心膨胀的结果只能是自取灭亡。现在他已经掌握了对方内外勾结,欺下瞒上,监守自盗的大量证据。除贪腐、渎职和戕害同僚以外,万潮安还犯下了外臣结交内臣的大忌。他已经得到了同盟,瓦解了他们的奥援,切断了他们的退路。接下来只要……他延宕归期,还因为他对于捐纳虚衔这种华而不实自欺欺人的把戏极为不齿。好自为之吧东家,步子迈得太大,容易扯着蛋。但他不能对此提出任何意见,连不满情绪都不能流露,因为那是二爷亲自制订的;而且他很清楚,在周家庆典期间,自己不可能采取任何行动。那就让何管家和万把头之流尽情表演吧,他很庆幸不必违心地去捧那个场,堆着一脸僵硬的笑,说些言不由衷的话。接下来要想清楚的是对于老何和小万,是拉拢离间,各个击破,还是法网四张,一举成擒?虽然证据确凿,但毕竟他们都是二爷的左右手,沟底矿的四梁八柱,周家的股肱之臣……

女人第二遍催促他时,语气已经显得有点不耐烦了。

他合上带菲子边的平绒窗帘,拉开抽屉,从里面取出一个扁圆的小瓷瓶,瓷瓶的标签上印满了曲里拐弯的洋码子。他旋开盖,从里面倒出一粒粉红色的小药片,一仰脖子送入喉咙。这瓶药价格高得离谱,几乎抵得上一匹成年骆驼。据说它比印度神油还有效,中文名字叫"给力草"。卖给他这瓶药的那个意大利医生长着红头发,冷灰色的眼珠,鹰钩鼻子雷公嘴,怎么看都像个魔鬼。他告诉自己,其中的成分有大地的睾丸(松露)、牡蛎、麻雀的脑子、蜥蜴的内脏,以及某种碾成粉末的蛆。他说:你不必担心它的效果,而是应该考虑有没有足够的勇气把它吞下去。这很公平,要想舒服了下头,就得先恶心上头。但是这个不起眼的小东西真有那么强大吗?能让他们一直摩擦到生热起火?小火苗在皮肤下面乱窜,红光映出来。摩擦到浓烟和火星顺着腔子从耳朵眼儿和眼睛里向外喷溅,焦煳味盖住了精液的味道。摩擦到两个人一块烈烈燃烧,肌肤骨头变成黑炭,把这栋华丽的会馆化作豪雨中的飞灰吗?

然后他缩进了帐子,开始脱上衣,左肩窝的枪伤已经愈合了,只留下一个凹陷的疤,但在这样的阴雨天还是麻痒难受。女人从被窝里伸出一条手臂,用指尖在伤疤上轻轻触摸。通过这条白藕似的臂膀,他知道女人已经把自己脱得精光了。大约五分钟之后,随着床的晃动,女人的呻吟传出了帐子,并且很快就变成了妖媚的尖叫。

3

一声沉雷好像把房顶劈开了,紧接着传来狂野激烈的砸门声,有人用惊慌失措的腔调喊:“大掌柜,大掌柜!”

周全德从床帏的中缝里拱出头颅,没好气地粗声回应:“他死了!”

门外说:“大掌柜,快开门吧!有急事,潞州来人了!!”

“让潞州来的王八蛋也去死!!”周全德一边系裤腰带一边愤愤地咒骂:“操他妈的!一天到晚就没个消停的时候。早也不来晚也不来,偏偏在这个节骨眼儿上截老子的胡!”

门闩抽出,厚厚的门扇被风雨猛然大力推开。又是一声炸雷贯耳惊心,几个撑伞的黑影站在暴烈的坏天气里,孙账房也在其中。周全德着光膀子,吃惊地问:“周福,你咋来了?!”

周福扔了伞,扑通一声双膝跪倒在泥浆中,哭号:“大掌柜,周家的天塌了……东家因为殴打洋人,已经被下了大牢,生死难料……啊啊啊……”他气哽声咽,好像快要被憋死了,鼻涕眼泪和着雨水在脸上滚滚流淌。

周全德双手提住周福的袄领,将他拎起来,弯曲的脊背就像一副承受了最大压强的车弓子。"你说什么？你再说一遍?!"周福两腿一拖拖①，下巴颏乌龟一样缩进领口里。不等对方回答，周全德就把周福扔回泥浆中。他噔噔噔地走回屋，哗啦一声将条案上的各种珍奇玩具扫落满地，踩着条案抽出挂在墙上的腰刀，返身出来，把钢刃架在周福的头顶上，瞪着牛眼审问："你个小王八蛋，要是敢有半句瞎话，老子一刀劈了你!!"

周福指天发誓："千真万确呀大掌柜，小的不敢扯谎。现在周家上下全乱套了，大奶奶让你赶紧回去主持大局呀!!"

宝刀当啷落地，刀光溅起一行水花。周全德手指颤抖，在虚空中毫无目标地乱点，大张着嘴半天才说出一句话："我去去就来……"然后缩回屋里，重新把门板插上，风风火火地寻找穿戴。相好的来不及穿衣裳，光着腚跪在周全德面前，抱住他的一条腿央求："我的好人，外面黑灯瞎火，又是雷又是闪的，咋也等风停雨住了再走……"

周全德双目如炬，须发怒张，状似疯癫，一脚把她踢得远远的，吼："滚！你这个贱货，臭婊子，扫把星！都是因为你，耽误了老子的行期!!"

相好的倒地时哎呀了一声，但很快就爬起来，再次扑进他的怀里，闭着眼睛把火热的粉面在他肩膀上来回蹭，把两个奶子往他多毛的胸膛上偎，呻吟般地说："你是我的魔头，就是打我我也欢喜……"

"你这只玉面骚狐狸。"周全德托起她尖翘的下巴，把她的脸扳向自己，四目相对，他感觉狂野的心脏跳得如同马达，精囊憋胀，用了一半的家伙像块朝天石在他的裤裆里硬邦邦的难受。

"奴婢还想服侍你。"女人把凤目睁成一条细长的缝，声音像呼吸一样潮润，仿佛她正在融化。

"你想替我点炮，可老子没那个福分，还是自摸吧。"坚硬整齐的淡黄色牙齿在他一闪而过的笑容里放光，周全德决绝离去时，突然产生出一种不祥的念头，这是他们的最后一面，他再也见不到这个风情万种的尤物了。

---

① 北方方言，指周福的两条腿吃不上劲，已起不到支撑脚的作用，拖挂在身后。

4

周全德一夜没有合眼,书房的玻璃罩灯着了整整一个通宵。黎明前的时候,他把一个铜脸盆摆在椅子前面,用钥匙打开抽屉,从里面抽出一摞纸。自己坐在椅子上,划着一根洋火,把那些纸一张一张地点燃,丢在铜盆里。

孙账房和几位主事正这个时候走进来,看清他烧的东西以后既吃惊又心疼。"大掌柜,为了收集这些材料我们下了多少工夫,花费了多少银子啊!"他做出一个上前抢的动作,但半路又无奈地收了手。

铜盆里蹿起的火苗一会儿橘红一会儿幽蓝一会儿明黄,光芒中周全德的面庞好像川剧中的变脸,有时候没有表情也是一种表情。薄薄的纸张很快化作了黑白色的灰烬。"这次不同以往,我们的对手不是商家,不是江湖恶霸,而是洋人,是朝廷。周家遇到的是灭顶之灾。我们这些臣子齐心协力说不定还能挣来一线生机。"他说话的时候没有抬头,弯曲的影子被灯光放大数倍,投射到左侧的白墙上。

"即使暂时不宜出手,也不妨先留一留,日后或许有用。"

周全德愣了一下,直到火苗舔到他的手指,才目光茫然地说:"没有日后了,我累了。这次如果真能过了这道坎,我就向东家请辞,退居泉林,远离商场,安度后半生。到那个时候,我要娶七个老婆,七个!"他用重音来加强最后那两个字,但在孙账房听来,这就好像是一个死囚犯对牢头强调,临上刑场那天我要吃七只鸡,七只!孙账房心里一阵发紧,他从来没有看见大掌柜如此消沉过。

"出去打听消息的顺子回来了,情况不妙,我们恐怕得等到雨停了才能上路。"

"不,天一亮,无论雨停不停,我们都必须上路。"周全德坚定得近乎固执。

"大掌柜为什么那么急?"

"没有为什么,兵贵神速,迟则生变,留给我们的时间不多了。"

他知道孙账房没有听懂这句话,但他懒得解释。殴打洋人是什么罪过,天津教案已有成例。万一动手晚了,东家被判了斩监候,那事情就会变得非常棘手。今后活动的半径就要成倍地增加,其长度是从省城到京城。当然,半径增加也就意味着成本的增加,难度的增加,影响力的削弱。不仅如此,他知道周家有一些黑道朋友,作为窑行老大,这样的私人武装几乎是必不可少的。如果大奶奶打官司遭受到不公和挫折,情急之下很可能会剑走偏锋。但这是错误的选择!这股力量强大而危险,只能镇宅不能出鞘。如果真迈出这一步,那就全完了,周家将万劫不复,局势会演变到无可挽回。自己必须赶在官府的朱笔落下之前,赶在大奶奶下定决心之前,去阻止这一切的发生。可问题是怎么阻止?他综合了已知的所有信息,得出的结果是周家几乎没有翻盘的机会。自己此去也只能随机应变,走一步看一步。不,不对,在这个天圆地方,错综复杂的棋盘上肯定隐藏着一个棋眼,一个手筋,一个可以盘活全局的关键点,只是自己还没有找到,自己的棋力还不够。棋力不够就是定力不够。当他注视着那些舞姿婀娜的火苗的时候,似乎有某种灵感在脑海深处跳跃了一下,他知道那就是最正确的方法,那就是破局的关键,可是定睛细看时,却又不见了踪迹。灵感像游过水面的鱼儿般一闪即逝,他思维的网虽然细密,却没能捕捉到那个瞬间。

"我们的骆驼,还有货物怎么办?"孙账房请示。

"你留守西安,做好善后。"大掌柜的指示有效而简单,"让顺子进来。"

现在,孙账房知道一切都无可更改了,转身去叫顺子。

"你辛苦了。"周全德对跟在孙账房身后的顺子说,一边从立柜里取出一卷地图,徐徐展开在桌面上,四个角用茶杯和镇纸压实。调整灯头,把光集中在地图上。

"我们从富平、合阳,到韩城(龙门渡口在此),这一路地势高,路面不会因暴雨而翻浆。当然,现在黄河涨水,木船摆渡已无可能,我们经过明朝运兵用的黄河浮桥,进入河津怎么样?"周全德并不等顺子把外面的情况向自己汇报,抢先用手指在地图上画出一条曲折的线路。

顺子一脸苦相,浑身潮气,双手把帽子抓在手里。"晚了大掌柜,昨天乱党井勿幕、吴虚白,勾结哥老会堂主,关中刀客,共二十余人,冒雨赴中部县

(即今黄陵县)祭拜黄帝陵。中部县令查抄了他们的住处,发现祭文中竟有:驱除鞑虏,光复故物,扫除专制政体,建立共和国……这些大逆不道的话。于是发下海捕公文,乱党向西安方向南逃,所以富平、合阳一线已经被官军封锁了。"

"那我们走铜川,经延安府,绕道延川的马家河(延川县的八处渡口之一)。路虽然远了一点……"

"大掌柜。"顺子打断了他,"昨天安塞河水大涨,奔涌进入县城,听人说深五六尺,居民损失严重,石坝、城门都被冲塌了。"

"这是天绝周家呀!"一道电光把周全德的脸照得惨白。

"大掌柜,这是天要留客。"孙账房在做最后的努力,也是在尽自己最后的职责。

周全德伴着隆隆的雷声站起身来,在砖地上踱了几步后停住,语气无比坚决:"那我们就抄小路绕过延安,继续往北,经靖边、榆林、吴堡,过军渡,翻越吕梁山。"

屋子里寂静如铁。在场的人沉默对视,目光传达出来的都是同一个心声:我们的大掌柜——疯了!

5

军渡、柳林、离石……被依次甩在了身后。横贯南北的吕梁山中段龟背状隆起上,薛公岭一柱擎天,插入乌云,硕大的石英岩身躯浸润在暴雨中。

"只要翻过去就是汾阳了。"周福抹了一把脸上的雨水。

"我们弃车,步行。"周全德仰望着面前这个撑天拔地布满褶皱裂痕的巨魔,回忆起自己一年前翻越吕梁,在晴朗的天空下,在干燥的山路上,所履历的危险曲折,不禁手脚冰冷,心惊肉跳。开弓没有回头箭,闭嘴不改出口言。其他人都穿着蓑衣,样子像窝成了精的刺猬。周全德身上裹着带兜帽的雨披,这是一位荷兰传教士赠送的,蓝色帆布的面料,看起来要轻便自如很多。

一个半钟点之后,他们已经站在接近两千米的高空了,几乎钻进了积雨云的内部,周围都是白茫茫的浓雾。这期间他曾经两次历险,一次是在白马洞附近,他被茂密的荆条,横生出来的苍耳胡枝子绊了一下,跪倒在立陡的台阶上,锋利的石棱磕伤了他的胫骨。另一次他左脚打滑后踏空,差一点坠入万丈深渊,幸亏周福及时出手拉住了他。

现在,他们前面铁索横悬,凿孔打桩,是一条汉代的古栈道,那些孤悬于峭壁外的松木板子看上去既腐朽又摇摇欲坠,就像当下的国事家事,雨水哗哗地顺着栈板的缝隙落入深涧。松涛阵阵,一座万亩森林高悬在山巅,间杂着很少的桧树和柏树。但是这片巨型针阔叶混交林已经到了尽头,植物在他们的头顶变得越来越稀疏,最终只剩下光秃秃的疏松风化的岩层了。

周全德用手扶住一根挂锁链的石桩停下脚步,大口喘息,眼冒金花,心跳得就要从口腔里吐出来了。过了好大一会儿,他才看见石桩上凿刻着四个触目惊心的大字"悬崖勒马",像是苍天示警。

老子看见棺材不落泪,撞了南墙不回头。他在心里说。

一道道闪电飞舞炸裂,笼罩住他的是个四分五裂的天空。天界究竟发生了什么?他问。其中一道长长的弯曲的电流闪着刺目的白光,钻出厚厚的云层,像神的鞭子落入林尾,直接将一棵合抱粗的大树劈开铲断,随着震耳欲聋的巨响,树冠翻滚进了深涧,残余的树桩燃起一团明亮的烟火,但随即就被大雨浇灭了。

崖壁削出来的一样,大自然的鬼斧神工令人战栗。滔滔山洪冲刷着崖壁不停倾泻,"悬水三十仞、流沫九十里。"隆隆巨响和天上的雷鸣遥相呼应。镶嵌在谷底斜坡上的吴城镇小如棋盘,据说春秋时魏国大将吴起曾在此处屯兵。现在它是著名的水旱码头,镇上光客栈就有四十八家,每年从陕西碛口贩运过来的胡麻油取之不尽,一天不运堆成楼,三天不运满街流。当然,现在镇里正满街流淌的肯定不是胡麻油,而是山洪。可以看到在吴城镇下方,带着浓浓泥沙的浑浊洪水像一匹饥饿的困兽,一条翅膀被阉割了的罪龙,在峡谷里冲腾号叫,欲飞还落,奔向东面的汾河——母亲河的次子,汾河的河槽里拥挤着山西境内近百条支流的余波,一路冲进万荣县荣河镇,用山立的洪峰一遍遍撞击着黄河。

虽然吓得要命,最终他还是把战战兢兢的脚放在了栈板上。

在快走到栈道尽头的时候,带路的周福站住了,侧着的耳朵一跳一跳的,紧张地说:"听啊,这好像不是水声也不是雷声。"突然,他的脸扭曲了,太阳穴鼓起了可怕的青筋,大叫一声:"走山了!"然后就开始向前狂奔。

泥沙和飞石像条死亡的瀑布倾泻而下,栈板纷纷碎裂,锁链被击打得火星四溅,烟尘上涌和下落的雨水形成了对冲。

一块煤筐大的滚石击中了周全德的腰部,他五脏挪移,腾身而起,跃过铁锁链的同时吐出一口血。在生命的最后关头,那个消失的灵感随着身体的下落又回来了。分化,瓦解,造势。既不能强硬对抗,也不能消极退让,而是要借力打力,借力打力……

第十九章　贵人天降

1

周全德七窍喷血,从崩裂的栈道上腾身而起,鸟一样展开双臂飞向复杂宏大谜团般的世界,在无边无际的暴风雨中坠落,坠落,身躯还没有着地,就已经昏厥过去了。当他的神志恢复过来的时候,发现雨已经小了很多,而自己正走在回家的路上。他心里很高兴,皇天不负苦心人,经历了九九八十一难终于还是赶回来了。身后传来了洪亮的钟声,他扭回头去,看见尼格老堂笼罩在一层奇异殊特的金色光辉里。是的,他真的看见了,高大清晰,在那一刻他的眼睛不但是个望远镜而且还能透视。弥散的光芒强烈而不刺眼。他看见了金发碧眼的本堂神甫,正双手合抱跪在巨大的十字架前,也被充斥教堂的金光包裹着。他甚至知道楚神甫祷告的内容,是在恳求天父保佑大洪水早日退去。不止一处,他还看见故乡的大地上有很多发光点,有红光有白光有紫光,颜色和强度各不相同,构成星罗棋布的网格,但是他回家心切,就没有再一一细看。

快走到村子的时候,他遥望见村口搭着一个很大的帆布棚子,凹陷的棚顶储蓄了很多雨水,并在棚子四边垂下几道透明珠帘。棚子外面杵着一大两小三根下马幡,大的三丈六,小的两丈一,都用白布包裹着。幡前面一行鼓乐许多车马。诵经声、哀乐声和亲友吊嗓的声音透过雨声传入耳朵。他心想不知村里谁死在外头了，所以灵堂寿木不能进村，看样子还是个有头有脸的，否则摆不出这么气派的场面。自己肯定认识，虽然没接到报单，也理应进去奔丧。

走近时，有傧相在门口相迎，但却只顾了招呼别人，并没有用正眼看他。周全德气不打一处来，想肯定是自己这一路上风吹雨淋，手脸肮脏，衣服破烂。哼，一头尖尖一头空，一头穿线一头缝，有眼长在屁股上，只认衣冠不认人。

雨滴击打在棚顶上，密如鼓点。祭桌后面挂着一道竹帘，帘子上糊着白纸，白纸中间写一个斗大的"奠"字。竹帘之上又是一块木匾，上镌：恭承惠吊。两边有纸扎的金童玉女站棚，无数挽联和祭幛堆叠悬挂，其中一幅左联写：泣尽继以血，心碎两无声。对仗工整，感情真挚，令周全德读而生悲。再看右联，上写：万潮安敬挽。

祭桌上摆着牌位，香烛，长明灯和丧盘。有专人给灯时时添油。祭桌前大殿小殿，供着猪头、鲤鱼、公鸡、时鲜、糕点、酒壶、酒盏……

来宾纷纷举哀。棚子正中陈列着一副黑漆棺材，板盖上还没钉钉子。棺材左边五个和尚佛冠袈裟，在蒲团上闭目盘座，敲打着各种法器唱经护魂。右边自己的婆姨、三货和巧莲头缠孝箍，麻衣麻缕麻边白鞋，跪成一排，趴伏在拜垫上恸哭。一根哭丧棍横放在三货膝前。

周全德悚然一惊，凑近牌位细看死者是谁。烟气缈缈中，牌位是细高粱杆做骨架，白纸裱糊的，插在一碗黄土里。等到进祠堂的时候，才会换成一个镂空刻花，费时费工的木牌。中间一行老宋体：英明神武周全德老大人之神位。牌位忽然神奇地放大（或者说周全德缩小了），变成了砖墙瓦顶，插钢插旗，金匾陶兽的起脊门楼。

周全德急忙撤步抽身，挣扎后退，唯恐被这幻景吸引进去就出不来了。现在他悲伤地知道，自己已经死了，这个现场正是为他做七的孝堂。

傧相长喊吆喝："周大奶奶到——"

便见大奶奶面容哀戚，神色憔悴，好像是受了伤，额头上缠着圈白布，带着老何和吴妈走进来行礼拈香。亲属叩谢,并不起身相迎,这叫不迎不送丧家礼,自去自来吊客情。

周全德走上前想告诉大奶奶,他已经回来了,二爷的事千万不能蛮干,要因势利导,抽丝剥茧。可是任他喊破了嗓子,大奶奶还是无动于衷,自行其是。

在大奶奶上香的时候,灵堂里蓦然起了一阵旋风,香灰、纸钱都旋转起来,成漏斗状悬浮在空中。这一刻大奶奶热泪盈眶,向着起风的虚空大声说:"是全德吗?全德,你的英灵不散,要保佑周家渡过难关。你放心,你的妻儿老小全由周家照管。你二爷,周家就是拼上几条性命也要救出来!"

周全德,晋南芮城县人。光绪三年(1877),山西发生了大饥荒。史书这样记载:"三年八、九月间,饥民多掘根、剥榆皮而食,久而面肿,肿消则死。亦有搏白土干泥(俗称之观音粉)而食者,肠断肚裂,情状尤惨。十冬腊月,有割死尸食之。腊月间,出现食生人矣。四年正二月,饥民急,至抱人头而生食之。汾西12万人只余2万。霍州21万人只余6万。芮城环城数十里绝少居民,城内集镇十人九穿孝。"周全德那一年十二岁,病得快不行了,在一个雷雨交加的夜晚,被逃荒经过甲树村的父母以一担谷子的价钱卖给了周家。在以后的三十年里,他尽心竭力,侍奉了周家两代人。他平日精打细算,沉着干练,遇事有勇有谋,进退有度,深受东家的器重。三十年前他因为大雷雨而来到周家,三十年后他又因为大雷雨离开了人世,撇下了家里的婆姨和一儿一女。

2

"二爷毕竟是二爷,连坐牢都坐得这么雅!"从潞州大牢出来,赵占彪很感慨。他现在是伙计的打扮,拎着一个鸡翅木的双层食盒跟在周若兰身旁。天空像水洗过一样是一片干净的蓝,但翻浆的道路泥泞难行。一个小女孩儿捏着管毛笔,在木屐上踮起脚尖往挂在房檐下的放晴娘上画眼睛。

"都是明码实价,去掉链子三十吊,睡高铺三十吊,开一回灯五吊,一杯茶五吊,其余吃饭吃菜也都有价码。"若兰回答,想起刚才他在禁卒面前装傻充愣的木讷样,忍不住地想笑。

"三合会没有银子,但是舍得性命。"也许是周若兰不经意流露出的得意刺痛了赵占彪,他冷冷地说,一只手抚向受伤的肩膀。

周若兰顿时住了口,脸一下子就羞红了。临来的时候,家里人都低估了这场暴雨对交通造成的破坏,有一段道路马车根本无法通行,不光是泥泞,还有塌方造成的高差。最糟糕的是石子河上的那座燕王桥也被大水冲垮了,木桥变成了断桥,站在南岸可以看到桥板和护栏几乎都被卷走了,桥架就像龙的骨骼趴伏在河面上,其中河心部分损毁最严重,连纵梁和撑子也不见了,只剩下了几根歪斜的木桩竖在水里。

"有渡船吗?"赵占彪问一个当地的老乡。

"以前有几条船,不过现在全让官府征用了,运送救灾的粮食和修桥补路的物料。"老乡回答。

"想过河还有其他的办法吗?"赵占彪又问。

"上游还有一座石桥,不过得多走两里多地。"老乡说。

"绕吧。"周若兰咬了咬牙说,虽然已经累得两条腿都抽筋了。

"你要是敢让我把你背过去,我就敢上潞州去劫牢反狱。"沉吟了一会儿,赵占彪压低声音对她说。

她答应了但随即就感到后悔,然后是赵师兄背着她像杂耍班子里走钢丝的艺人一样,在桥架一侧的纵梁上走直线。虽然紧张得头冒虚汗,手脚冰凉,但开始的时候她保持住了自己沉默,听从赵师兄的叮嘱,闭上眼睛什么也不看。她能感觉到赵师兄后背和腰部的肌肉紧绷绷的,硬得像石头,身上的布衫很快就湿透了。她闻到了对方热烘烘的汗味。近在咫尺的鼓一样的心跳镶嵌在切过面颊的风声,和下面隆隆的水声里。这一切都说明即使对于赵占彪,这件事也并不像他表现出来的那么轻松,她知道他之所以冒险,是担心她的体力,而且时间也不允许他们绕道了。

上不着天,下不着地,桥上的分分秒秒都变得无比漫长,赵师兄的步伐换成了不规则的跳跃,粗重的喘息就像是从鸡毛磨秃了的风箱里发出来的。她敏锐地意识到又有新情况,忍不住睁开了眼睛。一瞬间她全身的血都凝固住了。他们所处的位置正在河心,梁架到此就彻底消失了,赵占彪正背着她转梅花桩,桥墩排列得并不像在岸边目测到的那么近,间距足有五六尺,必须腾身大步跨过去。下面河水湍急,波涛重叠,漩涡套着漩涡,一望之下她便感觉到自己正在向水流的反方向栽倒,她开始不顾一切地挣扎和尖叫起来。

"闭嘴!再鸡毛子喊叫老子把你扔下去,喂了河里的王八!"赵占彪恶狠狠的。愤怒暂时代替了恐惧,从来没有人这样粗暴地对待过她,然后她做了一件连自己也难以理解的事,一口咬在了赵占彪的肩膀上……

3

振威武馆已经是战云密布,杀气弥空,从各分舵选拔和抽调出来的死士在总舵集中,大批刀矛也秘密运抵58号大院。赵占彪回到武馆,等候的众人围拢过来。刘有福问:"这趟踩盘子可见到了二爷?"

赵占彪回答:"已经给二爷请过安了。二爷身穿紫色囚衣,单独囚禁一室,未受鞭扑笞杖,未械手足,身子硬朗,平静如常,上午读书,下午练气。今天早晨吃的是羊肚汤,中午吃了三碗炒饼,配一碟腊驴肉。昨天吃的是荤汤素饺,外加两个枣糕。西瓜只咬尖儿,豆腐只挖中间一小块,铁观音只喝七泡。"

众人轰然叫好:"二爷讲究!"

"二爷留下什么话没有?"刘有福再问。

"二爷说:如入火聚,得清凉门。"

刘有福点点头:"这是佛家语,二爷的意思是说他已将生死置之度外了。"

赵占彪从怀里掏出一个纸卷,铺开在桌面上,用三个茶碗镇住,指点着说:"这是我刚画的草图,潞州府大牢占地一顷有余,东西91丈,南北100丈,地势平宽,沟渠四达。呈双扇面形,分内监、外监、病监、女监四个监区。监房共计102间。狱神庙、惩戒室、书籍室、医诊室、囚犯工厂、囚人接见室等附属房间32栋。房顶全部铺设铅瓦,如果有人在房顶上行走,发出的声响会极大。四个监区之间有十字巷道分隔,中间设立塔形瞭望楼一座……"

刘五爷俯身细看,轻蔑地说:"我还当是什么样的龙潭虎穴,看来也不过如此嘛。现在是万事俱备只欠东风。"

赵占彪说:"直接攻入潞州大牢毕竟风险太大,即使成功也得十几条人命垫底。事后官府绝不肯善罢甘休。我还有一个想法,福公司有个驻山西全权代办叫哲美森的洋人,就住在太原海子边街八号的二层小洋楼里,不如我们暗中将其绑票,用哲美森交换二爷。"

"叫人把他盯住了,两套方案同时预备。这次行动是武馆出人,周家出钱食物资。只等大奶奶一声口唤,我们就把山西搅闹个地覆天翻!"刘五爷一拳砸在地图上。

4

大奶奶感觉被逼进了死角,她还从来没有像现在这样举棋不定过,无论形势多么艰难复杂,她都必须独撑危局,驾驭周家这条千疮百孔的大船,不能在人前露出丝毫慌张。大掌柜的死使她失去了最后的依靠——周家这柄所向无敌的宝刀已寸寸折断。屋漏偏逢连阴雨啊。如今在她看来,摆在面前的只有两种选择,一是借重三合会的力量,和官家拼个鱼死网破。二是进京告御状。她心力交瘁,思绪如麻,偷偷让人找来杨铁嘴卜了一卦。杨铁嘴告诉她不必忧虑,周二爷逢凶化吉,遇难呈祥,命里多逢贵人。大奶奶将信将疑。

当天晚上,明月柳梢,三乘小轿轻悄地停在了周家大门前。从轿子里四平八稳地走出三个人来。分别是王义堂、渠本翘和范开圆。大奶奶心中闷倦,正和衣伏在案上丢盹儿,听到禀报十分惊奇,说:"王财东和周家同气连枝,交情莫逆,他来到在情理之中。可渠监督和范总办与周家素无瓜葛,怎么会突然登门……"

周学仁接到宅门外,在下马石前行礼揖让。渠本翘说:"如果我没有记错,你是山西大学堂中斋商科甲班的蒙生。"

周学仁说:"正是学生。渠监督、范总办、王世伯,里面请。"

王义堂和渠本翘高抬脚跨过门槛,范开圆把脚抬起来却又收回去,扭脸上下打量周学仁:"果然一表人才,你和五月是同窗?"

周学仁回答:"正是。那么说总办大人也认识建川?"

"不单认识,而且交情不浅。人家为你可是跑细了腿,磨破了嘴,你这个臭小子将来可别学那戏里的王魁。"范开圆说罢大笑而去,丢下周学仁丈二的金刚——摸不着头脑。

5

宾主落座后,王义堂一一介绍:"这位是山西大学堂监督,分省尽先补用道,渠本翘渠老爷。这一位是山西商务总办,湖南候补道范开圆范大人。"

大奶奶看见两位客人像风雨中的两座大山,雨靴四周和裤角上糊满了泥块和泥点,心中涌起一团暖流,鼻子发酸说:"自打周家出事以来,三亲六故都避之不及。两位大人能在这个节骨眼儿上光临寒舍,可谓是古道侠肠,雪中送炭。"

渠本翘说:"夫人言重了。"

王义堂双手拢在袖筒里,垂头丧气地说:"唉!我这个二哥呀,就是脾气太拧了。常言说民不与官斗。忍一时风平浪静,退一步海阔天空。他到好,刀尖尖上打能能——轻快得活不下了,哈巴狗子戴串铃——愣充大牲口。惹下这塌天大祸,真不晓得该如何收场。"

范开圆说:"王财东此言差矣,有道是树欲静而风不止。人在家中坐,祸从天上来。如果有人闯进你家里,把刀架在你脖子上,你还能忍吗?有些事,你不去争,别人就会觉得你软弱可欺,就会得寸进尺,就要骑在你身上拉屎撒尿。周二爷痛打洋人,周夫人击鼓骂曹。我看打得好,骂得好!骂出了山西人的血性,也打出了中国人的志气!!"

渠本翘问:"不知夫人下一步做何打算?"

大奶奶说:"看来再在山西闹是折腾不出名堂来了。福公司财雄势大,各衙门有意偏袒,他们官商勾结,以为可以一手遮天。我偏不服这个理,我准备到京城去告御状。当年杨举人的姐姐为了给兄弟鸣冤,敢上刑部大堂去滚钉板。我虽是个妇道人家,为了自己的男人,为了周家也能豁出去这条性命!"

渠本翘说:"夫人的勇气固然可嘉,不过也不要太着急,这件事背景十分复杂,就算真的告到天子脚下,也未必就能奏效。我看此事并不仅仅是周家的事,二爷的事,也是所有山西人的事,理应由所有山西人来管。我与守徜虽和二爷素昧平生,但也一定会奉陪到底的。"

范开圆面露赞许,"楚南兄所言极是。"

渠本翘接着说:"常言道有钱能使鬼推磨。福公司想一口吞下山西的矿产,仗着财大气粗疏通关节,买通了巡抚衙门和山西的大小官员。咦?这签合同办矿务正是商务局的职责范围,莫不是你范守徜也吃了人家什么好处? 拿了人家的英镑美钞?"

范开圆翻着白眼说:"你少给我使这个激将法! 姓范的还没那么下贱。只不过是福公司采用了迂回战术,绕过商务局,直接打通了巡抚衙门。也好,他不来找我,我就去找他,想从我商务局头顶上跨过去,那是搬着梯子上天——没门!"

渠本翘追问:"不知守徜有何良策?"

范开圆说:"我想来一个围魏救赵,以福公司未在商务局注册备案为名,扣押他们运抵山西的机器设备,查封该公司在晋的所有货栈、厂房及办事机构,逼他们自己跳出来。不过……也有难处。要动硬的,就需要大量的人手,有道是巧妇难为无米之炊啊。可商务局是个刚刚组建的文职机关,手下别说兵了,就连站班的衙役也屈指可数。满眼尽是些书记文案,舞文弄墨到是人才济济,打拳踢腿,那就是张飞认针——大眼瞪小眼了。虽然下设了督察处、清道队,但人员还没有招募上来,眼下都是有名无实的空架子。"

渠本翘一拍额头:"你这么一说,我突然想起一个人来。"

大伙异口同声问:"谁?"

"丁宝铨啊!《三国演义》里的诸葛亮能借东风,借雕翎,借荆州,难道你范守徜就不能向咱们这位番司老爷借点兵马?"

范开圆连连摇手说:"不行不行。古语云:兵者,国之大事。岂可轻易言借? 再说我跟布政使衙门素无往来,跟丁番台更是扯不上丝毫关系,凭白无故的人家凭什么把兵借给我?"

王义堂也插嘴道:"就是嘛,常言说官官相护,何况布政使在一省之中地位虽尊,可毕竟还是胡大帅的属下,咋会为了不相干的两姓旁人轻易得罪上峰?"

渠本翘倒是胸有成竹,说:"不然。各位有所不知,咱们大清国的布政使品级与巡抚同,都是从二品。从明朝直到清初,番、臬两司都是一省的最高长官,其中又以番司为尊,要定期朝觐。而督、抚则是朝廷临时派到地方来调查巡视的,相当于钦差大臣。直到康熙年间才废去此制,除非有特殊情况,番、臬不再有直达皇帝之权。乾隆爷以后督、抚才成为固定的封疆大吏。番、臬虽被降为督、抚之属员,但督、抚并无权撤销番、臬的职务,只可以在年终呈给皇上的密折内出具考语,朝廷再根据考语对番、臬加以奖赏或者处分。不过按照惯例,各行省的督、抚都是从番、臬两级提拔起来的,也就是说今日之督、抚即昨日之番、臬;今日之番、臬就是未来的督、抚。比如胡守中就是从布政使做到巡抚的。因此督、抚和番、臬之间向来是面和心不和,肝和脾不和。但除非万不得已,番、臬绝不会冒险顶撞督、抚;而督、抚也不肯轻易举劾番、臬。"

"这个丁宝铨说起来倒是跟我有些交情,又是我的前任,调来山西后先就职大学堂督办,后升任布政使。为人精明干练,向以能吏自居,在官场上左右逢源。据我所知他对胡巡抚的卖矿之举十分不满,曾经和省资议长梁善济联名向朝廷递折子陈述利害。与胡巡抚非但不和,而且已经到了势同水火的地步。"

范开圆很兴奋,拍案说:"那何不劳驾楚南兄到布政使衙门走一趟? 如果丁番台真愿意借兵给商务局,我范开圆就敢掀了他们的桌子!"

大奶奶垂泪,"有你们几位爷仗义出头,二爷就有救了,周家也有靠了!"

第二十章　草船借箭

1

正午,喧嚣忙碌的正太火车站迎来一列长长的闷罐货车。

内连汽缸和轴承,外接传动杆的主轮,不知疲倦地引领着一串从轮,刚刚在制动器的帮助下停止了滚动,从烟囱和两侧气包喷出的浓烟和蒸汽还没有消散,中国监工就率领着一群扛大个的蜂拥到前面。等拎着老虎钳子的值班员把门鼻上的铁丝夹断,带滑轨的车门推开,就指挥民工从里面抬出一个个沉重的板条箱。

监工暗藏细铁丝的长辫梢梳成一个蝎子勾,用手把两块银洋翻腾得叮当作响,紧贴着火车皮,在又热又呛的烟雾里大声吆喝:"洋大人说了,都慢着点,抬稳当了,小心脚底下。这可是从英吉利国运来的,世界上最先进的那个什么设备和……那个什么工具。要是磕碰掉一个小角,就是把你们的骨头敲碎了,熬成渣儿也赔不起……"

前来提货的代办员萨斐理站在月台钢筋水泥的风雨棚下面保持着一贯不苟言笑的做事风格,表情严肃和专注到带有一丝苦相,对周围浓烈的机油味和咣当咣当的噪音置之不理,拢目光向这条法国人用四千万法郎堆积起来的杰作眺望。听说铁路的承办商法国工程师埃斯巴尼凭借和太原知府的良好关系飞扬跋扈,用炸药轰山时曾发生塌方事故,一次压死华工十六人之多,每人只发给四两抚恤银子草草了事。

纵横交错的道岔上烟气弥漫,中间竖立着一根根信号灯杆和各种指示牌。路轨很窄,仅有一米宽,向阳的钢件和道钉放射出炽热的白光,上面停放着好几辆等待调度的红绿相间的火车头和车厢。几名穿着蓝色工装裤,手拿大号扳子和油壶的机修工正蹲在那里忙碌着。离他们不远处,两名手握警棍的路警在来回巡逻。萨斐理把目光移向月台北侧的货场,最初它并没有出现在设计图纸上(这显然是法国佬的一个失误),是去年刚刚由原来的机务折返段改建而成。露天堆场上放满了木材、煤炭、食粮和罩着油布的货物。与看守货场的办公房连成一气的是十五栋砖瓦结构的简易仓库。在过去的十几天里,福公司已经从货站手中租用了其中的六间,这表明公司准备在这里大干一场。

"哈喽,萨大人哈喽——"中国监工堆起一脸谄媚的笑容远远地向他招手。萨斐理一边从上衣口袋里掏东西一边走出风雨棚,他的皮肤在阳光下呈浅浅的咖啡色,头发微微打卷,显得欧洲血统不够纯正,小胡子修剪得整整齐齐。虽然今天的气温很高(这有点反常),他依然在雪白的衬衫外面套了一件绿马甲,笔直的裤缝一直通到锃亮的黑皮鞋上,甚至还在脖子里打了个小领节。以他贫寒的家境,二十八岁的年纪,就能在这样大的福公司里做到中层管理员的位置,萨斐理的成长过程几乎就是一部励志故事。此时,他左手握着粗粗的六棱记号笔,右手拿着长长的货运清单,和糊在箱子上的凭单一一核对,一栏一栏地打钩:三十五马力蒸汽机一台,自吸泵抽水机三台,空气压缩机一台,圆盘式摆线齿轮两副,牵引链两副,直流电动机一台……

人流忽然一阵骚乱,两列背洋枪的官兵从检票口涌出,横穿过站台冲进货场。

领头的军官穿一领紫红色团花锦袍,马蹄袖翻起来,油亮亮一根大辫从军帽后面钻出来,辫梢拍打着他的腰眼儿,手按佩枪,神情轩昂地大声命令:"凡是福公司的货物,一件不落,全部扣留,贴上封条!"

中国监工想上前替主子争辩，但立刻挨了耳光。

萨斐理保持着镇定，或者说把自己的紧张掩饰得很好，操着半生不熟的汉语与之交涉："你们是哪个衙门的？竟敢扣留福公司的机器设备。你们知不知道，福公司已经跟山西签订了开采合同。这是你们的最高长官胡大人批准的。如果耽误了我们的工期，你们是要负法律责任的！"他从裤兜里掏出两张折得皱巴巴的纸，小心翼翼地用指尖展开。"喏，这是我们的报关单。这是税务司的收费凭据。我们交足了所有费用，并没有偷税漏税。"

领兵带队的是布政使首领官兼兵马司副指挥使夏学津，他盖在锦袍下的肚子相当壮观，牛皮带的扣眼要比别人靠前一大截。几天前他刚刚向上级销假，因为他新娶了一个漂亮的姨太太，这个风骚女人把他的骨头都掏空了，腰困气短的症状越来越明显。他也很热，两个胳肢窝里全是汗。应该弄点辽参或者海马补一补，他心里想着冷笑道："你不必拿大话压人，本将也不是被吓大的。实话告诉你，我们是山西商务局督察处的，奉范总办的手札，扣的就是你们这帮英国毛子！"

愤怒和无奈使萨斐理的脸涨成了深紫色，挥舞双臂失态地叫嚣："我抗议！我抗议！"

2

距离北货场不远的正太茶棚，今天来了一位生客。他四十多岁，瘦如精怪，面似鹰隼，高高的眉弓，深深的眼窝，眼窝里精光四射。他跷着脚坐在板凳上，掀起蓝布长衫的下摆轻轻盖住膝盖。要了一壶香片和一碟五香葵瓜子悠闲地品尝，手指窗外问过来续水的茶博士："那边闹哄哄的，唱的是哪一出啊？"尖锐的南方口音鸦鸣鹊噪，有点不太好懂。

茶博士敏捷地掀起碗盖，手里的长嘴铜壶来了个滴水不漏的"凤凰三点头"，龙须上两个红绒球颤动不已，说："客官，今天您算是来着了，这么好的戏码花钱都没地方买票，这出戏叫《马踏番营》！"

中年人沉稳地一笑，面部骨骼的形状更加突显，道："戏倒是好戏，可我还是看不明白，到底哪头是黑哪头是白，谁是忠臣谁是奸佞啊？"

茶博士嗫着牙花子说："您是真不明白还是装作糊涂？话说光绪三十

一年(1905)，打英吉利国发来一群红毛绿眼睛，鹰钩鼻子蛤蟆嘴，吃人不吐骨头的番兵番将，张开血盆般的大口要谋夺咱们山西的矿产。可是咱朝中省内偏有那么一般佞臣，就像当年的秦桧、张邦昌、潘仁美一个尿德行，是吃里爬外，里通外国，胳膊肘子朝外拐，架起炮来往里轰。多亏咱们山西出了一位青天范总办，刚直不阿，明镜高悬，不畏权势，秉公执法。端起尚方宝剑就是海瑞，抱起瓦面金铜就是八王，架起三口铜铡就是包公。一见洋毛子，他是怒从心头起，恶向胆边生……"

他正比画得眉飞色舞，唾沫星子四溅，夏学津用袖子擦着汗，带领几个亲随走入茶棚，喘着粗气说："哎呀，这鬼天气。"

茶博士堆笑迎上前去。"各位差官老爷辛苦了，茶水小的早给各位预备下了，上好的西湖龙景今天分文不取，免费孝敬。"

夏学津跟茶博士客气了一番，刚要落座，扭脸看到喝茶的中年人，表情吃了一惊，急忙上前单腿打千儿说："丁大人，您怎么……"

山西布政使丁宝铨竖起一根手指在唇边，向夏学津"嘘——"了一声，挥手示意他退下，回头喊："结账。"放下茶钱，脚步轻快地出了茶棚，背着手唱："我正在城楼观山景，耳听得城外乱纷纷。旌旗招展空翻影，却原来是司马发来的兵。我也曾差人去打听，打听得司马领兵往西行。一来是马谡无谋少才能，二来是将帅不和才失街亭。你连得三城多侥幸，贪而无厌又夺我的西城。诸葛亮在敌楼把驾等，等候了司马到此谈、谈谈心……"

3

晋宝斋位于柳巷西大街，"认一力"饺子馆左侧，是太原城有名的古玩店。它的前厅挂满了名家字画，紫檀木和黄花梨的仿宋桌椅古色古香。刘铁云面对多宝格站立，一手端着放大镜，一手托一件腹甲龟骨，爱不释手地叹息："不知什么时候刘某才能一掷万金，把这些稀世之宝全都运回宅邸，摆在自己的书斋里，日夜私守，不离左右。若果能如此，此生夫复何求！"

如烟身穿高领旗装，珊瑚玛瑙小银片串成的抹额在月牙眉上闪光，睨视着他说："真看不出来这些破破烂烂的骨头茬子有甚好，竟像把老爷的魂儿勾去了似的。"

这位如烟姑娘就在三个月前还是协同庆票号王财东身子下面的肉蒲团，绝不允许他人染指。但是良禽择木而栖，现在的她已经另投明主了。王财东为了取悦美人，使了大把银子，牵头在汾河边的凌云阁开花案，遍请山西的名流雅士，又是编写《并州花谱》，又是让教坊司呈报县衙存案，没想到结果竟是引狼入室，如烟和刘铁云正是在那次花案中结识的。当然，单论财力，刘铁云绝不是王义堂的对手(就连如烟姑娘每个月八百两的包银现在还欠着)，但是光明的未来，偶悦的外貌，名动京华的才学，这些综合起来，使他轻而易举地在情场上力拔头筹。可怜的王老爷到双素班大闹了一场，摔碎了一把茶壶和五个茶碗，从此后就再也没有在德华胡同现身。并不是堂子里缺少可心的姑娘，而是他丢不起那个人。

"你一个妇道人家懂得什么？收尽天下的龟甲龙骨，乃是我平生的夙愿。也只有拥有了大量的实物资料，才能把我的学术研究进行下去，写出震惊世界，流芳百代的皇皇巨著，那样也就不算虚度此生了。为此在北京和上海我曾遍访琉璃厂和古董商，怎奈凡是真品往往要价不菲。当有一枚打开通向古文字学之门的钥匙就摆在眼前，而你却因为囊中羞涩不能把它占为己有的时候，那种痛苦的心情是常人无法体会的。"

"老爷不必叹息，只要开矿合同正式起效，福公司承诺的那笔佣金到手，老爷又何愁不能得偿所愿？"

"只怕是夜长梦多，好事多磨。贵店还有其他货品吗？"刘铁云转头问。

胖胖的吴掌柜赔笑说："刘先生是本店的老主顾，因此不敢隐瞒，正有几件是昨天刚运来的，尚未启封。劳驾楼上请。"

几个人顺着楼板上到二层，有个洋人正把小腹抵在货柜上，胳膊肘支撑住台面，双手捧着一件玉器仔细端详，见了刘铁云立刻打招呼："真巧啊，没想到在这儿碰上了刘先生。"

刘铁云赔笑问："哲美森先生也喜欢收藏古董？"

哲美森曾任英国驻上海总领事，他的圆脸上好像总蒙着一层洗不干净的油脂，目光坚韧而狡诈，双下巴和嘴唇之间长着两颗红肿的粉刺，这种有碍观瞻的东西，在这个显著位置长了又消，消了又长，如果发育成小脓包就得用手挤掉,令他不胜烦恼。和刘铁云站在一起时哲美森要低大约两公分,对于一个白种人来说,这样的身高只能算是矮个。而且他四十出头就已经谢顶了,黑发在粉红光亮的头皮上呈字母"C"的形状。左手中指上套着伯明翰大学的白钢校戒,表明他曾经接受过良好的教育,连连摇头说:"NO,NO,NO,我是个商人,只对money(钱)感兴趣。我是想购买几件中国的古董,带回国去,倒手大赚一笔。刘先生来得正好,你是这方面的行家,请帮我看一看,这件玉铺首是不是真品。"

哲美森并没有讲真话,他其实是在采购福公司将要运往京城送给英国驻华全权公使朱尔典的礼物。刘铁云接过来仔细验看。"这件器物呈黄褐色,是和田白玉之上品经过漫长的年代,受到微沁形成的,绝非赝品。从上面的凤鸟纹和兽面纹及其做工来看,应该是汉代的作品无疑。"

"这下我就放心了。"哲美森回头对吴掌柜:"包起来吧,我要了。"

然后他把刘铁云拉到一边,神情紧张,压低声音说:"我发现自己被跟踪了,看来山西的情况要比我们设想的复杂很多。"

"跟踪?!"刘铁云咀嚼着这个陌生的词汇,目光有点茫然,好像他的脑子一下反应不过来它所表达的词义。"你能肯定?"

"大概三天了,无论我走到哪儿,身后总有两个鬼魂似的中国男人不远不近地跟着。不过……要是他们真敢对我做什么的话,我一定会让他们知道,我这个红毛鬼也不是好惹的。"他轻轻掀了一下外套,让刘铁云看到表链子下面,挎在腰带上的沉甸甸的左轮手枪。"昨天我接连收到几份告急,商务局不仅扣压了福公司运抵山西的机器设备,而且还大张旗鼓地查封了公司的厂房、仓库和办事机构十七处,事态十分严重,不知刘先生认为应该如何应对?"

"公司的损失一定很大吧?"刘铁云问。

"事件造成的直接经济损失还不是最糟糕的,最糟糕的是这个消息一旦传到欧洲,将会对投资人的信心造成极大的打击,福公司的股票也必然大幅下跌。虽然因为山西地处偏僻,信息还没有传播出去,但你们中国有句话叫纸里包不住火。伦敦总部今天上午来电了,敦促我们尽快平息此事,尽量消除它对公司的不利影响。"

刘铁云不慌不忙地说:"其实这也是意料之中的事。"

哲美森不解地皱起眉头。"意料之中?这是什么意思?"

"大清商部明文规定,各行省凡开矿、制铁及机器厂房之建设,商家都应当事先到商务局备案并提出申请,由商务局签署意见后再呈报巡抚衙门。而福公司却走了一条终南捷径,绕过商务局,直接与抚署接洽。这样固然省去了许多麻烦,却也留下了违规操作,手续不全的把柄。如果商务局的主事者是个寻常角色,见木已成舟,又慑于抚署之威,也就睁一只眼闭一只眼,装聋作哑,大家自然相安无事。可如今的商务总办却偏偏是个天不怕地不怕,六亲不认,不懂官场规矩的湖南骡子,满语叫虎逼朝天①,所以才有了今天的局面。"

"可不可以动用太原知府或者巡抚衙门的力量强行启封?"

"万万不可。小小一个商务总办,为何敢跟大帅叫板?商务局本是文职衙门,又哪来的那么多营兵?这个姓范的不简单,背后一定有人在暗地里给他撑腰。再者,现在他手里正握着我们的小辫子,我们只能以柔克刚,以退为进。商务局要是较起真儿来,连大帅也无可奈何。万一被他告到了商部或是总理各国事务衙门,那事情就会更加棘手,我们也就更被动了。虽然这条小泥鳅不见得能掀起多大的浪花……"说到这他顿了顿,好像在努力思考,"我有个感觉,在山西这潭看似平静的水面下,隐藏着一股湍急的暗流,所有反对福公司的人,那些原本微不足道的角色,正在悄无声息地结盟,形成一股强大的势力,这才是最可怕的。"

"有人在吹集合号,可是我们听不到……"哲美森说,"那你说该怎么办?"

"丑媳妇总要见公婆,我们就到商务局补办一份手续,也正好趁机试探一下范开圆这个人。姓范的不是盏省油的灯,现在整个山西都在传,说他和一个开饭馆的有夫之妇明铺暗盖,颠鸾倒凤。明明他在太原的公馆已经

---

①满语虎勒比出勒,后被汉人讹传为"虎逼朝天"或"虎屁朝天"。意思是:不假思索,生猛蛮干,不是一般人能做出来的事情。

安排妥当了,可为了和那个女人厮混,就是迟迟不舍得从饭馆里搬出来。听说前一段为这事,一个堂堂的五品大员竟跟那女人的丈夫打了一架,闹到了潞州府的班房里,真是不成体统。"

哲美森露出两行整齐洁白的牙齿,笑道:"按照我们西方人的观点,这位范总办很浪漫,很有骑士精神,敢于为了情人而去挑战世俗规矩,甚至敢于拿起武器去跟情敌决斗。"

4

一辆火红色福特A型轿车停靠在二府巷山西商务局的台阶下面。商务局大门左右挂着两扇虎头牌:局务重地,闲人免进。站岗的哨兵和过往行人都好奇地打量着这个怪模怪样的铁壳子。

谈判桌前,左侧坐着总办范开圆,会办马福占,帮办任致远。右侧坐着福公司全权代办哲美森,代办员萨斐理和买办刘铁云。顶端有翻译和笔帖式。新衙门新气象啊,一切繁文缛节在这里都省去了。

见面会历时两个半小时,双方唇枪舌剑,互不相让,各施手段,谈判没有取得丝毫进展。会议室里的气氛像冰窖一样寒冷,绿绒子台布上凝着一层白霜,冰柱顺着房梁垂挂下来。

5

现在人人都说范开圆那个二杆子,被老谋深算的丁宝铨当枪使唤了一把。看在同乡的分上,自己待他范开圆一向不薄啊,可这个姓范的怎么才来山西几天,就和抚署唱起对台戏来了?不识好歹,不自量力。胡守中觉得最近诸事不顺。还是在那间曾经接待过方孝杰和刘铁云的花厅里,他单独召见了范开圆。

"这些天来本抚一直忙于赈济灾民,堵决断流,对于其他事情关心得不够。"

"看来朝廷又要花费不少。有人说鸦片烟是民财之大漏卮,而河工是国帑之大漏卮。我们山西应该对河工严加审计。"

这个范开圆果然不在调上。"靡费事小,工程事大,再说大清国哪一次决口不是用白银堵上的?"

范开圆总算没有把这个话题穷追下去,欠了欠身说:"大帅辛苦了。河工预计什么时候能告竣? 工程进展情况如何?"

胡守中心想:这也是你该问的吗?"明年五月可以竣工。都得一步一步地来,挖通淤塞的河心,凡旧堤皆增高培厚,并加筑新坝,起土堰于下兰村以防上流。另外,新满城的地址已经选定,在太原城东南角,就是小五台那一块,购得十三公顷土地,西至崇善寺,北至泰山庙,东南两面直抵城墙。购地和建设的银子也划拨下去了。"招了灾的旗人到抚衙大吵大闹,胡守中只得将他们暂时安置在起凤街的贡院里,但这也不是长久之计。

"我听说为了新满城的建设,公家以极低的价格强行征地,每亩只给补偿款十六吊,说是花钱买,其实跟明抢差不多,引发了民众的极大不满,纷传这是又一次跑马圈地①。再说这次因大水倒塌的房屋不计其数,如果我们单单把精力放在营造满城上,似乎不大公平。"

跟这样的人聊天简直是一种折磨,胡守中露出一丝苦笑。"今天我们不谈公事,听说范总办也是湖南人,早就想请你来叙叙乡谊。老乡见老乡两眼泪汪汪啊。范总办是湖南什么地方的?"

范开圆说:"下官是醴陵人。"

胡守中轻轻拍了一下大腿。"吴楚咽喉,一方形胜,山川俊美,人杰地灵。离我的家乡很近。尤其是醴陵出产的瓷器,晶莹泽润,驰誉四海,可以跟景德镇的瓷并驾齐驱。"

范开圆说:"人文湘楚,山水湖南。我们湖南是出过屈原、申包胥的地方。有着'先天下之忧而忧,后天下之乐而乐'的优良传统。"

胡守中摇晃着厚墩墩的手掌道:"也不尽然,其实湖南是一个蛮族人杂居的省份,民风多刁悍,难以驯服,这一点跟山西有些许相似。楚人之蛮性自古以来就让历朝历代的朝廷十分头痛。尤其是当此内忧外患之时,有些

①清初六大弊政之一,先后出现过三次高潮。致使百余万人流离失所,激化了民族矛盾和阶级矛盾,破坏了农业生产,阻碍了社会进步。由于壮丁逃亡和汉族人民不断反抗,康熙八年下诏停止圈地。

人就更加不安本分。常言说家要败,出妖怪。最近湖南就出了一件震动朝野的惊天大案,只是还没有通报。有个叫刘道一的衡阳人,是从日本留学回来的,联络了一些亡命之徒,江湖匪类,在萍乡、浏阳、醴陵起兵造反,妄图推翻朝廷,另立国主。自称什么草鞋将军,实则就是孙文乱党。该犯已于三日前在长沙押赴浏阳门外,万剐凌迟,真是罪有应得!"

当啷一声,范开圆端茶盘的手抖了一下,茶水溅湿了他的袍服。

胡守中关切地直起腰。"范总办的脸色很不好,是不是身子不爽?"

范开圆抹了一把额头上的汗珠,强作镇静说:"没什么,可能是昨夜受了风寒。"

"范总办要保重贵体呀,只有把自己的身子搞好了,才能多为朝廷分忧,为太后和圣上效劳。北方和南方的水土气候不同,范总办要学会变通,不能只认原来的死理,一条道跑到黑。今天恰逢七夕,我们这两个背井离乡沦落天涯的江南游子,难道不应该共谋一醉吗?"胡守中从酒柜里取出一瓶武陵大曲。

大帅邀请饮酒,这是一种难得的礼遇,如果换个识趣的属下会受宠若惊。范开圆想笑一笑,但笑纹很僵硬很勉强,说:"卑职今天确实觉得头痛胸闷,五内如焚。如果大帅召唤下官来,只是为了饮酒谈天,那下官这就告辞了。"

不通人情,油盐不进的家伙。胡守中阴沉下来。"既然范总办不肯赏脸,老夫也不好勉强。范总办喜欢谈公事,那咱们今天就来谈公事好了。听说商务局把福公司的机器厂房全部查封了。封得好!封得痛快!! 就是应该给他们一点教训。那些洋人办事轻挑浮草,太不懂规矩。签矿务合同居然不提前到商务局备案,真乃糊涂之极。老夫也是事后才知道的,为此已狠狠地申斥了他们,责令其限期补办。范总办也消消气,何必跟这些不通教化的洋夷一般见识呢? 至于机器厂房,我看还是还给他们吧,一来给他们个改过自新的机会,二来也让他们感念我泱泱大国的宽阔胸襟。毕竟怀柔远仁,厚往薄来,恩威并用是我天朝的一贯国策。要是得理不饶人,一味地严苛,岂不违背了圣人的忠恕之道?"

"他们没有征得地方同意，即擅自收购民地，封禁原有的私营矿窑，这是侵害了山西的利权。况且原合同内也并无禁止的字样，今突然禁止，恐民心不服。只要福公司先将封禁的所有矿窑全部开禁，并保证以后不再封禁，商务局可立即将机器厂房归还福公司。"此时范开圆已经冷静下来了"君子之风，并不等于开门揖盗；礼仪之邦，也不等于姑息养奸。对于真正的朋友，我们当然要以礼相待。而对那些居心叵测，不请自来，登堂入室，觊觎他人财帛的盗贼，我们只有以眼还眼，以牙还牙。"

"危言耸听！好比一个人屋里埋着无数珍宝，但却挖不出来。坐拥金山之富，却只能穷困潦倒，缺衣少食。而邻人有长锹利镐，可以把这些财宝挖出来，与主人平分，皆大欢喜，有何不可？难道只有拒人于千里之外，抱着金碗讨饭吃，蒙上破被做美梦，才是忠君爱国?!"

"祖先留下的家底再大，也禁不住不肖子孙任意挥霍。矿产既是山西两千万民众的命脉，也是中华的百年基业。若拱手典卖于洋人，那我们这些山西官员就会成为千古罪人！上对不起列祖列宗，下对不起黎民百姓。西方列强会掐住我们的脖子，英商势力会横行于山西之境。望大帅以全局为重，三思而后行。亡羊补牢，为时未晚，过而改之，善莫大焉。"

"一派胡言！根基不牢地动山摇。你不要受人唆使就义气用事，昏了头。一旦上错了船，站错了队，再想回头可就难了。该不该签这份合同，其中的成破利害我比你清楚，用不着你来教训！胡某人为官数十年，自问对得起朝廷的恩典，也对得起纭纭黔首!! 现在我以山西巡抚的身份命令你，立即启封，归还福公司的机器设备和厂房！"

好一个封疆大吏，方面大员，为了洋人的钱袋子终于要赤膊上阵了。范开圆缓缓站起来。你看错人了大帅，李鸿章的压力老子都顶住了！他一字一顿地说："此乱命也，恕下官万难照办。"

老乡见老乡，背后放一枪。以胡守中修养之深厚，情绪也有点失控，他愤然拍案，京腔里掺杂了湖南方言："结巴子好讲，掰子好仰（瘸子爱到处跑）！你……太噶瑟（猖狂）了，总有一天会绊逮（摔跌）的啰!!"

范开圆双手摘下顶戴，掷于案上。"若大帅一意孤行，掷国家利权和百姓生计于不顾,我范开圆宁肯辞官不做,离开这个尔虞我诈,藏污纳垢的名利场,也绝不当某些人手中任由摆布,文过饰非的牵线傀儡。"

第二十一章　步步惊心

1

在潞州要论煤矿的产量和规模，能和周家平起平坐的只有北郊的秦家。这一天，秦家老宅车马迎门，厅堂里座无虚席，潞州各矿主及负责人聚集一堂。秦老太爷因年事已高，早已不见外客，更不过问生意场上的事。闭关参禅，抱本修行。此次是近五年来人们第一次在公开场合看到他骨瘦如柴的身影。秦老太爷的亲自到场更加给会议蒙上了一层严峻，甚至悲壮的色彩，平添了山雨欲来风满楼的不安气氛。

看看人到得差不多了，秦老太爷清了清嗓子，他满嘴只剩下两颗露出黑牙根的摇摇欲坠的切齿，说起话来走风漏气，吐字含混："对于目前的形势自不必老朽多言，估计大家都很愁肠，没几个能睡囫囵觉的。常言道一人计短，两人计长。三个臭皮匠，能顶个诸葛亮。心里有甚盘算和道道，咱们今天竹筒倒豆子，谁也不许藏着掖着。"

合兴煤窑的郑掌柜是个大胖子，面如蹴鞠，肚似酒坛，喘气明显比旁人吃力。他用双掌按着花梨木扶手，在椅子里微微撑起身子，首先发表了自己的意见："现在，其他各州府的煤窑大部分已经封禁了，也只有我们潞州和阳泉还一直硬顶着，可这样下去怕也不是个办法。小胳膊终究拧不过大腿,鸡蛋毕竟磕不过石头。"

"老郑所言极是。"通顺煤窑的赵掌柜,八字眉像两只吊死鬼(一种虫子)一样趴在苦瓜脸上。"孙大人已经应承,如果我们同意并主动配合官府封井,可以酌情给各矿一些补偿。虽然那点补偿金连塞牙缝都不够,但也聊胜于无吧。我看既然孙大人给我们伸过来一个梯子,咱们也别不识抬举,应该顺坡下驴,见好就收。总比将来弄僵了,落个鸡飞蛋打,头破血流,甚至于搭上性命要强。"

两位大掌柜道出了众人的心思,大厅里一片唉声叹气。

秦老太爷拈着下巴上几根人参须子一样的白胡子说:"在座的都是各矿的当家人,共事多年,向来同舟共济,心意相通。当此危难关头,更应该拿出个一致的章程。沟底矿是潞州第一大矿,大家都知道周家最近遭遇了重大变故,二爷身陷囹圄,大掌柜惨遭不测。所以这次沟底矿派来了万潮安大把头,我们不妨听听他的主见,如果万把总也和大家的想法一致,那我们就这样决定了。"

万朝安的枪伤刚刚愈合,衣服里面还衬着纱布。他站起来,先环视了大厅一圈儿,然后铿锵地说:"我们沟底矿坚决反对封井,拒绝跟官府、洋人媾和,誓与煤矿共存亡!"一石激起千层浪,哗然私语,交头接耳声像涨潮的水顷刻淹没了整个客厅。

秦老太爷晶体混浊,缺少反光的眸子闪烁了一下,马上又暗淡下去,像疾风扫过的残烛。"矿就是我们这些窑主的血脉和身家,是几代人用血汗打拼出来的江山社稷。一旦不保,在座的哪个不是刀子剜肉一样疼?哪个心甘情愿?更不要说还是让给洋毛子。可是人在矮檐下,不得不低头啊!现在人家已经把刀架在了咱们的脖子上,不剜肉,就得掉脑袋。有道是两害相权取其轻。鱼我所欲也,熊掌亦我所欲也,两者不能得兼,舍鱼而取熊掌者也。"

"我万潮安虽然书读得少,但这句孟夫子的话以前也听私塾先生讲过。后半句好像是:生亦我所欲也,义亦我所欲也,两者不能得兼,舍生而取义者也。"

"那依大把头之见呢?"郑大掌柜的问话里带着一丝揶揄。

"第一,立即成立矿产公会,制定会规和章程。规定各煤铁矿为会中公产,产主只能积极开采,不准私售外人,如若违反,就是全潞州所有窑主的冤家对头。第二,竖立界碑,如有越界勘查矿苗,插旗立桩者,无论洋人还是官府,即为会中公敌。第三,各矿共同出资出人,成立民团,购买火器,打造刀矛,武装护矿。"

声波变成了震波,整个厅堂都在摇动,郑大掌柜倒吸一口凉气。"这……未免太极端了吧? 成立民团,武装护矿,这不就跟当年的义和拳一样了吗? 形同造反,是要株连九族的!"

"反了又咋样?官逼民反,民不得不反!只要大家抱成团儿,拧成一股绳,就没有过不去的火焰山!"

郑大掌柜身躯剧颤,颓然坐倒。"自古英雄出少年,看来我们都老朽了……"

赵大掌柜拍着巴掌站起来说:"好,好血性,好样的!在万把总身上,我又看到了周全德大掌柜当年的豪气和威风! 不过……万把总固然慷慨激昂,大有破釜沉舟的决心,背水一战的胆量,联吴抗曹的气魄,六出岐山的豪壮,可毕竟万老弟只是沟底矿的一个把总。周家虽然二爷入狱,大掌柜遭难,但是现在当家的还有一个大奶奶。即使大奶奶是个妇道人家,不便抛头露面,还有学仁公子。像这样的大事,理应由大奶奶或者周学仁出面牵头,才顺乎人情,合于常理。"

"说得好!"随着话音,大奶奶带着老何步入厅堂。众人纷纷站起来寒暄让座。大奶奶说:"我这次来只说一句话,万把总是沟底矿,也是周家的全权代表,对煤矿的所有事务有临机专断之权。他的决定就是周家的决定,他的态度就是周家的态度,他的主张就是二爷和我的主张!"

又是一阵窃窃私语。秦老太爷跟舌头一样柔软的嘴唇变幻出的形状很丰富。"既然如此,老朽同意大把头的建议,反正是死马当成活马医,争回一厘算一厘。我想法不责众,官府也总不至于把我们这些人一起送到菜市口去。"

218

赵大掌柜道:"人无头不走,鸟无头不飞,火车跑得快,全靠车头带。既然是联手拒敌,就必须有个主谋。周二爷不在,我想这矿产公会的会长自然非秦老太爷莫属。"

秦老太爷手抚胸口爆发出一阵剧烈的咳嗽,向脚下的痰盂啐了一口说:"风烛残年,冢中枯骨,如何能挑得起这千钧重担? 不成,不成……"

万潮安说:"如果诸位没有适合的人选,那沟底矿当仁不让,由秦老太爷坐帷,大奶奶挂帅,大家意下如何?"众人面面相觑。大奶奶问:"怎么? 是不是觉得一个妇道人家,当这个会长不够资格?"

秦老太爷说:"哪里哪里,周夫人多心了,大伙绝没有这个意思。谁不知道大奶奶是女中丈夫,不让须眉? 也知道周家接过去的是个烫手的山芋,为的是给大伙挡枪。既然大奶奶愿意挺身而出,那是再好不过的。老朽以及在座各位都愿意在大奶奶的麾下执戟站班,听候调遣。那就拟定章程,准备联名吧。"

2

知味园的窗户已经挂上了挡板,俏丽的挑檐下吊着两盏冬瓜形的纱灯,光晕被夜风吹得飘移不定。

二楼密室里会议刚刚散场,已经是人去屋空,只剩下满地狼藉,一桌残茶,椅凳横陈。范开圆独自坐在凳子上自斟自饮,神情黯淡,茫然若失。刚才同志们的发言还在他的耳边回响:

辞职,从表面看似乎很有勇气,很强硬。实际上却是不负责任的鲁莽行为……

商务局是我们好不容易才掌握在手里的一枚反清棋子,一个革命的据点,一座战斗的堡垒。却被这样轻易地放弃了,令人痛心疾首……

由于范开圆同志的一时冲动,头脑发热,使山西的革命事业遭受了不可估量的严重损失。因此我认为,老范应该就他的错误行为向组织做出深刻检讨……

蒙眬中,刘道一向他含笑走来,爽朗地说:"老范,湖南一别好久不见。我们的起义失败了,但是为共和而死,我刘道一虽死无憾。来,为了早日推翻清政府,建立共和,我们干一杯!"范开圆举起酒碗和幻想中的刘道一碰杯,敲打着桌面口齿不清地叨念:"海天杯酒吊先生,时势如斯感靡平。不幸文山难救国,多才武穆竟知兵。卅年片梦成长别,万古千秋得有名。恨未从君轻一掷,头颅无价哭无声……锄非①兄弟是好样的!没给咱们湖南人丢脸。你先走一步,哥哥随后就来。"一仰脖把酒灌得满胸脯都是。

沈红绫拎着一把锡壶走进来,在范开圆对面坐下。"你们这些大男人呀,平日里个个迈着大步,挺着胸膛,高谈阔论,指点江山,雄赳赳气昂昂的。可怎么心眼儿比女人还窄,比针鼻儿还小。遇到这么点事,就一个人躲着喝闷酒,瞧你那点出息。来,我陪你喝!"

范开圆的酒量本来极差,此时已觉眼花耳热,头重脚轻,端起酒碗说:"好,有沈老板这样的女中豪杰作陪,这酒才喝得有滋有味。"

"以后不许再叫我沈老板了,就叫红绫。"

"那你以后也不许再叫我范大人,就叫老范。"

两个瓷碗对碰出一声脆响,范开圆喝下一大口。"你说我是头脑发热,一时冲动吗?他们总说为了革命,可革命又是为什么?不就是为了推翻这个腐朽的封建王朝,不再受列强的欺辱,让每个中国人都挺起胸膛来做人,让咱中国堂堂正正,傲视环宇,顶天立地屹立于世界之林吗?!可是如今的中国积贫积弱,百病缠身,鸦片赔款,四国赔款,庚子赔款……《南京条约》《马关条约》《辛丑条约》……一笔笔赔款早把大清的国库掏空了,一份份不平等条约像大山一样压得中国人喘不过气来。矿藏是咱们中国仅有的那么点家底之一,中山先生在他的《建国方略》中曾经说过:'矿业者,为物质文明与经济进步之极大主因也。煤为文明民族之必需品,近代工业的主要物。'这份合同一旦正式生效,这点家底也就完了。就算是将来革命成功了,可是这开矿合同还在继续生效呀,要想中止,废约,谈何容易?闹不好就得兵戎相见,大打出手!六十年啊!但见那乌金滚滚,船载车拉,漂洋过海,都变成了人家的桥梁铁路,机枪大炮,火轮兵舰。英国的挖掘机械和开采技术我亲眼见过,那是世界一流的。如果他们再为了加大产量而胡挖滥

---

①刘道一自号锄非,典出《汉书·朱虚侯传》:非其种者,锄而去之。

凿,广开坑口,进行杀鸡取卵式的野蛮掠夺,六十年足可以把山西的煤铁开采到接近匮乏。六十年以后扔还给我们的就会是一个被榨干了的瘪柿子;一个千疮百孔的病丘;一个面目全非,一塌糊涂的黑窟窿!那我们还拿什么建设崭新的国家?!拿什么来巩固自己的国防?!拿什么让老百姓过上丰衣足食的生活?!"

"你想得太远了,背的东西太沉重。为什么不能坐下来歇一歇,想想现在,看看眼前……"沈红绫打断他慷慨激昂的演说,用自己的手把他的手扣在桌面上,探着身子注视对方,眼睛里有一种热切的光在闪动。如果这还不能算调情,那至少也是一次试探……

范开圆汹涌澎湃,一往无前的思维大河突然分叉了,他的一部分还随着惯性滞留在原来的河道里,但另一部分却拐进了一条崎岖隐蔽的支流。在那里没有家国天下,千秋伟业,只有骚动的情欲,只有需要彼此抚慰的男人和女人……有那么一刻,他一语不发,只痴痴地解读着对面的目光。他看见沈老板也有点醉了,春水荡漾,人面桃花,左侧一绺乌黑的秀发从银簪子里松脱出来,垂落在粉红的脸蛋儿上。事实上,这一刻在范开圆的眼里,她明艳得不可方物。

偏偏这时,一阵激烈的敲门声把这梦幻般的气氛震碎了,沈红绫走到楼梯口大声说:"打烊了,想买酒明天再来!"语气里有点气恼和不耐烦。

门外的人说:"请问范总办是不是在这儿?"

沈红绫开门时被惊着了,只见台阶上下亮着无数盏灯笼,有如星辰组成的宽阔发光的河流,一直排到马路对面,再沿着街巷朝两侧绵延。王义堂、渠本翘、李兴等站在前列。这时范开圆也下了楼梯走到门厅,脸上挂着恍惚的表情。

"范大人,我们可找到你了!"李兴上前一步。

范开圆迷惑不解地问:"你们这是……"

渠本翘踏上台阶说:"贤弟,你为了抵制英商福公司的开采,查封了他们的机器厂房设备,断然拒绝了他们的无理要求,力抗胡某人于官衙,挂印封金于抚署。这些在山西已经传遍了,据说还有人把你的事迹写成了大鼓词,编成了梆子腔和莲花落广为传唱。总之,你现在是老百姓心目中的大英雄了!"

几名学生挤到前面说:"我们是山西各高校选派的代表,我们坚决支持范总办的主张,反对抚巡衙门的卖国行径。认为矿存则山西存,矿亡则山西亡。现在我们已经联络了四五所高校,几千名生员,准备明天就走上街头,游行示威,散发传单,向广大民众宣讲保矿的重要性!"

王义堂说:"我们票业公会已经做出决定,停办福公司的一切汇兑业务,以实际行动支持范大人。"

"我们是资议局的代表,山西资议局已经向巡抚衙门明确表示了反对与洋人交易的态度,并将通电全国。另外还准备就此事致函英国伦敦法庭,起诉福公司在此次与晋省签订矿务合同中的欺诈行为。"

"我们是来自潞州的矿业代表,潞州已经组织起了矿山会,抵制福公司的开采,并制定了'章程十条',请范大人过目。"

"我们是阳泉矿山会的代表……"

"我们是盂县矿山会的代表……"

"我们是平定矿山会的代表……"

沈红绫激动地说:"大家别在外面站着说话,快进屋吧。"

渠本翘说:"现在山西民众已经觉醒,并且行动起来了。但是如果各自为战,一盘散沙,力量还是显得不足。我建议马上成立'保晋会',以便使全省的保矿人士互通声息,协调配合,统一行动。这个保晋会的会长,我看非守循莫属!另外,我已经辞去了大学堂监督的职务。"

范开圆惊问:"这是为什么?!"

"山西发生了这么大的事,我怎么还能安心办学呢?我准备明天就动身,到顺天(北京)去一趟,联络所有的山西籍在京官员,弹劾胡某人,并向大清商部和总理各国事务衙门提出废约自办的主张。"

范开圆紧握住渠本翘的手说:"我的老哥,你这是去补天裂呀!"

渠本翘笑道:"这天大的窟窿能不能补住,还要靠你们这些留在山西的朋友砥柱中流!"

范开圆双眼蓄满了热泪,环顾众人说:"好啊! 有道是无志山压头,有志人搬山。父兄呼号于野,官绅争讼于朝。只要我山西人万众一心,就没有挖不走的王屋与太行!"

3

一辆豪华的欧式玻璃马车从新南门出城,沿着条石堆彻的驳岸一路向东。护城河里白花花的水浪冲击着闸口,喷溅着飞沫,发出巨大的轰鸣。转过城角后,折入北郊的一片荒滩,河流在这里变成了百鸟云集的宽阔苇塘。这是个平静的日子,满天朝霞刚刚散去,立秋已经过了,太原的气温相当宜人。

渠本翘坐在颠动的车厢里,再一次盘点行囊,身边放着他的皮箱,上衣口袋里装着价值十一元七角的头等坐票,鼻梁上是五百六十度的近视眼镜……最后他习惯性地掏出怀表看了看,距离发车还有三十五分钟,时间很充裕。好,不错,到目前为止一切顺利。

这辆四轮马车是他向教堂临时租借的,长度大约5.5米,弧线造型很优美,车轮是铝制的,一组前灯由铜扣和磨砂玻璃镶嵌而成。前后都有先进的弹簧避震装置。车身的光洁度足有三花七,要达到这样的精度,铸件必须在磨床上经过擦、洗、刨、旋、钻等多道工序,目前大清国还没有任何一家机器厂能拥有这样的技术和设备。身下是宽大的座椅,包着紫绒子面,窗户上挂着白纱帘。车夫用宽展的后背朝向自己,稳稳地坐着,熟练地抖缰。他服饰讲究,头戴黑色比利时高筒礼帽,身穿带条纹的黑色燕尾服。渠本翘努力回忆他那张躲藏在帽檐阴影里的脸,好像是个中国人吧,只在登车时打了一个照面,记不太清楚了,应该是个接受了洗礼的本地教众。

这时,渠本翘突然听到很大的一声巨响,紧接着是刀子割开纸张一样的尖锐声音划过耳膜。左侧的玻璃瞬间炸裂成了无数碎片,渠本翘没有发现,在右侧车门的上方多出一个小圆洞,和左侧的着力点正好形成了一条完整的弹道。马惨烈地嘶鸣着,车厢的两个前轮短暂地离开了沥青路面,好像要倾覆。渠本翘的身子左右撞击着车厢,脑子足足有五秒钟的空白时间,近视镜片后面的眼睛空洞地注视着发生的一切,之后判断方程式才未经书写就轰然呈现在黑板上———一颗擦面而过的子弹，一场正在进行的谋杀！

当渠本翘给出自己答案的时候，一条黑影已经奔到了且近，是从子弹射来的方向，水渠旁边一排行道树后面窜出来的，像冷不防冲出来咬人的恶狗。他是来证实他的枪法，或者是猎物的死亡的，因为他没有看见希望见到的一幕———血混着脑浆从破车窗飞溅而出。

杀手敏捷地跃上了马车的踏板，隔着空无一物的车窗，渠本翘看到了一张恶魔般的脸，在暗紫色蒙脸布之上，眯成月牙形的眼睛，就像两个地狱的炉门，聚焦着嗜杀的火光。同时他也看到了对方握着的手枪，是一把可以连发的进口高级货，如果从官方档案里查找的话，估计全山西也不会超过五把。

窗框四周那些像尖刀一样竖立着的玻璃残片救了渠本翘，使对方不能立刻把枪管伸进车厢。因为要完成这个动作，他的站位正好很别扭，很容易把自己划伤。他甚至懒得调整姿势，而是顺势用破城槌一样有力的肩膀撞向车门。"嘭"的一声，整个车厢和底盘都为之震颤，铁皮门立刻就改变了形状，第二下他就可以把它从框子上撞下来，而绝对用不着第三下。

马车还在盲目地奔驰，而上方的天空，死神已经展开了漆黑的翅膀。

渠本翘没有采取任何对策，他的双腿上覆盖着一层亮晶晶的玻璃碴子，浑身有好几处擦伤，流着血，几乎虚脱在了椅子上，心里想：原来这就是结局，这就是自己的死亡。

从这个歪倒的角度渠本翘看见马车夫向右侧一仰身，用铁板桥的功夫，几乎平躺在空中，强健的腰肌就像两条钢缆悬挂住了他的体重。高筒礼帽在这个动作中掉落在地上，翻滚向远处。他确实是个中国人，长辫子在额头上盘着，年轻，英武，坚定。单臂向前一递。杀手的眼睛突然瞪大、鼓出，然后就将后背砸向路面。一只微微泛着蓝光的三棱钢镖穿进了他的脖子。

车夫勒停奔马，旋身而下，扯去杀手的面罩，用低沉的声音喝问："说，是谁派你来的？！"

那名杀手看起来伤势很重,眼球在眶子里不停地翻滚,血管在额头上快速搏动,喉咙中发出咯咯的声音,四肢痉挛,脸颊抽搐,像条掉进煎锅里的泥鳅,黏稠的血不是从伤口,而是从他的鼻孔和嘴巴里涌出来,流到马路上。

渠本翘也下了车,双手扶着车门不让自己摔倒,强压住小腹的翻搅,感觉直想呕吐。他觉得自己好像陷落在了一个洪荒的时代,在这里,学识声望,道德文章都一钱不值,那些掌握话语权的都是孔武有力,铁石心肠的杀人狂。

"他什么也没说,死了。"车夫直起身子,有点遗憾地回头望向他。

渠本翘脸上是惊魂未定的青白,抱拳说:"敢问壮士尊姓大名?"

车夫谦逊地回礼说:"让渠大人受惊了,在下是振威武馆馆主刘五爷的大弟子赵占彪。我师父说这两天风声很紧,担心矿贼狗急跳墙,所以让我暗中保护大人。"

"刘五爷真不愧是侠义之士!尊师徒的救命之恩,渠某铭刻肺腑,没齿不忘。"他几乎不知道自己在说什么,好像听陌生人念戏词,额头上全是虚汗。

赵占彪把尸体拖进小树林,过了一会儿他返回来,说:"我把尸首简单的遮掩了一下,回头再来处理。时候不早了,咱们赶路吧,我护送大人上车。"

半个钟点之后,火车头牵引着八节车厢,喷烟鸣笛,大吵大嚷地从太原站始发,依次驶过北营、鸣李、榆次、赵庄、上湖、寿阳、坡头、阳泉、乱柳……而这一路上渠本翘都瘫软在座位上,双手轻轻发抖,他不断做深呼吸,想控制住自己,但是做不到。

又过了四十五分钟,票车驶过了娘子关的绵河大桥,石砌桥墩在车轮的铿锵声中战栗不已,透过车窗,他看见浑黄赤浊的绵蔓河从桥孔下快速流过,滔滔地奔向阳泉,河水的颜色和黄河极为相似。当年大将韩信由太原东进攻赵,越过太行山,在陉井口背水一战天下扬名,所背靠之水就是这条河流。热铆结合的钢梁铁罩缓缓划过车窗,蕴含展示着现代工业惊人的力量。透过这些复杂的支架,他看见了娘子关的关城巍然屹立在绵山山腰,背倚陡崖,下临深谷。1900年庚子之变,八国联军曾试图攻克娘子关占领山西,守关清军在大同镇总兵刘光才的指挥下奋勇抵抗,挖掘地道,埋设地雷,冒着落地开花弹的隆隆炮火用洋枪组成密集的火力网,连续击退上万德法联军的轮番进攻,使敌未能破关①。他看见一名斜背工具包,穿着绿色工装裤,戴着白帽,肩头搭着羊肚毛巾的巡道工坐在桥头,望着驶近的火车露出憨厚的笑容,皱纹堆积的脸像刻刀雕出来的木刻版画。而在他背后的山梁上,万里长城像一条鳞爪飞扬的巨龙,在云雾中半隐半现,顺着山势蜿蜒向上,一座座烽火台清晰可见。现在,渠本翘的心已经完全平静下来了,他又找回了那种宏大的底气,他要去完成一项重要的历史使命,相比之下个人的生死荣辱轻如鸿毛。他正在万里赴戎机的征途上,而窗外惊鸿般掠过的正是古人关山度若飞的梦想……

---

①根据2000年访华德国学者提供的资料,在1900年10月到1901年4月间,德军在中国死亡近3000人,其中近半是在进攻山西中损失的。也就是说,在娘子关战役当中,仅仅德军就被击毙1400人以上。

第二十二章　一弹之威

1

永定门火车站是顺天府的总站,建筑以静制动,庄严华丽,有鲜明的文艺复兴风格。车站主入口为三进拱门,大楼南角耸起一座厚实的钟塔,钟塔的基座、窗边、门边以及山墙和塔顶的装饰都用花岗岩砌成。两侧配套的副楼分别有主站房、列检段、仓库、车库、维修车间等等。

隔着一条熙熙攘攘的大马路,和火车站主楼成对角线,电报局旁边的老九章绸缎庄里,一个头戴平顶冠,鼻梁上架着圆墨镜,身穿蓝布道袍,白袜云鞋的客人在安静地喝茶。八仙桌的旁边竖着算命用的幌子,上写"仙人指路"四个大字。门帘一挑,掌柜的走进来,附在客人耳边说:"姜师爷,刚刚从太原电报局传来的消息,太原方面的行动失败了,上面命令我们立刻启动备用方案。"

他从贴墙的货柜里抱出一个沉重的大提琴盒,横放在台面上。

姜师爷把盒盖打开,拂去表面的锯末,露出一支崭新的马蒂尼亨利牌单发步枪,英国产,后膛装填,0.45英寸口径。抹过油的机匣右侧刻有V.R字样和维多利亚王冠标志,胡桃木的枪托上铆着黑铁套环,套环里插着六枚铜壳步枪弹。

姜师爷把枪端起来,熟练地检查了一番,拉动杠杆,枪机回转,露出空荡荡的弹膛。竖起表尺,校对准星和刻度盘。

"记住,你没有重新填弹的时间,必须一发命中。由老王配合你,如果失手或者没有机会开枪,就用刀子。"掌柜叮嘱。

正在这时,在外面把风的老王风风火火地跑进来,他是一身脚行的打扮,说:"这担买卖看来是做不成了,军队已经把车站包围起来了,凡是进出站台的人都要挨个搜身。"

掌柜吃惊地问:"他们是哪个衙门的? 难道是走漏了风声?!"

王老摇头说:"具体情况并不清楚,只知道领兵带队的是陆光熙。"

掌柜越发诧异:"那么说连陆军部都动起来了?!"

姜师爷从枪上抬起眼说:"这跟陆军部没有关系,是那位无法无天的陆少爷在滥用职权。"

满京城几乎无人不知陆光熙,他是浙江道台陆锺琦的二公子,和陕甘总督之子苗人秀、广东水师提督之子吴元春、户部左侍郎之子丁健柏皆一时之青年才俊,少壮派军人,并称京城四少。

2

大同府浑源县顾册村人,军机处章京赵国良和一群山西老乡站在月台上眺望,只见晚霞正野火般蔓延,贪婪地吞噬着最后的光明,地平线上烟雾苍茫,树影婆娑。沿着火车的钢轨,每隔五步就站立着一个枪刺闪亮全副武装的士兵。回头张望,进站口显然也被军管了,整个月台仿佛变成了天津小站的演兵场,肃杀之气使风云陡变,行人失色。左侧那个手提信号灯穿蓝制服的铁路值班员脸色发白,腿在不停地哆嗦。当年李鸿章大人访问欧美诸国归来,车站的警戒也不过如此吧! 幸亏那个浑小子没让军马把两个轮子的加特林机关枪也驮过来。他眼前仿佛出现了陆军大臣荫昌拍案咆哮的形象,陆家二小子受处分是在所难免了,这回谁也保不了他。天作孽尚可活,他这是在自作孽。赵国良掏出怀表看了看,离火车进站只剩下十几分钟。他深知渠、陆两家的亲密关系,要不是那两位仁兄一个被派往江浙,一个东渡扶桑,差一点就结成儿女亲家了。可是为了接个站,就私自

228

调动这么多营兵摆排场,也未免太胡闹了,难道是陆亮臣对渠家的那个疯丫头还心有不甘?

这时,他看见一个英武的青年军官和一个俏丽的洋装女子挽着胳膊从检票口的方向走过来,官兵都向他们立正行礼,吸引了很多人的目光。虽然自洋务运动以来,京城的风气已日益开放,但是像这样一个没有盘头的姑娘与男子相携,公然出入公共场合还是极少见的。当下就有不少正人君子摇头叹息,好像被人家刨了祖坟一样。这对情侣旁若无人,对于周围的指点和议论浑不在意。男子停住脚步举目四望,然后就拉着同伴快步走来,一直来到赵国良面前,鞠了一躬说:"赵伯伯好。"

赵国良眉开眼笑,背着双手说:"好小子,阵仗摆得不小啊! 又是先斩后奏吧? 没把军乐队也拉出来?"

陆光熙压低声音说:"我这也是不得已而为之,刚刚得到的线报,有带枪的刺客混进来了。"

赵国良一怔,倒吸一口冷气:"这帮混账东西吃了熊心豹子胆了? 天子脚下他们也敢胡作非为?!"

陆光熙指着身旁的女子介绍:"她叫秦凤仪,是我在日本时的同窗,学西医的。"赵国良见这女子不过二十岁左右,五官秀丽而鲜明,满身珠光宝气,白色凉帽上装饰着绢花和羽毛,身穿欧式绉纱长裙,上面满是华丽的镶贴和刺绣,腰勒得很细,胸托得极高,翻领宽大,露出锁骨以下大片洁白如雪的肌肤。秦凤仪倒很大方,不行旧礼,主动伸出手来。

赵国良握了握这只柔软纤细的小手,心想她打扮的就像只褐马鸡。

大伙又攀谈了几句,秦凤仪插不上话,站在一边目光顾盼,忽然伸手扯了扯陆光熙的衣袖,又指指左侧一个卖金银首饰的货摊。陆光熙向大伙抱了抱拳,表示告便,然后两个人就暂时离开了众人,肩并肩向嗞嗞作响的汽灯下琳琅满目的货柜走去。秦凤仪步履轻盈,小鸟依人般把头靠在陆光熙的胳膊上,远望谁都能猜出来那是一对情侣在说悄悄话,但其实他们之间的话题却无比严峻。

3

"组织上责问你为什么拒绝加入北方暗杀团,为什么把给你的表格又退回来了。"秦凤仪低声质问。

"革命是何等事业,乃欲刺杀一二宵小而唾手得之? 真是小儿之见。而且每回行动,无论成功失败,必死几个同盟会骨干,这是拿大将当小兵用。"陆光熙镇静地回答,不动声色。

秦凤仪反驳:"你怎么能这么说,胜利之途径无非三种:一曰鼓吹,二曰起义,三曰暗杀。鼓吹和起义都需要长期的坚持和筹划,唯革命与暗杀二者相辅而行,其收效才能至丰且速。非隆隆炸弹,不足以惊其入梦之游魂;非霍霍刀光,不足以刮其沁心之铜臭。"

"我保留个人意见。"陆光熙做了个休战的手势。

"无论你个人对暗杀行动持什么样的态度,但是有一件事你必须配合。"

"什么事?"陆光熙问。

"执行部的专员吴樾同志已于三日前秘密潜入北京,现在就住在西山的八大处。"

陆光熙暗吃一惊,执行部是同盟会专司暗杀的机构,组织极其严密,分为枪械、爆破、情报、策应等六个小组,目的是:手提三尺剑,割尽奸贼头。总部设在香港,部长方君瑛他只闻其名未见其面,据说竟是一位娇媚的未婚少女,而她手下猛士如云,像吴玉章、黄复生、喻培伦、黎仲实、陈独秀、蔡元培、曾醒等人,皆是慷慨激烈的死士,杀伐骁勇的悍将。执行部专员进京,肯定不是来游山玩水的,一场血光之灾正像滚滚雷暴一样高悬在皇城内外,紫禁之巅。

"刺杀的目标是谁?"顿了顿他又问。

"本来执行部重金收买了一个宫里的太监,计划潜入颐和园,干掉叶赫那拉(即慈禧太后)。但是不知道为什么,风声提前泄漏,那名太监被乱棍处死,与此同时,颐和园的围墙在原高度上又增加了三尺,园内也安装了警报器和电话线,增派了驻军昼夜巡逻。所以执行部不得不临时改变计划,现在的刺杀目标是——出洋五大臣。"

陆光熙又是一惊,眉锋紧锁说:"五大臣皆非顽固派,其中多为在社会上有声望的清流和改良者,出洋的目的是考察西方政治,搜集各国资料,执行部为什么要拿他们开刀?"

秦凤仪振振有词:"对于革命来讲,立宪派是比顽固派更加可怕的敌人。只要民众对清廷抱有任何幻想,清廷就能苟延残喘。我们宁愿我国民为昏睡不醒之国民,也不愿他们成为半梦半醒之奴隶。因为昏睡不醒的人一旦猛醒就会复九世之仇,驱逐鞑虏,光复汉室。而半梦半醒的奴隶,名义上赞成立宪保国,实际上不过是甘为清廷鹰犬。从这个意义上说,顽固派是奴汉族者,而改良派是亡汉族者;杀顽固派利在今日,杀改良派则功在将来。"

"你们想过没有,出洋五大臣一旦被杀,清廷必然疯狂报复。"

"这正是我们想要的效果,敌人的暴行只会激起民众更强烈的反抗,只有矛盾进一步激化,革命才有速成之可能。"

陆光熙从衣兜里掏出一只扁平的U型白钢酒壶,壶身满是华丽的压花唐草,拧开盖子闷了一口,问:"需要我做什么?"

秦凤仪神情复杂地盯着酒壶,说:"由于海关盘查得很严,炸弹不易带进京城,只能就地制造。不过我们需要大量的水银,自从恩铭遇刺后,清廷对制造军火的原材料控制甚严,水银不好买,而且价格昂贵,组织上希望你能设法搞到。"

"吴孟侠(吴樾的字)会造炸弹?"陆光熙把酒壶塞回衣袋,口气将信将疑。

秦凤仪耸耸肩:"据说跟一个俄国虚无主义者学过几天,水平不敢恭维,不过不要紧,还有我。别忘了我和喻培伦(制造炸弹的专家,被誉为炸弹大王)一样是学医的,在东京留学的时候,化学成绩一直是优等。"

"不行,这太危险了! 银药法制作出的炸弹,投掷时虽然威力巨大,但是水银极易和硝酸产生化学反应,制作过程中很容易发生事故。喻培伦因为造炸弹崩飞了三根手指,杨笃生因为造炸弹炸瞎了左眼,我可不想你变成一个断手瞎眼的丑女人。"

秦凤仪语气坚定,表情毅然决然:"断手瞎眼又有什么大不了,刘道一被他们万刮凌迟,徐锡麟先被铁锤砸碎了睾丸,然后又被挖去了心肝。计划不会更改,执行部的决心不可动摇,无论你能不能提供后援。吴孟侠已经写下了遗书,吞吃了哑药,以防事后万一被捕,在严刑拷打下供出同志的名字。"她仰望天际,夕阳在她的眼睛里烈烈燃烧,折射出熔金般的复仇之光。在这一刻陆光熙突然意识到,美艳娇弱的外表对她来讲其实就如同华丽的剑鞘,抽出来的那一刻必然是白虹贯日,五步见血,龙吟虎啸。

"好吧,造炸弹的事就交给我好了,汉阳兵工厂最近向陆军部呈报了一种新式炸弹的制造方法,不需要灌水银,只使用普通的黄色炸药,用撞针击发。"

"还有一件事,组织希望你通过铁路局的关系搞清楚五大臣将在几月几日几点钟由哪座火车站出发。一共几节车厢,五大臣的花车在第几节,以及周边的警戒情况,总之是越详细越好。"

"他奶奶的,火车又晚点了。"赵国良骂骂咧咧地抱怨。

"你们这样做真的有意义吗?"血色被黑暗稀释,天地像冷却中的铁水渐渐凝固成整块。

"个人肯为同胞死,一弹可当百万师。"秦凤仪铿锵地回答。

"呜——"一声长啸,突然呈现的光柱如同刺穿黑色铠甲的倚天宝剑,从汽缸和火花防护罩里喷吐出的浓烟体积庞大到超过车身,绿色的铁壳藏进烟幕又撞开烟幕,机器心脏把隆隆震动传导向地面,火车进站了。

4

颐和园仁寿殿正中悬挂着"寿协仁符"的大匾,匾下黄纱屏后面是一座金龙盘边,刻有两百多个真草隶篆不同"寿"字的玻璃围屏。屏前的床榻上放着紫檀木雕刻的九龙宝座和御案,四名宫女高举孔雀翎毛缀成的掌扇分列左右。床榻两侧陈列着成对的金龙玉凤,景泰蓝大象,仙鹤造型的铜鼎炉……但是在所有这些金碧辉煌的表象之下,却散发着一股阴郁没落腐朽霉变的气息。

十几名山西籍京官列立丹墀。昨天,这些老西儿在渠本翘的寓所里讨论了整整一夜。赵国良正在奏本,略带柔软的山西口音的官腔在大殿里荡起嗡嗡的回声:"内阁中书邓邦彦,军机达拉密赵国良,刑部主事员外郎沈知章,兵部侍郎李殿林,左都御史徐树铭……联衔俱呈:近闻山西抚臣私定矿务合同,将潞安、泽州、盂县、平定等州府矿产典卖于英商福公司。此约一成,晋省千千万万以矿为生的黎民将顿失生计,走投无路,一旦铤而走险,揭竿而起,岂不可虑?而英商势力从此亦将深入我中原腹地,直达四面八方,控制我大清的经济命脉。国家利权尽失,遗祸于卧榻之侧,受制于肘腋之间,从此恐将永无宁日!事关国家大事,而胡不能慎重办理,所订章程流弊甚多。有利于外国,不利于朝廷。消息传出,朝野震动,举国哗然,乡绅野老无不顿足捶胸,夙昔忧叹。臣等以为像这样的卖国合约必须废止,而胡身为一省大员,食国家俸禄,上不能替朝廷分忧,下不能为百姓谋福。贪墨枉法,中饱私囊,贻祸晋省,有负圣恩,不严惩不足以平民愤而安人心。望太后圣裁!"

黄纱围屏后面,那个模糊的女人形象不紧不慢地开腔:"皇上的身子近来越发不中用了,这么大的一个大清国上上下下大事小情全都指望哀家一个人。看来哀家就是这么个操心受累的命啊!可是你们谁又能体谅我的苦处?上至王公,下至番司就没有一个叫哀家省心的。这件事山西抚臣做得确实草率,我早就对他说过,山西人都不是省油的灯,他的前任毓贤就是前车之鉴,叫他遇事小心谨慎,可他就是不听啊!这不,惹出乱子来了。但要说他得了洋人什么好处,贪了多少银子,也并没有确凿的证据。总之这个事,哀家一时也掂量不出轻重来。不过开矿制铁,与各国通商,本应是商部和总理衙门的管辖范围。我说庆王爷——"

刚刚消假的庆亲王奕劻出班行礼,"老臣在。"他面容悲戚,好像一下子苍老了很多,头发和胡子突然就全白了。这表明他还没有从那场家庭不幸中完全恢复过来。就在两个月前的盛夏,他的女婿,安徽巡抚,镶白旗于库里·恩铭,在安庆巡警学堂的毕业典礼中检阅学生时,被警察处会办、乱党徐锡麟开枪射杀了。

"这件事你听说过吗?"

"此事现在整个京城都轰动了,上海的《申报》也登了,题目叫《官商勾结,晋省粤汉路案重演》。福得公司本是意大利人康门斗多·思其罗·罗沙第在英国注册的一家有限公司。原名英意联合公司。总部设在伦敦勘农街110号。听说就连意大利首相罗迷尼和维多利亚女王的孙女婿劳尔呐都是该公司的股东。不但实力富厚,财雄势大,而且关系到我大清与西方各国的外交关系。"

"那依你看应该如何处置呢?"

"依老臣看来,应该首先解散晋丰公司。该公司本是河图局提检刘鹗和太原知府方孝杰所办,是个一无资金,二无产业,买空卖空,投机取巧的虚壳。是在山西抚署和福公司之间穿针引线,保媒拉纤的捐客。目的是绕开总理衙门,钻国家规章制度的空子,从中捞取某些地方官员的好处。所以关掉它顺理成章,合情合法。而晋丰公司一解散,无论是山西抚署与晋丰公司所签的承包合同,还是晋丰公司和福公司所签的转包合同就都失去了存在的法理依据。这样朝廷也就抓住了整个山西矿案的主动权。"

"这件事就交给你掂量着办理吧。洋人毕竟爱小。咱大清国地大物博,家大业大,出产丰富,一点煤铁倒也值不了什么。你只要把握住一个原则,既要安抚民心,又不能开罪了洋人,这个跷跷板哪头都不能踩翻了。"

奕劻躬身答应:"臣谨遵老佛爷懿旨。"

第二十三章　分身无量

1

"恭喜大奶奶,咱们周家也装上电灯了。"万潮安强作欢颜。

"我哪有那份闲心,都是三货张罗的。"大奶奶表情淡然,姿态慵懒。

周全德不在了(万潮安怀着复杂的心情品味这个事实),当初他和老何联袂发难,与其说是垂涎大掌柜之位,倒不如说是因为羞愧。如果你有一个恩人,而你因为利益将其出卖,那你该如何面对他?你如何能与他同在一个世界里?你们两个总要有一个默默地走开来化解这场尴尬。现在,那个曾经像高山一样挡在他前面的人,那个让他坐卧不宁,寝食难安的人走开了,但大掌柜的位置却一直空缺。万潮安能看得出来,大奶奶想拉巴周三货,她让三货负责北方七省所有货栈的联络,目的就是让他熟悉基层,培植人脉。但三货这小子偏偏是个扶不起来的阿斗,听说最近他情绪很低落,逢人就抱怨,说什么人在人情在,人一走茶就凉。以为忽然承担辛苦繁重的工作是因为自己失去了靠山。不过……凡事不可大意,要是派人勾引他去抽几回鸦片烟……

不,让自己心烦意乱的不是这件事,但最好现在先别去想它……

"我们刚才说到哪了?"大奶奶提醒走神的万潮安。

235

"哦。自护矿队成立以来,我们请铁匠铺打造环首大刀和长矛286件,购买洋枪31杆,聘请振威武馆大师兄赵占彪为武术教习。日夜巡逻以扰洋志。驻地洋人从开始到处树桩插标,描图设堵,围占民窑,变得龟缩不敢出头。但是昨天官府下了最后通牒。"万潮安从怀里掏出一张折叠起来的告示。

大奶奶双手捧着茶杯说:"念。"

万潮安展读:"尔等私携武器,聚众滋事,扰乱国家大计,造成恶劣之国际影响。致使规矩日坏,天怒人怨。如今官兵已到,集爪牙之利,悉拳勇之材,若风扫叶,如日沃霜。然人谁无妻子父母,本府有好生之德,朝廷以宽大为怀。估念尔等苦卓之人,本性纯良,为奸人利用误入歧途。穷兵黩武,原属无知赤子;戈投牧野,即为大清顺民。特法外开恩,既往不咎,咸与维新,示之投生之路。倘执迷不悟,甘心附逆,法网遽收,悔之晚矣……"

"听说护矿队在二道沟跟官兵干上了,真刀真枪地对峙了三天两夜。"大奶奶稳坐中军帐。

"我们在两边的山头上架起土枪土炮,摆上滚木雷石,又在界碑旁边堆了二十多箱火药,他们要往上冲,我们就把火把对准药捻子,吓得那些营兵屁滚尿流。"

"孙明祖那当真没有回旋余地了吗?"

"这次他们好像是要动真格的了。不但增派了火枪手,而且还从神机营调来了红衣大炮和佛朗机(巨型火枪)。现在炮位已经安好,炮口正对着窑口。扬言民团再不解散,就要大开杀戒,炮轰沟底矿,血洗三十六窑。"

"你怕吗?"大奶奶吹散从茶杯里冒出的热气。

"潮安本是个挖煤的穷小子,受东家和大奶奶的知遇之恩,破格提拔才有今日,纵然是刀压脖子枪顶胸膛也决不会后退半步。我只是不放心大奶奶。周家是潞州首户,大奶奶又是矿业公会的会长,树大招风。我担心他们会突然对周家下手,然后再拿大奶奶当人质,反过来要挟民团和矿业公会,所以想求奶奶们和小姐先出去躲避几日。"

大奶奶宁静平和:"躲得过初一,躲不过十五。跑得了和尚,跑不了庙。范总办刚刚来过,他提出我们应该让利于民,动员民众沿铁路两侧占地开窑,让煤窑遍地开口,不给洋人留有一尺空地。他离开还不到一个时辰,至于下一步如何行动,我们且静候范总办示下。"

万潮安不屑地说:"大奶奶是矿山会的会长,还需要听命于一个革员吗?"

"一花不是春,孤雁难成行。从全局来看,潞州矿山会只是保晋会的一个分支,而范大人是保晋会的会长。只有山西人众志成城,才能聚沙成塔,挺过这个难关。不过潮安……"大奶奶略微停顿了片刻,递过来一个深沉的凝望"你今天是不是心里有事"?

"我能有什么心事? 就是……最近有点累了。"万潮安慌乱地掩饰着,大奶奶询问的目光坚定不移。从屋外隐约传来吹拉弹奏和咿咿呀呀的声音。"这是哪在唱堂会?"万潮安明知故问。

"哪有什么堂会,这是那个女人不知从哪弄来一个叫留声机的洋玩意儿,每天吵得人不得清静。"谢天谢地,大奶奶终于移开了视线。

万潮安当然知道那不是堂会,因为那台手摇式双股发条的留声机就是他托人捎给三奶奶的。但是……天哪……三奶奶刚才悄悄对自己说,她已经有身孕了。

2

紫绒子大幕拉开。汽灯换成了加金属聚光罩的白炽灯。

布景除了画着山梁、矿坑、井架的帷幕软景,居然还加了个道具硬景(清代叫砌末)——一辆硬纸板糊的矿车。

戏台左边,周鼎承立前列,四名窑工站在他身后。戏台右边,戴假发套假鼻子的洋商端假手枪立前列,四名二毛子站在他身后。电灯光圈只将周鼎承和洋商笼罩在其中。

周鼎承唱:乌云滚滚乾坤摇,山河锦绣招强盗。从来正邪不两立,你敢炸井我敢飙!

众窑工齐唱:我家的天,我家的地,我家的煤炭往家移,哪容那强盗胡结记,哪容那强盗来放屁! 福公司,胡捣鬼,我家的矿产怎会咽到你肚里!

一名二毛子跨步上前,道白:洋大人说了,再不让路就要开枪!

周鼎承逼进一步,二毛子惧,仓皇躲到洋主子身后。

周鼎承再唱:红毛鬼声声似狼嚎,二爷心中怒火烧。大丈夫豪气冲霄汉,泰山压顶不弯腰!

恼羞成怒的洋商开枪,一名窑工挺身而上,挡在周鼎承身前。后台一声砸炮响亮。窑工手捂胸口,踉跄后仰,周鼎承把他双手抱住,悲愤地道白:弟兄们动手,杀强盗,灭洋妖!

双方对打,洋毛子、二毛子不敌,败下阵去。

一官员顶戴花翎,鼻梁上搽着白粉,带四名护兵上。

官员白:拿人钱财,与人消灾。人不为己,天诛地灭。把这些闹事的刁民统统给我拿下!

兵丁上前捕人,后台传来一声呼喝:住手——

众窑工回望,齐声欢呼:青天范大人来了!

(大锣雄浑,小锣悠扬,水镲脆生,单皮鼓激烈地"撕边"。)

范开圆头戴诸葛巾,身披鹤氅,手挥马鞭上,沿台板走边趟马,唱:连日里忧怀国事心如汤。为护矿东奔西走马蹄忙。福公司得陇望蜀蛇吞象。众贪官里通外国饱私囊。废合约。保煤矿。救黎民。振朝纲。拼性命要将妖魔横扫尽。定叫它发财梦一枕黄粱!

扮范开圆的戏子身架端正,嗓音霸道,大将风度,英雄气魄。西皮流水字正腔圆,转喉押调。后台的鼓师技术一般,敲打起来却很卖力,鼓签虚化成了两扇竹影。

满堂观众面面相觑,孙明祖张开手大喝一声:"停下!"

锣鼓弦子声止歇。孙明祖厉声质问:"油糕旦,今天是犬子开脖锁的喜宴,三姨太点的是《凤台关》,蟒靠功架戏,可你们演的这是什么乌七八糟的玩意儿?!"

范开圆的扮演者,葛家班班主油糕旦走到戏台边上,向下深施一礼说:"回禀大老爷,我们演的是《新编凤台关》。"

孙明祖愈怒:"我呸!你们吃着我,喝着我,还编排着我。那个范开圆究竟给了你什么好处？洋人封井不封井，朝廷卖矿不卖矿，跟戏班子有什么相干？就凭你一个下九流，也敢跑到这来指桑骂槐，含沙射影?! 你也不撒泡尿照照自己!!"

油糕旦说："草民是个下九流，人都说婊子无情，戏子无义。自古以来士子就不愿与伶人举案（指同桌吃饭，典出欧阳修的《伶官传序》）。可我油糕旦人虽卑贱，一辈子扮演的却都是英雄豪杰，公侯将相。"

孙明祖说："本府知道你是个戏痴，不过演演也就罢了，可千万别入戏太深，把自己搞得真假难辨，神魂颠倒。"

油糕旦接着说："草民幼年就过继到了族叔膝下，养父家境贫寒，为了生计才十岁就挑着副担子走街串巷，卖炸油糕。之后因为好唱而入了梨园行。一年打戏，二年开锣，三年就置戏箱，买骆驼。再后来占园子，唱堂会，走四面，吃八方。光绪二十年，时值太后老佛爷的六十大寿，普天同庆，朝廷降下恩旨，诏令各地督抚，优选昆曲以外，杂剧乱弹，皮黄声腔，进京献艺。

"一时之间从不登大雅之堂的南昆、北弋、东柳、西梆，水陆并进，纷至沓来；各路名伶粉墨登场，四海云集。只咱们山西就有平定的蔡氏戏班、史喜来戏班，阳泉的五月鲜戏班、自乐班，盂县的南小坪班、猹儿坪班、石旧都班、霍树头班，鹤山的年老五娃娃班、大罗圈班、瑞梨园、平定的董寨班、石卜嘴班、平坦垴班、五渡班，黎城的三义班、河底班……那真是'六行门子'行赛行，四梁八柱个顶个，即使底包流程，旗锣伞盖也不是稀松之辈。精英荟萃，龙争虎斗，互相切磋，各亮绝活。

"我们献艺的地方是在颐和园中德和园的畅音阁，三层的大戏台耸立在昆明湖里，三面可观，一面设场门。上层叫福台，中层叫禄台，下层叫寿台。天台地井，灯彩游廊。四面环水，满植莲花。左边喷水，右边吐火。龙从云兜下，虎从地井出。戏台的大云板底下，安装了蒸汽马达，西洋升降机。陪同老佛爷和皇帝来瞧戏的都是凤子龙孙，亲王贝勒，各国使节。"油糕旦的脸由暗淡而光亮，笼罩着一层梦幻般的华彩。

孙明祖冷冷地说："本府知道你见过些世面，否则也不会如此猖狂。"

239

"那次盛典,我葛家班独占鳌头,轰动了京城,太后钦赐马褂,圣上御赠尺头,许诺草民便宜行事,见官大三级,刑罚不加身。"油糕旦解开戏服,露出衬在里面的黄马褂,"这件御赐的马褂,草民平时供在祖先堂里,晨昏三叩首,早晚一炉香,从来不敢拿出来招摇,可是今天我想用它向父母官讨个说法。"

长时间的沉默,孙明祖终于重新开口,挥手说:"罢了,我看在这身黄马褂的分上,不与你计较,领了赏钱出府去吧。但是你也不要自恃朝廷恩宠,就真的以为可以在本官面前翘尾巴了,说到底你不过是老佛爷茶余饭后的一个玩物,就算主人一时兴起给哈巴狗戴了串金铃铛,这条狗见了人还是得多摇尾巴少龇牙。本朝的雍正帝一次偶观杂剧,见舞台上曲伎俱佳,龙颜大悦,传诏赏赐伶人御膳。其中一优伶在剧中扮演常州太守,受宠若惊,忘乎所以,问先皇常州官守是谁?先皇闻听勃然大怒说:汝优伶贱辈,何可擅问官守?此风实不可长!当即命令金瓜武士将其杖毙。"

油糕旦再施一礼说:"草民尚有自知之明,只要大人赦免了伶人的不敬之罪,伶人已经感激不尽。不过,我们葛家班的司鼓师傅有事要与大人面谈。"

"司鼓师傅?"这句没头没脑的话让孙明祖一时不明所以,没等他询问,那位鼓师已经飞身跳下戏台,站在了他面前,拱手说:"孙大人别来无恙。"

3

孙明祖头晕眼花,只见台上台下站着两个范开圆,一个是真范开圆,一个是戏里的范开圆。他又想,现如今整个山西不知有多少戏台,多少班子,多少腔调,正同时演绎这位青天范大人。从这个意义上说,此人已经半仙之体,分身无量了。

"范大人真是好雅兴啊,堂堂一个五品官居然给戏班子当起了鼓师。"孙明祖语带讥讽。

"板小乾坤大,鼓小掌万军,当年唐明皇也在戏班子里当过鼓师。再说我这也是不得已而为之,孙知府这个门槛太高,我几次求见都被拒之门外了。"

孙明祖深锁愁眉,叹了口气说:"就算见了又能如何?"

范开圆低声问:"孙大人真的不能通融吗?"

你范开圆现在只是个革员,却以为还是自己做商务总办的时候? 真是不知天高地厚。孙明祖耐着性子说:"孙某的苦衷在信里已经对范大人讲过了,此事恕下官不敢徇私。"

范开圆从袖筒里摸出一张字笺,轻轻放在桌案上,"这是临来的时候,周家大奶奶托我捎给大人的。"

孙明祖用眼睛在上面飞快地扫过,惊慌顿时涌上了面颊。这是一张周家以及其他矿主历年送礼的清单。数目,日期,地点,以及经手人都用蝇头小楷记录得清清楚楚。"范大人借一步讲话。"他抓起清单在火烛上烧掉说。

两人转入一间小客厅,孙明祖说:"你们这是要往死里逼我呀!"

范开圆说:"自大人到任以来,潞州各矿主每年给大人的孝敬和例钱,都有存档和副本,在各矿的柜上还留有底簿。按照《大清律》,文武官员贪墨之数,只要超过二十四两银子,即使'事后受赃不枉法'也要斩立决。当然,这比起前明官员贪墨六十两纹银就要扒皮实草的刑罚已经轻了许多。我刚才粗略估算过,不计实物,光这账面上的银子就已经超出了八万两。"

底气的丧失使孙明祖整张脸都垮塌了下来,上面的条条褶皱显得更深更密了。"下官并非有意要与矿主们为难。我也知道这是引火上身的事,有道是兔死狐悲,唇亡齿寒,潞州的大小私营煤窑一旦尽数查封,不仅是矿主们的损失,也是地方的损失。可大帅连下几道公文催办,你让本官怎么做?"

"恕范某直言,大人和矿主们的关系,就好比是一根绳上拴的蚂蚱,一荣俱荣,一损俱损。矿产在,大家发财;矿产亡,矿主们自然免不了要倾家荡产,而大人亦不能置身事外,独善其身。至于胡守中,多行不义,已经在山西激起了公愤,现在告他的人很多。抚署就像是一条千疮百孔的大船,别看现在还扬帆猎猎,桨声震耳,不知哪天风向一变,逆流袭来,就会沉下去……"

"那依范大人之见……"

"就一个字——拖。"

4

体育课刚刚结束,周学仁和渠五月并排坐在把操场和校门分隔开的中式长廊的矮凳式栏杆上。在他们左侧靠前一点,英国发明家詹姆斯·瓦特的半身铜像正反射着阳光。他们都累坏了,刚才体育老师请来了教化学的瑞典老师新常富,大鼻子新老师怀抱着一种样子很像蹴鞠的皮球,告诉他们那个东西叫英式足球,然后他让人用砖头垒了两个球门,把学生编成两组,每组十一个人,教他们熟悉这种新式运动的规则。

一时间两个人谁也不说话,各自想着心事。五月想告诉周学仁,自己那次祁县之行的奇异经历,她本来准备好了要和一个蛮不讲理的老怪物大吵一架,结果却是在一位慈祥老人的怀中失声痛哭。她想告诉周学仁,爷爷亲手做的碗托和剔尖有多香,以及他们祖孙之间的那个秘密约定……

周学仁也想告诉五月,自己心里藏着个妖怪,是它把自己变成了一个陌生的面目可憎的罪人。他想告诉五月,自从向母亲隐瞒了哥哥的事情之后,自己所承受的煎熬。如果和一座矿山相比,现在自己宁肯选择内心的安宁。可是……他就是没有勇气说出真相,并向母亲忏悔……

七天前,周学仁第一次在课堂上给五月传纸笺,上面写着歪歪扭扭一行字:谢谢贤弟搬来的救兵。下面画着一个抱拳行礼的男子,代表他自己。五月差点笑出声来,提起毛笔在这幅自画像上添了眼镜和胡子,团起来扔还给周学仁。

之后,他们就一起干了那件"大事"。趁着印校刊的机会,用钢针笔偷偷垫着钢板刻蜡纸,用手摇油印机印了几百张抨击政府卖矿的传单,弄得满身满脸都是油墨。礼拜日的时候,他们约了王景龙和另外几个同学去散,他们从天主堂散到打钟寺,从军装局散到巡抚衙门。渠五月和周学仁被一个吹着银鸡(警笛)拎着警棍的凶恶巡警盯上了,那家伙像条猎狗一样穷追不舍,他们跑得肺都快爆炸了,只差一点就被抓住了……

"真没想到原来监督大人是令尊。"周学仁说。

"你没想到的事还多着哩。"五月双手托着脸颊,眉头微皱,"我爹进京已经两个多月了,一点音信也没有,也不知道事情办得咋样。"

"我爹关在大牢里都半年多了,我娘都要急死了。"周学仁低垂着眼睛看脚面。

"要说你是猪脑子,猪都觉着冤枉。只有我爹在京城一帆风顺,你爹才有翻案的指望!"

周学仁突然来了精神,抬起炯炯发光的双眼,直视五月说:"我想咱们不应当仅仅做好朋友,应该让关系更进一步。"他紧握住对方的手,然后看见这位好朋友的双颊奇怪地涨红了,飞快地抽回手去,平时爆豆一样伶俐的口齿变得有点结巴:"你,你在胡说什么……"

"这有什么不好意思的? 你这个人可真逗。"周学仁一本正经地把两根大拇指弯过来对在一起,"只要咱俩情投意合,喜欢在一块……"

五月双手堵住耳朵眼儿,站起来把脊背冲着周学仁,"不听不听,耗子念经!"然后跺脚就走,周学仁追上去拉住她的后衣襟。"你要是不愿意和我结拜那就算了,只当我什么也没说,也用不着生这么大的气吧?"

五月把手从耳朵上移开,转回身问:"结拜?!"

"是啊,我爹说男人之间要是情投意合,肝胆相照,就应当结为金兰之好,异姓手足,祸福同享,荣辱与共,不求同年同月同日生,但求同年同月同日死。像刘关张,佐伯桃和羊角哀都是金兰兄弟,我爹跟协同庆票号的王财东也是金兰兄弟。"

"男人之间? 契若金兰……"五月乌亮的眼珠抹了黄油一样满脸乱转,拍拍周学仁的肩膀大声说:"好! 二人同心,其利断金,我就认你这个兄弟了!"

一群学生神情异样,风风火火地从长廊前面奔跑过去,王景龙——他们的板凳队员也在其中,五月上前拉住他问:"发生了什么事?"

王景龙激动得胖脸发红,呼哧带喘地说:"你们还不知道? 出大事了! 总理衙门跟福公司签了新的合约——《山西开矿制铁及运转各色矿产章程》,不但承认了原合同中的所有条款,而且还把开采地域扩展到了平阳以西……"

北京什刹海旁边的一条胡同里有扇红漆大门,门前立着两尊石狮子。台阶上有持枪站岗的卫兵。赵国良手拿《简报》匆匆穿过大门,心想京城现在如此动荡,楚南的安全多亏了陆亮臣周密布置。

《简报》的头条新闻是:五大臣出洋火车被炸。昨日十时,有一刺客装扮成仆役,身穿蓝布薄棉袍,皂靴,无花陵的红缨帽,避开检查,怀揣炸弹闯入正阳门火车站五大臣包厢。当时正鼓乐喧天,冠盖纷纭,车马鳞鳞,突然间爆炸声如惊雷破柱,花车两侧的玻璃窗同时碎裂,硝烟自内涌出,车厢的顶棚被撕裂,一道火流射向空际,其中夹杂着碎木片、鲜血、断手、断足……哗啦哗啦暴雨般落下,把两匹马吓惊了。共毙伤数十人,死者中有端方亲属,刺客亦当场身亡。五大臣中绍英伤势较重,被直接送往同仁医院,载泽、徐世昌略受轻伤,而戴鸿慈和端方由于坐在后面的车厢中,故而躲过一劫。但让赵国良血压升高,心律不齐的却并非这个头条,而是位列第二版第三条的消息。

四合院的北房里,渠本翘怒发冲冠,套着宝石戒指的大手重重拍在《简报》上,五指收拢把《简报》攥成一团。"真是无耻之极!看看吧,他们都做了些什么?他们还嫌中国被瓜分蚕食得不够!!除平、泽、潞、盂以外,将开采地域扩大至平阳府以西,以及他处煤铁各矿;福公司运抵山西的机器只完纳海关正半税项,内地厘捐概不重征;福公司可以在中国修路、造桥、开浚河道,以利运输煤铁……"

赵国良沮丧至极地说:"真没有想到闹腾了半天竟会是这种结果。这回他们干脆连'晋丰公司'这块遮羞布也不要了,胡守中、方孝杰比起总理衙门来倒显得小巫见大巫了。可以说福公司凡是在晋抚那里没有得到的,在北京都得到了。看今天的报纸了吗?晋丰公司被查封,山西商务局官员奉命进京谈判,福公司在京设立办事处。福公司仅每张一英镑的股票之发行量,就在一夜之间由100万张猛增至152万张,形成了全世界争购'山西股票'的火爆场面。"

渠本翘感慨道:"纵观全球和人类史,从没有哪一个政府会如此心甘情愿地将自己的国家主权和矿产资源拱手出让,听任宰割!"

赵国良长叹一声:"高,实在是高!瞧瞧他们算计得多么周密。总署先是摆出了一副公正不阿的面孔,申斥山西抚署办事不力,撤销了晋丰公司,将借债办矿之事转由山西商务局接手。不准胡守中再插手矿务,切断了福公司和山西抚署的联系。然后再以主持公道,杜绝流弊为名,堂而皇之地让福公司和山西商务局共同派员进京,在总署的监督下进行谈判。实则就是以山西商务局为王爷的牵线傀儡,把签约的权力牢牢地掌握在总署手里。有了这个筹码,就等于在庆王爷的后院栽下了一棵摇钱树。他们自己已经捞足了好处,哪还管什么国家主权,地方利益。就拿这次来讲,章程里规定的是举借洋债一千万两,但实付其实只有九折,即回扣一成。而这回扣的一百万两自然就落入了总理衙门的腰包。"

渠本翘无力地坐回椅子里,熊熊愤怒正冷却成颓丧。"身为一国政要,皇亲国戚,总理王大臣,竟如此利令智昏,欲壑难填,这还像个国吗?!也许守徜的话是对的,这个腐败的政府已经无可救药了——药不能治者以铁治之;铁不能治者以火治之!"

赵国良脸色大变,急忙上前堵住渠本翘的嘴。

第二十四章　两日风潮之第一日

1

下午。三点二十五分。

大学堂的操场上黑压压地挤满了人,在这一张张激动的脸庞里,有我们熟悉的周学仁、王景龙、渠五月、孙成典等等。一名年纪不大,戴着近视眼镜,面容清瘦刚毅的学生正站在西侧的高台上,挥舞着手中的报纸,发表激情澎湃的演说:"同学们,同胞们! 记住今天吧,记住这个山西历史上最黑暗最可耻的日子! 因为就在今天,我们被朝廷,被大清国,无情地出卖了!! 就像是狠心的父母,为了一堆肮脏的臭钱,而把自己的亲生骨肉推入火坑。我们能甘心忍受这强加给我们的悲惨的命运吗?!"

生员们齐声回答:"不能!"

"他们——那些高高在上的显要权贵,心就像埋在地下的煤一样黑,铁一样硬! 我们要把它挖出来,再丢进熔炉里去。我恨! 我恨这不公的世道,腐败的政府,贪婪的英商,有形的鞭子和无形的枷锁! 在这一刻,我感到自己的热血在燃烧,我要问,我们应该怎么办?!"

"找胡守中算账!"

"找外交部算账!"

“把英国奸商驱逐出去！”

……

游行队伍像冲出山口的岩浆滚滚而来,向沿途群众抛洒的传单纷纷扬扬如同雪片。不断有小股学生举着“某某书院”“某某学堂”的横幅汇入到队伍中来,使这支奔腾不息的洪流不断壮大,越来越汹涌澎湃,势不可当。

2

下午。四点四十五分。

位于海子边八号的福公司驻晋办事处是一栋巴洛克式风格的二层洋楼,花栏石雕和半圆拱凸窗标新立异,包着铅皮的穹顶架设着闪亮的鱼骨形天线,和周围连片的中式住宅区形成了鲜明的对照。楼前的院子是用钢丝网围起来的,透过那些菱形的网眼,可以看到办事处大门紧闭,连窗帘都拉得严严实实,紧张的气氛使人觉得空气都凝固住了。门廊前的碎石车道上停着一辆 1903 年生产的 Model A 福特车。红火的车身和轮毂光可鉴人,带皮喉的镀金喇叭,镀金车灯,镀金栅栏(中网)。两缸引擎能输出八马力的动能,在平坦的道路上,时速可达三十英里。安装着欧式壁灯的水泥门柱左侧,金属网墙上铆着一块铜牌,上面刻印:华人与狗不得入内。但自相矛盾的是,在院子里担任警戒工作的,除了四名手持长枪的印度保安以外,还有六条洋狗,冲着不断涌来的人潮疯狂吠叫,围着护栏来回乱窜。

它们不是中国种,因为本地人从来没见过这么丑陋的生物,四只黑色两只棕褐色,全都牛犊般大小,个头最大的那只足有六十五公斤,两颚有力得像钢板,身体强壮得像车床,步态沉重就像熊瞎子。满面横肉耷拉下来半尺,如同在长嘴巴上罩了一块肮脏潮湿的抹桌布。当它们摆头嚎叫的时候,那些冗长的赘肉沉甸甸地甩动,微黄的獠牙从口腔里露出来,唾液飞溅,淋漓的口水从来就没有断流过。总之,它们看起来就像那些为所欲为的恶棍,散发出一种癫痫病人的混乱气质,发红的眼睛放射着不死不休的难缠眼神。后来五月咨询过瑞典的新老师,新老师领她去学校的阅览室,踩着桦木梯子查阅了带图片的英文版《大不列颠百科全书》第九版(人称学者版),爱丁堡布莱克兄弟出版社出版。它的学名叫纽波利顿獒犬,也叫多伯曼，属于非常古老的品种。曾经有过在三分钟内咬死两只德国牧羊犬的可怕记录。即使在它的原产地意大利，出入公共场所也必须佩戴口罩，并由长度不超过一点五公尺的绳链牵引。在英国小说家柯南道尔1890年出版的侦探小说《福尔摩斯探案集》中，它被描写成了一头闪着磷光的怪兽，是任何一个敢于踏入其领地的入侵者的噩梦。

在对付这群洋狗的战斗中，孙成典勇敢地冲在了最前列，和同学们的悲愤情绪不同，他的精神亢奋异常，他才不在乎什么矿产不矿产，他们家从不缺煤，国家利权关他屁事。让他激动得上蹿下跳的是这件事本身。是这种近乎暴乱的气氛。今天太过瘾了，太刺激了，太他妈来劲儿了！面对着这些唊唊吠叫的怪物，他面无惧色，心想：可惜老子平时下乡套狗的工具没带来，否则用不了五分钟，就把你们变成香喷喷的狗肉大餐。虽然家伙事儿不趁手，但这也难不倒聪明伶俐的孙成典，他和自己的哼哈二将带领着更多义愤填膺的同学，拣来半头砖和石头蛋子，对怪物进行了先发制人的空中打击。但因为他们是隔着高高的围墙投弹，需要计算弹道的曲率，所以很难打得准，即使打上了劲儿也不大。洋犬立刻发动了凶猛的反击，接二连三地跳起来往围栏上猛扑，保安喝止都喝止不住。它们庞大的身躯被结实的钢网反弹回去，砸在地上一连能打好几个滚，并伴随着惨叫和巨大的夯声，很快就撞得头破血流，比中弹受的伤要严重得多。孙成典并不以小胜为满足，很快就发现了制高点——围栏对面的一道院墙。他再次带领同学一个踩着另一个的肩膀攀上墙头，把曲射变成了平射，有很多人在下面争着给他运递弹药。在众人的帮衬下，孙成典取得了辉煌的战果，成为同学们心目中的英雄。两条狗被打成了重伤，一条瘸了腿，一条瞎了眼，剩下的全部轻伤。在这个过程中，印度保安几次用动作威胁，表示要打开铁门，把愤怒已极的洋狗放出来作战，但最终他们没敢，而是把败下阵来的鲜血淋漓的洋狗领回了后院的狗窝，再也不肯出来了。因为就在不久前，阳泉刚刚发生了因为洋犬咬死保矿人士黄熺年，而引发民众千人抬棺闯衙，福公司阳泉负责人被平定知府当堂拘押，令其披麻戴孝，跪于灵前忏悔的恶性事件。

哲美森躲在二楼走廊的落地窗旁边,从窗帘的缝隙向外观瞧。洋楼周围并没有什么高大建筑,视野开阔。他看见办事处已经被包围,而附近的各条街巷尘土翻卷,尘头之上摇动着横幅、旗帜、拳头。学生和市民还在源源不断地从四面八方涌来。人越聚越多,一浪高过一浪的口号和呐喊虽然隔着玻璃,还是像不停挥舞的皮鞭一样抽打着他的神经和耳膜,令他坐立不安,心惊胆战。

"福公司滚出山西!"

"还我煤铁,还我矿产!"

"废除不平等条约!"

……

一辆载着半人高的大木桶和四个小木桶的牛车缓缓驶来,吃重的车盘很宽阔,桶上铆着铁环,铁环里穿着摽绳。牲口低头弓胯,木轮铁胎犁出两道深深的辙印。学生们把车拦住盘问:

"干什么的?!"

"看什么看? 就是说你呢,你放屁瞅别人!"

车主勒住缰绳,跳下车来打躬赔笑说:"小少爷们,可不干咱们的事哩,咱们都是老实巴交的本地人,给人家洋大人拉水的。"

孙成典一手掐腰,一手嘟点着老汉的脑门义正词严地说:"他们侵吞了山西的煤铁,骑在我们头上拉屎撒尿,作威作福,你们还给他们送水?! 你们还是中国人吗?! 身上还有没有一点中国人的骨头和良心?!"罗同学和杜同学就挥舞着胳膊喊:"砸了砸了砸了!!"

转眼间大车就卸了辕,松了套,掀翻在地。木桶被大卸八块,砸成了好几片,横七竖八地散落着,水漫得到处都是……车主人捶胸顿足,叫苦连天。孙成典说:"你狗日的做下甚有理的事了? 不思悔改,还敢哭?!"对准老汉的鼻子挥出一拳,把对方打翻在地,好几个同学过来拉,他才没有踹断老汉的肋骨。

愤怒的学生喊:"福公司的狗东西滚出来!"

孙成典就接上去喊:"再不出来,放火烧了他的王八窝!"

罗同学和杜同学就去满世界找火种和引火之物。

在叫骂声中,砖头瓦片呼啸着滑空而过,把办事处的窗玻璃打碎了好几块,并在外墙上留下斑斑弹坑。十个厚的落地窗就在哲美森的面前向内炸开,随着惊心动魄的瓦解声,自由飞溅的玻璃碴儿像一场冰风暴般袭击了他。上万面飞翔的小镜子映出了这个男人号叫着向后躲闪的狼狈形象,并像刀片一样在哲美森的脸颊上、胳膊和手掌上划开多处或深或浅的血口。

英国雇员乱作一团。哲美森浑身是血,用手帕捂着眉毛上的伤口说:"快快,给知府衙门挂电话!"

雇员擦着汗回答:"已经打过了,接不通,好像电话线也被切断了!"

哲美森伸出颤抖的手指说:"给公使馆发电报……"

随着"嘀嗒嘀嗒——"的发报声和报务员击打电键的手指有规律的运动,一份十万火急的电文乘着摩斯电码飞向北京东长安街——英国公使馆。电报称:今日下午四时许,福公司驻晋办事处受到大批学生的无理围攻,形势危急。正常工作被迫中止,日常供应及电话线均被切断,生活必需难以维持……此举看来并非百姓就地萌生,该处民人倘被学生引诱,必致肇兴大乱,恐有重蹈庚子之变覆辙之可能,于本省侨居各国世庶及其奉教华民大有危险,其乱必致血流漂杵,方能底定……

3

当晚。七点二十五分。

北京东长安街,英国公使馆二楼的一间办公室里,壁灯和台灯同时亮着。二等参赞甘伯乐手握鹅毛笔,面对书桌上摊开的信纸冥思苦想。那份今天刚刚从福公司发来的电文就放在他的手边。一个小时前,他的顶头上司——全权公使朱尔典吩咐他,就山西正在发生的商业纠纷写一份发往伦敦威斯敏特区唐宁街十号,给班纳曼首相的《风险评估报告》。

五十分钟前,他的老朋友福公司大班罗沙第打来越洋电话,态度诚恳地表示愿意在明年五月份的竞选中帮助他在下院获得一个席位,并且代替他交纳五百英镑的选举保证金。

半个小时前,总理各国事务衙门的差官送来一张拜帖,随后那位王爷和公使通了电话。十五分钟前,工作人员向他报告,说使馆前面的道路全部被士兵封锁,这说明王爷正在准备出发。奕劻这只老狐狸不愧是李鸿章亲手调教出来的学徒,虽然贪婪,但政治嗅觉还是灵敏的。

庆亲王的错误在于眼睛长到脑门上了,视线越过了他这个二等参赞,所以他决定不给那只老狐狸任何机会,也就是说要在他的马车到达之前,在他说服公使之前,就抢先一步把报告拟成电文发出去。

要把事态渲染得极其严重,把福公司的处境说得岌岌可危,把中国政府描绘得傲慢无礼,这样首相就会紧急召集"国防和海外政策委员会"商讨对策,并分别单独召见海军大臣、外交大臣和财政大臣。从第一次通商战争算起,大英帝国已经连续三次对这个顽固的国家挥动战争的铁拳,那么再来一拳怎么样? 最好是致命的一拳。就是不知道自由党有没有当年的辉格党的勇气①。

英国是个有法律讲规矩的国家,但有些事说不清楚。1839 年 8 月 29日,巴麦尊首相收到了被中国人囚禁的商务总监督义律爵士的报告。10 月1 日内阁就决定派遣一支船队前往中国,并训令印度总督予以配合。11 月4 日,内阁命令海军部派出远征军。1840 年 2 月 20 日,首相发表了《巴麦尊外相致中国宰相书》。同年 4 月 7 日,国会下院才开始讨论战争问题,经过三天激烈的辩论,以 271 票对 262 票的微弱优势通过了内阁的提案。

这真是一张有趣的时间表,它表明当议会还在就要不要对中国动武唇枪舌剑磨嘴皮子的时候,皇家舰队已经从英国本土、南非和印度出发,浩浩荡荡地行进在讨伐中国的航线上了。

十分钟以后,报告落下了最后一个墨点。与此同时,窗外也传来了马车的银铃铛声。哈里路亚。上帝宽恕我。我是个坏巫师,我在召唤一场风暴——战争的风暴。甘伯乐心里说着,拿起文件夹走向电报房。

---

①时任英国首相的亨利·坎贝尔·班纳曼是自由党人。而发动两次鸦片战争的巴麦尊,则先投靠以土地贵族为中心的托利党,后见风使舵,又急转改入以新兴的"工厂贵族"为主的辉格党。

4

当晚。八点十五分。

范开圆和李兴正在返回太原的路上打尖,在客栈吃罢晚饭,范开圆毫无睡意,兴致勃勃地说:"这趟四州之行大有收获,使我看到了民众当中蕴藏着巨大的能量。特别是在平定黄熺年事件之后,平潭村长沈简堂聚集村民、窑工八百余人围堵福公司驻地。平定城东关的杜氏族人举着皇上御赐的黄旗,到平潭主灶,昼夜不停地舍饭,对聚会民众每日每人发放二十文钱补偿费。潞州的窑工护矿队也很了不起,在二道沟跟官兵武装对峙三天两夜,小试锋芒,就已经让那些不可一世的达官显贵慌了手脚。我常常想,如果这支窑工武装能够为革命党所掌握,那将是一支不可低估的力量,埋葬清王朝也就指日可待了。对了李兴,你还记得《水浒传》里宋江在浔阳楼提的反诗吗?"

李兴吟诵:"心在山东身在吴,飘蓬江湖漫嗟吁;他时若遂凌云志,敢笑黄巢不丈夫。还有一首叫:自幼曾攻经史,长成亦有权谋。恰如猛虎卧荒丘,潜伏爪牙忍受。不幸刺文双颊,哪堪配在江州。他年若得报冤仇,血染浔阳江口!"

范开圆点头:"文能载道,不平则鸣。今天我们也来提它几笔。"说着就用毛笔沾墨在客店的粉壁墙上写下:异日得志,当精练八旗子弟兵,灭尽汉奴!落款是:锡昌醉书。

李兴举着油灯,笑道:"大人这招激将法太厉害了!"

范开圆放下笔说:"满虏中有爱新觉罗·良弼者,曾有此语,并非是我凭空捏造。"

"时候不早了,大人烫烫脚早点休息吧。"李兴不禁想起了许多年前,从壁炉钻进旅店的那个晚上。

"今天《晋阳导报》出了号外?!"范开圆的目光突然落在桌子的一角,神情严肃起来,拿起报纸翻阅,一行通栏标题印入他的眼帘:"英商开发晋矿已成定局,数千学生于太原集会抗议。"

范开圆一跃而起说:"不好,太原出大事了,我们必须连夜赶回去!"

252

5

当晚。十点零七分。

福公司驻晋办事处门前燃起了一堆堆露营的篝火,火焰印照出一张张年轻的面容。学生们大都席地而坐,有的抱膝,有的盘腿,有的干脆仰卧,头枕着双掌,齐唱《满江红》。

这是一个不眠之夜,山西的天空就像掺杂了硝酸钾和硫黄的炭粉,随时会喷射出无数焦耳。全球的目光都聚焦向这里。各个要害部门灯火通明,枕戈待旦。晋省主要官员全部集中在巡抚衙门开着电灯彻夜办公,研究对策。探子每小时要进来报告一次新情况。会议间歇,胡守中和方孝杰钻进旁边的签押房(办公室)里密商。

方孝杰说:"此次动荡是全省范围的,以太原和阳泉的冲突最为激烈,如果不严加控制,很快就会蔓延到全国。"

胡守中显得很沮丧。"唉——螳螂捕蝉,黄雀在后;早知今日,何必当初! 羊肉没有吃着,到惹下一身骚。这下好处都让总理衙门半路打劫了,反倒留下若大一口黑锅让我们来背!"

"现在说这些还有什么用? 我们已经没有退路了,这次总理衙门之所以没有治我们这些山西官员的罪,就是因为他们吃了福公司的好处。如果一旦案子翻过来,那我们就会从挡风墙变成替罪羊!"

"本来是皆大欢喜的事,坏就坏在那帮惹是生非的绅商和生员身上。不好好在学堂念书,却跑出来狗拿耗子,专与抚署做对。"

方孝杰向前倾了倾身,试探道:"要不要把抚标的城防营和捕盗营派出去,驱散学生,逮捕领头闹事者?"

胡守中摆手说:"不妥。城防营和捕盗营为巡抚衙门直属,现在抚署已经成了众矢之的,人人欲除之而后快,如果再落下一个镇压生员的把柄,会激起更大的民愤。通知督练公所,让姚鸿法于明晨八时前派两营新军维持省城治安。"

6

当晚。十一点三十六分。

阵阵北风搅动起浓稠的云团,使它们像妖魔一样变幻着庞大的身躯,吞吐着星月的光辉。鸟瞰无边的旷野上,一辆马车在孤独地奔跑,仿佛背后有十万追兵,仿佛想逃出这苍茫的黑暗。一枝松明插在车厢后面,冒着黑烟,使马车看上去像一座移动的烽火台。是啊,警报已经点燃。号角已经吹响。兵临城下,将至濠边。车厢里,范开圆不时掏出怀表来看,焦急地问赶车的李兴:"离太原还有多少路程?"

"大约还有三十多里地。"

"要快,务必在天亮之前赶回去!"

李兴挥鞭打马,"驾——"皮条无情地卷起一串热汗,马痛苦地咬紧了嚼铁,耸动了一下被轭具勒磨出血印的肩胛,放开四蹄,舍命狂奔。突然,左前轮陷进了一个泥坑,马一声长嘶失了前蹄,接着便歪倒在砾石中,本来就倾斜成锐角的车厢轰隆一声巨响,被套索彻底带翻。松明的火焰在空中划出一个奇怪的光环。沉重的铁车轴甩掉轴头,震开子母销子,从轿厢上摆脱出来,一只裂开的轮毂炮弹般横飞出去……

一轮残废了的月亮在深深的云洞里冷笑,惨白得像个噩兆。大约有两分钟,李兴一动不动地和月亮对望,连眼睛都没眨一下,他只知道大地正平托着自己,除此之外内心是无比的宁静。然后他行动起来了,先双手抱住自己的左腿,拼尽全力把它从马屁股下面抽出来。他终于又看见了自己的左脚,但是脚上的靴子却留在马下面了,只有布袜子还留在上面。他觉得这条腿一点知觉也没有,好像它根本就是别人的,他在心里暗暗祷告,骨头可千万别断了。他从尘埃中挣扎着站起身,一瘸一拐地摸索到倾覆的车厢后面,扯掉门帘子。一个人形,像具尸体一样歪斜在车厢里。世界安静得好像坟场。李兴双膝跪下,莫明其妙地只想呵呵窃笑。他一只手握住门框的边楞,另一只手探进去抓住了人形的腰带,把他朝自己拖动了大约两尺。这两尺的距离耗尽了他的气力,他松开手,像动物一样四肢着地,大口大口地喘气,汗珠成串儿地滴落在眼前的土里。火把还在烈烈燃烧,虽然火焰和那枝松明已经由直线弯折成了直角,可它既没有熄灭也没有把车厢引着,这真是太幸运了。现在,范开圆的后背正顶着李兴的脸,李兴把他拦腰抱住,从扭曲变形的车门里倒着拽出来。在这个动作中两个人又一起仰天摔倒了。

这回他翻进了路边的泥坑里,和咬住马车轮子,制造出这场事故的是同一个坑,幸亏这个坑并不太深,没有把他的脸也埋进去,但他还是努力了很久才爬出来,一直爬到范开圆面前,紧张地问:"大人,您没事吧?!"

范开圆就躺在泥坑的边缘,裹着一层厚厚的木屑和灰土,掩盖住了面颊的青紫。他半点不能动弹,胸口好像被噎住了,心脏冻结在肋骨里面,伸直脖子,翻着眼白,从喉咙深处发出一串杀鸡般的声音。李兴先把他扶着坐起来,拍打他的面颊,然后挥拳捶击他的后背,使他的胸腔发出鼓一样的嘭嘭声。在连捣了十几下后,气流终于冲开了栓塞的气管,包在心肌外面的冰壳裂开,心脏又恢复了弹性。范开圆的眼睛里闪烁着辛酸的泪花,颤抖的嘴唇依旧毫无血色,但他终于又能指挥自己的身体了。"呸!我不要紧,马怎么样了?"声音微弱而勉强,好像马上就要咽气一样。

李兴过去检查了一下,虽然他脚腕疼得厉害,但丝毫没有表现出来,说:"这匹马不行了,前腿摔断了。"

这真是一个糟糕极了的时刻。马,圆瞪着一双悲哀的大眼睛侧躺在冰冷板结的黄土地上,强壮的脖子僵硬如石,上面鼓起根根血管。口沫淋漓,受伤的前腿淌着血,一根惨白的骨刺穿出了皮肤。它汗津津的四肢不停地抽搐抖动,几次挣扎着想站立起来,但都失败了。据说马有惊人的视野,视线可达三百三十度,唯独看不见正前方——双眼中间的区域,这就是它经常低着头走路的缘故。李兴难过地说:"它这是累的呀,从昨天起程到现在它没有休息一刻,没有喝一口水,也没有吃一口草料,还不停地挨鞭子……它是个哑巴畜生,心里有苦说不出来……"

范开圆在马前面慢慢蹲下去,膝盖发出嘎巴一声弹响,在这个艰难的动作中,生理性的眼泪终于变成了情绪性的。他抚摸着马颈和它的额头,觉得触手所及滚烫滚烫的,就像刚从砖窑里锻造出来的冒烟的耐火砖。这表明它的心脏和肺叶曾经像蒸汽马达一样超负荷运转，燃烧着氧气，磨损着肌肉，透支着生命，消耗着青春……泪珠大颗大颗地滴落在马的皮毛上，然后瞬间就蒸发了。他用哽咽的声音说："马兄呀，是我害了你，我对不起你呀……"

泥猴一样的李兴一屁股坐倒，像泄了气的皮球，说："这下再急也没有用了，这旷野荒郊的，又没有了马，我看今晚咱们是走不成了。歇歇吧，等天亮了，到前面先找个镇店再说。"

范开圆低头不语，彷徨无计。

李兴突然警惕地抬起头来，耳郭神奇地跳动。"你听，这是什么声音?!"

范开圆也侧耳倾听，却过了好几秒钟才接收到信号。在夜幕的另一边，隐约有一片呼哨、呐喊和马蹄声交织在一起，狂野而危险地渐渐逼近。他站起来，顺着声音的方向举目瞭望，只见地平线先是一片漆黑，然后一些模糊不清的形状卷着点点光亮闯入了视野的边界。一支快速移动的马队，不断清晰不断放大，在和他们相距大约十来丈的地方稍微停顿了一下，显然是有所发现。然后突然调转方向，在大地上拐了一个"几"字形的弯角，一字排开向主仆二人扑奔过来，转眼就把他们包围在了中间。

现在，他们已经是无比真实的存在了。人影晃动，马蹄交错，马群的气味从原野清新的空气中突现出来。马上的汉子个个粗布包头，衣衫不整。为首的中年人骑着一匹白毛黑斑点高大威武的骏马，粗野凶狠地瞪视着眼前的猎物。

突然，有个声音惊叫起来："我认出来了，他们就是前年在黑风口打死老三和老九的那两个梁子!"

首领爆发出一阵大笑："山不转水转，我兄弟的仇今天总算得报了!"

李兴从后腰拔出火枪，把范开圆挡在身后。

匪首狞笑，露出一侧的大金牙："你这一亮家伙我才真想起来，当年你这个胎毛未退的奶娃就是靠这把火枪，在黑风口扮了一回西楚霸王。可是此一时彼一时，现在喷子这种东西已经不新鲜了! 弟兄们，亮家伙给他看看!!"

霎那间，马上的汉子们手里变出十几支快枪，从四面八方同时指住李兴，到处都是拉大栓压子弹的声音。

范开圆把李兴推到一边，从怀里掏出一个沉甸甸的钱袋抛给匪首，抱拳道："这位好汉爷，人死不能复生，看在钱的分上放我们一马吧。"

"钱和命都得留下，明年的今天就是你们的祭日。"匪首把钱袋在手里掂了掂，一副无赖嘴脸。借着火把的光亮，他看见鹿皮袋上提着一行红色的蝇头小楷——山西商务总办，湖南候补道范开圆专用。匪首桀骜不驯的脸上掠过了一丝诧异，问："莫非你就是为了护矿废约而辞官不做的范开圆范大人?!"

范开圆说："正是在下！"

匪首迷茫地呆愣了片刻，突然甩蹬离鞍，单膝跪倒，抱腕说："范大人大仁大义，敢作敢为，是条顶天立地的汉子，为民做主的青天！我老北风有眼无珠，冲撞之处还望大人海涵！"

第二十五章　两日风潮之第二日

1

次晨。两点十五分。

几堆跳动的篝火驱赶着黑暗，木柴哗剥作响，橘黄的火星随着风飞舞盘旋。火上架着一只烤得焦黄油润的野鸡。周围汉子们的猜拳行令声，和稍远处叮叮当当的斧凿锤锯声不断传来。老北风和范开圆并肩而坐，幕天席地，喝酒谈天。

"范大人这是从何而来？要上哪里去？"老北风撕下一只鸡腿递过去。

"我是从潞州来，要赶回太原去。"火光中，范开圆神情忧郁。

"这样马不停蹄地星夜兼程，想必是省城发生了惊天动地的大事？"

"我刚刚得到消息，昨天生员们包围了福公司驻晋办事处，如果双方僵持不下，偏袒洋人的抚署必然会派兵弹压，要是那样学生就要吃大亏了。所以我必须在天亮之前赶回去，设法化解这场危机，可是万没想到，半道上马受了伤。"

老北风默默地把碗里的酒喝干，用衣袖抹了一下嘴角，站起来大声问："范大人的车子修好了没有？"

远处的光亮中有人回答："马上就齐活儿。"

老北风吩咐:"把我的雪里豹牵过来!"

范开圆吃惊地说:"老北风大哥,你这是……"

老北风爱惜地拍着雪里豹优美健壮的脖颈说:"这匹伊犁马跟随我多年,虽不敢说是日行千里,夜走八百,可也是匹百里挑一的宝马良驹!就是脾气倔了点,跟我一样。"他转而把脸颊贴在雪里豹抖动的耳朵上:"老伙计,今天我把你送给范大人,让你替他拉车驾辕,惩贪官,救黎民,保煤矿,替天行道。这是你的福气,比跟着老北风打家劫舍有出息。你可得好好干,不能偷奸耍滑,也不能再使你的野性子。你得给我争气,不能给咱爷们丢脸啊!"

还是明月如钩,还是风云变幻。马车冲破浓雾重新上路,崭新的铜焗子在木轮上旋转着锐光,四块蹄铁如催阵鼓般敲击着大地的胸膛。范开圆掀起轿帘,回望。夜幕中,闪烁着一片星星点点的火把光亮,就像观敌瞭阵的营垒,也像祝愿和期待,像无数目送着他的炯炯目光……

<h1 style="text-align:center">2</h1>

次晨。七点四十五分。

朝霞在晨光金色的底衬上热烈绽放然后悄然消退,像一次淬火。

阎锡山率领两个营以急行军的速度从市区空空荡荡的街道上穿过,两个营的管带分别是姚以介和乔煦。阎锡山上个月刚刚升职,领章上的蓝珠子变成了红珠子,职务已经从教练员擢拔为教练官(副标统)。

乔煦抱怨道:"听说我们这次执行的任务是驱逐和弹压包围福公司办事处的生员。我事先声明,这差事谁爱干谁干,反正我是不干。我乔煦宁肯降职,关禁闭,挨军棍,也决不做这种助纣为虐,为虎作伥的勾当!"

形势复杂呀!官府、同盟会、护矿的学生,哪个也不敢得罪。阎锡山板起脸来呵斥:"放肆!军人以服从命令为天职。军法如山,命令就是命令,命令就要不折不扣地执行。这不是做买卖,不能讲价钱。不过谁说我们要去驱逐和弹压生员啊?协统大人只是命令我等去维持社会秩序,保护在华的洋商。"

乔煦不解地问:"这难道有什么不同吗?"

阎锡山用白眼珠冲他翻了一下，"当然不同。去了以后都听我的，把附近所有的街道和路口全部戒严，弓上弦刀出鞘，枪刺一字排开，把架势拉得足足的。至于那些闹事的生员，只要是不杀人，不点房子，爱怎么折腾就由着他们折腾去。灰灰的一群学生娃能整出多大动静？喊几句口号，扔几块半头砖，这山西的天能塌下来？秀才造反，十年不成。闹累了，他们自然就家去了。"

乔煦似有所悟："哦……"

3

次日。十二点三十分。

太原城的各大饭庄，包括摆摊设点、引车卖浆的商贩开始络绎不绝地给学生们送餐。在路口警戒的新军对他们只稍加盘问，并未阻拦。昨天他们还只是旁观者，但今天就参与进来了。知味园便是其中之一，沈老板捯饬得粉面桃腮，身穿大红的苏绣招摇过市，带领十几名伙计，分乘五挂大车浩浩荡荡地出现在骚乱现场。几乎跟她前后脚，先两匹顶马开道，从左侧的巷子里转出一乘四人抬二人扶的金顶蓝呢子大轿，后面又有十余人跟随着。差役卷起轿帘，放下脚踏，方孝杰袍服光鲜，官威凛凛地从轿子里钻出来。

沈红绫举着长勺子正在给学生添饭，大声招呼："方大人也来一碗吧。"

方孝杰向对方横了一眼，冷冷地说："沈老板怎么也来凑这个热闹，趟这路浑水，跟一群毛孩子瞎起哄？"

沈红绫笑着回答："这些娃娃们金贵，要是饿坏了可不得了，山西的矿产还指望他们争回来呢。"

"立正，全体立正！"阎锡山洪亮的喊声先传过来，然后人才跑步上前，打立正说："卑职，新编第四十三协第八十六标教练官阎锡山参见府台大人！"

方孝杰用眼角睨视着阎锡山，责问："你们已经来了两个多时辰，为什么还没有将闹事者驱散？真乃无用！"

"回禀大人，卑职担心过激行动会激化矛盾，引起更加严重的局势动荡,以致衍生出特别之问题,恐将越发不可收拾,所以一直在劝说和疏导,希望能感化他们自动离开。"这都是事先准备好的说辞。

方孝杰用鼻孔哼了一声,冷嘲热讽道:"自动离开?那还要你们干什么?!真是痴人说梦。没看出来,阎教练官倒是有对牛弹琴的雅兴!"

"有道是精诚所至,金石为开。只要卑职意诚理直,就是顽石也会点头,铁树也会开花。"阎锡山一本正经到略带蠢态。

方孝杰觉得这个军官简直不可理喻,轻蔑地吐出两个字:"荒唐!"就不再理睬对方,径直走到福公司办事处前,找了块踮脚的高台阶向学生喊话:"尔等都是读书人,理应通情达理,老成持重,明辨是非。《论语·学而篇》中说:夫子温良恭俭让以得之。办矿制铁,与洋人通商乃是国家大计,自有朝廷重臣决断!庆王爷、胡大帅是何许人?久经宦海,老于世故,胸中自有十万兵甲。目光是何等老辣,何等历练?!庙算是何等睿智,何等周详?!对其中的利害得失比尔等参得透彻,该如何跟洋人打交道谋得比尔等深远!尔等童蒙稚子,未经人事,懂得什么是治国之道,为臣之谋?懂得什么金融商机,韬略计谋?!国内经济了解多少?国际形势把握几何?座谈立论无人能比,谋事务实百无一用!不过是被一些别有用心者利用,却在这里杞人忧天,做出此等狂悖不法,近似疯癫之事,又偏偏是在洋人的眼皮子底下,岂不有失人格省格国格,献丑于海外,贻笑于诸洋……"

渠五月举着拳头喊:"肉食者鄙,未能远谋!"

周学仁跟着高呼:"诸公尚守和戎策,壮士虚捐少壮年!"

王景龙嗓子已经嘶哑了:"同学们,他就是晋丰公司的董事之一,卖矿就是他从中间牵的皮条!"

孙成典跳着脚喊:"床前明月光,地上鞋两双;一对狗男女,其中就有你!"

又一个生员大声指责:"方孝杰,公以末僚到山西吸吮民脂数十年,并无丝毫感情、恩德于我晋省,且于新政新学诸多反对。罪责一:阻挠女学。罪责二:阻办实业。罪责三:侵吞要款。罪责四:反对新学。罪责五:轻视路权。罪责六:卖矿自肥。如今朝廷正锐意革新预备立宪,凡公民皆有言事之权,皆有自治之责,而今而后,岂能仍旧任由公等一手遮天?!"

本来就骚动不安的现场变得更加沸腾,学生开始向前拥挤,许多人在声嘶力竭地呐喊:"打打,打这个卖矿贼! 打这个大贪官!!"砖头石块向方孝杰迎面飞来,学生像愤怒的潮水般涌上前去,推倒差役,揪住方知府拳脚相加。

姚以介无动于衷,乔煦在一旁背着手暗笑,阎锡山狠狠瞪了他们一眼,命令:"你们还愣着做甚? 还不快去保护方大人!"

士兵费了九牛二虎之力才把连滚带爬,狼狈不堪的方大人从学生们手中夺回来,保护着架离现场,并排成人墙挡住不依不饶的人潮。

方孝杰的顶戴已经不知去向,朝珠被扯断,官服也撕开一道口子,面目青肿,鼻血不止,气急败坏地叫道:"来人,把他们给我统统抓起来!"

官兵充耳不闻。阎锡山掏出一块手帕递过去,说:"让大人受惊了,都是卑职保护不力,罪该万死,诚惶诚恐!"

方孝杰接过手帕捂住鼻子,仰面止血说:"本官命你立刻把这群无法无天无父无君的暴徒统统驱散,为首者立拘锁拿,反抗者格杀勿论,天大的娄子自有本府顶着!"

阎锡山两手一摊说:"这可就难办了,按照咱们大清国的规矩,文武衙门互不隶属。文职官员没有权力指挥和命令驻军,大人的要求,恕卑职碍难从命。"

方孝杰一口气窝在心里,面颊抽动说:"就算文武衙门互不隶属,可我们毕竟都是朝廷命官。眼见暴徒肆意行凶,殴打官员,公然藐视国法王纲,阎教练官竟然无动于衷,置若罔闻,不知是何居心?!"

阎锡山神情自若,声音寡淡。"我是一个军人,军人的职责是上阵杀敌,保家卫国。此次不过是协助地方维持秩序。至于捕盗拿贼那是巡警和捕盗营的活儿,阎某又岂敢越俎代庖? 况且法不责众,有那么多生员参与其事,难道把他们都抓起来? 关都没地方关!"

"你?! 好一张利口!!"方孝杰捧着鼻子,愤然离去。然而他的轿子并没有回衙,而是直接抬进了抚署,到胡守中面前搬弄是非。"新军已不可靠,显然是受了学生的煽动,那个阎锡山我看也是身在曹营心在汉。大帅应当机立断,立即调捕盗营或巡防营前去弹压,否则一旦新军与暴民同流合污,恐有祸起萧墙之患,变生肘腋之险!"在他的鼓蛊下,胡守中终于失去了理智,事态不断升级。

4

次日。三点二十八分。

身穿旧式号衣,杀气腾腾的捕盗营出现在了新军警戒线的外围,除了枪械以外,人手一根枣木棒子。阎锡山闻讯赶到,敬礼说:"杨统领。"

捕盗营统领杨凤亭仰起肥沃的麻脸,傲慢无礼地说:"本将奉抚标之命前来弹压地面,解救被围的英国绅商,请阎教练官立即放行。"并出示了提督府(一省最高军事机构,一般由巡抚兼任)的手谕和信牌。

阎锡山无可奈何地挥手说:"放行吧!"

捕盗营很快就把新军甩在了身后,他们冲进现场,不由分说,开始用棍棒驱赶和殴打示威的生员,强行清场。手无寸铁的学生盲无目的地满场奔跑,流血受伤的人很多,一时间场面十分惨烈混乱。

一直躲在窗帘后面,紧张地关注着事态发展的哲美森灰白而疲惫的脸上终于露出了一丝窃喜……

分布在四周的新军紧握着手里的汉阳造,个个脸色铁青,愤愤不平。乔煦转悠到姚以介身边,小声说:"姓姚的,你平时不是挺牛逼的吗?今天怎么跟个熟栌杆子似的,戳着不动了?你的能耐呢?本事呢?霜打的茄子——蔫了?黑瞎子打正立——熊了?孙猴子戴上紧箍咒——傻了?有种没种?敢不敢跟我揍那些捕盗营的狗日的?出了事咱俩扛着,不能连累阎教练官。"

身材魁梧的姚以介站得像根桩橛一样,目光平视说:"你敢我就敢!"

"他奶奶的!"乔煦从皮套里抽出短枪,"一营的弟兄们跟我来!"

姚以介亦拔枪,吩咐:"三营的弟兄们跟我上!"

阎锡山扑上去,同时攥住两个人的手腕,厉声说:"你们不要命了?!都把枪给我收起来!越是在这个节骨眼上越得忍耐,决不能轻举妄动,授人以柄!"

一名士兵跑步过来,"报告教练官,商务局前任总办,范开圆范大人来了,非要进场不可,被我们的哨兵拦住了!"

阎锡山仰天长叹:"唉,又来了一个惹事的祖宗!今天算是唱上'群英会'了!!"

范开圆带着李兴正和哨兵激烈争执,快要散架的马车停在他们的身后。阎锡山大步上前,范开圆的样子让他暗暗吃惊,敬了个军礼说:"新编第四十三协第八十六标教练官阎锡山参见范大人!"

范开圆蓬头垢面,破衣烂衫,额头有青紫的肿块,嘴唇上起的都是燎泡,哑着嗓子说:"我不是什么大人,也用不着参见。赶紧叫你的人把道闪开,让我们进去。"

阎锡山为难地说:"非是卑职敢阻拦范大人的大驾,而是捕盗营正在里面驱赶和抓捕闹事的生员,范大人现在上场太危险了,万一大人要是有个闪失,让卑职对上上下下如何交代?死都赎不了我的罪!"

范开圆嘴角泛起白沫,太阳穴上的血管在蹦跳,表情声嘶力竭,"我进去会有危险,那里面的学生难道就不危险吗?!你担心范某有了闪失对上上下下不好交代,可你想过没有,要是这上千学生有了闪失,你我对他们的父母如何交代?对山西两千万民众如何交代?对自己的良心又如何交代?这些娃娃都还年轻啊!他们肩负着振兴国家的责任,都是大有作为的可造之才,是中华民族的宝藏!他们每一个人的性命都比我范开圆贵重得多!!"

阎锡山说:"范大人……"

范开圆粗暴地打断他:"我不想再跟你废话,时间不允许,学生们正在用血肉之躯面对捕盗营的棍棒,每时每刻都有可能流血受伤。我必须到他们中间去,和他们站在一起。如果你一定不准我进去,那就下令逮捕我好了!李兴,咱们走!"说罢,斜过身子硬往里闯,哨兵急忙拦挡,抓住范开圆的一只胳膊。范开圆暴怒地甩开对方的手,闪电般从李兴腰间抽出火枪,对准哨兵脚下"轰"地放了一枪,弹丸在地面上激荡起一尺多高耀眼的火花,崩出个土坑坑,把哨兵吓得一跳三尺。范开圆目光森然,用冒着烟的枪口指住阎锡山光亮的脑门,两个机锤卧倒一个竖着一个,吼叫:"这把枪可是双响炮! 谁敢拦着老子?! 我认识他,这把枪不认识他!!"

哨兵们不知所措,为难地望向阎锡山,阎锡山低头不语。

范开圆一边大步向前一边把枪抛给李兴。李兴的左脚还有点跛,走路一颠一歪的,接枪在手,跟在范开圆身后,倒行警戒。

看着主仆二人渐渐远去,阎锡山大喊:"张拖顺,李长安!"

两名士兵跑步上前顺枪立正:"到——"

阎锡山命令:"你们赶紧去跟着范大人,记住,要寸步不离地保护他的安全。范大人要是有一丁点闪失,唯你们两个是问!"

5

次日。四点零五分。

捕盗营和学生已经扭打成了一片,战火不断向着四周蔓延,眼看就快打出警戒线了。王景龙双手抱头,把自己蜷缩成一团儿,身上连挨了四棒子,好像一个完全被打蒙了的尸货,虽然疼得龇牙咧嘴,好在那层厚厚的脂肪保护了他,使他仅受了点皮外伤。其实他一直在耐心地寻找着反攻的时机,现在他突然发动了,关键时刻爆发力惊人。他双手抓住对方挥过来的木棒,同时把重心移到左脚,转身,弯腰,硕大的屁股猛然顶出去,撞向对方的侧面。在这个动作中,他听见自己的裤子嘶啦的一声从中缝绷裂了。他想:好吧,这很丢人,但是也没什么,好在有袍子遮着呢……营兵无助地松开了自己的木棒,像抛石机上的石块一样飞了出去。

营兵落地后用胸脯在地上滑行了一截儿,头撞开一堆燃尽的篝火。他翻身坐起来,带着某种难以置信的表情,脸上全是血和黑灰,摇摇晃晃地想往起站。但是王景龙没有打算给他这个机会,他开始助跑,然后飞身跃起,在空中展开双臂,把营兵重新压趴下了,近二百斤的体重再次通过屁股传递给了对方。他听到身下传来了骨折的声音和痛苦不堪的呻吟,咧开嘴笑了,喃喃地说:"你打了我四棒子,每一下我都数着呢。"

另一名营兵攥着五月的腕子拖行,五月又踢又挠蹲在地上打坠儿,孙成典带领罗杜手提板砖冲过来支援,但周学仁冲在了他们的前面。五月一口咬在对方的手背上,营兵尖声惨叫回手一棒,周学仁蹿上去拦,棒子正好落在他的前额。周学仁一捂伤口,血稠糊糊地从指缝间流出来,盖住了双眼。

五月搂住周学仁,连声呼唤:"周学仁,周学仁!"

"他妈的,敢打老子的同学!!"孙成典气急败坏,和他的哼哈二将开始施展报仇的拳脚,但是对手数量的不断增加很快使他们处在了被动挨打的下峰。

正在这时范开圆赶到了,站在高处大喝:"住手!"

杨统领迎上去,双手叉腰说:"范开圆,你一个开革的商务总办,有什么资格跑到这儿来吆五喝六,指手画脚,发号施令?!如果你再敢妨碍本统领执行公务,我就把你当成暴徒的同党,一体锁拿!"

李兴挺身站到范开圆身前,举枪说:"你敢!"

张拖顺、李长安也一起拉枪栓,平端大枪,枪口瞄住杨凤亭。

杨统领仰天狂笑,"哈哈,我姓杨的今天算是长见识了,这世上还真有不怕死的。来人啊!"

捕盗营的人蜂拥而上,将四个人团团围住。

乔煦和姚以介对了一下目光,齐声下令:"上!"新军即将捕盗营反包围。

杨统领正在自鸣得意,万没料到会出现这样的场面,惊慌失措地叫:"反了,反了!这还是大清国的天吗?你们还是不是大清的军队?!"

阎锡山分开众人挤到跟前,对自己的手下瞪眼,"你们这是干甚?太放肆了!都把枪给我撅下!!"转身面对杨统领:"范大人虽然已经请辞了商务总办之职,但是毕竟品阶还在,还是朝廷册封的候补道,五品命官。杨统领如此尊卑不分怕是不太妥当吧?"

杨凤亭针锋相对地质问:"本统领携督府令牌而来,收拾乱局,对形势有临机专断之权,何为不妥?!"

阎锡山大拇指点着自己的鼻子尖,寸步不让说:"本教官是奉督练公所的将令而来,也是来收拾乱局的,对形势也有临机专断之权。本教官以为杨统领对范大人不敬,就是对朝廷不敬,对当今圣上不敬,我阎某绝不会对这种有失体统,礼坏乐崩的事坐视不管。"

杨统领高举双手叫嚣:"阎锡山!你放纵暴民,玩忽职守于前,又阻挠本统领办案于后,难道想聚众造反?!"

阎锡山声色俱厉:"姓杨的你不要血口喷人!我阎锡山身正不怕影子歪。对朝廷我是忠心耿耿,天日可表!你晓不晓得范大人不顾个人安危,亲临险地,正是为平息风波而来,是来劝说生员离开这里,好让大事化小,小事化了,弥隐患于无形,保一方之平安。这样对上上下下都有好处。而你却一意孤行,只知道打打杀杀,一味激化矛盾,唯恐天下不乱,是何居心?!"

杨统领毕竟是绿营武官出身,嘴皮子跟不上来,脸憋得通红说:"你你你……"

开道的对子马缓奔而至,后面云牌伞盖,旗幡招展,五颜六色,簇拥着两乘绿呢子八抬大轿。马上的戈什哈(高级官员手下的武弁)皮扣护颈,蓝翎子饰顶,红缎面布甲上密镶铜甲泡,胸前挂满了勋章奖札,高举令牌长声传唤:"山西布政使丁宝铨大人,省资议长梁善济大人到——"

阎锡山和杨凤亭顾不上再争吵,整衣肃冠迎上前去,行礼说:"卑职给两位大人请安!"

丁宝铨只用眼角扫了他们一眼,转身对范开圆谦和地说:"范大人请。"与梁善济左右闪开。在场的人目瞪口呆,在等级森严的官场,两位珊瑚顶子的二品大员同时给一个五品革员让路,这几乎是一种奇观。

范开圆迈着沉重的脚步登上一个高台,李兴走在他旁边,丁宝铨、梁善济左右陪同,阎锡山和杨凤亭在后面跟随。他们走在众人中间的样子就像两个最后的圣徒,笼罩在圣洁的光晕里。长途跋涉使他们布袍破烂,肌肤肮脏,疲惫不堪。眼球上是血丝编织的密网。范开圆额有瘀伤,面部结实而瘦削,一条条绷紧的束状纤维清晰可见。汗水搅拌着泥土灰浆,在他的面颊上结成了厚厚一层痂,如果从脸上扒下来,都能当模子用了。他的仆人寸步不肯离开他,虽然他其实比主人还要狼狈,除了破烂和肮脏以外,还瘸了一条腿,受伤的脚腕现在肿得好像大象的一部分。他们一个面容愁苦,一个表情坚毅。愁苦是因为他忧国忧民;坚毅是因为他坚信保护范大人使命光荣。

"同学们,我为你们的爱国精神而感动,而鼓舞。也为国家有你们这样的热血青年而自豪。你们是战士,是曳落河(突厥语的壮士),是巴图鲁。自山西矿案发生以来,你们一直冲锋在这场挽救国家利权的战斗的最前沿。我代表三晋百姓,代表全中国四亿五千万同胞,谢谢你们。"范开圆的声音就像大提琴一样带着深沉的颤音,向人群深深地弯下腰去。"但是现在我请求你们,散了吧。离开这里,回到你们的教室、学堂,去学习知识,积聚力量,而不要拿自己年轻的生命冒险,做无谓的牺牲……"

跳动的泪水把五月的眼睛放大到不可思议,她搀扶着周学仁,站在同学们中间。孙成典和罗杜、站在他们左边五步远的地方,心想真夙啊,那个娘娘腔哭鼻子了。可是他妈的,这是怎么回事,为什么自己也好想哭……那名曾在大学堂的操场上演讲的学生激昂地喊:"范大人,我们不能撤离。为了挽回国家利权,为了免受列强的奴役,我们宁肯流尽一腔热血,就算失去生命也要抗争到底!"

丁宝铨用手一指,严厉地说:"留下姓名!"

生员面无惧色地大声回答:"静乐县峰岭底村人,省城一中的高君宇!"

梁善济点头说:"久闻省城一中有所谓十八学士登瀛洲之说,这个高君宇就是十八学士之一。"

丁宝铨捋髯道:"剑未出匣疑是铁,痴心如火光明行!"

范开圆接着说:"煤铁固然是中华民族的宝贵财富,而你们又何尝不是? 煤铁固然是中华民族的百年之基,你们又何尝不是? 手心手背都是肉,我们不能为了夺回一种财富,而丢掉另一种财富;也不能为了挽救一份基业,而毁了另一份基业。留得青山在,不怕没柴烧。你们就是国家的巍峨青山,中流砥柱。只要这座大山不倒,迟早会有一场燎原烈火,驱散这头顶的黑暗和阴霾,烧尽这世道的肮脏与龌龊。况且争回矿产,挽救利权,也不光是你们的事情。而是全山西,乃至全体中国人的事。我从平、泽、潞、盂四州来,在那里,当地窑工、窑主和民众组成了保艾会,护矿队,竖立界碑,排班交替,日夜看护着矿苗和矿脉,使洋夷的勘探队不能越雷池一步。我们的正义斗争还得到了在京乡官、海外华侨和留学生的支持。得道多助,失道寡助,我们不是孤军奋战。我们要搬走顽石,建设一个更加美好,更加公正公平的世界,而不是玉石俱焚。他们不是不准我们在这里示威吗? 那我们就换一个时间,换一个地点,换一种方式来进行我们的斗争!"

丁宝铨不急不缓地插进来:"同学们,作为山西大学堂的前任督办,我很惭愧,也很骄傲! 惭愧的是我丁某人身为山西布政使没有能阻止矿案的发生,让大家吃苦了;骄傲的是,我山西学界能有这么多爱国之士,说明我这个督办没有白当。我刚刚接到圣旨,不日就要和梁咨议长一道进京面圣,会商矿事。我向同学们保证——"说到这儿他向前跨出一步,与范开圆并肩,陡然提高了声音,表情也变得慷慨激昂,"我丁宝铨——以头上的二品顶戴和身家性命担保,我将在两宫面前披肝沥胆,据理力争,纵然是粉身碎骨,肝脑涂地,也要力保我晋省矿权不失!"

范开圆目光殷切,"我们相信丁督办!"

然后两个人各伸一掌,击抵立誓。

"亟拯斯民于水火。"范开圆语音平实。

"切扶大厦之将倾!"丁宝铨用一个陡峭的升调接上。

第二十六章　蹈海英雄

1

废约运动就像一枚新式炸弹,虽然是在山西引爆的,但冲击波却使周围的空气产生了猛烈的变形,巨大的势能沿着透明的球面音速膨胀,先是震荡了全国,然后扩散至海外。连日来,英美法日德等各国的中国留学生也都以集会、发表声明、电函等方式参与斗争。同年九月,日本留学生十八省代表就山西矿案,于东京神田江户亭召开联席会议,章太炎、胡汉民、于右任等著名人物到会。在这次会议上,浙江籍公派留学生周树人,也就是日后大名鼎鼎的文坛巨匠鲁迅,即席发言:"煤炭者,与国家经济消长有密切之关系,是足以决盛衰生死之大问题。自从瓦特发明了蒸汽机,当今世界强国无不以煤炭为原动力,失之则能令机械悉死,铁舰不神。虽然现代科学可以用电产生力量,然煤炭亦能分握一方霸权,操一国之生死,则吾所敢断言也……"(鲁迅留学日本前,曾就读于江南路矿学堂,决心投身祖国的煤炭事业。著有《中国地质略论》,是最早识破帝国主义企图掠夺山西煤炭阴谋的人。)他提议组织同学们到英国驻日使馆去游行示威。周树人的发言引起了热烈反响,与会者纷纷表示支持。

山西大同阳高县的留日学生李培仁是抱病参加会议的,发言说:"我们现在就要行动起来,联东赢学界十余省爱国之士,援粤汉铁路成例,合全力与福公司及国贼抗争。须知某等发言之日,正敌人着手之时,此时补牢尚虑亡羊莫救,若待元兵渡河之后,虽有武穆良将,恐难挽宋室偏安……咳咳咳……"李培仁爆发出一阵剧烈的咳嗽,章太炎把他的胳膊扶住说:"培仁,你病得这么重,还是回宿舍安心休养吧,去英使馆示威的事有我们。"

李培仁呿呿喘息说:"我就是爬,也要和大家在一起……"

2

北京什刹海胡同,渠宅。赵国良兴高采烈,一迈进门槛就嚷嚷:"楚南,好消息,好消息啊!"

渠本翘迎出来说:"是什么好消息能令章京大人如此开怀?你且不要说,让我猜猜看。莫非是总署与福公司的新一轮谈判有了重大进展?"

"小诸葛果然能掐会算。"赵国良竖起大拇指,"德公公告诉我,太后在养心殿西暖阁严厉申斥了庆王爷,指着案牍说:这些全都是联名参你的折子!白简纷纭,皆曰可杀,你知道吗?!这就是你给朝廷办的差事?!真是丧权辱国!李鸿章签《辛丑条约》是因为洋人把刀架在了我们的脖子上,可你呢?!有谁逼你来着?!你说,洋人给了你多少好处?!若不是看在我那侄女的分上,你怕我不敢砍了你这个铁帽子王吗①?!把那么大一个庆王爷吓得大气也不敢出,蝎拉虎子吃了烟袋油子——光剩下哆嗦了,磕头像鸡鸽碎米一样。"赵国良忍俊不禁。

"太后圣明。"渠本翘向空中抱了抱拳,"不过我可不是什么小诸葛,更谈不上能掐会算。看看吧。"说着从抽屉里拿出两份英文报纸。

赵国良白了对方一眼说:"寒碜你老哥?"

渠本翘微微一笑,解释说:"这份是英国的《泰晤士报》,在第二版刊登了该报记者莫理循从北京发出的一则电讯:中国最有权势的总理,因矿案

①大清国共有世袭罔替的王爵十二家,俗称铁帽子王。其中八家以军功封爵,分别是郑亲王、礼亲王、睿亲王、豫亲王、肃亲王、克勤郡王、顺承郡王,另有恩封的四家是怡亲王、恭亲王、醇亲王、庆亲王。庆亲王奕劻是清高宗弘历的第十七子永璘的嫡孙,同时又是慈禧的胞弟承恩公桂祥的亲家。

而受到了弹劾！这一份是米利坚的《纽约时报》，它在第二天就转发了该文，不过另外加了个大字标题'庆亲王被弹劾'。"

"嘿，这些大鼻子的消息可真够灵通的！"

"堂堂一个皇亲国戚，总理王大臣，竟被洋人的几个臭钱收买，做了人家逢山开道的马前卒，令国人痛心啊！"渠本翘放下报纸，"你接着说。"

"太后叹了口气说：算了，你就戴罪立功吧，即刻与福公司重开谈判……庆亲王为难地说：可是总署已经签字画押，合同已经正式生效了……太后说不能谈也得谈，总得让朝廷对天下臣工和黎民百姓有个交代。你要让洋人明白，光逼朝廷是没有用的。如果不能平息众怒，他们就算是拿到了合同也是一张废纸，也换不来煤铁。总之，能争回一分是一分，总不至于比李鸿章去日本和谈还难吧？"

"结果如何？"渠本翘已经按捺不住了。

"我刚刚接到邸报，在各方面的强大压力下，福公司终于做出了重大让步，同意只开采平定一处，其余数州暂时搁置。另外还答应变专办为与山西商务局合办，并同意地方合资入股。利益共享，风险均摊。而外务部则认为福公司开采山西煤铁有约在先，现商议至此已经是不小的收获，还是发给凭单，准其开矿为好。否则，恐节外生枝，更难收场。山西矿案至此总算是尘埃落定，圆满解决了，我们也总算没有辜负家乡父老的重托。"

渠本翘的笑容顿时收敛了回去，"这是什么好消息！这是可耻的妥协，是对山西的出卖，对国家的犯罪！！"

赵国良神情愕然，半晌才回过神来，"楚南，你还是面对现实一点好不好？世上哪有那么十全十美的事嘛？本来总署与福公司合同一签，那已经是白纸黑字，九牛拉不回板上钉钉的铁案。任你有通天的本领，也不能挟泰山以超北海。合同岂是儿戏？再次谈判我们已经碍于成约，理亏气短，与虎谋皮般艰难，被人视为反复无常。本来我已经不抱什么指望了，认为争也是白争，谈也是白谈，总署不过是做做样子，山西人只有自认倒霉。今天能有这样的结局，可以说已是意外之喜，破天荒的事情了！"

"城下之盟，《春秋》所耻。南宋之事，千古所悲。岂可重见于今日！同意地方合资入股,看看他们是多么大方啊! 这是反客为主! 盗贼进了别人的家里,登堂入室,盘膝高坐,然后对主人说你们不必搬家,我同意你们和我们住在一起,那我们是不是应该为盗贼的宽宏大量而感激涕零呢?! 所谓仅开平定,我看不过是福公司步步为营的权宜之计,是引我们上钩的陷阱,好造成既定事实。他们见我山西的矿产不能一口吞下,就采用蚂蚁战术,一块一块地分而食之! 这是司马昭之心,路人共见!"

"无论怎么说,我们已经尽了最大的努力。对山西,对乡亲,我赵国良问心无愧。大后天是家父的七十寿诞,我准备携妻小回去一趟。本来我想现在矿案已经了结,你再在北京待下去也无济于事,想约上你一块走,路上也好做个照应。现在看来,我是白操这份心了。我走了,你好自为之吧。"

墙上的挂钟摆声当当,渠本翘一动不动地茫然独坐,心中百味杂陈。

3

九月某日,新的噩耗传来,阳高县留日学生李培仁因痛心于争矿久无结果,愤然从东京湾新宿海八重桥纵身跳下,将生命化作了晋人的仰天呐喊。他的遗体被山西籍同窗运送回家乡。一时间举国震动,山西人民沉浸在悲痛之中。范开圆说:"李先生是为了家乡而死,为国家而死的,死得其所,重如泰山。家乡人民要为他重殓厚葬,铺金盖银,穿白鹤孝,开道场,放焰口,抬龙杠……"

李培仁的遗体被运送回家乡的那一天正是大雨滂沱,山西所有大中小学堂全部停课。范开圆不顾道路泥泞,率各界代表冒雨出娘子关远迎三十里,并于文瀛湖畔北楼搭设了灵棚。灵棚前另用白蓝色花纸搭起三座过街牌楼,起脊大棚的正中书写着"当大事"三个字。两侧堆积着花圈、挽联、挽幛、四色纸扎……豫、晋、秦、陕四省联合追悼大会在此隆重召开。文瀛湖四周人山人海。

平定矿山会送的挽联是:为民族昌盛,别故土独行万里路,乘风破浪横绝去;恨我等无能,累先生竟成千古事,化作啼鹃带血归。

省资议局献诗词:群峰入晋与天摩,向夕金银宝气多;仰屋恼他筹借措,不堪破碎旧山河。

陕西学会的挽联是:五千万矿产从此争回,铸公不死;百二重关山须防断送,痛秦无人。

山西学会的挽联是:敢将碧血书青史,青春浩气写文章。

姚鸿法的挽联是:日本重大和魂公于是乎死,山西失真命脉我亦不欲生。

丁宝铨从北京派人八百里加急送来一副挽联:青主后一人,三晋多才,后先麟凤自辉映;白登有志士,重阳独吊,满城风雨助悲哀。

……

灵棚里素蜡高烧,灵柩前悬挂着李培仁的画像。灵棚四周白衣胜雪,泪雨纷飞。范开圆臂扎白花,登高肃立,宣读了李培仁的遗书。这封遗书连篇累牍,洋洋万言。范开圆几次为之落泪,哽咽得读不下去。闻者莫不伤心气涌,义愤填膺。

呜呼!我最亲爱之父老兄弟,我最敬佩之青年志士,我将于是长别矣!我魂已逝而心未冷,我目未瞑而口尚欲言也。我非甘死好死,我实不忍见,彼紫髯绿睛之辈坏我利权,致我死命也;我实不忍见以矿为生之同胞顿失生计,困苦颠连而转死沟壑也;我实不忍见,无矿无路之同胞,脂膏既枯,体魄自殒,相率而至于嗷类之惨状也!某西人谓中国矿产甲五洲,山西煤铁甲天下。我同胞何幸生于斯,族于斯,拥此铁城煤海之巨富,乃以糊涂之总理衙门,媚外之山西巡抚,于光绪二十四年私立合同送福公司。此约一成,则为我二千万同胞买下预约死券矣!某彼时即愤气填胸,欲刺杀胡贼,以谢同胞。当此之时,内外人心汹汹,废约二字,众口一词。使政府稍具天良,知民言可畏,民气难抑,矿产乃其生命,夫亦何难致辞?

……

某大老曰:"碍于成约",是欲一误到底;某尚书曰:"已成铁案",是谓万难移动。甚至外交部又电云:专办不允,合办;合办不允,更缩小至平定一处;若再不允,即不近情理矣。意谓公理上不容有废约之说。噫!非有鬼怪妖孽,断其神经,抉其脑髓,胡为吐此?盖送我矿产,绝我生命之志决矣!我同胞尚势如散沙,形同昏梦,不急拼死救死,舍生求生,以背城一战乎!所谓碍于成约者,我废之而有碍,岂彼背之而无所碍乎?所谓已成铁案者,曷观粤汉合同?但使我炉有火,哪怕此案成铁!专办等语,尤属不通,废则全废,顾欲留一蛆以延种乎?何专办、合办、部分办之区别,要使福公司不敢动我山西一草一木乃达目的。政府如放弃保护责任,晋人即可停止纳租义务;约一日不废,租一日不纳。万众一心,我晋人应有之权利也。如和平手段不足,则继之以破裂,太行义士,顾无继荆卿遗风,怀匕首而愤起者乎?

……

试问:平、盂、泽、潞之矿产,晋人之矿产?抑政府之矿产?其果为政府矿产,今日又何必云,山西商务局借款于福公司;若既认为晋人所有,则此矿约之成,必晋人认可方为有效,何以出名晋绅未擦印证,在京乡官屡有争摺,即会试举子亦且联名上书,力陈不可,是当日晋人固全不承认此矿约也。而总理衙门竟敢擅自订立,任意添改。绝秦之案尚存,赂戎之约何效?即至今陈案复翻,死灰再燃,而晋人士庶废约之电函无虑几千百道,始终固未承认。然则,碍于成约者,政府成之耳,非晋人成之也;已成铁案者,政府铸之耳,非晋人铸之也;专办而合办,而部分办,不允则不近情理者,乃政府诸公不知受了几许贿赂,不如此即无颜以对外人,故不惮蒙洋奴汉奸之羞,而必欲亡我矿产以实其密约也。我晋人对此,惟有权之可争,又何情之可言!呜呼!合同之立也,刘铁云唱之,而总理衙门成之。晋人不认合办说之起也,盛宣怀议之,而福公司即假以变专办之名而要挟。我晋人仍不认,乃有仅开平定一说。为运道起见,而怀有得寸进尺之隐险,所谓司马昭之心路人共见,姑无论矣!即令知难而退,缩小地区,而片鳞细甲,盗贼不嫌;尺土拳石,主权所有;非有瓜果之缘,何事琼瑶之报?政府乃不责彼悖理而反咎我不情,果西人可畏而晋人好欺负耶?夫以二千余万人民,不克敌政府者,势散耳,情疏耳。若强迫以难堪,恐一溃不可收拾。利害相关,吴越一心,散者合,疏者亲,民气狂激,或趣极端,至演出特别之问题。在政府则夷族屠城，惯用辣手，其如前仆后继，诛不胜诛！何况有人焉为之运策其间，恐铁弩难倒怒潮也！

……

政府而外，卖矿之责厥惟晋抚，刘铁云借债谬论，胡贼主之。洋贿潜行，狼狈为奸，大错一铸，驷马莫追。……某且垂泪裂眦更为我父老兄弟进一言：矿产者，命脉也。政府官吏既实行亡我矿产，则命脉断，而我同胞有必死之势。彼令我死，我岂甘让彼生？与其坐以待死，毋宁先发制人。遇卖矿民贼，当破其脑，爆其身，以代天罚而快人心。炸弹乎，匕首乎，我同胞能各手一具，则矿贼虽多，不值一灭矣！某不幸以多病之身，有志未逮，望我可敬可畏之青年志士，为同胞解此问题也。人生自古谁无死，某愿殉身以为我义侠同胞倡。我同胞虽讥为疯癫、轻为鸿毛，亦所不辞！我非愿同胞之学我死也，唯愿率敢死之气，抱决死之心，出而与卖矿者激战。

……

不观士绅合力，粤汉之路权收回，京省响应，岭南之督抚更调。……愿诸君咬定牙根，坚持到底，始终不渝抗争之宗旨，而复有民气侠风为之后劲，彼矿贼胆虽如斗，心亦成灰。则某虽死，亦当与诸鬼雄伏剑而为诸君臂助。

……

第二十七章　晋省的乱局

1

胡守中站在抚衙大院西北角的梅山上,视线越过琉璃屋脊和高墙向东西两个方向眺望。

滂沱大雨还在下着,似乎是要表白冲刷尽人世间一切污垢的决心。云盖很低很厚(好像是为了俯就那个人),表面翻腾着紫色的雾状波纹。闪电。真奇怪呀,秋天了居然还有闪电,不如夏天的张狂和暴虐,但是更阴险更狡诈,时常可以看到云洞里放射出青绿色的光芒,像图穷匕见的眼神,像孔雀胆和鱼肠剑的反光。对面出殡的队伍分成三列长蛇,压街而来。其中有四人抬的大法鼓一对,两人抬的刚冻(大铜号)一对,海笛一对,唢呐一对,笙一对,钹一对,九音锣一对……诸般乐器前吹后引,让悲壮的生死豪情在大雨中轰轰烈烈,势如破竹,横扫千军。灵牌、黑伞、哭丧棒、引魂幡、引魂灯,各种执事成堂配套,如军旗如大纛如图腾,浩浩荡荡,猎猎如林,仿佛在说这不是下葬,而是誓师,是出征,是讨伐,是布阵。是啊,他们扛起了一座圣坛,一个传说,把一位披甲战神祭起在半悬空中。各种纸活目不暇接:开路鬼、打路鬼、引魂桥、大法船、金童玉女、青狮白象、四轮马车、乌金矿山、举剑捉妖的钟馗、跪地献宝的贪官……纸活后面是六十四人抬的龙

277

扛，黄柏棺木安放在长方形的头水儿官罩里，四角的吞口滑王骑兽，上面锡制葫芦头火焰大金顶在雨水的冲刷下熠熠生辉，前后加龙头龙尾，四周的大红帷幔上绘制着各种吉祥如意的图案，海水江牙的浮地……龙杠前面有杠头敲击着响尺指挥调度；两旁有吹奏诸种法器的僧道尼番（喇嘛）护魂唱经；有居士手托盛在铜茶盘里的尼经大疏；有摇铃铛抱罗盘的阴阳二宅……飞扬的纸钱像股股喷泉和下落的雨水相互对冲。所过之处，玉树白花，漫天飞雪，把地面覆盖了一层又一层。沿途市民自动在家门口插放用五色纸糊成的三角路旗，为亡魂指引道路。其实根本无须指引，因为在这一刻那个亡魂已经顶天立地，羽化成神，体积庞大到可以覆盖省境，及至覆盖大清国的版图，就像超级积雨云。他活着的时候也许无所施为，默默无闻，死后却三头六臂，挡者披靡，呼风唤雨，移山倒海。巡警队全体站街，维持秩序。两边路祭的棚子、供桌鳞次栉比，香火不绝，随着道路蜿蜒到视线之外……

大丈夫当如此啊！胡守中穿着常服，有一个幕僚在身后为他撑着伞。但是今天有风，大而密集的雨珠串子斜着溜过来，虽然有伞，但还是把他的袍子打湿了一半。对于这些他全无知觉，他的肉体和精神同时处于一种近乎麻木的状态。恍惚中他觉得对面正站立着一个双眼如灯的摩天巨人，自己即使把梅山的高度加上，也只能达到对方肚脐的位置。队列的鼎沸，乐器的合奏，以及无边风雨之轰鸣都是他发出的恫吓之声，这声音有点像堂威，细听之下又像大力金刚在唱念降魔咒语，使他闻之头疼欲裂。他问自己，这是怎么回事？这件事是怎么发生的？你怎么会突然捅出这么大的娄子？他很冷似的打了个寒战。这满街筒子的人，还有那位躺在华丽棺椁里，魂魄却乘云跨海而来，从天顶俯视自己的先生，以及平、泽、潞、盂四州之乡民现在都是你的敌人了吗？这无疑是山西的大时刻，是历史的一个拐点，即使到了几千年以后，子孙们也会通过史书来重温这个时刻。在这一刻，在疾风暴雨之上，在滚滚乌云之巅，正群星闪烁，光芒璀璨。这正是他们叱咤风云的绝妙舞台，一切黑暗和不公，天摇和地动，牺牲和磨难，都只是衬托他们英勇形象的布景。很不幸，自己在这场惊天动地的大戏中，塑造的是一个大反派。问题是你身不由己,你无法选择自己的角色,那是因为……其实你在登台之前就已经选择过了。在人生的一个个十字路口,在一次次取舍之间,对勾巴叉,大路小路,向左向右。你今天的角色,你所背负的宿命,正是以往不经意间一系列选择的叠加。规矩就是规矩,你明明知道向前就意味着作恶,可是退一步身后就是万丈悬崖。

他叫什么来着?哦,李培仁。这名字起得好啊!真是人如其名,所谓求仁得仁,杀身成仁,大仁大义。嗨,那位李先生,用不着那么苦大仇深地瞪着本官,要是可以的话,让我躺进去,你来署理山西如何?你比胡某有福啊,被那么多人抬举着,流芳千古,光焰万丈,气死谭鑫培,盖过孙菊仙,可你别忘了,正是我胡守中成全了你。一种极其虚幻的不真实感笼罩住他,使他觉得自己正置身在一场无比漫长的噩梦中。可他究竟是怎么怀揣着把山西率先打造成现代化强省的宏图远志,却落得四面楚歌,过街老鼠的可悲下场的呢?他突然腹部一阵抽搐,毫无来由地想放声大笑。一失足成千古恨啊!他甚至觉得只要一回身,就可以清楚地看见那个人生的岔路口,有两个自己在那里分道扬镳。

方孝杰头戴雨冠,披着雨服,不知什么时候悄悄站在了他的背后,从幕僚手中取过伞来替他撑着,另一只手从怀里掏出一张干燥的宣纸说:"这是范开圆撰写的祭文,属下派人抄录了一份,大人请看其中的措辞是多么尖刻歹毒。"

胡守中懒得伸手去接,脸上呈现出一种极度的心灰意冷。

方孝杰只好把纸张抖开,干咳了一声自己念:"鲁连蹈海兮,气夺秦皇。屈原投水兮,灵著衡湘。嗟家一去不复还,壮士兮,普天同伤。风云变色兮,日月无光。大陆兮茫茫,东海兮苍苍,表里河山兮如故,伊谁从而招来此贪狼。"方孝杰停顿了一下,抬眼看了看胡守中,"慈云十六州之沉没兮,同声致恨于石郎。充媚外之性质兮,投吾侪生命于犬羊。彼紫髯碧睛之无严兮,群磨牙试爪于晋阳。暗鼓铸其权力兮,行将吸沧海而移太行……他居然将大帅比作把幽云十六州割让给契丹的儿皇帝石敬瑭。真是,真是丧心病狂!"

胡守中无语，还是一副失魂落魄的消沉模样。

"现在文瀛湖四周人越聚越多，各省各县，各州各道，三教九流，五行八作，代表云集，保晋会现场筹款两千金，津贴李培仁家属。这样下去且不论在全国的影响，如果这些人受到保晋会的鼓惑，群起冲击抚衙，后果将不堪设想。"

胡守中听见自己的喉音从很遥远的地方传来："晚了。你真的以为我们可以和全山西及至全国的民意相对抗吗？水能载舟，亦能覆舟。千夫所指，无病自亡。我们的下场只能是粉身碎骨。"

"现在下定论还为时过早。按照我大清的殡葬制度，只有一品大员乃至王爷死后才能享用六十四人抬的大杠，他们逾制了。"

"早在去年九月礼部就发文革除了这条制度，旧制只对满族臣民，内外八旗依然有效，而汉民出殡只要不使用八十根以上的皇杠，颜色是红杠而不是满黄，就不算僭越，这方大人不会不知道。"

"文瀛湖是太原城法定的消防取水码头，如果这时恰巧城里有某一处老宅突然失火……"他打住了话头，露出一个尽在不言中的笑容，他的笑容所包含的内容很邪恶。胡守中漠然地望着对面这张脸，觉得无比困惑，世上怎么会有这么邪恶的生物。君子之交以义，小人之交以利，君子之交淡如水，小人之交烂如泥。他相信，只要利益当前，这个人会毫不犹豫地把自己从这山上推下去。自己怎么会跟这样一个卑鄙小人为伍呢？他突然觉得一阵羞耻。

2

山西的局势在持续恶化。

一种超越正邪对错的仇恨正在把晋省撕裂成两个阵营并渐渐演变成了一场不择手段的生死对决。追悼李培仁的第二天，《白话》《申报》《国风》《浙江潮》《时务报》《中西日报》等全国各大报纸都在显要位置全文刊登了《李培仁蹈海绝命书》。另外在《晋阳导报》上还连日登载了范开圆的时事评论《危乎山西之矿》《说矿务》，乔义生撰写的《矿之不存，民将安否》等短文。

农历九月八日晚间,当胡守中的大轿行至古楼街时,有人从唱经楼的坡顶上向轿内投掷了一枚土制炸弹。随着一声惊呼:"是炸弹!"队伍顿时乱作一团,骑从打马如飞,四散奔逃,护兵双手抱头就地卧倒,轿夫扔下杠子就跑。炸弹椭圆形的铁壳子像个危险的陀螺,冒着烟在地上滴溜溜地旋转,虽然因技术问题没有爆炸,却把巡抚大人惊吓得够呛。

农历九月十五日夜,十几名身份不明的蒙面人,突然闯入并查抄了剪子弯金刚胡同的刘宅,所幸的是刘铁云正巧在朋友家醉宿,躲过了这场劫难,但家私陈设、西洋玻璃俱被捣毁,古玩字画、龟甲兽骨遗失无数。

农历九月二十三日夜,福公司设在天平巷的七号仓库失火,火势蔓延,牵连了左右民居,过火面积一千八百平方米。玫瑰色的天空抖动不已,消防瞭望台上钟声回荡,水龙局紧急出动人拉人压木轮水机子四辆,以及黄铜水枪二十多支,经过两个多小时的奋战,总算将大火扑灭。虽未造成人员伤亡,但财产损失巨大。经警员仔细勘验,初步认定是人为纵火。

面对节节进逼,另一方的反应则相当迟缓,一直拖延到八天之后才采取行动,这当然和胡守中的消沉有关,但是反击一旦开始就节奏飞快,破釜沉舟,招招透出狠毒,几乎一天之内就使风向大变。

农历十月二日,天气骤冷,本地人开始换上了冬装。先是学生们看到在山西大学堂的墙报上张贴出了"严禁生员游行、集会、下乡"的布告,接着就发现大学堂的前后铁门都被紧锁,侯家巷的巷口十步一岗,五步一哨。

同日,太原全城戒严,八座城楼都增加了岗哨和路障,重要的路口、桥梁设卡盘查。巡防营和捕盗营以捉拿刺客和纵火犯为名,在城内昼夜巡逻,到处抓人,骡马拉的木笼囚车一辆接着一辆从大街上驶过。凡是曾以言语攻击过胡守中,以及参加过争矿运动的人士皆被列在黑名单上。《晋阳导报》《白话》等本地报社被查封,编辑室抄的抄砸的砸,编辑、访员(记者)被抓。《晋阳导报》主编王用宾只身走脱,不知去向。

同日,平定、盂县、泽州、潞安等矿山会被清兵包围后,强行解散,武器抄没。

李兴被捕的消息,周学仁是第二天才听说的。当时大地缺氧,天空正被白色恐怖笼罩着,呈现出灰烬般的颜色。周若兰大费周折好不容易才找到周学仁,她的两眼红肿,见到哥哥就忍不住又开始抽泣,问他能不能为生死不明的李兴想想办法。然后她惊异地看到哥哥像被高压电线击中了似的震颤了一下,脸上的血色瞬间消退,表情凝结,就如同传说中的海力布一样,变成了一尊寒冷、惨白、僵硬的大理石雕像。

<h1 style="text-align:center">3</h1>

从某种意义上说,李兴的被捕是被推倒的第一张多米诺骨牌。两股势力之间心照不宣的平衡和规则被打破了,接下来发生的一幕幕惨剧只是一系列被动的应激反应,是任何人都既无法控制也难以预料的。

那天,阎锡山正坐在办公桌后面批阅文件,张瑜没打报告就推门而入,反手把门关严说:"百川,出大事了,据我们在太原府衙的内线报告,方孝杰昨晚将老范的仆人李兴秘密拘捕,严刑拷打,老虎凳、天平架、火链子都用上了,逼他作伪证,污指老范在商务总办任上有贪污受贿,私交商贾,挪用公款的不法行为。总之都是些罗织出来的罪名,凭空捏造的无稽之谈,看来他们是要对老范下手了。"

阎锡山说:"糟糕,这个李兴是同盟会员,又是老范的亲随,对组织内部的事知道很多。如果他一旦挺刑不过,胡咬乱啃,只怕会拔出萝卜带起泥,我们在山西的这局棋就会满盘皆输,我们这些人就会死无葬身之地!"

"这下可被方孝杰歪打正着了。"虽然天气已冷,可张瑜额头上还是渗出了一层薄薄的汗水,"我们该怎么办?"

阎锡山起身,踱到窗前站住,面对着外面初冬的操场、马道和炮台久久无语。在这一刻他感到深深的孤独,他知道自己手里有一个按钮,等同于权力的按钮,只要轻轻按下,他所代表的社会能量就会在山西的某个点引爆。可问题在于,这个按钮无论按的早一秒钟还是晚一秒钟,结果都可能是灾难性的。他在心里问自己,现在是时候了吗?然后虚空中有另一个声音——是他自己的声音,回答:事到临头需放胆。

他转回身来,语气坚定地说:"你去通知内线,不惜任何代价,一定要把李兴迎救出来。调一哨新军化装接应,第一要人员可靠,第二要真枪实弹,第三要计划周密,确保万无一失。这是一场你死我活的较量,不是虚张声势,不能心慈手软! 我们手里还掌握着一批子弹,万不得已时要敢于开枪,不惜流血,不怕杀人,只要做得干净! 如果实在救不出来,那就干脆……"他厚厚的手掌在空中果断地一挥,做了个灭口的手势。"另外让老范也赶紧躲一躲,先避过这阵风头再说。"

张瑜说:"早劝过了,可老范就是不肯。"

阎锡山跺脚说:"这个老范,有时候胸藏百万,文韬武略,确实是大将之才。可有时候任性蛮干,意气用事,又像个刚出道的生瓜蛋子,真让人琢磨不透! 通知大家明晚开会,以组织的名义形成个决议,他同意不同意都得执行。这种时候由不得他胡来!"

<h2 style="text-align:center">4</h2>

深夜的监牢阴森而寂静,装在马口铁网罩里的电灯泡代替了以前的松明。两名巡夜的看守迈着机械的脚步在走廊上穿行。经过一间牢房时,他们不约而同地站住,透过铁栅栏看了一眼里面那个趴卧在角落里一动不动的人形物体。其中一个嗑着牙花子说:"这小子的骨头真够硬的,滚了一天热堂,愣是半句软话都没有!"

同伴学着戏腔说:"这就叫宁受千般洪炉炼,不写半句招供词。"

从走廊阴暗的尽头传来了靴子底的回响,狱警注目望去,只见刚刚从潞州调到太原的马巡长带领两名弟兄,拖着沉重的长影子,拐过墙角,慢吞吞地出现在昏黄的灯光里。

"马哥,都这么晚了,还有公事?"狱警递过去一支烟卷。

"最近嗓子不舒服,戒了。"马巡长神情抑郁,眼帘半垂,好像困倦使他不愿多言,"奉大老爷之命,来提人犯过堂。"

"都过了一天堂了,这三更半夜的还要夜审,就算不怕把犯人当堂刑毙,可咱们大老爷也真耗得起这份精神!"

"有什么法子? 上面催得紧,可这小子又是天生的滚刀肉。大老爷也是急火攻心。今天发了狠,拼着一晚上不睡,也要把案子拿下。现在班房里各种刑具都预备齐了,严加捶楚,打死打残勿论,就是铁嘴钢牙也得给他撬开！"

"唉,可惜这么一个精干后生,今晚有罪受喽! 那就把签牌拿出来吧。"狱警伸出手去。

李兴保持着清醒,聆听着外面的对白,但同时也在最深沉的噩梦里。听见马巡长漫不经心地向身后吩咐"拿签牌",他瞬间小便失禁把裤子尿湿了。是的,他恐惧得浑身发抖。白天,他们在刑房里百般折磨他,当那场拷问进行到尾声的时候,方孝杰出现在他身边,狞笑着威胁说:下一次过堂他要是再不招供,就用对付徐锡麟的办法来收拾他。这位知府大人端着缴获来的火枪,反复竖起击锤,对着他啪啪地放空枪,说:这把火枪是双响炮,你身上的枪也是双响炮,我们会先夹碎一个,"啪——"然后止血上药,这样你还算是个男人,你的枪还能用。过上十几分钟,再问你招不招,要是你还嘴硬,就会又听到"啪——"的一声,这下你才真的变成太监了……

他觉得这回自己肯定挺不过去,肯定过不了这一关了,他们让他说啥他就会说啥,让他咬谁他就得咬谁。但他不想变成他们的狗,所以当狱警给他送晚饭的时候,他假装失手把水碗打碎了,然后偷偷把一片碗碴藏在了地铺下面的稻草里。

现在,他把那枚三角形的瓷片摸了出来,在手里攥着,碗碴其中的一个角深深地扎进了他掌心,血顺着腕子流进袖筒里,但他对此毫无知觉。他努力歪着头,让脖子上的肌肉和血管高高地鼓起来,牙齿紧紧地合拢,眼睛明亮得像汽灯,把碗碴最尖利一个角抵在自己脖子的左侧,心里说:是到了下决心的时候了! 他们既得不到一个太监,也得不到一条狗,他们只能得到的是一具尸体! 接下来,他只要在这个地方狠狠地划那么一下,他们的如意算盘就落空了。范大人说过:士可杀,不可辱。

这时,他的耳朵捕捉到了一系列异响:饿狼搏兔的声音,白刃刺进皮肉的声音,被卡住的喉咙绝望的咯气声,失去生命的躯壳委顿在地的声音……浓重的血腥味涌进了监舍。他坐起来望向栅栏,看见两名凶手正在收刀,而马巡长则趟着地上的血走向两具尸体。"对不起了兄弟!"他轻轻叹了口气,俯身先合上两个人的眼睛才从腰带上摘走了牢门钥匙……

尸体是在十分钟后被前来接班的狱警发现的,然后手摇式警报器的大嗓门就在瞭望塔的天台上尖叫起来。

<h1 style="text-align:center">5</h1>

二十分钟后,两名伪装的警员还架着李兴的胳膊在大街上努力奔走,马巡长提枪断后。在他们身后银鸡(警笛)嘹亮,喊声刺耳,燃油射灯锐利的光柱切开了夜幕。

路口有一道土墙。他们知道只要过了这个路口,就能看见来接应的马车了。在快走到土墙的时候,左侧的警员脚下一个趔趄,把腿有刑伤的李兴以及筋疲力尽的同伴一同带倒了。马巡长过来帮忙,但是他刚刚蹲下,一圈洋枪就把他们围上了。副典狱长外套都没穿,白衬衣已经让汗水湿透了,手里握着一把卢格手枪,他是在值班室的被窝里让刺耳的鸣轮转动声惊醒的。"胆子不小啊,敢到太原府来劫牢,差一点老子的饭碗就让你们给砸了!"他气喘吁吁,两鬓汗光闪闪,胖肚子一起一伏。

从残墙后面绕出来十几个人,在正前方自动排成两行,前列半蹲,后列直立。他们都是便衣,手里没有提灯,却每人端着一支快枪,而且他们没打算跟警察过话,一摆好架势就先发制人地同时搂火。道道火舌从枪筒里喷出来。他们是瞄准了打的,从站位和动作来看个个训练有素,准头相当了得。

副典狱长受了重伤,侧身躺倒在血泊里,黑暗中他听见一个冷酷的声音:"挨个检查,一个活口都不能留下。"

那把射灯掉落在地上,玻璃蒙子和聚光罩都摔裂了,铁皮油壶子瘪进去一块,但还在放光。借着这道光源,他看见几个影子摇晃着走过来,手中被火药熏黑的枪口还冒着灼热的白烟,仅从漂亮的外观就能看出来,不知要比警察的枪先进多少倍。

开始他想装死,但是很不成功,因为他既恐惧又痛苦。一根枪管伸过来顶住了他的太阳穴。于是他就索性挣扎着坐了起来,决心死得像个男人,大声问:"你们到底是他娘的什么人?!"

回答他的是拉枪栓上子弹的声音,他侧着眼睛看见那杆指着他的近在咫尺的枪管左侧好像打磨过,上面有一行铭文篆字:晋局光绪年造。他的心里打了个闪,他有个拜把子兄弟在小北门外柏树园的山西机器局当小头目,有一次两人喝酒时曾经告诉过他,上头为了得到朝廷的大力支持,偷偷从奥地利国购买了一批曼利彻牌来复枪,口径八毫米,膛线六条,除了枪的成本和运费,每支另付一两银子的专利费。然后用车床把枪管上的英文字母磨平,重新刻上"晋局光绪年造"的字样拿去冒功。最后这些枪全都装备给了驻防太原的新军。

"新军造反了——"他歇斯底里的喊叫在夜风中没有传出多远就被枪声打断了,四分五裂的脑袋在火光中飞溅得到处都是。

第二十八章　重启谈判

1

胡守中处在深深的震惊之中。劫牢反狱这种事,除了在评书和话本里,有清一代,只有嘉庆年间,天理教徒为救人王李文成干过一回。他训斥方孝杰:"谁让你们擅自动手,这下不但徒劳无功,反而打草惊蛇。你那帮手下也是饭桶,连个人犯都看不住,让人家在眼皮子底想来就来,想走就走!"

方孝杰这两天风火牙疼,脸肿得整个脑袋都走了形,捂着腮帮子说:"这个范开圆我真猜不透他究竟是什么根底,什么路数。他厉害呀! 如此机密的事不但了如指掌,而且竟敢……还居然就办成了。何止手眼通天,简直是丧心病狂! 事到如今这匹害群之马不除,就绝对没有你我的舒坦日子过。"

胡守中说:"范开圆不是好对付的,此人神通广大,敢作敢为,万不可等闲视之! 我时常有一种感觉,在他身后似乎隐藏着一种看不见的巨大而神秘的能量。要想动他就必须有铁证,闹不好请神容易送神难,画虎不成反类犬。"

方孝杰说:"李兴虽然被劫了,但有道是塞翁失马,焉知非福。我们正好借此大做文章,将计就计,一口咬定是范开圆主使绿林飞贼劫牢反狱,饯害警员。李兴与范开圆的关系人所共知,然后我们再找几个人证,录几份口供,姓范的就算浑身是嘴也难以分辩。"

胡守中奚落道:"你想得未免太简单了吧?像范开圆这样的朝廷命官,知名人士,上上下下都是党羽和耳目,你以为单凭几个假人证和几份伪造的供词就能治他的罪?"

方孝杰一阵狂笑,眼底闪动着疯癫的光焰。"何需朝廷治罪,在太原这一亩三分地上,我方某人就是勾魂的无常,索命的判官。要想弄死一个嫌犯,办法有的是。一个犯人死了,借口也有的是。只要他一迈进太原府的大牢,就休想再活着出去!"

2

以下是摘自上海《申报》对山西矿案最新进展的连续报道。该报为同治十一年英商美查于租界创办,受治外法权保护,主笔和访员一律雇用中国人,在新闻事件中开创性地使用电报传递消息的先进手段,终于挤垮了它的最大竞争对手《沪报》。

十月甲戌日。来自京师大学堂、京师同文馆、天津水师学堂、北洋武备学堂、天津中西学堂、山海关铁路学堂、法律学堂、北洋女子师范学堂等,京津两地之学子数千人,沿护城河涌至督查院北大门,为晋省矿权一事请命于朝廷,其势仿佛光绪二十一年,康梁公车上书之剧目重演。

十月丁丑日。山西籍在京官员数十人携其家眷于金水桥畔,抬棺服孝,抚膺恸哭,以死要挟朝廷重开与福公司之谈判。朝廷委派邮传部右侍郎,路矿大臣盛宣怀抚慰之。

十月壬午日。军机大臣瞿鸿机向太后痛陈今日山西形势之险。曰晋省地处北方五省之要充,扼京津之咽喉,民情若一旦为乱党利用,恐一发不可收拾。次日,朝廷降下明召,急召胡守中进京述职。

十月甲申日。英国外务部发来照会,言废约有碍国际公法,大英帝国对晋省矿务争端表示严重关切。同日,英国皇家东印度舰队、无畏号、韦林顿公爵号、士班德号、君主号等六艘战列舰,悄然离开加尔各答军港,寻第一次中英鸦片战争旧路,穿过孟加拉湾进入马六甲,航速十八节。

十月丁亥日。国难思贤臣,当此内忧外患之际,京城的主政者们无比怀念大清国卓越的外交家李鸿章大人。但这位东方俾斯麦,十九世纪"世界三大伟人"之一,"再造玄黄"的裱糊匠,已于七年前死于胃血管破裂,令两宫"哭失声",大清国"梁倾栋折,骤失倚侍",只留下十处李公祠受万民香火。

十月辛卯日。兵部侍郎姚锡光献策:臣有一两全之法,政府不需插手此事,而是让晋省选派民间代表与福公司谈判。如果谈成,则是朝廷的恩典,太后的洪福,皆大欢喜。如若谈不拢,也只是他们没本事,需怪不得朝廷。

十一月庚申日。朝廷于万难之中,重启与福公司之矿务谈判。

3

光绪三十三年(1907),北京的冬天,寒风割面,行人稀少,万物肃杀。

东堂子胡同49号,外务部(原总理各国事务衙门)的一间会议室里,中英矿案第九轮谈判正在艰难地进行。长长的谈判桌像楚河汉界,泾渭分明地划开了两个营垒。一边坐的是渠本翘、梁善济、赵国良等山西代表;另一面坐着福公司大班罗沙第、总董梁恪思、山西代办哲美森、使馆参赞甘伯乐等英方代表。谈判桌的顶端坐着翻译、笔帖式和总署官员。双方代表的发言在大厅里激荡起刀剑劈砍般嚓嚓的金属回音。在这个战场上,看不见硝烟但能闻到呛人的火药味,近三年来双方围绕着矿案各显神通,把战火烧遍了三分之一个地球。

此时,渠本翘正用流利的英语陈述意见:"我方既借债于贵公司,则贵公司但享债权之益,不当更获矿权之利;我方若卖矿于贵公司,则贵公司但获矿权之利,不当更享债权之益。今据《合同》所言,是债权者福公司,矿权者亦福公司。彼既得债权矿权双方之美名,我又背负债卖矿双方之大消。今欧洲以文明自负,世界上岂有如此之公理?! 由此观之,此合同显系欺诈。"

罗沙第弓着脊背坐在椅子上,就像缩在堑壕里,只把胸部以上探出掩体。"渠先生你要明白,《合同》并非是由福公司单方做出的,上面有你们山西政府和总理各国事务衙门的签字和印章,是受法律保护的正式文件。难道说总理衙门更名为外务部,它签署过的文件就作废了吗? 对于山西绅商的无理挑衅,福公司将奉陪到底!"

"罗沙第先生,从1905年开始,福公司就把大量的资金、设备和人员源源不断地投入到山西,但是由于贵公司的开采遭到了各界人士的联合抵制,两年多来一直无法正常运转,不断投入却得不到任何回报。按照中国的说法,贵公司一直是在赔本赚吆喝。可以说矿务纠纷已经变成了一条套在福公司脖子上的绞索,正一步步把贵公司逼入山穷水尽的绝地。"渠本翘收敛锋芒,语气诚恳,"今天就让我们一起解开这条绞索,大家各退一步,海阔天空。"

罗沙第面无表情地竖起手掌,像在身前支起一面盾牌。"渠先生的假设恐怕太一厢情愿了,你低估了福公司的真正实力,山西的矿产只不过是本公司在全世界众多的业务之一。"

"是这样吗?"渠本翘嘲讽地反问,然后缓缓打开手边的皮面护书(公文夹),"诸位,我这里有两份文件:一份是伦敦证券交易所最近两年的股票价格,另一份是福公司本季度的财务报告。通过第一份文件我们可以看出,在去年的九月份,也就是《山西开矿制铁及运转各色矿产章程》签订之后,福公司发行的股票一夜之间就暴涨了百分之三百,创下了历史最高收盘记录。但是从那之后股价就开始一路下滑,到本月已经跌破了它的发行价。这说明什么? 说明投资人对福公司的信心正在崩溃。而从财务报告来看,福公司的长期负债大幅增加,现金持有量急遽减少,利润亏损超过了当初的投入,已经严重到资不抵债,而且资金链随时有断裂的风险。

"作为老朋友,我奉劝贵公司立刻进行停盘清算,否则会导致债权人的利益全部丧失,如果那样的话,贵公司将面临无休止的法律诉讼,其结果只能是宣布破产。中国有句老话叫光脚的不怕穿鞋的,山西可以拖下去,大不了勒紧裤腰带,过几年苦日子,可是福公司呢?"

罗沙第的盾牌在中国人的长矛下粉碎了,但是没关系,我们还有胸墙,胸墙后面还藏着马克沁机枪。"渠先生不愧是金融专家,我不得不承认福公司确实遇到了一些经营上的困难。但是如果你以为仅凭这两份文件就可以掐住福公司的脖子,那就大错特错了。如果你们中国人是这样不讲信用,出尔反尔,要单方面撕毁合约,并且企图拖垮福公司的话,那我要警告诸位,我公司将呈请英国政府,将此事付诸武力解决,所带来的一切严重后果贵省要自负。"

"shoot out"这个简洁有力的词组就像一柄凌空抢过来的战锤,重重砸在渠本翘的心口上,使他浑身一震。自从两次鸦片战争以来,"shoot out"就成了列强在中国领土上的一口尚方宝剑,成了他们处理一切纠纷时压倒中方的一张屡试不爽的王牌。

梁善济不屑地翻着白眼插了一句:"虚张声势!"

罗沙第脸上的线条绷得像石棱,冷冷地回应:"1840年,林则徐就误判了形势,他曾经向你们的皇帝再三保证,大英帝国不会为了一场贸易纠纷而轻易使用武力,可是结果呢?我希望诸位不要重蹈他的覆辙。"

此刻,渠本翘深切而痛苦地感受到了国家的积贫积弱给每一位国民带来的奇耻大辱和巨大压力,一时间进退维谷。沉默良久,他以低沉而缓慢的声调说:"罗沙第先生一定也知道,最近山西的局势很动荡,而且事态还在不断扩大,就连政府也无法控制。若贵公司一意孤行,致使双方矛盾进一步激化,演变出特别之问题,最终结果只能是人财两空,鸡飞蛋打。到头来蒙受损失的恐怕也不只是山西,不只是大清国吧?如贵公司能体念晋省苦衷,知我晋民将矿产视若生命,我方愿不惜一切代价,以重金将此合约赎回。"

罗沙第波斯猫一样的蓝眼睛狡猾地眨动着,在和梁恪思小声交换过意见后说:"合同可以赎回,但代价是你方要赔偿福公司勘测运动及各种费用

——白银二百七十五万两。"

梁善济拍案而起,冲动地喊道:"你们这是讹诈!"

罗沙第耸了耸肩,把嘴角向下拉出一条弧线。"梁先生在这样庄重的场合,毫不顾及绅士风度,表现得就像个野蛮人,对此我深表遗憾。同不同意是你们的事,但这已经是我方所能做出的最大让步了。贵方但有允与不允两句话可以回答,除此以外一切言辞都是多余的。"

4

谈判无法进行下去,只得暂时休会。由于事关重大,山西代表、在京乡官与西帮票号各京号老帮,在汇业公所召开联席会议,共商对策。蔚丰厚京号老帮李宏龄发言:"西人用狮子大张口的办法,为我收回矿产设置重重障碍。有道是三军可夺帅,匹夫不可夺志!我们晋人偏要争这口气,就算条件再苛刻,我们也要全力赎买,哪怕砸锅卖铁,也要为后世子孙留下这笔宝贵的家底。至于资金,我看可以向洋人提出分期偿还,首期还款由各票庄先行挪借,以免失信于外人,而保晋省之名誉。"

一个反对的声音:"李老帮说得轻巧,可是这么一笔巨款,拿出来谈何容易?要说挪借,而政府又将置身事外,那么究竟举债人是谁?将来又由谁来偿还?总不能稀里糊涂吧?"

李宏龄胸有成竹地说:"这个我早就掐算过了,山西矿权赎回之后,福公司在平、泽、潞、盂各州的所有厂房机器就当尽归晋人所有。这些厂房、物资和设备不能丢弃,总要利用起来。我们可以成立一家矿务公司,既接收福公司所遗留的动产和不动产,也承担赎矿所欠的所有债务。"

渠本翘说:"好,这家公司我们就给它起名保晋公司!将来挪借的款项,可以用现金偿还,也可以在自愿的前提下转变成股份。使包括票号在内,所有为赎矿提供过资金的团体和个人都变成该公司的股东,共同参与公司的管理和分红。"

5

三天以后,山西代表与福公司正式签订了《赎回开矿制铁转运合同》,

其中规定:第一:山西应就原订合同内应索之款,并各项所损失之利益,赔偿福公司平化宝银共计二百七十五万两。

第二:由晋至京汇费,并先行借垫款项利息,悉归晋省承担。

第三:赎款可分四次交清:光绪三十四年正月二十日交一半,计行平化宝银一百三十七万五千两。光绪三十五年四月初一日交四十五万八千三百三十三两。光绪三十六年四月初一日交四十五万八千三百三十三两。光绪三十七年四月初一日交四十五万八千三百三十四两。

第四:以上赎款应按期交付,不拖不欠,如有违约,不但此合同立即作废,而且已赔之款也概不退还。

签字仪式结束后,在休息室里,罗沙第和甘伯乐之间有这样一番对话:"罗沙第先生,你的目光是不是太短浅了? 二百七十五万两白银虽然是一笔巨款,但从长远的利益看,和山西这座聚宝盆相比,就显得微不足道了。贵公司这么快就做出了让步,我担心中国人会觉得我们软弱可欺。"甘伯乐面色阴沉,怏怏不乐。

罗沙第从内揣掏出一根雪茄,剥掉外包装,用雪茄剪把密封头剪断,划着一根长杆火柴慢慢预热,均匀地点燃,深深吸一口说:"一支好雪茄的质地应该犹如勃起的阴茎。"

甘伯乐皱起眉头,用手挥着烟雾说:"奇怪的比喻,我对烟草不感兴趣,只是觉得在这场较量中,罗沙第先生硬的时间太短,而疲软得又太快了。"

"参赞先生,我们在谈判桌上面对的是一位战术大师,他知道我们的底牌,当然,我们也知道他的底牌。所以拖延下去没有任何意义。他说的一点不错,福公司已经站到了悬崖的边缘,度过这场财务危机是我们的当务之急。"

"可我们有坚船利炮……"甘伯乐愤愤地说。

"时代不同了参赞先生。"罗沙第打断他,"你难道没有感觉到吗? 军方只从印度派来一支规模很小的舰队,而本土和非洲方面则按兵不动。这根本不是远征,而更像是一场示威。还有更重要的,1940年几乎在帝国舰队出发的同时,义律就接到了首相巴麦尊的训令,秘密告知内阁的决定,让他做好战争准备。可是到目前为止，你我并没有收到这样的文件。这至少表明内阁缺乏动武的决心，他们还在观望事态的发展。"

甘伯乐的神情由不满变成了沮丧，"不得不说你分析得有道理，事实上帝国的国力正在衰退，布尔战争①得不偿失，惨胜如败，令国内反战情绪高涨。去年，由英吉利的宿敌法兰西出资，俄国修建的西伯利亚大铁路开通。这条跨越八个时区，全长近一万公里，从莫斯科一直伸到太平洋的不冻港符拉迪沃斯托克的钢铁通道，使号称世界最强的俄国陆军可以轻易派至远东，同时窥视英国最大的殖民地印度。更不要说今年九月，国王被迫承认了新西兰的自治领地位。"

罗沙第给他打气说："不过，事情也没有那么悲观。我要用我的菲律宾女仆和你打赌，山西的路矿到头来还是咱们的。"他又喷出一柱蓝烟，但把更多的烟留在了肺部。"在一个月内，山西地方当局是绝对拿不出这么多钱的，在他们的政府里有我的内线，因此我对他们的财政状况了如指掌。四国借款和庚子赔款已经把他们的经济拖垮了。不仅如此，为了保险起见，我还和所有与山西有业务往来的各国银行打了招呼，让他们催讨贷款，收撤资金。按照中国人的话讲，这叫作釜底抽薪。"

"可你别忘了票号，票号就相当于大清国的银行，而晋省又是西帮票号的老巢，其经济实力深不可测。"

罗沙第不屑地摇了摇夹着烟的手，"参赞先生只知其一，不知其二。自从各国银行进入中国，以及大清户部银行开办以来，票号的业务额逐年递减，现在已经是泥菩萨过河——自身难保了。况且我还给他们预先埋下了一颗定时炸弹。看吧，票号走向灭亡的日子已经为期不远了②！"

---

①英国人和布尔人之间为了争夺南非殖民地而展开的战争，1902年结束，成为英国走向衰落的拐点。

②英商设置骗局，在上海发售橡胶股票，大肆宣传，诱使上海工商界的许多著名人物向票号借远期庄票，买进大量股票。后股市狂跌，股票几成废纸，市面一片恐慌。上海道出面向汇丰等九家外商银行借款350万两维持，但仍无济于事，使我国民族资本遭受严重打击，波及全国许多城市，包括久负盛名的源丰润在内的南帮票号基本倒闭。朝野震动，各省督抚与农工商部电涵交驰。西帮票号勉强自保。

第二十九章　尘埃落定

1

太原城的西南大门,也叫振武门,位于今日之水西关。

时近正午,进出城门的人流络绎不绝,有轿子,独轮车,也有牵牛拉马轰羊赶骆驼的……半月形的城门洞底下摆放着桌椅,坐着挎手枪的哨长,站着端长枪的兵士。离门洞不远,一群百姓正围观贴在城墙上的画影图形,鲜红的官房大印在淋漓墨迹上十分耀眼,一个相貌穷酸的老秀才念:"该犯身为朝廷命官,不思报国,反而谤议朝政,煽动暴乱,挑唆无知百姓与官府为敌。串通绿林飞贼,江洋大盗,劫牢放囚。其谬妄悖逆之心昭然若揭,实为罪大恶极,天理难容,不可不严断根株。有知其下落者如报知官府,或扭送有司,可获赏银……"他忽然停顿,好像说书人有意留下一个扣子,等吊足了众人的胃口才拖着长腔大声念:"五——百——两——"人群中随即爆发出了一片惊呼。

一个双手拄着棍子,衣不蔽体的乞丐从人群中挤出来,沿着城墙根的阴凉向西海子的方向蹒跚跛行。他就是史屠户,和我们上一次见到他时相比,他的外形又发生了很大的改变。现在,连最后几颗牙齿也离他而去,所以他的嘴脸向里瘪了进去。长长的油腻的头发几乎遮住了整张面孔。最严重的是长期吸食鸦片破坏了他的免疫系统（他认为是被自己宰杀掉的那些生灵的鬼魂来抱怨了），他的两条腿上长满了红肿的烂疮，流黄脓淌白水，左边的大脚趾露出了骨头。他有时候走有时候爬，像变异了的生物，但照这样发展下去，很快就只能爬了。事情已经很清楚了，那个心如蛇蝎的婆娘勾搭上的野汉子是个有权有势手眼通天的大人物，孙知府为了巴结讨好他，把自己关进了拘置浮浪贫乏者的游民习艺所，在大铁笼子里一天到晚做苦工。这个世界还有什么天理？后来他找机会冒死逃了出来。他很想去知味园找那个女人算账，可是又惧怕给她做靠山的那些可怕男人。他觉得画像上的那个通缉犯有点面熟，但却想不起来在哪见过。

肚子很饿，他把手伸向苍穹，无限悲怆地呼喊："行行好，给口吃的吧——"大街上车水马龙，形形色色的面孔来来往往，在阳光下像镀了层锡箔。但他们都掩鼻而过，绕着他走，只有个把好心肠的向他投来怜悯的一瞥。

一辆胶轮人力车（这也是个新鲜玩意儿，从东洋传过来的）从他身边奔驰而过，车上跷脚坐着个中年人，黑色长袍闪着幽光，挺括的连个褶子也没有，外罩泥金得胜襟马褂，白色偏黄的貉毛绲边迎风抖动。簇新的八块瓦帽头上帽圈华丽，中间镶嵌着羊脂玉片。当然他并不知道，这身讲究的冬装是自己的老婆送给先生的"束脩"。

人力车已经跑过去了，中年人回头望了他一眼，文绉绉地吟诵："长太息以掩涕兮，哀民生之多艰。"叮当一声，随手丢给他一枚光绪通宝。

史屠户拣起这枚铜板，气得七窍生烟，鼻子都歪了，正想指着中年人的背影开骂：他娘的充什么大爷，一个铜板也好意思给人？吃饱饭没事干消遣你家爷爷！！可是话到嘴边他又咽了下去，两个眼睛慢慢瞪大，因为他看见手里捏着的不是普通铜板，居然是一枚山西造币厂铸造的开炉大钱①，拿到市场上最少能兑换一两银子。他顿时转怒为喜，冲着人力车打躬作揖，千恩万谢："谢谢大老爷，谢谢大老爷打赏，您是救苦救难的活菩萨呀！"

---

①指历代钱局在正式铸造前，先精工铸制的一批带纪念性质的钱币，发行量相当少，属于收藏品。

可是等等,好像有什么地方不对……史屠户低下头,努力让混浊变质的思绪沉淀下去。啊哈,我想起来了!他用手一拍脑袋,融会贯通了,好像里面突然亮起一盏灯泡。那个舍钱的阔佬就是画像上的通缉犯,也就是那天把自己打进黑水河的野汉子。苍天有眼啊!他感激地望向天空,今天走时运,既能报仇雪耻又能发笔横财。于是,他拄着棍子一瘸一拐地跟上了前面的人力车。

2

一个时辰之后,大队官兵将知味园团团包围。佐领跳下马来,夸张地摇晃着手枪,分兵派将:"把前后门都堵住,里面的人一个也不要放走!"食客纷纷扒着窗台向外观看。在这纷乱紧张的阵势里,方孝杰倒背双手,分量十足地从队伍后面走出来,所有官兵都给他让路。沈红绫转过柜台风摆柳枝般迎上前。"是哪阵香风把方大人的金身大驾吹到了小小的知味园?"

方孝杰故意给对方一个侧身,说:"沈老板倒蛮能沉得住气,真不愧是女中豪杰!不过你可要知道包庇和窝藏朝廷要犯是什么罪过,按照大清的王法,女犯臀杖是要当堂脱裤子的。"

沈红绫凤目半睁,浅笑像蒙在花朵上的一层薄霜。"方大人这个玩笑可开大了,我这个小店里只有吃饭的客人,再就是厨子跟伙计。端着讨饭碗,敲着牛胯骨的倒是经常来,可朝廷要犯长什么样,我还真没见过。"

"本府没工夫跟沈老板打哑谜,快说,范开圆在什么地方?"方孝杰缓缓转身,目光灼热,这个女人今天要么屈服,要么就会有大麻烦。

沈红绫一副恍然大悟的样子,抚掌道:"您原来是要找范大人,何不早说?他正在楼上的二号雅间陪客人喝酒。"

招认得如此爽快,反倒使方孝杰将信将疑,吩咐:"上!"官兵往前蜂拥,沈红绫抢先一步,横身堵住楼梯口,胸膛迎着十几杆洋枪说:"慢着!我劝方大人还是不要上去为妙。"

方孝杰进前问:"此话怎讲?"

沈红绫一只手搭在楼梯扶手上说:"上山容易下山难!"

"那依着沈老板本官现在应该做什么?"

"打道回府,为自己烧一炷高香!"

有那么一刻,方孝杰好像马上就要爆发了,但最终爆发出来的却是一阵大笑。"真是一派胡言!"他扒开沈红绫,身先士卒地走在前面。他的顶戴像旗帜一样鲜艳,引领着杀气腾腾的属下,脚步像战鼓一样有力,靴底把楼板敲击得咚咚山响。"范开圆,我方孝杰来了!"但是不知道为什么,他的靴子刚一停下,心脏就代替脚步跳起来了,豪气下降血压上升。但同时他又对自己毫无由来的怯懦感到羞耻和愤怒。一个堂堂知府居然被女人的两片嘴唇唬住了,在门板的那边会有什么呢?饿了三天的猛虎?拔了信管的炸弹?上膛的手枪?刺客的短剑?真是荒唐!他命令自己的手向门板施加压力。随着滚滚光芒涌入幽暗的过道,一幅画面徐徐打开。他差点叫出声来,只一刹那他就知道自己完蛋了,这种感觉好像一辆疾驰的大车迎面撞向他,躲闪已经来不及了,然后他的外壳虽然完好无损,但里面的内容已经粉身碎骨地堆积在脚下。

雅间里暖意洋洋,被热气、酒香和羊膻味充斥着。几个人正围着铜火锅对饮,木炭的烟灰从铁皮烟筒里飞出来。其中有范开圆、渠本翘、梁善济、丁宝铨……笑声朗朗,气氛融洽,四名身穿黄马褂的带刀侍卫像四根会喘气的铜柱子一样,雄赳赳地贴墙站立。

范开圆放下酒杯微笑道:"看来今天这酒喝不成了,方大人大概是来找我的。"

方孝杰先是像被人使了定身法一样僵立在门口,一颗颗汗珠顺着面颊滚落,然后步步后退说:"误会,误会,几位大人请慢用。"

"方大人留步。"传旨官丁宝铨刚才还艳阳高照上的脸骤然阴云密布。

梁善济轻声叹息:"这就叫身后有余忘缩手,眼前无路想回头。"

"下官本打算与故人喝罢这顿酒,再到抚署召集本省官员,宣读圣旨。没想到方知府如此急不可耐,自己找上门来了。好吧,那就等忙完了公事,再与各位尽兴。"丁宝铨站起来转圈拱手,然后吩咐左右:"更衣!请圣旨!"

当日,山西所有五品以上官员齐聚巡抚衙门正堂。临时设摆的香案前顶戴相接,补服铺地,黑压压地跪倒一大片。丁宝铨宣读圣旨的声音回荡不息:"奉天承运,皇帝诏曰:查山西巡抚胡守中,私立条款,罔顾大体,出卖国家利权,即行革职,永不续用。太原知府方孝杰,垄断矿利,贻祸晋省,贪鄙妄谬,非止一端。即日押解进京,交刑部彻查。革员刘鹗违法罔利,怙恶不悛,发配新疆,永远监禁。该犯所有产业,悉数充公,钦此。刘鹗自知罪不可恕,于两月前潜回原籍,藏匿家中。现朝廷已将圣旨拟成电文,发至两江,责令南京制台和迪化抚台纠办。诸位望旨谢恩吧!"

3

铁匠巷26号,范开圆寓所迎来了紧张繁忙的一天。平、太、祁各大票号的财东聚集一堂,共商筹款之事。范开圆首先开场:"今天光临寒舍的都是各大票号的当家人,是咱们山西的钱袋子和精气神。合同规定的付款日期已迫在眉睫,我和楚南今天约集大家来,请大家敞开心扉,把肚子里的话都倒出来。"

财东们个个低头不语。渠本翘说:"大家都不言声,那我可要点将了。王财东,你来表个态。"

王义堂愁眉不展,缩头耸肩,袖着手说:"不是兄弟不肯出这个头,由于源丰润的倒闭①,致使市面大坏,我协同庆虽然侥幸保住了招牌,尚可勉强支撑,但已不得不收缩盘整,业务量减少一半不止。收入顿减,而人员未减,用度花费未减。再加上朝廷又新颁布了《通行银行则例》,甚至盛传要限制整顿银钱票,并清查各票号的账目。一旦真的不准票纸发行,各号势必周转不开,而凡持银钱票者又将纷纷提现,引起新的挤兑和慌乱。在目前形势下,协同庆实在是拿不出几个钱来!"

其他财东也跟着大吐苦水。范开圆说:"刚才大伙都把各自的困难摆了摆,我相信这些都是实情,票号目前的形势很严峻,可咱们山西能有今天

---

①英商设下陷阱,大肆宣传南洋橡胶种植业前途如何光明,引人上钩。上海工商界著名人物陈逸卿、戴嘉宝向正源、兆康、谦余三家钱庄借款一百四十万两,大量购进橡胶股票。后值倾覆,股市狂跌,陈、戴破产,连累三庄倒闭。上海道出面向汇丰等九家外国银行借款三百五十万两维持,仍无济于事。金融危机席卷上海,波及全国,连锁蔓延一发不可收拾,包括金融大鳄源丰润在内的南帮票号基本全部倒闭。

这个局面来之不易呀！本来都已经是铁案了，谁想得到还能翻过来。这是楚南他们努力的结果，也是多亏了咱们山西人同心协力。难道各位就忍心看福公司卷土重来？忍心叫这么些人的心血付之东流？忍心让两千万山西民众竹篮打水——空欢喜一场……"

屋内鸦雀无声，会议陷入了僵局。

正在这时，门子进来禀报：祁县的渠源祯渠老爷和乔景俨乔老爷来了。众人闻听无不骇然，谁都知道这十几年来渠、乔两家明枪暗箭，你争我斗，是水火不容的冤家对头，今天这两位商界巨子联袂而来，令人匪夷所思。也不知道是冤家路窄碰上了，还是提前约好的。

渠本翘迎到屋外，双膝跪倒，喉头哽咽说："不肖子渠本翘拜见父亲大人，舅父大人……"

渠源祯板着脸一声不吭。乔景俨满面含笑，双手把渠本翘拉起来说："是五月那丫头请我们来的。"相携进屋落座，环视众人说："大伙一定觉得奇怪吧？我们这两个掐了一辈子的老家伙今天怎么又坐到一条板凳上了，这不是太阳打西面出来了吗？其实说穿了道理很简单，有人把刀架在了山西人的脖子上，凡是炎黄子孙都应该捐弃前嫌，不记旧恶，五根手指抱成拳头。别说我们老哥俩没有甚解不开的仇疙瘩，就算有，也要把它暂且扔到老牛湾去。"

渠源祯那张窄窄的瘦脸从始至终都显得很木然，几乎看不出有什么表情的变化，此时他横了儿子一眼说："你能为赎矿而奔走，出了些气力，总算没有给渠家丢脸。不过你要记住，所谓功名利禄，荣辱成败都不过是身外之物，过眼云烟。智者当务其远大，且不可故步自封。"

渠本翘有生以来第一次得到父亲的褒奖，虽然已经是四十出头的人了，还是激动得热泪盈眶，躬下身子颤声道："儿一定牢记教诲。"

乔景俨接着说："临来的时候，我们两个老家伙就已经合计好了。渠乔两家不但要入股，而且还将以全部身家作为保晋公司的后盾，确保赎矿合同顺利执行。人家李培仁为了争矿连命都搭上了，我们即使倾家荡产又算个啥？"

话音刚落就听有人大声喝彩:"好,这话听着长精神!"众人寻声望去,只见丁宝铨顶戴补服,在一群大小随员的簇拥下走了进来。大家急忙起立迎让。丁宝铨说:"今天我不请自来是向诸位宣布一个好消息,经藩、臬两司奏请,朝廷恩准,特将亩捐(山西地方当局为筹集庚子赔款,奏准从光绪二十八年起,每地丁银一两,带徵赔款银一钱五分,以五年为限)拨归保晋公司作为官股。不足之数从地方筹集,如仍不足,还可以利用票号设在各商埠的分号,广而告之,大力宣传,代为招股。另外,本藩今天还收到了以李宏龄为首的二十一位京号老帮的联名致电,表示全力支持保晋公司,敦促各总号掌柜踊跃从公,积极认购。"

王义堂面红耳赤地站起来,捶打着胸口说:"既然话都说到这份上了,不管是上刀山下油锅,我们协同庆都认了!"他一表态,其他票号有的虽然还不情愿,但也只好跟着响应,一百三十七万五千两银子眨眼之间就有了着落,把范开圆激动得眼圈发热说:"我晋人如此团结,将来发达必不可限量!"直到二十多年以后,他写《回忆录》时,提起这段往事还感慨不已。"其时库款无余,所赖者全凭票号。交款之日,福公司又暗托北京与其有来往的银行,催收在外之款,企图以困票号。而票号毫不在意,不爽时刻,使外商大为震惊……若当日票商不为助力,吾恐今之矿区犹在福公司之手,而英商势力早已横行于我山西之境矣!"

新任山西巡抚丁宝铨认为渠、范二人在赎矿中有功,上奏请求朝廷嘉奖,奏章中写道:"其事诸绅激于义愤,合力挽救,同功一体。而渠本翘上下周旋,于危急之时,筹集巨款,应时拨付。范开圆总司商务,于矿案始终其事,叠次与福公司会议,力持正论,坚定不移。俾十年成约,一朝换回,弭隐患于无形,收利权于既失,其有裨于大局,实非浅鲜。惟渠本翘、范开圆两绅于矿事始终维持,实系尤为出力,且乡望素孚,此后路矿要政,仍须该两绅士主持筹办,奖其成劳,正是以策其后效。"朝廷降旨:赏渠本翘三品京堂,赏范开圆四品京堂。黄马褂各一件。

第三十章　流星划过

1

《大公报》农历三月二十一日报道：

虽然因为大清国在一月之内经历了两场国丧，从而耽误了些时日，但这一天还是来了。下午两点三十分。一辆黑色福特 T 型轿车和几挂四轮马车停在福公司办事处门口等候，汽车引擎已经发动，突突地冒着白烟，所有行李都搬上了车后座和后备厢。前来交接的中国官员和商人也已经乘车轿来到现场，见证这一历史时刻。

一架黄铜喇叭的哥伦比亚留声机搬到了门廊下面的台阶上，拧紧发条后，海子边8号院最后一次奏响了《上帝保佑女王》的旋律。福公司全体办事人员着装整齐，在院子中央列立，目送米字旗黯然落下，大清国的黄龙旗冉冉升起。

接着"福公司驻晋办事处"的牌子被摘去，原有位置换上了"保晋公司"的招牌。

这些英商的复杂心情无人知晓，他们将寻来路返回英国，先从正太火车站去天津，并在那里换乘渡轮。从始至终，福公司全权代办哲美森脸色阴沉,面对记者的连番提问,只回答了一句:"No comment!(无可奉告)"就匆匆钻进汽车,关上了车门。

《大公报》农历五月三十日报道:

　　山西保晋公司为庆祝正式成立召开盛大之酒会。该公司总部设在太原海子边福公司旧址。省内有平定、大同、晋城和寿阳四大分公司。省外则有石家庄、保定、北京、天津、上海等多处销售分公司。

　　酒会这天,有人递给范开圆一条鲜红的缎带,上面写着"贵宾",请他佩戴在胸前。当他淋浴着阳光,挂着这条燕尾形的红绸,穿过盛装人群进场的时候,突然升起一种奇异的体验,觉得身体轻飘飘的。他看到周围男男女女挥手抬足的动作,谈笑风生的表情和形象都变成了一格一格的慢放镜头,像放映机出了故障的西洋影戏,而且是默片。他们发出的声波被一道无形的墙屏蔽了,他进入了一个无声的世界。时间好像胶皮糖一样被无限拉长。冬日的暖阳呈金黄色,所到之处,给所有的人和物都镀上了一层金黄。

　　他在刚刚竖立起来的"保晋公司纪念碑"前停下脚步。碑身是整块的黑色大理石,基座是坚硬无比的花岗岩。碑身正面阴刻着整齐优美的骈文,详细记录了争矿运动的始末缘由和牺牲者的名单事迹。开头两句是:大风起兮云遮月,晋省保矿起波澜。

　　范开圆看见阳光好像被强烈吸引,都聚集在了光滑如镜的碑身上,使碑身成为一个明亮神秘的发光体。每一个光子都像蚂蚁奔向蜜糖一样争先恐后,尽量堆积在刻槽里。他甚至看见有两个悬浮在空中的光子,因为找不到停留的位置而放声大哭。

　　然后有音乐在他的脑子里,在这个无声的世界之上袅袅盘旋。是一首他在欧洲听过的西洋交响乐,叫什么名字,谁写的,全不记得了。只听见暴风骤雨般的音符像马群,由远及近,由弱到强,由散乱如沙到列阵而墙。它们百折不挠,浪头一样跌落下去,又再次高扬起来,直到振聋发聩,拍崖裂岸。如浴火重生的凤凰,从灰烬中拔出形骸,冲入霄汉,与云相接,与日同光。他觉得自己胸膛中也燃烧着一团火,而眼眶里则充盈着两颗沉重的水球,随着音乐声体积越来越大,挤压得整个面门都又酸又胀。但是它们不会流下来,因为它们的外膜一接触空气就变得硬如水晶。他的灵魂从这个魔法球的中轴和散射区望出去,看见周围变形走样,与以往大不相同。但佛说一水四见,谁又敢否认水球那边的存在不是一个真世界。

一名《申报》记者对斜背勋带,胸佩金花,端着高脚杯站在台上,准备向中外来宾致辞的渠本翘提问:"在此次上海工商界倒账的风潮中,南帮票号损失惨重,几乎全军覆灭,而西帮却没有一家倒闭,全部安然渡过危局,请问总经理先生这是为什么?"

渠本翘对着银灿灿的麦克风回答:"无论是南帮票号还是西帮票号,都是国家的百年基业,宝贵财富,也都为金融流通做出了巨大的贡献。当此国家振兴商务之时,风雨兼程之秋,遭此前所未有之重创,令人扼腕叹息,痛断肝肠。南帮票号的倾覆,从内因来讲,是运用官款过多,失去了它的独立性,又被官款催逼的结果。所谓成也萧何,败也萧何。从外因则是因为西方强国掠夺中国的资源,打击中国的民族工商业,造成财币外溢,利源内竭,民生困蔽,所导致的严重金融危机。它的发生又一次为山西票商,也为整个金融界敲响了警钟。天下事变生于不侧,一旦骄傲自满,故步自封,必然与时势相违背。不妨于事前,则悔诸事后亦无及矣。所以我认为山西票商应该未雨绸缪,及早改革,联合起来组织大银行,以顺应时代潮流之变迁。"

渠本翘的发言引起会场一片哗然,山西正在筹建大银行的爆炸性新闻通过记者的手飞向全世界。又一名法国记者操着生硬的汉语提问:"据说贵公司只收华股,不收洋股,可有此事?"

渠本翘回答:"确有此事,保晋公司《章程》第五条明文规定:本公司唯收华股,不收洋股。附股者如私将股票售于外人,经本公司查知,或经他人转告,立将所认之股注销不认。"

外国记者又问："据我所知你们的政府已经没有多少资金储备了,而像这样一笔巨额赎金,贵公司却似乎毫不在意,挥之如土,令全世界为之侧目。因此在这里,我想冒昧地向总经理先生提一个非常幼稚的问题,山西商人手里到底有多少钱?"

渠本翘面带微笑答道:"我是学金融的,我愿意在此列举几个数字来回答这位先生所提出的问题。咱们远的不说,道光二十二年海疆捐输,山西绅商共捐银二百余万两,几乎等于全国绅商捐输的一半。咸丰三年剿灭江南匪患(指太平军),山西绅商又捐银一百五十九万九千三百余两,占全国绅商捐银总数的37.65%,再居全国各行省之首。同治五年,左宗棠为平定新疆阿古柏之乱,筹集兵饷,向山西绅商借款二百一十八万两。庚子之变,山西绅商向朝廷输诚,仅大德通一家票号就向皇室献上白银三十万两。我们中国有句成语,叫作投鞭断流,典出《晋书·苻坚载记下》,是说把马鞭子丢下来就可以将河水阻断,比喻兵马众多,力量强大。我说,只要是利国利民,我山西绅商投金亦可断流,更何须投鞭。"

2

在台下衣冠楚楚的中外宾客间,坐着个土里土气的周二爷,他的闪缎马褂上也佩戴着一条红绸,上面写的是"股东"。

废约运动历时三年,周二爷关进去的时候在北京城坐龙椅的还是光绪爷,等出来的时候就已经改了年号,称宣统元年了。这三年间,他有两位亲人故去,一个是周全德,另一个是三奶奶。周二爷被开释以后的头一件事就是备了份厚礼,叫老何套上马车,到太原铁匠巷26号去拜会素昧平生,却为自己的官司仗义出头,乃至丢官罢职的范开圆。当他听范开圆说赎矿的第二期款项尚未筹足,慨然言道:"周某不才,亦愿为赎矿略尽绵薄。"范开圆当即站起来,一揖到地说:"我代表山西两千万民众感谢二爷,二爷请受我一拜!"周二爷是个讲信用的人,一诺千金,回家以后立即拿出五千两银子,让老何送到保晋公司。他本来以为这些钱捐了就没事了,没想到老何却又从城里给他带回来一捆花花绿绿的股票,每五两银子一股,一共是一千股。二爷大发脾气,拍案呵斥:"捐银子是咱自愿,捐也就捐了,要尿人家这些干啥？倒显得咱乡下人小气了！"老何委屈地说："我说了不要嘛，可人家非要给，说不能白要咱的钱。"这样，当保晋公司正式挂牌营业的时候，周二爷作为股东之一，自然也在邀请之列。

坐在现场，周二爷气不打一处来，他看见不知是哪来的坏小子故意在渠学士面前竖了根杆子，然后转身就跑。杆子头上有个茶盘那么大的铁疙瘩，正好把渠学士的下半张脸挡住了。渠学士毕竟是有涵养的人，只看了那个坏小子一眼，没有去追。要是换了他周二爷，一个大嘴巴就扇过去了。然后渠学士开始说话了，不得了，这间厅堂那么大，自己远远坐在倒数第三排，可是渠学士一张口，舌绽春雷，余音绕梁，那个声音就像放炮仗一样在四壁间回荡，开始居然把自己吓了一跳。要是闭上眼睛，就好像渠学士不是站在讲台上，而是贴在他的脸上，冲着他的耳朵眼儿喊话。二爷心里大赞，原来渠学士不但学识渊博，而且内功还如此了得，养气的本领绝对在自己之上。他从古书上听说这种功夫叫霹雳狮子吼，以为早就失传了，没想到大隐隐于朝。那必得是大小周天，七经八脉都打通了，一口混元气发自丹田，扩张两肋才能达到这个效果。

常言说得好，木秀于林，风必摧之。树大了毕竟招风。在渠学士亮出这手绝活之后，台底下一下站起来七个人。五个是洋人，两个中国人，那也必定是汉奸买办。这些卑鄙的家伙在听过狮子吼之后，连和渠学士放对儿的胆量和勇气都没有，看样子是要以多取胜。周二爷紧张起来了，毕竟好汉难敌四手，猛虎架不住群狼。结果比群殴还要恶劣，说时迟那时快，他们各自拿出一种奇怪的西洋器械同时对准了渠学士。这种东西周二爷以前听说过，是一种可以把人的魂魄吸进去的邪恶法宝。看来他们觉得不能以光明正大的武术取胜，终于要使妖术邪法，旁门左道了。路见不平还要拔刀相助，何况渠学士惹下这帮红毛鬼全是为了自己。周二爷深吸一口气，拿眼睛瞄了一下距离自己最近的那个洋人，心想别看他个子大，自己一个铁砂掌从后背拍过去，保管让他口喷鲜血，满地找牙。对付西洋人的法宝自己有经验，就是要先下手为强，猛然跳过去一着拿下，决不能给他留下把法宝对准自己的机会。当年的义和团就是吃了这个亏。

但他还是有些拿不定主意，用眼睛的余光看见范大人就坐在左前方，和自己中间隔了一排，从侧影看十分放松。他想范大人血心仗胆，和渠学士又是莫逆之交，既然他不动就说明渠学士已有准备。

那些西洋法宝果然厉害，唰唰地打闪，嘭嘭地冒烟，看起来比大炮虽然还差点，可比洋枪却要凶狠十倍。但是渠学士泰然自若，稳如磐石，微笑面对，金钟罩衣布衫的功夫炉火纯青。

3

会议结束后，眼看天色已晚，范开圆硬留下二爷吃饭。拿出一瓶外国酒招待二爷。二爷海量，一饮半斤多，仍然神色自若，说笑如常。范开圆的酒量却极差，只陪了几小杯，脸就红得跟关公似的，话也开始多起来，道："三夫人的事我已经听说了，二爷要节哀。"

周二爷叹了口气说："万般皆是命，半点不由人。"

三奶奶的尸身是在她娘家的那口甜水井里被打捞出来的，当时距离周家人到巡警局报案，称三奶奶失踪已经过去了整整一周。尸体腐败发酵，膨胀变白，皮肤套状脱落，充盈着恶臭的气体，从水底自行返回到了水面。巡警总局从北京巡警部请来了刑侦专家，运用国际先进手段，经尸检发现，三奶奶的肺部气肿，窒息性点状出血。心、肝、肾、骨髓里检出了硅藻。最让人震惊地是，她已经怀有八个月的身孕了。

排查的过程中，刑侦专家曾一度怀疑过万潮安，但经过大量走访和讯问，最终证实万大把头当时正在太原参加李培仁的万人追悼大会，根本没有作案时间。这起命案就此成了一桩无头悬案，由于情节离奇，曾被当地许多家报纸报道过。

周二爷问："这是瓶什么酒啊？"

范开圆回答："这叫威士忌，是英国人酿造的一种谷物酒。"

周二爷摇头说："瓶子到是挺好看，可这个味道真不怎么样，一股马尿味。不过这也难怪，要说酿酒，咱们中国那是他们的老祖宗。改天范大人一定要上我那去喝一回，尝尝周家窖藏了三十年的老白汾。"

范开圆大笑，然后反问："听说学仁公子打算毕业后去英国留学，不知二爷因何阻拦?"

周二爷眉毛拧成疙瘩说:"恕我直言,咱们刚跟洋人风风火火地斗了一场,可一转脸就又把自己的娃送到蛮夷之邦,拜洋鬼子为师,如此一来,岂不于咱山西人的脸面有伤?"

范开圆沉吟片刻,乃答:"我曾听一位长者言道:世界潮流浩浩荡荡,顺之则昌,逆之则亡。"

周二爷扑哧一下笑出声来,说:"什么长者? 不就是孙大炮嘛,这个人我知道,是个被朝廷通缉的乱党。"

"乱党又怎么样?"范开圆神情似不悦。

周二爷摊开两手说:"我周鼎承有毒的不吃,犯法的不做,乱党的事我从来不沾边。"

范开圆偏要较劲儿,说:"二爷是个汉人吧? 乱党要驱逐鞑虏,恢复汉统,难道这也跟二爷不沾边吗?"

周二爷装傻充愣说:"那些大道理我不懂,我就知道一旦打起仗来,老百姓就得遭殃,家家户户都得倒霉,中国就不知道要死伤多少人。书里说的好嘛:宁做太平犬,不做乱世人。"

范开圆说:"依我看,只要是为了正义的事业,付出再大的牺牲都值得。浙江有个叫秋瑾的,乃是一介女流,尚且说过:拼将十万头颅血,须把乾坤力挽回。当年的二爷敢痛殴洋人,那是何等气魄,怎么才吃了三年牢饭,就变成个小脚女人了?"

周二爷说:"这三年在牢里我没旁的事干,白天读《佛经》,到了晚上就面壁思过,反躬自省,觉得颇有心得。我以前脾气太暴,争强好胜,这场飞灾横祸乃是神佛示警,就像那戏文里唱的:这也是老天爷一番教训,他叫我收余恨、免娇嗔、且自新、改性情、休恋逝水、苦海回身、早悟兰因。这革命,说到根儿上就要拆人家的祖庙,刨人家的祖坟,断人家的利源。别说人家的后代子孙要跟他姓孙的拼命,就是在太庙里受香火供奉的那些老尖儿也不会善罢甘休!"

范开圆哭笑不得说:"二爷是说康熙、顺治、皇太极的鬼魂半夜要从太庙里出来找孙中山拼命？那到奇了,难道说满人的祖先就霸道,就尿性？咱们汉人的祖先就都是吃干饭的？"

周二爷反驳:"话不能这么说,咱们汉人的祖先这些年穷啊! 年头岁尾,才不过得那么仨核桃俩枣。四个菜一壶酒,几张纸两炷香的事。可人家爱新觉罗的祖宗四时八节享受祭陵大典,百官陪祀,各省进贡,举国追思,他受的供养大神通自然就大。"

范开圆抬死杠:"要你那么说,当年朱皇帝的祖宗受的供养也大,为什么大明朝还是把江山社稷混丢了?"

周二爷想说:世上当然没有万年不改的朝代,它气数已尽,国运到头了,改朝换代是自然而然的事。神通敌不过业力。可既然凡事都有个定数,那还革得哪门子命? 老子爷爷说得好:我有三宝,持而保之。一曰慈,二曰俭,三曰不敢为天下先。可是他看见范开圆急赤白脸,破马张飞的,再要说下去估计就该拍桌子骂娘了,这又何苦来哉? 于是就换了个话题问:"听说你是个湖南人?"

范开圆也平复心绪说:"问我祖先在何处,山西洪洞大槐树。祖先故里叫什么,大槐树下老鸹窝。告诉二爷个秘密,我虽生长在湖南,但根儿其实还是在山西,老家就在太平县南高村。二爷要是不信,我这就脱下鞋袜,请二爷验一验我小拇指的趾甲①。"

周二爷十分开怀,道:"我说嘛,一个湖南人咋会跟我们老西儿这么投缘,那你在湖南一定有不少熟人吧?"

二爷不问则已,一问,范开圆忽然泪流满面,借着酒劲,击案而歌:"半壁东南三楚雄,刘郎死去霸图空。尚余遗业艰难甚,谁与斯人慷慨同! 塞上秋风悲战马,神州落日泣哀鸿。几时痛饮黄龙酒,横揽江流一奠公!"

周二爷没有被酒弄糊涂,却被他的歌搞得晕头转向,丈二和尚摸不着头脑。心想:自己幼读诗书,长通经史,博览古今,纵观百家,无论是唐诗宋

---

①明初集中到山西洪洞然后迁出的移民主要分布在河南、河北、山东、北京、安徽、江苏、湖北等地,传说当年移民时,官兵用刀在每人小趾甲上切一刀为记。至今凡大槐树移民后裔的小拇指趾甲都是两瓣的。"谁是古槐迁来人,脱履小趾验甲形。"

词,抑或是历朝历代的名篇华章,无不背得滚瓜烂熟,唯独这首诗竟连一点印象也没有,更不要说它是哪朝哪代哪位骚人墨客的杰作了,这要是被范开圆问将起来,岂不把自己这堂堂的同治举人活活羞煞。再说,这里面的"刘郎"又是何所指呢?记的辛稼轩的《水龙吟·登建康赏心亭》中有句词叫:"求田问舍,怕应羞见,刘郎才气。"那里的"刘郎"指的是刘备,那么大概这个"刘郎"也是刘备吧。但既然吟的是古人刘备刘玄德,这范守徜为啥又哭得这么伤心呢?他正在胡思乱想,听见范开圆又边哭边唱:"英雄无命哭刘郎,惨淡中原侠骨香。我未吞胡恢汉业,君先悬首看吴荒。啾啾赤子天何意,猎猎黄旗日有光。眼底人才思国士,万方多难立苍茫。"①

这回周二爷再也坐不住了,起身告辞。范开圆拉着二爷的手,送到门外,送到院外,再送出铁匠巷巷口。他东倒西歪,脚步踉跄,来到外面仰头一看,只见明月如镜,银河高悬,一道流星横绝而过。范开圆忽然间又哈哈大笑,脸上立时现出一层杀气,脚一跺地,指天发誓说:"彗星东西见,宣统两三年!"把旁边的周二爷吓得出了一身冷汗,心想:这可是抄家灭门的罪呀!

周二爷的马车已经拐出巷子,驰上了大道,还听见范开圆站在巷口,脚踏节拍,扯开嗓子唱:"举首望长天,光芒射半边;彗星十万丈,宣统两三年;百姓方呼痛,官家正敛钱;也知胡运毕,何处不骚然?!"周二爷也是蹲过大牢,闯过鬼门关,刀架在脖子上都没含糊的汉子,此时却觉得脊梁沟阵阵发凉,只想尽快离开这个是非之地,吩咐车夫:"加鞭!"

两年以后,周二爷死于心肌梗死,病逝在潞州的宏恩教会医院,弥留之际守在他身边的亲人只有最后一个小妾周巧莲。

---

①前一首《挽刘道一》是孙文所作;后一首《挽刘道一》是黄兴所作。被称为革命诗史上的姊妹篇。

第三十一章　从同盟到对手

1

有时候从午夜醒来,当我们刚刚找回自我,还没有来得及认领横陈在床上的那堆肉块的时候。当我们短暂的成为纯粹意识体的时候。包裹着一层糖稀一样黏稠睡意的心智中,偶尔也会滑过一个又一个惊悚不安的问题:我们是谁? 我们在哪? 我们是怎么来的? 又将怎么回去? 然后理性——我们寸步不离的保姆(也许是骗子),重新来到床前照料我们,向我们指示出一个个地理和心理的坐标。

于是你又心安理得地返回到自己的梦乡里⋯⋯

公元 1909 年。宇宙——银河——太阳系——像一粒尘埃般不停转动着的蓝色行星上——

一个东方古老帝国臃肿庞大的身躯正被各种顽疾折磨着,渐入膏肓。他年纪老迈,而且缠绵病榻已经很久了,从腠理到脏腑,肌肉萎缩,骨质疏松,视线模糊,耳音昏聩,生着褥疮,处处腐败。开始,可能只是一根毛细血管出了问题,然后就是大面积的梗阻。心脏有时狂跳有时暂停。手臂从抖动到失灵。双腿从微跛到瘫痪。麻痹感从神经末梢到大脑中枢。由发病到承认有恙,他耽误了不少宝贵的时间。然后药方换了一贴又一贴,从中医到西医,从物理到玄学。但死亡是一个缓慢而艰辛的过程,比分娩还要痛苦。现在,他戴着王冠的头颅在枕套上滚来滚去,每一次呼吸都带着丝丝的痰音,金光闪闪的龙袍散发着裹尸布的气息。乌鸦降落在他的窗台,嘟嘟地敲击着玻璃。他听到坟墓在召唤,知道自己很快就会被填进去,变成蛆虫的盛宴。恐惧、焦虑、绝望,使他混沌的眼睛重新放射出了光芒,他不敢相信这样的事竟然会发生在自己身上,他不想沉入永恒的黑暗深渊,一次次挣扎着试图重新振作起来。

当他终于明白大势已去的时候,他开始了金蝉脱壳的老把戏,他让灵魂飘出了垂危的病躯,飞向滚滚红尘去寻找新的载体……

2

从后小河到东仓巷,每一座营盘都被激动不安的气氛笼罩着,士兵人心惶惶地奔走相告:"弟兄们弟兄们,大家听说了没有?为了整顿新军,督练公所决定让哨官以下所有老兵,包括正目(即班长),提前退伍,遣送回原籍。"

"他们这是卸磨杀驴,那些当官的哪顾士兵死活,我们这些人一没有手艺,二没有田产,回乡只能喝西北风!"

大家去找正目,正目也哭丧着脸,"唉,好不容易熬了这么个芝麻绿豆的官,一家老小还指望我这点饷银活人哩……"

有人悲愤地说:"咱们不能这样任人摆布,走!找他们评理去!!"

上午贴出的布告,到下午群情激愤的老兵就堵塞了从营房到操场的各条通道,包围了参谋营务处、执法营务处、督操营务处、稽查营务处、指挥室和机要室。姚鸿法、谭振德都头大得不行,躲在总部不肯露面,各标各营各队各哨被搅闹得鸡犬不宁。

整个四十三协只有八十六标风平浪静。老兵们刚开始闹事,就被阎教练官弹压住了。他顾不上吃饭和睡觉,亲自下到各个营房,到老兵们中间,坐在他们的铺位上,吸着他们的莫合烟促膝谈心。他放下长官的身架,像亲兄弟一样,拉着每一位跑到他面前诉苦的老兵的手,拍打着他们的肩背,苦口婆心地开导。由于工作过于繁重,到后来他也上了火,而且得了重感冒,脑门滚烫,嗓子嘶哑,发声困难,满嘴都是燎泡,但依然嘴角泛着白沫,用柔软的五台口音不停和情绪激动的老兵理论:"你们这些灰欠欠的,机迷不机迷就在这一下,只要你们一天不脱这身军装,就是军人,兵随将令草随风,这样乱糟糟的成何体统?旧兵退伍,整顿新军,既是提高我军战斗力的需要,也是丁大帅,姚总办亲自做出的重大部署。军令如山,总部的决定岂能儿戏?此事已万难更改!你们都是久经磨炼,跟随阎某多年的老弟兄,要识大局顾大体。不过话又说回来了,弟兄们的苦处,别人不晓得我还不晓得?人心都是肉长的,我阎锡山绝还会亏待了大伙,要想尽一切办法,尽个人最大的努力,对老兵妥善安置,给弟兄们一个满意的交代……"

3

为了应对老兵退伍带来的复杂局面,同盟会召开了秘密会议。在会上张瑜发言:"所谓新官上任三把火,'整顿新军,旧兵退伍,补充新兵,教育一年',这是督练公所姚总办秉承丁巡抚的旨意做出的决定。谁都没想到反应会这么强烈,阻力会这么大。丁宝铨老谋深算,沉稳干练,向以能吏自居。此次虽名为整顿,实则是为了控制新军,向新军安插亲信。他打压阎教练官,让心腹爱将夏学津出任八十六标标统,很明显是想把新军置于自己的股掌之间。要不是他横插一杠子,标统一职十拿九稳是百川的。看来这个丁大帅比胡大帅更难对付。"

李兴插科打诨。"你们知道丁巡抚为甚那么器重老夏吗?据说这个老夏的婆姨长得白白净净,花容月貌,樱桃小嘴,杨柳细腰,跟月里嫦娥似的。她拜丁宝铨为义父,名为父女,实则关系十分暧昧。而老夏呢?为了讨好上司,升官发财,就睁一只眼闭一只眼,心甘情愿地戴上了这顶绿帽子……"他养好刑伤之后,被同盟会安插在了新军,现在已经是黄国梁手下的一名哨长了。

范开圆说:"丁宝铨要以整顿之名安插亲信,掌控军权。我们也可以将计就计,借力使力,来一个顺水推舟,移花接木,趁机成立模范队,并以同盟会员充任模范队的各级领导,培植革命势力。这样我们就可以化被动为主动,把坏事变成好事。但是旧兵如何处理关系重大,因为在旧兵当中有许多人已经是同盟会员,而且其中还有不少正目,如果听任这些人流散到社会上,对革命将是重大的损失。在老兵来说,退伍即是失业,所以也都不愿意离开部队。"

阎锡山说:"已经决定的计划,不易更改,只有另想办法,要不就把裁汰下来的人设法安插到巡防营里。"

范开圆摇头说:"不妥,现在各地的形势一触即发。几天前总部也给我们带来了'加紧革命活动,准备武装起义'的重要指示。巡防营是旧军,是清廷的顽固堡垒,这些老兵如果分散到那里,孤掌难鸣,也就等于失去了他们的作用。我倒有个想法,大家看……"他站起来指着墙上的地图"归绥道西部地处偏远,清廷鞭长莫及,是个空子。我们何不在那里招兵买马,聚草囤粮,为起义预做准备。具体来说,我们可以趁此机会,筹集几千两银子,到绥远后套购地,建设农庄。把退伍老兵安置在那里从事农业生产,即使他们衣食无忧,而又不致分散,一旦有事,集中起来就是一支可观的力量。"

阎锡山击案道:"老范这个主意好,同时我们还可以在从太原到后套农庄的路上,沿途开设旅栈,安置一些老兵,做联络工作。这样一来山西这盘棋就做成两个眼儿的活棋了。我看这件事就由李兴出面,传达给各营各哨的退伍老兵。尤其是那几个正目,一定要把他们争取到我们这边来。"

范开圆指示李兴:"记住,不许割辫子。"

4

夏学津匆匆到抚署来见丁宝铨,双手呈上一张帖子说:"这是标下查营时,在士兵的枕头下面发现的。"

丁宝铨见此帖四指来宽,两寸多长,顶端印"天地山",下边印"人和堂",右边印"九江水万年香一心一德",左边印"安天下同胞保善良",中间有一行楷书大字"凭帖取钱壹吊"。他不以为然地笑道:"夏标统未免有点小题大做,这是此地民间流行的一种土俗。此帖名为拜帖,凡持同样帖子者即以兄弟相称,有互助之责。"

"本地风俗标下也略知一二,但卑职在搜出帖子的同时,还搜到了这个。"夏学津从袖口里掏出一份《晋阳导报》,"看看这上面都写了些什么!

另外有人看见,八个即将退伍的正目昨夜在永祚寺十三层塔顶上待了很长时间,不知道在商量什么。因此标下怀疑在新军中有革命党暗中串联。这拜帖会不会是他们的联络信物?天地山、人和堂、万年香……这些说不定就是乱党的接头暗语。"

丁宝铨的脸色严峻起来,问:"你还知道哪些情况?"

"卑职还听说,几天前阎教练官以欢送为名,召集本标第一第二两营准备退伍的正目王泽山、王致嘉、郝富珍、高永胜、于凤山、刘得魁,以及营铺经理(与士兵有赊欠关系)和预备退伍的老兵共八十余人,在察院后的德盛园饭店歃血饮酒,并当场出示以个人名义筹措的安家费大洋三千元。所有老兵无不感恩戴德,涕零如雨,这分明是在要买人心。"

丁宝铨站起身,在花厅里来回踱步,阎锡山这个名字突然从他的脑海中脱颖而出,不断放大。他在山西为官多年,深知山西官场之复杂,晋官之难当。外省帮、本土帮、流洋帮、晋南帮、晋北帮……山头林立,钩心斗角,圈子之风盛行。本土帮凭借地利排斥外省帮,外省帮上携天意制衡本土帮;北党以权势倾轧南绅,南绅以财力要挟北党[①]。致仕(退休)的耆老,晋籍的京官,与山西有业务往来的洋商,人人都想插一手。票号、煤矿、掮客、金主、门生、故吏、个个都在找靠山。你方唱罢我登场,一荣俱荣,一损俱损。更别说治河、剿匪、禁烟、边患……文武衙门的不和、旧军和新军的平衡,革命党,保皇派蠢蠢欲动,伺机作乱。而这位不显山不露水的阎教练官,其独特之处就在于在各个派系中他好像都能玩得转。

5

一大早,后小河八十六标的营盘里就哨声四起,尘土飞扬,脚步纷乱。阎锡山走出来时正好碰上夏学津,问:"夏标统,这是怎么回事?"

夏学津装糊涂说:"丁大帅和姚督办、谭协统突然来本标视察,我也是刚刚接到命令。"

操场上,人马已经列成九个七横七纵的方阵,擎着指挥刀的领队,执旗

[①]由于晋北土地贫瘠,清末全省财赋收入主要来自晋南各县,然而现实政治却是晋北占优势,像梁善济、阎锡山都是晋北人。

手和挎着大军鼓的鼓手站在左侧。过了一会儿，只见丁宝铨袍带整齐，枯瘦的脸上阴云翻滚，在姚鸿法和谭振德的陪同下缓缓走来，两道钩子一样的目光扫视着每个官兵的脸。他在一名正目面前停住，伸手握住对方的辫子用力一扯，那根又粗又长的辫子应手而落。丁宝铨捧着假辫子冷笑："姚督办、谭协统，这就是你们带出来的好兵！"

姚、谭二人额头上冷汗淋漓，不敢回话。

丁宝铨大声说："现在我命令，全体摘帽！"

姚鸿法鹦鹉学舌："听到没有，大帅让你们摘帽！"

全体官兵齐刷刷地把军帽摘下来，平端在胸前。

丁宝铨轻轻拿起一名无辫军官的帽子端详，原来这名军官的假辫子是用缝衣针别在帽檐上的。"如此招数，亏你想得出来。说，为什么要剪掉辫子？"

军官一本正经地立正回答："为了讲卫生，不长虱子，洗头的时候方便。"

丁宝铨哼了一声："真乃一派胡言！"走到阎锡山身边，仔细查看他的辫子。阎锡山目不斜视，神情镇定。见阎锡山的辫子的确是真的，丁宝铨显出几分失望，登上检阅台说："君等皆为国之爪牙，社稷之干诚。你们头顶的是大清的天，脚踩的是大清的地，端的是大清的饭碗，领的是大清的饷银！饮水思源，食君禄当报君恩。《劝兵歌》①里是怎么唱的？为子当尽孝，为臣当尽忠。朝廷出利借国债，不惜重饷来养兵。一兵吃穿百十两，六品官俸一般同。如再不为国出力，天地鬼神必不容。可是偏偏有些人却恩将仇报，吃里爬外，黑白不辨，是非不分，竟妄图推翻帝制，颠覆朝廷！最近就有人借老兵退伍拉帮结派，要买人心，甚至同革命党相互勾结，沆瀣一气，上蹿下跳，煽风点火！是可忍，孰不可忍?！为了严明军法，防微杜渐，现在我宣布：所有老兵保留原编制，暂不遣散。无论官兵，凡是剪掉辫子者一律拘捕，严加讯问！"

听到这个消息，范开圆说："丁宝铨虽然借老兵退伍案大做文章，来势

①北洋军军歌中的一首。

316

汹汹,其实手中并无真凭实据,不过是想敲山震虎。越是在这种时候,我们越要稳住阵脚,韬光养晦,沉着应对。事实已经证明,丁宝铨是清廷的忠诚走狗,革命者的死敌。虽然他在争矿运动中为山西做出过一些贡献,曾经是我们的同盟,但此一时彼一时。我们对他不能再抱任何幻想,唯有坚决斗争。此人不除,山西的革命事业就不能顺利发展。所以同志们下一步的工作重点是——拔丁。拔掉这根清廷楔在山西的钉子!"

第三十二章　交文惨案

1

当年义和团运动失败以后,朝廷派庆亲王和李鸿章为全权代表同俄英德法美日意奥八国签订了《辛丑条约》,向列强赔偿白银四亿五千万两,分三十九年偿清。列强放出话来,中国有四亿五千万人,正好一人出一两银子。早已债台高筑,库空如洗的清政府根本拿不出几个钱来,于是把这笔赔款分摊到了各省,只山西就要负担二百万两白银的赔款。多年在太原传教的李提摩太,为了"教导有用之学",在倡议并取得英政府的首肯后,从庚子赔款中提出五十万两创办新学。经光绪皇帝朱批,同山西政府订立了"创办中西大学堂合同八条",承诺:"十年之后,学堂房屋及一切书籍、仪器,概归晋省,并不估值。"

周学仁和渠五月入学后的最后一个学期,正好是"八条"合同期满。巡抚丁宝铨同省咨议长梁善济等电邀李提摩太来并履行前约。是年十一月上旬,李教士夫妇乘轮船和火车从上海抵达太原,丁巡抚携省城官员及全体师生在学校大礼堂开欢迎会。大礼堂的风格中西合璧,两侧对开欧式敞窗,配以雕花窗棂。顶棚有一条条拱形桁架支撑,为全省唯一一座无大梁和支柱的最新式建筑。礼堂里座无虚席,从钢架的间隙中垂下的电灯泡密如星斗。正面带雕版、护栏和转角木楼梯的主席台铺设红毡,后方固定一面巨大锦绣屏风,屏风上安装珐琅罩灯,悬挂黄龙旗。

丁宝铨在接受了李提摩太的辞呈后,向师生发表讲话,他称赞山西大学堂"诚不愧为大学之名焉,其构造不为不善,布置不为不工,总之,大学堂建筑完备,已无遗憾,人才荟萃,大有可观"。接着,又讲了一番青年乃国家未来主人翁之类的话,思想和主张接近于康梁,最后话锋一转说:"现在,我来谈两件正在我们身边发生的事。第一件:渠楚南先生组建大银行的工作遭遇到了严重阻力,票号的大掌柜们联手抵制这一新生事物,甚至到处造谣说楚南先生此举意在夺权。这说明山西的守旧势力还很强大,有些事不是一代人能够完成的,同学们前面的征程任重而道远。

"其二:我想向大会报告一下全国禁烟运动的最新进展。前年,外国传教士在上海两次召开禁毒大会,反对鸦片贸易。由一千三百三十三名传教士签名的请愿书,已通过两江总督转呈皇帝,敦促政府施行禁烟。英国传教士应允回国后,积极宣传鸦片的罪恶,对政府的鸦片输出政策予以严厉谴责。去年,上海再次召开由美国发起的万国禁烟大会,认为鸦片已成为世界公害,应引起各国政府,特别是欧美大国的关注和警惕。大会通过九项决议,表示将全力协助中国禁烟,并向英国政府施压,迫使其放弃鸦片贸易。

"今年,民政部与修订法律大臣在原有'禁烟章程十条'的基础上进一步会订《禁烟条例》。在京师设立禁烟总局,在上海设禁烟总会,在各省设立分会。对各级官吏进行查验,经禁烟大臣奏请,先后将拒不戒烟的睿亲王魁斌、庄亲王载功等满洲亲贵暂行开缺。被查出夙染烟癖的内阁学士文海、载昌、启绥等一并革职。可谓雷厉风行。

"我们知道,洋土药税厘是政府一项重要的财政来源,而实行禁烟,进口鸦片和土产鸦片每年减去一成,就意味着国家每年将减少八十万两税银,这是一个巨大的数目。为保障禁烟运动顺利进行,政府动员了一切力量减轻财政压力,推行印花税法,制订'印花税则十五条'。度支部奏请各省食盐加价以抵补税收;云贵总督以开滇省矿产提取巨资;广西巡抚请加收宰牛之税;四川总督拟抽肉厘;江西巡抚准备将长江出口之米,每石增加出口税十分……

"政府趁热打铁,向英国驻华使馆递交照会,要求禁止吗啡及吗啡针贩运来华,英国外务部于8月12日复照,表示愿意协助中国禁烟。经谈判双方签订十条《禁烟协议》,从1911年1月1日起,大清按条约每年减种罂粟十分之一,英国继续限制印烟输入中国,至1917年全面禁止。

"现在丁某不但是抚巡,还兼任山西禁烟分会总办。同学们课余的时候,不妨到各处走走看看,发现有贪图利益,不遵禁令者,可直接报于我知。"

2

交城和文水之间的广兴村这一天来了两位少年,迎着风站在高冈上,遥望被盛开的罂粟花渲染得姹紫嫣红的村庄。摇曳的花海铺锦叠翠,波涛汹涌,蔚为大观,在蓝天白云下,构成了美丽浪漫的风景线。往南一直抵达与开栅村的交界处,向西则延伸到吕梁山上。孩子们在花丛中踏浪,放风筝,逮蜻蜓,抓蚂蚱……忙碌的农夫种作往来。屋舍俨然,鸡犬相闻,黄发垂髫,怡然自乐,竟如陶渊明笔下的桃花源一般。两少年相顾愕然,拦住一个正在锄草的老农问:"老伯,政府下了禁烟令,你们不知道吗?"

老农翻着眼睛说:"啥禁烟令不禁烟令,种烟也不是杀人放火,这官家还能不让咱农民种地吃饭?"

五月说:"老伯,洋烟不禁,国家必危呀!"

老农不再理睬他们,一边塌下身子继续干活一边咕哝:"国家不国家的跟我老汉屎不相干。"

周学仁生气地说:"看你老汉一大把年纪,胡子都白了,咋这么不明事理,说出这样的话来,也不怕儿孙晚辈笑话。"

这时已围上来许多农民,七嘴八舌:"你后生家呲诈甚哩,人家老汉说得对哩嘛,国家干咱农民啥事体? 农民就只管种地。"

"你们两个学生娃不好好在学堂里念书,跑到这儿来捣啥乱? 寻咱受苦人开心,真是欠揍哩。"

"现在的税这么重,不种烟,莫非让咱们等着饿死不成?"

……

两个人狼狈而逃。在路上,五月的情绪很低落,周学仁气鼓鼓地说:"这些农民觉悟太差了,简直不可理喻,非得到抚署告他们一状,好好整治整治他们不可。"

五月目光恍惚,遥望远方出神说:"我们全家就要离开太原了。"

"去哪?"其实周学仁有预感,他知道票号改革的失败,组建大银行的碰壁,反对者的中伤,已使渠监督心灰意冷。

"南方。"保晋公司要迁往阳泉了,父亲借机辞去了总经理之职。

微风吹来,天空转暗,离别的感伤冲击着周学仁年轻的心扉,使他一时黯然无语。

自从他们结识以来第一次,这位兄弟主动走上前来,握住了周学仁的手,说:"来送我吧,临走的那天,我要告诉你一个大秘密。"黄昏柔和的光线勾勒出了她的身影,也是第一次,周学仁惊奇地发现这位兄弟带有一股令人沉迷的淡淡的糖果味,五官生动而鲜明,长长的睫毛下目光清澈如水。周学仁的心砰然而动,一种超越了兄弟之爱的情愫仿佛灵光乍现。同时,他内心的一部分吓得直往后缩,以为自己的青春长歪了,竟然萌发了断袖分桃之好。许多年以后,当他在北大西洋的冰海中垂死挣扎的时候,冻僵的脑海里浮现出的就是这一幕。

3

当传令兵去下达任务的时候,看见夏标统像只棕熊一样骑在栗子色的办公桌上,正用绒布擦他那把柯尔特龙骑兵。他的举止相当怪异,眼睛里空洞无物。穿着长筒靴的两条腿拉巴得很宽,马裤上全是油污,白衬衫上面的三个纽扣没系,露着浓密的胸毛,下面两个纽扣系错了位置。面前凌乱地摆放着一壶枪油,一个拉力计,半瓶二锅头,一根通条和六颗拉姆弹。

传令兵从来没见过夏大人喝成这副德行,担心他在错乱中把枪油当成酒喝到肚子里。

在听完让他带队铲除烟苗的命令后,夏学津沉默地抓起酒瓶子灌下一大口。将铜转轮向左摆出，哆哆嗦嗦地把子弹一颗一颗地填进弹巢。他双手端枪胡乱瞄准，保险扳开合上，再扳开再合上。传令兵吓得脸都白了，生怕他的手指头突然搭错神经，不和大脑沟通就把自己或者面前的人送去见阎王。

自从早晨老婆向他亲口招认了那件事之后，夏标统的脑袋就变成了一个乱糟糟的蜂窝，为了让那群金黄色的小东西住口，他钻到酒馆里喝了一斤半二锅头，但结果是脑子里的其他声音都安静下来了，只剩下两个声音不肯歇着。

"哦，原来那件事是真的！"一个尖细的高音频委屈地说。

"嘻嘻，这几时不见你，怎么吃得肥了？①全山西都知道，只有你这个做了王八的笨蛋蒙在鼓里！"另一个粗鲁、低沉、嘶哑的嗓子嘲笑道。

"怎么办，怎么办，以后还怎么见人……"细嗓子听起来快要哭了，声音勾画出饱含泪水的眼泡。

"端起你的左轮枪，把那对奸夫淫妇打成筛子！"粗嗓子恶狠狠地咆哮。

"可那是丁大帅……"细嗓子声波颤抖。丁宝铨干枯瘦小的形象在他神志不清的大脑里突然变化成了血盆大口的蛇身巨怪，脖子里鳞片怒张，麦斗般的头颅从云层里钻出来俯视着他，深眼窝中射出的紫电青光能把大树点燃。

他完全忘记了过程，只感觉忽悠一下，就从骑桌子变成了骑大马。又忽悠一下，就从太原城来到了吕梁山脚下。

4

文水县知县刘彤光带领同僚出郭迎接，因为是迎着风头，远远就闻见夏标统喷出的浓烈酒气，现在如果在他面前划着一根洋火，就会立刻化作三尺烈焰。夏标统骨蒸潮热，两颧异常红润，下巴在前胸的毛料子军装上挤出三道皱折，前摇后晃地拉着缰绳问："文水地面有人还在私种鸦片，你

---

①《水浒传》中乔郓哥得知西门庆和潘金莲之间有奸情，见到武大郎后问了这句话，讽刺武大已经变成了鸭子，自己却不知道。

知道不知道?"刘知县战战兢兢,支吾说:"实在是下官失察。"夏标统用食指和拇指比了把手枪对准刘知县的脑门子,仡挤住一只眼睛,嘴里"巴切勾——"了一声,队伍就浩浩荡荡地开到了广兴村。

农民听说要铲除烟苗,铜锣响亮,全村出动,男女老少足有两三千人,手持农具叉棒,塞住村口不让进去,并公推村长武树福及村里德高望重者六人来见夏学津。

武村长说:"非是民等敢自专,去年下种前,我们确曾请示过县里。县尊答应只要按时完粮,并纳双倍的税,就种甚都可以。"刘彤光汗流浃背,好在夏大人醉态可掬,神游物外,并没有听出其中的道道。

武村长接着说:"如今村上这些烟苗,不仅是小民等一年的辛苦,实为全村人的性命。大人若强行将其铲除,明年就不知道要有多少人饿死,多少人背井离乡,讨吃要饭。恳请大人宽容小民们几个月,等这些烟苗出浆以后,还请了一年的欠账,明年就改种杂粮。"

渠五月和周学仁听他说的在情在理,不由得满心同情。哪知夏学津却勃然大怒,舌头在嘴里打滑说:"放狗屁……朝廷法令岂容儿戏? 尔等私种烟土,违抗禁令于前;聚众滋事,阻挡官兵于后……罪大恶极,还敢与本官讨价还价,绑了!"士兵一拥而上将六个人五花大绑。夏学津策马来到队伍前列,高举双手,张开十指,好像他要阵前投降似的,含混不清地呼喊:"再不让开,就开枪了!"

农民们不但没有让开,反而跪下一大片,哀求声哭泣声抱怨声乱成一团。夏学津不胜其烦,双手一落,命令开枪。

渠五月和周学仁本以为夏学津是在吓唬农民,万万没想到会真开枪,还没反应过来,排子枪就响成了一片,呛人的硝烟像淡蓝色的幕布一样突然合拢又缓缓拉开,从枪膛里退出的弹壳在四月的天空下黄澄澄地跳跃。血流得整个村口都是,受伤未死者哀号着满地翻滚,场面惨不忍睹。

五月急得都快哭出来了,知道今天事情不妙,不顾一切双手拉住夏学津的马缰绳说:"大人,万万不能再开枪了!"周学仁傻在原地,一种极不真实的感觉使他觉得自己身在梦中。

夏学津在马上耍酒疯，他觉得自己飘起来了，在身体之外鸟瞰着地面，以及这个大千世界，手舞足蹈说：“秀才就是上不了战阵，学生娃就是熊包，看看把你们吓的，是不是已经尿到裤裆里了？本官当年剿灭拳匪的时候，曾在百万军中横刀跃马，枪管都打红了，大刀片都砍成了锯子，杀这几个刁民算啥？”

渠五月和周学仁暗暗叫苦，心里想：今天咋碰上这么个二百五。

夏学津乱枪打散村口的农民，率领队伍冲进村里，将所有烟苗先马踏后火烧，毁得干干净净，然后又把六名代表绑在村公所前示众。武树福破口大骂，夏学津心头火起，下令：“都斩了！”渠五月和周学仁再也看不下去了，一起跪倒说：“夏大人，你把我俩跟他们一块杀了吧。”

夏学津表情迟钝，皱着眉毛努力思索，困惑不解地问：“为啥要杀你俩？”

五月说：“此事因我俩而起，现在广兴村一下死了这么多人，留下老父老母无人奉养，孤儿寡妇无依无靠，我俩的罪过太大了。”

夏学津挠了挠头皮又问：“杀了你俩叫我咋向大帅交代？”

五月苦笑道：“夏大人只怕杀了我俩不好向丁巡抚交代，可你今天在这儿一气杀了这么多人，将来又咋向全国民众交代呀。”

夏学津叹了口气，瞬间眼泪汪汪，委屈地噘着嘴说：“丁大帅是我的顶头上司，老子惹不起他，只好要银子给银子，要老婆给老婆……全国民众跟本官屎不相干……不过既然是你俩求情，我老夏今天就卖给娃娃们个面子，把其余的五个人放了吧。那个武树福敢骂我，姓丁的欺负我老子忍了，现在连他也敢欺负我……”

这样总算是释放了其余五名代表，只将村长武树福斩首。接着官军又检查并铲平了交城和文水两县好几个村子的烟苗。当太阳落山，战果累累的夏标统引得胜之师，迎着艳丽的夕阳打道回府的时候，觉得心情舒畅多了。当时他完全没有意识到，自己闯下的是塌天大祸，这是他的末日，也是丁宝铨的末日,整个山西官场将迎来一场新的地震①。

5

太原城大北门街的天主教堂——全名圣母无染原罪主教座堂,简称太原总堂——是一栋罗马风格的高大建筑,占地一百五十七亩,通体铁锈红色,中间装饰着白线。耸立于楼顶的大十架两边各有一座西式钟楼。傍晚时分,圣殿里已亮起了电灯,凤主教看看时间不早,正要准备晚餐,就在这时,有两个穿学生制服的青年踉踉跄跄地推门而入。他们好像刚刚经受过沉重打击,其中一个搀扶着同伴。同伴比他稍矮,脚步绵软无力,额头上全是虚汗,好像刚刚呕吐过,两个人的脸色都像死尸一样蜡黄。高个学生先让同伴在祷告椅上坐下来,然后不等询问就走近凤主教,把双手合抱在胸前,眼睛里泪光闪现,嘴唇颤抖着说:"神甫,我们要告解。"

---

①交文惨案发生后,朝野震惊,举世哗然,全国各大报纸都对此事做了详细报道和评论。革命党人更是借题发挥,利用《晋阳导报》这门舆论大炮,连篇累牍火力全开。宣统二年四月七日,御史胡思敬又为这件事参了丁宝铨一本,上谕将丁宝铨"交直隶总督陈夔龙彻查"。文水知县刘彤光,交城知县刘星朗,标统夏学津等均被革职。

第三十三章　风雨前夜

1

天如悬河,巨流倒灌,雨幕中的太原城阴沉得可怕。

他包裹着一件亮闪闪的新式雨披,笼罩在阴影里的脸像幽深的洞穴,左手提一只包铜角的皮箱,从大路拐进这条小道时扭头看了一眼街角的路牌。上面写着:靴巷。

地势低洼,积水没过了雨靴的橡胶鞋面,千万朵银白色的水花在他面前迅速地盛开和凋谢。方生方死,方死方生。前方是一家挨一家的店面。从左侧的胡同里扑出一个水鬼一样的男人,浑身烂疮,脸色青灰,双腿好像断了一样拖在后面,湿淋淋地匍匐在他面前,高举起一只肮脏的手掌,鼻涕眼泪地仰面嘶喊:"周济周济可怜的残疾人吧!"他犹豫了一下,把手伸进怀里摸索零钱。那个男人突然一跃而起,双手齐出夺他手中的提箱。他敏捷地抬起膝盖,顶在这个假乞丐的下巴上。上下牙碰撞在一起咔的一声响,对方仰身飞出去,但马上就又回来了,双腿奇迹般地恢复了健康,手里多了把明晃晃的攮子。面目扭曲,咬牙切齿,发出水蛇一样的哐哐声,白刃划开雨幕,扎向他的小腹。他轻轻闪开攮子,挥拳砸在对方的面门上,一串鲜红的鼻血混入了暴雨中,人和攮子翻滚向不同的方向。

电线杆旁边的一扇高窗"砰"地关上,看热闹的人把头缩回阁楼里。

自从两次鸦片战争失利,朝廷被迫与英吉利国签订了《通商章程善后条约》,允许鸦片以洋药之名进口开始,毒流汹涌澎湃地淹没了中国城市和乡村的每个角落。无数悬挂各国旗帜,货舱里堆积着洋药的机帆船鼓风破浪,英国人从印度,法国人从安南,美国人从土耳其,俄国人从葡萄牙纷至沓来。最后这些货轮会停靠在虎门、黄浦或者零丁洋码头上,由行商中的大窑口(包销商)雇用当地的快蟹(一种小船),从货轮上卸下一只只木箱,存放在码头的仓库里,加价后再买给那些小窑口(分销商),最后再由小窑口发往全国各地。

为堵决白银外流,对冲贸易逆差,朝廷在万般无奈下,制定了以土抵洋,寓禁于征的国策,解禁了土药的种植和生产。一时之间太原的繁华闹市,大街小巷,室内挂着合法手续,产品包装上贴着"印花税证"和"洋药证"的烟馆星罗棋布,比饭庄茶肆还多。但是好景不长,近几年大清国突然又要锐意图强了,从张之洞抚晋开始,一场来势汹汹的禁烟运动席卷了山西,就像从另一个方向扑来的海浪。到丁宝铨做首抚的时候,运动达到了高潮。不过烟馆在太原其实并未绝迹,只不过缩小了规模,由公开转入了半地下,这种变种的烟馆老百姓叫它燕子巢。这是因为燕子喜欢衔泥筑窝,而瘾君子们土不离口,整日奔波在寓所和烟馆之间,辛勤如燕子一般。靴巷就是燕子巢的聚集地之一,所以这里并不太平,一切见不得光的邪恶事物都在这里茁壮生长:妓女卖淫,歹徒行窃,乞丐讨要,强盗打劫,乃至逼良为娼,杀人越货之事也经常发生。如果在这条巷子里你不小心被死尸绊了一跤,那一点也不值得大惊小怪。

他在一间门脸前停住脚步,灯火辉煌的商铺在暴风雨中明亮得像个大灯笼,如同妖怪变化出来的幻境,显得很不真实。他缓缓走上台阶。造型华丽的挑檐下挂一盏长方形玻璃灯,上面用朱砂写着:论交楼。门两侧有木联一副:闻香下马其嗅如兰;公班水笼大土折兑。丁巡抚刚刚因为交文事件罢官离晋,这些不法商家就这么明目张胆了。他在心里说。

厅堂不大,窗明几净。柜台上摆着账本和算盘,青花瓷瓶里插着鸡毛掸子,后面有货架,整齐地码放着肥皂、洋蜡、洋火之类的舶来品。两名伙计的其中之一掀起折板,绕过柜台迎上前来,腆着一张欢天喜地的脸说:"欢迎惠顾。"

他脱掉雨披,露出里面绸缎镶边的银鼠皮马褂,说:"我是刘五爷介绍来的。"

伙计的表情立刻严肃起来,接过雨披挂在衣帽架子上,同时给另一名伙计使了个眼色,说:"请跟我来。"引着他出了后门,穿过天井,钻进另一栋建筑物的长廊。两边都是宽敞的混堂,里面陈列着一排排矮床。人声喧哗,烟雾缭绕,鬼火点点,腐草生莹。沿楼梯上到二层,出现了一个个房门紧闭的雅间,伙计把他领进其中的一间。

在他眼前又是一个新天地,水晶吊灯,天鹅绒的地毯,羽纱的窗帘,烟榻是一张优雅的欧式立柱床,上面铺着冰丝褥子,陈设着洋绸靠枕。楠木架子上挂着个金丝鸟笼,里面有只懒洋洋的齐毛画眉趴在栖杆上打盹。

一个五短身材的矮胖子坐在雕刻精美的圆形餐桌后面,由两名年轻女子左右服侍。此人四十多岁,做派扮相颇有洋范儿。他剪掉了辫子,涂满发蜡的分头油光锃亮,苍蝇站上去都会打滑。穿着亚麻条纹灰西服,脖子里系着雪白的餐巾。由于椅子太高,黑皮鞋的鞋尖刚刚能蹭到地面。台面上摆放着裸体女人造型的银烛台,打开的洋酒瓶,点缀小樱桃的白脱蛋糕。描金边的骨瓷碗盛着吕宋汤,放着大弯勺。此时这个男人正左刀右叉地和面前一整块状似蝴蝶鲜血淋漓的牛排较劲儿。

"番菜的味道还行,就是礼仪太烦琐了。我这种人性情疏懒,魏晋风度,一般不愿意去番菜馆,想吃的时候就把大厨请到家里来,这一餐就是北京一品阁番菜馆的厨子按照他们的菜单烹饪的。"他示意客人坐到自己对面,同时努力撕扯着牛肉,腮筋暴突,满嘴血沫,把小而结实的牙齿都染红了,样子像个食人的生番。刀叉把彩釉浮雕餐盘碰撞得叮当作响。

客人把皮箱轻轻放在台面上,注意到主人虚胖的脸膛油润而白皙,尤其是那双手,短小、柔软、灵巧,指甲修剪打磨得整整齐齐,像接生婆的手。当着客人的面用餐,无论在东方还是西方都是一种非常不礼貌的行为,但他知道对方是故意的,他就是要用这副旁若无人的吃相突显出自己高人一等的地位和巨大的心理优势。

"我受洗了,是个教民,上帝的小羊羔。"他双手抱肩,做了一个需要保护的小女人的动作,嗲声嗲气地说,"蒙主宏恩,经营着这间小买卖,江湖上送我一个外号叫潘大炮。"

客人面无表情地点了一下头说:"幸会。"

潘大炮的名号在道上可谓如雷贯耳。山西的烟土贩子一共有九大帮派,其中又分为外帮和省帮。在潘大炮坐大以前,山西一直是外帮的天下,省帮都是小打小闹,不入流的乌合之众。潘大炮原来是太原府衙的一名掌刑人,对于各种折磨人犯的精致手段熟如庖丁解牛,并且他热爱自己的职业,一天听不到惨叫声就觉得心绪不宁,若有所失。这种热爱就像嗜痂之癖般不足为外人道。他和女监的禁卒、牢头、营管关系热络,合伙经营着一桩见不得人的副业,就是介绍嫖客到监舍和女犯淫乱,从中抽头。总的来说女犯的姿色和年纪无法保证,绝非银粉堂里那些骚娘们的对手。但监舍自有办法取长补短,他们可以满足嫖客的一些特殊嗜好,比如对女犯除了肆意蹂躏以外,嫖客还可以对她们滥施酷刑,可以自己动手,也可以发号施令,雇用业内人士充当打手,过一回大老爷升堂问案的瘾头。臀杖、吊拷、拶子、乳枷、跪铁链、天平架……监舍提供的器械齐全,在使用上各有不同的价码,所以生意倒也兴隆。常言说人有失手,马有漏蹄,潘大炮也有阴沟里翻船的时候,在狱制改革的风口浪尖上,由于他不知收敛,顶风作案,被访员把黑幕捅到了报纸上。一时间舆论大哗,潘大炮成了众矢之的,散尽家资财勉强摆脱了牢狱之灾,但是衙门里的饭碗却砸了。从此以后,潘大炮就开始经营烟土生意,但是他没有本钱,只能做本小利薄又奔波劳苦的滚子商。不久,全国开始轰轰烈烈地缉拿烟贩,扫荡烟馆,太原收缴的烟土堆满了官库,官府张贴告示,指定日期在唱经楼前当众销毁。是日,观者如堵,盛况空前,前来助威的锣鼓火铳声震八方,地方官绅亲临现场监督指导。士卒、夫役用大车拉来一箱箱,一包包大烟土,在唱经楼前面的空地上堆成一座小山。大人一声令下,便有多人同时高举火把,四面点燃,熊熊烈焰印红了半座太原城的天空,升腾起大清国朝禁烟的坚强决心。

等到大火熄灭,官绅兵卒百姓散尽之后,一群骨瘦如柴,幽灵饿鬼般的瘾君子从阴暗角落里无声地聚拢过来。他们就像变异了的常年生活在地洞里的爬行动物,硕大的眼睛闪动着黄磷般的欲望之火,苍白的双手贪婪地在余烬中扒搂剔抉,想搜刮一点鸦片烟灰解馋。秃鹫想从狮子和豺狗们的爪子缝里吃剩的骨架上找到一点蛆蝇围绕的腐肉充饥,让生命苟延残喘……可是结果却令人绝望,虽然他们捧着烟灰一嗅再嗅,可就是闻不到一点烟土的气息……

其实当唱经楼前大火冲天的时候,那批真正的烟土却静静地躺在天平巷潘大炮租用的仓库里。早在几天前,他已经用从中药铺购买的益母膏把烟土掉了包。几天后,他用这批烟土兑换了大笔现银,当然这些钱是不能独吞的,他得跟官府的所有经手人分账。

有了本钱之后,潘大炮开始组织大规模的烟土走私,肛门队,水门队,甚至剖开婴儿的腹腔,挖出内脏,塞入烟土后再用针线缝合。黑吃黑的事也经常做,手里有数不清的命案,由于安排周密,心狠手辣,又舍得行贿,他走私的烟土很少被官府查获,很快就成了行业中的龙头老大。

2

潘大炮终于把面前的番菜吃完了,抽出餐巾擦了擦嘴,先用高脚杯里的洋酒漱口,示意女仆把餐具撤掉,然后从景泰蓝小盒里抽出根牙签,一边挑牙一边说:"刘五爷已经跟我说过了,你想从论交楼拿货,做下游分销商。想法不错,大有作为呀年轻人。不过按照规矩,我得先看看你的老串。"

客人沉默地打开皮箱,里面整齐地码放着一封一封的圆柱体。客人撕开圆柱体外面的红纸,散落开来的都是叮叮当当的龙洋,一纸卷一百枚,银九铜一,七钱二分,捏在指甲中间吹口气嗡嗡作响。

"听说你住过大屋?"潘大炮的表情犹疑不定,手指在桌面上嘟嘟地敲打。

客人还是一言不发,把箱盖合起来,默默地脱掉上衣。潘大炮倒吸了一口冷气,他看到在这具年轻健硕的躯体上布满了各种可怕的疤痕,有凸出来的也有凹进去的,其中一道伤疤从肩胛直通到耳根附近,只是刚才自己忽略了这个细节。以他的专业知识一眼就能看出来那些都是陈旧的刑伤。是个硬骨头,否则不会打到这种程度。

"敢问老弟是'银针秀士',还是'白面书生'?"潘大炮的态度客气了一些。

客人一边重新系上纽扣一边回答:"小弟初入门庭,道行尚浅,香头还没有那么高,只不过是'一灯道人'而已。"

潘大炮眉梢挑了挑,用冷嘲的语气说:"大烟是杆枪,不打自受伤,多少英雄汉,困死在烟床。"

客人抱拳当胸回答:"终日无事只抽烟,坐也安然,躺也安然;日高三丈犹未起,我不是神仙,谁是神仙?"

潘大炮再度打手势,女仆拉开一扇对开的柜门,从中取出烟具和一罐烟膏摆在客人面前。只见红木的大烟盘上刻着两行字:重帘不卷留香久,短笛无腔信口吹。紫檀镂空的烟管头尾由大红玛瑙、缅甸翡翠镶嵌,喇叭形的白铜烟嘴闪闪发光。银丝编织的盘龙灯里盛着清亮的桐油,各种小零件也无不精致。只这套烟具就价值连城。

"这是本店收藏的陈年宿膏,别客气,尝一尝吧。"潘大炮把一双小手十指交叉拢在桌面上。

女仆划着洋火把烟灯点燃,客人拿起银扦子,挑起一小块烟膏,在灯上烧制烟泡,手法相当老练,一缕烟香飘散开来。头顶上的画眉鸟开始放歌,清脆的声音里透着发情般的亢奋,鼓动双翅,抖擞翎毛,沿着栖杆上蹿下跳。

潘大炮笑道:"这只画眉是老烟鬼了,一旦离开了烟馆,它绝对活不过三天。"

客人一边展示烧工一边淡然地说:"这不算什么,我认识一家人,母亲常年吸大烟,大肚子期间也没断过,所以他家的孩子有胎里带来的烟瘾,她娘必须每天往他脸上喷鸦片烟,否则那孩子就哭闹不止。"

客人把烧好的烟泡装在烟斗上,对准灯头,含住嘴子深吸一大口,半晌才从鼻孔里喷出少量的烟雾,这说明他已经尽最大可能把烟收纳进了自己的肺叶,闭了一会儿眼重新睁开说:"这是夹江土(川土的一种,质量稍逊于云土)。不过……在陈土中兑了少量新土,所以醇厚中暗藏了一股暴躁之气。"

"我会给你提供充足的货源,但是作为回报,你利润的五分之一得归我所有。"潘大炮直奔主题。

客人知道自己刚刚通过了一场考试,讨价还价说:"利润的五分之一,这样的条件是不是太苛刻了?"

"因为你是五爷介绍来的人,所以我已经给了最大的优惠。"潘大炮摊开双手,"要知道在进货渠道上,我们从来不和小同行打交道,即使在大同行中,我们也只跟迈地臣洋行合作,他们的运输船不吃风而是吃煤。"

所谓大同行,是指从事烟土交易的洋行,其中又可以分为四类,一是英国人开设的商行,二是英籍犹太人开设的商行,三是英籍阿拉伯人开设的"白头行",四是美、俄、日、丹麦、瑞典、葡萄牙等诸国开设的商行。而小同行则是指广东及闽浙商人控制的销售网络。

迈地臣洋行,又叫查顿洋行,由英国商人詹姆士·迈地臣和威廉·查顿合伙经营。大班查顿原为东印度公司普通的外科医生,也做过军医,上过战场,拿手绝活是系上皮围裙,在不打麻药的情况用骨锯锯胳膊锯腿。该公司配备十二艘经过改装的以煤为动力的新式火轮船,不仅装备齐全,载重量大,而且航速超过了战舰,性能远比其他公司的风帆船优秀。他们在印度的孟买拥有大片青苗,在广州和香港有加工厂,汇丰银行有他们的股份,而且他们还炒地皮。全世界的分支机构和总部电报往还是烟土界当之无愧的执牛耳者。迈地臣上个月还在《澳门新闻纸》上撰文:"吸鸦片这种习惯,和有节制的饮酒一样,同英美诸国所使用的烈酒及其害处相比,鸦片的害处极其微小。世界上吸食鸦片之人亦不少,然未见其毒害。都鲁机(土耳其)之人,食鸦片者甚多,人人皆勇壮。英吉利国之人食鸦片亦多,并未见变成禽兽。现在英国有一人,可以为证。如威尔玛科勋爵,日日吐食鸦片，一生壮健，寿至八十岁。中国系地上至弱之人，印度之人亦不似中国之弱，当日取印度，我大英帝国北边之兵屈指可数，即夺为属国。今中国如敢禁烟，则英国亦可夺为殖民地。"

"我想看看你的货，顺便开开眼界。"客人没有在分成比例上斤斤计较。

"好，跟我来吧，老爹会让你大吃一惊。"潘大炮从椅子上滑下来，他喜欢这个年轻人，喜欢跟明白人打交道。

潘大炮用腰带上的铜钥匙捅开门锁，把客人领进隔壁一间大屋，里面一排排货架陈列得密密麻麻，高度一直挨到房顶，货品琳琅满目，墙角有两架带滚轮的木梯子。

潘大炮从架子上拿起一个精致的抛光木盒，上面安装有小巧的铜荷叶和铁皮镣吊，打开盒盖，里面是个球形物体，用金灿灿的烟叶子包裹着。潘大炮细心地把烟叶剥开，露出里面黑黄油亮，质地柔软的烟土，介绍说："这就是大名鼎鼎的公班土，也叫派脱那土，俗称大土。产自印度，是鸦片中公认的极品。市价每钱一千六百文，一块龙洋仅可挑烟一两。"

"太惊人了，这是天价。"客人感叹。

"物有所值，这是至尊的享受。对于一个老烟民来说，比方别种牌子需要五钱才能过瘾，吸公班一二钱就够了。我们有一些固定的秘密客户，都是些红顶子，他们只抽这种烟土，别的牌子连闻都不闻。"潘大炮如数家珍，"加尔各答土，俗称小土，也是印度出产的，质量较硬，口味略逊于公班土。金花土，来自土耳其，由美国商人垄断。红土，产自波斯，外号红肉，由日本商人从伊朗引进，通常用红纸包装。质量低，毒性大，吸多了会便血。"

潘大炮把客人引向另一排货架："这边全都是国产烟，这是云土，目前国货里面质量最好的，色香味俱佳，公认的王中之王。"客人拿起来观赏，云土是方砖形，硬纸包装盒上居然贴着林则徐的头像。余者一一介绍，分别是：川土、贵土、西土、交土、宁土、边土、西口土、北口土、亳州浆等等。

潘大炮似乎想结束这次参观，但是客人却意犹未尽，信步到里面贴墙的一张货架前问："这些是什么？"

"都是海外舶来的新兴科技产品：吗啡针、海洛因、红珠子、斯梯尼、高根水……"潘大炮只得跟上来。

客人随手拿起一个古铜色玻璃瓶,里面装着多半瓶无色透明的液体,好奇地举到眼前。

"这叫梭梭,携带方便,效力极快,是毒品界的新宠。还有一点你绝对想不到,虽然价格不菲,可它的主要原材料竟然是鸦片烟灰。"潘大炮看见客人的眼睛闪动了一下,他正在思索让客人如此感兴趣的究竟是什么,刚才那名伙计推门而入,匆匆走过来,扒在他的耳边小声嘀咕了几句。潘大炮脸色骤变,转身对客人说:"请到雅间少坐片刻,我去去就来。"

3

"你看清楚了吗?"在经理室里,潘大炮声色俱厉地问。

"看清了,他们一共六个人,都穿着和那个人一样的雨披,把前面的巷口把住了。可以肯定他们是一伙的。另外,扫街面的老刘认出了他们其中的一个,打包票说,那个家伙他以前见过,是八十五标的人。"伙计回答。

这么说客人的葫芦里另有名堂,而且来者不善啊。潘大炮的大脑在飞快地旋转。有两种可能,一是新军奉调参与了缉查烟土的工作。如果是那样,事态将会非常严重,因为那就意味着山西有史以来最大的一次禁毒行动正在展开,而决心必然来自高层。二是这只是一两名军人的个人行为,脱下军装,背着上峰,为某人或集团充当保镖打手,弄点小钱花花,那样事情就比较容易摆平。他思量再三,觉得还是后一种可能性大,调动正规军队,而且是大清国的精锐来扫荡烟馆,即使不算狗拿耗子,也是在用克鲁伯大炮轰蚊子。

虽然刘五爷在山西威名赫赫,但他的地盘并不包括省城,太原的黑色版图掌握在青帮老大们手里。他果断地拉开抽屉,从里面取出一张便笺,提笔在上面写了一个"甲"字,再加盖上自己的名章,吹干后折叠起来,装进牛皮信封,交给伙计。"先稳住那个人,火速把这封信交给有利公司的经理。"

有利是青帮旗下的一家公司,专门为燕子巢提供保险业务,每支烟枪每天收取保费两角①,比如论交楼经过公司盘点,总计有大烟枪四百五十三支,一天就需支付有利公司九十银圆,外加六个银角子,一个月下来就是两千多块。收人钱财替人消灾,他们当然不能白拿这笔钱。如果烟馆遇到偷窃,抢劫、讹诈或者被禁烟局查获,损失将由公司包赔。其实就是变相的保护费。

有利公司和参保各商号约定,以甲、乙、丙、丁四个字代表麻烦的不同程度。如果信中写的是"丁"字,那么公司只会派一两名闲散人员来查看情况。而见到"甲"字,则会在第一时间,由先锋一级的亡命徒,率领配备器械的流氓打手倾巢而出。最让潘大炮满意的是有利公司离此不远,就在一街之隔的通顺巷,十分钟足够他们赶过来。

十几分钟以后,伙计推开经理室的房门,神色更加慌张说:"不好了,有利公司的人全被堵在巷子外面进不来。"

"他们一共来了多么人?!"潘大炮吃惊地问。

"来得倒是不少,有三十多个,可统共只有一支卢格手枪,两支撅把子,剩下的都是三节棍和砍刀。巷口虽然只有六个人,可每人都亮出来两把德国大镜面(毛瑟手枪),加起来不亚于一挺加特林机关枪的火力,而且两边的屋顶上好像还埋伏了长枪手。还有……其他巷口也被堵死了。"

潘大炮的冷汗流下来了,站起身返回雅间,看见客人还在不慌不忙地品茶,蓝色长袍的下摆搭在跷起的二郎腿上。

"我们不必再兜圈子了,打开天窗说亮话,先生此来的目的究竟是什么?"他在客人对面坐下。

"我要找一个人。"对方的回答简明扼要。

"按照行规,烟馆不便透露客户的姓名。"

客人把钱箱推到潘大炮面前,又从后腰拔出两把毛瑟枪叠放在桌子的另一侧,说:"你可以选择。"

识时务者为俊杰,潘大炮咽了口唾沫:"想必是他得罪了大人物,说吧,

①光绪二十二年(1896年),北洋机器局首先将银圆面值改为元和角,主币为壹元,辅币为五角、二角、一角、半角。主币称银圆或龙洋。辅币称银角、银毫、小洋。

是个什么样的人。"

"身高一米七左右,穿怡和商行的四十二码胶底布鞋,是杆老烟枪,瘾头很大,可手头并不宽裕,我们知道的就只有这些。"

"你给出的信息太少了,他犯了什么王法,值得这样兴师动众?你们又怎么能断定他跟论交楼有关系?只这条街上就有二十多家燕子巢。"

"就在前天夜里,他翻过院墙,撬开一道门锁,摸进了一座高门楼,从主家偷走一千二百两银子。"

潘大炮露齿而笑:"这一箱银圆至少有两千两,为了追回一千二百两赃款,支付两千两的赏格,令东想必算术不太好。"

"银子倒是小意思,可他同时还盗走了一件重要的东西。"

"我明白了,那件东西是什么我连问都不能问。"

"聪明,凡是见过它的人都得脑袋搬家。"客人用大拇指在喉咙上划了一道。

"可问题又转回来了,凭什么一口咬定他跟论交楼有关系。"

"案发后我们勘察了现场,除发现一双胶鞋印以外,还找到了这个。"客人拿出一张棉白纸,这是张收据,没有写明出自哪家烟馆,只在上面印着:黄烟灰一两。

"据我们所知,整个太原城就只有论交楼开展用烟灰(烟枪里的烟垢)兑换烟土的业务。每两灰可以换烟四钱,西洋技师把烟灰兑上无水醋酸,以及其他化学成分,能生成一种名叫梭梭的新型毒品,可谓点石成金,但这需要技术人员和先进设备作为后援才能做到。"客人深深地望向潘大炮,目光像匕首一样凌厉。

"我知道你们要找的是谁了,他叫周三货,原来是沟底矿北方七省货栈的联络员。"

他看到客人的眼底闪过一道惊异的光芒。

"他是被人故意拖下水的,开始总有人领他来,百般讨好他,争着替他会账。等到他不能自拔的时候,那些狐朋狗党就再也不出现了。他是身在局中浑然不觉,可冷眼旁观的人看得雪亮。他的烟瘾很大,最初的时候喜欢充大爷,不但只吸公班大土,而且还迷上了吞白粉。圈儿里的人都知道染上白面瘾,家业就败得快,人也死得快。一小包白面一角钱,可以吸好几次,按说比吸大烟要便宜,可是白面吸进去之后人会觉得口渴难忍,只想喝冷水,喝了冷水后药效就解除了,立即又犯瘾,必须再吸,这样反反复复自然花费就大了。有一阵子他自己后悔了,想要浪子回头,但是有人不希望他重新做人,他们在他的从药铺买的曼陀罗丸里做了手脚。"

"他们往戒烟丸里掺了鸦片?"客人说。

"没错。他卖了父母留下来的老宅,卖了一奶同胞的妹妹,不过听说后来东家把人赎回来了,气死了自己的母亲,又贪污了柜上的银子,然后就是东窗事发,被矿上扫地出门,最后终于沦落到了向人讨要烟灰的程度。但是就在所有人都认为他很快就会变成这条街上的一个路倒的时候,这小子却突然咸鱼翻身了。他又开始大把大把地挥霍,开始抽公班和云土。我有一次试探他,问:周爷是不是在哪发了洋财?但他笑而不答。"

客人冒雨走出烟馆,巷口几个人穿过雨雾迎住他,急切地问:"有结果了吗,李兴?"

"结果比我们想象的还要糟糕。"李兴语气沉重。

第三十四章　一骑当千

1

乌云压顶,雨水瓢泼般冲刷着抚署衙门只手托天的高大门楼,两只石狮在雨中威严地沉默着。

沿着青石板甬道,从翘角飞檐红漆描金的门楼下面走出来一行人,当先两盏金黄色的防水灯笼在前面开路,像龙蛇的巨眼。后面是并排而行的三位大人物,有三个小厮在身后为他们撑着雨伞。再后面跟随着八名背枪挎刀的随从,都是身高在一米八以上的魁梧汉子。

走在中间的是一位年轻的贵公子,狐狸毛绳边的黑缎子对襟马褂很短,刚及肚脐,从马褂底襟,垂下来一块老种满绿的玉佩,上面雕刻着一枝孤傲的梅花。走在他左边的是个步履蹒跚,腰身佝偻,白眉白须的老者,右边则是一位高大挺拔,戎装剑佩的军官。

"大帅入晋才十二天,就得到此等宝物,真乃吉星高照,天赐长缨。将来在公子辅佐下,降妖除魔,力挽危局,坐震西北,回狂澜于既倒,解天下之倒悬,底定我大清锦绣河山……"老者絮絮叨叨地掉文,神情和语气透出谄媚。

公子用冷峻的声音打断他:"曹师爷,你把献宝人的来历再说一遍。"

老者名叫曹九章，是土生土长的山西人，在巡抚衙门做了二十几年的参事，负责缮写文牍，稽核卷宗，是有名的五朝元老，九尾妖狐，太原城的土地爷，洞悉山西官场上所有错综复杂的隐微和关窍。"献宝人叫周三货，是沟底矿已故大掌柜周全德的独子，因为以前经常给卑职家中送无烟煤，所以对卑职的宅院熟门熟路，和卑职也有过一面之缘，听说大帅履新，故而上门恳求卑职引荐。"

"兹事体大，要不要先禀报大帅？"军官面带忧虑，小心翼翼地问。

"家父最近身体欠安，一到任就忙于防汛，已经两天两夜没有合眼了，还是先把事情坐实了再打扰他老人家不迟。"隔着雨幕，他看到官道对面停着一辆蓝布棚子轿车，车盖下挂着玻璃罩油灯，昏黄的光亮中，拉车的老马浑身透显，无助地低垂着脖颈，看水洼里自己的倒影。

三品参将，总兵官刘段，是新任巡抚由浙江道台任上带来的少数几个亲信之一，统领抚标，相当于抚署的卫队长，实为巡抚大人之家臣。此时他看了一眼少公爷，感慨时光已经把当年那个纯朴羞涩的少年，变成了说一不二，飞扬跋扈的少帅。

一行人横穿过官道走近马车，刘段首先发觉了异状，车马静悄悄孤零零的，一缕呻吟穿过狂暴的风雨从车厢内部传出来。他敏捷地跨入雨中，把少公爷挡在身后，抽出手枪的同时一拉机簧顶上火，大喊："保护公子！"随着子弹滑入枪膛的声音，八支长枪一起指住了轿厢。

一名护兵用枪口撩起轿帘，看见马车夫和曹师爷的仆人曹安被捆得像粽子一样，扔在后座上。

"这是怎么回事？周三货呢？"曹师爷问曹安。

曹安揉着手腕上的勒痕，声音带着哭腔，表情惊魂未定："老爷刚走，突然过来一辆马车，张侦探长带着三个人跳出来，手里都端着家伙，二话不说就是一顿拳脚，然后把周三货拖死狗似的带走了……"

"张柬虽然是条疯狗，也总不至于丧心病狂到这种地步，竟敢到抚署门口来抢人。"刘段神情迷惑。

"说吧曹师爷，你到底还有什么事瞒着我？"公子突然冷冷地问。

"这,这这……这个周三货刚刚得到宝物的时候,正好赶上丁宝铨离晋,所以他只好到巡警局告变,已经拿了张柬的一半赏格,还未按约定把东西交出去,就听说新任大帅已经到职,所以……"曹师爷结结巴巴地说。

"我明白了,这个姓周的混蛋把一个闺女许配给了两家。"刘段鄙夷地说。

"张柬是什么人?"公子又问。

"去年京师设立了巡警部,下辖五厅一司十六科……相应的,山西也把原来的巡捕房改为巡警总局,设总办一人,由步军协领兼任,属员有会办、巡官、巡佐、巡尉、巡目五个级别。下设五个分局,一分局管辖城内,方城之外的东、南、西、北四隅,以各个边门为界,分别设立第二、第三、第四、第五分局,管理八关地界。"

"说正题。"刘段低声提醒,这个曹老头知道的是很多,就是说话太哕嗦了。

"张柬外号千手陆判,是新近从京里来的,高级警官学堂毕业,左侍郎赵秉钧的得意门生,刺客吴樾的同党张榕就是由他亲手捕获的。现任第一分局巡官,侦探长,就连吴会办也得让他三分。想是他一来不甘心遭人戏耍,让煮熟的鸭子又飞了;二来急于建功;三来又自恃朝里有靠山,所以才出此下策……"

"千手陆判是什么意思?"刘段问。

"是说他出枪快,枪法准,百步穿杨。"

"张柬会把姓周的直接带回警察署吗?"

曹师爷摇头:"张柬虽然浑但一点也不傻,如果有差人快马加鞭携提督府的令牌尾随而至,向他索要人犯,于情于理他都不得不交。所以他会先躲藏起来,把人带到一个秘密场所拘押拷问,等拿到他们想要的证据,把案情坐实了之后,再以正常手续逐级上报,则上峰就算心里窝火,也只能予以嘉奖。"

"他们私押人犯的场所在什么地方?"公子的每一次问话都像打冷枪。

曹师爷一哕嗦,须眉抖动,闪烁其词:"这……老朽怎么会知道……"

公子双眼紧紧盯住曹师爷不放,曹师爷只好做了个告饶的手势:"好吧,好吧,在天平巷十六号,以前是福公司的货仓。"

刘段见少公爷面如寒霜,阴沉不语,试探着问:"要不要卑职立刻去把人抢回来?"

半晌,少公爷好像突然想通了,脸上雨过天晴,摆着手大度地说:"算了,都是为朝廷办事,反正东西迟早会交上来的。我只是担心夜长梦多,走漏了消息。"说罢返身往回走。

2

他掏出U型扁酒壶喝了一口,火一样的苦涩过喉穿肠直抵腹腔,这个酒壶是秦凤仪送给他的生日礼物,从在新宿一番街相遇算起,他们热恋了整整四年,但这场恋情注定无望,因为在留学前,家里就已经为他定了亲,女方是京城旺族施家。他曾经和渠家小姐联手挫败了陆渠两家的联姻计划,但这一次父母没有给他任何反抗的机会,他们事先根本就没和他商量。听说渠家小姐一直住在太原,可就在他从北京乘火车来到太原的前一天,她却正好从同一个车站乘火车离开了,两个人就这么擦肩而过。不知为什么他突然想起了大哥仁熙,字静山,敦厚君子,才华横溢,十八入邑庠,十九秋闱,名列金榜。奶奶认定他是文曲星转世投胎。有一天大哥忽然失踪,第二天尸体被渔民打捞起来。他是乘广济船蹈海而死的,自杀前写下一首诗作为遗书:梦中来了梦中还,赙坠尘罗陆静山。此去疯魔疯入海,不留遗蜕在人间。脱屐妻孥未是憾,传家忠孝有人担。死看东海西来舶,化作鲸涛漫虎耽。这么多年来他一直在心里问,大哥为什么要死,什么是他深埋心里的刺,什么又是压垮骆驼的最后一根稻草。

陆光熙举着雨伞,独自穿过麻市的木制牌坊,世界宏大,道路崎岖,雨水哗哗地顺着伞沿的四面洒落。他还是上午那副打扮,还是穿着黑缎子对襟短马褂,唯一的不同是,他在后腰暗藏了一支上膛的手枪——0.45口径的雷明顿转轮子,长长的枪管,镀金的枪身,采用整体转轮座,没有铰接件,是世界公认的比柯尔特更优秀的枪械。因为私自调动营兵,他遭到了陆军部的申斥和御史台的弹劾,已经调离原职,现在的头衔是翰林院侍讲,三品编修。

他走到天平巷的巷口，右侧是老君庙，左侧是育婴堂，福公司的旧仓库就在前面。他的两个太阳穴一跳一跳的疼，他是封疆大吏的儿子，有一个做到山西巡抚的父亲，同时又是一名立誓要推翻朝廷的乱党。如果他的真实身份被家人知晓，即为陆家之逆子。另一方面，他的贵胄身份又为诸同志所猜忌，这种隔膜在他拒绝参加暗杀团后更加强烈，而这次他在请示未允的情形下擅自离京，他能感觉到组织对自己的信任已经降到了冰点。

就在五天前武昌发生了大暴动，整个清廷为之震惊。七天前三弟敬熙匆匆赶回京师，告诉他刚刚上任的父亲预感到形势已无可挽救，立下遗嘱，准备大事来临时和母亲唐氏双双为朝廷殉节。敬熙恳求二哥和自己一起赴晋，劝说父亲急流勇退，可他刚刚来到太原，还没有来得及和父亲长谈，就遇上了这件棘手的事。如此说来丁宝铨真的是塞翁失马，因祸得福了。

左侧是一排整齐划一的平房，中间焦黑的残垣断壁东倒西歪，绵延十余丈。一台洋机器融化的钢件和路牙子粘连在一起，像正在变身的恶魔。两个灯杆被大火烧成了只剩半米的残桩。事情虽然已经过去了几年，但是没有人对这条街道进行修缮，附近的居民大部分都搬迁了。十六号货仓正好在火场的边缘，只有西墙略微变形开裂，房屋的主体还保持着完整。货仓的台阶下停着一辆马车，有个人抱着双臂，瑟缩地站在大门前的挑檐下把风，房屋里透射出灯光。陆光熙深吸一口气，向房门走去。

3

室内雾气蒸腾，挂着明亮刺眼的汽灯，生着炭火盆，熊熊烈焰热情地拥抱舔吮着赤红的烙铁。地面上陈列着各种刑具，从笨重结实的木制品到小巧锐利的金属物。无数铁钩和铁链子从梁托上垂挂下来。周三货被赤身裸体地绑在天平架上，双臂平伸捆于横木，发辫紧紧盘绞在柱头。

审问者一共三个人，两个站着一个坐着，都穿戴着宣统元年巡警道颁发的新服式，蓝色进口呢的制服，红呢子的肩章，卡簧腰带，黑警帽黑油靴，铜质镀银的帽花和领花。区别在于坐的那位有袖金三道，而站着的两人只有三道白条。摇曳不定的火光把他们的嘴脸印照得牛头马面，半人半鬼。

紧挨着人犯的是个面无表情的瘦子,手捏一把洋大夫外科手术用的小刀片,声音也像刀片一样锋利:"古代有一种刑罚叫劓,就是把犯人的鼻子割下来。当然,这只是刚刚开始,你脸上的小零件很多,我们的时间也足够用,长夜难消,风雨留人,离天明雨住还早呢……"

森冷的刀刃贴着鼻翼滑动,周三货两股悚栗,身体剧烈抖动,恐惧使他的眼球从眼眶里暴突出来,上下牙齿发出连续不断的磕碰声,仿佛正在遭受绞颈之刑。

"要不要把他的嘴巴堵上?"行刑者扭头征求同伴的意见。

给持刀人打下手的是条壮汉,一双有力的大手把周三货的下巴和额头牢牢固定住,眼神很快乐,语气里充满了嗜血者的兴奋:"让他叫吧,这比听戏过瘾。自从光绪三十二年那场大火之后,整条街道就清空了,外面连个鬼都没有,就算喊破喉咙也不会有人听到。"

张柬把屁股在椅子里挪了挪,双脚叠架在桌面上,低头认真地翻看一个黑色硬皮本子,好像眼前的一幕跟他完全无关。他还没有从震惊中恢复过来,那么说山西就是大清朝心脏旁边的一枚重磅炸弹啊!这颗炸弹一旦引燃,冲击波足可以把紫禁城的宫殿震塌半壁。

"老爷,饶命吧……"周三货终于号叫出来了。

"你自己干过的事自己知道,痛痛快快招出来省得受罪。"张柬头也不抬,冷冷地说。

"我招……我全招……是我干的! 三奶奶是我推到井里的!!"周三货紧闭上双眼,样子像个正在遭受歹人强暴的娘们,"可那都是万大把头让我干的,他威胁我……说要是我不听他的,就把我挪用柜上银子的事全抖出去……我是实在没有办法啊……"他开始呜呜咽咽地哭泣。

几个执法者相互对望,眼神同时露出了惊异。哈哈,几年前的无头案就这么被诈出来了。张柬心想,这个周三货要么就是被吓傻了,要么压根儿是个没脑子的蠢蛋。他们只是吓唬他一下,而他只要如实交代这个小本子的来历就会没事。偷拿革命党的东西根本不是什么罪过,虽然这份功劳哥几个抢定了,但是事后他还是会赏给他几块银洋,他张柬是个讲规矩的人。这样他就又可以满世界去赌钱,抽鸦片,嫖女人了。可是现在……他死定了,谁也救不了他。虽然大清国已经废除了凌迟、枭首、戮尸等酷刑,但还是为他这样的人保留了枪子和绞索。当然,和他一块上法场的还有那个叫什么万大把头的主谋和教唆犯……

"其实你干的每一件勾当,你的所有罪行我全都了如指掌。不过现在,你得一条一条地交代,先说说这个是从哪来的?"张柬把黑皮本子晃了晃。

周三货只是痛哭,行刑者不耐烦地甩了他一巴掌,打完就后悔了,恶心地低头看挂在手掌上的鼻涕眼泪。

周三货一侧的脸颊肿起来,抽咽着止住悲声,眨巴着水汪汪的眼睛定睛细看,断断续续地回忆:"上个月二十六号下午,我藏在沟底矿的运煤车里,混进裕德里八十六标一营管带乔煦家,在柴房里一直躲到半夜,然后……"

<h2 style="text-align:center">4</h2>

门扇被猛然推开,一个打伞的剪影站在狂风暴雨里。

三支手枪同时指住房门:"什么人?!"

来人缓缓地迈过门槛,反手把门重新合上,收起雨伞竖在墙角,先找了把椅子跷着二郎腿坐下,把袍襟从容地搭在膝盖上,然后才摘下腰间的玉佩,当啷一声掷于桌面。

张柬一手端枪,另一只手谨慎地拿起玉佩,这块翡翠呈斧形,底端是一方名章。

"你是陆二公子?"他吃惊地说,挥挥手示意收枪,"是大帅让你来的吗?"

"张巡官的办案效率给大帅留下了深刻的印象。"陆光熙傲慢地掏出酒壶喝了一口,语气中带着挖苦,"不要总以为自己通着天,这块翡翠就是去年家父做寿时,赵侍郎送的贺礼。"

张柬的脑子飞快地旋转,他在掂量,今天这件事做得是有点鲁莽了,他早就料到抚署一定会大为震怒,只是没想到问责会来得这么快,而且居然是少公爷亲自出马。再说此案实在太大了,大清国的天要塌,窟窿就出现在山西。有道是覆巢之下安有完卵,现在不是抢功冒进的时候,应该同心协力补天裂。他换上一副笑脸,把黑皮本合拢起来双手递上:"卑职一直在侦办一桩关于乱党的惊天大案,今天案情终于有了眉目,正想向上峰禀报。陆编修亲临督导,足见大帅对此案的关心,令职下等倍受鼓舞。"

陆光熙把本子接过来,封面上写着"中华革命同盟会山西分部花名册"。打开,里面都是蝇头小楷,密密麻麻填满了姓名、职务和加入的时间,其中有:暂编陆军第四十三协第八十五标标统黄国良;第八十六标标统阎锡山;第八十六标一营管带乔煦;第八十六标二营管带张瑜;炮兵科举人,督练公所帮办兼陆军小学堂监督温寿泉;湖南补用道,五品京堂,山西省商务总办范开圆;山西大学堂英文教习乔义生……估计不下四五百人。他在心里掐算。

"你们做得很好,家父一定会奏明朝廷,予以表彰。"

"陆编修不觉得震惊吗?"张柬毒蛇般的目光紧盯着陆光熙的脸。

陆光熙冷笑一声:"朝廷对山西的事早有察觉,已经布好了杀局。"

原来如此,张柬长出一口气,发出由衷的赞叹:"朝廷英明!"

陆光熙站起身来,把本子揣进怀里,手抽出来的时候掌心多了一把上满膛的雷明顿左轮手枪,枪口距离张柬的胸膛只有半米,另一只手的大拇指压着机锤。张柬一愣,然后是响声如雷,他仰身飞了出去,在空中划出一条血线,脑袋撞开窗棂,后腰卡在窗台上,下半身还留在屋内,上半身却暴露在风雨里。他看见在外面把风的巡目叉开双腿坐在窗台下面,脖子断了一样歪着,大瞪着失神的眼睛,双手软软地垂在两侧。他突然明白了,这位留学过日本的陆公子和乱党本是一伙,他的名字之所以没有出现在小本子上,只是因为他不是山西分部的。张柬用尽最后的力气,哆嗦着摸枪,他的佩枪还在皮套里,右腰的位置,没掉出来。雷明顿枪弹射进了他的胸膛,崩断了肋骨,骨刺穿入肺部,但没有击中心脏。他是满人,镶黄旗,阿尔萨兰哈拉①,祖籍塞齐窝集穆鲁(张广才岭)。世世代代披甲当差,吃铁杆庄稼,

①哈拉是姓的意思,阿尔萨兰是狮子的意思,张柬姓阿尔萨兰。

每年支粮四十八石，祖先是从龙入关的牛录额真。大清的天下是满人的，千秋万载，永远都是！汉奴就是汉奴，即使做到了巡抚的高位也不可靠……

屋里又闪过两道枪火，两个巡佐头部同时炸开了，脑浆和血水在腔子上飞舞，其中一部分喷溅到墙上。阿尔萨兰·张秉一只手扒住窗框，用极大的毅力翻身而起，向陆光熙的后背射出一枪。他的眼前全是虚影和幻象，陆光熙在他眼里变成了三个，他瞄的是中间那个。子弹擦着对方的肩膀飞过去，没入了周三货的腹部，肠子流了出来，在周三货垂死的惨叫声中，三个陆光熙同时回身，把转轮里的最后三颗子弹全部打进了张秉的身体。

三个陆光熙共复一形，拿着空枪站在浓重的硝烟里。由于另一只手来不及帮忙，左轮枪的扳机力大得惊人，卡在黄铜护弓里的食指好像快要断掉了。四周都是死人，屋外是无边的风雨、血腥和硝磺的味道呛得他只想咳嗽，血不断从他左侧的肩膀上涌出来，但他暂时还感觉不到疼痛。

5

陆光熙从成衣店里出来，重新撑开油布雨伞，缓步向巷口走去。

这条巷子叫通顺巷，焦土炭色，杀气弥漫的天平巷已经被抛在了两里以外。他还是那件黑色对襟马褂，左肩袖隆处火红的狐狸毛掩盖了血的颜色（不过其中有一溜毛被子弹烫焦了）。但他不得不丢掉了浸满鲜血的海蓝色长衫，换上了一件古铜色的新衣。张秉的那枚弹头从他的三角肌上对穿而过，但没有碰到骨头。他褪去袖子，撕破衬衫，当场做了简单的止血包扎，当他把烧酒浇在肩膀上给伤口消毒的时候，疼得两眼发黑，差一点昏晕过去。

现在，整条胳膊还被僵硬与痛苦控制着，像在暴雨中燃烧的树干。街道成了奔腾的河流，下水口翻卷着湍急的漩涡，积水没过了他的脚踝，他默默地掏出白钢酒壶，想再喝一口，却发现里面已经空了。

太幸运了，花名册终于落到了自己手里，而且凡是见过它的人都已经灭了口。但是危机远远没有过去，现在的问题是怎么把它还回去。他知道知味园是山西分部的联络站，但因为自己是私自离开京城的，所以并不清楚那座联络站的接头方式。按照正常程序,他应该首先把这件事向自己的上级——顺天分部的负责人汇报,然后再由顺天分部和山西分部接洽。但这显然来不及了,可以想象花名册的丢失对于山西分部来讲是天塌地陷的大事,是场飞来横祸,所有人顷刻之间命悬一线。现在他们可能已经紧急动员起来了,紧张的像拉圆的弓弦,上满膛的手枪,插好信管的炸弹,应激反应通常是拼死一搏,仓促起事,死中求活,这不是没有先例的。但如果是那样,事情就糟了,没有做充分准备的起义就好比以卵击石,蚍蜉撼树,虽然那是一棵枯树。新军官兵成分复杂,姚鸿法、谭振德对这支武装早已心存戒备,按照陆军部的规定除了执行任务外,军队平时不发子弹,士兵们手里拿的都是空枪。

所以时间,最重要的是时间,他必须赶在鱼死网破之前,尽快把花名册交还给山西分部,拆除掉这颗随时会自我引爆的手雷。通过花名册他知道了很多山西同志的姓名,但并不清楚他们的具体住址,即使知道,也不清楚能不能在第一时间联络上他们本人,又怎样取得他们的信任。阎锡山,名册里有阎锡山,他在日本士官学校的同班同学。他停顿了一下,然后轻轻地摇头,把那个方案还没有成形就否决掉了,他太了解阎同学了,此人心思缜密而且生性多疑。

那么直闯知味园怎么样?经验和直觉告诉他,山西分部的负责人一定正集中在那里,商议下一步的行动方案。但是现在那里是一个真正的虎穴。在这种斧钺当头,生死未卜的特殊情况下,对于他这么一个自己找上门来的清廷走狗,身份存疑的巡抚公子,当场处决也许是最理性的态度吧。

第三十五章　惊雷隔岸

1

酒旗在风雨蹂躏下剧烈地抽风，知味园大门紧闭，窗户上板，门板上挂着"今日盘点"的木牌。台阶上下有几个裹着雨披后生在转悠。果然不出所料，从警戒级别就可以推测出会议的最要程度。

"先生，今天本店不对外营业，请高升一步。"那名叫灯笼的伙计上前挡驾，拦住他的去路。他大力把这个目光警惕的后生推搡向一边，肘和腕暗暗运用了反擒拿的招数，在周围的人对他形成合围之前，健步跨上台阶，一脚飞踹，雨靴狠狠踢在门板上。铜铰链猛然绷紧，木栓在门板后面发出断裂声。大门左右分开，差一点飞出门框，然后他闯进去了，他不能在街面上久留，被一群无名走卒盘问不休，那会非常危险。

"只怕你来得去不得！"有人冷冷地断喝，大厅里一夫当关。迎着他的眉心，是近在咫尺的黑洞洞的枪口。一支马蒂尼亨利步枪闪亮的击锤竖立着。端枪的后生双腿微微叉开，头偏向木托，护圈里的食指坚定地压在机簧上，一道伤疤从领口钻出来盘在脖子上，黑白分明的眼睛通过准星仇恨地瞪视着他。

在他身后突然摆开一道杀气腾腾的人墙，把风雨阻隔开。

大厅里的空气几乎凝固了,两个人一动不动地默默对峙着。在绝大多数时候,杀人这件事并没有多少技术含量,问题并不在于你能不能干掉对方,而是你敢不敢杀。陆光熙毫不怀疑面前这个家伙的杀戮意志,但他赌对方只是一个执行者,任务是等待命令而非不教而诛。他举着伞静静地等待,他在以命相赌。

终于,一个娇俏的佳人转过柜台走来,带起一阵暗香。她望着陆光熙娇笑,但是笑容里藏着凛冽的杀气,故作委屈地嗲声说:"知味园哪里得罪了这位大人,因何要与小店为难?"

陆光熙心里说好一座小店,一座可以让山西血流成河的小店,一座可以把龙椅炸飞到月亮上去的小店。他面无表情地放下雨伞,缓缓地解开马褂的盘扣,右手把一侧的幅面掀开,样子像极了天津卫抢码头的混混儿,面对刀刃露出胸肌,说有种朝大爷这儿剁。但他展示的不是胸肌,而是丝绸作衬的底襟,在那里别着一枚圆形镍制徽章,墨西哥鹰洋大小,上面镌刻着洋机器冲压出来的五瓣之花,花蕊是光芒四射的太阳。

女人倒吸一口冷气,徽章表明站在自己面前的是传说中的西社成员。西社,同盟会的外围组织,人数不多但很古老,同盟会成立于1905年,由兴中会、华兴会、光复会、科学补习所等多家团体合并而成。其中兴中会建立最早,1894年成立于美国檀香山。而西社党人1890年就频繁活动于缅甸的仰光;1900年东南护保期间,西社党徒曾联合日本浪人策划组织敢死队前往中国谋杀大吏,以促进革命之速成,因遭到孙中山的强烈反对而被迫放弃;1903年在东京组织拒俄义勇军而声名鹊起。第二是神秘,它的组织极其严密,成员宁缺毋滥,都经过严格筛选,必须有特殊技能,行事可谓神龙见首不见尾。第三是特殊,1907年西社领袖在黑龙会的缔造者、外号硬石的内田良平引荐下,于日本玄洋社拜会孙中山。孙先生同意西社成员以个人身份加入同盟会,同时保留原有的组织关系,在同盟会内部引发一片反对的声浪,各地方对总部的问责不断。

"请稍候。"女人撂下这句简单的话便转身上楼,过了一会儿她又返回来,说:"跟我来。"

陆光熙走在吱呀作响的木制楼板上，女人扭腰提臀，款款地在前面引路，在他经过严格训练的耳朵里，到处都有呼吸和心跳，到处都是白刃出鞘和子弹滑进枪膛的声音，拐角处、门缝里、横梁上……四面八方，立体防御。杀手们呼吸稳定，心律平缓，动作敏捷，都是挑选出来的精锐力量，只要他敢有所妄动，或者被躲在暗处的那些人误以为想要妄动，就会立刻和脚下的阶梯，身边的护栏一起被密集的交叉火力打成筛子。

2

顶层，女人握住铜柄，把一扇厚重的雕花木门徐徐推开，回身做了个邀请的动作。陆光熙迈进门槛，但还是什么也看不见，屋里像影壁墙一样，横着一面两米多宽的立式大屏风，紫檀木框架上雕刻着繁密的装饰纹，中间镶嵌苏锦，绣着盛世八骏，金丝银线，光彩夺目，针法活泼细致，针迹点滴不漏，左下角的留白处用黑线堆绣杜工部的名诗《房兵曹胡马》：胡马大宛名，锋棱瘦骨成。竹批双耳峻，风入四蹄轻。所向无空阔，真堪托死生。骁腾有如此，万里可横行。

屏风前摆放着一把靠背椅，显然是为他准备的。灯光从绣品上透射过来，朦朦胧胧地有一个人影在屏风后面正襟危坐。

屋门在他身后无声地合上，随即传来落锁声，屏风后面的人说："请坐。"

陆光熙以军人的姿势在椅子上端坐，双手按膝，屏风后面的人问："来将通名。"

"陆光熙，字亮臣。"他回答得尽量简洁。

"所来何事？"对方又问。

"归还一样东西。"陆光熙回答。

"拿来。"屏风后面的人简单得近乎蛮横。

陆光熙把硬皮本子掏出来，顺着边框透雕工艺形成的缝隙递过去。

屏风后面的人站起身，影子在丝绸上晃动了几下就消失了，从窸窸窣窣的声音可以判断出他们在传阅，但是没有人说话。

"此物你是怎么得到的？"那个人终于又坐回来了。

“有个叫周三货的人拿着它到巡抚衙门告变,声称要举报乱党。”

“告变者呢?”

“凡是见过它的人都做掉了。”

对方沉默了一会儿,再发问的时候,声音变得柔和了些许:“你是在什么时间,什么地点,由谁介绍加入的西社?”

“此乃西社的家事,不足为外人道。”这是冷冷的拒绝。

“那我们换个问题,你是在什么时间,什么地点,由谁介绍加入的同盟会?”

“光绪二十九年,东京士官学校,介绍人景梅九、熊克武。”

“顺天分部的誓词是什么?”

“光复汉族,还我河山,以身许国,功成身退。”

“你凭借什么能力加入的西社?”

又是一个可以回答也可以拒绝的问题,停顿了片刻他说:“刀术和枪法。”

“刀术师承何人?”对方一发现他的内心有所松懈,就紧紧咬住不放。

“曾在町田千叶道场,拜入服部小次郎先生门下,研习北辰一刀流。”

只听对方说:“拿来。”

陆光熙一愣,一时不知道对方让他交出什么,下意识地摸了一下腰间的那支空枪。忽然屏风上多出一道人影,把什么东西交给问话者后又迅速离开,陆光熙这才反应过来对方刚才那句话并非是跟他说,而是对里面的某个人说的。

一把长刀从木框的缝隙里被递过来,陆光熙默默地接刀在手,这是一次测试,他们想知道自己有没有说真话,或者说他们在寻找自己的破绽。这是一把三尺有余的太刀,漆成黑色的木鞘以素银装饰,鱼鳞柄上缠着樱红的数珠。他缓缓地吐纳,以拇指推开刀锷,金属刃和刀鞘发出肃杀的摩擦音,弯曲的精钢上布满灿烂的葵纹,上面一行铭文:秋水虎彻,黑刀乱刃。

没有等陆光熙摆好刀架,屏风后面的人已经从椅子上腾身纵起,立于屏风顶梁,恍惚中仿佛站在奔驰的马背上。他把发辫破开了,长发飞扬起来把脸颊遮住，只露出两只虎目在发丝间炯炯放光。一声长啸，横起顺落，像巨鸟般扑击而下，刀光一闪，迅如雷霆，正是北辰一刀流的霜降——从天而降的当头斩切。

陆光熙双手握柄，横刀向上接架，两柄钢刃十字交叉，迸溅出耀眼的火花。陆光熙左臂一阵钻心的剧痛，刚刚结痂的伤口在震荡中崩裂，血无声地溢出来。他抵挡不住来自正面的强大威压，连连后退。对面那个男人用刀锋压迫着他向前冲锋，仿佛要把他的身体一刀切开，长发飞扬起来，如果这时候他再来一声哇呀呀的暴叫，形象就更显疏狂了。

陆光熙一直退行到门前，左腿后蹬，雨靴抵在门板上，双方的较力才重新达成均衡。他把对方的长刀震开，横刀腰斩虎切，进步逆鳞。对方从凌厉凶悍的弧光中纵身跃起。

趁对手落地未稳，陆光熙开始反击，袈裟斩，瞬间击，颜面当，最简单的招式被他反复使用，好像铁匠在单调地挥锤锻铁，威力却石破天惊。刀光滚滚，双刃相格的叮当声不绝于耳。压抑已久的愤怒像火山喷射般变成了一招一式，他背叛了自己的父亲，经历了九死一生，是来挽救他们，挽救组织的，可他们不但不领情，还想杀了他。他还恨这个牢笼般的世界，它用坚不可摧的逻辑，无可更改的事实，错综复杂的关系，把自己变成了一个无能为力的囚徒。

对方一直倒退到背抵屏风，再次纵起，同时向他的胸膛挺刀直刺，嘴里暴喝："破！"此人看准了胸膛是他的破绽，可陆光熙既不躲避也不格挡，而是跟着纵跃，双手挥刀，迎面大劈，也发出同样的断喝声："破！"居然是两败俱伤，同归于尽的打法。对方微微偏头，侧身避让，冰凉的刀刃紧贴着陆光熙的左肋，对穿了他的长袍马褂。而陆光熙也斩落了对方一缕飞扬的长发，刀锋余威不减，又把屏风从正中一劈两断，屏风的残骸向左右轰然倒塌，露出后面的满堂人物，楚楚衣冠，雁翅形座次……

陆光熙把长刀高擎，刀头向下，用力钉进地板，面向众人昂然而立。

片刻的沉默，满屋子人同时起立，齐刷刷地向陆光熙鞠躬致意。

第一个走上前和陆光熙握手拥抱的是阎锡山，他现在已经是八十六标的标统了,满含深情地说:"老同学,你来得太及时了,给我们解决了天大的难题。"余者一一上前自我介绍,很多人热泪盈眶,这并不奇怪,从某种意义上说,陆光熙是在最后关头挽救了整个山西分部。其中有一个人哭得最痛,他是中等军佐装束,哽咽得说不出话来,紧紧抓着陆光熙的手半晌才说:"我是乔煦……"

和陆光熙对刀的人最后一个走过来,他已经把头发重新束起来了,露出刚毅方正的真容,竖起大拇指说:"我叫范开圆,你的刀法不错,差点把我一刀劈了。左肩有伤为什么不早说,要赶紧重新处理一下。"

陆光熙无言以对,只觉得鼻腔发酸,眼睛发胀,胸腔里涌动着澎湃的暖流。冰山正在融解,所有的辛劳和苦痛都在这一刻得到了数倍的补偿。失群的孤雁重新回到了雁阵。他在心里说:值了!

3

范开圆梦见和蓉表妹躺在一张绣榻上,彼此缠绵,肌肤相亲,呼吸相闻。她身上散发着淡淡的益母草灰浆和铅粉的味道,口腔里残余着糖油粑粑的香甜,令他痴迷。但当他想进入对方的时候,她却用双手把他推搡开了,嗔怪说:"当着儿子的面也不害羞?"

"儿子,在哪?"他困惑地问,脑子好像磨秃打滑的齿轮。

她就把闪缎被子掀起来。他看见她的下身凝着厚厚的血浆,把两条腿全都染成了暗红色。一团形状模糊的物体比猫仔稍大,从她体内拖曳出一根长长的脐带,表面趴满了蛆蝇,在血泊里艰难地蠕动。蓉表妹红果子一样的脸瞬间就变得无比苍白,衬托出了绿色的尸斑,青丝里有白色的小虫子在爬,眼窝和两腮迅速塌下去,两个奶像布袋一样垂挂到肚皮上。她因为向他揭示了某种真相而喜悦,热情如火地展开双臂说:"来吧相公,我们海枯石烂,永不分开。"

范开圆热泪盈眶,浑身颤抖,虽然眼前的画面令人恶心,但他决心投入到她为自己打开的地狱里去,心想欠债总是要还的吧。"原谅我吧表妹,我上次离开你是不得已呀……"他说。

蓉表妹如胶似漆地黏过来,在他耳边轻唱:"男女同席,履舄交错,杯盘

353

狼藉,堂上烛灭……我知道你喜欢知味园的那个骚女人,不过没关系,我可以和她分享你。也不用谁做小,我们来个两头大,二女共侍一夫如何……"

她的声音很妩媚,很甜蜜,但他闻到了她发出的尸臭,恐惧把他的大脑照耀得一片通明,坐起来向后躲闪着大喊:"不——你已经死了,你是假的,你根本就不存在!你欺骗了我十年,现在再也骗不了我了!!"

那个死去的蓉表妹也跟着坐直,敏捷得像诈尸。赤身裸体。在这个硬僵的动作中关节发出咔咔的响声,动静像子弹上膛,蛆虫掉落到被子上,冲他喊回来:"没错,我已经死了,你儿子也死了,一尸两命,阴阳永隔,这下你满意了吧!这全都怪你,都是因为你抛弃了我们娘俩,你心里只有你的革命,还有开店的那个婊子!"然后她又换上了温柔的语调,"不是我非得缠着你,我这次来是要警告你:它来了……它一直在看着你呢,无论你逃到哪儿都没用……"

他毫无来由的觉得无比愤怒,好像他们的床下正藏着一个奸夫,大声质问:"谁,他是谁?!"

"你的报应。"她一字一顿地回答,"它在武昌的炮声中离开了太庙,无家可归,饥肠辘辘,充满了怨恨,在找到新的宿主之前,它需要很多的血食。是你拆了它的庙,捣了人家的灶,作为报复它会带走你的每一个女人,让你孤苦一辈子……所以你听啊……"她的手指向房门。

他隔着墙看见陆光熙,领着许多清兵包围过来,擂门声一阵急似一阵。"你敢向官府告密!"他本能地想逃,但是蓉表妹从后面紧紧地把他环抱住了,说:"对,是我向官府告的秘,我不能违抗它的旨意。求求你别跑,让他们抓住你,让他们把你送到菜市口,然后我们一家三口就可以团聚了——"有一大群苍蝇在周围飞舞。他第一次知道娇小的蓉表妹原来有这么大的力气,他就像被一条大蛇勒着,连呼吸都困难。

他攒足精神,用梅花螳螂拳里的凤凰双展翅才挣脱开,纵身弹起来,闪电般从荞麦枕头底下摸出毛瑟大手枪,麻利地上膛,扳开保险帽就要往外冲。三个月前阎锡山把这支枪送给他,枪的设计是全世界最先进的,但被山西机器局仿制得相当粗糙,金属构件根本没有经过抛光,颗粒状突起随处可见,连续发射据说有炸膛的危险。他的光脚一踩在冰冷的地板上,就完全清醒过来,所有的幻象都消失了。真的有人在敲门,但声音并不是那么急,轻轻地带着点儿,两快三慢。是自己人。范开圆闭上眼睛长吁一口气,用拿枪的手按住狂跳的心脏。

他记住了那个梦的局部。这是十年来反复出现的梦境,但陆光熙是这场旧戏码里的新角色,似乎蓉表妹还提到了另外一个重要人物,但他已经想不起来了。为了慎重起见山西分部对陆光熙进行了外调,三天前接到同盟会顺天分部的回函,内容是简明扼要的六条。一:陆光熙确为同盟会顺天分部成员。二:该成员任陆军部军令司提调期间,曾在既未请示组织,也未得到总理亲王许可的情况下,假造手续,调动香山脚下之健锐营赴永定门火车站警戒,旋即被陆军部解职,调任翰林院,使诸同志在清廷之军事核心失去一耳目,受到组织严厉批评。三:该成员拒绝参加北方暗杀团,被怀疑有动摇思想。四:该成员一贯无视纪律,于十日前未经请示,擅自离京,事后调查方知,是被其弟陆敬熙请往太原,襄助其父抚晋。五:该成员有浓厚的封建礼教思想,曾经割股奉亲,在京城传为一时之美谈。六:综上所述,并鉴于其父位高权重,家国生死两难,当此革命紧要关头,顺天分部无法为该成员之立场担保,亦无法确定其赴晋之真实目的。

接函后山西分部旋即做出三项决定:第一,暂停知味园所承担的联络工作。第二,中断同陆光熙的一切联系。第三,全体成员枕戈待旦,做好应对突发事件的准备。怎么会这样?那个青年不是刚刚挽救了山西的革命吗?难道这只是清廷使用的稳军计?难道是陆锺琦在放长线钓大鱼?难道这背后还隐藏着更大的阴谋?

他擦了擦冷汗,关上枪机保险,披了件外衣,摸黑走到门前问:“谁?”

门板那边传来一个女子压低的声音:“我。”

范开圆拉开门栓时滑过一个念头,她不是来和自己幽会的,问:“这么晚来,有啥急事?”

沈红绫已经乔装改扮过了,穿着一身男人的粗布衣服,一顶毡帽遮住了乌黑的秀发,带着压抑的激情说:“陕西独立了!”漫漫长夜里滚过了一道惊雷。虽然一个月前的武昌起义已经震动了全国,湖南、江西也相继响应,但那毕竟都发生在南方,与山西相距甚远。而陕西则不同,山陕毗邻而居,秦晋只一河之隔,这就等于说革命的烈火已经烧到家门口了。

范开圆激动得声音都有点打战,说:"清廷的末日终于到了!"

"嘘——"沈红绫机警地向四外看看,"我来是通知你,马上到百川家开会。"

为了安全起见,他们没有叫醒车夫,沈红绫坐在辕板上,轻轻一抖缰绳,马就放开四蹄,拐出了铁匠巷,向着五福庵的方向飞奔。范开圆双手拢在袖筒里,探身向外张望,只见天色暗红暗红的,像铁锈也像凝血,浓密的乌云遮盖住长空,预示着一场风暴即将来临。今年是九龙治水。街头一个行人都没有,冷冷清清。无边的黑暗包围着车灯微弱的光亮,好像一道道坚硬的墙想阻挡住它的去路,但车轮依然在刺骨的寒风中滚滚前行。两边的建筑都只能看出一个灰蒙蒙的轮廓,这是寒露已过的深夜,但是范开圆并没有感到冷,他只觉得浑身都热乎乎的,他想:耳边这"呜呜咽咽"的是什么声音呢?是风声吗?不,不是。那是乾隆、雍正、皇太极伤心逝去的哭声。远处哗哗啦啦腾涌而来的又是什么声音?是汾河里的流水吗?不,也不是,那是刘道一、秋瑾、徐锡林,是黄花岗上的七十二个鬼雄在笑。

车子奔跑着,驰过了活牛市低矮破旧的民宅,驰过了麻市四柱飞檐的牌坊,驰过了钟楼接天的教堂,也驰过了肃杀威严的巡抚衙门。范开圆发现今天的抚衙与往昔大不相同,不仅门口加了双岗,而且灯火通明,人影晃动,显得气氛异常紧张。范开圆在心里冷笑:他们是害怕了!想当年他们拥兵入关,扬州十日,嘉定三屠之时,是何等的骄横,可是现在他们终于害怕了,他们已经听到了复仇的怒吼和末日的丧钟。"忍看大汉衣冠沦为腥膻"的日子就快要过去了。"相率中原豪杰还我河山"的时刻已经来到。然而古语云:胡无百年之运。可是掐指算来,赤县神州沦于异族,已经将近三百年了。这滔滔汾河,这巍巍古城,和中华大地一起默默承受了多少屈辱啊!范开圆从小就听母亲说过:清兵一入关,摄政王多尔衮就颁布了"剃发令",规定清军所到之处,无论官民,限十日内尽行剃头,削发垂辫,不从者斩。强令汉人改装易服,并按满人的习俗将头发的前半部分剃去。而汉人则以为"身体发肤,受之父母,不敢毁伤,孝之始也。"于是清兵就在各个路口立起高高的竹竿,看见一个汉人过来,拉住就剃,汉人稍有反抗,就把头砍下来,挂在高竿上示众。这就叫"留头不留发,留发不留头。"所以当时像傅山等许多反清志士为了不剃发,都出家做了道士……

"我肚子里已经有了咱们的孩子。"沈红绫忽然说。

范开圆先一愣,随即仰望着天空说:"小家伙来得正是时候,他将和我们的共和国一起呱呱落地。"

4

马车穿过东缉虎营和多马巷,在五福庵32号停住。阎锡山家的院子里静悄悄的,五间大瓦房窗户都用布帘子遮挡得严严实实,好像主人已经睡下了。可是进了客厅一看,太原支部的负责人几乎都在这里,黑压压的一片,个个摩拳擦掌,气氛十分热烈。看见范开圆进来,阎锡山跨过好几个人,给递过来一个高凳。

当时,太原城的兵力分布是这样的:新军,也就是新编第四十三协(相当于旅)总共约4500人,协统谭振德。下辖两标,即黄国梁的第八十五标,总部设在东仓巷和阎锡山的第八十六标,总部设在后小河。每标又分三个营,八十五标一营管带白文惠,二营管带姚以介,虽不是同盟会员,但都同情革命,有进步思想。只有三营管带熊国斌是个顽固分子。第八十五标一营管带乔煦,二营管带张瑜都是自己同志,也只有三营管带满人瑞镛是个反革命。至于四十三协直属的骑兵营、炮兵营、工程队、测量队和陆军警察队等,在下级军官和士兵当中也有不少同盟会员。温寿温手下,陆军小学堂的学员亦有三百多人,而且革命热情高涨。旧军队包括绿营、捕盗营、巡防营约千人左右,也驻扎在城内,由督练公所总办姚鸿法指挥。巡抚的亲兵卫队四五百名,训练有素,武器精良,卫队长是总兵官刘段。另外还有个新成立的市区清道队,六十来人,跟军队没有关系,直属商务局,因此掌握在范开圆的手里,但是他们没有枪支。

大家正在研究,有人进来报告:"陆光熙求见。"阎锡山皱着眉毛说:"这时候他来干甚,这个人圪圪搊搊,也闹不清他算哪头的。"张瑜说:"现在正是个节骨眼儿,你要加倍小心。"阎锡山从挂在墙上的牛皮套里取出短枪,揣到怀里说:"稍微颜色不对,我就二拇手指头一抠,撂展这个灰欠欠的。"范开圆忙说:"百川,咱们这些人今天还能坐在这儿研究事,多亏了亮臣,他来山西也有一段了,组织并未遭到破坏,这就证明亮臣不是叛徒。这些日子他受了不少冷落,心里不知道有多委屈,你可千万不敢再乱来。"

阎锡山回答:"咱们现在身上的担子有多重,你还不清楚? 他姓陆的心是红是黑,藏在自家的肚皮里,我看不见。我又不是孙猴子,没长着那个火眼金睛。但咱们现在是在刀尖尖上走,稍微一疏忽,完蛋的就不光是你我两条性命,对不起的也就不光是一个陆亮臣了。冤死他全当是他为革命做了贡献,将来革命成功以后,调查清楚了,就是让我给他抵命也行。"

范开圆觉得阎锡山的话自己虽然从感情上难以接受,但值此非常时刻,也自有他的道理,说:"看来到是我动了妇人之仁。"

阎锡山进了厢房的小客厅,先闻到一股辛辣的酒气,才十几天不见,陆光熙的变化让他吃惊。他满面堆笑紧走几步,攥住陆光熙的手说:"我正准备过几天去看你,你倒先过来了。"

陆光熙显得无比颓废,脸上是病态的苍白,眼窝深陷,沈腰潘鬓,胡子很久没刮。他的眼睛曾经燃烧过,在知味园和同志们拥抱握手的时候,但是现在那里面只有深深的悲哀,开门见山道:"阎标统,我不想让家父把命送在这儿,给清廷当陪葬品,你们啥时行动,请提前支会我一声,我将设法让他离开。"

阎锡山眼珠一转,以攻为守说:"令尊现在到底是个啥态度?"

陆光熙黯然说:"很固执,为此我们父子已经争吵过好几回了。"

阎锡山说:"武昌事件的真相我尚不清楚,黎元洪,我认也不认的他。全国形势尚不明朗,现在谈这个问题为时过早。今天你来了,咱们又是老同学,你父即是我父。我阎某是个讲义气的人,做事自有分寸,你就放心吧。不过现在陕西倒边倒是对咱们威胁很大,不知令尊有没有想出来个对策?"

陆光熙听得出来,阎锡山是在套自己的话,苦笑了一下说:"你就是不问,我也正想告诉你,并请你转告诸同志。自从得知陕西独立的消息以后,家父就连夜召集了姚鸿法、谭振德和省城的主要官员召开紧急会议,商讨对策。他们怀疑新军已为革命党所控制,疑虑重重,担心祸起萧墙。最后研究决定,把八十五标调出省城,派往风陵渡和蒲州一线加强黄河防务,防止陕军过黄河。那里现在集结的兵马众多,量区区一标,即使有变,也掀不起什么大波浪。另外再从忻州、榆次的守军中调一标人马过来,以补充省城兵力之不足,同时监视八十六标的动向。"

阎锡山的心怦怦直跳,想:这个计策真够毒辣的,等于把新军给腰斩了。表面上却平静如常,伸了伸胳膊,连打几个哈欠说:"时候不早了,亮臣你先回去睡吧,有啥事咱们明天再唠。"

送走了陆光熙,阎锡山把得到的新情况跟大伙一说,黄国梁第一个跳起来。"这可咋办?我八十五标一走,城里头就剩下个八十六标,只怕孤掌难鸣。"

阎锡山还是大咧咧的,说:"也没啥,不知道,给咱们来个措手不及,那没办法。既然知道了,就等于他们把戏法玩漏了,主动权依然掌握在咱们手里,活人还能让尿憋死?"

范开圆说:"百川分析得很对,我看这是件好事,咱们不妨将计就计,给他来个明修栈道,暗度陈仓。"

大家问:"此话怎讲?"

范开圆拿起茶壶茶碗在桌子上摆阵。"既然是调防,那就得给发子弹吧?等领上子弹,八十五标可佯装开拔,出城后重新布防于榆次、太谷、祁县一带,然后出其不意,杀一个回马枪,和城里的同志里应外合,一举拿下太原城。"

大家纷纷赞同,阎锡山伸出大拇指说:"这个计策好哩!咱们守徜都快赶上当年的诸葛亮了。这就叫狼吃狼,冷不防!"

5

陆光熙离开了五福庵,他知道所有同盟会骨干正在隔壁开会,但自己没有接到通知。他也不能说破，在阎锡山的笑容后面他感觉到了浓重的杀机，如果说得太多他就可能走不出那个院套了。第二天人们会发现，巡抚的二公子失踪了，巡警局和捕盗营四处侦查，几天以后他的尸块也许会在附近的水渠或者河滩地里被挖掘出来。

他疲惫不堪，脚步跌跌撞撞，掏出酒壶喝了一口，他想让自己变得麻木，麻木了心就不会痛，不会再去思索那些无解的难题。萧索的长街空空荡荡，厚重的雾气笼罩着一切，家家关门闭户，街口传来了打更人的木梆子声。

她，从对面的浓雾里钻出来，穿着一身欧式白衣，脚步轻盈，风鬟雾鬓，像一道绝尘的幻影。秦凤仪。不，这不可能，这只是酒精在他脑海里制造的醒梦。陆光熙站住了，僵立在石板上，但对方却加快了脚步，向他直冲过来，在奔跑中像鸟一样展开双臂，然后是热烈的拥吻。他听到急促的喘息，感觉到压向他的体重，以及醇酒烈焰一样的双唇。两颗年轻的心隔着肋骨剧烈地碰撞，激情在他们之间持续燃烧，如果这不是在大街上，而是在室内，那么一切都无法阻止他们进一步的交流和探索，直到融为一体，直到完成那个亘古不变的流程。

陆光熙心里想，没错，这是一个梦，虽然一切都显得无比真实。他所了解的秦凤仪其实是个守旧的姑娘，时尚和开放的元素只是她朝向这个世界的表面，是她对于这个腐朽没落的王朝的逆反，在他们交往的几年里，从没有发生过任何越礼的事。他只希望这个梦能维持得长久一点。

"我是代表组织来接你回顺天的，我们今夜就走，现在就走……从此再也不分开。"她手里捏着两张火车票，沙沙的声音把梦幻的气氛切割开，云雾中透露出了现实的冷峻和狰狞。

"不，我不能就这么一走了之，不能丢下父母和家人，置他们的生死于不顾，否则我这一辈子都会良心不安的。"

"这是你最后的机会。湖北独立了，湖南独立了，陕西也独立了，孙先生正在回国的轮船上，黄克强正快马加鞭赶往武昌御敌，革命就要成功了，共和就要现实了，现在你留在山西又能怎么样？"她柔软的手掌抚摸着他布满胡子茬儿的锉刀一样的脸颊,眼中含泪,无比心疼:"你能说服令尊大人拥护共和吗？你能说服山西的同志对巡抚手下超生吗？能吗?！他们之间有无数笔血债,三百年的冤仇!！山西分部并不信任你,从来就没有信任过,因为你是巡抚的儿子！他们一直在秘密调查你,而顺天分部向山西出具了对你不利的考语。"她是来争夺他的,和他的家庭争夺他,也是和死神争夺他,长途跋涉,风雨兼程,不避嫌疑,高扬着一骑讨的旗帜,来和他身后的万丈深渊较劲儿,所以她才会这样奋不顾身。

他感到灵魂被撕扯成了两半,他推开她,神情漠然地摇摇头说:"不,为了理想我出卖了父亲,所以最后一定要给他一个交代。"

她重新扑上来,愤怒地双手揪住他的领子,对着他咆哮:"你别傻了,醒醒吧！我告诉你结局是怎样的,你会死在这里,死在革命成功之前,死得毫无意义！像个首鼠两端的投机分子,无论是满人还是汉人都会唾弃你!！"

"忘了我吧,凤仪。"他露出白痴一样的傻笑。

泪水从那双凤目中潮涌而出,她转回身去说:"陆光熙,我恨你。"

她的背影渐渐缩小,直到完全隐没在浓雾里。来是空言去绝踪。她败了,败给了命运。她来得有多么轰轰烈烈,去得就有多么伤心绝望。他慢慢地弯下腰,以手抚心,因为那里像刀扎一样疼。

第三十六章　一座城楼的沧桑

1

我们不去讲董安于造城,三家分晋,朱温围困,宋太宗屠龙,那一个个悲情时刻,我们只从一座门楼的诞生说起。

明朝。洪武三年(1370)。开国皇帝朱元璋把年仅十三岁的嫡三子朱棡封为晋王。替自己把守那处北部边境的军事重镇。洪武九年(1376),朱棡即派岳父永平侯谢成重建太原。由于西城墙紧靠汾河,没有扩展的余地,所以只得将旧城向南北东三面延展,重塑了一座周匝二十四里,高十一米,池深九米,土砌砖包,坚逾铁瓮的新城。

今天的太原城所以有那么多海子,就是明城扩建时把宋代的护城河纳入了城中的结果。

按九边重镇之规制,八门四角设门楼十二座,城周建小楼九十二座,敌台三十二座。八座城门按照五行八卦的方位排列,分别是:大东门(宜

362

春)①,小东门②(迎晖);旱西门③(阜成),水西门④(振武),大南门⑤(迎泽),新南门⑥(承恩);大北门⑦(镇远),小北门⑧(拱极)。

其中振武门为原宋城的西门金肃门改建。南门是正门,皇帝诏书都是由南门进城,所以南门修建得最雄伟壮观。

承恩门俗称小南门,是仅次于大南门的第二大城楼,在八卦中占巽位。巽为风。城门深27米,垛口902个,上建三层四重檐门楼一座,前有廊,遍插旌旗。关城肃穆,瓮城森严,城楼雄壮。北俯贡院,南望双塔,西对魁阁。道光年间的文献称,城楼上备有"头号威远炮6位,二号威远炮20位,三号威远炮50位,虎尾炮3位,花瓶炮15位,镇门炮2位,西瓜炸炮11位,总共107位,弹铁子950斤。"

咸丰元年(1851)八月,守城士卒不慎致使城防弹药失火,引发天崩地裂的连环爆炸。整个太原城以及城郊居民都感受到了巨大的震动,冲击波使得周围一百多栋房屋建筑外墙开裂,瓦片尽碎。

有那么一个瞬间,华丽的门楼子离开了包砖城门洞,被鲜红的火浪托举着悬于半空,似乎还保有完整无缺的形骸,像一个人间奇迹。而在下一个瞬间,一切都崩溃了,瓦片蹿空,柱梁摧折,铁炮翻滚,士卒腾云。巍峨厚重的墙体和门洞轰然坍塌。

由于资金短缺,直到光绪十三年(1887),已经毁废二十六年的小南门才从瓦砾堆中重建,以备城防。人称新南门。

辛亥年农历九月初八,新军八十五标第一营和第二营趁月黑风高,由狄村十里铺奔袭太原,与城内革命党人里应外合智取新南门。新南门从此

---

①太原城东南门。初名来春,后改宜春,俗称大东门。

②太原城东北门。名迎晖,俗称小东门。

③太原城西北门。初名通汾,后改阜成,俗称旱西门。

④初为宋太原城西金肃门,明初扩建太原城沿用作西南门。初名阅武,后改振武,俗称水西门。

⑤太原城南西门。初名朝天,后改迎泽,俗称大南门。

⑥太原城南东门。初名太平,后改承恩,俗称新南门。

⑦太原城北西门。初名镇朔,后改镇运,俗称大北门。

⑧太原城东北门。名拱极,俗称小北门。

更名为首义门。

1949 年 4 月 24 日，这是太原战役的最后一天，也是最漫长的一天。此时，南京已经解放五个小时，25 万大军兵临城下已四个多月。在这之前，太原城外围的明碉暗堡早被扫荡干净，但是守军依仗城池坚固拒不投降，阎锡山的五百基干身藏剧毒氰化钾药瓶，叫嚣要以城复省，以省复国。拂晓时分总攻开始，随着一发红色信号弹冉冉升起，1300 门大炮同时开火，新南门再次变成了一堆燃烧的瓦砾。

1951 年国际劳动节前夕，太原市政府将新南门的残垣断壁彻底清除，辟建了一个宽阔的广场，就是现在的五一广场。

2

寒气逼人的冷月像刚刚磨过的弯刀斜挂在新南门，宽阔的城墙上镝楼、眺楼、谯楼都披着一层薄薄的银粉，如同被刀光笼罩。以前的灯笼已经变成了有铁皮罩子的电灯。木制大门包着铜皮，圆头铜钉排列得密密麻麻。城门两侧立着石槽，石槽内镶嵌千斤闸。大门上方有枪眼八孔。门楼外又有瓮城环绕，暗藏上下七个藏兵洞。朦胧的月光下，从纯阳宫旁边的小巷子里拐出来一哨人马。

"干什么的，站下！"城上的哨兵哗啦哗啦地拉枪栓。

"让你们郭统领出来讲话！"下面的人仰着头吆喝。

过了一会儿郭统领出现在城楼上，扒着墙垛子用手电向下照射。"这不是范大人吗？哎呀，这两天怪事真是越来越多了，咋你们清道队半夜还出来清道？"

范开圆说："最近是个啥形势你又不是不知道，乱党前几天把西安城占了，八十五标都开拔到蒲州加强黄河防务去了，现在城里空虚得很呀。陆大帅可能也是实在没辙了，让清道队出来巡夜，你说这不是赶着鸭子上架吗？"

郭统领的语调变得轻松了，"范大人也太死心眼儿了，就算是让清道队巡夜，也用不着你这个五品官亲自出马。这天寒地冻的，要是围着四城绕上一夜，保不齐就得冻出个好歹。"

范开圆向双手哈出一团白气,说:"就是冷得不行,想到你的地盘暖和暖和。"

郭统领说:"好说好说,平时请都请不来,那就往营房里请吧。"

"营房也放不下这么些人,这样,咱们到营房里去,让他们在门洞里避避风就行。"范开圆手提袍襟,沿着马道登上城墙。

营房里很热,中间生着个火炉子,顶棚悬着一盏光秃秃的电灯泡。大约有二十来名士兵分成两桌,正喝酒推牌,毛瑟枪竖成一排立在枪架上,子弹袋挂在墙上。范开圆也挤到一张桌子旁边,当他输了五吊钱的时候,就已经和这些士兵混得很熟了,当他输掉二两银子的时候,营房里所有人,包括郭统领在内简直都喜欢上他了。他们干脆把两张桌子拼在一起,台面铺上毛毯,把范开圆围在当中,一边兴高采烈地下注,一边不断地劝他喝酒。范开圆没量,才喝了不到半碗就已经面似涂朱,醉态可掬,这样一来他就输得更快了。大约半个时辰之后,外面突然响了两枪,郭统领一愣,抽出短枪说:"这是咋了? 走,出去看看。"

范开圆掏出怀表看了看,知道这是自己的清道队已经动上手了,站起来抢先一步把门堵上说:"不用看了,我告诉你这是咋了,这是革命党进城了。"

郭统领颊肌轻轻抽动,说:"范大人,快闪开,这种玩笑可不敢乱开。"

范开圆大拇指一点自己的胸膛,牙齿间闪烁着冷酷的笑意,"不是跟你开玩笑,真的是革命党进城了,我就是革命党。"仿佛是怕对方不信,他缓缓脱掉补服扔在地上,露出里面的蓝色军装。

堆在门口的清兵哗地倒退出两三步,枪口一起对准了范开圆。

范开圆泰然自若,说:"郭统领,最好是叫你的弟兄们把枪收起来,我怕万一走了火,这一屋子人就谁也活不成了。告诉你吧,不光我是革命党,阎锡山、温寿泉、黄国梁也是革命党,八十五标和八十六标的弟兄们都是革命党。革命党今夜就要里应外合,杀陆锺琦,光复太原城。公等皆为汉人,身上流的都是祖先的血,难道真的甘心把大好头颅给清廷当祭品吗?"

有那么一刻,郭统领的脸色阴晴不定,最后他的枪管垂了下来,说:"范大人，你给指条明路吧。"

范开圆说："顺逆有大体，华夷有定名。只要弟兄们不把枪口对准我，对准革命党，咱们就是一家人，坐下接着喝酒打牌就行了。"

于是一屋子人又重新归坐，范开圆神采飞扬，脸上好像涂抹了艳丽的油彩，大声劝酒："弟兄们，咱们一起举杯，为孙中山先生的健康干杯！为驱逐鞑虏，恢复中华干杯！为共和国美好的明天干杯！"郭统领和他的手下一个个如坐针毡，食不甘味。范开圆如痴如狂，击案作歌："汉军起义立志把仇报，里应外合都有我同胞。长枪大炮都已准备好，楚望台上旌旗飘……"这里是他的舞台，今天的他风华绝代。

只听外面敞门落锁，人声鼎沸，脚步如潮，营房四周的玻璃被敲得粉碎，十几支黑森森的枪管从窗口伸进来。紧接着门板也被一脚踹开，李兴带人冲入，把营房里的清兵缴械后全部关押起来。

范开圆跟李兴握了握手问："黄标统来了没有？"

李兴说："为了稳住熊国斌①，以免节外生枝，黄标统随标本部驻扎在祁县，没敢妄动。所以此次进城的只有第一第二两个营。"刚说到这儿，一个体格魁梧的军官在护兵的簇拥下，健步走进营房。李兴赶紧介绍："这位就是二营管带，这次攻城的总指挥官姚以介。"

姚以介不是同盟会员，所以范开圆对他虽素有耳闻，但从未谋面。没等范开圆开腔，姚以介已经走到近前，伸出双手紧紧把他的手攥住，爽朗地说："你不认识我吧？我可认识你。当年你在文嬴湖边念《李培仁蹈海绝命书》的时候，我就站在台下的人群里。那天是我自十六岁当兵以来，第一次掉眼泪。回去以后我就自己做了一颗炸弹，摞到了胡守中的轿子里，可惜没响，算他命大。我这儿有一件礼物送给范大人，是刚刚缴获的战利品，范大人正好用它为将士们观敌瞭阵。"从卫兵手中取过一根纯铜打造伸缩自如的单筒望远镜呈上。

范开圆收下望远镜，姚以介敬礼告辞。范开圆说："总指挥且慢。"倒了

---

①山西军政府成立后，熊国斌以为请调为名入帐行刺阎锡山，失败后被拖到营门外灰窑内活埋。

满满一碗酒,端到姚以介面前,吟道:"军歌应唱大刀环,誓灭胡奴出玉关。只解沙场为国死,何须马革裹尸还!"

姚以介双手接过酒碗,没喝,又放下了,说:"不忙,等我先去活捉了陆锺琦,拿下巡抚衙门,回来再喝这碗酒才更有滋味。"

范开圆笑道:"总指挥是要学关老爷温酒斩华雄。"

姚以介已经走到了门口,又站下,回过头来说:"要是万一我们失败了,巡抚衙门没攻打下来,你得赶在太阳升起之前,也就是三总兵(即太原镇总兵,驻临汾,巡防河东及上党地区;大同镇总兵,驻大同,巡防韩侯岭以北,外长城以南;绥远将军,驻归绥道,巡防口外七旗)的援军把这里包围之前,离开太原城,设法渡过黄河,到西安去,向陕西都督张凤翙借一旅偏师,直下河东,为我们这些死去的人报仇。"

范开圆心口窝一热,放声大笑:"总指挥是想让我当申包胥①,我偏不,我今天就坐在这新南门上,哪也不去,要是万一起义失败,上法场的时候咱俩手拉着手。至于报仇,我相信自有后来人。"

3

离开新南门,姚以介率领义军直扑抚署,队伍刚行至府东街口,李兴的先锋队就和闻讯出来布防的亲兵卫队接上了火。双方正打得难解难分,姚以介带领人马转到另一个街口攻了过来,对抚署形成了钳形包围。卫队且战且退,一直龟缩回抚衙,然后紧闭大门,在围墙上架起加特林手摇转管机枪负隅顽抗,同时打电话求援,结果打也打不通,电话线早叫义军切断了,匆忙间只得在院子里的旗杆上升起红灯告急。姚以介用手一指说:"打瞎它!"枪手就地取了个半跪的姿势,长枪一溜火线,把信号灯打灭。

无数支火把烈光印照着"抚绥全晋"的牌坊、红漆立柱的阁楼、石狮雄峙的左右辕门。姚以介先向包围抚署的义军官兵宣读《讨清檄文》,曰:"大道之行,天下为公,平等自由,乐天归命。清廷昏聩,胡罪满盈,虎皮蒙马,聊有外形。官以贿得,刑以钱免,奸贼当权,豪杰伤心。北削于俄,南夺于

---

①春秋时期的楚国人,楚国被吴军占领后樫,他跑到秦国告急,求救于秦。秦不许。包胥立于秦廷,昼夜哭,七日七夜不绝其声。

日,边境要区,割削尽去,卧榻之间,鼾声四起,不去庆父,鲁难未已。我等奉兹大义,瞻顾山河,秣马厉兵,日思放逐,徒以大势未集,忍辱至今。天夺其魄,牝鸡司晨,黄口小儿,居摄大位,遂使群小俱进,祸乱朝纲,强敌见而生心,小民望而蹙额。犬羊之性,好食言而肥,则复有借款收路,出卖煤铁之举,丧权误国,劫夺在民。愤毒之气,郁为云雷。由鄂而湘而陕而晋,扶摇大风,卷地俱起,土崩之势已成。横流之决,可翘足而待。此真逆胡授命之秋,汉族复兴之会也。方今大义日明,人心思汉,维我四方猛烈,天下豪雄,莫不敬天爱祖,高其节义。星星之火,乘风燎原。一夫奋臂,万姓影从。乘时跃起,云集响应。肃清省会,共和为政。布告天下,咸使知闻。"然后下令总攻。

谭振德得到抚署告急的消息,立刻率领四十三协直辖的骑兵营星夜驰援,打算包抄义军的后路。陆军小学堂的学生军就悄悄埋伏在北固碾,路基西侧的大片玉米田里。这时节棒穗已经被农民收获进了自家的院套,但一人多高的秸秆还没有来得及切割或者焚烧。子夜的风把金黄染成了炭黑,大地起伏着墨色的波涛,上万株受伤的禾本植物摇晃着坚韧的残躯,哗哗地吟唱着生命中最后的悲歌,散发出的气味好似无边的海潮。除了监督(校长)温寿泉有支短枪以外,学生们都没枪,人手一颗炸弹。月色朦胧,白雾弥漫,耳闻马蹄声碎,几道手电筒的光锥飞射而来,比刚被淘汰的燃油射灯明亮刺眼得多。温寿泉蹲在那儿,脑门上全是汗。

他想:呀! 今天咋这么倒霉,狗日的谭振德还真来了。百川这个事办得就不公道,他个小舅子手底下兵多将广,都他娘闲着不动弹,偏偏让学生军把守这咽喉要道,让自己挑这千斤重担。学生们一没经过战阵,二手里又没枪,光凭几颗炸弹咋能顶住骑兵? 一旦动起手来必然死伤惨重,闹不好今天的北固碾就成了当年的博浪沙①了……他旁边的学生一个劲儿地催:"动手吧,快动手吧! 不然就来不及了!!"温寿泉心乱如麻,咋也拿不定主意。眼看着马队暴土扬尘地到了跟前,一道道人躯马身的怪影在月光下

---

①张良和大力士曾经在博浪沙用120斤的大铁锤伏击秦始皇的六驾之车,失败后秦始皇大索天下,将博浪沙方圆百里的人全部杀死。

飞沙走石，风驰而过。这些骑兵相当警惕，骑枪不是背在身后，而是架在胳膊弯儿里，马蹄子翻起的沙砾溅在人脸上，打得生疼。有两个学生也不等温寿泉下命令，抱着炸弹一跃而起，跳过水渠站到大道当间，还没来得及投掷，对面一通乱枪，就把他俩打成了筛子。马队连速度都没减，像旋风一样从躺下的人身上践踏过去。有个还没断气的学生就在马蹄子底下拉了弦，一声巨响，火光冲天，血肉横飞，当场炸翻了两匹马。温寿泉一边开枪一边大喊："冲！"学生们吼叫着冲出来，冒着枪子儿把手里的炸弹冰雹一样摞过去，这样马队的前半截儿是放过去了，后半截儿几乎让炸弹抹平了。大约二十米的路段变成了坑洼和碎块，血水顺着路基两侧的边坡流进了沟渠。

大约一个时辰之后，抚署终于被攻克，协统谭振德、卫队长刘段在混战中被击毙。义军在呐喊声中如潮水般灌进仪门，李兴手提匣枪直奔内院，看见一个面带忧伤的胖老头，袍服整齐鲜艳，头戴三眼花翎，倒背双手站在二堂的台阶上，面对着四面八方，山河陆沉，硝烟滚滚，天崩地裂般的末日景象，抑扬顿挫地吟诵："玉树歌残王气终，景阳兵合戍楼空；丹青不知老将至，富贵于我如浮云。"他大声问："何人？"老头昂然回答："陆锺琦。"李兴抬手一枪，老头胸口中弹，血喷出来，踉踉跄跄地支愣着不倒。就在这时，有人大喊了一声："爹！"从后堂飞跑出来一个青年，把陆锺琦的身躯抱住说："我叫陆光熙，是同盟会员，不要伤害我父亲，找你们长官来讲话。"李兴刚一愣怔，跟进来的士兵乱枪齐射，陆家父子双双倒在血泊里。

4

范开圆站立在新南门高耸的城楼上，平托望远镜，拉出伸缩筒，调整焦距向四下遥望，只见抚署上空飘扬的黄龙旗像块破布一样迅速坠落，象征独立的八卦旗缓缓升起。与此同时，满洲城（今日新城街）和坝陵桥的弹药库、军装局以及藩台衙门、臬台衙门、知府衙门、学台衙门等处也激战正酣。枪声、炮声、呐喊声、马的嘶鸣声汇聚成了巨大的声浪，像黄河的波涛一样震撼着大地，使万里长空风云变色。放眼南北，太原古城正在经受着一场血与火的洗礼。起义军四处纵横，挡者披靡。道道火网如流星交驰，炮弹爆炸后的烟柱从刺目的光芒中升起，有些建筑物也着了火，火光烛照着天地,映衬出一幅幅气势恢宏的画卷。这说明八十六标也开始行动了。想到千年帝制一朝推翻,百代耻辱今日得雪,太原古城从此将旧貌换新颜,以民主、自由的新姿态屹立于华夏大地和世界之林,范开圆禁不住心潮起伏,回肠九转,他在心里说:这是诗啊,是壮丽的诗,一泻千里的诗,也是柔情万种的诗。这是歌,是荡气回肠的歌,也是催人泪下的歌。是阳关三叠,是十面埋伏,是龙泉夜鸣,是千古绝唱。这是阵痛中的新生,厚重的历史将从此掀开新的一页。在这样的诗和歌面前,任何语言和文字都显得苍白无力。这样的激情,除了抛洒你的头颅和热血无以表白。而它又转瞬即逝,不可再现,就像是一座沉默了几千年的大火山一样,突然间喷发,然后又迅速冷却成为岩石和矿藏,默默地沉淀在中华民族的记忆里、史册里、地基里……而自己是何其有幸,竟得亲眼看到了这沧桑巨变的一幕……

城下传来一阵吵闹,范开圆赶紧下了城墙,一问才知道,原来是一群老百姓非要出城不可,因此跟把守城门的清道队发生了争执。范开圆问:"你们为什么要出城?"

老百姓回答:"长官,乱兵到处砸明火,我们实在不敢在城里待了。"

范开圆说:"同胞们,你们不要怕。清政府已经猖狂不了多久了,咱们当家做主,挺起胸来活人的日子就要到了。起义军马上要成立军政府,保境安民,你们再耐心地等一等吧。"

一个老汉咕哝道:"还保境安民哩,说的比唱的都好听。抢东西的又不光是人家清兵,义军也不少哩。"

范开圆的头"嗡"的一声,顿感大地在脚下沉陷。

第三十七章　大地重光

1

　　帽儿巷,一街筒子全是乱兵,见门就砸,见值钱的东西就抢,老百姓哭喊连天,凡是临街的铺面和民宅几乎无一幸免,并且这种无耻的焚抢还正像瘟疫一样向着鼓楼街、海子边、柳巷……向全城各条商业街区蔓延。它在空中游荡,俯瞰这纷乱的世界。沈红绫提着一盏菱角灯从知味园里走出来,大声制止说:"弟兄们,你们现在都是革命军人,应该时时维护革命军人的声誉,保持革命军人的作风。像这样欺负老百姓,成何体统?!"

　　一个乱兵肩上挎着包袱,双手握枪,他刚刚施展过武艺,已经得到了自己想要的,心满意足地调头向巷口走去。听到沈红绫的声音他忽然收住了脚步,怔怔地定了两三秒钟,然后缓缓地转回身来。沈红绫倒吸一口冷气,刚才扭过去的明明是一张平凡的缺乏特征的脸——愚钝,市侩,卑微,扔到人群里就再也找不着了。可扭回来的却是一张惊人的面孔,他的脸色由土黄变成了明亮的焦黄,麦芽糖熬到火候的颜色。从色调到线条都像极了某种大型昆虫,两只眼睛如同会发光的琥珀。沈红绫从这双眼睛的深处看到了很多东西,无法用语言表达的复杂的东西,像疯狂地拉洋片,也像变形成旋涡状的电光影戏。一个非法闯入的占领者。它已经活了两千多年,虽然刚刚遭受了沉重的打击,诞生以来权威第一次受到了挑战,但即使在这最虚弱的时候,跟凡人相比它依然很强大。火光打摆子一样瑟瑟战栗,夜色匍匐在它的脚下,整个世界奴颜婢膝。巷子里的风很大,但是它的衣角和发梢没有一丝抖动,仿佛它的威严使风弯曲了,小心翼翼地,不敢挨到它。最让她感到恐惧的是,周围所有人竟然都没有注意到如此显著的变化。他们有的傻笑,有的疯抢,有的央告,有的哀鸣……

"你想到我怀里来,跟我玩玩吗? 小娘们!"隆隆的声音透出傲慢、淫荡和残忍,以及对一切生命的漠视。

有那么一刻,她吓得魂飞魄散,除了发抖连一句话也说不出来。

"跪下,朕可以饶你不死!"对面那个居高临下的声音又响起来。

她的脸色依然惨白,但坚定地掏出了火枪,竖起机锤,指住对方说:"滚,离开这儿,这是我们的时刻!"

她勇敢地扣下了扳机,但是从枪膛里传出的是机械卡壳的声音。与此同时,她看见它手里的长枪有力地向后收缩,火焰在巨响中爆出枪口,一枚热气腾腾的弹壳从抛射窗里旋转着跳出来……

之后,充满魔力的时间段轰然瓦解。范开圆领着二十多名清道队员赶到了,他过去一把揪住那个枪筒还冒着烟的乱兵,见他左臂扎着白布条,确是义军无疑,问:"你是哪部分的?"对方把嘴巴裂得大大的,好像脑子不太清醒,露出肮脏的黏糊糊的笑容说:"关你屁事!"范开圆说:"毙了!"几个清道队员把他连拖带架地弄到墙根,冲砖墙跪下,两个人按住肩膀,后面一个人用枪顶住他的后脑勺,"砰"的一声头盖儿就飞了,眼珠子挂在颧骨上,脑浆呈扇面形白乎乎地涂了一墙。

天上乌云遮月,大地悲风盘旋。范开圆在沈红绫身边半蹲半跪,只见她半条身子都叫血染成了不祥的暗紫色。沈红绫也用失神的眼睛仰望着他,轻声说:"它来了,又走了……枪杀不死它……它还会再回来的……"

"别说话,要节省体力,你可能是出现了幻觉……"那个和蓉表妹在一起的梦突然闯进他心里,每一个失丢的细节都无比清晰,"就算它一千次借尸还魂,我们也会杀死它一千次,我向你保证。"他说。

不知是什么时候,知味园下夜的伙计们都出来了,悲伤地围绕在他们的老板娘四周。沈红绫浑身哆嗦,牙关打战说:"我冷……"

范开圆把沈红绫紧紧搂在怀里,那颗子弹是从她左侧的胸脯打进去的,从弹孔里可以瞅见结构复杂的蜂窝组织。血浆像细泉一样汩汩地流出来。范开圆用手去堵,手掌按在了这只柔软破碎的乳房上。

沈红绫头颅微侧,枕着范开圆的肩膀,舒展开四肢,好像壁画上的飞天。她先是痛得皱了一下眉,然后立即抚平,因失血而极度苍白的脸上,奇迹般地现出了一抹红霞,已经暗淡下去的眼神又重新放射出华彩。在这一瞬间,万种风情,千般妩媚,一起从她的眼角眉梢迸发出来。

她感觉到有一双小得惊人的脚丫在踢她的肚皮,她在心里说:对不起了孩子,娘不能继续保护你,直到把你放在你父亲的怀抱里了……她回忆起这个小生命是如何来到自己体内的。是在范开圆即将搬去铁匠巷的那个晚上,他喝得酩酊大醉。她辗转反侧到后半夜,可还是无法入眠,就爬起来,披了件单薄的衣裳,端着一盏玻璃罩灯上到二楼,她偷偷配了一把他的房门钥匙。

当她看到这个熟睡中的男人的时候,心在敲鼓,慌乱得就像十七八岁的偷情女孩儿,能感觉到热辣辣的血一股股泵上双颊。她想也许他对自己的好仅仅是出于同情。她突然问自己来干什么?是趁着他宿醉卑鄙地勾引他,占有他的吗?你是不是发疯了?!她被自己的这个念头吓坏了,想转身离开,却在慌乱中把脚碰在了花架子上。

他睁开了有点发黏的眼皮,眼珠转动着寻找声源,眼神只糊涂了几秒钟,然后就吃惊地锁定了她,焦点闪亮而清晰,缓缓地坐起来,被子从他身上无声地滑下去,他是赤着上身的。他醉得快可醒得也快,无论是酒精还是睡意都像被天风吹走的云朵,没有在他脸上留下一丝半点的朦胧晦涩,心智的光芒映彻表里,通透得让人害怕。

她之所以没有立刻逃掉,仅仅是因为双腿不允许,她的两个膝盖变得像发面团一样软。临来的时候她准备了一些话,可是现在她嗓子发干,一句也说不出来。于是她就把自己靠在门框上,好像心脏病发作了一样大口喘气。她想此时自己在他眼里会是多么的不知羞耻,以前所有的美好印象都被这个瞬间击得粉碎,她想象在下一刻,厌恶和怒容就会涌满对面那张脸,想象他会提起荞麦枕头扔过来,冲自己吼叫:滚出去,你这个荡妇! 她想假如那样的事情真的发生了,她就去死。她等待这个男子对她下达判决,她甚至觉得正是无所不能强大莫测的命运本身,从高高的云端飞落人间,化身成了一个凡尘男子的形象,要对自己的人生之路做一次了断。所以当他望过来的时候,所有的神也都从天顶俯视着自己——尘世中一个卑微而渺小的女子。他们散发出的金色光芒驱走了寒冷、孤独和黑暗,但同时也刺得她睁不开双眼,皮肤像针扎一样微微发痛。

这个过程其实很短暂,他跳下床赤脚奔过来,带着狂野和喜悦把她拦腰横着抱起来,返回温暖而凌乱的床铺。她虚脱似的呻吟了一声,顺从地靠在他怀里,就像纤弱的溪流委身于万仞高山……她曾以为自己饱经沧桑,其实她从来就没有开始过……她的嘴唇抖动着,现实和回忆融为一体,时空的边界仿佛泯灭了,因为她正站在一个更大更深的边界前面——深不可测。在生命之火熄灭前,她露出一个余烬般的微笑道:"多好啊,你这个老夫子,终于肯抱着我了……"

2

范开圆双目赤红,跟只饿了三天的狼一样在人群里横冲直撞,连续发射过的毛瑟枪握在手中烙铁般滚烫,再看见抢东西的,连问也不问,领几个人扑上去,按住就杀。这时的清道队已经成了实际上的执法队。乱兵人数虽多,但毕竟做贼心虚,一时闹不清来弹压他们的是什么来头,来了多少。在连杀了十几个人之后,这些乱兵终于一哄而散,又到别处抢劫去了。范开圆满身满脸溅的都是血,他擦也不擦,形似煞神附体,大脑里一片空白,正准备带上自己的人再到别处弹压,忽然听见串铃一响,从街对面跑过来一辆粪车。车上的粪桶都贴着封条,用绳子结结实实地摽在车盘上。十几名背着马枪的骑兵手拉缰绳,控制着蹄步,缓缓地跟随。

范开圆叉开双腿站到路中间,把手一抬说:"站下!"

从马鞍上跳下来一个队官,瞪着牛眼粗声问:"咋了?!"

范开圆说:"检查!"

队官问:"谁的命令?"

范开圆说:"老子的话就是命令!"

队官又问:"可有总指挥部的令箭?"

范开圆答:"老子的枪就是令箭!"

队官暗想:今天倒血霉,会情人碰上了大姨妈! 马上换了一副笑脸说:"你是范大人吧? 我们是八十六标的,我认识你。"

范开圆说:"认识就咋了? 八十六标的又咋了?! 少废话,检查。"

队官紧走几步,凑到范开圆耳边,小声说:"这车东西是咱们阎标统的,让运出城去。咋样? 行个方便吧。"

范开圆冷笑说:"我怕今天给你行了方便,明天军政府就不方便了,共和也就不方便了。我们起义,为的就是推翻帝制,人人平等,今天别说是他阎锡山的,就是孙中山的也得检查。"

他吩咐清道队员割断绳索,扯下封条,掀起桶盖一看,在场的人全都大吃一惊。六只粪桶刷得干干净净,装得满满当当,全是白花花的银圆。范开圆抬脚把队官踢了个跟头,还没等他爬起来,手枪就顶住了他的脑门,槽牙咬得咯吧咯吧响,问:"为了这车东西你们一共抢了几条街? 砸了多少明火? 祸害了多少百姓? 你自己说你该不该死?!"

在他身后六十丈远的街心,矗立着那座曾经是同盟会联络站的华丽的停尸房。

八十六标的人哗啦一下全部子弹上膛,瞄准范开圆和清道队,清道队也把枪对准八十六标的人,双方眼看就是一场火并。那个队官倒很镇静,迎着枪口单腿跪在地上,依然面不改色,挥手让自己的人退下,说:"范大人,你今天就算枪毙了我,我也是个屈死鬼。东西不是我们抢的,我们就只管押运,根本不知道里面装的是啥。我是个军人,以服从上峰的命令为天职,要是有问题你应该去问阎标统。"

范开圆脸色铁青说:"你少拿阎锡山唬人,他现在人在哪儿? 我正要找他。"

队官回答:"阎标统正召集头头们在咨议局开会,选举大都督,就怕你进不了门。"

一股凉气灌入胸膛,范开圆心想:战斗还没有结束,将士们还在前方流血牺牲,街面上乱成这个吊样,连个管事的人都没有,着急选的什么大都督?再说这么大的事,怎么也没人通知自己。这百川葫芦里究竟卖的什么药,难道说要瞒天过海不成?他拉过队官的军马,纵身跳上雕鞍,猛拽偏缰,就地打了旋子说:"这车东西你们看管好,我这就去找阎锡山理论!"用枪把一拍马屁股,双脚踹镫驰出巷口。

3

这时天光已经放亮,黑暗的铁幕上绽裂开无数钢水般的缝隙,好像承受了无形的重锤,长夜裹着几颗残星向地平线迅速溃退,很快,一轮红日就探出了浴血的额头。虽然零星的枪声还从各个方向不断传来,但大规模的战斗已经基本结束了。呛人的硝烟像雾霾一样四处弥漫,断落的电线冒着危险的火花,随处可见只剩下局部的焦黑建筑,居室的剖面,弹痕累累的残墙,失去瓦顶的梁架,临时构筑的街垒,以及来不及收拾的敌我双方的尸体。范开圆在马上一低头,用手背偷偷抹掉了两行英雄泪。

刚才在众人面前,他咬紧牙关不让泪蛋子掉下来,但是现在再也忍不住了。他感到胸口说不出的憋闷,嗓子眼里甜丝丝的,有一口血正顶着喉咙,只想找个没人的地方大哭一场。他伤心哪:十年艰难,一生悬命,全国民众的期望,几万万人的热血,换来的究竟是什么?眼看着革命都要成功了,好好的,怎么又会闹成这个样子?那些为了今天死去的烈士们要是泉下有知该会多寒心,像自己这样还活着的人又咋能对得住他们……他思绪难平,感慨万端,但唯独没有去想红绫死了,大脑明智地屏蔽了这个问题,否则他今天就什么也做不成了……

咨议局通明瓦亮,无数窗口迸射出层层叠叠的光芒,被一种兴奋不安的气氛笼罩着。黑铁雕花大门前戒备森严,岗哨林立,沙包后面架设着两挺笨重的水冷式重机枪。

空空荡荡的大街上,一马飞驰,蹄铁清脆,搅拌着寒冷的晨雾。马上的人烟熏火色,凝血未干,面颊冷硬得像青铜面具,衣摆翻飞如同战旗,手里拎着大小机头一起张开的西洋联珠大镜面匣子枪,决绝的就像要突入万马军阵斩将夺旗的最后一个巴图鲁。明明是单人独骑,可背后的杀气却滚滚如潮。

卫兵瞬间结成枪阵拦住这个一身妖氛,看起来有点精神失常的男子,全部子弹压上膛说:"长官们正在召开重要的军事会议,除非有阎标统的手谕,否则一律不得入内。"

范开圆匪风悍气,说:"呀哈,他姓阎的谱倒不小。想当初清政府未被推翻时,老子进出大小衙门都如履平川,一马平趋,现如今革命成功了,反倒连个狗屁咨议局也进不来了,岂不成了天大的笑话了吗?"不管三七二十一,拍马闯关。卫兵们"哗"的在院子里布了个人圈儿,把他围在中央,二十几条长枪一齐指住,喝道:"这是最后一次警告!后退,再不后退就把你当成反革命,打死也白打死!!"

范开圆仰天狂笑,声似京戏里的起霸,透出令人胆寒的疯癫。"哈哈,我范开圆今天算是见了世面了。没想到我从清廷通缉的乱党,又一下子变成义军要杀的反革命了。反革命能会见孙中山?反革命能组建同盟会?反革命能半夜给你们打开新南门?开会,老子让你们开个屁!"一举胳膊对住天连放三枪,巨大的后坐力震得他膀臂发麻。过于疲劳的毛瑟枪正像它的主人一样,处在炸膛的边缘,只差那么一点,范开圆的手指就会和金属残块一起飞散开来。

卫兵冲上前,抡起枪托把这个疯子从马背上捣了下去。

就在这时赵戴文风风火火地从大楼里跑出来,先扶起范开圆,扭回头一把薅住那个卫兵,二话不说就是正反两个嘴巴,斥责:"你们是不是活够了?找死是不是?都瞎了狗眼了?!范开圆同志是同盟会的发起人和领导人,是这次起义的策划者和组织者,既是革命的有功之臣,也是革命领袖之一。谁把枪口对准他谁就是清廷的帮凶,就是反革命!"他回头再看,见范开圆半张脸肿胀起来,走路一瘸一拐,狠狠向地上吐出一颗门牙,急得跺脚说:"看把老范摔成这个样子,让我在同志们面前咋交代,咋交代呀!老子枪毙了你算了!!"从旁边夺过来一支步枪,对准那个卫兵就要搂火。

范开圆抢上前把枪口压下说:"他是个当兵的,是按命令行事,你打他干啥?要打就该打当官的。走,咱们上楼打阎锡山去!"拉住赵戴文的手,不由分说拖过门廊和大厅,直上楼梯。身后传来"立正,敬礼——"的口令声。把赵戴文紧张得满头大汗,一路走一路赔不是:"老范,老范,你先消消气,听我给你解释。我们开会以前派人去通知你了,结果回来说你不在新南门……"

范开圆哑着嗓子说:"红绫死了,是被义军枪杀的!!"

4

刚走到会议室跟前,还没推门,就听见从里面传出雄壮激越的声音:"鸿鹄高飞,一举千里,羽翼已就,横绝四海……春雷动地,千年之醉梦惊回;旭日当空,万里之妖氛尽扫……"范开圆步入会议厅,见今天到会的主要来自军界,不是阎锡山的把兄弟、老部下,就是他当年留日时的同学。另外像姚鸿法、梁善济等旧官吏居然也堂而皇之地居中而坐,而在其他各界担任重要工作的许多同志却都缺席。

有一个幽灵在咨议局大楼外面徘徊。

刚才他往会场走的时候,脑子有点发热,恨不得跟谁吵一架,立马论出个是非短长,但是现在反而冷静下来了,寻思:虽然太原城已经光复,但是这个胜利还很不保险,清廷随时可能从北京、郑州、保定和张家口一带派兵来镇压,蛰伏在城内的反动派也会伺机反扑,可谓大敌当前,黑云压城。在这个关键时刻,革命阵营内部的团结最为重要,绝不能造成内讧,使亲者痛仇者快,给内外反动派留下可乘之机。

代表们已经都发过言了,主持会议的梁善济看见范开圆刚到,说:"咱们请范守徜给大家讲话。"台上台下就一起鼓掌。范开圆强忍悲愤一摆手,"今天我啥也不想说了,请按正常程序继续进行。"于是就开始选举,首先是阎锡山推举姚鸿法做都督,说姚大人是咱们的老长官,这次起义虽未参加,但却能按兵不动,避免了义军更大的伤亡,使我们顺利地取得了胜利。姚鸿法诚惶诚恐,推说自己是个旧军官,父亲又现任兵部侍郎,此次起义寸功未立,都督印说成啥也不接。接着有人举黄国梁,黄国梁早晨刚从祁县赶过来,也表示谦让。又一个代表喊:"举范开圆当大都督!"马上就有好几个代表响应。范开圆站起来,用目光一扫,发现许多军官表情都紧张起来了。

他说:"我想先问问大家,咱们为啥要革命?"

代表里的同盟会员齐刷刷地回答:"驱逐鞑虏,恢复中华,建立民国,平均地权。"

范开圆说:"对,这是咱们的革命纲领,也是咱们的革命理想。咱们革命为的是响应和实践中山先生的政治主张,为山西,为中华民族寻求一条富强之路,而不是为了个人升官发财,更不是为了打倒巡抚做巡抚,打倒皇帝做皇帝。因此无论谁掌这个印把子,都不过是两千万山西民众的奴仆,是革命军中的马前卒。做到了这一点我们就拥护他,爱戴他;违背了这一点我们就起来造他的反。当都督我不够资格,不过我想向各位举荐一个人,就是这次攻城的总指挥——姚以介。我素闻此人带兵有方,身先士卒,在士兵中间享有很高的威望。这次起义又立下了首功,就是现在,诸公高谈阔论之时,他还正在前线围剿残敌,加固城防,指挥战斗。"

黄国梁马上表示反对:"他不行,姚以介我知道,人倒是很正直,打仗也很勇敢,带兵嘛……也的确有一套。不过他是个下级军官,这里在座的很多都是他的上级,让他当都督恐怕难以服众。再说他也不是同盟会员。"

张瑜接口说:"不如咱们举阎百川吧。"

阎锡山站起来,刚说了一句:"锡山才疏学浅……"

张瑜就一脸不高兴地打断他:"你也不接,他也不接,这都督印就这么烫手?可是革命大局总要有人出来主持吧!"

黄国梁解开皮套的搭扣,把手枪掏出来,往桌面上一拍说:"让他接,他要是不接,咱们就撂展这个小舅子!"

军官们哄然叫好,纷纷拔枪比画阎锡山,会议厅里乱成了一团。阎锡山转圈儿作揖,满脸赔笑说:"我接我接,贵贱不敢开枪。"

接下来是举手表决,结果赞成的人居多。范开圆坐在一边冷眼旁观,既没有投赞成票，也没有表示反对。阎锡山问："守徜，你是不是有啥意见？"

范开圆单刀直入说："今夜寅时，我在帽儿巷劫获了一车银洋。据押车的队官讲，他们是八十六标的人，奉了标统之命，准备把这些抢来的赃款运出城去，不知道这件事百川怎么解释？"

大厅里所有的目光全都集中在了阎锡山身上，阎锡山的脸最初涨得粉红，又瞬间消退恢复了镇静，说："不错，那些银子是我叫弟兄们抢的商号，不过我可不是为了自己，而是为了革命事业。请大家想一想，太原城现在驻扎着这么多军队，都张着嘴要吃要喝，以后还要打仗，还要扩编，还要买枪买炮加固城防。饷银从哪来？军费从哪来？咱们自己不想办法，难道还能等着清廷再调拨吗？军政府成立以后，更是百废待兴，革命工作千头万绪，咱们这叫平地起圪堆——难哩！俗话说钱是英雄胆，革命者也是人，又不是吸风饮露的神仙。"一席话让在场许多人频频点头。

范开圆顿足捶胸，说："百川，你好糊涂！你这是饮鸩止渴，负薪救火，将来必有后患。此事一旦传扬出去，全国的同志会怎么看咱们？我山西民军势必声名扫地，反动派也会趁机造谣，蛊惑人心，到那个时候，咱们就是跳进黄河也洗不清了！！"

沉重，使会场定格成了一张黑白照片。

此后事情的发展不幸被范开圆言中，在南北和谈中，袁世凯一直揪住这件事不放，诬山西民军为匪，拒绝承认山西军政府的合法地位，虽经孙中山先生几番交涉，仍迟迟不肯从娘子关撤兵。焚抢，成了山西民军历史上一块抹不掉的污点①。

5

1937年，抗日战争全面爆发以后，范开圆写信给阎锡山希望能见一面。当时正担任太原绥靖公署主任、第二战区司令长官的阎锡山念及旧情，不顾公事繁忙，驱车到吉县克难坡的望河亭与范开圆相会。小轿车沿

---

①南北和谈中孙中山曾经表示：宁可和谈决裂，不能不承认山陕的革命同志。

着公路盘山而上,渐渐同浩荡黄河并行在一条水平线上。隔着一幕幕往事的烟云,当两个人的手又紧握在一起的时候,不由得都感慨万千。

范开圆说:"我们很久没有见了。"

阎锡山说:"自从1915年,你连个招呼都没打就跑到云南给李烈钧当了个参谋长,并且在《云南日报》上公开发表了《与阎伯川绝交书》,尔来二十二年了①。后来中原大战,我到北平开会①,当时你也正好在北平,我曾两次派人去请你,你也不来,可见对我老阎意见大着哩。"

范开圆感叹说:"世事若浮云,弹指一挥间。"

一时间两个人都沉默了,各自想着心事。只能听到黄河水那如雷贯耳的震天咆哮从天边漫漫压来,仿佛十万腰鼓同时欢腾,巍巍的秦晋大峡谷就横亘在他们的眼前。而向上游望去,宽缓的河床在那里骤然收紧成为只有大约三十米的石槽,泥沙俱下的金色波涛从三面飞泻而下,落入壶底,使黄河到此挟风带雨,雷霆万钧,山飞海立,扬波撒手,冲腾跌宕,雾气障天……

范开圆遥望着波涛之上幻化出的七色彩虹,动情地说:"君不见,黄河之水天上来,奔流到海不复回。"

阎锡山说:"我小的时候,在河边村念私塾,曾听先生吟过这样的诗句'源出昆仑衍大流,玉关九转一壶收。双腾虹浅直冲斗,三鼓鲸鳞敢负舟。'当时根本不懂是啥意思。"

---

①1915年,袁世凯倒行逆施,将明年的1916年改为"洪宪"元年,准备元旦登基。江西都督李烈钧在湖口发表讨袁檄文,号召"宁做共和鬼,不做专制奴",并宣布独立。后来败退到云南,又和唐继尧、蔡锷组织护国军,分别进攻四川、贵州和广西、广东,立誓再造共和。全国各地的仁人志士从四面八方聚集在他们的义旗下。蔡锷不顾喉疾,抱病出征,在纳溪、泸州一带与北洋军激战时赋诗二首:

蜀道崎岖也可行,人心奸险最难平。挥刀杀贼男儿事,指日观兵白帝城。

绝壁荒山二月寒,风尖如刀月如丸。军中夜半披衣起,热血填胸睡不安。

而阎锡山为迎合袁世凯,宣布脱离由同盟会改组的国民党,出兵湖南,反对"护法战争",并拥袁称帝,被袁世凯封为同武将军,一等侯。

②1930年8月7日,反蒋各派在北平召开国民党扩大会议,会议决定另组以阎锡山为主席的国民政府。

山脚下的滩涂上,隐约可见一行赤裸的躯体,额头缠着白毛巾,那是呼喊着号子的纤夫在旱地行船。范开圆说:"民众的力量就像这滔滔逝水,水能载舟亦能覆舟。由于黄河的巨大冲刷力,水磨石穿,使得瀑布每年都要后移一针的距离,民谚云:九里三分深,一年磨一针。所以善治水者要疏导,而不能仅靠堵决。《水经注》记载:禹治水,壶口始。大禹就在距此不远的衣锦村娶妻入赘,为了治水三过家门而不入。你看那条石槽,当地人称为十里龙槽,传说是大禹治水时龙身穿凿而成的。"

阎锡山说:"以前我曾读过一篇叫《壶口考》的文章,作者叫个吴炳,号韬园,乾隆年间在这个地方做过几任知州。他说:'古来谈龙门者,核其实,多指壶口。'而《艺文类聚》中也提到'大鱼集龙门下数千,上者为龙,不上者点额暴鳃'。点额暴鳃就是头破鳃裂。"

范开圆说:"头破鳃裂又有什么了不起,我记得《水浒传》里有一句诗叫作:生当鼎食死封侯,男子平生志已酬。"

阎锡山笑了笑,不想和他争辩,岔开话题说:"你模样没咋变,就是比以前更瘦了。"

范开圆话里带刺说:"当此山河破碎,异族入侵,内忧外患之时,作为一个忧国忧民的中国人,咋能不瘦呢? 不过你可是比从前更胖了。"

阎锡山依然不与他计较,拍着自己的大肚子,哈哈笑着说:"守徜又在拐着弯骂人哩,你的意思是不是说我民脂民膏吃多了?"

范开圆说:"那些过去的老皇历就不要再提了。今天,在此国难当头之时,我想请你对着大黄河,发一桩宏誓:临危若定,卧镇狂流,任水涨滔天,终不能没。"

水波浩渺,拍崖裂岸。气流震颤,山峦战栗,脚下的石板跳动得惊沙扑面。"大话我老阎也说不来。"阎锡山吩咐副官取过来笔墨,把纸张铺在亭子里的石桌上,挥毫写成了一副对联:"裘带偶登临,望黄流澎湃,直下龙门,走石扬波,淘不尽千古英雄人物;风云莽辽阔,正胡马纵横,欲窥壶口,抽刀断水,誓收复万里破碎河山。"横额"北天一柱"落款是"阎锡山题,民国二十六(1937)年十月二十九日。"放下笔,对副官说:"明天你找上几个石匠,就在这个亭子里立一块碑,把这幅联刻在碑上,让它给做个历史见证吧。"

范开圆说:"果真如此,则山西人民幸甚,全国人民幸甚。等到将来咱们赶跑了日本强盗,范某不才,将恳请全体山西民众在此修建一座功德堂,为百川兄立铜像。铜像的基座上咱们就刻上:抗日将军,铁血丈夫。"

阎锡山含笑连连摆手说:"劳民伤财,劳民伤财。"

范开圆又机锋一转说:"我怕的就是志因时改,联因人废。"

阎锡山把左手举向空中,正色道:"如果将来的历史证明,我的所作所为对不起山西人,有辱此联,那就让阎某永背骂名。"

尾声　兄弟通信

1

在民军撤出太原不久，周学仁收到同学王景龙从前线辗转寄来的一封信。

我们的队伍现已开抵河津，这里的民众都很开明，欢迎我们入城，并让出小学堂作为民军的司令部，使我们得以做短暂的休整。但当你看到这封信时，我们可能就已经不在这里了。将到哪里去我也不知道，征途漫漫，日夜兼程。我想也许只有等到推翻帝制，建立共和的那一天我们才能重逢。

我想共和是肯定会胜利的，但不知道自己能不能活着看到那一天。自从失掉了娘子关，民军兵分南北以后，我们学生军跟随着温副都督、范部长一路南下，连日来行军不断，打仗不断，饥一餐，饱一餐，很多战士都没有越冬的棉衣，单薄的军装难御严寒；而且很少睡眠，人人疲惫不堪，脚下打起了血泡。反动的地方武装不断袭击和堵截我们，几乎每天都有同志倒下，以至于我对失去伙伴都麻木了，不再感觉到特别悲伤。

总的来说士气还是高涨的,但是最近几天又纷传南北要议和了,搞得人心浮动。范部长说:"袁世凯是欲利用议和,懈怠革命军进取之志。我三晋健儿与清廷誓不两立,非要直捣黄龙,建立共和,否则绝不收兵。"

回想三个月前,当我们的队伍开拔到娘子关的那一刻,天正下着鹅毛大雪。守关的清军当真是一触即溃,我们这边刚一打枪,那边就已经跑得没影了。大家登上城头,面对着满天纷纷扬扬的雪花欣喜欲狂。放眼四望,只见山如玉簇,危楼高耸,大河封冻,铁桥横空,银装玉裹的中原故土可尽收眼底矣。当此情景让人觉得无比骄傲,无比豪迈。范部长也显得很激动,不住口地连声说:"大好河山,大好河山啊!"然后他告诉大家:娘子关是万里长城的第九关,也是三晋重要的门户之一,历来为兵家必争之地。尤其是当前,它雄踞京汉铁路的中心,石家庄之侧,正好截断了反扑武昌的清军之退路,因此我山西民军必被清廷视为肘腋之患。大家一定要做好打恶仗的心理准备。他又说:娘子关是一座非常古老的要塞,但是它叫作娘子关还是唐朝初年的事。当时有个平阳公主。平阳大家知道吧,就在咱们山西临汾的西南面。唐天宝、至德时也曾把晋州改为平原郡。这平阳公主乃唐高祖李渊之女,唐太宗李世民之妹,柴绍的婆姨。她率兵百万,所向无敌,时人称之为娘子军。奉命驻守此地,关城因而得名。范部长开玩笑说:"我们这些须眉男儿可不要输给一个女流呀!"

但没过多久,困难就来了,给养跟不上,棉被不够用,大家挤在一起,睡到半夜还常常冻醒。而当地又人烟稀少,附近只有十来户穷苦人家,没有粮食可买。有一天我实在饿得不行,就偷跑到村子里拔了几个萝卜充饥。再者,我们的武器也太差了,娘子关的地形虽然险要,可我们的火炮不行,本来新军有两门37毫米口径的克虏伯速射炮,但在起义的时候被反动军人炸毁了。全军就只有一门英国造九尺长的后装炮和一门小钢炮,就这也是刚刚缴获的。

自从吴(指吴禄贞)大帅被刺,燕晋联盟化为泡影后,清廷一边把曹锟的第三镇从奉天调往石家庄,准备进攻我们,一边又任命二品直学士渠本翘为山西宣慰使,前来劝谕,真可谓软硬兼施。楚南先生来并以后,阎大都督、温副都督等都认为他曾有功于山西,对他十分恭敬,在德盛元大饭庄设宴,并邀先生的故交范部长作陪。哪知偏偏是范部长态度很生硬,当众把渠学士痛骂一顿,说再也不认他这个朋友了,然后一口菜也没吃就罢宴而去,弄得大家都很尴尬。

清兵第三镇是十八日由石家庄坐火车开往井陉,晚上十一点下车,第二天早晨又由井陉出发至蔡庄。当时我们学生军和敢死队正驻守在娘子关正前方的乏驴岭,严阵以待。李兴同志远远看见敌人在安炮位,立即同十几名战士由岭上驰下,去夺炮,和敌人在相距很近的地方开枪互射。炮虽没有夺走,但当场打死很多敌人,可李兴也受了伤,腿部中弹。在同伴撤回来以后,只有他躺在积雪融化以后的泥水里,血流满地,站不起来。清兵从四面八方向他围拢过去,他用胳膊撑起身子,一边笑一边唱革命军的军歌:"泱泱大国风,三晋中原雄,龙蛇起陆开运动。写我华夏篇,壮我精神种,气吞满虏人人奋……"没有等他唱完,敌人就用枪刺把他刺死了……

接着清兵开始攻山,这一仗打得非常惨烈,从早晨一直战到中午,民军人人以李兴为榜样,根本不惜性命,接连打退了数倍之敌的七次冲锋。当时的情景可真是尸横遍野,触目惊心!曹锟见乏驴岭久攻不下,就由岭北绕道西进,转而攻打娘子关右前方的雪花山,两个时辰以后,雪花山被攻破。清兵从雪花山向我们迂回过来,并把重炮架设在了我们背后的制高点上,对我方阵地狂轰滥炸。为了保存实力,必免过大的伤亡,在坚守了整整一天之后,民军忍痛撤出了阵地。娘子关就这样失守了……

在信的末尾写了一首李白的《太原早秋》:岁落众芳歇,时当大火流。霜威出塞早,云色渡河秋。梦绕边城月,心飞故国楼。思归若汾水,无日不悠悠。落款是壬子年二月初八。

2

周二爷去世以后,周学仁放弃了出国留学的打算,继承了父亲的事业。做了东家的周学仁明显发福了,而且他留起了八字胡,走路慢吞吞的,目光平视,因为他觉得这样才显得有身份,是成熟稳重的表现。在大学堂掌握的新知识开阔了他的眼界,周家自从由他掌舵以来,不仅安全度过了危机,而且生意越做越大。虽然世道混乱,但是今年他还是一口气娶了一妻两妾。五月曾经来过两封信,以后他们之间的消息就完全断绝了。有时候,他也会用手指摸着额头上的伤疤,想人原来是这么容易相互淡忘的。想起自己赶到渠府送行,为他开门的是渠夫人,当他说明了来意,渠夫人吃惊地说:"你一定是搞错了,我只有一个儿子,可他今年才十岁呀!"

哥哥的死对他刺激很大。在接到景龙书信的第二天,他正式接受了教会的洗礼,定期去尼格老堂祷告。每当听到从教堂传来的洪亮钟声,他就思索为什么自己做了亏心事还会顺风顺水。然后一个声音在他的耳边回答:不是不报,时候未到。于是他就又想自己的报应会是什么。有时候他想象,命运像个沉默的刺客一样,正躲在明天某个阴暗的角落里,等着向他开枪。"那就来吧,手别哆嗦,打正点。"他喃喃地说出声来。从某一天开始,妻妾和下人们发现,老爷忽然有了自言自语的毛病,但是没有人敢当面向他指出来。周家的仆人都说,现在的老爷要比去世的老太爷威严,现在的老爷神情阴郁,什么事都在心里盘算,缺乏老太爷的率真和幽默感。

周学仁思念他的好朋友,近几年,景龙遭遇了一连串的意外打击,但他始终不屈不挠,这个柔软的胖子,比那些曾经取笑过他的大块头更像个男子汉。先是协同庆破产,不但百年基业毁于一旦,就连王家的祖屋和田产也折价变卖抵尝了债务。十月二十九日的那个夜晚,协同庆设在太原通顺巷的票号被乱兵抢劫一空。而就在几天前,武汉分号的掌柜逃回来说,清军和革命军激烈争夺汉口。仗打了好几天,到十一月一日革命军败走,清军进城后焚烧抢劫无所不为,大火整整烧了三天三夜,市区五分之一被毁。四川开始是搞什么护路运动,学生罢课,商人罢市,使重庆堆积如山的货物因风潮不能销售,川产下运之货,又因宜昌、汉口变乱不能起运。成都、重庆沿途匪患猖獗,抢劫时有发生,各大公司倒账不断。那时,成都、重庆分号即向总号告急,请示如何行动,王义堂打电报叫他们携款撤回总号,暂避风声。岂料电报刚刚发出,川省即宣告独立,接着就有巡防勇哗变之事。乱兵伙同进城道贺的哥老会万余人放火烧了藩库,并将藩库、当铺、银号、票号、盐号及大商富室,城外铺户一律抢空。其他码头虽未遭抢劫,但也都市面日坏,人心惶惶,存户争相提取,挤兑之风日烈。其实不单单是协同庆,山西票号十之八九都强撑不下去了。

就这样,景龙从富甲一方的贵公子变成了一文不名的赤贫者,和他的家人一起搬出了原先的宅院。王义堂没能从这场打击中恢复过来,在协同庆宣布倒闭的第三天撒手人寰,临终前的最后一句话是:悔当初不听渠学士之言,否则大家联手,人多力量大,说不定还能有个转还。

紧接着,钟爱的未婚妻也悔婚弃他而去。若兰最后如愿以偿地嫁给了赵占彪,在永兴县那场清查三合会的血雨腥风中,周家冒险把赵占彪藏了起来。自己上个月刚刚去吃过外甥的满月酒席。

景龙去投军,却因为身体肥胖而两度遭到拒绝,后来是他的老师乔义生说情,人家才勉强收下了他。在训练中他肯定吃了不少苦,但现在"黄沙百战穿金甲",他已经是个坚强的战士了。在历史的天空中,他就像一只孤傲杰立,顶摩苍穹的雄鹰,展开理想的翅膀,飞越了这个烽火连天的乱世。而自己是地面上的仰望者,一只翅膀退化了的大鹅。

3

1912年初春,周学仁怀揣着让沟底矿实现现代化的雄图壮志,远赴欧美考察,打算购进一批西洋综采设备,包括汽缸齿轮绞车,蒸汽锅炉,压力泵式抽水机和大马力掘进机。在这次考察结束后,他准备找个理由把以万潮安为首的那帮老臣全部辞退,他们太守旧,喜欢凭经验办事,只知道揽权争利,很难适应现代企业规模化管理的运营模式。至于空出来的位置,他已经草拟了一份聘用名单,都是受过高等教育的专业人才,其中包括几名洋人。

他在奔宁山脉东麓的约克郡待了三天,走访了几座工厂,参观了著名的塞尔比煤矿，然后坐火车穿越米德兰平原，来到港阔水深的南安普敦，准备从那里乘轮渡去花旗国看看。虽然他的口语水平勉强可以和当地人交流，但还是花佣金雇了一名叫查理的向导，请他为自己买一张去纽约的当日船票。查理先生五十来岁，花白头发，棕色皮肤，体格健壮，是从小随祖父从高加索搬迁过来苏格兰人。

查理认真而彬彬有礼地问："您要的是最好的吗？先生。"他毫不迟疑地回答："当然。"几个小时以后，他正在翻阅当天的报纸，基本上只看标题：新墨西哥州加入了美利坚。有个叫阿尔弗雷德的德国人提出假设，地球上所有的陆地在中生代以前曾经是一个巨大的整体。其中居然有一条来自中国的新闻：孙中山已正式解除了临时大总统的职务，国民政府由南京迁往北京。正在这时，敲门声响起，来的是查理先生。当查理把船票放在他面前时，昂贵的票价让他大吃了一惊，足足1458英镑，折合4960美元。他怀疑自己被眼前这个貌似敦厚的家伙骗了，但并没有打算深究。

码头上人山人海，好像过节一样热闹，其中拥挤着各种样式的老爷车，绿色的行李车和华丽的四轮马车。所有人都指指点点，兴高采烈地把目光投向水面。周学仁看见一艘山一样巨大的新船在阳光下熠熠闪烁，从龙骨到乳白色的船桥足有十层楼那么高，而船桥之上还耸立着四根擎天柱般的烟囱。船壳装饰得金碧辉煌，在第一和第二根烟囱之间，橡木雕花镶板配镀金栏杆的大楼梯从玻璃穹顶里探出来，一直延伸到甲板上。

天哪，他们建造了一座会游泳的皇宫。周学仁心里说。他拎着手提箱，走过长长的金属跳桥，脚下是闪亮凸凹的花纹板，大型吊装设备的多股钢缆拖曳着汽车从他头顶上掠过。检票之后，一个制服上缀着双排铜纽扣的服务生迎上前来，把他的行李放在手推车上。

"我还以为自己迟到了。"周学仁擦了把汗用蹩脚的英语说。

"另一艘定期航船纽约号离港时，因为体积过于庞大，造成水流大量回填，几乎和咱们的船撞上了，导致开船时间延误了一个小时。您真是太幸运了先生，就好像冥冥之中注定她非要等到你一样。"年轻的服务生很健谈，"我能看看您的船票吗？"

周学仁从口袋里掏出票根递过去。

服务生的蓝眼睛里放射出崇敬的光芒，"头等客舱！您真是太有眼光了先生，请相信她一定物有所值，绝对不会让您后悔。在头等舱，您会结识很多非富即贵的大人物，我保证您即将踏上的是一段梦幻之旅。"

"这条船叫什么名字，它好像是条新船。"周学仁问。

"您难道不看新闻吗？整个欧洲都为她疯狂了。"服务生露出吃惊的表情，眼睛瞪得像钟表，嘴巴张得像橙子，"泰坦尼克号，由英国白星航运公司设计，哈兰德与沃尔夫造船厂制造，总共耗资7500万英镑，是世界上最大最豪华的邮轮。头等舱配有室内游泳池、健身房、土耳其浴室、图书馆、三台升降机和一个壁球室。她的心脏是大型蒸汽轮机驱动的三副螺旋桨，虽然吨位大得惊人，但高速行驶时可以达到26节。一个人类工业史上当之无愧的奇迹。报上是这么说的先生，而今天是她的处女航。"

"它安全吗？"这是周学仁最关心的问题。

"没有比她更安全的了。就是上帝亲自来，他也弄不沉这艘船。全船有十六个水密舱，连接各舱的水密门通过电开关统一控制。这样的安全设计史无前例。就算任意两个隔舱灌满了水，她仍然能够行驶，四个隔舱灌满了水，还可以保持漂浮状态。我实在想象不出还有什么更糟糕的情况。所以大家称她为永不沉没的巨轮。"

当服务生完成了任务，向他告辞的时候，周学仁从钱包里摸出一枚宣统三年的大清银圆递过去，说："一点小费。"

服务生抚摸着银币上的双龙戏珠图案，眼光欣喜若狂，"哇——您一定是一位中国的王爷！"

周学仁想告诉他中国的帝制已经被推翻，现在是共和国了，但发现海马区①里储存的语汇不足，所以只好作罢，转身走进了属于自己的时空。

2016年3月28日定稿

①大脑负责记忆和学习的部分。

"三晋百部长篇小说文库"书目

经典作品：

·李家庄的变迁·三里湾   赵树理

·太行风云   刘　江

·汾水长流   胡　正

·草岚风雨   冈　夫

·新星   柯云路

·游戏   成　一

·黑雪   哲　夫

·世界正年轻   高　岸

·玉龙村记事   马　烽

·草青   吕　新

·吕梁英雄传   马　烽　西　戎

·跋涉者   焦祖尧

·神主牌楼   张石山

·咸阳宫（上、下卷）   林　鹏

·生死门   晋原平

·送葬   王西兰

·白银谷（上、中、下卷）   成　一

·北腔   毛守仁

·巅峰对决   钟道新　钟小骏

·母系氏家   李骏虎

原创作品：